Juliette Benzoni

Cathérine und der Weg zum Glück

Juliette Benzoni

Cathérine

und der Weg zum Glück

NAUMANN & GÖBEL

Titel der Originalausgabe: La dame de Montsalvy
Aus dem Französischen von Hans Nicklisch

Sonderausgabe der Naumann & Göbel
Verlagsgesellschaft, Köln
Mit freundlicher Genehmigung der
Verlagsgruppe Langen Müller/Herbig

Schutzumschlag: Rincón Partners, Köln
Gesamtherstellung: Freiburger Graphische Betriebe, Freiburg
Printed in West Germany

ISBN 3-625-20159-3

Inhalt

Erster Teil
Der gefangene König

Kalte Asche

»Die Unterstadt brennt ...!«

Eilig vom Wehrgang herunterkletternd, überquerte Bérenger de Roquemorel im Galopp den riesigen Schloßhof und stürzte die Treppe des herrschaftlichen Logis' hinauf. Doch mit vierzehn Jahren bleibt einem Atem genug, um trotz Lauf und Treppen auf der Schwelle noch aus vollem Halse seine Neuigkeit zu verkünden.

Wie ein Geschoß durchdrang sie den stillen Raum bis zur Fensternische und der steinernen Bank, auf der Cathérine eine Zeit verbrachte, die für sie zum Stillstand gekommen schien ...

Seitdem die Tore Châteauvillains sich in einer Morgendämmerung voller Verzweiflung hinter ihr und ihren beiden jungen Gefährten wieder geschlossen hatten, hatte die Herrin von Montsalvy dort endlose Stunden verbracht, sitzend, die Hände müßig im Schoß, die Augen über den bittersüßen Erinnerungen geschlossen, deren Flut sie nicht mehr einzudämmen vermochte. Die schlimmste und herzzerreißendste war die letzte gewesen: Arnaud de Montsalvy, ihr schwerverwundeter Gatte, der zwei Schritte von ihr entfernt, doch unerreichbar für sie, im Hause des Notars im Sterben lag. Cathérine konnte nicht einmal wissen, ob er, nichtsahnende Geisel in den geschickten und grausamen Händen seines gefährlichen Abenteuerkumpans, des Stutzers von Commercy, und nur durch eine verschlissene Mönchskutte geschützt, überhaupt noch lebte. War es Landry, ihrem Bruder und Freund von jeher, der alles getan hatte, um ihr die härteste Entscheidung zu erleichtern *, geglückt, was zu versuchen er geschworen hatte: dies fast schon erloschene Leben zu retten?

Seitdem Cathérine selbst dem Stutzer entkommen und in den Schutz des Schlosses gelangt war, hatte sie tausendmal in ihrem Geist die Ereignisse der letzten Monate wieder heraufbeschworen: die Belagerung Montsalvys durch die Plünderer des Gévaudan, ihren eigenen Aufbruch, um vor Paris ihren von Mord bedrohten Gatten zu suchen, und all das, was darauf gefolgt war – Arnaud, gefangen in der Bastille, seine Flucht und die Bemühungen, die sie hatte unternehmen müssen, um ihm aus dieser bösen Angelegenheit herauszuhelfen. Danach hatte ihre sterbende Mutter sie nach Chateauvillain gerufen und schließlich die furchtbare Überraschung bei ihrer Ankunft ... Trotz der Angst und des Schmerzes, in die Arnauds schwere Verletzung sie gestürzt hatte, war es Cathérine nicht gelungen, das Entsetzen über die Entdeckung aus ihrem Geist zu tilgen, daß der »La Foudre« genannte Hauptmann der Mordbrenner und Arnaud de Montsalvy ein und dieselbe Person waren. Und zu guter Letzt: der Zwist der beiden Gatten, verursacht durch die Eifersucht Arnauds, der überzeugt war, Cathérine wolle in Châteauvillain nicht ihre Mutter, sondern den Herzog von Burgund, ihren einstigen Geliebten, treffen. Bevor er von dem Armbrustbolzen niedergestreckt worden war, hatte Arnaud seine Frau verstoßen und geschworen, sie zu töten, falls sie es wagte, je wieder Montsalvy zu betreten. All das war so sinnlos, so völlig verrückt! Aber hatte sich der Seigneur von Montsalvy in seinem Hochmut und seiner aufbrausenden Heftigkeit je dazu bereit gefunden, wie jeder andere Mensch aus Fleisch und Blut vernünftig nachzudenken? Gott allein konnte wissen, was aus der Liebe von einst werden würde, wenn er noch lebte! ...

»Dame Cathérine«, wiederholte die ungeduldige Stimme des jungen Burschen, »habt Ihr gehört? Das Feuer ist ...«

Er verstummte. Als öffne sich etwas in ihr, löste sich Cathérine aus ihrer Erstarrung und straffte sich, während ihr eine Blutwelle in die bleichen Wangen stieg. Und Bérenger seufzte erleichtert auf, als er endlich ihren Blick aufmerksam auf sich gerichtet fand. Seit Tagen hatte er mit seinen schönsten Gedichten und Liedern vergeblich versucht, in

* Siehe »Cathérine im Sturm«

den großen veilchenfarbenen Augen, die so seltsam abwesend wirkten, wenn sie nicht geschlossen waren, einen Funken von Interesse zu wecken.

Was er jetzt in ihnen las, war Erschrecken, doch Bérenger de Roquemorel zog es vor, seine Herrin lieber erschrocken als gleichgültig zu sehen.

»Wieso Feuer?« murmelte sie. »Wer hat es angezündet?«

»Wahrscheinlich die Leute des Stutzers, bevor sie abrückten. Sie sind völlig aus der Unterstadt verschwunden. Man sieht keinen einzigen mehr, aber alles brennt, ausgenommen die Kirche!«

Im Nu war sie auf den Füßen und lief quer durch den Saal. Der Page folgte ihr eilig und erreichte rechtzeitig genug die Treppe, um die Schleppe ihres Kleides wie eine schwarze Viper über die breiten, steinernen Stufen gleiten zu sehen. Eine Minute später waren beide unten angelangt.

Der Schloßhof ähnelte einem aufgepeitschten Meer. Die Soldaten des Barons de Vandenesse, die zum Einsatz in das belagerte Châteauvillain gekommen waren, ohne durch ihre Ausfälle die um die Stadt geschlossene Zange sprengen zu können, waren eben dabei, sich in einer Art Wut auf ihre Pferde zu schwingen. Der ganze Hof roch nach Pferdemist und dem Fett frisch geschmierter Waffen. Die Männer brüllten durcheinander, fluchten oder stießen unsinnige Gelübde aus, was sie tun wollten, falls der Himmel ihnen diesmal erlaubte, Hand an den höllischen Stutzer zu legen.

Inmitten des Aufruhrs gewahrte Cathérine den mit Krepp drapierten, spitz aufragenden Kopfputz ihrer Freundin Ermengarde, der wie ein Schiff mit schwarzen Segeln auf dieser wogenden Dünung von Männern, Tieren und Eisenzeug schwamm. Von zwei mit großen Korbflaschen bewaffneten Mägden gefolgt, spendete die Herrin von Châteauvillain höchstpersönlich den Soldaten den Abschiedstrunk und ging dabei weder mit dem Wein aus Beaune noch mit Ermutigungen sparsam um; ihre gewaltige Stimme dröhnte wie die einer Bombarde bei der Erstürmung einer feindlichen Stadt.

»Mein bestes Pachtgut und ein Sack voll Gold demjenigen von euch, der mir den Kopf des Stutzers bringen wird!« schrie sie. »Vorwärts! Trinkt! Man schlägt sich besser, wenn man fröhliche Gedanken hat!«

Zum ersten Mal seit ihrer Ankunft in Châteauvillain lächelte Cathérine. Diese Ermengarde! Die Zeit schien keinerlei Macht über sie zu haben. Das Geklirr der Waffen übte die gleich Wirkung auf sie aus wie ein Trompetensignal auf ein altes Schlachtroß. Hatte man vor wenigen Tagen nicht alle Hände voll zu tun gehabt, sie daran zu hindern, die Rüstung Ahnherrn Enguerrand des Starken anzulegen, um selbst Robert de Sarrebruck, den Stutzer von Commercy, herauszufordern? Und als Cathérine sie daran erinnerte, daß ihre Beine nicht mehr jung genug seien, einen Kampf durchzuhalten, hatte sie erwidert:

»Der Arm führt die Waffe, nicht das Bein! Seht Euch die Beine meines Pferdes an! Sie könnten das Gewölbe einer Kirche tragen.«

Nichtsdestoweniger hatte sie schließlich darauf verzichtet, ihr Pferd zu besteigen, und dem Herrn von Vandenesse die Führung des Angriffs überlassen, der übrigens nicht erfolgreicher als die vorhergegangenen gewesen war: Die Mordbrenner schienen sich für alle Zeiten an Châteauvillain festgekrallt zu haben.

Als Cathérine auf der letzten Stufe der Freitreppe am Rande des gleich einem Meer aufgewühlten Hofes zögerte, murmelte eine Stimme an ihrem Ohr:

»Die Gräfin bietet ein Vermögen für den Kopf des Stutzers, schöne Dame! Werdet Ihr mir ein Lächeln schenken ... und vielleicht gar einen Kuß, wenn ich ihn Euch bringe?«

Sie erbebte, runzelte die Stirn, unangenehm überrascht wie jedesmal, wenn sich der Baron de Vandenesse ihr näherte. Seitdem sie hinter den Mauern Châteauvillains Zuflucht gesucht hatte, machte er ihr auf eine Weise den Hof, die eben noch diskret genug war, um nicht peinlich zu sein, aber es war sein Äußeres, das der jungen Frau vor allem mißfiel, seiner Ähnlichkeit mit dem Herzog von Burgund wegen. Einer unheilvollen Ähnlichkeit, da sie zwischen ihr und Arnaud das Drama des letzten Tages * heraufbeschworen hatte.

Um die Wahrheit zu sagen, bot Vandenesse jedem, der Philippe den Guten genauer kannte, durchaus nicht dessen getreues Ebenbild. Er hatte dieselbe Haltung und fast die gleiche Figur wie der Herzog, aber es fehlte ihm an jenem zugleich leutseligen und achtunggebietenden Auftreten, das dem Fürsten, selbst im Panzer eines Harnischs, unnach-

* Siehe »Cathérine im Sturm«

ahmlich eigen war. Nur die, die sich Philippe nie genähert hatten, konnten sich dadurch täuschen lassen.

Sie sah ihm in die Augen.

»Ich wüßte nicht, was mir der Kopf des Stutzers sollte, Messire. Wichtig für mich ist allein das Schicksal meines Gatten ... des einzigen Mannes in dieser Welt, der einen Kuß von mir fordern könnte! Ich bin nicht mehr die Dame de Brazey, Baron!* Ich habe sogar alles vergessen, was sie betraf. Überdies gehöre ich zu denen, für die Eure Ähnlichkeit mit dem Herzog nicht überzeugend ist.«

»Sie geniert mich ebenso wie Euch, Madame! Kein Mann schätzt es, als ein anderer geliebt zu werden. Was den Kopf des Stutzers betrifft ... macht, was Ihr wollt, mit ihm, wenn Gott ihn mir gönnt ... und ich werde mich mit einem Lächeln begnügen.«

Er verneigte sich und trat zu seinem Pferd, das ein Page am Zügel hielt, während Cathérine, noch immer von Bérenger gefolgt, stumm und lautlos wie ein Schatten der zum Wehrgang hinaufführenden Treppe zuschritt. Sie hatte seltsamerweise die Vorstellung, als habe sich die Zeit um einige Monate zurückgedreht, als klettere sie im unaufhörlichen Regen eines unheilvollen Frühjahrs beklommenen Herzens zu den Wällen des vom Wolf des Gévaudan belagerten Montsalvy hinauf, ohne zu wissen, welche neuen Schrekkensbilder ihre Augen entdecken könnten.

Diesmal wußte sie, welches Schauspiel sich ihr aus der ersten Scharte zwischen den Zinnen bieten würde, aber sie verspürte dennoch einen schmerzlichen Schock: Die ganze Unterstadt loderte wie ein Hexenscheiterhaufen, und dicke Rauchwolken beschmutzten die zarten Farben des herbstlichen Himmels. Ohne den Fluß, in dem der Brand sich widerspiegelte, hätten die hohen Flammen das Buschwerk des Schloßhügels verzehrt und auf das Schloß selbst übergegriffen.

Der Blick der jungen Frau durchforschte die Feuersbrunst, suchte ein Dach, einen Giebel, ein Fenster, das Haus des Notars zu erkennen, in dem sie ihren verwundeten Gatten hatte zurücklassen müssen, aber alles verschmolz im glühenden Herzen des Feuers. Die Unterstadt, aus Holz

* Garin de Brazey, Cathérines erster Gatte, war wegen Rebellion gegen den Herzog hingerichtet worden. Siehe »Cathérine«.

und mit Stroh vermischtem Lehm errichtet, entschwand mit den schwarzen Schwaden des Rauchs gen Himmel ...

Eine der Zinnen der Brustwehr schien sich zu verdoppeln und gewann, sich nähernd, den Umriß einer langen grauen Gestalt.

»Gute Arbeit«, bemerkte Gauthier gemächlich. »Der Stutzer hat zwischen uns und sich einen schönen Flammenvorhang gespannt, in dessen Schutz er sich ohne übermäßige Eile zurückziehen kann, und der Sire de Vandanesse braucht sich nicht allzusehr zu beeilen. Er wird ohnehin warten müssen, bis das Feuer erlischt. Ich sehe keine Lücke im Vorhang.«

»Da drinnen kann doch wohl keine lebende Seele mehr sein?« rief Cathérine mit angstvoller Stimme.

Gauthier de Chazay, dank einer Schlägerei und eines Aufenthalts hinter den Gittern des Grand Châtelet zum Stallmeister der Dame de Montsalvy beförderter einstiger Student der Sorbonne, zuckte die Schulter und kratzte sich den fuchsroten Schopf.

»Allenfalls ein Salamander ... aber beruhigt Euch, es war niemand mehr da. Wenn man Leute verbrennt, geht es selten ohne Proteste ab, und niemand hat etwas gehört.«

Die junge Frau wandte der Glut jäh den Rücken.

»Ich will mich selbst davon überzeugen. Geht und sattelt mir ein Pferd, Gauthier!«

»Um ihm die Nüstern zu rösten und dabei nur zu riskieren, selbst in Flammen aufzugehen? Auf keinen Fall! Wenn dieser Prahlhans von Vandenesse etwas findet, wird er es uns schon sagen!« erwiderte der sonderbare Stallmeister, der die unwillig gerunzelte Stirn seiner Herrin nicht zu bemerken schien. »Seid jedoch unbesorgt, Dame Cathérine, ich hole Euch das Pferd, aber fürs erste könnt Ihr für das Dorf ohnehin nichts tun. Bald wird es nur noch Asche sein. Was den Abstecher betrifft, den Ihr sicherlich vorhabt, kann er eine oder zwei Stunden warten, möchte ich meinen.«

»Und was soll das Eurer Meinung nach für ein Abstecher sein?«

»Oh, das ist nicht schwer zu erraten«, krächzte Bérengers stimmbrüchiges Organ schüchtern. »Wir denken alle daran und möchten alle nur zu gern zum Wald hinunter, zur Priorei der Guten Männer, um zu sehen, ob Pater Landry zurückgekehrt ist, denn er ist der einzige, der uns Nachricht über Messire Arnaud geben kann.«

»Vorausgesetzt, daß diese Teufel ihn nicht mitgeschleppt haben.«

»Wie dem auch sei, Gauthier«, seufzte Cathérine, »es wäre mir lieb, wenn Ihr die Befehle, die ich Euch gebe, ohne Widerspruch ausführtet. Ich weiß wohl, daß ich seit unserer Ankunft hier förmlich aufhörte zu existieren, aber ich bin noch nicht völlig verdummt, und ich möchte, daß Ihr es unterlaßt, mir den Eindruck zu vermitteln, als sei ich nur noch eine geistig Zurückgebliebene.«

Tränen glänzten in ihren Augen, und das genügte, den jungen Chazay zerknirscht vor ihr auf die Knie zu zwingen.

»Ihr seid weder dumm noch zurückgeblieben«, rief er, »aber Ihr habt schon viel zu sehr gelitten! Angst und klare Gedanken haben jedoch noch nie in glücklicher Ehe miteinander gelebt. Verlaßt Euch deshalb auf uns, Herrin! Ihr wißt, daß wir bis in die Hölle gehen würden, wenn wir es für möglich hielten, Euren Gatten und zugleich ein wenig Glück von dort zurückzubringen. Aber faßt Mut! Es ist Schluß damit, Euch in Abgeschiedenheit und Tatenlosigkeit zu quälen! Die Belagerung ist aufgehoben, Ihr seid frei! Ihr werdet wieder Ihr selbst sein und bald Eure Kinder, Euer Zuhause, Eure Leute wiedersehen!«

Diesmal konnte sie sich nicht hindern, dem Leben zuzulächeln, das in den Augen des Burschen leuchtete, aber schon sprang er auf, nachdem er ungezwungen den Saum ihres schwarzen Kleides gehoben und mit einem schnellen Kuß gestreift hatte. Die Augenblicke der Gemütsbewegung waren selten bei Gauthier, und wenn er sich ihnen hingab, schien er es alsbald zu bereuen. Verwirrt und doch auch ein wenig aufgeheitert sah sie ihn den Wehrgang entlanglaufen, die steile Treppe aus rohen Steinen hinunterspringen und zu den Ställen galoppieren. Mit einem Seufzer wandte sie sich ab, suchte Bérengers Schulter, stützte ihre Hand auf sie.

»Nun«, sagte sie, »überlassen wir uns also Messire Gauthier.«

Der Hof leerte sich. Die letzten Reiter der schweren Eskadron überquerten die herabgelassene Zugbrücke, die in der grauen Mauer einen spitzbogigen Ausschnitt blauen Himmels hatte erscheinen lassen, über den sich eine unheilkündende Spirale schwarzen Rauches zog. Auf der Freitreppe stehend, die Fäuste in die Hüften gestemmt, sah Dame Ermengarde das Panier des Herrn de Vandenesse verschwinden. Als ihre Freundin sich ihr näherte, wandte sie sich ihr mit vor Erregung glänzenden Augen zu.

»Endlich werden wir etwas Interessanteres als Stickereien machen können«, erklärte sie. »Wie wär's, wenn wir einen kleinen Ausflug zu Pater Landry unternähmen? Es müßte möglich sein, wenn wir durch den Fluß wateten.«

»Offenbar bin ich die einzige hier, der es an klaren Gedanken fehlt«, lächelte Cathérine. »Machen wir uns also auf den Weg.«

Einige Minuten später verließ ein kleiner Trupp das Flußbett und tauchte entzückt in die feuchte Kühle des nach allen Gerüchen des Herbstes duftenden alten Waldes. Nach der Gluthitze, die sie einen Moment gestreift hatte, war er wie ein Jungbrunnen, in dem sich der Körper entspannte und die Seele stählte. Und je weiter die Schritte ihres Pferdes ihren Weg über den Teppich aus feuchtem Gras und welken Blättern zogen, aus dem zuweilen der rosige Hut eines Champignons lugte, desto mehr schien es Cathérine, als lösten sich von ihr wie die Schuppen einer langen Krankheit ganze Stücke der erstickenden Schale, die sich seit einem Monat langsam um ihre Seele geschlossen hatte.

Vor kurzem hatte sie mit Erstaunen entdeckt, daß ihre Freunde sie mit einer Behutsamkeit und einem sorgenden Mitgefühl behandelten, wie man sie Schwerkranken vorbehielt, und daß ihr Geist beim Erwachen aus dem schmerzlichen Schlummer eines Monats nichts an Behendigkeit verloren hatte. Doch jetzt kehrte nach dem langen Eingeschlossensein in dem von Schweigen und Angst belagerten Châteauvillain das Leben in großen, von zitternder Hoffnung erfüllten Zügen zurück, endlich zu erfahren, was Arnaud geschehen war.

Die kleine Priorei der »Guten Männer des Waldes« tauchte vor ihnen auf, eingehüllt ins Licht einfallender Sonnenstrahlen, die ihre grauen Steine wärmten und den Duft von Minze und Melisse weckten. In dem niedrigen, im grünen Wasser des Aujon sich spiegelnden Glockenturm schlug leise ein Glöckchen an. Außer dem Gesang der Vögel und dem Plätschern des Flusses war dies der einzige Laut in diesem Winkel, den Gebet und friedliche Eintracht aus einer Zeit heraushoben, die die Menschen dem Krieg, der Zerstörung und dem Grauen widmeten.

Aus dem Sattel springend, zog Gauthier an dem Strang neben einem schwer überwölbten Tor, dessen Flügeln ein Mißgeschick widerfahren sein mußte, denn die auseinanderklaffenden Bretter waren quer durch darübergenagelte Bohlen, mehr zweckmäßig als schön, befestigt worden.

Beim Klang der Glocke öffnete sich dieses Tor mit besorgniserregendem Knarren und ließ eine so große und so behaarte Gestalt sehen, daß sie einem in einer Mönchskutte steckenden Bären ähnelte. Abgesehen von einer Knollennase und zwei mißtrauischen Augen verschwand sein Gesicht unter einer Fülle rötlich-buschigen Haars, das auch seine Handrücken bedeckte und aus dem Kragen seiner geflickten Kutte quoll.

»Was wollt ihr?« fragte er ohne sonderliche Höflichkeit, aber mit einer seltsamen, flötenähnlichen, bei einem Bären absolut ungewöhnlichen Stimme.

Der Brummbaß der Gräfin Ermengarde vollführte mit ihr ein kurioses Duett.

»Nun, Frater Ausbert, öffnet das Tor! Wir wollen nur Euren frommen Prior sehen. Pater Landry ist doch hier, nicht wahr? Ist er zurückgekehrt?«

Der Angesprochene beeilte sich, ihrem Verlangen nachzukommen, sein Gesicht zu einer Grimasse verziehend, die man nur in sehr düsteren Zeiten als Lächeln hätte gelten lassen können.

»Süßer Jesus! Dame Ermengarde! Dame Ermengarde in eigener Person! Ihr seid also befreit! Entschuldigt, Frau Gräfin, ich hatte Euch nicht gleich bemerkt!«

»Das muß daran liegen, daß Euer Augenlicht nachläßt, Frater, denn mein Umfang ist noch immer der gleiche. Wie steht es also mit dem Prior?«

Das Lächeln verwandelte sich in eine so bekümmerte Miene, daß man hätte glauben können, der Riese werde alsbald in Tränen ausbrechen.

»Er ist wohl da, Dame Ermengarde! Aber in welchem Zustand! Ich weiß nicht, ob es weise ist, ihn zu besuchen ... nicht einmal Ihr!«

Cathérine war schon vom Pferd geglitten und näherte sich dem Mönch. Eine neue Angst stieg in ihr auf.

»Mein Gott! Pater Landry ist doch nicht etwa ...? Ich flehe Euch an, Frater, sagt uns die Wahrheit!«

»Nein, noch nicht, aber unser kleiner Frater Placide, der sich mit Heilkräutern auskennt, hat kaum noch Hoffnung, unserem armen Prior aus dieser bösen Geschichte herauszuhelfen.«

»Wie ist es geschehen?«

Frater Ausbert schüttelte wütend seine Mähne, in der die Tonsur einer abgeholzten Lichtung glich.

»Natürlich durch die Schuld dieser Hunde, dieser verfluchten Strauchdiebe, die sich hier herumtreiben! Gestern sind sie gekommen, um uns alles zu nehmen, was wir an Vorräten hatten, unter dem Vorwand, daß sie selbst nichts mehr besäßen. Sie brachen das Tor auf, und als sie sich zurückzogen, fanden wir den Körper unseres Priors auf der Schwelle. Sie hatten ihn am Schweif eines Pferdes bis hierher geschleift!«

Tränen stiegen dem Mönch in die Augen, doch Gauthier ließ es nicht zu weiterem kommen.

»Ein Grund mehr, uns ihn sehen zu lassen! Ich bin ein wenig Arzt ...«

»Oh, das ist etwas anderes! Tretet ein ... schnell! Mein Gott, wenn es noch eine kleine, eine ganz kleine Hoffnung gäbe!«

Im Laufschritt trabte Frater Ausbert den Besuchern über den verwüsteten Innenhof, der ein Gemüsegarten gewesen war, voran. Das ganze Kloster ähnelte einem von einer Springflut heimgesuchten Dorf. Alle Türen und Fenster hatten Schäden davongetragen, und an den Mauern der Kapelle ließen sich die schwärzlichen Spuren eines hastig gelöschten Brandes erkennen. Die Handvoll Mönche, die angelockt vom Lärm erschien, befand sich in jammervollem Zustand.

Doch Cathérine sah von alldem nicht viel. Ihr Herz und ihre Gedanken hefteten sich an den Freund von einst, den sie unter so tragischen Umständen wiedergefunden und der ihr unter Gefahr für sein eigenes Leben geholfen hatte. Die Vorstellung, daß er nur deshalb sterben sollte, weil ihre Wege sich von neuem gekreuzt hatten, waren ihr unerträglich. Ihr Herz preßte sich noch mehr zusammen, als sie ihn sah, ausgestreckt auf einem schmalen Lager aus Brettern und ein wenig Stroh, kaum geschützt von einer schlechten Decke. Ein kleiner, rundlicher Mönch kniete neben ihm und legte Umschläge von frischen Kräutern auf sein verschwollenes Gesicht.

Mit geschlossenen Augen, die von Stricken geschundenen Hände auf der Brust gekreuzt, ließ Landry alles mit sich geschehen. Unter den Fetzen seiner Kutte waren andere, so schmutzige Kräuterverbände zu sehen, daß Dame Ermengarde empört ausrief:

»In welchem Zustand liegt er hier! Wenn ich richtig sehe, gibt's hier nicht einmal mehr etwas, um ihn ordentlich zu pflegen!«

»Die Banditen haben alles gestohlen!« grollte Frater Ausbert. »Sogar die letzten Reserven an Scharpie und Salben von Frater Placide. Wir haben nichts mehr, nur die Kräuter des Waldes!«

Einen Moment später hatte die Zelle des Priors ihre normalen Dimensionen wiedergewonnen. Ermengarde war samt ihrem Stallmeister und Bérenger geräuschvoll nach Châteauvillain aufgebrochen, um alles Nötige für das Kloster zu holen. Alleingeblieben, drängte Gauthier sanft Cathérine zurück, die sich über ihren Freund beugen wollte.

»Überlaßt ihn mir einen Moment, Dame Cathérine! Ich will ihn untersuchen. Frater Placide wird mir helfen«, fügte er mit einem Blick auf den kleinen Mönch hinzu, der mit einem Nicken zustimmte.

»Wird er leben?« fragte die junge Frau.

»Er lebt im Moment, und das ist schon viel. Er scheint ohne allzuviel Mühe zu atmen, aber ich kann nichts anderes sagen. Ihr wißt, daß ich mein Bestes tun werde«, schloß er, die junge Frau zur Tür schiebend, »doch unglücklicherweise fehlt mir das Wissen, das die Araber oder die Juden besitzen.«

Ein arabischer Arzt! Während sie in dem kleinen, rustikalen Kreuzgang auf und ab ging, der den verwüsteten Garten umschloß, kehrten Cathérines Gedanken durch Raum und Zeit zu ihrem alten Freund Abu-al-Khayr, dem Arzt aus Granada, zurück, dem Wundermann, dessen Weisheit und Wissen sich ebenso auf die Rettung des Leibes wie auf die Tröstung der Seele erstreckten. Es war zweifellos seltsam, unter dem Kreuzgewölbe eines christlichen Klosters diesen Sohn des Islam zu beschwören, doch niemals hatte Cathérine in seiner Gegenwart so etwas wie Distanz, wie unbedeutend auch immer, zwischen ihrem Geist und dem seinen empfunden. Abu wußte immer die Worte zu finden, die trösteten und neu belebten, die Gesten, die zur Rettung führten, und Cathérine verspürte plötzlich das brennende Verlangen, ihn wiederzusehen, denn trotz aller Freundschaft, die sie umgab, hatte sie sich niemals so allein, so abgeschnitten von ihren tiefen Wurzeln gefühlt. Wenn Landry jetzt starb, wüßte niemand ihr mehr zu sagen, was aus Arnaud geworden war, ob er noch lebte oder ob sein großer, unbezähmbarer Körper sich unter ein paar Schaufeln Erde aufzulösen begonnen hatte.

Sie warf sich sofort diesen egoistischen Gedanken vor, der übrigens ihren Geisteszustand schlecht übersetzte. Die Wahrheit war, daß es, wenn Landry starb, ihr vorkommen würde, als habe sie Arnaud doppelt verloren …

Gauthiers Erscheinen unterbrach ihre melancholischen Grübeleien. Seine düstere, allzu sichtlich besorgte Miene versetzte Cathérine in Schrecken.

»Nun?«

»Es ist schwierig zu sagen. Ich frage mich, ob ihm noch ein einziger unversehrter Knochen im Leibe bleibt. Diese Rohlinge haben ihn nicht geschont.«

»Ist er bei Bewußtsein?«

»Nein. Und ich möchte sogar sagen: glücklicherweise. So leidet er weniger … Warum ? Warum nur haben sie das getan?« explodierte er plötzlich, voller Wut eine unschuldige Windenranke von einem Pfeiler des Kreuzganges reißend. »Und vor allem: warum jetzt? Es ist länger als einen Monat her, daß er uns geholfen hat, dem Stutzer zu entwischen!«

»Ihr meint, daß sie ihn früher hätten martern müssen?« unterbrach ihn Cathérine empört.

»Ein bißchen ist es das, wenn man sich nur an die Logik hält. Seid mir nicht böse, Dame Cathérine, und ich bitte Euch, versucht zu verstehen, was ich sagen will. Ich suche einen Grund, einen triftigen Grund für dieses Desaster, einen Grund, der nicht bei uns liegt. Wenn der Stutzer ihn für unsere Flucht hätte bezahlen lassen wollen, hätte er ihn sofort getötet, ohne zu warten, und ich gestehe Euch, daß seit unserer Ankunft im Schloß Dame Ermengardes kein Tag begonnen hat, ohne daß ich voller Angst, seinen Leichnam an irgendeinem Baum hängen oder im Fluß treiben zu sehen, zum Wehrgang hinaufgeklettert wäre. Doch mit der Zeit ließen meine Befürchtungen nach.«

»Wozu logische Gründe für einen Akt mutwilliger Rohheit suchen?« brauste Cathérine auf. »Robert de Sarrebruck ist ein Teufel, der tötet, um zu töten, der zu seinem Vergnügen quält …«

»… der aber trotzdem bisher der Kirche einen gewissen Respekt bezeigte. Ich meine damit, daß er es vermied, ihre

Vertreter zu töten, denn dieser Respekt erstreckt sich, wohlverstanden, nicht auf ihre materiellen Güter. Wenn er es gewagt hat, einen Mann Gottes so barbarisch zu behandeln, muß er entweder verrückt sein ... oder ein zwingender Grund hat ihn dazu veranlaßt.«

Cathérine schüttelte unüberzeugt den Kopf, doch Ermengarde, die einen Moment später an der Spitze des Zuges so reichlich beladener Maultiere und Karren zurückkehrte, daß es für die Verproviantierung einer Stadt ausgereicht hätte, schloß sich völlig seiner Ansicht an: Die Landry auferlegte Marter, die normalerweise schon seinen Tod hätte herbeiführen müssen, war die Antwort auf eine Forderung, aber auf welche?

»Unglücklicherweise ist das eine Frage, die der Arme zu beantworten unfähig scheint«, seufzte sie abschließend.

Mit der Energie der Verzweiflung machte sich Gauthier ans Werk, unterstützt von Cathérine und Bérenger, die stumm vor Angst dem erbitterten Kampf beiwohnten, den der junge Mann mit den beschränkten Mitteln der Medizin seiner Zeit und den unendlich reichhaltigeren seiner Erfindungsgabe gegen den Tod führte. Die Schlacht zog sich bis in die Mitte der Nacht hin, während die in ihrer verwüsteten Kapelle versammelten Mönche ein endloses Gebet zum Himmel richteten, in dem sich Bußpsalmen und inbrünstige Anrufungen abwechselten, um vor Gott Barmherzigkeit für einen Prior zu erflehen, den sie sehr zu lieben schienen.

Doch im gleichen Maße, wie die Stunden verstrichen, schwand auch die Hoffnung. Der Atem des Verletzten ging kürzer, vermischte sich mit einem unheilkündenden Röcheln, das bei Gauthier wütendes Knurren, bei Cathérine Tränen hervorrief. Der schon wächserne Teint des Gesichts wurde grau, als breite sich der ewige Schatten bereits über Pater Landry aus, und trotz all seiner Bemühungen wollte es dem Arztneuling nicht gelingen, den gequälten Körper für einen Moment ins Bewußtsein zurückzurufen.

Gegen Ende der Nacht wurde es klar, daß das noch verbliebene bißchen Leben schnell dahinschwand, und daß es nicht mehr möglich war, an Wunder zu glauben. Seit Stunden hatte Cathérine das Lager ihres Freundes nicht verlassen, neben dem sie kniete, die große, runzlige Hand des Kranken wie einen zerbrechlichen Vogel in der ihren haltend und ohne jeden Egoismus diesmal von ganzem Herzen betend, von neuem eingesponnen in jenes Einst voller Zauber, das sich mit Landry verband: die glückliche Kindheit, Seite an Seite, verlebt zwischen den Häusern des Pont-au-Change in Paris, im täglichen fröhlichen Lärm der Goldschmiedeläden, des hellen Klangs der Werkzeuge auf dem kostbaren Metall und des Geschreis der lombardischen oder normannischen Wechsler in ihren Buden gegenüber. Da waren die Gänge zu zweit zu den Ufern gewesen, um die großen, dickbäuchigen Lastkähne zu beobachten, die den Fluß hinauf und hinunter glitten, das Baden in der schönen Jahreszeit, wenn es den Düften des Eingemachten Jaquette Legoix' oder Mama Pigasses gelang, die Fischgerüche zu besiegen; die Schneeballschlachten und das Schlittern auf der Seine, wenn der Winter Paris bedrängte, schließlich die heimlichen Ausflüge zu all den seltsamen und faszinierenden Orten der großen Stadt, die ihre kindliche Neugier reizten, vom Palast der Könige bis zum Wachthaus des Châtelet, von Notre-Dame bis an die Grenzen der unheimlichen Höfe der Wunder. Und Cathérine spürte jetzt, wie in ihr mit Landry das kleine Mädchen starb, das sie gewesen war, denn nach ihm würde sich niemand mehr des Pont-au-Change erinnern und mit ihr mit dem glücklichen Lächeln der Kindheit darüber sprechen, das die Beschwörung vergangener Tage begleitet …

»Es ist das Ende …«, murmelte rauh die Stimme Gauthiers, während er zornig den Napf mit dem Heiltrank beiseite stelle, mit dem er die Lippen des Sterbenden unablässig befeuchtet hatte. Ein schluchzender Schrei der Empörung entrang sich Cathérines Kehle.

»Nein! Das wäre zu ungerecht!«

Beim Klang ihrer Stimme überlief Landry ein Beben. Seine Lider, die schwer wie Granit zu sein schienen und auch dessen Färbung zeigten, zitterten und hoben sich mühsam über glanzlosen Pupillen. Diese drehten sich in ihren Höhlen und verhielten auf ihrem tränenüberströmten Antlitz. Die rissigen Lippen versuchten ein Lächeln.

»Er … lebt!« flüsterte Landry mit seinem letzten Lebenshauch. Alles war nun zu Ende. Der Pariser Gassenjunge, der Reiter des Großen Marstalls von Burgund, der Mönch von Saint Seine und Châteauvillain hatte Gott seine aufrechte, schlichte Seele zurückgegeben, von der einen Teil dem Schöpfer streitig zu machen nur Cathérine gelungen war.

»Landry!« stammelte sie unter Tränen. »Landry ... warum, mein Gott, warum?«

Ermengarde zog die junge Frau, der die steif gewordenen Knie einen Schmerzensschrei entlockten, mit kräftiger Faust hoch und drückte sie an sich, umhüllte sie mit all ihrer rauhen, warmherzigen Zärtlichkeit.

»Weil die Stunde gekommen war, Cathérine, eine Stunde, die er gewiß so und nicht anders gewollt hätte!«

»Er ist für mich gestorben ... meinetwegen!«

»Nein, er ist gestorben, weil Gott es gewollt hat ... und vielleicht auch er selbst. Seelen wie der seinen bringt nur das Martyrium befriedigende Antwort. Ihr bewahrt in Euch die Erinnerung an das Kind, den Knaben, aber Ihr kennt nicht den Mann und seinen unstillbaren Durst nach dem Absoluten. Ich habe ihn gekannt! Von seinem Gott hätte er das schlimmste Unglück wie eine Segnung empfangen, er hätte Lepra und Pest wie eine Gunst akzeptiert. Ihr wißt nicht, in welchem Maße er sein Leben für seine Brüder hinzugeben wünschte! Jetzt wurde er erhört, und Ihr wißt ebensogut wie ich, daß er glücklich gestorben ist ... aber ja, glücklich, denn mit seinem letzten Hauch hat er einen Schmerz besänftigen, eine Angst mildern können, Schmerz und Angst eines Menschen, den er liebte! Pater Landry ist gestorben, aber Euer Gatte lebt, und er war froh, es Euch sagen zu können. Kommt jetzt, wir müssen ihn seinen Brüdern überlassen ... Aber was habt Ihr?«

Mit einem gepeinigten Laut hatte sich Cathérine von ihr losgerissen, klammerte sich jedoch an ihre Arme und sah sie mit vor Entsetzen geweiteten Augen an.

»Arnaud lebt? Aber wo ... und wie? Ist er immer noch der Gefährte dieses Teufels Robert? Oh, Ermengarde, sagt mir, daß er nicht bei ihm war, daß er an diesem Grauen nicht teilgenommen hat? Der Gedanke, daß er einer der Henker meines armen Landry gewesen sein könnte, ist mir unerträglich!«

»Denkt nicht so etwas, Dame Cathérine!« unterbrach Bérenger sie lebhaft. »Ihr kennt Messire Arnaud besser als jeder andere. Er ist rauh, hart, ungestüm, alles, was Ihr wollt, aber er fürchtet Gott, und bis er glaubte, das Opfer einer Ungerechtigkeit zu sein, ist er immer ein echter, tapferer Ritter gewesen. Ihr müßt nur glauben, daß er lebt. Das ist die Hauptsache.«

Durch ihre Tränen lächelte Cathérine dem Pagen zu, der

so tapfer seinen Herrn verteidigte, und schwieg. Um nichts auf der Welt hätte sie das Vertrauen des Jungen schmälern wollen, und darauf wäre es hinausgelaufen, wenn sie ihm von ihren Zweifeln gesprochen und zu verstehen gegeben hätte, daß sie nicht mehr recht sicher war, ihren Gatten zu kennen. Den hochherzigen Arnaud de Montsalvy sich auch nur für einen Moment in die blutige Gestalt des Mordbrenners La Foudre verwandeln zu sehen, war etwas, was sie sich zwei Monate zuvor niemals hätte vorstellen können, und sie hätte sich eher in Stücke schneiden lassen, als zuzugeben, daß das überhaupt möglich sei. Aber sie hatte sich wohl oder übel dem dramatischen Augenschein beugen müssen. Überdies kannte sie Arnauds blinde Eifersucht auf alles, was mit der Vergangenheit seiner Frau zu tun hatte, nur zu gut. Wenn Landry mit einem Anflug von Zärtlichkeit von ihr gesprochen hatte, konnte das genügen, ihm den Gatten zum Feind zu machen.

Und während sie im kühlen, grau dämmernden Morgen durch den Wald zurückritt, in dem der Sang einer Lerche, triumphierend wie die Auferstehung, dem traurig-leisen Totengeläut des kleinen Klosters antwortete, wußte Cathérine nicht mehr recht, ob in ihr mehr Freude als Angst, mehr Hoffnung als Bangen war. Sie mußte die Lösung dieser Frage ohne mögliche Antwort auf später verschieben und sich mit dem zugleich köstlichen und erschreckenden Geschenk des Schicksals begnügen, daß Arnaud lebte!

Diesmal brauchte der kleine Trupp nicht den Fluß zu durchqueren, um die Steigung zum Schloß zu erreichen. Das Feuer war erloschen. Die Unterstadt war nur noch eine Anhäufung geschwärzter Ruinen, in denen Ermengardes Soldaten schon mit Aufräumen beschäftigt waren. Die alte Gräfin war nicht die Frau, sich lange mit dem Betrachten eines Unheils aufzuhalten, und bevor sie zum Kloster zurückgekehrt war, hatte sie schon entsprechende Befehle erteilt.
Es handelte sich darum, die Trümmer sobald wie möglich fortzuschaffen, dann die Umgebung nach auf gut Glück geflohenen Einwohnern zu durchstöbern, um sie zur Rückkehr zu bestimmen. Man würde sie in den Nebengebäuden des Schlosses unterbringen, und für den Fall, daß der Platz nicht reichte, hatte die Gräfin befohlen, an den Flußufern, sobald sie gesäubert seien, die großen Turnier- oder Kriegszelte ihres verstorbenen Gatten aufzustellen, bis in aller Eile wieder einige Häuser erstanden seien, zu deren Errichtung

beizutragen die Bewohner der weit weniger mitgenommenen Oberstadt im Rahmen ihrer Möglichkeiten dringend gebeten wurden. Denn für die Dame Ermengarde war der Titel einer Schloßherrin keineswegs nur eine ehrenvolle, jeden Sinnes beraubte Formel.

Im Schloß angelangt, fanden sie Neuigkeiten vor. Der in mörderischer Laune von seiner Expedition zurückgekehrte Baron de Vandenesse vollführte einen Höllenlärm in einem hitzigen Disput mit dem Seneschall von Châteauvillain, dem in Abwesenheit der Gräfin die Verteidigung des Schlosses oblag.

Die beiden Männer standen auf der Freitreppe des Herrenhauses herausfordernd einander gegenüber, aber das Gebrüll kam vor allem von Vandenesse, der versuchte, seinen Gegner unter einem Schwall verächtlicher Wutäußerungen zu ersticken, während der Seneschall, ein schon älterer Mann, ihm eine mit dickköpfiger Bestimmtheit verbundene eisige Höflichkeit entgegensetzte.

Es war die klare Stimme dieses letzteren, die sich hören ließ, als der kleine Trupp eben in den Hof einritt. Vandenesse schöpfte indes zwischen zwei wütenden Tiraden neuen Atem.

»In diesem Schloß steht allein Dame Ermengarde die hohe, mittlere und niedere Gerichtsbarkeit zu. Dieser Mann wird nicht angerührt, solange sie nicht da ist!«

Der Gegenstand des Disputs lag zwischen den beiden Männern auf den Stufen der Treppe. Es war ein so mit Fesseln verschnürter Mann, daß er kaum mehr menschliche Form aufwies. Blut rann über seinen bis zu den Knien reichenden Rock aus abgetragenem Leder.

»Ich komme!« rief Ermengarde, ihr Pferd antreibend. »Was geht hier vor? Warum nehmt Ihr meinen Seneschall so hart mit, Baron?«

»Wir haben diesen Gefangenen zurückgebracht«, grollte Vandenesse. »Und dieser Mann widersetzt sich meiner Absicht, ihn zu verhören.«

»Verhören? Mir ist, als hätte ich das Wort ›Gerichtsbarkeit‹ bis zu mir flattern hören. Ihr habt nicht zufällig ›hinrichten‹ darunter verstanden?«

»Ich kenne den Sinn der Worte, die ich verwende, Gräfin. Ich wünschte, diesen Mann zu befragen, aber ich rechnete damit, mich dabei Eurer Folterkammer bedienen zu können. Ihr habt doch wohl eine?«

Ermengardes Gelächter hallte im ganzen Hof wider und entzündete einen bösen Funken im Auge des Barons.

»Gewiß haben wir eine ... und gut ausgestattet dazu! Ein wahres Schreckensmuseum! Der Großvater meines verstorbenen Gatten war ungeheuer stolz darauf. Nur wird sie seit ewigen Zeiten nicht mehr benützt, und ich würde es niemand raten, sich dieser verdammten, vom Rost zerfressenen Werkzeuge zu bedienen. Ihr hättet den Baron ruhig versuchen lassen sollen, Gagneau«, fügte sie, zu ihrem Seneschall gewandt, hinzu. »Ich wette, es wäre eine amüsante Erfahrung gewesen.«

Aller Höflichkeit entgegen zuckte Vandenesse wütend die Schultern. Ermengardes Humor gefiel ihm nicht.

»Ich glaubte, die Belagerung Eurer Stadt hätte Euch weniger gefühlvoll gemacht, Dame Ermengarde! Übrigens sind komplizierte Instrumente durchaus nicht erforderlich. Ein paar hübsch durchgeglühte Kohlen und eine Zange sollten genügen ...«

Eine Welle von Übelkeit quoll in Cathérine hoch. Landrys schrecklicher Tod hatte ihre Empfindlichkeit den Qualen gegenüber, die solche Dummköpfe anderen zufügten, aufs äußerte geschärft. Schon bei dem bloßen Wort Folter hätte sie am liebsten aufgeschrien.

»Wann werden die Menschen endlich aufhören, in der Folter ihr höchstes Rechtsmittel zu sehen?« rief sie. »Habt Ihr auch nur versucht, diesem Mann ein paar Fragen zu stellen? Und vor allem, wo habt Ihr ihn gefunden?«

Höchst ungern gab der Seigneur de Vandenesse Auskunft über sein Abenteuer. Die von den Horden des Stutzers zurückgelassenen Spuren waren so frisch und so tief, daß es nicht schwerfiel, ihnen zu folgen, und als sie plötzlich ausblieben, merkten die Verfolger eben noch rechtzeitig genug, daß sie in einen Hinterhalt geraten waren. Robert de Sarrebruck war nicht der Mann, sich verfolgen zu lassen, ohne gewisse Vorkehrungen zu treffen.

»Da wir an Zahl unterlegen waren, glaubte er zweifellos, leichtes Spiel mit uns zu haben, doch er fand jemand vor, mit dem nicht gut Kirschen essen war! Wir verloren nur einen Mann, und als wir ihm entwischten, gelang es uns, einen von seinen mitzunehmen.«

»Andersherum gesagt«, schloß Cathérine kühl, »jeder ist jedem entwischt! Hattet Ihr mir nicht den Kopf des Stutzers versprochen, Messire?«

Während sie sprach, hatte sie sich dem Gefangenen genähert, der stöhnend auf den Stufen lag, wie ein Hühnchen zusammengeschnürt, die Nase auf dem Stein. Plötzlich sank sie mit einem überraschten Laut neben ihm auf die Knie, nahm den schmutzigen Kopf zwischen ihre Hände. Diesen Mann erkannte sie wieder, es war der Auvergnat, den sie Hinkefuß nannten, einer der Leute Arnauds, derselbe, der Gauthier geholfen hatte, ihn zu pflegen.

»Was macht Ihr da, Cathérine?« murmelte Ermengarde.

Die junge Frau antwortete nicht, aber ihre Augen hefteten sich gewittrig auf den Baron.

»Ich kenne diesen Mann, und ich werde ihn befragen. Bindet ihn los!« befahl sie so herrisch, daß der andere, die Stirn runzelnd, protestierte.

»Ihr denkt doch nicht daran! Das hieße ...«

»Das hieße, ein Mindestmaß an Intelligenz zu beweisen! Seht Ihr nicht, daß er nahe daran ist zu sterben? Was für Antworten könnt Ihr von einer Leiche erhoffen?«

Ohne sich um Vandenesse zu kümmern, war Gauthier schon dabei, die Fesseln des Mannes zu durchschneiden, der sich, befreit, wie ein Ölfleck auf den Stufen ausbreitete und nicht mehr rührte.

»Sollen wir ihn vielleicht auch noch zu Bett bringen?« spottete Vandenesse.

»Genau das! Ich bitte Euch, Ermengarde, befehlt zwei Eurer Soldaten, diesen Mann ins Schloß zu schaffen. Gauthier wird ihn pflegen. Hoffen wir, daß mir genügend Zeit bleiben wird, etwas aus ihm herauszubringen.«

Die Gräfin kannte ihre Freundin zu gut, um mit ihr zu diskutieren, wenn sie in ihren veilchenfarbenen Augen einen gewissen kämpferischen Funken aufblitzen sah. Aus irgendeinem Grunde war Cathérine bereit, es mit ganz Châteauvillain aufzunehmen, um diesen verletzten Mordbrenner zu schützen. Einen Moment später verschwand der Hinkefuß, von Gauthier gefolgt, in eine der Kammern der Festung, an der sich er und seine Genossen so lange die Zähne ausgebissen hatten.

Als eine gute Stunde danach die Messe für den Frieden der Seele Pater Landrys in der Schloßkapelle zu Ende ging, stieß Cathérine auf Gauthier, der sie auf der Schwelle erwartete. Ihrem forschenden Blick antwortete er mit einem Lächeln.

»Man fragt nach Euch, Dame Cathérine.«

»Nach mir?«
»Ja. Euer Schützling ist schlecht dran, aber nicht so sehr, daß er von Eurem Eingreifen nichts gemerkt hätte. Er weiß sehr wohl, daß er Euch das Leben verdankt.«
»Jedenfalls bis man ihn hängt!« knurrte Vandenesse, der sich lautlos genähert hatte. »Ich gehe mit.«
Die grauen Augen des Stallmeisters nahmen einen granitenen Ausdruck an.
»Nur Dame Cathérine!« sagte er unverblümt. »Der Verwundete will mir ihr sprechen, aber Euch wird er nichts sagen. Außerdem ist er zu schwach, um zahlreiche Besuche zu empfangen.«
Der Baron ließ murmelnd etwas über das Vergnügen hören, das es ihm bereiten würde, verletzte Straßenräuber und ihre Krankenwärter auf gehörige Weise zu behandeln, drehte sich jedoch auf den Hacken um und gesellte sich, die Hände auf dem Rücken verknotet, zu Ermengarde.
Gegen einen Stapel Kopfkissen gelehnt, hinter grünen Bettvorhängen, die das leichenhafte Aussehen seines Gesichts unter dem struppigen Schopf noch unterstrichen, schien der Hinkefuß dem Tode näher als dem Leben. Sein Atem füllte den Raum mit einem Geräusch, als raschelten welke Blätter, doch bei Cathérines Eintritt schimmerte ein schwacher Glanz in seinen verwaschenen Augen auf.
»Ich habe nach Euch verlangt ... um Euch etwas zu fragen ... Warum ... habt Ihr mich gerettet?«
»Ihr seid es fürs erste nur vorläufig. Wenn Gauthier Euch heilt, habt Ihr große Chancen, wieder jemand in die Hände zu fallen, der davon träumt, Euch hängen zu sehen.«
Der Hinkefuß zuckte die kräftigen Schultern, auf denen ein paar Haarbüschel einen seltsamen Archipel bildeten.
»Wenn es ihn amüsiert, hab' ich nichts dagegen einzuwenden. Unter der Bedingung, daß er mir Zeit läßt, meinen Frieden mit Gott zu machen, kann Euer Baron mit mir anstellen, was er will. Ich hab' lange genug gelebt ... Jetzt fragt mich alles, woran Euch liegt. Der andere hätte mir die Haut Zoll für Zoll vom Leibe reißen können, ohne daß ich das Maul zu etwas anderem als zum Brüllen aufgerissen hätte, aber mit Euch ist es was anderes.«
»Dann sagt mir, was mit meinem Gatten geschehen ist ... Wo ist er jetzt? Beim Stutzer? Sein Gefangener vielleicht?«
»Gefangener? Wieso? Es gab keinen Grund dafür. Nein, vor drei Tagen ist er aufgebrochen, und Cornisse hat er mit-

genommen«, fügte er mit einer Bitterkeit hinzu, die unausgesprochene Eifersucht verriet. »Aber es stimmt schon, Cornisse hat ihn am meisten gepflegt ... von dem Mönch abgesehen, versteht sich. Und man muß auch sagen, daß es in der ersten Zeit bestimmt nicht leicht war. Man hat gedacht, daß er draufgehen würde, der Hauptmann. Und dann ist es mit einem Schlag besser geworden. Von dem Moment an hat er sich schnell wieder aufgerappelt.«

Die junge Frau stieß einen Seufzer der Erleichterung aus. Drei Tage ... Also war Arnaud nicht mehr dagewesen, als der Stutzer von Commercy Landry gefoltert hatte. Und Cathérine dankte im stillen Gott, ihr wenigstens dies erspart zu haben.

»Aber warum ist er aufgebrochen? Und wohin?«

»Wirklich, ich weiß es nicht! Es hat ihn ganz plötzlich gepackt. Ich weiß nur, daß er sich eines Abends mit Messire Robert gestritten hat. Er brüllte so laut, daß man ihn bestimmt bis zum Ende des Dorfes hören konnte. Er sagte, er habe genug davon, vor einem Platz Schildwache zu stehen, mit dem man nie zu Rande käme, weil er zu stark sei, und daß er woanders Besseres zu tun habe.«

»Und was antwortete der Stutzer?«

»Kein Mensch weiß es. Er ist ein Mann, der nie brüllt. Messire Arnaud ließ es sich dafür nicht nehmen. Nur schrie er zu laut, aber mir kam's vor, als hätte er von der Jungfrau gesprochen ... Ja, das war's!« rief der Hinkefuß plötzlich höchst befriedigt wie jemand, der unversehens die lange gesuchte Lösung eines Problems entdeckt. »Genau das war's! Er hat von der Jungfrau von Orléans gesprochen! Er hat gesagt, daß nur sie etwas für ihn tun könnte, daß er sie zum König zurückbringen würde und daß sie zusammen die Engländer und Burgunder ins Meer jagen würden! Und gleich danach hab' ich den Stutzer lachen hören. Diese verdammte Geschichte mit der Jungfrau war nämlich schon immer ein Anlaß zum Streit zwischen ihnen gewesen. Der Hauptmann La Fou ... wollte sagen, Messire Arnaud schwor, daß sie lebte, daß er sie wiedergesehen hätte, als er eines Tages mit ein paar Männern in der Gegend von Vaucouleurs patrouillierte. Der Stutzer meinte, er habe geträumt, das Mädchen von Domrémy hätten die Engländer verbrannt, und die Engländer machen nie halbe Sachen. Aber Messire Arnaud bestand darauf.«

»Was für ein Unsinn!« grollte Cathérine. »Er und ich waren an dem Tag in Rouen, an dem Jeanne d'Arc verbrannt wurde. Mein Gott, ich könnte tausend Jahre leben und würde trotzdem diesen entsetzlichen Anblick nicht vergessen: ihr Körper, ihr Gesicht in den Flammen ... und dieser schreckliche Geruch nach verbranntem Fleisch! Mein Gatte muß verrückt sein! Er muß das Opfer einer Ähnlichkeit geworden sein! Auch zu mir hat er von dieser Begegnung gesprochen, aber ich sagte ihm, was ich davon hielt!«

»Das muß ihn nicht sehr beeindruckt haben. Wenn Ihr meine Ansicht hören wollt, edle Dame, hat er sich aufgemacht, sie zu suchen!«

Cathérine spürte, wie Zorn in ihr aufstieg und die Freude darüber beiseite fegte, ihn lebendig und seine Hände von Landrys Blut rein zu wissen. Arnaud war wieder gesund, aber er schien nun von unheilbarer Dummheit befallen. Wie konnte er eine Abenteurerin zweifelhafter Herkunft – denn sie konnte nichts anderes sein! – mit Jehanne d'Arc verwechseln, mit der, die mit einem Blick Menschen vor sich auf die Knie hatte sinken lassen, die, von Gott gesandt, Armeen unterworfen und selbst rauhe Feldhauptleute wie La Hire, Xaintrailles oder den Bastard von Orléans bezwungen hatte?

Die junge Frau war sich selbst gegenüber offen genug, um zu spüren, daß bittere Eifersucht sich in ihren Zorn mengte, ja dessen Nährboden bildete. Ihre letzte Begegnung mit Arnaud hatte sie nicht die männliche Unehrlichkeit im allgemeinen entdecken lassen, die für sie nichts Neues war, sondern die ihres Gatten. Wenn er sich so leicht von einer Ähnlichkeit hatte einfangen lassen oder vielleicht auch nur so tat, mußte diese unbekannte Frau in ihm irgend etwas Intimeres als die Erinnerung an das Vorbild, ein Gefühl vielleicht oder ein Verlangen geweckt haben ... Bei der Wiederbegegnung mit seiner Frau jedenfalls war das Verhalten des Herrn von Montsalvy nur zu genau das eines bei einem Fehltritt ertappten Ehemanns gewesen: Er hatte sich durch Anklagen und jeden Einwand übertönendes Gebrüll aus der Affäre gezogen. Und kaum geheilt, wandte er sich nun diesem Geschöpf, der angeblichen Jehanne zu!

Logik und Pflicht verlangten, daß er zwischen zwei Hauptmöglichkeiten wählte: entweder sobald wie möglich seinen Frieden mit dem König zu machen oder direkt nach Montsalvy zurückzukehren, wo er sicherlich dringend gebraucht wurde. Aber nein, er fand nichts Wichtigeres zu tun, als hinter einer Abenteurerin herzustürzen und lautstark zu verkünden, daß er ihr helfen wolle, den Feind endgültig aus dem Königreich zu vertreiben.

Jäh wandte Cathérine sich dem Fenster zu, in dessen Nische sich Gauthier de Chazay aus Diskretion zurückgezogen hatte. Eine wenig erfreuliche Idee, die aber alles erklären konnte, war in ihren Grübeleien aufgetaucht.

»Mein Mann war am Kopf verletzt, als wir ihn verließen. Kann es möglich sein, daß er vielleicht ...«

Gauthier schüttelte den Kopf, trat näher.

»... verrückt geworden ist? Ich glaube nicht. Er war im Gesicht verletzt, Dame Cathérine, nicht am Schädel. Selbstverständlich hatte ich nicht viel Zeit, um Messire Arnaud kennenzulernen, aber erlaubt Ihr mir dennoch, meine Meinung zu äußern?«

»Ich erlaube es nicht nur, ich bitte Euch darum!«

»Nun, ich würde sagen, daß er mir wie ein halsstarriger, seinen persönlichen Ideen bis zur Dickköpfigkeit und Verblendung verhafteter Mann vorkam. Jetzt hat er sich also in den Kopf gesetzt, daß diese Frau die wundersamerweise den Flammen entronnene Jehanne d'Arc ist. Eine Wiederauferstandene, warum nicht? Hatte nicht Gott selbst sie gesandt? Sein Wunsch, es zu glauben, ist so groß, daß er sogar seine eigenen Erinnerungen leugnet, und da ihm gelegentlich Zweifel kommen, mußte er sie mit Zorn verjagen. Ich füge hinzu, daß Eure Begegnung nichts zum Guten gewendet hat. Er wird sich mit um so größerer Starrköpfigkeit an sein Hirngespinst klammern, als er Anlaß zu haben glaubt, sich über Euch zu beklagen.«

Cathérine zuckte die Schultern.

»Das ist lächerlich!« Sie wandte ihren Veilchenblick wieder dem Verletzten zu, der sie unruhig beobachtete. »Habt Ihr nach meinem Fortgang meinen Gatten manchmal über mich sprechen hören? Hat er mich gesucht?«

Die Unruhe des Mannes wandelte sich zu echter Angst, während es ihm durch eine Art Wunder gelang, in seinem erschöpften Körper genug Blut aufzutreiben, um sein Gesicht purpurn zu röten.

»Gesucht? Nein ... nicht wirklich. Er glaubte, wie übrigens wir alle, daß Ihr hier Zuflucht gefunden hättet. Es war die einzige Möglichkeit, da sich sonst nirgends Spuren fanden.«

»Aber sprach er von mir?«

Der Hinkefuß wurde rot wie Klatschmohn. Anscheinend

fiel ihm das Morden leichter als das Lügen, doch Cathérine ließ trotz seiner offensichtlichen Verlegenheit nicht nach:

»Ich bitte Euch, sagt es mir ... selbst wenn es nicht angenehm zu hören ist, denn ich wette, daß es sich nicht gerade um Lobsprüche handelte.«

»Einmal ... ja ... hat er von Euch gesprochen. Aber bei Sankt Flour, dem Schutzpatron meiner Heimatstadt, ich würde lieber nicht wiederholen, was er ...«

»Und ich fordere es! Ihr müßt! Und wenn Ihr glaubt, mir irgend etwas zu schulden ...«

Es war, als explodierte der Hinkefuß wie ein zu volles Faß, das den Verschluß des Spundlochs sprengt. Sich auf die Kopfkissen aufstützend, schrie er zwischen röchelnden Atemzügen:

»Um so schlimmer! Ihr habt's so gewollt! Er hat Euch eine Hure genannt, edle Dame, und er hat gebrüllt, daß er Euch aus der Stadt peitschen ließe, wenn Ihr es je wagtet, nach Montsalvy zurückzukehren!«

Erschöpft ließ sich der Verletzte mit einem Anfall hohl klingenden Hustens wieder in die Kissen sinken. Cathérine hatte die Augen geschlossen. Sie war so bleich geworden, daß Gauthier, eine Ohnmacht fürchtend, ihre Hand ergriff und einen wütenden Blick auf seinen allzu offenherzigen Patienten warf.

»Vergebt mir ...« keuchte dieser, »aber Ihr habt gewollt, daß ich rede!«

Die junge Frau hatte sich schon wieder gefaßt und versuchte ein Lächeln.

»Es ist nichts! Macht Euch keine Vorwürfe! Es ist besser, alles zu wissen und ich danke Euch. Jetzt sagt mir, ob Ihr wißt, warum der Stutzer so überstürzt aufgebrochen ist? Warum er vor allem Pater Landry hat umbringen lassen? Im Moment ist das das einzig Wichtige, weil es keine Erklärung dafür gibt und sich in einer unerklärlichen Sache eine Gefahr verbergen kann.«

Zweifellos begierig, die Brutalität seines vorherigen Geständnisses wiedergutzumachen, ließ sich der Hinkefuß nicht lange bitten.

»Ich weiß nicht viel, aber ich glaube, all das gehört zusammen. Am Abend des gleichen Tages, an dem der Hauptmann La Foudre ... ich wollte sagen, Messire Arnaud den Stutzer verließ, kamen zwei Männer im Lager an. Sie waren schwarz gekleidet, ohne Wappen oder sonst was, woran man sie hätte erkennen können, aber sie ritten schöne Pferde, und sie verlangten, den Chef zu sprechen. Nun sind die Wachen bei Messire Robert nicht so einfach zu überwinden. Da genügt's nicht, einen arroganten Ton anzuschlagen, um zu ihm zu kommen. Man muß sich zuverlässig ausweisen ... vor allem bei Nacht. Und die beiden Burschen haben nach kurzem Zögern erklären müssen, daß sie vom Herzog von Bourbon geschickt seien. Ich war da, ich hab' sie gehört. Aber sie redeten mit einem merkwürdigen Akzent ...«

»Einem Akzent?«

»Ich ... ich glaube, es waren Aragonier oder eher noch Kastilier. Dieser Akzent hat mich an was erinnert ... an Villandrados Bande vielleicht. Als ich sie sprechen hörte, kam's mir gleich so vor, als ob diese Abgesandten des Herzogs von Bourbon zu ihm gehörten ...«

»Sie könnten das eine wie das andere sein«, murmelte Cathérine, durch das plötzliche Wiederauftauchen dieses alten Feindes höchst unangenehm beeindruckt. »Rodrigue de Villandrado hat eine Bastardtochter des Herzogs geheiratet. Er ist ihm völlig ergeben.«

»Ihr könnt mir viel erzählen«, sagte der Hinkefuß, der kaum auf dem laufenden war, was fürstliche Allianzen betraf. »Jedenfalls sind sie im Lager geblieben, und noch in der Nacht ihrer Ankunft hat man mit der Folterung des Mönchs begonnen. Er wurde hinter dem Zelt des Stutzers dabei erwischt, wie er zu hören versuchte, was sie drinnen sagten. Wenigstens hat man geglaubt, daß er lauschte und hat aus ihm herauspressen wollen, was er gehört hatte. Aber er hat nichts gesagt. Vielleicht wußte er wirklich nichts«, schloß der Mann, der anscheinend an Heroismus in der Folter nicht glaubte.

»Aber warum ist er nach dem Aufbruch meines Gatten noch im Lager geblieben? Warum ist er nicht in die Priorei zurückgekehrt?«

»Ich glaube, er dachte, sein Werk sei noch nicht beendet. Er wollte den Stutzer dazu bringen, die Belagerung aufzuheben.«

»Und die Belagerung ist aufgehoben worden, aber er hatte nichts damit zu tun«, seufzte Cathérine traurig. »Er ist tot ... und doch war's nicht er, der Robert de Sarrebruck zum Abziehen veranlaßte, nicht wahr?«

»Nein. Es waren die beiden Männer in Schwarz. Sie sagten, daß die Belagerung sinnlos sei, daß es woanders Besseres zu tun gäbe, und daß da vor allem viel mehr Gold zu gewinnen sei.«

Cathérine runzelte die Stirn. Ihr Antlitz wurde starr.

»Woher wißt Ihr das? Ausgerechnet Ihr?«

»Ihr wollt sagen, ich, ein bloßer armer Teufel, he? Ich verstehe, daß Euch das merkwürdig vorkommen kann, aber ich hab's Euch ja gesagt, ich war auf Wache ... und ich bin immer schon neugieriger Natur gewesen. Nur bin ich kein armer Heiliger von Mönch mit reiner und naiver Kinderseele. Ich hab' nicht nur feines Ohr, ich kann auch die Ohren spitzen, ohne daß man's mir anmerkt ... und vor allem, ohne mich dabei erwischen zu lassen!«

»Ich verstehe. Dann wißt Ihr also, wo es Besseres zu tun und vor allem mehr Gold zu gewinnen gibt?«

»Und ob! In Dijon!«

»In Dijon?« rief Cathérine verblüfft. »Das ist unmöglich, es sei denn, der Stutzer ist verrückt! Er hat nur eine Handvoll Männer im Vergleich zu den Truppen, die die Stadt bewachen, ob der Herzog da ist oder nicht!«

»Oh, von einer Belagerung ist natürlich nicht die Rede gewesen ...«

»Wovon sonst?«

»Von einem Gefangenen ... einem wichtigen Gefangenen, den Herzog Philippe in einem Turm seines eigenen Palastes bewachen läßt. Von einem Gefangenen, der viel Gold wert ist ... viel zuviel, hört man Bourbons Abgesandte. Es scheint, als verhandelte man schon über das Lösegeld. Herzog Philippe soll bereit sein, ihn freizugeben, aber nur für eine so große Summe, daß selbst die Finanzen des Königs und einiger anderer in die Knie brechen würden. Ich muß Euch gestehen, daß mir all das ein bißchen dunkel geblieben ist. Ich komme nicht viel mit hohen Herrschaften zusammen.«

Cathérine und Gauthier sahen einander an. Für sie waren die Worte des Mannes durchaus nicht dunkel. Philippes Häftling war der junge König René, Herzog von Anjou und Sohn Yolandes, von den Burgundern in der Schlacht von Bugnéville gefangen und seitdem im Neuen Turm des Palastes von Dijon in strenger Haft gehalten. René, für den Cathérine seit Saumur einen Brief bei sich trug, den zu überbringen ihr durch die Ereignisse der letzten Monate verwehrt worden war und den sie im übrigen, in ihrem Kummer verloren, total vergessen hatte ...

Gauthier, der im Antlitz der jungen Frau wie in einem offenen Buch las, murmelte leise:

»Ihr habt alle nur denkbaren Entschuldigungen, Dame Cathérine. Jeder andere hätte an Eurer Stelle genauso gehandelt. Es war Euch unmöglich, Euren Weg fortzusetzen.«

Doch sie verweigerte die allzu leichte Absolution.

»Nein. Ich hatte eine Mission, ich hätte sie erfüllen müssen ... und ...«

Sie verstummte. Es war weder die Stunde noch der Ort, in Gegenwart eines verwundeten Landsknechts, der sichtlich zu begreifen suchte, ihre Seelenzustände zu diskutieren. Sie wandte sich dem Hinkefuß wieder zu.

»Wegen dieses Gefangenen also ist der Stutzer abgezogen. Was soll er denn unternehmen? Ihn entführen? – Das ist unmöglich. Er muß gut bewacht sein.«

Der Kranke rang nach Atem. Es war ihm anzusehen, daß er litt. Er lag mit geschlossenen Augen da und wurde so bleich, daß Cathérine ihn für einen Sterbenden hielt und sich über ihn neigte.

»Fühlt Ihr Euch schlechter?«

Einen Moment später öffnete er die Augen und lächelte schwach.

»Ich fühl' mich nicht bestens, aber ich muß zum Ende kommen ... Der Stutzer soll die beiden Männer schützen ... und sie sollen dafür sorgen, daß der Gefangene niemals sein Gefängnis verläßt, nie mehr. Ihr versteht?«

»Es ist nur zu klar«, knurrte Gauthier. »Kein Gefangener mehr, kein Lösegeld.«

»Und da der Herzog von Bourbon seine Tochter mit dem Sohn des Gefangenen verheiraten soll, hat er weder Lust, das ganze Vermögen in die Hände Herzog Philippes gelangen zu sehen, noch selbst eine zu hohe Mitgift zahlen zu müssen, um die entstandenen Löcher zu stopfen. Zudem ist der solide Haß, den Bourbon Herzog Philippe entgegenbringt, für niemand ein Geheimnis. Falls König René in seinem Kerker stirbt, entbrennt der Krieg von neuem«, schloß Cathérine. »Ich glaube, unsere Pflicht steht fest!«

Sie dankte dem Hinkefuß und versicherte ihm, daß er den Strick nicht mehr zu fürchten habe, da er nun unter ihrem Schutz stehe.

»Seht zu, schnell gesund zu werden. Danach werdet Ihr frei sein!«

Aber er rief sie zurück, als sie die Kammer verlassen wollte.

»Wenn Ihr zufrieden mit mir seid, Herrin, tut noch etwas Besseres. Nehmt mich in Eure Dienste. Auf das Andenken meiner armen Mutter, ich werde Euch treu sein. Und wenn Ihr dann den Hauptmann La Fou ... will sagen, Euren Gatten wiedergefunden habt, werde ich allen beiden dienen.«

Sie lächelte ihm zu, gerührt durch diese noch immer nicht welk gewordene Treue einem Mann gegenüber, der ihn immerhin verlassen hatte. Arnaud besaß entschieden die Gabe, die Herzen seiner Männer zu gewinnen, selbst wenn es nur Landstreicher waren, die er verachtete ... ja vor allem vielleicht, wenn er sie verachtete! – Verhielt es sich übrigens nicht ebenso mit denen, die er zu lieben behauptete? Sie wußte nicht, wie ihr nächstes Wiedersehen verlaufen würde, aber eins wußte sie: daß es ein Wiedersehen gäbe, daß es nicht anders sein konnte, solange sie beide lebten ...

»Gut«, sagte sie endlich, »begebt Euch, wenn Ihr geheilt sein werdet, nach Montsalvy, zwischen Aurillac und Rodez. Ich werde Euch einen Brief an den Abbé Bernard mitgeben, der in unserer Abwesenheit alle herrschaftlichen Rechte ausübt.«

Die Freude des Verletzten war so groß, daß die junge Frau den Eindruck mitnahm, ihr Versprechen trüge mehr zur Heilung des Mannes bei als alle Medizinen Gauthiers.

Im Flur stieß sie auf den auf und ab gehenden Vandenesse.

»Ihr seid lange geblieben«, sagte er in säuerlichem Ton, der die junge Frau lächeln ließ, denn er verriet das ganze Ausmaß seiner ungeduldigen Erwartung. »Ich hoffe, daß die Gerechtigkeit jetzt ihren Lauf nehmen kann.«

»Gerechtigkeit? Welche Gerechtigkeit? Die Eure, Baron? Ich glaube kaum. Ich habe von diesem Mann alles erfahren, was ich erhoffte, und mehr noch. Ich empfinde ihm gegenüber Dankbarkeit. So kann ich Euch ebensogut gleich sagen, daß er von nun an unter meinem Schutz steht.«

Eine jähe zornige Aufwallung ließ Vandenesse erbleichen.

»Was besagen will?«

»Daß ich Euch verbiete, diesen Mann anzurühren, daß Ihr euch zu verantworten haben werdet, falls ihm etwas ... nun, zustößt, nicht nur vor mir, sondern vor Herzog Philippe, dem ich dank ihm vielleicht einen großen Dienst erweisen kann. Überdies ist er seit einer halben Stunde Teil meines Haushalts und wird, wenn Gott ihm Genesung gewährt, was ich hoffe, Châteauvillain nur verlassen, um sich nach Montsalvy zu begeben.«

Der Baron schlug eine Lache an, die nach allem möglichen klang, nur nicht nach Fröhlichkeit.

»Nach Montsalvy? Zu Euch? ... Der Wolf im Schafstall, könnte man sagen! Ein schöner Diener, den Ihr da habt! Und Euer Gatte ...«

»Mein Gatte kennt die Menschen unendlich viel besser, als Ihr's Euch vorstellt, Baron. Ich wäre sehr erstaunt, wenn er diesen nicht aufnähme. Was Montsalvy, unser Lehen, betrifft, hat es, glaubt mir, nichts von einem Schafstall voller blöckender Lämmer ... Und nun gestattet, daß ich mich verabschiede. Ihr werdet mir verzeihen, daß ich Euch nicht länger Gesellschaft leiste, aber ich muß Vorbereitungen für meinen Aufbruch treffen.«

»Ihr wollt fort? Wohin?«

Cathérine preßte ihre Handflächen gegeneinander, wie immer, wenn es ihr darum ging, sich zu beherrschen. Sie starb vor Verlangen danach, diesen lästigen Burschen zum Teufel zu schicken, dem sie insgeheim vorwarf, daß es ihm nicht gelungen war, das belagerte Châteauvillain zu befreien. Gewiß, er hatte zu seiner Sicherheit beigetragen, und das war schon etwas, aber mit ein wenig mehr Energie hätte er mit den ihm zur Verfügung stehenden Kräften vielleicht ein besseres Resultat erzielen können. Doch da er bei Hof recht gut angeschrieben war, während sie nicht wußte, was sie selbst bei Herzog Philippe, ihrem einstigen Geliebten, galt, war es sicherlich nicht der rechte Moment, sich eine Feindschaft zuzuziehen.

»Vergebt mit, wenn ich es Euch verschweige«, sagte sie endlich, ohne daß ihre sanfte Stimme die Mühe der Überwindung verriet. »Als ich hier eintraf, war ich mit einer Mission betraut. Bis heute wurde ich an ihrer Ausführung gehindert, aber da der Weg nun frei ist, darf ich sie nicht mehr länger aufschieben.«

»Eine Mission? Was für große Geheimnisse unter Freunden!«

»Eben das: sie gehören nicht mir!«

»In diesem Fall ... und was das auch für eine Mission sein mag, werdet Ihr Hilfe brauchen. Das Land ist noch längst nicht sicher. Es gibt noch englische Garnisonen, von

Wegelagerern ganz abgesehen. Ich werde keine Fragen stellen, aber ich begleite Euch!«

Die junge Frau spürte, daß sie bis zu den Wurzeln ihres blonden Haares errötete. Zum Teufel mit diesem Aufdringling! Seine Selbstgefälligkeit ließ ihn nicht merken, daß sie von seiner Gegenwart, seinen anzüglichen Blicken, seinen schleicherischen Galanterien längst genug hatte. Vielleicht hätte sie sich gar ihrem Zorn überlassen, wenn Gauthier, der zurückgeblieben war, um dem Verletzten noch einige Verhaltensmaßregeln zu geben, nicht mit Verbandszeug über dem Arm und einer Schüssel in der Hand aus der Kammer getreten wäre.

»Ist es nicht ein wenig früh, Messire, eine Festung zu verlassen, der beizustehen Ihr gekommen seid? Der Stutzer ist fort, aber er kann zurückkehren.«

»Wenn er zurückkehren wollte, hätte er seine Quartiere nicht verbrannt. Nein, ich bin sicher, er wird nicht zurückkommen, und Châteauvillain hat nichts mehr zu fürchten. Zudem bin ich nicht der Hauptmann seiner Garnison. Ich muß wieder zu meinem Herrn.«

Das längliche Gesicht des Stallmeisters schmückte sich mit einem Lächeln, das viel zu liebenswürdig war, um aufrichtig zu sein, während seine ohnehin höhere linke Braue noch um eine gute Fingerbreite in die Stirn hinauf rutschte und ihm vollends zu einer heuchlerischen Miene verhalf.

»Wenn es so steht, wäre es undankbar, abzulehnen«, sagte er mit so salbungsvoller Stimme, daß es nun an Cathérine war, ihre schmalen Brauen leicht hochzuziehen. »Ich glaube, Dame Cathérines Dolmetsch zu sein, wenn ich versichere, daß wir außerordentlich glücklich sein werden, unter Eurem Schutz zu reisen, da wir auch die gleiche Richtung haben ... die nach Norden. Aber ... werdet Ihr bereit sein, übermorgen aufzubrechen? Die Frist wird Euch vielleicht ein wenig zu kurz erscheinen, um eine so zahlreiche Gesellschaft wie die Eure in Marsch zu setzen.«

»Keineswegs, mein Freund, keineswegs«, erklärte der Baron mit Gönnermiene. »Ich werde bereit sein, denn ich gehe sofort, um das Schnüren der Bündel zu veranlassen.«

»Habt Ihr der Verstand verloren?« zischte Cathérine empört, sobald der Baron beruhigt, ja entzückt hinter der Flurecke verschwunden war. »Mich mit diesem eingebildeten Pfau, den ich nicht ausstehen kann, reisen zu lassen! Und warum übermorgen, während wir beide, Ihr und ich, wissen ...«

»Weil wir noch diese Nacht das Schloß verlassen werden«, fiel Gauthier friedlich ein. »Falls Dame Ermengarde bereit ist, dem Baron die Komödie vorzuspielen, die ich ihr angeben werde, dürften wir einen guten Vorsprung vor ihm haben, wenn er unsere Abreise bemerkt. Und da er zum Herzog stoßen muß, der Herzog in Flandern ist und er sich einbildet, daß auch wir uns dorthin begeben, wird er nichts Eiligeres zu tun haben, als uns in die der unseren diametral entgegengesetzte Richtung nachzulaufen.«

Cathérine betrachtete ihren Stallmeister mit einer Überraschung, in die sich ein Quentchen Bewunderung, aber auch ein wenig Gereiztheit mischten. Es war Zeit für sie, wieder sie selbst zu werden, denn wenn sie nicht achtgab, würde ihr dieser Bursche bald Schritt für Schritt ihres Verhaltens vorschreiben. Ein klein wenig verärgert und von einer boshaften Laune getrieben, widmete sie ihm nur ein kühles Lächeln.

»Warum legt Ihr eigentlich so viel Wert darauf, die Eskorte des Barons abzulehnen? Daß seine Gesellschaft mich irritiert, ist eine Sache, eine andere aber ist es, daß er völlig recht hat, wenn er sagt, daß die Gegend noch nicht ganz sicher ist.«

»Ein Grund mehr, weiterhin Châteauvillain zu schützen. Und dann, wenn Ihr meine wahren Gedanken wissen wollt, Dame Cathérine - und ich wäre nicht überrascht, wenn es auch die Euren wären -, ich habe kein unbegrenztes Vertrauen zum Baron de Vandenesse. Es ist vielleicht Euretwegen, aber ich habe oft den Eindruck gehabt, daß es sein Wunsch war, dic Belagerung sich in die Länge ziehen zu sehen, und daß er auf jeden Fall nicht viel tat, um ihr ein Ende zu setzen. Euer Zusammenleben gefiel ihm sichtlich.«

Die junge Frau bewahrte einen Moment Schweigen, während sie jedes der Worte ihres Stallmeisters bei sich erwog. Sie gaben nur allzu treffend ihre eigenen Gedanken wieder, als daß sie hätte widersprechen können. Doch um nichts auf der Welt hätte sie es freiwillig zugegeben.

»Was so aufreizend bei Euch wirkt, Gauthier de Chazay«, seufzte sie, »ist der Umstand, daß Ihr immer recht habt.«

Und die Schleppe ihres Kleides über ihren Arm raffend, wandte sie sich majestätisch der Treppe zu.

Unter dem Schild des großen Sankt Bonaventura

Zwei Tage darauf ritten gegen Abend drei Reiter langsam die Grande Rue Notre Dame in Dijon entlang, die Prunkstraße der Stadt, in der sich in einer recht phantasievollen Baufluchtlinie die Häuser der wichtigsten Kaufleute aneinanderreihten. Sie ritten dem Garten des herzoglichen Palastes zu.

Seitdem Cathérine, im orangenen Schein der sich ihrem Untergang zuneigenden Sonne, von einer Anhöhe aus die zahllos aufragenden Türme der Stadt entdeckt hatte, ähnlich den Masten eines in einem Hafen zusammengepferchten Geschwaders, hatte sie kein Wort mehr gesprochen und sich mit lockerem Zügel von ihrem Pferd stumm den großen Tortürmen entgegentragen lassen. Es war elf Jahre her, daß sie sich zuletzt in Dijon aufgehalten hatte. Die Stunde gehörte den Erinnerungen ...

Elf Jahre! ... Elf Jahre schon, daß sie an einem Herbsttag wie diesem um des Märchens von Brügge und der Liebe Herzog Philippes willen eine Stadt verlassen hatte, die ihre Zuflucht und ihre Freundin gewesen war, bevor sie sich von ihr zurückzog und sie wissen ließ, ohne ihr gegenüber offen feindselig zu werden, daß sie nicht mehr zu ihr gehörte.

Das war 1425 gewesen. Ihr seltsamer damaliger Gatte, der Großschatzmeister von Burgund Garin de Brazey, war wegen Sakrilegs und Rebellion gegen den Herzog, nachdem er versucht hatte, Cathérine selbst zu töten, dazu verurteilt worden, von Henkershand zu sterben. Seinen prächtigen Palast in der Rue de la Parcheminerie hatte man wie eine Köhlerhütte geschleift, und seine Schätze waren in alle vier Winde zerstreut worden.

Obwohl sie vom Zorn eines Fürsten, dessen Mätresse sie seit mehreren Monaten war und von dem sie überdies ein Kind erwartete, nichts zu fürchten hatte, hatte die Dame de Brazay es anstandshalber vorgezogen, eine Stadt zu verlassen, in der man ihr trotz der Verwurzelung ihrer Familie in ihren Mauern nicht ohne Mißtrauen entgegenkommen würde. Anstandshalber ... aber auch auf Befehl, denn Philippe der Gute wollte die, die für ihn nicht die Frau eines Verurteilten, sondern das Wesen war, das er damals am meisten auf der Welt geliebt hatte, bei sich haben, um sie ganz nach seiner Lust lieben zu können. In Dijon war das unmöglich geworden, aber im fernen Brügge, der Perle des flämischen Burgund, war es eine einfache Sache, und vier Jahre hindurch hatte Cathérine als Königin ohne Krone über die Stadt der Kanäle, der Spitzen und der goldfarbenen Steine geherrscht.

Und dann waren die Bande, die sie an Philippe fesselten, von selbst gefallen. Ihr Kind war gestorben, während der Herzog sich anschickte, in dritter Ehe die Infantin Isabella von Portugal zu heiraten. Und zugleich erfuhr Cathérine, daß der Mann, den sie seit so vielen Jahren ohne jede Hoffnung liebte, im belagerten Orléans gegen die Engländer kämpfte und Gefahr bestand, daß er nicht lebend davonkommen würde. Um wenigstens im Tode bei ihm zu sein, hatte sie ohne Bedauern, ohne einen Blick zurück alles verlassen: ihr kleines Palais in Brügge, ihre Toiletten, die Schätze, die Philippe ihr geschenkt hatte, und die Liebe des Fürsten.

Unter den Geschenken waren, mit dem Titel der Gräfin verbunden, Ländereien in Burgund und ein Schloß in Chenôve nahe bei Dijon gewesen, doch dieser große Besitz hatte vor ihren Augen nie anders Gestalt angenommen als in üppig mit vielfarbigen Siegeln geschmückten großen Pergamenten. Sie hatte niemals den Fuß dorthin gesetzt.

Von alldem war ihr nichts geblieben, denn als sie Arnaud de Montsalvy geheiratet hatte, hatte sie ihrem früheren Leben endgültig den Rücken gekehrt. Von ihr verlassen, in seinem Stolz wie in seiner Liebe verletzt, hatte Philippe von Burgund keinen Anlaß mehr gehabt, der Gattin eines Feindes auch nur das kleinste Stückchen guter burgundischer Erde zu überlassen. Alles, was Cathérine jetzt von ihm wußte, war, daß er sie nicht vergessen hatte. Denn nach Beendigung der Feinseligkeiten zwischen ihm und König Karl VII. durch den Frieden von Arras im Jahre 1435 hatte er zum letzten Weihnachtsfest ein wundervolles Porträt Cathérines selbst, in Gestalt einer Verkündigung Mariä, von der Hand ihres einstigen Freundes, Jan van Eyck, bis nach Montsalvy bringen lassen. Es konnte ebensogut ein Zeichen fortdauernden zärtlichen Gedenkens wie ein endgültiges Abschiedsgeschenk sein.

Während die Hufe ihres Pferdes nun dem einst so vertrauten Weg über das holprige Pflaster der Straße folgten, wunderte sich Cathérine, daß die Beschwörung dieser Erinnerung nicht stärkere Gefühle in ihr weckte. Als sie Cathérine de Montsalvy geworden war, hatte sie ihre Haut, ja fast ihre Seele gewechselt, und alles, was aus ihrem Gedächtnis aufstieg, erschien jetzt wie eine schöne Geschichte, die ihr eines Tages erzählt worden war, das phantastische Abenteuer einer gewissen Cathérine, die nichts mit ihr zu tun hatte. Die Dame de Brazey war tot und gestorben.

Dafür erstand das Kind, das sie einst gewesen war, die kleine Cathérine Legoix, zu neuem Leben, vielleicht weil Landry sie zu ihr zurückgeführt hatte, Hand in Hand mit ihr, wie früher so oft. Und wie selbstverständlich hatte Cathérine nach Passieren des Guillaume-Tors, ohne sich nach einer Herberge umzusehen, den Weg eingeschlagen, der zur Rue de Griffon und zum Hause ihrer Kindheit führte, weil es sie vor allem anderen danach verlangte, ihren Onkel Mathieu zu umarmen. Ihm galt ihre besondere Liebe all dessen wegen, was er für das Kind und dann für das junge Mädchen gewesen war.

Am Garten des Palastes entlangreitend, einem rührenden, einst von der Herzogin Marguerite von Flandern, der Großmutter Philippes, mit Gemüsen und Küchenkräutern bepflanzten Obstgarten, gewahrte Cathérine die auf halber Höhe von einer riesigen herzoglichen Krone umgürtete Turmspitze der Sainte Chapelle. Dort fanden die Kapitel des Ordens vom Goldenen Vliese statt, aber wenn die Rückkehrerin sie mit Freude betrachtete, dann weniger dieses prächtigen Symbols ihrer Schönheit als des harmonischen Klangs der Glocken wegen, die um diese Stunde das Angelus läuteten. Es war für sie das süßeste Willkommen ... und sie vergaß darüber fast die gefährliche Mission, die sie erwartete: das um eines verächtlichen Vorteils willen gegen das Leben eines gefangenen Königs angezettelte tückische Komplott zu vereiteln ... Und sie vergaß darüber auch, daß sie bei ihrem Onkel vielleicht nicht die herzliche Aufnahme finden würde, die zu erwarten sie zu anderen Zeiten ein Recht gehabt hätte.

Seitdem diese Amandine La Verne in sein Leben getreten war, mußte sich Onkel Mathieu sehr verändert haben, denn die Frau schien stark zu sein. War es ihr nicht gelungen, ihn aus der behaglichen Zurückgezogenheit seines Weinberghauses in Marsannay heraus und in seinen Laden in der Rue du Griffon zurückzulocken?

Als sie in diese Straße einbog, spürte Cathérine, daß ihr Herz schneller schlug. Es war erstaunlich, wie sehr der bloße Anblick eines vertrauten Dekors den Zeitbegriff aufzuheben vermochte. Die von Magazinen gesäumte Straße war genau dieselbe wie an jenem Abend, an dem sie, noch ein zartes junges Mädchen, mit ihrer Mutter, ihrer Schwester Loyse, Sara und Barnabé dem Pilger nach ihrer Flucht aus dem revoltierenden Paris bei ihrem Onkel angelangt war ...

Die letzten Strahlen der Sonne funkelten auf dem bemalten Schild des »Großen Sankt Bonaventura«, die Tafel aus Eisenblech schwankte sanft im leisen Abendwind an ihrem in die Hauswand eingelassenen Trägerarm, und das verblaßte Gewand des Heiligen gewann dadurch etwas wie jugendliche Frische.

»Es sieht so aus, als gehe in dieser Straße irgendwas vor«, ließ sich hinter Cathérine Bérengers heisere Stimme vernehmen.

Die Augen der jungen Frau senkten sich von dem schimmernden Schild zu einer Ansammlung von Leuten, die sich darunter gebildet hatte: ein paar biedere Hausfrauen, Gassenjungen, zwei auf Stöcke sich stützende Greise und ein offenbar vom benachbarten Getreidemarkt herübergelaufener Lastträger. Sie alle verfolgten höchst interessiert ein Ereignis, das sich im Innern des Ladens abzuspielen schien.

»In der Straße geht nichts vor«, erwiderte Cathérine, »sondern bei meinem Onkel. Man scheint sich dort zu streiten.«

In der Tat ließen sich über die Köpfe der Zuschauer hinweg laute Stimmen vernehmen. Doch der Herrin von Montsalvy blieb nicht einmal Zeit, den Fuß auf die Erde zu setzen: Ein Mann, ziegelrot im Gesicht und breit wie ein Schrank, erschien auf der Schwelle des Magazins, mit beiden Händen eine schwarzgekleidete, magere Frau vor sich her schiebend, die er ohne viel Federlesens buchstäblich auf die Straße warf.

»Geht zum Teufel, Paternosterschwester!« brüllte er mit einer Stimme, deren heisere Töne häufigen Umgang mit der Flasche verrieten. »Und laßt Euch nicht mehr blicken! Sonst werdet Ihr feststellen, daß ich es bin, der hier kommandiert, und daß der, der mich vertreiben will, noch nicht aus dem Bauch seiner Hure von Mutter gekrochen ist!«

Die Ansammlung teilte sich mit einem entrüsteten »Oh!« Cathérine drängte sich zu der Frau hindurch, die ein hilfreicher Arm vor dem Sturz in den Staub bewahrte.

»Madame ...«, begann sie. Doch ihre Augen weiteten sich plötzlich, und die unterbrochene Anrede endete in einem erstickten Seufzer.

»Loyse! ... Süßer Jesus!«

Es mußten gut fünfzehn Jahre her sein, daß sie ihre Schwester gesehen hatte, und sie so unversehens vor sich zu finden, verursachte ihr einen Schock, den als eindeutig erfreulich zu bewerten ihr nicht recht gelang.

Trotz ihrer fast legendär gewordenen Selbstbeherrschung konnte die Äbtissin der Benediktinerinnen von Tart nicht umhin, ihrerseits ähnliches zu empfinden.

»Cathérine!« rief sie. »Du hier! Wo kommst du her?«

»Aus Châteauvillain, wo wir eine Belagerung durchzumachen hatten. Aber du, Loyse? Wie kommt es ...?«

Die Ältere der einstigen Demoiselles Legoix runzelte mit einem dezent mißbilligenden Schniefen die Stirn.

»Man nennt mich nicht mehr Loyse«, sagte sie. »Ich bin jetzt Mutter Agnes von Sainte-Radegonde.«

Cathérine unterdrückte ein Lächeln. Das sah der immer so hart auf sich selbst konzentrierten Loyse von einst ähnlich, sich an Äußerlichkeiten zu klammern, die ihr als Schutzwall dienen konnten. Übrigens hatte sie sich physisch kaum verändert. Magerer zweifellos, und aus dem reinen Weiß des Teints war nun ein zarter Elfenbeinton geworden. Die Nase, die immer ein wenig lang gewesen war, ähnelte jetzt der Klinge eines Messers, aber die gut geschnittenen Augen hatten ihr hübsches azurnes Blau bewahrt.

»Du möchtest doch wohl nicht, daß ich dich ›Mutter‹ nenne«, sagte sie mit einer Spur von Ironie, die total unbemerkt blieb.

»Meine Töchter sagen ›Mutter Agnes‹. Du allein hast das Recht, mich ›Schwester‹ zu nennen.«

»Das wird überaus bequem sein«, murmelte Cathérine, während Loyse mit Mißfallen ihre jungen Begleiter musterte und fragte:

»Wer sind diese Burschen?«

»Mein Stallmeister Gauthier de Chazay, mein Page Bérenger de Roquemaurel. Und nun ... Schwester, erkläre mir, wer der Flegel ist, der, wenn ich recht gesehen haben, dich eben bei uns vor die Tür befördert hat.«

Loyses Zorn, durch das überraschende Wiedersehen für einen Moment gedämpft, flammte von neuem auf.

»Ein übler Patron! Der verfluchte Bruder dieser Prostituierten, die unser Onkel, der unglückselige Narr, zu seiner Gefährtin erwählt hat! Ein gemeines, liederliches Frauenzimmer, das ...«

»Ich weiß ... Hat er sie geheiratet?

»Ich habe keine Ahnung, da es unmöglich ist, sich ihm zu nähern. Um zu erfahren, wie es damit steht, und um ihm einen Besuch zu machen, habe ich den Bischof um einen Dispens und die Erlaubnis gebeten, mein Kloster für einige Tage verlassen zu dürfen. Aber diese Leute bewachen ihn wie die Schießhunde, und du hast selbst gesehen, wie mein Anliegen gescheitert ist.«

»In der Tat. Nun, dann laßt uns sehen, wie es mir ergeht.«

Von ihren beiden Begleitern gefolgt, deren Augen bei der Vorstellung, mit dem Drachen des Hauses aneinanderzugeraten, freudig aufblitzten, wandte sie sich dem Laden zu, doch bevor sie über die Schwelle trat, rief sie einen der noch immer herumlungernden Gassenjungen zu sich heran, die mit dem sicheren Instinkt der Gaffer spüren, ob ein Stück beendet ist oder ob noch ein oder zwei Akte folgen.

»Willst du dir eine Münze verdienen?«

»Was für 'ne Frage? Wer möchte das nicht, edle Dame?«

»Dann beantworte zuerst meine Frage. Wer kommandiert die Palastwache? Noch immer Messire Jacques de Roussay?«

»Gewiß doch! Eben der!«

In ihrem Geldbeutel wühlend, zog Cathérine die versprochene Münze heraus und drückte sie dem Kind in die Hand.

»Finde ihn und bring ihn her! Sag ihm, daß Cathérine dich schickt.«

»Welche Cathérine?«

»Cathérine genügt. Sag ihm, daß er gleich zu Meister Mathieu Gautherin kommen und ein paar von seinen Leuten mitbringen soll. Ich glaube, es wird nötig sein, daß mir jemand Beistand leistet.«

»Was braucht Ihr da Leute der Wache?« protestierte Gauthier entrüstet. »Sind wir etwa nicht mehr imstande, Euch Respekt zu verschaffen?«

»Normalerweise ja, obwohl mir die Dimensionen dieses

Mannes einiges zu denken geben. Aber für das, was ich tun will, werden ein paar Soldaten überzeugender sein.«

»Und was willst du tun?« fragte Loyse beunruhigt.

»Unsern Onkel sehen, gutwillig oder mit Gewalt. Und ich schwöre dir auf das Andenken meiner Mutter, daß ich dieses Haus nicht verlassen werde, ohne daß es mir gelingt!«

Im Laden herrschte Dämmerlicht, und die von draußen kommende Cathérine sah zuerst nichts, aber sie fand den Geruch nach neuem Tuch und warmem Wachs wieder, den sie immer gekannt hatte. Doch dann gewöhnten sich ihre Augen und entdeckten die Umrisse der Wandschränke und ihre mit eisernen Bändern beschlagenen Türen, in denen man die kostbarsten Gewebe verwahrte.

Eine ölige Stimme drang aus der dunklen Tiefe des Ladens, aus dem Verschlag, in dem Cathérine so oft gesessen und die in Pergament gebundenen dicken Geschäftsbücher ihres Onkels geführt hatte.

»Womit kann ich Madame dienen? Ich bin Euch ganz zu Diensten und wage zu behaupten, daß Ihr nirgendwo sonst in der Stadt ein reichhaltigeres Sortiment von Stoffen aus Spanien, Flandern und der Champagne finden werdet, von Orientseiden ganz zu schweigen ...«

Die Eigentümerin der Stimme, die jetzt hinter dem großen, auf Spiegelglanz gewachsten Ladentisch erschien, auf dem noch einige Stoffmuster lagen, war eine Frau von mittlerer Größe, die in Cathérines Alter sein mochte. Von dunklem Teint, mit Augen von eigentümlich grünlicher Färbung, trug sie höchst selbstsicher eine mit Spitzen verzierte Haube aus feinem Leinen, die ihr volles schwarzes Haar nur ungenügend bändigte. Ihre Taille war ziemlich schmal, aber ihr üppiger Busen spannte frech den schönen Samt ihres zur Augenfarbe passenden graugrünen Kleides, über dem goldene Ketten leise klirrten. Eine Schürze vom selben Leinen wie die Haube schützte diese Toilette einer wohlhabenden Bürgerin, die Cathérine mit plötzlich sich verengenden Lidern genauer musterte und mit der Sicherheit eines Kenners abschätzte. Wenn diese Frau die Mätresse Onkel Mathieus war, kam sie ihn teuer zu stehen! Aber man mußte zugeben, das sie schön genug war und auf jeden Fall alles besaß, um einem alten Mann allerlei närrische Ideen in den Sinn kommen zu lassen. Zugleich bemächtigte sich Cathérines der seltsame Eindruck, diese Frau irgendwo schon einmal gesehen zu haben. Aber wo und unter welchen Umständen? ...

Der Eindruck war zu unbestimmt und die Erinnerung zu fern …

Ihre kühle Stimme unterbrach die Aufzählung der Reichtümer des Hauses.

»Ihr seid Amandine La Verne?«

Die dicken schwarzen Brauen der Frau hoben sich, während das geschäftliche Lächeln um ihren Mund erlosch.

»Ich … ja, das bin ich, aber ich weiß nicht …«

»Ich bin die Gräfin de Montsalvy und hierher gekommen, um meinen Onkel Mathieu zu sehen!« sagte Cathérine ruhig. »Führt mich zu ihm!« Und da die andere sie ohne ein Wort zu sagen anstarrte, fügte sie mit einer leichten Wendung zu der eintretenden Loyse hinzu: »Die hochwürdige Mutter Äbtissin, die hinauszuwerfen Ihr euch eben erlaubt habt, ist meine Schwester, aber ich möchte Euch gleich wissen lassen, daß Ihr erheblich mehr Mühe haben werdet, Euch meiner zu entledigen!«

Offenen Mundes betrachtete Amandine die elegante Erscheinung der unerwarteten Besucherin, zugleich überrascht und heimlich irritiert, sie in dem schlichten Reisekostüm aus gutem pflaumenblauem Tuch so schön zu finden. Wie ganz Burgund kannte sie die Geschichte dieser Frau, die, dank der Liebe des Herzogs gleichsam zu einer Legende geworden, durch ihr Verschwinden vor Jahren allmählich jede Realität verloren hatte, trotz der rührseligen Beschreibungen, die dieser alte Esel Mathieu Gautherin von ihr immer wieder zum besten gab. Und nun tauchte diese Cathérine de Montsalvy unversehens vor ihr auf mit ihrer unversehrten Schönheit, ihrem klaren, vom leichten Faltenwurf eines mandelgrünen Schleiers umrahmten Gesicht und ihren veilchenfarbenen Augen, dic sich kalt in die ihren senkten, so daß sie sie abwenden mußte.

»Mathieu? Er ist nicht da«, erklärte sie endlich ohne jede Eile. Sodann rief sie, zweifellos aus einem Verlangen nach Unterstützung:

»Philibert! Komm doch mal her!«

»Sofort! Sogleich!«

Die Gestalt des Mannes, der Loyse an die Luft befördert hatte, paßte so genau in die Tür des Verschlags, daß sie sie völlig verstopfte. Obwohl jünger, war er seiner Schwester unleugbar ähnlich, nur war sein Gesicht im Gegensatz zur trügerischen Sanftmut des ihren von primitiver Brutalität gezeichnet. Seine Rolle im Hause schien die des Wachhundes zu sein, der dafür zu sorgen hatte, daß der Wille seiner Schwester respektiert wurde.

»Was gibt's Mandine? Brauchst du mich wieder?« knurrte er, sich die Zähne mit einem Federkiel säubernd.

Seine Schwester wies mit dem Kinn auf die vier Besucher. »Sie wollen Vater Mathieu besuchen.«

»Schon wieder? Was ist das? Eine Krankheit?« Plötzlich entdeckte er Loyse und fing Feuer. »Was habt Ihr hier zu suchen? Habe ich Euch nicht dieses Haus verboten?«

»Genug damit!« fuhr Cathérine ihn an. »Wir verlangen, auf der Stelle unseren Onkel zu sehen!«

»Es hat keinen Zweck, Euch zu weigern!« rief Gauthier, dem angesichts der Unverschämtheit des Burschen der Kamm schwoll.

Philibert öffnete schon den Mund, um sich ohne Zweifel nach der Identität der eisigen Dame zu erkundigen, als Amandine auf Zehenspitzen im einige Worte ins Ohr flüsterte und die mürrische Miene des Mannes sich alsbald zu einem Lächeln erhellte.

»Oh! Madame ist ... oh! Welche Ehre! Und du läßt Madame stehen, Amandine? – Schnell, einen Stuhl, einen ...«

»Darum handelt sich's nicht! Ich bin nicht gekommen, um das Haus zu besuchen und Konversation zu machen! Ich will sofort meinen Onkel sehen!«

»Wir verstehen vollkommen, edle Dame ... und es wäre für meine arme Schwester und mich selbst eine große Freude, Euch zu ihm führen zu können ... aber bedauerlicherweise ist er nicht da!«

»Nicht da? Wo ist er?«

»Wahrscheinlich in seinem Haus in Marsannay. Die Weinlese nähert sich, wie Ihr wißt, und Vater Mathieu ...«

»Würde es Euch etwas ausmachen, ihn Meister Gautherin zu nennen?« rief Loyse, über die Ausdrucksweise des Mannes empört.

»Gut, also Meister Gautherin, wenn Euch das Vergnügen bereitet. Er ist ein so guter Freund für uns ...«

Cathérine registrierte bei sich, daß Philibert von Onkel Mathieu nur als Freund sprach, während sie schon gefürchtet hatte, daß es der schönen Amandine gelungen sei, sich von ihm heiraten zu lassen. Glücklicherweise war es nicht der Fall.

»Ihr müßt Euch schon nach Marsannay begeben«, fuhr

Philibert fort, als eine neue Stimme am Eingang des Ladens ertönte.

»Das lohnt nicht der Mühe, er ist nicht in Marsannay. Seit mindestens drei Monaten hat er nicht mehr den Fuß dorthin gesetzt!«

Es war ein kleiner schmächtiger Mann, in dem Cathérine sofort einen alten Freund und Nachbarn ihres Onkels wiedererkannte, einen Schneidermeister, der ebenfalls ein kleines Weingut in den nahen Hügeln besaß. Lächelnd näherte sie sich ihm.

»Meister Duriez! Ich freue mich sehr, Euch zu sehen! Wie geht es Euch?«

Das durch einen flaumigen Bart verlängerte bekümmerte Gesicht des kleinen Schneiders erstrahlte mit einem Schlag. »Bei unserer lieben Frau, das ist ja Cathérine! Die kleine Cathérine! Und so groß! Aber noch immer ebenso schön! Laß dich umarmen!«

Schon dabei, dem Wort die Tat zu lassen, hielt er an, errötete und senkte den Kopf.

»Oh, ich bitte um Vergebung, edle Dame ... ich war so glücklich, Euch zu sehen ... ich war so wenig darauf gefaßt ... und ich vergaß ...«

»Ganz und gar nicht! Und auch ich habe nichts vergessen! Umarmt mich, Meister Duriez, und laßt die edle Dame beiseite. Ändern wir nichts an unseren Gewohnheiten. Für Euch bin ich noch immer Cathérine.«

Unter Gauthiers amüsiertem Blick umarmten der Schneider und die junge Frau einander begeistert, während Bérenger, dem es allmählich schien, als nähmen sich diese Leute allzuviele Freiheiten seiner kostbaren Herrin gegenüber heraus, die Szene mit einiger Entrüstung verfolgte.

»Ah«, ließ sich Meister Duriez vernehmen, »du kannst nicht wissen, wie glücklich ich bin, daß ihr, die Frauen der Familie, euch endlich entschlossen habt, euch selbst davon zu überzeugen, was hier gespielt wird. Als man mir sagte, daß man Loyse haben kommen sehen, machte ich mich gleich auf, um ihr Beistand zu leisten, und da bist nun auch du! Das ist allzuviel Glück! ... Endlich werden wir vielleicht erfahren, was aus meinem armen Mathieu geworden ist!«

»Was wollt Ihr damit sagen?« warf die Äbtissin ein. »Habt Ihr ihn lange nicht gesehen?«

»Nur allzu lange! Wir haben uns nicht mehr gesehen,

seitdem Eure Mutter fort ist, von dieser Frau verjagt, für die er das Geschäft wieder eröffnet hat. Bei dieser Gelegenheit hat es Streit zwischen uns gegeben! Ich hab' versucht, ihm die Augen zu öffnen, ihn zur Vernunft zu bringen! Aber er wollte nichts hören. Er hatte sich von dieser Amandine total einseifen lassen!« zeterte er, mit zornbebendem Finger auf besagte Amandine weisend, die vor Wut förmlich zitterte und sich auf ihn stürzen zu wollen schien. »Es gab für ihn nur noch sie! Die alten Freunde zählten nicht mehr!«

»Und das hat Euch nicht gepaßt, wie?« kreischte die Frau, unfähig, noch länger an sich zu halten. »Und das paßt Euch noch immer nicht, daß Mathieu mich liebt! Nur wär's besser, sich damit abzufinden, weil wir bald heiraten werden. Ich werde hier und in Marsannay und überall sonst die Herrin sein, versteht Ihr?«

»Du bist es schon, Mandine! Du bist hier bei dir!« unterstützte ihr Bruder sie dröhnend. »Und ihr da, ihre werdet jetzt schleunigst verschwinden, die Nichten, die alten Kumpels, die Diener und was sich sonst noch herumtreibt! Ich hab' genug von euch gesehen, und es wär' besser für euch, wenn ich nicht erst in Wut geraten müßte!«

Er hatte sich der auf dem Ladentisch liegenden großen hölzernen Elle bemächtigt, die zum Ausmessen der Stoffe diente, schwenkte sie wie einen Knüppel über seinem Kopf und rückte drohend gegen die Gruppe vor, doch schon hatte Gauthier seinen Degen gezogen und warf sich schützend zwischen ihn und die beiden Frauen.

»Leg das weg!« befahl er. »Für jemand, der ein reines Gewissen hat, machst du zuviel Lärm, Freund, und es ist höchste Zeit, dir Höflichkeit beizubringen! Zurück mit dir! ... Zurück, wenn du nicht willst, daß ich dich wie einen Puter aufspieße!«

Philibert betrachtete abwechselnd den jungen Mann und die auf seinen Bauch gerichtete stählerne Degenspitze und stieß eine Art Gewieher aus. Doch statt nur, wie befohlen, zurückzuweichen, überraschte er Gauthier durch einen plötzlichen, schnellen Sprung nach hinten. Zugleich schleuderte er die Elle nach seinem Gegner, der, schmerzhaft am Arm getroffen, seine Waffe fallen ließ. Mit einem Triumphgeheul stürzte sich darauf der Riese auf ihn, und der Stallmeister verschwand unter seinen Massen.

Sofort kam Bérenger seinem Freund zu Hilfe und packte mit beiden Händen den Schopf Philiberts, der das schrille

Trompetengetön eines kranken Elefanten ausstieß, während Amandine es mit der flink vom Boden aufgerafften Elle unternahm, Cathérine, Loyse und den Schneider aus dem Laden zu treiben, zweifellos damit rechnend, daß die Angst, die die Leute des Viertels vor ihr und ihrem Bruder hatten, ihr Eingreifen verhindern würde.

In der Tat entfloh Meister Duriez, dessen Mut vielleicht nicht seine hervorstechendste Tugend war, mit blutender Nase jammernd dem Laden, ohne daß die Zuschauer etwas anderes taten, als ihm eine Gasse zu öffnen. Und als die beiden Schwestern vereint der Megäre standzuhalten versuchten, fanden sich zwar die Gaffer draußen bereit, gleich einem antiken Chor nach Hilfe zu rufen, doch sie selbst zu liefern fiel ihnen nicht ein. Das Getümmel im Innern wurde allgemein.

Nach wenigen Augenblicken schon schien sich die Schlacht klar zum Vorteil der Familie La Verne zu wenden. Halb betäubt, versuchte Loyse, hinter dem Ladentisch ihre Lebensgeister wiederzugewinnen, während die rittlings auf Cathérine sitzende Amandine sich nach Kräften bemühte, die Nobeldame mit deren Schleier zu erwürgen. Was Philibert betraf, hatte er sich Bérengers mit einem Ellenbogenstoß, der diesem den Atem benahm, entledigt und lieferte nun dem unglücklichen Gauthier einen Kampf, über dessen Ausgang kein Zweifel bestand: Trotz seines Muts war der junge Mann zur Massakrierung verurteilt.

Plötzlich wechselte jedoch die Hoffnung das Lager, der Kampf bekam neuen Schwung: Das Gesetz hielt seinen Einzug in den Laden ... und Jacques de Roussay persönlich stürzte, einer Art Erzengel Sankt Michael gleich, eilends Cathérine zu Hilfe, die schon im Begriff war, das Bewußtsein zu verlieren.

Amandine flog buchstäblich in die Lüfte, während vier Soldaten der Wache über Philibert herfielen und Gauthiers Leiden ein Ende setzten. Cathérine selbst fand sich unversehens ihrem Retter gegenüber, der sie mit strahlenden Augen und dem staunenden Ausdruck eines Kindes betrachtete, das unversehens sein Weihnachtsgeschenk erhält.

»Cathérine!« seufzte er. »Es stimmte also! Ihr seid es wirklich!«

»Natürlich bin ich's! Was habt Ihr gedacht, mein Freund?«

»Ich weiß nicht ... Als dieser Junge mir sagte, daß Ihr

nach mir verlangtet, hätte ich ihn fast mit einer Maulschelle weggeschickt, doch er hat Euch so genau beschrieben, daß ich ihm schließlich glaubte. Aber Ihr hättet mich von Eurer Rückkehr benachrichtigen müssen. Wißt Ihr nicht, daß es Freuden gibt, die töten?«

Sie lächelte ihn an, hob sich auf die Zehenspitzen, drückte ihm einen Kuß auf die Wange und trat sodann zwei Schritte zurück, um ihn besser betrachten zu können.

»Ihr seid zu kernig dafür, Jacques. Und für einen Sterbenden scheint Ihr mir in recht guter Verfassung zu sein. Funkelnde Augen, lebhafter Teint, imposante Haltung ... vielleicht eine Kleinigkeit weniger schlank als früher ...«

In der Tat hatte sich der junge, schlaksig-schlanke, ein wenig händelsüchtige Hauptmann von einst in einen Mann um die Vierzig im Vollbesitz seiner Kräfte verwandelt, dessen vom Helm befreites blondes Haar nichts von seiner ungebändigten Dichte verloren hatte. Unbestreitbar jedoch hatte sich der Taillenumfang des Offiziers verdoppelt. Roussay war nun das Musterbild des burgundischen Typs: strotzend vor Gesundheit und sichtlich mehr Zeit bei Tisch als im Sattel verbringend.

»Ihr wollt sagen, daß ich fett wie ein Schwein geworden bin«, knurrte er. »Was wollt Ihr? Man verkalkt in Dijon, das von der Hauptstadt nur noch den Namen hat. Und man schlägt die Zeit tot, wie man's eben kann!«

Ein Engel schwebte vorüber, der einen Sack mit leeren Flaschen hinter sich her zog. Dann hob Jacques de Roussay mit einem abgrundtiefen Seufzer von neuem an:

»Wenn Ihr mir nun den Anlaß der Prügelei erklären wolltet, der wir ein Ende gemacht haben! Diese Leute haben Euch attackiert, wie mir schient. Aber was für einen Grund hatten sie?«

In wenigen Worten erklärte Cathérine die Situation, indem sie berichtete, wie sie im gleichen Moment eingetroffen sei, in dem sich Loyse vor die Tür habe setzen lassen, und daß die La Vernes ihr den Besuch ihres Onkels Mathieu verbieten wollten.

»Wir haben Euch schon gesagt, daß er nicht hier ist!« keifte die sich in den Fäusten der Soldaten windende Amandine.

»Wo ist er dann?«

»Weiß ich's?« Eines Morgens sagte er, er wolle eine kleine Reise machen, nach ... nach Savoyen oder in die

Champagne, ich weiß es nicht mehr genau. Seither haben wir keine Nachricht von ihm.«

»Wie überaus wahrscheinlich! Seit Jahren schon verabscheute mein Onkel die großen Straßen, auf denen er nur allzuoft unterwegs war und die zudem seit langem nicht mehr sicher sind. Es paßt weder zu seinem Alter noch zu seinem Rheumatismus. Übrigens begleiteten ihn auf seine Reisen immer mehrere Diener. Apropos, wo sind die Dienstboten dieses Hauses?«

»Die, die er behalten hat, sind in Marsannay. Hier genügt eine Magd für die grobe Arbeit, alles übrige erledige ich«, erklärte Amandine großartig. »Was Mathieus Alter betrifft, wollt Ihr mir aber einen Bären aufbinden! Paßt eine Frau wie ich etwa zu seinem Alter? Und doch könnte ich Euch da manches erzählen ...«

»Das genügt!« unterbrach Roussay sie scharf. »Man hat Euch nicht nach Euren Bettgeheimnissen gefragt ... Etwas jedenfalls ist gewiß: Meister Gautherin muß irgendwo sein, es fragt sich nur, wo, und ich habe den Eindruck, daß Ihr es wißt!«

»Ich bin überzeugt, daß er hier ist«, murmelte Cathérine. »Es liegt nur am bösen Willen dieser Leute ...«

»Dieser Leute? Das geht zu weit!« krähte Philibert. »Ihr solltet immerhin bedenken, daß wir nicht Gott weiß was ...«

»Ich sagte schon, daß es genügt!« raunzte der Hauptmann, dann wandte er sich zu Cathérine. »Das Haus von oben bis unten zu durchsuchen, wäre die beste Art, die Wahrheit festzustellen, und das werden wir tun. Ihr andern«, fügte er für seine Männer hinzu, »achtet mir sorgfältig auf Bruder und Schwester. Kommt, Cathérine!«

Begleitet von der jungen Frau, Loyse und den beiden jungen Burschen, wandte er sich zu dem der Buchhaltung vorbehaltenen Verschlag, den Cathérine nicht ohne Rührung wiedersah, wie übrigens auch den Rest des Hauses, in dem sich der größte Teil ihrer Jugend abgespielt hatte. Nichts hatte sich verändert, und diese Gerechtigkeit mußte man Amandine La Verne widerfahren lassen, daß alles in ebenso perfektem Zustand gehalten war wie zu den Zeiten, in denen Jaquette, die Mutter der beiden Schwestern, und Sara dafür gesorgt hatten.

Doch von der Küche abgesehen, die den Rest des Erdgeschosses einnahm und in der eine verstörte Magd beim Gemüseputzen innehielt, um sie offenen Mundes anzustarren, erwies sich das Haus als völlig leer. Auch das Zimmer Onkel Mathieus befand sich in der gleichen tadellosen Ordnung wie das übrige Haus, nahm man die leichte Staubschicht und das unpersönliche Aussehen unbewohnter Räume aus.

»Ich fange allmählich an zu glauben, daß diese Leute die Wahrheit sagen, und daß Euer Onkel die Örtlichkeit verlassen hat«, seufzte Roussay, ob der Vergeblichkeit der Durchsuchung sichtlich verstimmt.

»Aber das ist unmöglich, sage ich Euch. Wohin soll ein Mann seines Alters gegangen sein ... noch dazu ganz allein?«

»Tscha, ich weiß es nicht ... Auf eine Wallfahrt vielleicht? Man unternimmt dergleichen in jedem Alter.«

Cathérine zuckte aufbrausend die Schultern.

»Auf eine Wallfahrt! Onkel Mathieu! Daß ich nicht lache! Man sieht, Ihr kennt ihn nicht!«

»Hört, Cathérine, der gute Mann muß doch irgendwo sein, und da er nicht hier ist ...«

Jäh wechselte die junge Frau die Farbe, wurde bleich und mußte sich an den Türrahmen lehnen.

»Mein Gott!«

»Was habt Ihr?« beunruhigte sich Jacques. »Fühlt Ihr Euch nicht wohl?«

»Doch ... aber mir kommt eine so entsetzliche Idee ... Jacques! Und wenn diese Leute ihn hätten verschwinden lassen?«

»Ihr wollt sagen ... sie könnten ihn getötet haben?«

»Warum nicht? War der Onkel verschwunden, konnten sie hierbleiben, solange sie wollten ... und ich möchte wissen, wer sie daran hätte hindern können? Der arme Mann war allein mit ihnen! Allein und fast ohne Verteidigung!«

Ein Moment der Stille trat ein. Die Idee machte ihren Weg im Geist Roussays, der sie sichtlich hin und her wendete, ohne offenbar zu einem zufriedenstellenden Schluß zu gelangen, denn er seufzte schließlich:

»Sicher. Alles ist möglich. Aber ich habe nicht das Recht, diese Leute auf einen bloßen Verdacht hin festzunehmen.«

»Ich bitte Euch, Jacques, suchen wir noch weiter!« murmelte sie nach einer Weile. »Wir werden sicherlich irgendeinen Anhaltspunkt finden. Ich spüre, daß an dieser Geschichte etwas verdächtig ist.«

»Wenn wir das Haus nicht Stein um Stein demolieren

wollen«, brummte Jacques, »wüßte ich nicht, was wir sonst anstellen könnten.«

Die Suche begann von neuem, ohne zu einem besseren Resultat zu führen. Es blieb nichts anderes übrig, als sich zu fügen, und Cathérine kehrte schweren Herzens in den Laden zurück.

»Nun?« rief ihr die Frau herausfordernd zu. »Habt Ihr Euren teuren Onkel gefunden, he? Seid Ihr zufrieden, daß Ihr das Leben ehrsamer Leute, die nichts von Euch wollten, vergiftet habt? Nur weil man Frau Gräfin ... oder Frau Äbtissin ist«, fügte sie, zu Loyse gewandt, hinzu, die sich mit wächsernem Teint und geschlossenen Augen auf einen Schemel hatte sinken lassen, »glaubt man, daß einem alles erlaubt ist, daß man alle Rechte hat, nicht wahr? Und Ihr bildet Euch ein, damit sei alles ausgestanden?«

»Für den Augenblick, ja!« unterbrach sie Roussay und packte Amandines Arm. »Und ich rate Euch, Euren Ton zu mäßigen, meine Schöne, denn solange Mathieu Gautherin nicht gefunden ist, seid Ihr aus dieser Angelegenheit nicht heraus. Man wird Euch erst laufen lassen, wenn man weiß, was aus ihm geworden ist ...«

»Daran tut Ihr gut, glaube ich«, ließ sich eine klare weibliche Stimme vernehmen, die einen Moment die Proteste Amandines und ihres Bruders übertönte, »denn ich bringe Euch ein armes Geschöpf, das vielleicht interessante Dingen zu sagen hat.«

Von einer sichtlich verschüchterten Magd flankiert, die sie fest an der Hand hielt, stand eine große, üppige, blonde Frau von etwa fünfundzwanzig Jahren auf der Schwelle. Vital und frisch, war sie mit einem prächtigen gerissenen Samt vom gleichen Braun wie ihre Augen bekleidet. Die weiten Ärmel ihres Kleides, wie Eichenblätter ausgezackt und bis zur Erde fallend, zeigten ein Futter von grauem Satin, passend zum Unterrock, den eine von einer goldenen Agraffe angehobene Bahn des Rockes sehen ließ. Eine Art hohes Tamburin aus spiralförmig angeordnetem braunem Samt und grauem Satin, dessen Enden graziös ihren Hals umwanden, krönte mit einer gewissen Majestät das liebenswürdige Gesicht dieser Frau, vor der sich Jacques de Roussay mit besonderer Höflichkeit verneigte, die Cathérine nicht entging.

»Ich komme von Euch«, fuhr die Frau fort, »denn ich wünschte, daß dieses Mädchen für Euch den Bericht wiederholt, den sie mir gab. Man sagte mir, daß Ihr euch eben hierher auf den Weg gemacht hättet, und ich beeilte mich, Euch zu folgen, da ich glaubte, Euch von Nutzen zu sein ... Gesegnete heilige Jungfrau!« rief sie aus, als sie plötzlich Loyse entdeckte, die sich mühsam aufrichtete. »Ihr seid hier, hochwürdige Mutter? – Aber was ist Euch geschehen? Ihr seid bleich, und – Gott verzeih' mir! Ihr haltet Euch kaum auf den Beinen!«

»Es ist nichts, Dame Symonne«, sagte Loyse und zwang sich zu einem Lächeln. »Ich mußte ein Hühnchen mit diesen Leuten rupfen ... aber ich glaube nicht, daß Ihr meine Schwester, die Gräfin de Montsalvy, kennt.« Und sich zu Cathérine wendend: »Demoiselle Symonne Sauvegrain war schon seit Jahren eine Wohltäterin unseres Klosters, aber seitdem sie Messire Jehan Morel, Rat und Vorsteher der Kanzlei Seiner Durchlaucht des Herzogs geheiratet hat, haben sich ihre Wohltaten noch vermehrt. Ich füge hinzu, daß sie die ganz besondere Ehre hatte, mit ihrer Milch seine Durchlaucht den Grafen de Charolais * zu nähren, und daß die Frau Herzogin ihr eine spezielle Freundschaft entgegenbringt.«

Über das blonde Gesicht der herzoglichen Amme breitete sich ein Lächeln, während ihre Hände sich in einer Geste charmanten Empfangs ausstreckten.

»Die berühmte Cathérine! – Welche Freude, Euch zu begegnen! Ihr seid also in Dijon, und niemand wußte es?«

»Ich bin erst seit einer Stunde hier«, erwiderte die junge Frau, durch die freundschaftliche Wärme dieses Menschen erobert. »Und ich bin in der Hoffnung, meinen Onkel wiederzusehen, von dem ich seit langem keine Nachricht habe, geradenwegs hierhergekommen. Aber sagtet Ihr nicht, daß Ihr uns in unserer Not behilflich sein könntet?«

»Allerdings. Dieses Kind –«, sie schob die kleine Magd einen Schritt vor, »– ist die jüngere Schwester eines meiner Hausmädchen. Sie ist ganz nah von hier, bei Meister Seguin, dem Hochzeitstruhenmacher, in Stellung. Er ist vor kurzem verstorben, und sein kleiner Garten grenzt an den, der sich hinter diesem Haus erstreckt. Heute morgen nun kam sie völlig aufgelöst und in Tränen zu mir und bat darum, bleiben zu dürfen, da sie nicht ins Haus der Seguins zurückkehren wolle. Vorwärts, Marthon, ein bißchen

* Der spätere Karl der Kühne

Mut ... erzähl deine Geschichte, wie du sie mir erzählt hast!«

Die Geschichte war kurz. Vielleicht durch den Tod ihres Herrn verängstigt, war Marthon zu der Überzeugung gelangt, daß es im Hause spuke, vor allem in den hölzernen Verschlägen am Ende des Gartens, wo sowohl das Brennholz wie die Holzkugeln für die Truhen vorübergehend aufbewahrt wurden und die mit der Rückwand an Mathieu Gautherins Schuppen stießen, in dem sich ein Hühnerstall und ein Verschlag für Werkzeuge befanden. Marthon versicherte, dort schon häufig seltsame Geräusche gehört zu haben. An diesem Morgen allein im Haus, hatte sie ein paar Scheite Brennholz für ihre Küche gebraucht und war, ihre Angst überwindend, zu den Verschlägen gegangen. Doch kaum war sie eingetreten, als ein so gräßliches Stöhnen, daß es ihrer Meinung nach nur aus der anderen Welt kommen konnte, sie mit stockendem Herzen in die Flucht gejagt hatte.

Nur von dem einen Gedanken beseelt, sich vor der im Höllenfeuer schmachtenden Seele ihres Herrn zu retten, hatte sie sich eilends zu ihrer Schwester in Sicherheit gebracht. Dame Morel, die zufällig den von Schluchzern unterbrochenen, aufgeregten Bericht mitangehört hatte, hatte ihr einige Fragen gestellt und sich dann entschlossen, mit ihr Jacques de Roussay aufzusuchen.

»Ich fand diese Geschichte seltsam«, erklärte Symonne. »Seit einiger Zeit war Meister Gautherin, den ich schätze und zu dessen guten Kundinnen ich gehöre, aus seinem Geschäft verschwunden. Man behauptete, er sei leidend, zu leidend sogar, um seine besten Kundinnen zu sehen. Das hat mich verwundert. Euer Onkel ist immer die Tatkraft und Höflichkeit in Person gewesen«, fügte sie für Cathérine hinzu. »Außerdem haben mir diese Leute seit langem schon Mißtrauen eingeflößt, dessen ich mich, auch wenn es nur vage war, nicht erwehren konnte. Das ist der Grund, warum ich mit Marthon gekommen bin.«

Cathérines Blick begegnete dem Roussays.

»Wir haben das Haus vom Keller bis zum Speicher durchsucht«, sagte sie in bedrohlich klingendem, sanftem Ton, als sie feststellte, daß Amandine einige ihrer schönsten Farben verloren hatte, »aber wer hätte an den Hühnerstall gedacht?«

Er antwortete ihr mit einem Lächeln und einem Wink an

die Adresse seiner Männer, die hinter ihm her in den Garten stürzten.

Sie fanden dort Gauthier und Bérenger inmitten einer aufgescheucht gackernden Wolke Geflügels schon vor, eifrig mit dem Versuch beschäftigt, das große Vorhängeschloß vor einer grob zusammengezimmerten, doch sichtlich neuen Holztür zu sprengen. Nur ein Blick der Verständigung war zwischen den beiden Burschen nötig gewesen, um sie den Weg zum Hühnerstall einschlagen zu lassen, als die Amme des jungen Charolais ihren Zuhörern von Marthons Erlebnis gesprochen hatte. Aber sie waren noch nicht ans Ziel ihrer Mühe gelangt, denn wenn sich zwischen den Brettern der Tür auch Risse zeigten, war das Schloß jedenfalls fest.

»Potztausend«, wandte Roussay sich spöttisch zu Amandine, die zwei der Soldaten nachbrachten, »es wird bestimmt niemand wagen, Euch Eure Eier zu stehlen, aber ich hoffe, Ihr habt daran gedacht, Euren Hennen einen Schlüssel zu geben! Wie wär's, könntet Ihr mir auch einen geben? Das würde alles erleichtern.«

»Ich hab' ihn nicht!« erwiderte die Frau bockig. »Dieser Verschlag wird schon seit langem nicht mehr benützt. Der Schlüssel muß verlorengegangen sein!«

»Ein Verschlag mit einer neuen Tür? Höchst unwahrscheinlich! Übrigens riecht es hier wirklich schlecht. He, ihr da, reißt mir diese Bretter auseinander, da wir mit diesem verdammten Schloß nicht fertig werden.«

Mit Äxten attackiert, widerstand die Tür nicht lange und enthüllte eine enge, dunkle Kammer, aus der ihnen ein solcher Gestank entgegenquoll, daß Roussay Cathérine und Loyse mit dem Arm zurückhielt.

»Nein! Bei solchem Geruch könnte es sein, daß wir nur eine Leiche finden, zumal kein Laut, kein Stöhnen zu hören ist. Laßt mich mit einem meiner Leute hinein. Komm mit, Baudron ...«

Einen Augenblick später erschienen sie wieder, behutsam und sichtlich mit Widerwillen ein unförmiges Bündel schmutziger Decken und unappetitlicher Wäsche tragend, aus dessen Ende ein Kopf heraushing. Das Haar und der lange struppige Bart waren grau von Schmutz und wimmelten von Ungeziefer.

»Onkel Mathieu!«stieß Loyse entsetzt hervor. »Und in welchem Zustand!«

»Ist er tot?« hauchte Cathérine.

»Nein. Er atmet noch, aber er ist bewußtlos, als stände er unter dem Einfluß einer Droge«, erwiderte Roussay. »Jedenfalls geht's ihm nicht glänzend, und man muß sagen, es war höchste Zeit, daß Ihr, die Nichten, hier erschient! Wir werden ihn in die Küche tragen.«

»Ich sage der Magd, daß sie Wasser aufs Feuer setzen soll!« rief Gauthier. »Bevor er untersucht werden kann, muß er gewaschen werden.«

»Versteht sich. Übernehmt das!« ordnete Roussay sichtlich erleichtert an. Dann wandte er sich an Amandine, die verzweifelte Anstrengungen machte, sich den Fäusten ihrer Wächter zu entziehen. »Nun, meine Schöne? Was hast du dazu zu sagen? Für einen Mann, der auf Reisen gegangen ist, sieht dein Gönner recht drollig aus.«

Sie fauchte wie eine wütende Katze.

»Glaubt, was Ihr wollt, und geht zum Teufel! Wie er da reingeraten ist, kann nur der Teufel wissen! Bei allen Heiligen des Paradieses kann ich schwören, daß wir glaubten, er sei verreist.«

»Wahrhaftig! Nun, du wirst soviel du willst auf die Werkzeuge Meister Arny Signarts, unseres Folterers, schwören können, meine Hübsche. Die Frage ist nur, ob er dir glaubt. Vorwärts, schafft sie zum Haus des Affen * und vergeßt mir den kleinen Bruder nicht, der artig im Laden auf uns wartet. Ich verständige dann den Polizeipräfekten.«

Zwei Soldaten trugen den unglücklichen Tuchhändler zum Kamin der von der Magd verlassenen Küche. Und während Roussay seine Gefangenen durch das Geschrei und die Steinwürfe der Ansammlung führte, die sich spontan auf der Straße zusammengerottet hatte, machten sich die beiden Schwestern daran, mit Hilfe Marthons ihren noch immer bewußtlosen Onkel aus seinem stinkenden Kokon zu schälen. Symonne Morel hatte ihnen die kleine Magd dagelassen, während sie nach Hause zurückgekehrt war, um Bedienstete und eine Bahre zu holen.

»Ihr könnt in diesem Haus nicht bleiben«, sagte sie zu Cathérine. »Ihr werdet bei mir logieren. Euer Onkel wird dort die notwendige Pflege finden, und wir schicken einen Wächter her, damit hier nicht geplündert wird.«

Von Cathérines Protesten hatte sie nichts hören wollen

* das Gefängnis

und die Einwände der jungen Frau mit einer lässigen Schulterbewegung fortgewischt.

»Mein Haus ist neu, und es ist riesig. Zudem ist es alles andere als voll, denn mein Mann befindet sich zur Zeit in Gent beim Herzog ...«

Es blieb nichts anderes übrig, als nachzugeben.

»Die Gastfreundschaft, die sie dir bietet, ist ohne Hintergedanken«, erklärte Loyse, als die schöne Amme gegangen war. »Es ist einfach eine Regung des Herzens. Du siehst, Herzogin Isabelle hat die Amme für ihren Sohn gut gewählt, denn Symonne ist gewiß die großzügigste Frau, die ich kenne.«

In Erwartung ihrer Rückkehr setzten die Schwestern ihre Bemühungen fort, Mathieu von den faulenden Decken und Laken zu befreien. Gauthier half ihnen dabei, während Bérenger, von Übelkeit befallen, auf die Straße gelaufen war, um sich an der frischen Luft zu erholen.

Mitleid und Sorge ließen Cathérine ihren Abscheu überwinden, doch Loyse erfüllte ihre Barmherzigkeit gebietende Kindespflicht mit einer Wut, die mit jedem Moment wuchs, der ihr den schrecklichen Zustand ihres Onkels deutlicher vor Augen führte. Denn mit jedem ekelhaften Lumpen, der ins Feuer flog, enthüllte sich mehr und mehr die tragische Magerkeit seines mit Schwären bedeckten Körpers.

»Sieh dir das an!« schimpfte die Äbtissin, indem sie mit der Feuerzange des Kamins den letzten Fetzen beseitigte, den Cathérine mit der großen Schere aus dem Laken abgeschnitten hatte. »Sieh dir an, in welchen Zustand sich dieser alte Narr von seiner Hure hat bringen lassen. Dabei hat es gewiß nicht an Warnungen gefehlt.«

»Ich glaube, er liebte sie ... Wenn man liebt, weißt du, sieht man nichts, hört man nichts, begreift man nichts ...«

»Ich sollte wissen, daß du dich darin bestens auskennst«, säuselte Loyse mit einem zweideutigen Blick. »Was mich betrifft, werde ich dem Herrn nie genug Dank sagen können, daß er mich vor solchen Schändlichkeiten bewahrt hat.«

Cathérine zog es vor, den bissigen Unterton zu ignorieren. Seit dem abscheulichen Abenteuer in ihrer Jugend in den Händen des Schlächters Caboche während des Pariser Aufstands im Jahr 1413 legte Loyse für die Liebe eine an Entsetzen grenzende Abneigung an den Tag, die übrigens auch völlig für ihren Eintritt in den religiösen Orden verantwortlich war. Es war also unnütz, auf ihre Bemerkung einzugehen, und die Gedanken der jungen Frau hielten sich nicht weiter damit auf.

Was sie zu begreifen suchte, war der Grund, der Amandine veranlaßt haben mochte, Mathieu in einen so elenden Zustand zu versetzen, obwohl sie ihn ohnehin schon so beherrschte, daß er auf ihr Drängen hin sogar seine eigene Schwester aus dem Haus gejagt hatte. Ihr mußte daran liegen, Mathieu um jeden Preis so lange wie möglich am Leben zu erhalten. Warum aber dann dies ...?

Die Seufzer des Hauptmanns de Roussay …

Im Rücken durch voluminöse, behaglich mit Entendaunen gestopfte Kissen gestützt, verschlang Onkel Mathieu dicke Pfefferkuchenschnitten, die er in einen Milchtopf von der Größe einer kleinen Salatschüssel tunkte. Seitdem er aus dem seltsamen Schlaf erwacht war, in den man ihn tagsüber mittels einer Kräutermixtur versetzte, schien er sich nicht sättigen zu können, und er hätte unentwegt gegessen, wenn Cathérine nicht protestiert und ihn zur Einhaltung regelmäßiger Mahlzeiten gezwungen hätte.

»Es ist nicht gut, sich so vollzustopfen, nachdem man Hunger gelitten hat, Onkel«, sagte sie ihm. »Das könnte zu einer gefährlichen Verstopfung führen, die imstande wäre, Euch umzubringen.«

»Bah! Bei dem bißchen, was mir das Leben jetzt noch zu bieten hat!«

»Gott sei Dank bleiben Euch genügend Mittel, Onkel, um behaglich die Zeitspanne zu verleben, die er Euch noch gewähren wird. Ihr werdet rasch wieder auf den Beinen sein und dann die Wahl zwischen mehreren Möglichkeiten haben. Entweder werdet Ihr Euch in Eure Weingärten nach Marsannay zurückziehen, wo Ihr das Dasein so angenehm findet …«

»Siehst du mich ganz allein in Marsannay … jetzt, da meine arme Jaquette, deine gottseelige Mutter, der ich soviel Kummer gemacht habe, nicht mehr dort sein wird? Ich würde dort nur wie ein alter Brotkanten herumvegetieren.«

»Dann kommt Ihr zu mir nach Montsalvy. Die Landschaft hatte Euch gefallen, als Ihr zur Taufe Isabelles bei uns wart. Ihr hattet Freundschaft mit Saturnin Garrouste, unserem Amtmann, geschlossen, und jeder wäre glücklich, Euch zu sehen. Und dann sind da die Kinder, die Ihr herangewachsen sehen werdet. Mein kleiner Michel liebt Euch sehr.«

»Aber dein Gatte liebt mich kaum. Ich kann's ihm übrigens nicht verdenken. Er ist ein Seigneur, ein Kriegsmann, und ich bin nur ein alter Tuchhändler … eine unangenehme

Erinnerung an deine Herkunft, mein Mädchen! Und dann ist es eine weite Reise. Schließlich ist das Klima in deinem Bergland rauh ...«

»Nun«, seufzte sie, »es bleibt Euch noch immer eine Möglichkeit: Loyse ... ich wollte sagen, Mutter Agnes von Sainte-Radegonde bietet Euch an, Euch bei ihr in einem Haus mit Garten niederzulassen, das ihr Kloster in Tart le Bas besitzt. Ihr werdet dort ...

»... mit Weihwasser besprengt, mit Weihrauch eingeräuchert und von morgens bis abends und abends bis morgens mit Paternostern eingedeckt werden! Die Frau Äbtissin hat mir ihre Gefühle nicht verborgen, als sie uns heute früh verließ: Es sei Zeit, daß ich daran dächte, um Vergebung für meine Sünden zu bitten und für mein Seelenheil zu sorgen, denn ich hätte nicht mehr lange zu leben, und wenn ich mich nicht besserte, würde mich Messire Satan, unter Hohngelächter seine Kessel schürend und seine große Gabel wetzend, garantiert erwarten. Besten Dank! Dann wär's mir schon lieber, in Marsannay vor Einsamkeit zugrunde zu gehen! Wenigstens wird mir da mein Wein bleiben. Loyse würde mich auf Wasserdiät setzen.«

Das Erscheinen einer kleinen Frau, so winzig, daß ihre große Haube aus gestärktem, friesischem Leinen ihr Gesicht auf halben Weg zu ihren Füßen brachte, enthob Cathérine eines weiteren Vermittlungsversuchs, und sie stand mit einem heimlichen Gefühl der Erleichterung auf, um sie nähertreten zu lassen. Bertille, die Symonne Sauvegrain in deren ersten Kindheit mit ihrer Milch genährt hatte, diente ihr jetzt als Haushälterin. Ganz Dijon kannte sie, und das verlieh ihr eine Art Autorität.

Jetzt brachte sie eine Salbe, die ein Diener aus der Offizin Meister Bourillots, des großen Apothekers am Markt, besorgt hatte, um die durch das Ungeziefer verursachten zahlreichen Schwären Mathieus zu lindern.

Sie näherte sich dem Kranken und warf einen entrüsteten Blick auf die Schüssel, die den Pfefferkuchen enthalten hatte und nun nur noch das Messer enthielt.

»Ihr eßt zuviel, Mathieu Gautherin«, sagte sie streng. »Das heißt nicht, daß man hier daran denkt, Euch die Nahrung zuzumessen, aber es tut Euch nicht gut.«

Unter seiner pfeffer- und salzfarbenen Mähne, die ihn einem alten, mürrischen Löwen ziemlich ähnlich erscheinen ließ, warf Mathieu ihr einen herausfordernden Blick zu.

»Ich habe Hunger! Ihr scheint nicht zu wissen, was es heißt, Hunger zu haben, Ihr mit Euren rosigen Wangen und Eurer wohlbeleibten Statur.«

»Wohlbeleibt, wohlbeleibt! Gleich wird dieser ungehobelte Mensch mir sagen, ich sei dick!«

»Ich werde nie dergleichen sagen, Dame Bertille, da es Euch steht, aber werft mir nicht vor ...«

Cathérine nutzte die Gelegenheit, um auf Zehenspitzen aus dem Zimmer zu gehen, Bertille und Mathieu, die sich seit langem kannten, ihrem Disput überlassend. Keiner von beiden hatte übrigens daran gedacht, sie zurückzuhalten. Seit ihrer Ankunft hatte sich Bertille zur Pflegerin und Krankenwärterin des Onkels aufgeschwungen, und ihre bis dahin auf der einfachen Ebene von Kundin und Lieferant sich abspielenden Beziehungen schlugen offenbar jäh eine neue Richtung ein. Mathieu Gautherin, dieser alte Bär, schien während seines unglücklichen Abenteuers mit Amandine entschieden Geschmack an den Frauen gefunden zu haben.

Im übrigen war es nicht sehr schwierig gewesen, von ihm einen Bericht über seine Misere zu erhalten. Kaum wieder bei klarem Bewußtsein und durch eine erste Mahlzeit gestärkt, hatte sich Mathieu von den seine Erinnerungen vergiftenden grausamen Erfahrungen und der ohnmächtigen Wut befreit, die sich während seines langen Leidensweges in ihm aufgestaut hatte.

Zwischen ihm und seiner Mätresse war während mehrerer Monate alles zum Besten gewesen. Amandine hatte sich als zuvorkommend, ja geradezu zärtlich und auf die kleinsten Wünsche des Alten bedacht erwiesen, den sie mit der liebevollen Fürsorglichkeit einer Mutter, einer Tochter und einer Geliebten zugleich pflegte.

Und dann, ganz plötzlich, hatten sich die Dinge gewandelt, als an einem grauen, regnerischen Abend ihr Bruder erschienen war. Philibert kam, wie er behauptete, aus dem Heiligen Land zurück und befand sich in einem so trübseligen Zustand, daß seine Geschichte auf den ersten Blick nicht unmöglich erschien. Amandines Fürsorge hatte sogleich ihr Ziel gewechselt, obwohl Mathieu, um seiner Freundin gefällig zu sein, sich entgegenkommend und herzlich gezeigt hatte.

Doch nach und nach hatte sich der Eindringling immer fester eingenistet. Je mehr er zu Kräften kam, desto mehr

Raum beanspruchte er, und schließlich sprach er auf dem Territorium des Großen Sankt Bonaventura gleichsam als Hausherr.

Obwohl Amandine den schlechten Charakter ihres Bruders durch die kürzlich erlebten Widerwärtigkeiten zu erklären versuchte, gingen Meister Gautherin schließlich doch die Augen an dem Tage auf, an dem er unerwartet von einem Ausgang zurückkam, um seine vergessene Geldkatze zu holen, und seine Amandine in der Vorratskammer fand, rücklings an ein Faß gedrängt, die Röcke bis zur Taille gerafft und vollauf damit beschäftigt, von Philibert eine kraftvolle, aber so wenig brüderliche Huldigung wie nur möglich entgegenzunehmen.

Die Empörung des alten Mannes hatten sie mit Spöttereien und höhnischen Bemerkungen beantwortet, und als er sich anschickte, beide auf die Straße zu werfen, waren sie vereint über ihn hergefallen, hatten ihn gefesselt, geknebelt und zuerst in den Keller, dann in den Hühnerstall transportiert, wo er die schon bekannten Leiden zu erdulden hatte.

»Wenn Ihr Euch entschlossen habt, ein Hochzeitsversprechen in gehöriger Form zu unterschreiben«, sagte ihm Amandine, »werdet Ihr Euren Platz im Haus wieder einnehmen.«

Und Mathieus Martyrium hatte begonnen. Amandine ernährte ihn nur mit klarem Wasser und jeden Morgen mit einer Art Belladonna-Trank, der ihn einschläferte, um zu verhüten, daß er auf die Idee käme, das Viertel zu alarmieren. Wenn er abends erwachte, brachte ihm Amandine oder Philibert sein Wasser und stellte ihm eine Frage, immer dieselbe.

»Habt Ihr Euch zur Hochzeit entschlossen?«

Und Mathieu antwortete: »Nein!«, immer nur »Nein!« Von Mal zu Mal schwächer, da seine Kräfte ihn verließen, aber sein Wille blieb unerschüttert. Es war besser, zu sterben, selbst unter so abscheulichen Umständen, denn er gab sich keinerlei Illusionen hin und wußte, was ihn erwartete: daß ihn, wenn er sich bereit fand, das Mädchen La Verne zu heiraten, kurze Zeit nach der Hochzeit ein mysteriöses Leiden befallen und prompt ins Grab befördern würde, falls die Sache nicht ganz schlicht durch einen Messerstich oder eine solide Dosis Gift zu erledigen war, sobald er aus Amandine eine Dame Gautherin und folglich seine Erbin gemacht hätte.

»Ihr habt mir mehr als das Leben zurückgegeben, meine Töchter«, erklärte er den beiden Schwestern, als er beim Erwachen ihre Gesichter über sich gebeugt sah. »Ihr habt mir das Recht zurückgegeben, auf ordentliche Weise zu sterben! Seid dafür gesegnet ...«

Das neue schöne Haus der Morel-Sauvergrain, das mit seinen Zwillingsfenstern, seinen Scheiben aus buntem Glas und der eleganten, das mit glasierten Ziegeln gedeckte Dach zierenden Balustrade der Rue des Forges ein wahres Prunkstück hinzufügte, hatte sich wie die Faust eines freundlichen Riesen um Cathérine, ihren Onkel und ihre Leute geschlossen und der jungen Frau einen kostbaren Tag des Ausruhens und Nachdenkens beschert. Sie hatte ihn genutzt, um mit der blonden Symonne Freundschaft zu schließen und zu versuchen, sich diskret nach den Haftbedingungen des gefangenen Königs zu erkundigen, den zu schützen ihr das Schicksal als Aufgabe übertrug.

Aber was sie hatte erfahren können, war dürftig, und es war alles, was der gewöhnliche Sterbliche in Dijon davon wußte: René d'Anjou, König von Sizilien und Jerusalem, war, streng bewacht, im Neuen Turm des herzoglichen Palastes eingekerkert ...

Nachdem sie das Zimmer ihres Onkels verlassen hatte, trat sie in das ihre und kleidete sich zum Ausgehen an. Entgegen seinem Versprechen war Jacques de Roussay nach der Verhaftung der »Familie« La Verne nicht zurückgekehrt, und es war höchste Zeit, ihn aufzusuchen, um eine Möglichkeit zu finden, sich auf irgendeine Weise dem Gefangenen zu nähern.

Sie verließ das Haus, ohne jemand zu begegnen. Symonne war am selben Morgen zu ihrem mütterlichen Besitz in Foissy bei Arnay le Duc aufgebrochen, und die Dienerschaft war wie durch Zauberei verschwunden. Selbst Gauthier und Bérenger waren unauffindbar.

Die Erklärung des Phänomens sprang ihr ins Auge, als sie aus der Tür trat: Eine Menschenmenge drängte sich um den an der Einmündung der Grande Rue Notre Dame in den Markt ständig errichteten Schandpfahl, an dem in Abwesenheit des Henkers, der sich zu derlei subalternen Pflichten nicht herbeiließ, zwei Henkersknechte damit beschäftigt waren, das Halseisen um die Gurgel eines Hühnerdiebes zu schließen. Der Delinquent war jedoch so dick, daß das

Halseisen ihn zu erwürgen drohte, und das Publikum lachte ebenso über sein Geschrei wie über die Bemühungen der Knechte. Der ganze Haushalt Symonnes war dort versammelt, einschließlich Bérengers.

Unwillig, ihn unter den Zuschauern zu sehen, klopfte Cathérine ihrem Pagen auf die Schulter.

»Findet Ihr wirklich Spaß an dieser Art Spektakel, Bérenger?«

Der Jüngling errötete, aber der Blick, den er zu ihr erhob, war klar.

»Nein, Dame Cathérine. Gauthier hat mir nur gesagt, daß ich hier auf ihn warten soll. Und da ich nichts anderes zu tun hatte ...«

»Na, schön ... Und wohin hat sich Meister Gauthier um diese Stunde begeben?«

»Auf Ehre, ich weiß es nicht. Wir gingen zusammen fort, um eine Partie Schlagball zu spielen, als er einen Mann vorbeigehen sah, die Straße entlang. Er blieb auf der Stelle stehen und sagte: ›Geh und spiel ohne mich. Ich hab' Besseres zu tun.‹ Und dann setzte er sich auf die Spur dieses Mannes, ohne mir zu erlauben, ihn zu begleiten. Ich sollte mich nicht von hier wegrühren und ihn erwarten, sagte er. Aber wenn Ihr ausgeht, begleite ich Euch.«

»Unnötig, Gauthier hat Euch aufgetragen zu warten, also wartet! Was mich betrifft, gehe ich nur zum Gebet in die benachbarte Kirche. Trotzdem, sagt Gauthier, er täte besser daran, in einer ihm unbekannten Stadt nicht x-beliebigen Leuten zu folgen ...«

Sie entfernte sich in Richtung Notre-Dame, deren merkwürdige, von Wasserspeiern bevölkerte Fassade am Ende der Straße auftauchte, und frage sich dabei, was Gauthier wohl durch den Kopf gegangen sein mochte, was ihn veranlaßt hatte, dem erstbesten Vorübergehenden zu folgen. Doch sie vertraute darauf, daß seine Geschicklichkeit und Intelligenz ihn in keine böse Geschichte geraten lassen würden.

Auf jeden Fall wünschte sie bei dem Besuch, den sie ihrem Freund Roussay abstatten wollte – der Gang zur Kirche war nur eine Vorwand dafür –, keine Begleitung.

Nichtsdestoweniger trat sie in sie ein, wie sie angekündigt hatte, und das nicht nur, um eine Lüge zu vermeiden. Bevor sie ernstlich das in Angriff nahm, was sie als eine heilige Mission ansah, verspürte sie das Bedürfnis nach einem

Tête-à-tête mit der kleinen Schwarzen Jungfrau, vor der sie in ihrer Jugend so viele Stunden verbracht und dann als Frau des Großschatzmeisters von Burgund so viele Tränen vergossen hatte. Sie war überzeugt, neuen Mut daraus zu schöpfen und vielleicht auch klarere Ideen, wenn das Glück es wollte, daß das Sanktuarium um diese Nachmittagsstunde einigermaßen leer war. Denn zu allen Zeiten war es Cathérine unendlich schwergefallen, inmitten vieler Menschen zu beten. Sie brauchte Stille, Dämmerlicht und den Frieden eines verlassenen Kirchenschiffs. Vielleicht, weil sie nur dann das Gefühl empfand, daß Gott ihr ganz allein gehöre, konnte ihre Seele sich aus den irdischen Widerwärtigkeiten erheben und auf die Suche nach dem Unendlichen machen. Und das eben war ihr inmitten einer Menge von Gevatterinnen, die mechanisch Paternoster herunterleierten oder näselnd Kirchenlieder sangen und dabei an das Menu dachten, das sie abends ihrem Ehegatten vorsetzen würden, völlig unmöglich.

Glücklicherweise belebte nur sanfter Kerzenschimmer die Kapelle, in der die seltsame und ziemlich häßliche Statue Unserer Lieben Frau der Guten Hoffnung wachte. Cathérine zündete ebenfalls eine Kerze an und stellte sie zu dem Strauß der schon brennenden, dann kniete sie sich auf die Stufen des Altars und verlor sich in ein inbrünstiges Gebet an die Gottesmutter, ihr zu erlauben, das Leben des gefangenen jungen Königs zu retten. Doch ihr wurde bald klar, daß sie in Wirklichkeit auch ein wenig für sich selbst betete, denn sie bat darum, daß alles recht schnell gehen möge, damit sie so rasch wie möglich nach Montsalvy zurückkehren könne.

Jahre, Jahrhunderte schienen ihr verstrichen zu sein, seitdem sie das Haus verlassen hatte. Dabei waren es nicht einmal sechs Monate. Aber die Tage der Abwesenheit zählen hundertfach, wenn man von denen getrennt ist, die man liebt.

Durch ihr Gebet gestärkt, schickte Cathérine sich nach einer letzten Kniebeugung an, die Kirche zu verlassen, als die jammernde Stimme eines Bettelmönchs sie in der großen Vorhalle zurückhielt.

»Für die Seelen im Fegefeuer und das Heil Eurer Seele – spendet freigebig, edle Dame! Ihr werdet auf dieser Erde gesegnet und im Himmel gerühmt werden!«

Mechanisch öffnete Cathérine ihre Geldbörse, als die

weinerliche Stimme plötzlich in ein freudiges Raunen überging.

»Gelobt sei das Geschick, das die schönste Dame des Okzidents wieder hierherführt! Der Wohlstand dieser vom Himmel verlassenen Stadt wird neu erblühen, wenn die Dame de Brazey zu uns zurückkehrt!«

Überrascht musterte sie die kauernde Gestalt in der schwarzen Kutte, das zerfurchte, halb vom Bart verschlungene Gesicht, in dessen Schmutz sich zwei helle, auffällig lebendige Augen öffneten.

Aus ihrer Erinnerung stieg wie eine Luftblase aus Wassertiefen ein Name auf.

»›Frater‹ Jehan«, sagte sie lächelnd. »Ihr habt also den Vorhof von Saint Bénigne verlassen?«

Das wenige, was vom Gesicht des Mannes zu erkennen war, errötete vor Vergnügen.

»Euer Gedächtnis ist ebenso sicher, wie Eure Schönheit groß ist, Edle Dame, und ich bin glücklich, in ihm einen Platz zu haben. Wenn ich jetzt Notre Dame heimsuche, geschieht es, weil die Domherrn der Kathedrale meinten, genug von mir gesehen zu haben.«

»Vielleicht, weil Ihr ihnen zuviel zu sehen gegeben habt, wie? Ihr seid ein seltsamer Mitbruder für so ... konformistische Geistliche, aber ich freue mich zu sehen, daß Ihr noch immer munter am Leben seid. Es ist so lange her ...«

Es war in der Tat lange her, noch vor ihrer ersten Ehe, daß sie Jehan des Ecus, dem falschen Mönch und auf Bettelei und Fälschungen jeder Art spezialisierten Landstreicher begegnet war. Er war in eine düstere Periode ihres Lebens verstrickt gewesen. Mit ihrem Freund Barnabé dem Pilger zusammen hatte er versucht, ihr einen großen Dienst zu erweisen, ein Versuch, der Barnabé das Leben gekostet hatte,* und Cathérine gehörte nicht zu denen, die geleistete Dienste vergaßen.

»Ihr wollt sagen«, fuhr er mit einem bitteren Lächeln fort, »daß meine Leiche schon lange in den Gräben von Morimont faulen müßte, nachdem man sie vom Galgen geholt oder aus dem Kessel mit siedendem Öl geangelt hätte. Es ist nicht leicht, bei uns zu überleben, aber ich lege noch Wert auf die Existenz, den blauen Himmel, den guten Wein und die hübschen Mädchen. Deshalb tue ich dafür, was

* Siehe Cathérine

man tun muß: Ich passe sorgsam auf mich auf. Aber Ihr habt mir meine Frage nicht beantwortet, schöne Dame. Kehrt Ihr zu uns zurück?«

Cathérine schüttelte den Kopf.

»Nein, mein Freund. Ich bin nicht mehr die Dame de Brazey. Mein Leben spielt sich weit von hier ab, im Herzen der Berge der Auvergne, und ich bin nur für wenige Tage hier. Zudem dürfte mich Monseigneur Philippe nicht mehr kennen.«

»Monseigneur Philippe kennt nichts mehr aus der Zeit der Jugend«, knurrte der falsche Mönch. »Ihr sagt, daß er Euch nicht mehr kennt, aber er kennt auch seine Hauptstadt nicht mehr. Er lebt in Flandern, fern von uns, und das einstmals so lebendige und prunkliebende Dijon wird allmählich ein Marktflecken. Als ich Euch sah, glaubte ich, die gute Zeit werde endlich zurückkehren, aber nun ist es nichts damit. Unser einziger Daseinsgrund besteht darin, einem König als Gefängnis zu dienen!«

Betroffen durch diese Antwort eines Bettlers, die Roussays Bemerkungen glich, nahm Cathérine ein Goldstück aus ihrem Beutel und ließ es in die schmutzige Hand gleiten.

»Was wißt Ihr von dem gefangenen König, Jehan? Was sagt man in der Stadt von ihm?«

»Man weiß nichts ... oder doch nur wenig. Man sagt, er werde besser bewacht als der Schatz der Sainte Chapelle.«

Unversehens verstummte er. In seine Augen unter der staubigen Kapuze trat ein aufmerksamer Ausdruck. Einen Moment betrachtete er die junge Frau, die seinem Blick standhielt.

»Er interessiert Euch?« murmelte er. »Warum?«

Cathérine zögerte kaum. Sie wußte seit langem, daß sie diesem Mann vertrauen konnte, so schwarz seine Seele auch sein mochte.

»Ich bin Ehrendame Königin Yolandes, seiner Mutter, und sie schickt mich zu ihm, da sie sich Sorgen macht. Ihr, der Ihr alles wißt, Jehan, sagt mir wenigstens, ob er noch lebt!«

»Oh, was das betrifft, lebt er«, spottete Jehan, »und wenn ihm was passiert, wird es nicht Schuld Messire de Roussays sein, der ihn bewacht und gut bewacht, denn wie man sagt, ist er viel, sehr viel wert. Unser Herzog Philippe erhofft sich für ihn ein ... königliches Lösegeld. Was nicht hindert, daß ihn an einem dieser Tage ein böser Tod ereilen könnte.«

»Was wollt Ihr damit sagen?« flüsterte Cathérine.

Jehan des Ecus antwortete nicht sofort. Ein Grüppchen von drei wohlgenährten Gevatterinnen in großzügig gefältelten Kleidern mit Kopftüchern aus feinem Leinen und in schönes Leder gebundenen Meßbüchern näherte sich martialischen Schritts, und der falsch Mönch verfiel wieder in seine weinerlich vorgebrachten Almosenbitten, aber sie gingen vorbei, ohne ihn auch nur zu bemerken. Wütend spuckte er hinter ihnen auf den Boden und kam zu Cathérine zurück.

»Daß vor drei oder vier Tagen seltsame Gäste in Jaquot de la Mers Taverne angelangt sind ...«

»Auch ihn gibt's noch immer?«

»Von Zeit zu Zeit die Spione des Polizeipräfekten zu unterrichten, auch das hilft zu überleben. Jaquot ist nicht mehr so mager, und ein Geschäft, bei dem es Gold zu verdienen gibt, kommt immer gelegen.«

»Was wißt Ihr von diesen seltsamen Gästen?«

»Daß ihnen das Geld locker sitzt, daß sie hinter verschlossenen Türen mit Jaquot zusammenhocken, wobei, wie mir ein Mädchen, das mir wohlwill, verriet, häufig vom Neuen Turm die Rede ist ... und daß Jaquot einen Bruder hat, der in der Küche des Palastes arbeitet.«

»Wie viele sind es?«

»Drei. Einer ist dabei, der auf der anderen Seite der Pyrenäen geboren sein muß ... Jetzt wär's besser, wenn Ihr ginget, Dame Cathérine. Es ist Zeit für die Abendandacht, und meine Kundschaft könnte sich über ein so langes Gespräch verwundern. Wo wohnt ihr?«

»Bei Dame Morel-Sauvergrain.«

»Der Amme des Erben? Ausgezeichnet ... Ich lasse Euch wissen, was ich erfahren werde. Gott schütze Euch, schöne Dame!«

»Auch Euch ... mein Bruder!«

Über Cathérines Kopf jagte das anhebende Glockengeläut einen Schwarm weißer Tauben von den Wasserspeiern auf. In Gruppen oder einzeln näherten sich nun wirklich Leute der Kirche, und der Küster erschien, um die Portale weit zu öffnen. Die junge Frau entfernte sich, von Jehans Stimme verfolgt, der sein weinerliches Psalmodieren wieder aufgenommen hatte. Die Begegnung mit diesem vergessenen Freund mußte die Vorsehung herbeigeführt haben, denn sie hatte ihr zu kostbaren Auskünften verholfen. Die mysteriösen Gäste der anrüchigen Taverne, die sie nur allzugut kannte, konnten nur die Leute Villandrados und des Stutzers sein, deren Gros irgendwo in der Umgebung der Stadt kampierte. Und die Tatsache, daß sie schon Beziehungen zu Dijon angeknüpft hatten, war mehr als beunruhigend.

Ihren Schritt beschleunigend, ging Cathérine am Zaun der Herzogin entlang, nicht ohne einen besorgten Blick auf den Neuen Turm zu werfen, dessen viereckige Masse sich mächtig über die vom Herbst vergoldeten Baumkronen erhob, doch beherrscht durch den schwungvollen Höhenflug der Sainte Chapelle, deren spitzer, goldumgürteter Turm hoch in den verblassenden Himmel wies. Sie umging den Fuß des Turms und gelangte zum Eingang des Palastes, wo sie auf die behelmten, bis an die Zähne bewaffneten Soldaten der Wache mit ihren Knebelspießen stieß.

Sie mußte ziemlich lange verhandeln, bis sich einer der Männer bereit befand, Jacques zu verständigen. Das Wachlokal zu passieren wurde ihr jedoch auch dann nicht gestattet.

Ganz offensichtlich hatte Jehan des Ecus recht: Das Palais und der Gefangene wurden gut bewacht.

Sie nutzte die Wartezeit, um die Umgebung zu mustern. Der Eingang verband den Hof der Sainte Chapelle mit dem durch hohe Mauern abgeschlossenen inneren Hof des Palastes. Der Neue Turm schien von hier ganz nah. Mit der Hauptmasse des herzoglichen Logis' durch eine Galerie verbunden, bot er jedoch einen auffallenden Kontrast zu ihm. Die hohen, über eine ganze Etage gestreckten Fenster des Palais' mit ihren Bögen, Simsen und blitzenden Scheiben ließen die dicken Gitter vor den spärlichen Öffnungen des viereckigen Turm noch unheilvoller erscheinen.

»Es muß unmöglich sein, ohne Erlaubnis da hineinzugelangen«, dachte Cathérine, während sie die Bewaffneten zu zählen versuchte, die selbst vor der kleinsten Öffnung des Königlichen Gefängnisses patrouillierten. »Der Arme ist wie eine Ratte in der Falle gefangen.«

Das hatte sein Gutes und sein Schlechtes. So gerissen der Stutzer auch war, es würde ihm ebenso schwerfallen, René d'Anjou mit seinen tückischen Absichten zu erreichen, wie ihr, Cathérine, mit ihrem mütterlichen Brief. Doch seine Verbindung mit Jaquot de la Mer beunruhigte die junge Frau ernstlich. Hatte der Kneipenwirt nicht einen Bruder in der herzoglichen Küche? Und da, wo der Mensch nicht eindrang, stieß Gift kaum auf Hindernisse ...

Sie war an diesem Punkt ihrer Überlegungen angelangt, als man sie holte.

»Der Hauptmann erwartet die Dame de Montsalvy«, sagte der Fähnrich, der sie praktisch auf Sicht bewacht hatte, mit einem Anflug von Respekt, den zu bezeigen ihm bis dahin nicht nötig erschienen war. »Wenn Ihr mir folgen wollt ...«

Jacques hielt sich in seinem auf den Garten wie zu den Ställen hinausgehenden Logis auf, das er bewohnte, seitdem er im Dienste des Palastes stand, und das Cathérine gut kannte. Als Hofdame der Herzogin Marguerite hatte sie es an einem besonders heißen Sommertage betreten und wäre an diesem Tage um ein Haar in die Arme und dann ins Bett des jungen Offiziers gesunken.

Der Raum sah noch fast genauso aus, wie ihre Erinnerung ihn bewahrte: schöne Möbel, kostbare Vorhänge rings um das Bett, Waffen, Stücke eines Harnischs, die aus einer Truhe quollen, auf einem Wandtisch Becher und Flaschen, einige davon leer.

Was an Flüssigkeit fehlte, mußte, nach Roussays lebhaft gerötetem Teint und seinem vagen Blick zu schließen, erst kürzlich von ihm absorbiert worden sein, doch die Nässe seines Haars rührte daher, daß er den Kopf in Wasser getaucht hatte. Als Cathérine, von dem Fähnrich geführt, das Zimmer betrat, schloß er eiligst sein grünes Wams und bot ihr ein zugleich fröhliches und leicht gezwungenes Lächeln.

»Ihr habt Euch die Mühe gemacht, hierherzukommen? Ich schäme mich...«

»Unsinn! Der Weg ist nicht so weit, und da ich vorgestern den ganzen Abend und gestern den ganzen Tag auf Euch wartete, dachte ich mir, es sei besser, wenn ich käme. Warum hat man Euch nicht gesehen? Liebt Ihr Dame Symonne nicht?«

»Aber ja! Sie ist außer der Herzogin vielleicht die einzige Frau in dem eleganten Bordell, das der Hof unseres guten Herzogs darstellt, die zugleich schön und tugendhaft ist.«

»Alle Wetter! Was für ein strenges Urteil!«

»Nicht einmal so sehr. Ich bin noch unterhalb der Wahrheit geblieben. Der Herzog wechselt seine Mätressen ebenso oft wie das Hemd, verstreut allenthalben Bastarde und benimmt sich wie ein Faun in seinem Park von Hesdin, wo er versteckte Springbrunnen hat einrichten lassen, die unvorbereitet die Allerwertesten der Damen unter ihren Röcken bespritzen, wenn sie vorübergehen, was sie automatisch veranlaßt, diese Röcke zu schürzen. Ah, die Dinge haben sich verändert, seitdem Ihr uns verlassen habt!«

»Nun, Jacques, seid nicht so bitter und ungerecht«, sagte Cathérine lachend. »Was Ihr mir da erzählt, ist zwar ein wenig überraschend, aber als ich ... beim Herzog war, war es auch nicht gerade, um dort speziell die Tugend zu kultivieren, wie mir scheint!«

»Weil Ihr seine Mätresse wart? Aber das ist ganz und gar nicht dasselbe! Er war Witwer, und er betete Euch an. In Eurer Geschichte war etwas Achtbares, Respektables. Mit Euch waren Schönheit und Charme auf den Thron gelangt, aber auch Anstand und Diskretion, und es gab niemand bei Hof, der Philippes Leidenschaft nicht verstand. Wie konnte man Euch widerstehen? Selbst die Maler machten aus Euch Unsere Liebe Frau des Okzidents! Aber jetzt ...«

»Nun?«

Jacques zuckte zornig die Schultern.

»Jetzt ... Wißt Ihr, daß man unseren großen Herzog sah, wie er es Mägden auf Truhen oder in dunklen Winkeln besorgte? Freche Brüste, ein hübscher Hintern, und schon verliert er den Verstand. Es ist ein Jammer.«

»Aber ... wie verhält sich die Herzogin?« fragte Cathérine, leicht verdutzt über soviel überschwappende Bitterkeit.

»Sie? Sie steht zu hoch, als daß sie sich zu Szenen oder gar ausdrücklichen Vorwürfen herablassen könnte. Sie erzieht ihren Sohn, den jungen Grafen Charles, dem sie Enthaltsamkeit beizubringen versucht ... und sie betet. Doch ohne große Hoffnung, erhört zu werden. Wenn man mit einem geilen Bock verheiratet ist, muß man sich klar darüber werden.«

Schweigen breitete sich aus, das der Hauptmann zu einem Seufzer und einem Besuch des Wandtischchens nutzte, wo er sich einen Becher mit Wein füllte und unter dem nachdenklichen Blick seiner Besucherin in einem Zug leerte.

»Ihr liebtet ihn einst«, warf sie ihm sanft vor. »Warum also jetzt ...?«

Er wandte sich so jäh zu ihr um, als hätte ihn eine Wespe gestochen.

»Warum ich Euch all das sage? Ihr denkt wahrscheinlich schon, daß ich ihn hasse, nicht wahr? Nun, das ist es nicht! Ich hasse ihn nicht, ich bin sogar noch immer bereit, für ihn zu sterben – heute, morgen, sofort! Aber, guter Gott, er muß wenigstens Gelegenheit dazu geben! Er muß uns ihm dienen, ihn umgeben, uns neben ihm kämpfen lassen, uns, die Burgunder des alten Burgund, statt uns in unseren Schlössern versumpfen zu lassen wie nutzlose alte Weiber, während er nur seine von Fett aufgeschwemmten Flamen um sich duldet! Bei Calais hat man das schöne Resultat solcher Vorzugswirtschaft gesehen.«

»Bei Calais?« fragte Cathérine, der ihre eigenen Angelegenheiten kaum erlaubt hatten, sich viel um burgundische Innenpolitik zu kümmern. »Was ist dort geschehen?«

Jacques warf ihr einen zornigen Blick zu.

»Eure Auvergne-Berge müssen sehr hoch sein, Madame de Montsalvy, daß ihr nichts von unserer Schande wißt! Durch die Kaufleute von Gent und Brügge veranlaßt, deren Handel seit dem Frieden von Arras leidet, hat Herzog Philippe Calais den Engländern wieder abnehmen wollen. Er hat das Abenteuer mit den Gentern und den Leuten aus Brügge versucht, die in ihrem Übermut dachten, mit der englischen Besatzung leicht fertig zu werden. Um keinen Preis sollten Männer aus der Picardie oder Burgund beteiligt werden. Nur die ›Herrn aus Gent und Brügge‹, wie diese Schurken sich zu titulieren wagten. Der Grund dafür war einfach: Sie hofften auf gutes Plündern und wollten nicht teilen. Das Ergebnis war jämmerlich, denn als sie sahen, daß sie mit dem Feind nicht zu Rande kamen, machten die ›Herren‹ kehrt und weigerten sich, auf die Bitten ihres Herrn zu hören ... ja, die Bitten, Ihr versteht mich recht, Cathérine«, schrie Jacques in einem jähen Wutanfall, »und kehrten schleunigst nach Hause zurück, erlaubten dem verzweifelten Herzog nicht einmal mehr, die Ankunft des Herzogs von Gloucester abzuwarten, der ihn zum Zweikampf gefordert hatte! Soweit sind wir gekommen! Dahin führt uns die törichte Bevorzugung Philippes des Guten! Es gibt keinen Ritter in Burgund, der nicht schamrot würde, wenn er den Namen Calais hört. Und während dieser Zeit habe ich, ich, Jacques de Roussay, Hauptmann über hundert Lanzen, nichts anderes zu tun als einen kleinen König zu bewachen, der den ganzen Tag Verse schreibt, Bilder malt oder den am Himmel fliegenden Vögeln zusieht. Ihn zu bewachen … und zu trinken!«

Zum Abschluß seines wütenden Diskurses genehmigte sich Roussay einen weiteren randvoll gefüllten Becher Wein. Cathérine wartete, bis er ihn geleert hatte, dann murmelte sie sehr leise:

»Auf König René ist ein so hohes Lösegeld gesetzt, daß er einem Schatz gleichkommt, Freund Jacques. Es ist keine so verächtliche Aufgabe, einen Schatz zu bewachen, und beweist zumindest, wie sehr der Herzog Euch vertraut. Und ich nehme an, daß Ihr diese Aufgabe bestens erfüllt.«

»Oh, was das ›Gut-bewacht-Sein‹ anlangt, ist er gut bewacht!« spottete der Hauptmann. »Ebenso streng wie ein Verbrecher, mit dem Unterschied, daß er nicht in einem unterirdischen Kerker sitzt und die Sonne sehen kann. Aber abgesehen von guter Soldatenkost und dem Nötigen zum Verseschreiben und Pinseln wird er nicht verhätschelt, glaubt mir. Ein Gefangener ist für mich ein Gefangener, welchen Rang er auch hat.«

»Aber er ist der König!« rief die junge Frau empört. »Ihr könnt ihn nicht wie einen Verbrecher behandeln!«

»Kerkermeister soll ich sein, Kerkermeister bin ich!« erwiderte Jacques mit einem Faustschlag auf den Tisch. »Ich halte mich an meinen Befehl.«

»Und … Ihr gestattet ihm keinen Besuch?«

»Keinen! Nicht einmal den einer Magd, obwohl er sich über erzwungene Enthaltsamkeit bitter beklagt. Ah, doch … einen: Letzten Dezember habe ich den Gesandten des sehr edlen und sehr mächtigen Seigneurs Filippo-Maria Visconti, Herzogs von Mailand, zu ihm gelassen, der feststellen wollte, auf welchem Ohr mein Gefangener die geheimen Wünsche Herzog Philippes in bezug auf sein Lösegeld hören würde.«

»Die geheimen Wünsche?« Cathérine zuckte förmlich zusammen.

»Genügt ihm das unerhörte Lösegeld von einer Million Golddukaten etwa nicht?«

»Wenn er es bezahlen könnte, ja«, erklärte Roussay mit einem jovialen Lachen … »Aber da er es nie können wird, würde sich unser guter Herzog schlicht … mit seinem Herzogtum Bar begnügen, das er kaum mehr braucht, da er König von Neapel, Sizilien und anderen bei Ebbe zu entdeckenden Örtlichkeiten ist.«

Cathérine traute ihren Ohren nicht. Die Burgunder hatten sich in der Tat entschieden verändert. Die territoriale Besitzgier des Herzogs kannte sie seit langem, auch seinen Mangel an politischen Skrupeln, aber diese Art, einem Gefangenen sein wichtigstes Land zu entreißen, war einfach skandalös ... ebenso übrigens wie die Verwandlung eines netten Burschen wie Jacques in einen mürrischen Gefängniswärter.

Ihren Gastgeber der Tröstung eines dritten Bechers überlassend, setzte sie sich graziös auf die mit dicken Polstern ausgestattete Bank vor dem Kamin, ordnete die Falten ihres Kleides aus braunem Samt so, wie es ihrer eleganten Erscheinung am besten stand, hob sodann entschlossen den feinen Kopf, dessen schwere goldene Flechten eine kleine Haube aus weißer Seide krönte, und senkte ruhig ihren veilchenfarbenen Blick in die betrüblich geröteten Augen ihres Freundes.

»Jacques«, sagte sie fest, »Ich will den König sehen.«

Ihre Worte hatten einige Mühe, den leichten Nebel zu durchdringen, den der Alkohol im Gehirn des Hauptmanns erzeugte.

»Ihr ... Ihr wollt wen sehen?« fragte er ungläubigen Tons.

»Ihr habt recht gut verstanden: Ich will König René sehen ... den Gefangenen im Neuen Turm, wenn Ihr das vorzieht!«

»Aber das ist nicht möglich. Ich bitte Euch!«

»Wenn ich recht verstanden habe, war es für einen Gesandten möglich. Nun, ich bin ein Gesandter ...«

Jacques brach mit mehr gutem Humor als gutem Geschmack in Gelächter aus.

»Gesandter? Ihr? ... Gott, ist das drollig! Und wessen, mein Gott?«

Ungerührt streckte Cathérine ihre linke Hand aus, an deren Zeigefinger der große, viereckige Smaragd funkelte, der sie nie verließ.

»Der sehr hohen, sehr weisen und sehr edlen Dame Yolande, durch Gottes Gnade Herzogin von Anjou, Königin von Sizilien, Neapel, Aragon und Jerusalem und durch eigene Gnade die größte Dame des Okzidents, was auch das hochnäsige Volk von Burgund darüber denken mag. Dies ist ihr Ring, in den Ihr ihr Wappen eingraviert seht. Was mich betrifft, gehöre ich zu ihren Damen, und sie schickt mich zu ihrem Sohn, dem ich diesen Brief hier übergeben soll«, fügte sie hinzu, zwei Haken am Oberteil ihres Kleides öffnend, um die Botschaft herauszunehmen. »Einen Brief, der keinen Ausbruchsplan enthält, darauf gebe ich Euch mein Wort, sondern allein die Zärtlichkeit einer besorgten Mutter.«

Durch den plötzlich sehr ernst gewordenen Ton seiner Besucherin beeindruckt, setzte Roussay seinen Becher ohne zu antworten nieder. In seiner offensichtlichen Verwirrung wußte er nicht recht, was er tun sollte. Doch Cathérine dachte nicht daran, ihn sich in benebelte Überlegungen verlieren zu lassen.

»Nun?« fragte sie nach einem Moment.

Jacques breitete als Zeichen der Ohnmacht die Arme aus.

»Ich weiß nicht, was ich Euch sagen soll, Cathérine. Ich erkenne Euch gern als Gesandten an ... aber der des Herzogs von Mailand hatte den Vorteil einer ausdrücklichen Genehmigung des Großkanzlers von Burgund, Messire Nicolas Rollins, vor Euch voraus ...«

»... Rollins, der einst zu meinen Freunden gehörte und sie mir gewiß nicht verweigern würde. Nur, Jacques, habe ich weder Zeit noch Lust, in Flandern nach ihm zu suchen. Zudem seid auch Ihr mein Freund und kennt mich lange genug, um zu wissen, daß ich unfähig bin, Euch das geringste Unrecht anzutun. Niemals, das wißt Ihr, täte ich etwas, das Euch schaden könnte, so gering es auch sei. Dieser alten Freundschaft wegen führt mich also zum König, ich bitte Euch darum. Ich muß ihn sehen, mit meinen Augen. Und wäre es nur, um mich zu überzeugen, ob er noch lebt.«

»Wieso, ob er noch lebt?« brauste Roussay auf. »Natürlich lebt er! Wofür haltet Ihr mich, Cathérine? Sehe ich wie jemand aus, der heimlich Staatsgefangene abmurkst, um sich ihrer zu entledigen?«

»Das wollte ich nicht sagen, ich habe mich nur schlecht ausgedrückt. Ärgert Euch nicht, mein Freund. Ich wollte sagen: ob er noch zu dieser Stunde lebt, denn wenn er noch lebt, bin ich nicht ganz sicher, ob es auch heute abend noch der Fall sein wird.«

»Und warum, zum Teufel, sollte es nicht der Fall sein? Ich hab' ihn noch heute morgen gesehen, und er war bei bester Gesundheit. Guter Gott, Cathérine, was geht in Eurem Kopf vor? Meine Arbeit wird gut ausgeführt, auch wenn ich sie nicht mag. Ich habe Euch gesagt, daß der Gefangene gut bewacht wird. Er wird es, seid dessen sicher, selbst gegen alles, was ihm schaden könnte.«

»Dessen bin ich eben nicht so sicher. Wollt Ihr Euch beruhigen, Euch einen Augenblick hierhersetzen, zu mir, und ohne mich zu unterbrechen die Geschichte anhören, die ich Euch zu erzählen habe? Es wird nicht lange dauern.«

»Gut! Ich höre«, sagte der Hauptmann und ließ sich schwer auf die Polster der Bank sinken.

So schnell und klar, wie sie nur konnte, schilderte Cathérine Roussay die letzten Ereignisse in Châuteauvillain und registrierte befriedigt, daß die anfangs noch vage Aufmerksamkeit des Hauptmanns sich festigte, je länger sie sprach, und deutlicher Gespanntheit wich. Als sie ihren Bericht beendete, war seine zerstreute und leicht beleidigte Miene düster und sorgenvoll geworden.

»Ihr denkt an Gift?« fragte er endlich.

»Natürlich. Es ist der erste Gedanke, der mir kam, da Jaquot de la Mer einen Bruder in der Küche hat.«

»Das hieße, ein großes Risiko eingehen. Außerdem müßte man wissen, was er dort tut. Alle Küchenjungen haben keinen Zugang zu den Speisen, die dort zubereitet werden.«

»Es ist gewiß viel leichter, als Ihr es Euch vorstellt, kostet Ihr die Speisen, die man dem König serviert?«

»N ...ein. Das erschien uns nicht unbedingt notwendig. Hier sind nur gute Diener des Herzogs ... wenigstens bildete ich's mir ein. Zudem ist die Nahrung, die man bringt, einfach ... sehr einfach.«

»Selbst wenn man ihm nur trockenes Brot und Wasser gäbe, wäre es möglich, ihm zu schaden. Und dann ist da nicht nur Gift. Ihr kennt den Stutzer nicht, nicht wahr?«

»Nur seinen Ruf, und das genügt mir.«

»Ihr habt unrecht, denn sein Ruf erreicht bei weitem nicht die Wirklichkeit! Er ist der Teufel in Person! Jetzt würde ich gern wissen, was dem Hauptmann Jacques de Rossay geschähe, falls ein vorzeitiger Tod ihm seinen kostbaren Gefangenen entreißen würde. Wie würde Monseigneur Philippe wohl Eurer Meinung nach reagieren?«

Unter dem strohfarbenen Schopf wurden Roussays Züge fast ebenso grün wie sein Wams.

»Ich kann's mir nur allzu gut vorstellen! Es bliebe mir nichts anderes übrig, als meine Seele Gott zu befehlen und mir meinen Degen durch den Leib zu jagen, um die Schande der Hinrichtung zu vermeiden.«

»Tut also das Nötige, um es gar nicht erst zu einem so großen Unglück kommen zu lassen. Ihr seid gewarnt ... und gewarnt durch mich. Das ist, glaube ich, ein hinlänglicher Freundschaftsbeweis und ... Ihr könntet mir dafür im Austausch auch einen gönnen.«

»Zum Beispiel, Euch den Gefangenen sehen lassen?« säuselte Jacques mit süßsäuerlicher Miene.

»Ihr habt immer die Auffassungsgabe eines Engels gehabt, mein Freund«, erwiderte Cathérine schmeichlerisch.

Plötzlich packte er sie bei den Schultern, und bevor sie zu einer Bewegung fähig war, küßte er leidenschaftlich ihren Mund.

»Nein, Ihr seid der Engel, wenn Ihr nicht der Teufel seid, meine Kleine! So oder so – ich bete Euch an!«

Cathérine unterdrückte eine kleine Grimasse. Jacques' Nähe war des von ihm ausgehenden Weingeruchs wegen nicht eben angenehm, aber sie stieß ihn nicht zurück.

»Selbst ... wenn ich wirklich der Teufel bin?«

»Vor allem, wenn Ihr es seid, denn dann erschiene mir die Hölle verführerischer als der Himmel. Für Euch würde ich noch tiefer und weiter gehen. Ihr wißt es doch seit Jahren schon, nicht wahr? Ich beneidete Herzog Philippe weder um seine Krone noch um seine Länder oder seine Schätze, nur um Euch. Ja, um Euch habe ich ihn beneidet! Verrückt ... verzweifelt und um eine einzige Liebesnacht!«

Nicht schroff, nur fest und ruhig löste sich die junge Frau aus Armen, die sich schon wieder um sie schlossen.

»Jacques«, warf sie ihm sanft vor, »wir sind, wie mir scheint, weit von unserem Thema entfernt. Seit langem schon braucht Ihr den Herzog um nichts mehr zu beneiden, und ich beabsichtige, eine treue Ehefrau zu bleiben. Wollt Ihr, daß wir zu unserem Gefangenen zurückkehren?«

Roussays Seufzer hätte Mauern erschüttern können, aber er erhob sich bereitwillig.

»Das ist wahr. Ihr wollt, daß ich mich davon überzeuge, ob er noch am Leben ist?«

»Nein. Ich will mich selbst davon überzeugen.«

»Das ist unmöglich ... wenigstens um diese Stunde und in diesem Kleid. Könnt Ihr Euch ein Männerkostüm verschaffen? ... Und ein Pferd?«

»Das Pferd habe ich, über das Männerkostüm muß ich nachdenken. Aber es läßt sich machen.«

»Ausgezeichnet! Dann kehrt nach Hause zurück, kommt kurz nach dem Lichterlöschen wieder, als ob Ihr gerade vor Toresschluß einpassiert wäret, und meldet Euch bei der Wache als mein Vetter Alain de Maillet, der mich dringend zu sprechen wünscht. Ich werde beim König sein, denn ich ... ich spiele zuweilen eine Partie Schach mit ihm, um ihm die Langeweile zu vertreiben«, fügte er in leicht verschämtem Ton hinzu, der Cathérine lächeln ließ. »Die Außenwache ist dann weniger streng, da ich selbst innen für Bewachung sorge. Ich werde Euch zu mir bringen lassen ...«

Ein jugendlicher Impuls warf Cathérine an den Hals Roussays, dessen Wangen sie zwei schallende Küsse aufdrückte.

»Ihr seid der wunderbarste Mann der Welt, Jacques, und ich kann Euch nie genug danken. Seid ohne Sorge: Ich werde meine Rolle so zu spielen wissen, daß ich keinen Verdacht errege.«

»Ich zweifle nicht daran, ich zweifle nicht daran ... Ah, da ich gerade daran denke: das Kostüm ein wenig elegant, wenn ich bitten darf. Wir sind keine armen Schlucker.«

Cathérine lachte und trat zu einem Spiegel, um das durch all die Umarmungen ein wenig derangierte Gefältel ihrer Haube zu richten, und gewahrte dabei Roussays gierig auf ihren Hals und die Linie ihrer Schultern gehefteten Blick.

»Wie stellt Ihr es nur an, immer so schön zu sein?« murmelte er. »Ihr werdet alles Licht aus diesem Raum mit Euch forttragen.«

»Wir sind zu alte Freunde für galante Geschichten, Jacques. Übrigens, wie kommt es, da Ihr doch so glücklich seid, mich zu sehen, daß man Euch seit vorgestern nicht bei Dame Symonne erblickt hat, wie Ihr versprachet? Hattet Ihr zuviel zu tun?«

Ein Moment Stille trat ein, als verwirre diese einfache Frage den Hauptmann. Aber er faßte sich schließlich und sagte brüsk:

»Ja ... das heißt, nein! Ich war in einer Verlegenheit, wütend über mich und meine Leute.«

»Warum denn, großer Gott?«

»Weil ... oh, warum sollt Ihr's nicht ebenso gut wissen? Der gewisse Philibert ist richtig ins Gefängnis geschafft worden – aber das Mädchen La Verne ist uns unterwegs entwischt. Man hat sie nicht wiedergefunden, und ich fürchtete, daß Ihr es uns übelnehmen würdet.«

Cathérine runzelte die Stirn. Die Nachricht bereitete ihr kein Vergnügen. Es war ihr unangenehm, die Frau unbestraft auf freiem Fuß zu wissen, die den braven Mathieu so kaltblütig zu einem langsamen und schrecklichen Tod verurteilt hatte. Aber sie brauchte Jacques zu sehr, um ihr Mißvergnügen – und sei es noch so vorsichtig – zu äußern. Statt dessen bemühte sie sich zu vergessen, daß Amandines Flucht ihr zu einer Feindin mehr in der Stadt verhalf, und zuckte mit gespielter Lässigkeit die Schultern.

»Daß Ihr den Mann habt, ist die Hauptsache. Es wird Euch vielleicht ermöglichen, die Frau wiederzufinden. Übrigens ist sie für meinen Onkel keine große Gefahr mehr. Wenn er nach dem, was sie ihn hat erdulden lassen, nicht geheilt wäre, müßte man an der Weisheit der Menschheit verzweifeln.«

»Kein Mann ist weise, wenn es sich um die Frau handelt, die er begehrt«, bemerkte Roussay in so düsterem Ton, daß Cathérine eine Neuauflage seiner Attacke befürchtete, es lieber überhörte und sich zur Treppe wandte, von dem Hauptmann gefolgt, der sich wieder aufs Seufzen verlegt hatte. Das Männerkostüm würde vielleicht recht dienlich sein, wenn sie abends wieder zu ihm ginge …

… und die Tränen eines Königs

Der Turm war nicht sehr hoch, und doch schien die Treppe endlos zu sein. Die Fackel in der Faust des Mannes, der Cathérine voranschritt, brannte schlecht, qualmte und gab kaum Licht, und die junge Frau mühte sich, auf den ausgetretenen Stufen nicht zu stolpern, wenn eine Treppenbiegung den schwachen Schein verschlang.

Draußen herrschte die Stille einer schon kühlen Herbstnacht, deren Feuchtigkeit man bis ins Innere des Turmes spürte. Cathérine segnete deshalb die Vorsicht, die sie warme Kleidung und einen dicken Reitermantel hatte wählen lassen.

Sich die besagten Kleidungsstücke zu beschaffen, war ihr nicht schwergefallen: Von Bérenger begleitet, hatte sie sich zu einem Schneider begeben und den Jungen auf angemessene Art einkleiden lassen. Ohnehin hatte er es allmählich nötig, und da er sehr gewachsen war, war seine Figur der seiner Herrin ziemlich ähnlich.

»Auf jeden Fall braucht Ihr für diesen Winter etwas zum Anziehen«, erwiderte sie auf seine entzückten Proteste. »Wählt Euch also etwas aus … aber versucht, diskrete Farben zu wählen!« setzte sie vorsichtshalber hinzu, da sie seinen ausgeprägten Geschmack für kühne Farbkombinationen kannte. Das Ergebnis war durchaus befriedigend gewesen. Bérenger hatte sich von einem Wams und eng geschnittenen Hosen in Frühlingsgrün, der Farbe der herzoglichen Garde, ohne irgendwelche gelbe oder rote Beifügung verführen lassen, was zum goldblonden Haar Cathérines ebensogut paßte wie zu seinem eigenen Haar von der Tönung reifer Kastanien. Ein schwarzer Reitermantel und eine grüne Kappe vervollständigten das Ganze, und so verkleidet hatte Cathérine keine Mühe gehabt, als Alain de Maillet, aus dem Poitou kommender Vetter des burgundischen Hauptmanns, die Wache zu passieren.

Abgesehen vom Geräusch ihrer Schritte war der Turm still wie ein Grab, und diese Stille trug zu der noch unbestimmten Angst bei, die Cathérine dank des Umstands, daß

Gauthier noch nicht wieder aufgetaucht war, aus dem Hôtel Morel-Sauvegrain mitgebracht hatte.

Bérenger hatte den ganzen Nachmittag vergeblich auf seine Rückkehr gewartet, und wenn er auch Cathérine mit Vergnügen zum Schneider gefolgt war, nahm er doch gleich nach seiner Rückkehr das Warten mit wachsender Erregung wieder auf.

»Wo steckt er nur? Wohin hat er nur gehen können?« wiederholte er fortwährend.

Seine Herrin hatte sich bemüht, ihn zu beruhigen, indem sie eine Unbesorgtheit zur Schau trug, die zu empfinden sie weit entfernt war. Sie hätte viel darum gegeben, die Fragen des Pagen beantworten zu können, denn sie kannte die Unterwelt Dijons zur Genüge und wußte, daß ein Mensch dort am hellichten Tage ohne Spuren zu hinterlassen genauso leicht verschwinden konnte wie in den Höfen der Wunder von Paris. Und so war sie in höchst besorgter Stimmung zum Neuen Turm aufgebrochen. Die beginnende Nacht versprach lang zu werden, wenn sie bei ihrer Rückkehr Gauthier nicht zu Hause vorfinden würde, da sie sich dann auf die Suche nach ihm würde machen müssen.

Sie hatten den Treppenabsatz erreicht. Der Soldat, der den falschen Alain de Maillet führte, war vor einer durch Eisenstangen und gewaltige Riegel gesicherten Tür stehengeblieben, neben der zwei auf Schemeln sitzende Männer Wache hielten. Ihre Spieße lehnten mit ihren blinkenden Klingen an der Mauer. Er rief ein Wort durch die vergitterte Öffnung in der Tür, die sich fast augenblicklich öffnete und das Innere eines Raums mit leidlich schönen Dimensionen, aber so dicken Gitterstangen vor den Fenstern freigab, daß kaum viel Licht von dort eindringen konnte.

Die Möblierung war höchst simpel: ein schlechtes, mit grauer Serge bespanntes Bett, eine große Truhe ohne Verzierungen, ein von zwei Bänken flankierter Tisch. Weder Teppich noch Tapeten. Der einzige bescheidene Luxus bestand in einem schmalen steinernen Kamin, in dem ein paar Scheite brannten, und dem auf dem Tisch zwischen den zwei Insassen der Zelle stehenden Schachbrett. Ein langhaariger Hund schlief zusammengerollt vor dem Kamin.

Roussays kräftige Stimme empfing Cathérine:

»Was für eine Überraschung, Vetter! Als man mich von Eurem Kommen unterrichtete, traute ich meinen Ohren nicht! Ihr so fern Eurem geliebten Poitou!«

Dabei hatte er sich erhoben und umarmte den Ankömmling mit derben Schlägen auf den Rücken, die diesen zum Husten brachten.

»Es ist nur, weil ich mich über für unsere Verwandtschaft wichtige Geschäfte mit Euch unterhalten muß, Vetter, und ich halte mich auch nicht weiter auf«, erwiderte Cathérine und beglückwünschte sich dazu, daß der Himmel ihrer Stimme einen warmen, leicht verschleierten Klang und nicht den hellen eines typisch femininen Organs verliehen hatte. Während sie sprach, vermochte sie ihren Blick nicht von dem anderen, am Tisch sitzengebliebenen Mann zu lösen, der offenbar in die Kombinationen des Schachspiels vertieft war.

Sie kannte sein Alter, siebenundzwanzig Jahre, aber obwohl er kräftig, ja sogar ein wenig gedrungen gebaut war, wirkte er jünger. Es mußte am rührenden Blond seines Haars liegen, wahren Babyhaars, an der Frische seiner Haut, an seinen großen Augen von so hübschem Porzellanblau, daß man ihr leichtes Vorquellen darüber vergaß. Außer seiner natürlichen Eleganz verriet nichts in seinem momentanen Äußeren den König: Seine Kleidung war abgetragen und sein Bart lang.

René d'Anjou hatte dem Ankömmling keinerlei Beachtung geschenkt, zweifellos in seiner königlichen Würde durch die scheinbare Ungeniertheit eines Jacques de Roussay beleidigt, der Privatbesuche in seiner Zelle zu empfangen sich unterstand.

In dem Versuch, trotz allem seine Aufmerksamkeit zu erregen, fügte Cathérine hinzu:

»Ich bitte tausendmal um Vergebung, so nachdrücklich darauf bestanden zu haben, Euch zu sehen, denn ich fürchte sehr, aufdringlich zu sein. Könntet Ihr mich nicht woanders empfangen, Vetter?«

»Monseigneur und ich haben eben eine Partie begonnen, die zu unterbrechen verdrießlich wäre. Und Ihr könnt Euch wohl vorstellen, mein lieber Alain, daß ich zuerst die Erlaubnis des Königs erbeten habe. Sire«, fuhr er fort, indem er sich direkt an ihn wandte, »erlaubt der König, daß ich ihm meinen jungen Vetter Alain de Maillet vorstelle, der geradewegs aus seiner Provinz zu uns kommt, wie ich ihm schon zu erklären die Ehre hatte?«

Endlich hob sich René d'Anjous Blick kalt und gleichgültig.

»Macht nur, Messire, macht nur ... aber ich bitte Euch, vergeßt einen Moment meine Gegenwart. Ich werde die Folge der Partie studieren, während Ihr Euch zusammensetzt, auf jener Truhe, zum Beispiel, und in aller Ruhe miteinander sprecht. So«, fügte er mit einem ganz königlichen Hochmut hinzu, »werden wir einander nicht stören.«

»Monseigneur ist zu gütig. Heda, Soldat, seht einmal nach, was aus dem Krug Wein geworden ist, den zu bringen ich befohlen hatte. Sorg dafür, daß man ihn bringt.«

Der Soldat verschwand, während Cathérine, deren tiefe Verneigung nicht einmal durch einen Blick des Gefangenen belohnt worden war, Roussay zu der fraglichen Truhe folgte. Die Tür schloß sich wieder mit dem gleichen Getöse der Riegel und Schlösser wie zuvor beim Öffnen.

Um sich besser davon überzeugen zu können, trat Roussay zu der kleinen Öffnung in der Tür, drehte sich darauf um und lächelte Cathérine zu, die ihn mit leidenschaftlicher Erwartung beobachtete.

Im nächsten Moment lag sie vor dem Gefangenen auf den Knien, hastig den Handschuh der linken Hand herunterzerrend, um den Smaragd mit dem eingravierten Wappen freizulegen.

»Sire!« murmelte sie. »Geruhen Eure Majestät, mir ein kurzes Gespräch zu gewähren, denn Eure erhabene Mutter hat mich zu Euch entsandt.«

René d'Anjou fuhr zusammen. Sein bestürzter blauer Blick verharrte einen Moment auf der schmalen grünen Gestalt und wandte sich dann zu dem noch immer neben der Tür stehenden Roussay.

»Was ... was bedeutet das?«

Der Hauptmann lächelte.

»Daß ich mir nicht erlaubt hätte, Sire, einen Vetter von mir, ein so guter Edelmann er auch sei, bei Eurer Herrlichkeit einzuführen ... und daß hier, zu Füßen Eurer Majestät, ein ausgezeichneter Botschafter der Frau Königin Yolande, Eurer Mutter, wartet.«

»Meiner Mutter?«

»Ja, Sire«, warf Cathérine lebhaft ein, »Eurer Mutter, die mich mit ihrem Vertrauen zu beehren geruht, die mir diesen Ring gegeben hat, auf dem Ihr ihr Wappen steht ... und dies ist ihre Botschaft!«

Der Brief tauchte zwischen ihren Fingerspitzen auf, und René bemächtigte sich seiner gierig, streifte mit einem Blick das Siegel, brach es auf und entfaltete das Papier, indem er sich zu den Kerzen neigte, um besser lesen zu können.

Cathérine sah, daß seine Hände zitterten. Es war die erste direkte Nachricht, die der Gefangene seit Monaten von seiner Mutter erhielt, und seine fast greifbare Erregung rührte die junge Frau.

Als er die Lektüre beendet hatte, küßte er zärtlich die Unterschrift, faltete den Brief wieder zusammen und schob ihn in die Öffnung seines Wamses. Dann wandte er sich der noch knienden Cathérine zu, betrachtete sie lange, ohne ein Wort zu sagen, aber mit einer Art Gier, die sie ebenso wie ihre unbequeme Stellung allmählich ein wenig peinlich fand.

»Sire ...« begann sie, aller Etikette zum Trotz, aber dieses eine Wort hatte geradezu magische Wirkung. René d'Anjou erbebte, als erwache er aus einem Traum, und errötete.

»Oh, verzeiht mir!« rief er, während er sich zu ihr beugte, um sie bei den Händen zu nehmen und ihr beim Aufstehen zu helfen. »Ihr werdet mich für einen Grobian halten«, setzte er mit einem Lächeln hinzu, das ihm sein wahres Alter verlieh. »Eine Frau! Eine junge und schöne Frau, die ich vor mir knien lasse!«

»Ihr wißt also, wer ich bin?«

Er begann zu lachen, und sein Gelächter war so hell, so fröhlich, daß es die Nacht und die unheimliche Atmosphäre des Turms zurückweichen ließ.

»Das Wunder ist nicht groß. Madame Yolande, meine Mutter, kündigt Euch an, Madame de Montsalvy ... und beschreibt Euch sehr gut, wenigstens soweit ich es bei dieser Ausstaffierung beurteilen kann. Werdet Ihr mir die Gunst erweisen, einen Moment diese Pelerine, diese Kappe abzulegen, damit ich Euch besser sehe? Es ist so lange her, daß ich eine schöne Frau gesehen habe, und meine Mutter sagt, eine schönere lasse sich nicht finden.«

»Sire«, unterbrach Roussay beunruhigt, »Eure Majestät möge bedenken, daß man den Wein bringen wird, und daß Dame Cathérine in den Augen aller hier das bleiben muß, was sie bei ihrem Eintritt zu sein behauptete: mein junger Vetter. Wenn sie die Kappe abnähme, hielte die Täuschung nicht mehr stand.«

»Nun warten wir, bis der Wein kommt, aber dann, dann... oh, ich bitte Euch, gewährt mir diese Freude, ein wirkliches Frauengesicht, wirkliches Frauenhaar zu sehen.

Nichts ist schöner als das Haar einer Frau! ... Aber da fällt mir ein, Messire de Roussay, woher kommt es, daß Ihr Euch soviel Mühe macht, um eine Botin meiner Mutter zu mir zu führen, Ihr, dessen Auftrag es ist, mich zu ... bewachen, und der es bisher mit äußerster Gewissenhaftigkeit getan hat, würdig des höchsten Lobes Eures Herrn?«

Der leichte Spott verbarg einen Vorwurf, und die Miene des Hauptmanns versteifte sich.

»Madame de Montsalvy ist eine Freundin seit langer Zeit, eine mir sehr teure Freundin, der ich nichts zu verweigern wüßte, was es auch sei. Zudem, und weil ich sie gut kenne, weiß ich, daß sie unfähig ist, mich meiner Pflicht zuwiderhandeln zu lassen oder mir irgendwelchen Schaden zu verursachen. Schließlich weiß ich, daß Herzog Philippe selbst, hätte sie Zeit genug gehabt, ihn um Erlaubnis zu bitten, ihr diese ebenso leicht gewährt hätte wie dem Mailänder Botschafter im vergangenen Jahr.«

»Nun«, bemerkte der König lächelnd zu Cathérine, »das ist, wie mir scheint, eine große und schöne Eloge und offenbar durchaus verdient. Trinken wir auf die ... will sagen, den, der sie inspiriert hat, denn da ist Euer Wein, Messire!«

Die Wachen öffneten in der Tat von neuem die Tür, um statt des Soldaten von vorhin einen Diener einzulassen, der mit gleichsam religiöser Sorgsamkeit ein Zinntablett trug, auf dem Becher und eine staubige, aber schon entkorkte Flasche standen.

»Jedesmal, wenn der König einwilligt, mit mir zu spielen, gewährt er mir die Gunst, von meinem persönlichen Wein zu kosten«, erklärte Roussay mit einem Anflug von Stolz.

»Es wäre wenig anständig, es nicht zu tun«, sagte René. »Zudem ist es in der Tat ein Wein, würdig eines Königs.«

Der Diener hatte sich dem Tisch genähert und stellte seine Last auf ihm ab. Als er mit neutralem Gesicht, in dem nichts Besonderes auffiel, den Lichtkreis der Kerzen betrat, heftete sich Cathérines Blick mechanisch auf diese Züge mit dem seltsamen Eindruck, sie schon einmal gesehen zu haben, wie es zuweilen mit gewissen Dingen und Menschen geschieht.

Während er mit sorgsamen Bewegungen den Burgunder in die Becher goß, suchte sie vergeblich, mit welcher Erinnerung dieses feiste, ausdruckslose Gesicht verbunden sein mochte. Sie war sicher, daß es keine erfreuliche Erinnerung war, aber im Moment fiel ihr nicht mehr ein.

Der Mann zog sich zurück. Die Tür schloß sich. Jacques näherte sich dem Tisch, ergriff einen der Becher und bot ihn, sich verneigend, dem König, der ihn nahm, aber nicht sofort aus ihm trank. In seinen zur Schale vereinten Händen den Wein wärmend, betrachtete er die Reflexe der Kerzenflammen in seinen dunklen Tiefen und atmete seinen Duft.

»Der Duft ist des Himmels«, bemerkte er nach einer Weile, »doch die Farbe ist höllisch. Es ist die des Blutes, wie ich es einst über die Steinplatten einer Kirche fließen sah ...«

Das kriegerische Bild, das René heraufbeschwor, bewirkte in Cathérines Geist das Aufbrechen von Erinnerungen. Plötzlich sah sie die Kirche von Montribourg vor sich, jenes Dorfs im Walde nahe bei Châteauvillain, ausgeliefert den Greueltaten der stellvertretend für den Stutzer vom Hauptmann La Foudre alias Arnaud de Montsalvy kommandierten Mordbrenner. Sie sah wieder die armen Mädchen, die die Landsknechte mit ihren Degenspitzen zwangen, nackt vor ihnen zu tanzen, sah die neben dem Altar aufgehäufte Beute und vor allem den Mann, der auf einer Bank davorsaß und jedes einzelne Stück registrierte. Den Mann, den sie den Rektor hatte nennen hören ... und der derselbe war, den sie eben in der Livree des Herzogs von Burgund mit ausdrucksloser Miene Wein in den Becher eines Königs hatte gießen sehen ...

Entsetzt starrte sie auf den flüssigen Rubin in ihrer Hand, von dem weder sie noch Roussay in der Erwartung, daß der König als erster trank, bisher gekostet hatte. Dann kehrte ihr Blick zum König zurück, der lächelnd und mit halbgeschlossenen Augen den Becher an seine Lippen hob, zum Trinken bereit. Der zinnerne Rand berührte fast schon den Mund. In diesem Moment warf sie sich mit einem Schrei vor, stieß den Becher beiseite, der zur Erde rollte, nicht ohne zuvor die Kleidung des königlichen Gefangenen zu bespritzen.

»Verhaftet den Mann, der eben hinausgegangen ist!« rief sie mit rauher Stimme. »Laßt ihn suchen und hierher bringen!«

»Seid ihr närrisch?« fragte der König scharf, der verdutzt das zum Kamin hin verlaufende rote Rinnsal betrachtete, wo der Hund durch das Geräusch des fallenden Bechers erwacht war.

»Ich flehe Euch an, mir zu vergeben, Sire, aber dieser Wein ... ich bin fast sicher, daß sich in ihm eine Gefahr verbirgt!«

»Eine Gefahr? Außer der Trunkenheit vermag ich nicht recht zu sehen, welche.«

»Madame de Montsalvy sieht überall Gift und Giftmischer!« warf Roussay mit einem verlegenen Lächeln ein, das Cathérines Zorn erregte.

»Worauf wartet Ihr noch, um das zu tun, was ich Euch sagte? Bei der heiligen Jungfrau, lauft! Der Mann, der eben hinausging, gehört zu den Leuten des Stutzers! Ich bin dessen sicher! Ich habe ihn wiedererkannt!« Dann nahm sie, von einer jähen Inspiration gepackt, den noch unberührten Becher vom Tablett und reichte ihn dem Hauptmann: »Wenn Ihr mir nicht glaubt, dann kostet von diesem Wein, mein Freund! Schließlich ist es Euer Wein!«

Er nahm den Becher, schnüffelte an ihm ... dann stellte er ihn ohne ein Wort zurück und verließ den Raum, die Wächter draußen auffordernd, ihm zu folgen. Cathérine und der König blieben allein zurück.

Mechanisch hatte René nach einer Serviette gegriffen und sich Gesicht und Hände abgewischt, ohne die junge Frau anzusehen, die er vergessen zu haben schien. Die Stirn von einer Falte durchfurcht, dachte er sichtlich nach.

»Ihr spracht vom Stutzer«, sagte er nach einem Weilchen. »Wen versteht Ihr darunter? Doch nicht den von Commercy?«

»Doch, Monseigneur. Robert de Sarrebruck, um genau zu sein.«

»Das ist unmöglich! Er wird bei uns in Bar gefangengehalten ... seiner unaufhörlichen Revolten als schlechter Vasall und der vielfältigen Leiden wegen, die er meinen Lothringern angetan hat.«

»Wenn er gefangen war, ist er's nicht mehr, Sire, glaubt es mir, denn vor noch nicht gar so langer Zeit hatte ich unter Umständen mit ihm zu tun, die ich so schnell nicht vergessen werde. Er ist entkommen, Sire, oder man hat ihn freigelassen ...«

»Ausgeschlossen! Königin Isabella, meine gute Gattin, hätte niemals solche Dummheit gemacht. Außerdem halten wir auch seinen Sohn als Geisel und ...«

»Ich habe keine Kinder bei ihm gesehen, und ich wäre überrascht, wenn er sich dadurch mehr als durch Gewissensbedenken behindern ließe. Ich möchte wetten, daß er die Flucht ergriffen hat, ohne sich um das Kind zu kümmern, auf die wohlbekannte Güte Eurer Majestät zählend, die es für des Vaters Ausbruch schon nicht leiden lassen wird. Letztlich belagerte er noch Châteauvillain, woher ich komme, und benahm sich dort entsprechend seiner wahren Natur: der des Straßenräubers, Mordbrenners und Banditen. Zudem habe ich die besten Gründe anzunehmen, daß er jetzt in Dijon ist ... stark damit beschäftigt, ein Komplott zur Ermordung seines Herrn zu schmieden, auf dessen Tod er vielleicht hofft, um seinen Sohn zu befreien. Und für mein Teil ...«

Ein Wimmern schnitt ihr das Wort ab. Es war der Hund, der es ausgestoßen hatte. Cathérine und René drehten sich gleichzeitig zum Kamin um. Das Tier lag mit schon verdrehten Augen quer in dem Wein-Rinnsal, das sein lichtes Fell rötlich fleckte, sonderte Speichel ab und schlug mit den Beinen in die Luft. Mit einem Schrei warf sich der König neben ihm auf die Knie und tastete vorsichtig den verkrampften Körper ab.

»Ravaud! ... Mein Hund! Mein guter Ravaud! Was hast du?«

»Er muß ein wenig von diesem verfluchten Wein aufgeleckt haben, Sire«, murmelte Cathérine. »Ich fürchte, ich habe nur allzu recht gehabt. Er ist vergiftet ...«

»Mein Gott! Milch! Man bringe Milch! Lauft, Madame, sagt, daß man mir auf der Stelle Milch bringen soll!«

Die junge Frau schüttelte den Kopf, ohne sich von der Stelle zu rühren.

»Es ist nutzlos, Sire. Seht ... es ist schon zu Ende.«

In der Tat, nach einem letzten krampfartigen Zucken und einem klagenden Laut regte sich der Körper des Hundes in den Armen seines Herrn nicht mehr. Er war tot!

Cathérine erschauerte, fühlte, wie ihr kalter Schweiß unangenehm über den Rücken kroch. Wenn die Vorsehung ihr nicht erlaubt hätte, den falschen Diener wiederzuerkennen, lägen in dieser Minute drei Leichen auf dem Boden der Zelle: die ihre und die ihrer beiden Gefährten. Der Stutzer und die, die sich seiner bedienten, mußten es eilig haben, denn ihr Gift hatte mit schrecklicher Schnelligkeit gewirkt. Und der Plan war diabolisch. Hätte er zum Ziel geführt, wäre der unglückliche Roussay, obwohl selbst dabei umgekommen, beschuldigt worden, den königlichen Gefangenen umgebracht zu haben. Und da man ihn als ergebenen Diener seines Herrn kannte, wäre die Verantwortung für diesen Tod alsbald auf den Herzog von Burgund gefallen. Der Funke war groß genug, um wieder einen Krieg zwischen Frankreich und Burgund zu entfachen, einen Krieg, den kein Vertrag beenden könnte.

Mit plötzlich feuchten Augen betrachtete sie wortlos den jungen König. Noch immer kniend, hielt er den Kadaver des Hundes in seinen Armen, und das Gesicht im Fell seines Halses vergraben, schluchzte er nun herzzerreißend wie ein verzweifeltes Kind. Von Zeit zu Zeit stammelte er den Namen des Tiers, als hoffte er gegen alle Wahrscheinlichkeit, daß die Stimme seines Herrn ihn aus dem ewigen Schlaf erwecken würde. Sie hätte ihm gern geholfen, ihn getröstet, aber sie wagte es nicht einmal, ihre Hand auf diese breiten, plötzlich irgendwie schmaler gewordenen Schultern zu legen, die der Kummer schüttelte.

Jacques de Roussays Rückkehr riß sie aus der Betrachtung. Mit einem Blick umfing der Hauptmann die Szene, sah den knienden König, den toten Hund und die stumm am Kamin lehnende Cathérine . Als ihre Blicke sich begegneten, bemerkte die junge Frau, daß ihr Freund jäh bleich geworden war. Ganz offensichtlich war ihm wie zuvor ihr selbst unversehens klar geworden, was normalerweise geschehen wäre ...

»Ah! ...«, stieß er nur hervor. Und nach einem Moment: »Ihr hattet also recht.«

»Der Mann? Habt Ihr ihn gefunden?«

Er schüttelte mit einer Art Wut den Kopf.

»Man könnte glauben, daß er sich durch eine Mauer gebohrt hat oder, vom Abendnebel verborgen, durch ein Fenster gestiegen ist. Niemand hat ihn zur Küche zurückkommen sehen.«

»Er wird durch das Pförtchen zum Stallhof verschwunden sein. Weiß man, wer er ist?«

»Nein. Der Küchenchef hat mir gesagt, er sei erst seit drei Tagen als Ersatz für einen seiner Vettern, einen gewissen Verjus, dagewesen, der sich verletzt habe, als er eine Gans tranchierte ...«

»Und dieser Verjus ist natürlich der Bruder Jaquot de la Mers, des Kneipenwirts, Zuhälters, Häschers und Spitzels?«

»Ich glaube ... ja.«

»Nun, mein Freund, Ihr wißt, was Euch zu tun bleibt, denke ich. Die Taverne dieses Zuhälters durchsuchen, der schon allzu lange der Gesetze spottet ...«

»Ihnen jedoch zuweilen recht schätzbare Dienste erweist. Nein, ärgert Euch nicht«, fügte Roussay hastig hinzu, »ich habe schon einen Sergeanten mit zehn Mann und einem der Köche dorthin geschickt, um das Haus zu durchsuchen und die Verdächtigen hierherzuschaffen. Aber es würde mich wundern, wenn sie irgend etwas fänden.«

»Mich auch«, erwiderte Cathérine unverblümt. »Jaquot ist zu gerissen. Der Bruder muß sich absichtlich verletzt haben, und da er für seinen Ersatzmann nicht verantwortlich gemacht werden kann, werden diese Banditen feierlich ihre Unschuld beteuern. Was die Durchsuchung des Hauses betrifft, findet man bei Jaquot immer nur Trinker, Spieler und Mädchen. Die, die er wirklich versteckt, tauchen selten in seiner Kneipe auf.«

Sie verschwieg das Ende ihres Gedankengangs, der in Enttäuschung mündete. Auch Roussays Energie schien sich in der Untätigkeit stark vermindert zu haben. Der, den sie einst gekannt hatte, hätte selbst die Taverne durchsucht und wäre mit zwei oder drei gebührend gefesselten Verdächtigen zurückgekehrt, die er ohne irgendwelche Formalitäten dem Folterer übergeben hätte, um zu versuchen, etwas aus ihnen herauszupressen. Entschieden tat die allzu lange Abwesenheit seines Herrn Dijon nicht gut, das sich für seine wichtigsten Angelegenheiten nicht mehr zu interessieren schien und dessen oberste Devise offenbar »Vor allem keine Geschichten!« lautete. Und dabei würde Roussay es aller Wahrscheinlichkeit nach mit seinem Leben bezahlen müssen, falls seinem kostbaren Gefangenen etwas passierte. Aber vielleicht hatte er auch nicht mehr gar soviel Lust zu leben, da er sich so langweilte?

Sich weigernd, die Frage zu vertiefen, kniete sie sich neben René, der sich nicht gerührt hatte. Ohne sein Schluchzen hätte man meinen können, auch sein Leben sei erloschen.

»Sire«, sagte sie sanft, »weint nicht mehr. Es tut Euch nicht gut.«

Er hob jäh ein so durch Tränen verwüstetes Antlitz, einen so schmerzlichen Blick, daß sie vor Mitgefühl zu schmelzen meinte.

»Ihr könnt es nicht wissen! Er war mein Freund, mein

Gefährte seit langem! ... Ich hatte ihn aufgezogen, er verließ mich nie, und als ich in der Schlacht von Bugnéville gefangengenommen wurde, hat man mir erlaubt, ihn zu behalten, weil ... weil ... oh, ich glaube, er half mir zu überleben. Was soll jetzt aus mir werden ... ohne ihn?«

»Ihr werdet nicht mehr lange gefangen sein! Ich weiß nicht, was Euch die Königin, Eure Mutter, schreibt, aber ich weiß genau, daß sich in Frankreich jeder bemüht, Eure Befreiung zu erlangen.«

»Das schreibt mir in der Tat auch meine Mutter«, seufzte er. »Man bemüht sich, soviel Gold wie möglich zu sammeln, man versucht, Philippe zu bewegen, seine Ansprüche zu senken ... aber sie schreibt auch, daß ich um keinen Preis, und ginge es um mein Leben, mein Herzogtum Bar abtreten darf.«

»Wünscht Ihr denn, es aufzugeben?«

»Nein ... nein, gewiß nicht! Und doch schwöre ich, daß ich in dieser Stunde alle Herzogtümer der Welt geben würde, um meinen armen Ravaud wieder ins Leben zurückzurufen!«

»Sire«, fiel Jacques ein, »Ihr müßt ihn mich jetzt hinaustragen lassen. Er muß in die Erde.«

Doch statt den Körper des Hundes loszulassen, drückte René ihn fester an sich.

»Nicht jetzt schon!« rief er, während ihm wieder Tränen über die Wangen liefen. »Laßt ihn mir noch ein wenig.«

»Je länger Ihr zögert, desto grausamer wird die Trennung sein.«

Zutiefst betrübt, da sie sich indirekt am Schicksal des Hundes schuldig fühlte, denn ohne die brüske Bewegung, die den Becher auf die Fliesen beförderte, hätte Ravaud den Wein nicht auflecken können, gehorchte Cathérine einer plötzlichen Eingebung. Kappe und Pelerine herunterreißend, die mit ihrem hohen Kragen den Kopf umschloß, löste sie ihr Haar, das sie nur zu lockeren Zöpfen geflochten hatte. Es flutete wie ein goldener Mantel über ihre Schultern herab, umhüllte sie mit Licht und verlieh ihr augenblicklich die ganze Fülle ihres weiblichen Charmes.

»Monseigneur«, sagte sie leise. »Ihr habt einen Freund verloren, aber Ihr habt außer einer ergebenen Dienerin eine treue Freundin gefunden ... eine Freundin, die viel dafür geben würde, Euren Schmerz zu mildern.«

Er sah sie an, und seine Augen weiteren sich, als hätten

sich die Mauern seines Gefängnisses plötzlich geöffnet, um eine Flut Sonnenlicht einzulassen.

»Wie schön Ihr seid!« murmelte er mit solch glühender Leidenschaft, daß Roussay verdrossen die Stirn runzelte, jedoch nichts zu sagen wagte.

Sanft ließ er den leblosen Körper auf die Fliesen gleiten, erhob sich und nahm die Hände der jungen Frau, um sie aufzuheben, ließ sie jedoch nicht los, als sie vor ihm stand. Im Gegenteil, er preßte sie fester in den seinen, während er sie mit wachsendem Entzücken betrachtete. Die tanzenden Kerzenflammen warfen huschendes Leben über das märchenhafte goldene Vlies, das jahrelang die Sinne und dann die Erinnerung des mächtigen Herzogs von Burgund betört und heimgesucht hatte, bevor seine Sehnsucht Anlaß zur Gründung eines berühmten Ritterordens wurde.

Seine Ekstase nutzend, wandte Cathérine leicht den Blick, suchte den Roussays und sah dann zu dem auf dem Boden liegenden Kadaver hinunter. Der Hauptmann verstand ihre Botschaft, bückte sich, nahm den Hund auf und verließ sodann mit mürrischer Miene und schmollender Lippe den Raum, nicht ohne einen letzten schwer mit Argwohn befrachteten Blick auf das Paar, das er zurückließ. Offensichtlich erwartete er, daß sich der König, sobald der Augenblick der Verzauberung vorüber war, auf Cathérine stürzen würde.

Tatsächlich war auch die junge Frau nicht weit von solchen Befürchtungen entfernt. René sprach immer noch nicht, aber eine Verwirrung, die sie seit langem zu erkennen gelernt hatte, trübte seinen Blick. Er hatte seine Hände befreit, und sie tauchten nun mit der Gier eines lange von seinen Schätzen getrennten Geizhalses in die lebendige Seide ihres Haars. Doch als die Finger aufhörten, mit den schimmernden Strähnen zu spielen und ihre Schultern umspannten, wich Cathérine zurück.

»Sire«, sagte sie mit sanftem Vorwurf, »ich habe Freundin gesagt.«

Er lächelte gezwungen.

»Es gibt so viele verschiedene Freundinnen. Wollt Ihr für mich nicht geliebte Freundin sein? Ihr seid so schön, und mein Herz ist so einsam, so verlassen ...«

»Wie kann Euer Herz einsam und verlassen sein, wenn soviel Liebe von fern über es wacht wie die Feuertürme über in Seenot befindliche Schiffe? Da ist Eure Gattin, von der man sagt, sie sei schön und gut, da ist eure Mutter, deren zärtliche Liebe ich kenne, Eure Schwester, die Königin von Frankreich, die so stark mit Euch verbunden ist, und dann alle die, deren Gesichter Ihr nicht einmal kennt, Mädchen oder Frauen Eurer Staaten, die Euer Lösegeld sammeln und jeden Tag Gott bitten, Euch ihre Zuneigung zurückzugeben. Man weiß, daß Ihr gut seid, bedauernswert, ritterlich und großherzig, und es gibt wenige Menschen auf der Welt, die so geliebt werden wie Ihr. Was sprecht Ihr also von einem verlassenen Herzen?«

»Sagen wir statt dessen, daß es leer ist und daß es sich gern mit Euch füllen würde. Was meinen armen Körper betrifft, verzehrt mich der Hunger. Wollt Ihr mir nicht als Almosen ein wenig Liebe spenden? Wenn man so schön ist, muß man großmütig sein.«

Er näherte sich, zwang sie, gegen die Mauer zurückzuweichen, an die sie sich lehnen mußte, ohne die Möglichkeit, seinen gierig sich nach ihr ausstreckenden Händen zu entgehen.

»Wenn ich ohne Erlaubnis meines Gatten etwas tun könnte«, stammelte sie, »glaube ich ... daß ich großmütig wäre, aber ich bin verheiratet, Mutter einer Familie und ... ich liebe meinen Gatten!«

»Und Ihr habt ihn nie betrogen? Eure Schönheit muß das Blut so manchen Mannes bis zur Verrücktheit erhitzt haben. Habt Ihr keinen von ihnen erhört?«

Er stand jetzt unmittelbar vor ihr, kreiste sie ein mit seinem sich an sie drängenden Körper und seinen harten, für einen Häftling auffallend kräftigen Muskeln. Sie spürte auf ihrem Gesicht, das sie abgewandt hatte, um dem Kuß zu entgehen, seinen heißen Atem und dann zwei Lippen, die auf der Suche nach dem Mund über ihre Wange irrten.

»Sire«, stammelte sie verwirrt, »ich bitte Euch! ... Der Hauptmann wird zurückkommen ... in einem Moment muß er wieder hier sein!«

»Um so schlimmer! ... Ich begehre Euch zu sehr! Einer von uns wird sterben müssen, wenn er Euch mir entreißen will!«

Sie konnte ihm nicht entrinnen, falls sie nicht schrie und die Wache alarmierte. Mit einer bei diesem Mann von mittlerer Größe unvermuteten Kraft legte er einen Arm um sie und preßte sie an sich, während er mit der anderen Hand ihr Gesicht umschloß, so daß sie den Kopf nicht bewegen konnte. Er küßte sie lange, gierig, als käme er aus den Tiefen der Wüste und als sei sie ein Krug frischen Wassers. Und plötzlich fühlte Cathérine, wie die Berührung dieses Männermundes ihren Widerstand schwinden ließ. Ihr seit allzu langer Zeit der Liebe beraubter Körper spielte ihr den gleichen Streich, den er ihr schon mehr als einmal gespielt hatte: in den Armen Pierre de Breéz' im Garten von Granada und im Hause Jacques Coeurs. Sie hatte vergessen, welch seltsame Alchimie ein leidenschaftlicher Kuß in ihrem Körper bewirken konnte, und als die Hand des Königs eine ihrer Brüste umspannte, überlief sie ein Zittern von Kopf bis zu den Fersen. René war jung, gesund, kraftvoll und leidenschaftlich. Jetzt hatte sie nicht nur kein Verlangen mehr, ihn zurückzustoßen, sondern sie rief mit all ihrer Jugend nach den Wonnen der Liebe, die in ihrem Körper glühende Sonnen explodieren ließen.

Doch als Renés Hand ihren Unterleib erreichte, stieß er einen zornigen Laut aus.

»Zum Teufel mit dieser dummen Verkleidung!« knurrte er. »Zieh dich aus!«

Der brutale Befehl zerbrach den Zauberkreis und ernüchterte sie. Er hatte seine Umschlingung gelockert: Sie nutzte es, glitt aus seinen Armen, zog sich zum Kamin zurück, schwer atmend, um das ungeordnete Schlagen ihres Herzens zu beruhigen.

»Das ist unmöglich, Sire! Ich habe es Euch gesagt, Monsieur de Roussay wird zurückkehren. Was würde er sagen, wenn er mich nackt fände?«

Wie um ihr Recht zu geben, öffnete sich die Tür mit dem üblichen Klirren der Riegel, und Jacques erschien. Mit ein und demselben Blick umfing er Cathérine, deren Unordnung und Erregung ihm nicht entgingen, und den stark geröteten, ihn flammenden Auges anstarrenden René.

»Ah!« sagte er nur.

Diese eine, sein enttäuschtes Verlangen brandmarkende Silbe entfesselte den Zorn des Königs.

»Hinaus!« schrie er. »Schert Euch fort! Ich will mit dieser Frau allein bleiben!«

»Eure Herrlichkeit phantasiert! Ich sehe hier keine Frau, nur meinen jungen Vetter Alain de Maillet«, erwiderte Roussay kalt. Und gedämpft fuhr er fort: »Ordnet Euer Haar, Cathérine, setzt die Kappe wieder auf und kommt mit mir. Es ist Zeit, dem König ein wenig Ruhe zu gönnen ...«

Er wurde unterbrochen. Mit einem wahren Katzensprung war René bei ihm, entriß ihm den an seinem Gürtel hängenden Dolch und wich zum Fenster zurück.

»Ich sagte: hinaus!«

»Was wollt Ihr tun?« rief Roussay wütend. »Könnt Ihr nicht vernünftig sein? Gebt mir die Waffe zurück!«

»Ich habe Euch schon befohlen zu verschwinden! ... Allein! Wenn Ihr es nicht sofort tut, töte ich mich!«

Und das Wort mit der Geste verbindend, setzte René die geschärfte Spitze des Dolches auf sein Herz. Cathérine erbebte. Er war sichtlich außer sich, und sein Gesicht spiegelte eine so wilde Entschlossenheit wider, daß sie keinen Zweifel daran hatte, was folgen würde. Ruhig aber entschieden befahl sie:

»Tut, was er von Euch fordert, Jacques! Laßt mich mit dem König allein.«

»Seid Ihr närrisch, Cathérine? Wollt Ihr damit sagen, daß Ihr nachgeben ...?«

»Was ich tun werde, geht nur mich etwas an, mein Freund. Verlaßt uns einen Moment, aber entfernt Euch nicht. Übrigens würden es die Wachen auch nicht verstehen.«

Ohne ein Wort drehte sich Roussay, steif vor Entrüstung, aber gebändigt, auf den Hacken um und verließ die Zelle. Die Tür fiel hinter ihm zu. Noch immer ruhig, trat Cathérine zu René, nahm die Waffe, die ihr zu verweigern ihm nicht in den Sinn kam, legte sie auf den Tisch, wandte sich dann von neuem dem König zu, und ihren veilchenfarbenen Blick in den seinen senkend, begann sie ihr Wams aufzuhaken, zog es aus und warf es über einen Schemel. Doch bevor sie das weite weiße Hemd öffnete, das sie darunter trug, die Enden in die eng anliegenden Hosen gesteckt, richtete sie ein herausforderndes und ein klein wenig verächtliches Lächeln an René.

»Soll ich fortfahren, Sire?« fragte sie kühl. »Ihr habt mir, wie mir scheint, befohlen, mich zu entkleiden ... genauso, als wäre ich eine zu Eurem Vergnügen Euch zugeführte Dirne.«

Renés gerötete Augen wichen ihr aus. Von einem langen Schauer geschüttelt, fuhr er sich mit zitternder Hand über die Stirn und wandte sich darauf ab, als habe ihn diese einfache Bewegung furchtbare Mühe gekostet.

»Verzeiht mir!« murmelte er. »Ich hatte vergessen, wer

Ihr seid ... Es muß ... es muß ein Anfall von Wahnwitz gewesen sein! Aber warum seid Ihr auch eine solche lebendige Versuchung? Warum hat meine Mutter mir nicht das häßlichste Frauenzimmer ihrer Anstandsdamen-Galerie statt der Dame Venus persönlich geschickt? Sie kennt mich doch! Sie weiß, daß es mir schwerfällt, einem hübschen Antlitz, einem harmonischen Körper zu widerstehen ... und daß das Gefängnis meine Begierden nur übersteigern konnte. Und trotzdem hat sie mir Euch geschickt ... Euch, das schönste Geschöpf, das ich je sah!«

»Sie hat es getan, weil ich nach Burgund reisen mußte, weil sie mir vertraut, weil ... «

Sie verstummte, unversehens von einer Idee durchzuckt. Hatte Yolande, als sie gerade sie zu ihrem Sohn schickte, etwa den Hintergedanken gehabt, dem Gefangenen eine momentane Tröstung zu verschaffen? Der Inhalt des von ihr überbrachten Briefes schien nicht von großer politischer Bedeutung zu sein. Trotzdem hatte die Königin ihre Botin bei seiner Aushändigung innig umarmt und gesagt: »Ihr werdet mir hundertfach zurückerstattet haben, was ich für Euch tue ...« Und Yolande kannte Cathérine, kannte die furchtbaren Abenteuer, die sie bewältigt hatte, zu gut, um sie für fähig zu halten, sich einer einem unglücklichen Gefangenen gewährten Liebesstunde wegen zu entrüsten! Eine Mutter kann auf solche Ideen kommen und es wagen, eine Freundin um einen Dienst dieser Art zu bitten.

Behutsam näherte sie sich René, der ihr den Rücken kehrte. Im Licht der Kerzen glitzerten die Tränen, die ihr über die Wangen liefen. Ihre lange, schmale Hand, an der der Smaragd geheimnisvoll wie das Auge einer Hexe funkelte, glitt über den Arm des jungen Mannes.

»Es ist an mir, Euch um Vergebung zu bitten, Sire! Eure Mutter wußte genau, was sie tat. Wenn es Euch gefällt, mich zu nehmen, bin ich die Eure ...«

Sie fühlte ihn unter ihrer Hand erbeben. Dann straffte er sich, drehte sich zu ihr um, nahm sie bei den Schultern, zog sie jedoch nicht an sich, sondern begnügte sich damit, sie lange zu betrachten, schmal und anmutig in ihren eng anliegenden Hosen, die die Rundungen ihrer Hüften und die Eleganz ihrer Beine unterstrichen, mit der üppigen Aureole ihres Haars, das ihr weißes Hemd mit Gold bedeckte.

»Ihr seid ebenso gut wie schön, meine Teure ... aber Ihr habt nun zuviel Wert in meinen Augen gewonnen, als daß ich Eure Barmherzigkeit nutzen möchte. Oh, ich verzichte nicht darauf, Euch eines Tages um Liebe zu bitten. Ganz im Gegenteil: Ich werde nur noch in Erwartung der Nacht leben, in der Ihr freiwillig zu mir kommt, nicht, weil Ihr einer Regung des Mitleids gehorcht, sondern weil Ihr mich vielleicht ein wenig liebt.«

Er küßte sie leicht auf die Stirn, holte ihr Wams, half ihr hinein, dann lehnte er sich mit gekreuzten Armen an den Kamin, um ihr beim Ordnen des Haars und seines Verbergens unter der Kappe zuzusehen. Schließlich reichte er ihr ihren Mantel, doch bevor er ihn ihr über die Schulter legte, nahm er eine ihrer Hände, in deren Innenfläche er seine Lippen preßte.

»Da ist nun also der junge Seigneur Alain de Maillet wieder erschienen«, seufzte er. »Ich glaube, wir können nun Euren charmanten Vetter rufen.«

Jacques konnte nicht weit gewesen sein, denn er erschien wie ein Teufel aus dem Kasten, kaum daß er die erste Silbe seines Namens vernahm.«

»Er muß die Tür nur zugemacht und das Ohr dagegen gepreßt haben«, dachte Cathérine amüsiert. »Wenigstens hat seine Pein nicht allzu lange gedauert.«

In der Tat wirkte er ungemein erleichtert und geleitete Cathérine um eine Kleinigkeit zu überstürzt hinaus, ihr kaum die Zeit zu einem zeremoniellen Abschiedsgruß lassend und sie fast die Treppe hinunterstoßend in seiner Hast, sie weit genug von den Wachen zu entfernen, um die Frage stellen zu können, die ihm auf den Lippen brannte.

»Was ist geschehen?« bellte er auf dem Treppenabsatz und hielt Cathérine an einem Zipfel ihres Mantels zurück.

Sie bot ihm ein spöttisches Lächeln.

»Aber nichts, mein Freund, absolut nichts.«

»Er hat Euch nicht … ?«

Sie zuckte die Schultern.

»In zehn Minuten? Ihr seid nicht gerade galant, mein teurer Hauptmann! Auf jeden Fall hoffe ich, daß Ihr nun von den törichten Schikanen eines allzu gewissenhaften Kerkermeisters geheilt seid.«

»Was soll das heißen?«

»Daß Ihr von Zeit zu Zeit irgendeine hübsch anzusehende, recht frische und recht dumme Magd hierherkommen lassen solltet … und sei es auch nur, um das Drum und Dran dieses Lochs, in dem Ihr einen König unterzubringen wagt, ein wenig angemessener zu gestalten. Ich wünsche Euch eine gute Nacht, mein lieber Vetter ... Ah, ich hätte es fast vergessen: Erlaubt Ihr mir noch zwei Ratschläge?«

»Warum nicht, da wir schon so weit sind. Sprecht immerhin.«

»Nun, versucht zuerst, ein zwei oder drei Monate altes Hündchen zu finden, das dem armen Ravaud möglichst ähnlich ist ... und dann nehmt die löbliche Gewohnheit an, alles kosten zu lassen, was Eurem Gefangenen serviert wird.«

»Weil Ihr Euch einbildet, daß ich nicht schon von allein daran gedacht hätte?« schrie Roussay außer sich. »Wahrhaftig, Ihr haltet mich für einen Trottel, Ca ... mein lieber Vetter!«

Cathérine brach in Gelächter aus, schwang sich – denn sie waren inzwischen im Hof angelangt – auf ihr Pferd, das ein Soldat ihr zuführte, und verließ im Galopp das Palais der Herzöge von Burgund, um in das dunkle, verlassene Gewirr der Gassen Dijons einzutauchen.

Bei ihrer Rückkehr im Hôtel Morel-Sauvegrain stellte sie fest, daß Gauthier endlich zurückgekehrt war. Sichtlich hundemüde, saß er in Gesellschaft Bérengers vor dem Küchenkamin, röstete Kastanien und trank dazu Most.

»Gott sei gelobt, da seid Ihr!« rief Cathérine mit einem erleichterten Seufzer. »Wo seid Ihr gewesen? In welch gefährliches Abenteuer habt Ihr Euch wieder eingelassen? Dijon ist Euch unbekannt, und kaum angelangt, seid Ihr trotzdem ...«

»Ich kenne Dijon nicht, aber ich kannte den Mann, dem ich folgte. Es war einer der Leute des Stutzers, und ich bin ihm sogar den ganzen Weg gefolgt. Ich muß sagen, er hat mich reichlich viel Gegend sehen lassen. Aber habt Ihr selbst, Dame Cathérine, Euch nicht ebenfalls in ein Abenteuer eingelassen? Ich nehme an, Ihr kommt in dieser Verkleidung nicht geradewegs vom Abendgottesdienst.«

Sie zuckte die Schultern, streifte die Handschuhe ab und bot, sich dem Kamin nähernd, den Flammen ihre kalten Handflächen. Sie fühlte sich müde, aber sonderbar lebendigen, wachen Geistes.

»Es ist mir geglückt, mich dem König zu nähern ... glücklicherweise übrigens, denn wenn Ihr einen Mann des Stutzers gesehen habt, habe ich im Neuen Turm gleichfalls einen gesehen, noch dazu in voller Aktion. Man hat heute abend versucht, René d'Anjou zu vergiften!«

Gauthier unterließ es einen Moment, seine Kastanien in der mit Löchern versehenen Kasserolle herumzurollen, und hob die Brauen.

»In seinem Gefängnis? Im Palais?«

»Ebenda: indem man ihm vergifteten Wein servierte. Ich füge hinzu, hätte ich diesen Mann nicht erkannt, wäre nicht nur der König nicht mehr am Leben, sondern auch Hauptmann de Roussay und ich wären mit ihm gestorben. Ein schmeichelhafter Tod zweifellos, aber nicht weniger endgültig als ein anderer.«

Kurz erzählte sie, was sich im Gefängnis zugetragen hatte, während Bérenger ihren Bericht mit empörten Ausrufen begleitete und Gauthiers Stirn sich mählich runzelte.

»Sobald er seinen Streich ausgeführt hatte, verschwand der Mann, ohne das Resultat abzuwarten«, seufzte sie endlich, »und trotz allen Suchens hat man ihn nicht finden können ... Ich würde gern wissen, Gauthier, was Euch an dieser Geschichte so sehr amüsiert«, fügte sie indigniert hinzu, als sie bemerkte, daß ihr Stallmeister nicht nur mit einem Schlage seine düstere Miene verloren hatte, sondern geradezu entspannt lächelnd seine glühheißen Früchte schälte, deren Duft den Raum erfüllte.

»Die Tatsache, daß der Himmel seine Sache zuweilen recht gut macht, während es passieren kann, daß der Teufel Pfuscharbeit liefert. Wie sieht Euer Mann aus?«

»Ein blasses, flaches Gesicht ... ohne irgend etwas Bemerkenswertes, leicht rötliches Haar. Zum ersten Mal haben wir ihn in der Kirche von Montribourg gesehen, dem von den Mordbrennern verwüsteten Dorf. Er führte Buch über den Ertrag der Plünderung, und ich glaube, sie nannten ihn Rektor. Ihr erinnert Euch vielleicht.«

»Ich erinnere mich so gut an ihn, daß ich ihm den ganzen Tag gefolgt bin und den ganzen Abend vor der Hoftür des Palais' auf ihn wartete und daß ...«

»Ihr wißt, wohin er gegangen ist?« rief Cathérine. »Das ist nicht möglich! Es wäre zu schön!«

»Warum denn? Ich habe Euch doch gesagt, daß der Himmel zuweilen seine Sache recht gut macht. Hört, Dame Cathérine, setzt Euch auf diesen Schemel und nehmt ein paar Kastanien und einen Becher Wein, denn Ihr seht sehr müde aus.«

»Müde oder nicht, es kommt nicht in Frage, daß ich mich setze«, erwiderte sie mit einer Geste der Ungeduld. »Ihr kommt jetzt mit mir zum Palais und gebt dem Hauptmann de Roussay den Ort an, wo der Mann sich versteckt, damit wir uns noch vor Tagesanbruch seiner bemächtigen können. Vorwärts, kommt!«

Doch Gauthier setzte sich nur noch bequemer auf seiner Bank zurecht und warf eine Handvoll frischer Kastanien in seine Kasserolle.

»Es ist besser, den Tagesanbruch und die Öffnung der Stadttore abzuwarten, Dame Cathérine.«

»Die Öffnung der Tore?«

»Ja. Der Rektor ist über die Mauern hinaus geflohen, an den Rand einer Vorstadt, in einen abgelegenen Winkel.«

»Über die Mauern hinaus? Mitten in der Nacht? Ausgeschlossen! Das ist unmöglich!«

»Es ist möglich, und ich werde Euch sagen, wie, wenn Ihr mir einen Moment zuhören wollt.«

Gauthier berichtete darauf, wie er nach langem Warten seinen Mann sehr schnell das Palais habe verlassen und in nördlicher Richtung durch die Straßen habe davonlaufen sehen, einen Weg einschlagend, den er ausgezeichnet zu kennen schien. Angesichts der sich vor ihnen abzeichnenden Stadtmauer war sein Verfolger zunächst des Glaubens gewesen, daß seine Verfolgung hier ein Ende nähme, aber der Flüchtling hatte sich einem Ausfalltor genähert, dessen Wachtposten offenbar tief und fest schlief, denn um ihn zu wecken, hatte er ihm das Paßwort zuschreien müssen, ein Umstand, der Gauthier erlaubt hatte, es deutlich zu hören.

Er hatte dem Rektor also einen Vorsprung gelassen und war dann im Laufschritt bei dem Posten erschienen, dem keine Zeit geblieben war, wieder einzuschlafen, als suche er den Mann einzuholen, der eben das Tor passiert hatte. »Seit zehn Minuten laufe ich ihm nach«, vertraute er der Wache an. »Wenn ich ihn nicht erwische, wird er morgen die größte Dummheit seines Lebens machen!« Darauf hatte er ihm, als sei es ihm jetzt erst eingefallen, das Paßwort zugerufen – »Vergy« lautete es an diesem Abend – und hinzugefügt, daß es besser sei, wenn der Posten ihn erwarte, denn nach Erledigung seines Auftrags habe er vor, die Nacht in seinem Bett im Schutze der guten Mauern der Stadt zu beenden.

Alles war verlaufen, wie er es sich vorstellte. Der Posten

hatte ihn passieren lassen. Glücklicherweise war die Nacht ziemlich hell, und er hatte zwischen den letzten Häusern der Vorstadt den Rektor ausmachen können, der eben in einen Feldweg einbog und einer abseits nahe einem Gehölz gelegenen, vom spitzen Turm einer Kapelle beherrschten Gruppe von Gebäuden zulief.

»Ich habe den Mann eintreten sehen«, schloß Gauthier, »und bin zurückgekehrt, ohne ihn bis dorthin zu verfolgen. Natürlich werde ich wieder hinfinden, nur weiß ich leider nicht, wie diese Vorstadt heißt, und um der Wahrscheinlichkeit meiner Rolle willen wagte ich die Wache am Tor nicht danach zu fragen. Was die Gebäude betrifft, meine ich, sie könnten ein Kloster sein. Der Platz ist von hohen Mauern umschlossen, und dem Portal gegenüber erhebt sich am Wegrand ein großes Steinkreuz. Ich füge hinzu, daß der Ort mit seinen Gebäuden mir trostlos und ziemlich unheimlich vorkam.«

»Muß man einen kleinen Bach überqueren, um dorthin zu gelangen?« fragte Cathérine mit so besorgter Stimme, daß die beiden jungen Burschen sich überrascht ansahen.

»Richtig. Der Mann hat beim Verlassen der Vorstadt eine kleine Brücke überquert. Es gibt da einen Bach, der sie einzuschließen scheint. Aber Ihr seid plötzlich so blaß! Ist es wegen dieses Klosters?

»Es ist kein Kloster, es ist das Aussätzigenspital. Wenn Jaquot de la Mer seine kompromittierenden Reisenden dort versteckt, ist es ein gutes Versteck, denn wir werden alle Mühe der Welt haben, die Soldaten dazu zu bringen, diesen Ort aufzusuchen. Und die Leute des Stutzers müssen sehr verwegen sein, wenn sie ihn als Unterschlupf akzeptiert haben. Allerdings sind die Bereiche der Aussätzigen und derer, die sie pflegen, streng getrennt, aber immerhin ...«

Eine neue Woge der Erinnerungen schwemmte in Cathérines Gedächtnis, Erinnerungen, die zu den furchtbarsten gehörten und die durch das von ihr selbst gesprochene Wort »Aussätzigenspital« aus den dunklen Tiefen heraufgespült worden waren, in denen sie sie immer verschlossen hatte*. Um sie leichter zu verdrängen, packte sie den vollen Becher, den Gauthier für sie auf den Kaminstein gestellt hatte, und leerte ihn in einem Zug. Der Wein durchrann sie wie eine Liebkosung und verwies die unheimlichen Schatten der

* Siehe »Unbezwingliche Cathérine«

Vergangenheit in ihren Abgrund zurück. Sie strich mit der Hand, die ihr sonderbar kalt erschien, über ihre Stirn, dann musterte sie nacheinander die beiden Burschen: Bérenger, beide Hände um die Knie geschlungen, das braune Gesicht starr vor Entsetzen, und Gauthier, der mit in die Flammen gerichtetem Blick zu träumen schien. Diese Art Betäubung mußte abgeschüttelt werden.

»Ihr wußtet nicht, was das für ein Ort war«, sagte sie endlich, bemüht, ihrer Stimme festen Klang zu verleihen, »dennoch sagtet Ihr, daß es nötig wäre, den Tag abzuwarten, um den Rektor herauszuholen. Warum? Nachts ist die Überraschung wirksamer.«

»Vielleicht, aber ein Komplex wie dieser müßte völlig umstellt werden, und es ist immer möglich, daß ein Flüchtender im Schutz der Dunkelheit über eine Mauer klettert und, durchs Gras kriechend, entkommt. Bei Tage kann nichts durchsickern. Außerdem verursacht ein bewaffneter Trupp bei Nacht Geräusche. Alarm ist schnell gegeben, während es üblich ist, bei Tage Soldatentrupps eine Stadt verlassen zu sehen... Doch wenn Ihr mir nicht glaubt, Dame Cathérine, können wir sofort aufbrechen, um mit Eurem Freund, dem Hauptmann, ausführlich darüber zu reden.«

Entmutigt zuckte die junge Frau die Schultern.

»Wozu? Selbst die mutigsten Soldaten schrecken zurück, wenn vom Aussätzigenspital gesprochen wird. Es ist ein verfluchter Ort, wo die entsetzliche Krankheit regiert. Wenn es genügte, ihn einzuschließen, um zu verhindern, daß jemand ihn verließe, wäre das noch möglich. Aber um den Rektor und vielleicht noch ein paar andere herauszuholen, muß man schon hinein, und dann ...«

»Die Landstreicher und die Leute des Stutzers gehen ja auch da rein! Vielleicht wird Euer Hauptmann mutig genug dazu sein, und ich nehme an, daß sogar einige seiner Leute ihm folgen werden. Auf jeden Fall kann er auf mich zählen!«

»Und auf mich«, kam tremolierend Bérengers schwächlich-zittrige Stimme hinterdrein, die sich tapfer bemühte, ihre Angst zu überwinden.

»Vortrefflich! Wenn wir also bei Morgengrauen angreifen wollen, Dame Cathérine, müssen wir uns jetzt entscheiden. Sehen wir zu, wie weit der Mut Eures Freundes reicht ...«

Er reichte ziemlich weit. Was sich im Neuen Turm abgespielt hatte, war allzu ernst, als daß Roussay dem Schuldigen erlauben konnte, ihm durch die Finger zu gehen, und in diesem Fall kam es nicht in Frage, daß einer seiner Männer sich weigerte, seine Pflicht zu tun. Übrigens verstand es der Hauptmann, mit ihnen zu reden.

»Diejenigen, die zurückweichen, werden gehängt!« erklärte er kurz und bündig seinen Soldaten, die mehr tot als lebendig waren, nachdem sie vernommen hatten, daß es sich darum handelte, das Aussätzigenspital zu durchsuchen. Doch ließ er als um die Gesundheit seiner Truppe besorgter Chef im Küchenhof Leinenstreifen zum Unter-die-Nase-Binden und Essig zu deren Befeuchtung verteilen.

Zwei Stunden später waren der Rektor und einige der Vagabunden, die die nächtlichen Straßen Dijons in Mördergruben verwandelten, verhaftet (nicht im engeren Bereich der Aussätzigen, sondern im angrenzenden Bauernhof, der ihnen den Lebensunterhalt sicherte) und wurden aneinandergekettet unter guter Bewachung ins Gefängnis geschafft, um dort einem Urteil entgegenzusehen, das gewiß nicht lange auf sich warten lassen würde.

An diesem Tage öffnete die Kneipe Jaquots de la Mer, mehr geschlossenes Haus denn je, nicht einmal seine Fensterläden. Ein schlichter Zettel schmückte die Pforte und verkündigte, daß das Etablissement wegen einer Beerdigung in der Provinz voraussichtlich einige Tage geschlossen bleiben werde. Man ist nie vorsichtig genug!

Höllenfahrt

Der übliche Schauplatz der Hinrichtung in Dijon, die Place du Morimont, hatte schon immer einen ebenso seltsamen wie unheimlichen Anblick geboten. Es lag an den höchst unerfreulichen Gerätschaften, die als ständige Einrichtungen das Zentrum des weiten, wie das Fallbeil einer Guillotine schräg geschnittenen Platzes aus festgestampfter Erde bildeten.

Genau in der Mitte des Platzes, dem Hause der Äbte von Morimont, der mächtigen Abtei der Diözese von Langres, gegenüber, ragte das eigentliche Schafott von Galgen und Rad gleich den schauerlichen Kerzenträgern eines scheußlichen Katafalks.

Doch dieses dauernde Dekor beeindruckte die Leute des Viertels kaum mehr. Ja, es bildete geradezu einen besonderen Anziehungspunkt, wenn zufällig einer oder mehrere Verurteilte dort die Hauptrollen spielen mußten.

An diesem Morgen, einem windigen grauen Morgen Ende November, war der Platz schwarz von Menschen. Zuschauer waren selbst auf den Dächern der wenigen Häuser zu sehen, drängten sich bis an die Mauern der Carmes-Mühle und natürlich auch auf den steinernen Tritten zum Besteigen der Pferde vor dem Haus der Äbte. Es war dies, weil das zu erwartende Schauspiel ebenso ungewöhnlich wie interessant zu werden versprach, denn seine gewöhnlichen Instrumente zur Beförderung vom Leben zum Tode für diesmal beiseite lassend, bereitete sich Meister Arny Signart, Scharfrichter der Gerichtsbarkeit Dijons, darauf vor, zwei Verurteilte lebendig zu kochen. Diese Strafe war Falschmünzern und plündernder Soldateska vorbehalten und deshalb ziemlich selten. So waren die Bewohner der Stadt fest entschlossen, keinen Krümel davon zu verlieren.

Von einem dreifachen Kordon von behelmten und bewaffneten Soldaten zurückgehalten, beobachtete das Publikum den Scharfrichter und seine Gehilfen mit einer Art heiligem Schauder. Mit eng anliegenden ochsenblutfarbenen Hosen bekleidet, die in Schnabelschuhen aus schwarzem Leder steckten, die Arme, über deren Muskelpakete sich die Adern wie blaue Vipern wanden, nackt aus der fuchsig verfärbten Joppe ragend, den Schädel von einer roten Kapuze umschlossen, ähnelte Meister Signart um so mehr dem Teufel, als er eben dabei war, einen riesigen Kupferkessel, unter dem er schon ein Feuer entfacht hatte, mit Wasser und Öl zu füllen.

»Wird man ... wirklich lebendige Menschen in diesen Kessel werfen?« fragte Bérenger mit unsicherer Stimme. »Ich weiß nicht recht, ob ich Lust habe, das zu sehen.«

Die beiden Burschen hatten sich auf die schmale steinerne Brüstung geschwungen, die den Lauf des Suzon säumte. Das sicherte ihnen, vor allem dem um ein gutes Stück seinen Gefährten überragenden Gauthier, eine beherrschende Position über dem Meer der Köpfe, nahm ihnen jedoch jede Möglichkeit zum Rückzug, es sei denn durch einen Sturz in das übelriechende, von treibenden Abfällen bedeckte Gewässer.

Der ehemalige Student tätschelte freundschaftlich den Kopf des Pagen.

»Ich auch nicht«, sagte er mit einem aufmunternden Lächeln, »aber wichtig ist nicht so sehr, daß wir diesem Suppentopf für Kannibalen beiwohnen, als zu beobachten, ob nicht irgend etwas anderes geschieht, und ob der Stutzer nicht versuchen wird, seinen Mann aus diesem Topf zu ziehen. Eben damit rechnet Messire de Roussay. Sieh ihn dir an, da drüben, neben der Tribüne der Richter! Er hat nicht nur die Soldaten der Präfektur durch seine eigenen Leute verdoppelt, er ist auch kriegsmäßig bewaffnet, als handle es sich darum, in die Schlacht zu ziehen. Und außerdem hat er die Miene seiner grimmigen Tage aufgesetzt, und seine Augen gleiten unablässig über die Menge. Er sucht jemand ... Wenn du meine Meinung hören willst: Ich bin sicher, daß er nicht mehr Lust hat als du, diesen scheußlichen Ölgestank zu atmen, und daß es ihm schnurz ist, ob man den Rektor hängt oder ausweidet oder ob er gesotten wird, aber was er hofft, ist, daß der Stutzer aus seinem Loch herauskriecht und er sich mit ihm schlagen kann.«

»Du glaubst, daß der Stutzer kommt?«

»Das hängt von dem Wert ab, den der Rektor für ihn hat. Aber im Grunde würde es mich wundern. Wir sind jetzt drei gute Wochen hier, und König René lebt noch immer in seinem Gefängnis. Bisher ist das Komplott also gescheitert.

Nun glaube ich nicht, daß sich der schöne Robert so leicht mit einem Mißerfolg zufriedengibt... schon gar nicht, wenn man den kürzlich vor Châteauvillain erlittenen hinzufügt. Sich hier zu zeigen, wäre fast Wahnwitz, es sei denn, er verfügte über genügend Truppen, um mit der ganzen Garnison hier fertig zu werden, in welchem Fall er auch schnell die ganze Stadt eingenommen hätte.«

»Gehen wir also, da du selbst sagst, daß nichts passieren wird.«

»Ich habe nicht gesagt, daß nichts passieren wird, ich habe gesagt, daß ich dessen nicht sicher bin. Übrigens siehst du, daß es im Moment unmöglich ist, sich von der Stelle zu rühren, wenn du nicht einen Kopfsprung in diese Kloake wagen willst, aus der dein schönes grünes Kostüm nicht so grün wieder herauskommen würde. Ah, ich glaube, die Verurteilten kommen!«

Die Glocke der benachbarten Kirche Saint Jean hatte sich in der Tat in Bewegung gesetzt und dröhnte über die Stadt ein der Farbe des Tages angepaßtes Totengeläut. Eine Art ungesundes Erschauern durchlief die Menge. Bérenger duckte sich auf der Brüstung praktisch zu einer Kugel zusammen, die Knie bis zur Nase hochgezogen, die Arme über den Kopf gelegt.

»Ich will das nicht sehen! Es wird reichlich genügen, es zu hören ... «

Ohne ihm zu antworten, hob sich Gauthier im Gegensatz zu ihm noch auf die Zehenspitzen. Zwei kräftige, staubfarbene Arbeitspferde erschienen, von Soldaten eingerahmt, am Rande des Platzes. Jedes zog eine Art grob zusammengefügter Leiter, auf die der Körper eines fast nackten Mannes gebunden war.

Das Los, das diese Männer erwartete, war so entsetzlich, daß die Menge, die gewöhnlich begierig das Vorbeiziehen der Leitern erwartete, um den Gebundenen Schimpfworte zuzurufen und sie mit Unrat zu bewerfen, nicht den kleinsten Laut hören ließ. Nichts war zwischen den Schlägen der Glocke zu vernehmen als das Schurren der Leitern über den Boden und das Knistern des Feuers ...

Gauthiers Augen suchten Roussay. Starr im Sattel sitzend, ließ der Hauptmann die Verurteilten unbeachtet und fuhr fort, die Menge zu beobachten, um die erhoffte Reaktion rechtzeitig zu erspähen. Wenn der Rektor im Ölkessel endete, war es allein sein Werk, denn auf die Staatsräson pochend, hatte er den Urteilsspruch der Richter so gelenkt, daß man im Volke glauben sollte, bei beiden Verurteilten handle es sich um Falschmünzer. Es konnte nicht in Frage kommen, einen Mordversuch auf den königlichen Gefangenen auszuposaunen, einen fast geglückten noch dazu, der ihn selbst in eine schwierige Situation gebracht hätte. Man hatte also den Fall des Rektors mit dem des angeblichen Philibert La Verne verbunden, der, wie es sich bei der Untersuchung herausgestellt hatte, in Wirklichkeit Colin le Long hieß und vor relativ kurzer Zeit mit knapper Not in Lyon einem ersten Ölkessel entgangen war, an dessen Rand ihn sein unzweifelhaftes Talent für die Fertigung falscher Goldpistolen, vulgär Katzenflorins genannt, gebracht hatte …

Die Pferde waren nahe dem Kessel stehengeblieben, in dem jetzt die kochende Mischung aus Öl und Wasser große Blasen trieb, die beim Zerplatzen glühendheiße Tropfen verschleuderten. Zwischen ihnen stehend, rezitierte ein Mönch, sein Kruzifix umklammernd, die Gebete der Sterbenden, während die Gehilfen des Henkers die Verurteilten von den Leitern losbanden. Einer von ihnen, Philibert, schluchzte und flehte die ganze Welt um Gnade an, der andere, wie betäubt oder vielleicht auch irgend etwas erwartend, wehrte sich weder durch Bitten noch durch Widerstand.

Plötzlich hefteten sich Gauthiers suchende Augen an ein Profil, nur ein vom Rest des Kopfes durch eine schwarze Kapuze gelöstes Profil. Das Gesicht gespannt und bleich, die Zähne zusammengepreßt, die Lippen hart, so schickte Amandine sich an, ihren Geliebten sterben zu sehen. Sie weinte nicht, aber ihr Blick mußte versengen. Ohnmächtiger Haß bebte in jeder Faser ihres Körpers. Und Gauthier dachte, daß sie ihren angeblichen Bruder wirklich geliebt haben mußte, um sich so, fast enthüllten Gesichts, unter die Menge zu wagen, obwohl man sie noch suchte. Doch trotz ihrer Verbrechen hätte der junge Mann um nichts auf der Welt diese Frau denunziert, die nun eine so harte Bestrafung erleiden würde.

Vielleicht, weil es ihm während seiner Überlegung nicht gelang, seine Augen von ihr abzuwenden, hatte sie diesen Blick gespürt, wandte sich um, und einen Moment begegnete der ihre, hart und grau wie Stein, dem des jungen Mannes. Offenbar erkannte sie ihn, denn rasch zog sie sich die

Kapuze tief in die Stirn, glitt hinter ihren Nachbarn und verschwand.

Plötzlich hörte die Glocke auf zu läuten.

»Ist es noch nicht bald zu Ende?« kam die tonlose Stimme Bérengers, der nicht nur fest die Augen schloß, sondern sich auch noch mit den Fingern die Ohren zustopfte. »Ich hätte bei Dame Cathérine bleiben sollen und dich ...«

Trotz seiner Vorsichtsmaßnahmen kroch er noch tiefer in sich zusammen und stieß als Echo auf das über die Menge schallende entsetzliche Geheul ein Wimmern aus: Arny Signart und seine Gehilfen hatten den unglückseligen Philibert gepackt und in den Kessel geworfen.

Auch die Menge schien sich schrumpfend aneinanderzudrängen. Roussays Pferd wurde unruhig, während die Henker sich dem zweiten Verurteilten zuwandten.

»Jetzt oder nie!« flüsterte Gauthier, der, ebenso grau wie sein Wams, große Tropfen schwitzte, als spüre er die Hitze der Feuersglut.

Aber nichts geschah, nichts folgte, nur ein zweites, vielleicht noch schrecklicheres Geheul als das erste und dann ein ekelerregender Geruch nach gebratenem Fleisch: Robert de Sarrebruck hatte seinen Komplizen nicht für wichtig genug gehalten, um einen Handstreich zu versuchen und ihm diesen abscheulichen Tod zu ersparen.

»Genau das dachte ich mir«, murmelte Gauthier bei sich. »Er ist mit dem Insassen des Neuen Turms noch nicht fertig und zieht es vor, seine Anwesenheit nicht zu verraten.«

Die unmenschlichen Schreie waren verstummt, und der von der Brüstung gesprungene Gauthier beugte sich über Bérenger und klopfte ihm auf die Schulter.

»Alles ist jetzt zu Ende«, sagte er. »Wir können bald gehen ... Es ist nicht leicht, mein Sohn, sich einen Männermagen zuzulegen, wie?« fügte er mit einem Lächeln hinzu, als er die grünliche Gesichtsfarbe des Jungen bemerkte. »Aber wenn du erst Ritter bist und in den Krieg ziehst, wirst du andere Sachen zu sehen kriegen.«

»Im Krieg kocht man seine Gefangenen nicht!«

»Man tut ihnen manchmal Schlimmeres an. Hast du Montribourg vergessen ... und die Heldentaten des Hauptmanns La Foudre?«

Bérenger zog es vor, auf die Anspielung nicht einzugehen. Er wußte, daß sein Freund Arnaud de Montsalvy verabscheute, während er ihn als seinen Herren anerkannte, dessen gegenwärtiges Verhalten er zwar beklagte, ohne ihn indessen allzusehr zu verurteilen. Es war besser, das Gesprächsthema zu wechseln, und er bemühte sich zu lächeln.

»Ich bin bereit«, sagte er, sich erhebend. »Gehen wir!«

Aber das war leichter gesagt als getan, denn die Menge hatte sich nicht von der Stelle gerührt. Das Schauspiel war in der Tat noch nicht zu Ende. Man mußte zuvor noch Meister Signart und seinen ersten Gehilfen mit langen Bootshaken auf das Schafott neben dem Kessel klettern sehen, um die aufgedunsenen Leichen der Hingerichteten herauszuangeln, die dann zum Hochgericht an der Straße nach Beaune jenseits des Ouche-Tors gebracht, dort aufgehängt und zur höheren Erbauung der Vorübergehenden verfaulen würden.

Die beiden Burschen schickten sich an, die unvermeidliche Wartezeit geduldig zu überdauern, als eine der schwarzen Wolken, die der Wind seit dem Morgen über die spitzen Dächer der Stadt gejagt hatte, unversehens einen eisigen, wütend peitschenden Regen über die Menge ergoß, der sie schleunigst zu ihren heimischen Herden trieb. Ein gewaltiges Geschiebe und Gestoße war die Folge, so daß Gauthier und Bérenger gegen die Brüstung zurückgedrängt und gezwungen wurden, unter dem Guß auszuharren, gegen den sie sich nicht zu schützen vermochten. Und sie sahen auch nicht den kleinen Truppe der sich, auf dem schlammigen Ufer des Flüßchens marschierend, ihnen im Schutze des steinernen Mäuerchens näherte.

Im selben Moment, in dem der Druck der Menge nachließ und sie endlich hätten gehen können, wurden sie plötzlich von unsichtbaren brutalen Händen tückisch nach hinten gerissen und blitzschnell in wehrlosen Zustand versetzt.

Ohne daß irgend jemand etwas bemerkt hätte, trug man sie einen Augenblick später wie Bündel längs des Suzon davon, einer mysteriösen Bestimmung entgegen …

Um nichts auf der Welt hätte Cathérine dem barbarischen Schauspiel auf der Place du Morimont beigewohnt. Da sie ahnte, wie Bérenger angesichts des unter einem so grausamen Aspekt vorgeführten Todes reagieren würde, hatte sie darüber hinaus auch alles getan, um ihn daran zu hindern, Gauthier zu folgen. Aber der Page erriet, daß sein Freund einen wichtigen Grund haben mußte, sich dorthin zu begeben, und da er vermutete, daß dieser Grund Gefahren einschließen konnte, hatte er ihn nicht gehen lassen wollen. Cathérine hatte nachgegeben.

Was sie betraf, hatte sie sich noch mit den Angelegenheiten ihres Onkels zu beschäftigen, bevor sie Dijon verließ. Die Gesundheit des alten Tuchhändlers bereitete seiner Umgebung in der Tat einige Sorgen, denn nach achtundvierzig Stunden eines quasi euphorischen Zustands war der Kranke in eine Art Entkräftung verfallen. Sein Appetit war geschwunden, er verweigerte jegliche Nahrung, und während mehrerer Tage hatte Cathérine geglaubt, daß er nicht überleben würde.

Glücklicherweise war es nur blinder Alarm gewesen. Mathieus solide Konstitution hatte ihn noch einmal gerettet, nicht zu vergessen die aufmerksame Pflege Bertilles, die sich entschieden jeden Tag ein wenig mehr an ihren Kranken anzuschließen schien. In solchem Maße, daß Cathérine sich fragte, ob zwischen den beiden nicht eine Heirat möglich sei, was für alle Welt sicherlich die beste Lösung ergäbe.

Am Tage der Hinrichtung hatte sie sich aus der Stadt hinaus und zu einer der Meiereien ihres Onkels begeben, um dort eine Streitigkeit zu schlichten. Dabei hatte sie feststellen können, daß die Gautherin-Geschäfte unter Amandine La Vernes Verwaltung nicht gelitten hatten, denn da sie wünschte, ihre alleinige Besitzerin zu werden, hatte sie sie geschickt geführt. Das Vermögen des Tuchhändlermeisters ging aus dem Abenteuer unangetastet hervor.

Von ihrer Expedition zurückkehrend, war Cathérine entschlossen, die Zukunft ihres Onkels mit ihm, Bertille und Symonne zu regeln, und das noch am selben Abend. Mathieus wegen hatte sie ihren Aufenthalt in Dijon schon mehr verlängert, als sie wünschte, und sie war es ein wenig leid, sich um so viele Leute kümmern zu müssen, während ihre eigenen Angelegenheiten sich in so schlimmem Zustand befanden.

Als sie Châteuvillain verließ, hatte Arnaud nur wenig Vorsprung vor ihr gehabt. Wenn sie dem gefangenen König nicht hätte zu Hilfe eilen und ihren Onkel nicht dem Tode entreißen und auf gutem Weg zu einem friedlichen Alter führen müssen, hätte sie, dessen war sie sicher, ihren Gatten einholen, sich mit ihm aussprechen, auch wenn dabei heftige Worte gefallen wären, und schließlich die Mißverständnisse, Eifersüchteleien und den angesammelten Groll ausräumen können.

Sie fühlte sich stark genug, ihm die Augen zu öffnen und ihn von der trügerischen Fata Morgana der falschen Jehanne d'Arc zu lösen, denn da sie mehrere Tage in engster Vertrautheit mit der Jungfrau gelebt hatte, besaß sie die Mittel, jede Zweideutigkeit zu zerstreuen und die Abenteurerin zu zwingen, die Maske abzunehmen. Um diese Stunde wäre die Ordnung vielleicht schon wiederhergestellt, und vielleicht wäre sie sogar schon an der Seite des wiedergefundenen Gatten unterwegs: zärtliche Eltern, begierig, das Weihnachtsfest bei ihren Kindern zu verbringen. Aber Gott allein wußte, wo sich Arnaud in dieser Minute befand! Gott ... oder vielleicht der Teufel.

Während sie an ihren Gatten dachte, fiel es Cathérine schwer, ihre tieferen Gefühle zu entwirren. Gewiß, sie liebte ihn noch immer, denn ihre Liebe gehörte zu denen, die nur mit dem Leben vergehen, aber sie war nicht mehr von der unbeugsamen Reinheit der ersten Jahre erfüllt. Eifersucht, Empörung angesichts seiner Grausamkeit, Groll über seinen Mangel an Vertrauen vermischten sich in ihr mit dem Mitleid, das eine Mutter für ihr unglückliches Kind empfinden kann. Arnaud war dem Tod entronnen, aber in welchem Zustand hatten seine schrecklichen Verletzungen seinen Körper ... und seine Seele zurückgelassen? Das festzustellen war es vor allem, was sie zu schnellem Aufbruch drängte, das war es, was sie in Lothringen erkunden wollte.

In wenigen Tagen würde Symonne Morel mit ihren Kindern und einem Teil ihrer Dienerschaft Dijon verlassen, um in Lille die Herzogin Isabelle und ihren Mann zu treffen, die nach ihrer Anwesenheit beim Weihnachtsfest verlangten, und Cathérine zählte darauf, einen Teil des Weges mit ihr zurücklegen zu können, um bis zu den Grenzen Lothringens von ihrer Eskorte zu profitieren. Sie mußte also sobald wie möglich eine Lösung für die Sorgen finden, die ihr Onkel ihr noch bereitete.

»Noch heute abend rede ich mit Symonne«, versprach sie sich.

Als sie vor dem schönen steinernen Doppelbogen, der den Eingang des Hauses hervorhob, den Fuß aufs Pflaster setzte, sah sie Bertille auf der Schwelle stehen. Gegen den scharfen Luftzug, der in der Straße herrschte, durch einen weiten schwarzen Umhang geschützt, schien Symonnes

Haushälterin irgend etwas zu erwarten. Sie mußte schon seit geraumer Weile dort stehen, denn ihre Nase war rot, und sie rieb sich die Hände, um sie zu erwärmen.

Ihr Maultier dem Diener überlassend, der sie begleitet hatte, trat Cathérine zu ihr.

»Ihr scheint auf etwas zu warten, Dame Bertille. Ich hoffe, nicht auf mich?«

»Nein, Frau Gräfin, nicht auf Euch, obwohl ich glücklich bin, Euch zu sehen, aber es geht um Eure beiden Burschen, den Stallmeister und den Pagen. Man hat sie den ganzen Tag nicht gesehen, nicht einmal zur Mittagsmahlzeit, auf die sie sonst großen Wert legen.«

»Sie sind noch nicht zurück? Aber ... hat diese Hinrichtung, zu der sie wollten, nicht heute morgen zu ziemlich früher Stunde stattgefunden?«

»Natürlich! Lange vor dem ersten Stundengebet* hatte Meister Signart seinen Siedetopf abgeschäumt, und diese abscheulichen Ungläubigen waren bei ihrem Meister Luzifer erschienen. Doch ich habe niemand zurückkehren sehen.«

»Aber wo können sie nur sein?«

»Gott ist mein Zeuge, daß ich es nicht weiß! Ich habe Diener bis zum Morimont geschickt, um sie zu suchen, aber sie kamen zurück, ohne auch nur die kleinste Spur gefunden zu haben. Ich gestehe, ich hoffte ein bißchen, sie seien Euch entgegengegangen. Aber nun seid Ihr allein gekommen.«

»Ihr seid zu gütig, Euch so um diese beiden Taugenichtse zu kümmern«, rief Cathérine ärgerlich. »Ich bitte Euch jetzt, hineinzugehen. Ihr werdet Euch erkälten, und ihre Schuld wird nur um so schwerer sein.«

»Seid Ihr nicht besorgt?«

»Mein Gott, nein. Gauthier ist ein abenteuerlustiger Bursche, der es liebt, seine große Nase an den unglaublichsten Orten spazierenzuführen, und Bérenger folgt ihm wie sein Schatten. Kommt also! Sie werden schon zurückkehren.«

Von Bertille gefolgt, die murmelnd über das unüberlegte Betragen der Jugend schimpfte, trat Cathérine ins Haus, suchte ihren Onkel auf, um ihn zu umarmen und über ihre Mission zu berichten, und zog sich dann in ihr Zimmer zurück, um vor dem Souper ein wenig Toilette zu machen.

Doch als die Nacht vollends hereingebrochen war und

* annähernd zwölf Uhr mittags

der Diener zum Abendessen läutete, begann sie unruhig zu werden, denn die beiden Burschen waren noch immer nicht zurückgekehrt.

Das Essen verlief in gedrückter Stimmung. Trotz der Bemühungen Symonnes, sie zu beruhigen, das Gespräch in Gang zu halten und ihren Gast dazu zu bringen, ein Gleiches zu tun, nahm Cathérine nur ein wenig Bouillon zu sich. Je mehr Zeit verstrich, desto mehr zog sich ihre Kehle zusammen und verweigerte die Aufnahme fester Nahrung. Und schließlich erhob sie sich mit einem kleinen Seufzer der Erleichterung, um den behaglich vor das flammende Feuer gerückten Tisch zu verlassen, an dem länger zu verweilen erholsam gewesen wäre, wenn die Unruhe sie nicht gequält hätte.

»Wollt Ihr, daß ich zu Messire de Roussay schicke?« schlug Symonne mit einem Lächeln voller Mitgefühl vor. »Ich sehe, daß Ihr Euch so ängstigt, meine arme Freundin, und ich fürchte, Ihr werdet eine schlechte Nacht verbringen, wenn diese beiden Burschen nicht schnell wieder erscheinen.«

»Es würde zu nichts führen. Wir wissen nicht, wo sie zu suchen sind. Und was kann man auch mitten in der Nacht tun? Zudem hoffe ich noch von einem Augenblick zum anderen, sie zurückkehren zu sehen.«

»Wenn sie im Morgengrauen noch nicht hier sind, werde ich auf jeden Fall Messire Pierre Girarde, den Präfekten der Stadt, benachrichtigen, damit er Suchaktionen befiehlt. Schließlich gehört es mehr in sein Ressort als in das der Palastwache.«

Die beiden Freundinnen umarmten einander und zogen sich dann in ihre Zimmer zurück. Durch das erlesene kleine Mahl gestärkt, das ihm seine liebe Bertille serviert hatte, schlief Onkel Mathieu bereits den Schlaf der Glückseligen.

Wieder in ihren vier Wänden, öffnete Cathérine die mit Blättern und Blüten bemalten hölzernen Läden, die ihr Fenster schützten, und lehnte sich hinaus. Die Finsternis dieser Nacht zog sie an wie ein Magnet. Die Straße ähnelte einem Brunnen. Bei Anbruch der Nacht hatte es geregnet, und von den hohen, spitzen Dächern, die sich schwach von dem kaum weniger schwarzen Himmel abhoben, fielen noch immer Tropfen mit eintönigem Geräusch in die Pfützen.

Es war kalt. Dennoch war es Cathérine zumute, als müsse sie ersticken ... Ohne das Fenster zu schließen, zog sie sich ins Innere des Zimmers zurück, um ihr Kleid aufzuschnüren und ihren Halskragen zu öffnen, doch konnte sie sich nicht entschließen, sich zu entkleiden. Sie wußte, daß sie nicht würde schlafen können, bevor sie nichts Bestimmtes über das Schicksal der beiden jungen Leute wußte, vor allem über das Bérengers, der letztlich noch ein Kind war und dem sie sich jetzt durch eine gleichsam mütterliche Zuneigung verbunden fühlte.

Und unversehens überfiel sie Angst. Da Gauthier wußte, wie sie sich immer um ihren Pagen sorgte, hätte er nie zugelassen, daß sie solche Stunden durchlebte, wenn nicht irgend etwas geschehen wäre ... irgend etwas Ernstes! Aber was?

Sich plötzlich erinnernd, daß die Küster von Saint Jean schon zum Lichterlöschen geläutet hatten, und daß ihr weit in die Nacht geöffnetes, erleuchtetes Fenster ihrer Gastgeberin eine Geldstrafe eintragen könnte, beugte sie sich vor, um ihre Kerze auszublasen, als etwas durch die Luft pfiff und mit dumpfem Geräusch auf den Fußboden ihres Zimmers fiel.

Sie bückte sich rasch und hob einen Stein mittlerer Größe auf, um den ein Papier gewickelt war, und während sie den schmalen weißen Streifen aufrollte, vereisten ihre Hände, und ihr Herz begann schwer in ihrer Brust zu schlagen, als ahne sie ein Unheil voraus.

Der Text in grober, ungeübter, doch absolut lesbarer Schrift war kurz. Ein paar Zeilen nur, aber so schrecklich, daß sie sich setzen mußte, um sich seines unbarmherzigen Inhalts ganz bewußt zu werden.

»Wenn Ihr Eure Leute lebendig und in einem Stück wiedersehen wollt, folgt dem Boten, der Euch auf der Straße erwartet. Verlaßt heimlich das Haus, ohne jemand zu benachrichtigen, und laßt es Euch vor allem nicht einfallen, den Boten einfangen zu lassen und zu versuchen, ihn zum Sprechen zu bringen. Er ist stumm und kann nicht schreiben. Wenn Ihr nicht in einer Stunde allein bei uns angelangt seid, wird man jedem der Burschen eine Hand, dann die andere abschneiden, und wenn Ihr dann noch zögert, den Kopf! Beeilt Euch!«

Ein Schluchzen entrang sich Cathérines Kehle. Als habe man sie in den Leib geschlagen, krümmte sie sich auf ihrem Sitz nach vorn, bis ihre Brust die Knie berührte, gegen eine plötzlich aufsteigende Übelkeit ankämpfend. Im Herzen dieses Freundeshauses fühlte sie sich plötzlich entsetzlich allein und wehrlos der unbarmherzigen Welt der Männer gegenüber mit ihren schwachen Frauenhänden, ihrem Frauenherzen als einzige Verteidigung. Was würde man für das Leben und die Freiheit ihrer jungen Begleiter noch von ihr fordern? Und wer war dieser »man« mit dem in der Finsternis verborgenen Gesicht, dessen Anonymität erschreckte?

Die Übelkeit verging. Mit einiger Anstrengung raffte sich Cathérine auf. Sie hatte keine Zeit, sich selbst zu bemitleiden. Sie mußte sich beeilen, beeilen, damit andere nicht unter ihrer Schwäche zu leiden hätten.

Noch unsicheren Schritts trat sie ans Fenster, mit dem Blick die dichte Dunkelheit draußen durchforschend, aus der sich plötzlich ein noch schwärzerer Schatten löste, der irgend etwas Helles, einen weißen Fetzen zweifellos, schwenkte. Der Bote war also da. Im Bewußtsein, deutlich sichtbar zu sein, machte Cathérine ein Zeichen, daß sie hinunterkäme, ordnete wieder ihre Kleidung, griff nach ihrem weiten schwarzen Kapuzenumhang, hüllte sich in ihn ein und blies die Kerze aus.

Gauthier hatte ihr gezeigt, wie man das Haus durch die Küche verlassen konnte, ohne seine Bewohner aufmerksam zu machen, als sie vor der Expedition gegen das Aussätzigenspital zu Jacques de Roussay gegangen waren. Er hatte seine Gewissenhaftigkeit so weit getrieben, inzwischen die Riegel mit Lampenöl zu schmieren.

Da sie nicht wußte, ob sie von diesem gefährlichen Gang lebend zurückkehren würde, ließ sie den Zettel für jedermann sichtbar auf dem Küchentisch liegen, damit es, falls man sie suchen mußte, wenigstens einen Hinweis gäbe. Dann machte sie sich daran, das Haus zu verlassen.

Die Tür öffnete sich geräuschlos, und sie trat beklommen auf die Straße hinaus. Ein scharfer Wind jagte die Wolken über den Himmel. Es kam ihr vor, als sei die Nacht ein bißchen weniger schwarz. So hatte sie keine Mühe, den zu entdecken, der sie erwartete und der einen weißen Tuchfetzen in der Hand hielt. Das war alles, was von ihm zu erkennen war, denn der Rest bestand, soweit Cathérine sah, aus einem Bündel dunkler Lumpen, die einen entsetzlichen Gestank nach schmutziger Armut ausströmten.

Als sie sich ihm näherte, ließ der Bote seinen Fetzen verschwinden und gab der jungen Frau durch ein Zeichen zu verstehen, daß sie ihm folgen solle. Hintereinander gingen sie dicht an den Häusern den Bourg entlang, teils um weniger gesehen zu werden, teils um den Unrat zu vermeiden, der die Hauptgeschäftsstraße Dijons ständig in eine Kloake verwandelte. Dann wandten sie sich dem Morimont zu, dessen unheimlicher Anblick der erschauernden jungen Frau von schrecklicher Vorbedeutung schien, so daß sie sich mit zitternder Hand bekreuzigte.

Auf der Höhe der Carmes-Mühle führte der Mann seine Begleiterin zur Böschung des Suzon und ließ sie in einen unter dem Bogen der kleinen Brücke versteckten Nachen steigen. Im übrigen begriff sie den Grund dieser nächtlichen Bootsfahrt auf dem stinkenden Flüßchen sehr schnell, als sie sah, daß das Gitter, das den Tunnel unter dem Wall des Ouche-Tors schloß, geöffnet worden war und freien Durchlaß gewährte.

Der Nachen glitt geräuschlos unter die Wölbung, während seine Insassen sich bücken mußten, um sich nicht die Köpfe zu stoßen. Die Durchfahrt war kurz, und bald war man wieder in freier Luft nahe der gewaltigen Masse des Ouche-Tors, an dem Ort, wo der Suzon in den größeren Fluß einmündet, dessen Wasser die Stadtgräben speist. Der Mann ohne Gesicht und ohne Stimme, der Cathérine führte, zog kräftiger an seinen Rudern, um gegen die Strömung der Ouche in Richtung auf eine Reihe von Mühlen am rechten Ufer anzukommen.

Die großen Schaufelräder rührten das Wasser mit dem Getöse eines Wasserfalls auf. Ihr Schaum streute weiße Fetzen in die Nacht. Eine der Mühlen, die letzte, halb zerfallene, ragte, von den andern ein wenig entfernt, aus einem Knäul wild wuchernder Vegetation, als sei sie zur Strafe dorthin gestellt. Nicht weit von ihr war ein Gebäude in ebenso schlechtem Zustand zu sehen.

Wie alle Einwohner Dijons kannte Cathérine diese Mühle, die man die abgebrannte Mühle nannte und die als Spukhaus galt. Ihr Ruf war kaum weniger schlecht als der des benachbarten Gebäudes, eines früheren Pachthofs, der in Pestzeiten als Spital diente. Spital war übrigens ein recht pompöses Wort für die elende Zuflucht, die diejenigen in ihren Mauern fanden, die, von der schrecklichen Krankheit befallen und von der Angst ihrer Mitbürger verjagt, dort wenigstens in Frieden ihren Tod erwarten durften. Da man, sobald die Epidemie vorbei war, die Leichen verbrannte, hatte der einstige Pachthof mehrere Brände erlebt, und auch die benachbarte Mühle war nicht verschont geblieben.

Der Mann ruderte mit aller Kraft, während der Kahn sich den Mühlen näherte. Cathérine war nicht sonderlich überrascht darüber. Wenn sie es, wie sie vermutete, mit Jaquot de la Mer oder seinen Getreuen zu tun bekam, war ein solcher Ort zu erwarten, da der König der Unterwelt Dijons eine auffällige Vorliebe für verwünschte Örtlichkeiten an den Tag zu legen schien. Nach dem Aussätzigenspital die abgebrannte Mühle. Es war durchaus normal. Um so mehr als beide Örtlichkeiten den gemeinsamen Vorteil besaßen, sich außerhalb der Stadttore zu befinden.

Der Bug des Nachens stieß ans Ufer, auf das der Bote hastig sprang, um eine um den Stamm einer Weide geschlungene Kette zu packen. Er befestigte den Nachen an ihr, während eine zweite schwarze Gestalt sich von dem Stamm löste, der sich zu verdoppeln schien.

Der Bote zog die Schiffsplanke zum Ufer, dann setzte er sich friedlich ins Gras. Statt seiner beugte sich der andere vor und nahm Cathérines Arm, um ihr zu helfen, trockenen Fußes an Land zu kommen. Auch er sprach nicht, doch als er sie an sich zog, verspürte sie den Geruch von Waffenfett und glaubte, im Spalt des Mantels den Stahl eines Brustharnischs glänzen zu sehen.

Der Mann hatte sie ohne Schonung gepackt, und sie versuchte, sich aus seinem Griff zu befreien.

»Ihr tut mir weh!« protestierte sie.

Ein spöttisches Lachen antwortete ihr, und der Griff um ihren Arm wurde noch fester, während der Mann zugleich seine Schritte so beschleunigte, daß sie in ständiger Gefahr war, zu fallen. Der Boden war uneben, und sie stolperte mehrmals über Klumpen trockener Erde, bevor eine Treppe sie aufnahm, eine Treppe, die in die Erde tauchte, und auf deren Grund ein schwacher Lichtschein schimmerte, ähnlich einem Reflex in den Tiefen eines Brunnens.

Der Abstieg dauerte nicht lange. Dennoch schien er der verschreckten Cathérine ebenso endlos wie eine Reise in die Hölle, und diesmal segnete sie die grobe Faust, die ihren Arm quetschte, sie zugleich aber stützte, denn ohne sie hätte sie sich vielleicht am Fuße dieser Treppe mit ihren glitschigen Stufen den Hals gebrochen.

Eine aus auseinanderklaffenden Brettern gezimmerte Tür öffnete sich kreischend durch einen Fußtritt von Cathérines Begleiter, der eine Art Waldmensch war, überall behaart und mit einer mächtigen Warze auf der Nasenspitze. Er stieß die junge Frau in einen großen, niedrigen Kellerraum, der stark nach Salpeter und Schimmel roch, und dessen grünliche Mauern von den hohen Flammen einer auf dem Fußboden stehenden Feuerpfanne erhellt wurden.

Eine Ansammlung von Männern hielt sich in ihm auf, die der vor Angst stummen Cathérine wie eine Masse gallertartiger oder struppiger Fratzen erschien, hier und dort von Spießen und zweischneidigen Kriegshippen überragt, deren Stahl unheilkündend glänzte. Sie zog es vor, ihren Blick abzuwenden und in den Hintergrund des Raums zu richten, wo drei wie Gespenster in ihre schwarzen Kutten vergrabene Mönche, von tropfenden Kerzen flankiert, an einer langen Tafel warteten, die Hände in ihren Ärmeln verborgen.

Der in der Mitte erhob sich und erschien der jungen Frau, die ein kräftiger Stoß ihres Wächters auf die Knie in den Schlamm des Bodens befördert hatte, sehr groß.

»Seid willkommen, Dame Cathérine! Ihr habt klug daran getan, uns nicht lange warten zu lassen.«

Zugleich warf er seine Kapuze zurück, aber der Klang seiner Stimme hatte seine Gefangene bereits aufgeklärt: Sie brauchte die roten Flammen des Kohlenbeckens nicht, die die reinen Züge, die großen blauen Augen und das fahlblonde Haar des falschen Mönchs mit ihrem Schein übergossen, um den Stutzer zu erkennen ... Ein Schleier der Angst glitt vor ihren Augen vorüber. Mit Jaquot de la Mer, dem sie früher schon begegnet war, hätte sie eine Chance gehabt, sich aus der Situation herauszuwinden, aber sie kannte den Dämon, der sie mit seinen schönen, mitleidslosen Augen musterte, allzu gut, um zu wissen, daß sie nichts von ihm zu erwarten hatte, nichts als die schlimmste Grausamkeit ...

Doch selbst in der tiefsten Verzweiflung hatte sie zuviel Mut, um sich ohne Kampf aufzugeben. Eine in ihrer Brust aufquellende Woge von Abscheu und Haß rettete sie vor der Angst, ließ sie sich zornglühend aufrichten. Und als ihr Wächter sich näherte, um sie wieder zu Boden zu werfen, wich sie ihm durch einen raschen Seitensprung aus, hob die Hand und ohrfeigte ihn mit aller Kraft, bevor sie sich wieder Robert de Sarrebruck zuwandte.

»Ich hätte wissen müssen, daß eine so niedrige, gemeine

Falle nur Euer Werk sein kann! Denn es ist eine Falle, nicht wahr? Die beiden unglücklichen Burschen, die Ihr habt entführen lassen, sind zu dieser Stunde zweifellos tot!«

»Tot? Aber nicht doch! Ihr habt genügend Eile an den Tag gelegt, so daß sie noch am Leben sind … und unangetastet. Man wird sie gleich hereinbringen. Ich habe nur ein Ehrenwort!«

»Ein einziges, in der Tat!« rief Cathérine verächtlich. »Und da Ihr nur eines habt, nehmt Ihr es gern zurück, damit es Euch weiterhin dienen kann!«

Das glatte Gesicht des adligen Banditen lief plötzlich grün an, als sickere die Bosheit seiner Seele unter seine gepflegte Haut.

»An Eurer Stelle würde ich meine Zunge hüten, schöne Dame! Ihr seid kaum in der Lage, den mit Beleidigungen zu bewerfen, in dessen Gewalt Ihr seid. Ich füge hinzu …«

»Machen wir's kurz! Was wollt Ihr, um meinen Dienern die Freiheit wiederzugeben?«

Ein träges Lächeln öffnete die Lippen des Stutzers, seine weißen, spitzen Zähne enthüllend.

»Ich? Nichts …«

»Wieso nichts?«

Das Lächeln verstärkte sich, während der schöne Robert eine kleine goldene Büchse aus seiner mönchischen Verhüllung zog, der er eine Gewürznelke entnahm, von denen er immer einen Vorrat bei sich trug. Er begann sie langsam zu kauen, um seinem Atem süßen Veilchenduft zu verleihen.

»Auf Ehre: nichts! Bewundert meine Großzügigkeit, denn da ich Euch in meiner Gewalt habe, könnte ich mich für zahllose Unannehmlichkeiten rächen, die ich Euch verdanke … seit Châteauvillain. Nun, nein, ich werde nichts dergleichen tun.«

»Warum habt Ihr mich dann hierherkommen lassen?«

»Damit jemand Gerechtigkeit widerfährt, der durch Eure Schuld heute sehr hat leiden müssen.«

Er schnalzte mit den Fingern, und aus der wirren Masse der Banditen und Landstreicher, die den Keller füllte, löste sich eine schwarzgekleidete Frau und kam mit schleppenden Schritten auf Cathérine zu. Bei ihrem Anblick spürte diese, wie ihr ein Schauer unangenehm über den Rücken lief. Mit bleichem Gesicht, erschöpften Zügen, hatte Amandine La Verne nichts mehr von der freundlich-zuvorkommenden Gevatterin, die das Haus Mathieu Gautherins mit ihren Ziererereien füllte. Die von den hochgezogenen Lippen halb entblößten Zähne waren die einer zum Schnappen bereiten Wölfin. Sie war viel magerer geworden und wirkte in den Falten ihres weiten schwarzen Mantels wie ein Gespenst in seinem Leichentuch. In der Tiefe ihrer eingefallenen Augenhöhlen glühten ihre Augen gleich unheimlichen Lampen in wahnwitzigem Glanz. Sie war erschreckend, und Cathérine fühlte sich verloren.

Der Stutzer, der die beiden Frauen mit einem bösartigen Lächeln beobachtete, wies mit seiner weißen Hand, an der ein riesiger, blutig schimmernder Karfunkel prangte, auf Cathérine.

»Da ist die, die du von mir gefordert hast, Frau. Wirst du jetzt das gegebene Wort halten?«

»Ich werde es halten ... unter der Bedingung, daß du mir diese Dirne, die meinen Mann hat töten lassen, ganz und gar überläßt. Tust du es?«

»Was willst du mit ihr machen? Sie töten?«

»Gewiß ... aber nicht sofort, nicht zu schnell. Sie muß mir hundertfach bezahlen, was ich heute morgen auf dem Morimont erduldet habe ...«

Ein Aufschrei Cathérines unterbrach sie.

»Diese Frau ist verrückt! Es sind nicht die einem wehrlosen Greis zugefügten Qualen allein, für die ihr Liebhaber heute morgen hat büßen müssen, es ist eine ganze Vergangenheit von Diebereien, Verbrechen, Betrügereien, und Ihr wißt es sehr gut, Robert de Sarrebruck! Ihr wißt es, Ihr wißt auch, wer ich bin! Trotzdem wollt Ihr mich, ich weiß nicht welchen schmutzigen Handels wegen, dieser Furie ausliefern. Und Ihr wagt es, Euch Ritter zu nennen?«

Das Gelächter des Stutzers glitt über ihre Nerven wie eine Feile.

»Das Rittertum? Erzählt mir nicht, daß Ihr noch an diesen Flitter glaubt, arme Törin! Das Rittertum unserer Tage ist nichts anderes als ein ein wenig altmodischer, außer Gebrauch geratener, aber noch immer kleidsamer Putz. Er beeindruckt das Fußvolk und läßt die Mädchen träumen.«

»Oh, ich weiß, welchen Gebrauch Ihr davon macht. Ich habe Euch gegen Frauen, Kinder und Greise, gegen wehrlose Bauern am Werke gesehen. Aber bisher habt Ihr wenigstens ... fast immer die von Eurer eigenen Art respektiert. Habt Ihr vergessen, daß ich die Frau eines Eurer Freunde bin?«

»Und Ihr, habt Ihr vergessen, daß dieser ausgezeichnete Freund Euch öffentlich als Hure behandelt und geschworen hat, daß er Euch mit Peitschenhieben fortjagen würde, wenn Ihr die Frechheit besäßet, Euch an den Toren seiner Stadt zu zeigen? Er wird mir eines Tages danken, daß ich ihn zum Witwer machte. Aber genug geredet, die Zeit drängt! Hast du, ja oder nein, das, was du mir versprochen hast, Mädchen? Dann gib es mir! Danach kannst du tun, was dir beliebt. Wir haben genug Zeit in diesem stinkenden Loch verloren.«

Ein böses Lächeln verzerrte die farblosen Lippen Amandines, die nun aus dem Hintergrund des Kellers einen jungen Burschen zerrte, den Cathérine im ersten Moment für Bérenger hielt. Doch er trug nur Bérengers Kleidungsstücke, das schöne grüne Kostüm, auf das er so stolz war, und Cathérine schrie angstvoll auf:

»Bérenger! Was habt Ihr mit ihm gemacht?«

»Wir haben ihn nur ausgezogen, und alles, was er riskiert, ist ein tüchtiger Schnupfen«, spottete das Mädchen. »Du siehst, Hauptmann«, fuhr sie fort, indem sie sich zum Stutzer wandte, »dieser Bursche, vor allem aber seine Kleidung, wird dir erlauben, bis zum Neuen Turm vorzudringen. Du wirst ihm ein Pferd geben, und deine Männer brauchen ihm nur zu folgen. Er kennt seine Lektion ...«

»Aber ich kenne sie nicht«, entgegnete Sarrebruck hochmütig. »Und ich vertraue niemand. Du wirst es feststellen, wenn du mich täuschst. Was soll er tun?«

»Vor dem Tor des Palais' erscheinen und erklären, daß er der Vetter des Hauptmanns de Roussay ist, daß er Alain de Maillet heißt, und daß er seinen Verwandten noch einmal dringlich sprechen muß, um ihm über eine Angelegenheit zu berichten, mit der er von ihm betraut wurde. Da man ihn schon gesehen hat ... oder jemand, der fast genauso aussah wie er, wird man ihn ohne Zögern passieren lassen. Deine Männer werden hinter ihm eindringen und keinerlei Mühe haben, die Turmwachen zu überwältigen, zumal Roussay heute abend bei seiner guten Freundin soupiert ...«

Cathérine konnte einen Schrei empörter Betroffenheit nicht unterdrücken.

»Wie könnt Ihr all das wissen?«

Unbewußt die Hüften unter ihrem fast klösterlich wirkenden Gewand schwenkend, trat Colins Witwe auf sie zu und starrte ihr aus nächster Nähe ins Gesicht.

»Du solltest wissen, Frau Gräfin, daß ich von den Männern zu erlangen weiß, was ich will! Und außerdem hab' ich's immer verstanden, mir die richtigen Liebhaber auszusuchen. Seit einer ganzen Weile schlafe ich mit einem der Wächter des Turms, genauer gesagt, seitdem man den Gefangenen dort eingelocht hat. Ich hatte die Idee, es könnte mir eines Tages nützlich sein, ganz abgesehen davon, daß er ein schöner Bursche ist, der zu lieben versteht.«

»Wahrhaftig? In diesem Fall steht es Euch besonders gut an, die trauernde Witwe zu spielen!« höhnte Cathérine.

Das bleiche Gesicht Amandines verzerrte sich krampfhaft vor Wut, ihre Lippen zogen sich über das Zahnfleisch hoch.

»Du Stück Mist! Bist du zu dumm, oder tust du bloß so? Hör gut zu! Vor diesem alten Knauser Mathieu war ich ein öffentliches Mädchen, aber diskret. Meine Trödelbude diente mir ebenso als Alkoven wie als Laden, aber es war eine anständige Fassade. Ich hatte mir eine hübsche kleine Kundschaft an den richtigen Stellen geschaffen, aber das war die Arbeit. Colin, mein Colin, war mein Mann! Ich schuftete mehr für ihn als für mich selbst, weil er der einzige war, der zählte. Er war mein Herz, mein Blut, meine Eingeweide ...«

Ihre heiser-gespannte Stimme brach in einem Schluchzen, dann erhob sie sich von neuem, rauh und müde:

»Und jetzt ... Bis zum Ende meiner Tage und Nächte werde ich sein Aufheulen hören, als sie ihn in den Kessel warfen! Deinetwegen, du Hure, und deiner Eselin von Schwester wegen werde ich nie mehr richtig schlafen können. Aber er wird bald gerächt sein, sei beruhigt, und er selbst wird's sogar sein, der dich bestraft.«

Cathérines Arm mit nervöser Kraft packend, die ihr in diesem Zustand niemand zugetraut hätte, zerrte sie sie hinter den Tisch, von dem sie im Vorbeigehen eine Kerze raffte. Dann beugte sie sich zu einer umförmigen Masse nieder, die, von einer Plane verhüllt, auf dem Boden lag, und riß die Plane beiseite.

Von Grausen ergriffen, versuchte Cathérine verzweifelt, sich angesichts der scheußlich anzusehenden Leiche des einstigen Philibert La Verne ihrem Griff zu entziehen, doch Amandine ließ nicht locker.

»Sieh dir an, wie man ihn mir zugerichtet hat! Ich hoffe, daß er dir jetzt gefällt, dein Werk, weil du bis zu deinem letzten Atemzug davon profitieren sollst. In kurzem werde ich dich mit ihm verheiraten!«

»Laßt mich los! Ihr seid verrückt … Was soll das heißen?«

Wilde Freude verzerrte die Züge der Frau. Sie genoß mit jeder Faser ihres Wesens das Entsetzen, das Cathérine, die sich vergeblich aus dem ihren Arm zerquetschenden Schraubstock zu befreien suchte, nicht mehr verbergen konnte.

»Daß man dich in Kürze«, artikulierte sie langsam und deutlich, damit jeder ihre Worte richtig würdigen konnte, »wenn du das Nötigste getan hast, um diesen braven Burschen zu danken, die mir seit unserer Verhaftung geholfen haben, an die Leiche meines armen Colin fesseln und euch beide zusammen beerdigen wird! Es wird für ihn ein süßer Trost sein, endlich mit der Hure des großen Herzogs des Okzidents zu schlafen. Danach … wenn du tot sein wirst, wird man dich ausgraben und auf einen Misthaufen werfen, meine Schöne, weil mein Colin kein Hurenstück braucht, um seinen letzten Schlaf zu schlafen …«

Mit einer jähen verzweifelten Anstrengung war es Cathérine gelungen, ihren Arm zu befreien. Verstört, vergeblich nach einer Zuflucht, einem Helfer unter all diesen unbekannten Gesichtern, einem bloßen Ausdruck des Mitgefühls suchend, an den sich ihre Hoffnung klammern konnte, gewahrte sie nur Stumpfsinn und gemeine Freude. Die rohen Burschen leckten sich schon bei der Vorstellung des versprochenen Schauspiels die Lippen. So wandte sie sich dem Stutzer zu, der noch immer in seiner Mönchskutte nur einige Schritte entfernt zwischen seinen beiden Leutnants hinter dem Tisch saß und die Szene beobachtete, und verkrallte sich in den schwarzen Stoff seines Ärmels.

»Ich flehe Euch an, Messire, rettet mich vor dieser Wahnsinnigen! Wenn Ihr glaubt, Grund zur Klage über mich zu haben, tötet mich, aber laßt mich nicht die infamen Leidenschaften dieser Frau erdulden. Ich trage noch immer den Namen Eures Freundes. Eures Waffengefährten … ich bin noch immer eine Edeldame, und mein Gemahl hat Kinder von mir. Laßt sie nicht durch eine Kranke entehren!«

Mit ungeduldiger Geste streifte er Cathérines Hand von seinem Arm. »Frauengeschichten haben mich nie interessiert«, sagte er kalt, die Schultern zuckend. »Und dann habe ich versprochen … Hast du mir nichts anderes zu geben, Frau? Das ist mager.«

»Doch, Monseigneur. Hier ist der Schlüssel des Gefängnisses, nach dem Wachsabdruck gefertigt, den mein Freund mir gegeben hat. Ihr werdet keine Mühe haben, bis zu dem Gefangenen vorzudringen.«

»Und Ihr werdet ihn also töten, feige, im Dunkel eines Kerkers?« fauchte Cathérine, so fassungslos, daß sie einen Moment ihre eigene Lage vergaß. »Ihr, ein Hauptmann, ein Ritter, ich wiederhole es, und er … ein König!«

»Ihr irrt, schöne Dame«, sagte der Stutzer, den großen Schlüssel, den Amandine ihm gegeben hatte, in der Hand wiegend. »Es geht nicht um einen Mord, sondern um ein Entweichen, ein Entweichen, das glücken wird. Wir hier, getreue Untertanen König Karls, des siebenten des Namens, wir werden unser Leben riskieren, um seinen Schwager aus den Klauen Philippes zu befreien. Wir werden ihn auf demselben Wege, den auch Ihr benutzt habt, aus der Stadt herausbringen … Allerdings wird er sehr schnell wieder ergriffen werden, und dabei könnte ein unglücklicher Schlag die Erbfolge im Königreich Sizilien neuerlich in Frage stellen.«

Mit einer schnellen Bewegung warf er den Schlüssel einem der beiden Männer zu, die wie er eine Mönchskutte trugen.

»Hast du verstanden, Gerhardt? Nimm den Schlüssel und beeil dich! Du wirst auf der Straße nach Langres wieder zu uns stoßen … wo, weißt du!«

»Verstanden, Hauptmann!« erwiderte der Mann mit starkem deutschen Akzent. »Vorwärts, ihr da! Wir brechen auf. Und du, mein Junge«, fügte er hinzu und klopfte dem in Bérengers Kostüm steckenden Burschen auf die Schulter, »versuch, deine Rolle gut zu spielen! Sonst spieße ich dich auf meinen Degen!«

Ein Dutzend Männer trennte sich von den andern. Sie waren bis an die Zähne bewaffnet, doch bevor sie hinausgingen, zogen sie alle Wappenmäntel in den burgundischen Farben über, um jedes Aufsehen in den Straßen der Stadt zu vermeiden.

Auf einen Dolch- oder Degenstoß hoffend, wollte Cathérine sich auf sie stürzen, doch schon packten sie viele Hände und schleiften sie zu Robert de Sarrebruck zurück, der sich mit auseinanderklaffender Kutte, so daß seine eisenumhüllten Beine sichtbar wurden, lässig auf eine Tischecke setzte. Er wählte eine neue Gewürznelke und lächelte darauf Cathérine, deren von Tränen überschwemmte Augen nichts mehr sahen, so liebenswürdig zu, als begegne er ihr auf einem Fest.

»Ich hoffe, meine Liebe, Ihr bewundert die Feinheit meines Plans: Ergebene Diener, nämlich die meinen, werden den König seinem Gefängnis entreißen, doch schändliche Burgunder werden ihn wieder einfangen und gemeinerweise töten. Später wird mir Ehre und Ruhm zuteil werden, Philippe von Burgund wird die Verantwortung für den Mord zu tragen haben, der Krieg, der gute, frisch-fröhliche Krieg zwischen Frankreich und Burgund wird sich für eine gute Anzahl Jahre neu entzünden, allen zur Freude, die das Waffenhandwerk lieben, und wir werden endlich diesen Zaunkönig los sein, der alle Welt zu sehr genierte, um lange zu leben!«

»Und der es gewagt hatte, Euch ins Gefängnis zu werfen und Euren kleinen Sohn noch immer dort zu halten, nicht wahr?«

»Absolut richtig! Ich liebe es nicht, meine Schulden unbezahlt zu lassen. Das ist ein Prinzip. Nun, Frau, worauf wartest du noch, um mit der Lustbarkeit zu beginnen? Ich werde euch vor dem Ende des Schauspiels verlassen müssen, aber ich würde an seinem Beginn gern teilnehmen ... und ein paar von meinen Männern teilnehmen lassen, bevor sie aufbrechen müssen.«

»Ich wartete nur auf Euren Befehl, Monseigneur. Vorwärts, Freunde, zieht sie aus!«

Augenblicks begannen sich die Hände, die Cathérine hielten, zu betätigen, obwohl sie sich verzweifelt bemühte, ihnen zu entgehen. Ein Messer zerschnitt die Verschnürung ihres Kleides, das ihr, halb zerrissen, mit einer Hast vom Leibe gezerrt wurde, die wie das Kneifen und Kneten ihres Fleischs deutlich genug das Vergnügen verriet, das ihre Peiniger dabei empfanden. Ein betäubendes Durcheinander von Gelächter und Flüchen übertönte ihre Schreie, ihr Flehen. Sie war nun im Zentrum einer wahren Hölle schmutziger, häßlicher Fratzen, Soldaten, Bettler, Gauner, Zuhälter, die sich schon darum schlugen, wer sich als erster über sie hermachen dürfe ...

Die Stimme des Stutzers beherrschte den Tumult.

»Bindet sie auf den Tisch, ihr Dummköpfe! Und prügelt Euch nicht! Es reicht für alle!«

Cathérine spürte, wie sich ein Knoten in ihr Handgelenk preßte, dann ein zweiter ins andere. Hanfseile umspannten die Fußknöchel. Auf Befehl Amandines wurde sie geknebelt, darauf zum Ende des Tischs getragen. Ihre Hüften wurden über die Kante abwärtsgebogen, ihre Beine an die des Tischs gebunden, die Arme nach unten gerissen und die Hände unter der Tischplatte befestigt. Unfähig zu schreien, stöhnte sie jetzt nur wie ein verwundetes Tier, von ganzem Herzen betend, daß der Tod, ein plötzlicher Tod, ihr ersparen möge, was folgen würde ... Aber wenn sie auch nicht mehr sprechen konnte, konnte sie noch hören, und was sie hörte, war in der jäh sich ausbreitenden Stille der bewundernde Pfiff des Stutzers:

»Bei den Hörnern ihres Einfaltspinsels von Gatten, die Dirne ist schön! Es wäre schade, nicht davon zu profitieren! Überlaßt Ihr mir die Einweihung, Kameraden?«

Einstimmiger Beifall antwortete ihm, dazu ein Hagel obszöner Ermunterungen. Dann näherte sich der Stutzer langsam der gefesselten, nackten Frau, deren durch die Seile gespreizte Beine das goldene Vlies enthüllte, das ein Fürst liebkost hatte, und das zärtliche Tal, das es schützte. Seine in Eisenhandschuhe steckenden Hände senkten sich auf die glatten Schultern, und mit einem brutalen Stoß, der seinem Opfer eine erstickte Klage entriß, drang er in sie ein.

Der Ansturm war schmerzhaft, aber kurz. Ein anderer folgte, dann wieder ein anderer und noch ein anderer. Dem Veilchenparfüm des Stutzers folgten die Gerüche von Waffenfett, Schweiß und Schmutz seiner Männer. Auseinandergespreizt, durchpflügt, der schmerzende Leib wie zerfetzt, hatte die halb bewußtlose Cathérine aufgehört zu weinen. Unter dem Knebel, der sie erstickte und ihre Mundwinkel aufzureißen drohte, stöhnte sie nur leise, immer schwächer ... Ein grausamerer Ansturm als die früheren ließ sie endlich in Bewußtlosigkeit taumeln.

Sie war ohnmächtig, als der Stutzer und seine Begleiter die abgebrannte Mühle verließen und sie den Landstreichern und Bettlern überantworteten, die Amandine jetzt über den besudelten Körper ihrer Feindin herfallen lassen würde, um die Erniedrigung und Zerstörung einer allzu makellosen Schönheit zu vollenden, die vielleicht die tiefste Ursache ihres Hasses war, selbst wenn sie sich dessen nicht ganz bewußt wurde. So sehr verblendete Amandine dieser Haß, daß es ihr nicht einmal in den Sinn kam, sie könne, wenn sie die gemeine Meute ihrer Gefährten über diesem armen Körper sich austoben ließe, am Ende nur noch eine Leiche vor sich haben ...

Es war ihr eigenes Stöhnen, das Cathérine aus ihrer barmherzigen Ohnmacht riß, und ein intensives Gefühl von Kälte dazu. Aber sie glaubte nicht lange, die eisige Schattenwelt des Todes erreicht zu haben. Heftiger Durst brannte in ihrer Kehle. Ihr Leib stand wie in Flammen, auch ihre Knöchel und Handgelenke, an deren Fesseln sie verzweifelt gezerrt hatte, so daß die Stricke ihre Haut zerschnitten. All das gehörte nur allzu sehr zur Wirklichkeit, zum Leben ... Sie hatte den Grund der Hölle noch nicht erreicht.

Mühsam, auch angstvoll, öffnete sie ein wenig ihre vom Weinen geschwollenen Lider, sah den schwarzen Himmel und einen noch dunkleren Umriß, der der Ast eines Baumes war. Allmählich fand sie zum Bewußtsein dessen, was sie umgab, zurück. Sie lag auf der Erde auf etwas wie einer Decke, die sich rauh anfühlte. Kein Zweifel war möglich: Sie lebte noch, selbst wenn alle Dämonen des Kellers sich über ihren Körper hergemacht hatten, lebte trotzdem, was sie nie für möglich gehalten hätte.

Und dann kehrte die Erinnerung an das zurück, was sie noch erwartete, an das, was Amandine ihr angedroht hatte: die Beerdigung zusammen mit einem schon halb verwesten Leichnam. Irgendwo in dieser Dunkelheit mußten die Landstreicher schon dabei sein, ein Grab zu schaufeln. Sie hörte beunruhigende Geräusche, dumpfe Laute, Krachen, Gebrüll von Verrückten ... doch sie litt zu sehr, als daß sie wirklich hätte Angst empfinden können. Alles, was sie sich wünschte, war, schnell von diesem Körper befreit zu sein, der sie so quälte. Sie schloß nur die Augen, um die sich nähernde Amandine und ihre scheußliche Freude nicht zu sehen.

Eine Hand hob ihren Kopf. Dann spürte sie an ihrem Mund den harten, kalten Rand eines Gefäßes.

»Solange sie kein Lebenszeichen von sich gibt, wirst du sie nicht zum Trinken bringen«, raunte angstschwer Bérengers wohlbekannte Stimme. »Ich fürchte, sie ist tot.«

»Halt den Mund und reib ihr lieber die Füße. Sie sind eisig.«

Ihren Ohren nicht trauend, öffnete sie wieder die Augen,

erkannte Gauthiers über sie gebeugtes Gesicht. Er war es, der ihren Kopf hielt und versuchte, sie zum Trinken zu bringen, während Bérengers warme Hände sich ihrer kalten Füße bemächtigten. Instinktiv und durch das unwiderstehliche Verlangen getrieben, in ein Dasein zurückzukehren, das nicht mehr die Hölle war, trank sie einen Schluck Wasser. Es war nicht sehr gut, aber es löschte ein wenig ihren Durst.

»Sie trinkt!« rief Gauthier triumphierend. »Sie kommt zu sich! Gott sei gelobt.«

»Ich glaube trotzdem, es war höchste Zeit«, ließ sich ganz nah eine weitere männliche Stimme vernehmen, die ihr bekannt vorkam, deren Besitzer zu benennen ihr jedoch nicht gelang. »Alle diese Teufel wären über sie hergefallen. Sie hätten sie wie Wölfe zerfetzt.«

»Wir können Euch nie genug danken«, begann Gauthier von neuem. »Ohne Euch säßen wir noch immer in diesem schlammigen Loch, und unsere arme Herrin wäre tot. Ich hoffe nur, daß sie ihr nichts angetan haben, was sich nicht wiedergutmachen läßt. Sie ist so mitgenommen.«

»Ah, eine Frau ist stark. Ich kenne mehr als eine, die eine ganze Kompanie über sich hat ergehen lassen und sich wieder gut erholt hat ... Seht, jetzt brennt die Mühle. Das wird sie erwärmen.«

Über den Rand der Schale, aus der sie jetzt gierig trank, sah Cathérine, wie der Fluß, auf dessen Uferböschung sie lag, sich erhellte und rötete. Zugleich erhob sich ein wildes Durcheinander von Schreien und Klagen, vermischt mit Geräuschen, die sie noch nicht zu definieren vermochte und die den Lärm der Schaufelräder übertönten.

Sie sah auch den fast nackten Bérenger, der rückhaltlos über ihren Füßen weinte, und den Mann, dessen Stimme ihr bekannt erschienen war und der nahe dem Wasser stand und den Brand beobachtete. Es war der Bettler von Notre-Dame, es war Jehan des Ecus.

Leicht den Kopf wendend, gewahrte sie die Flammen, die an der unförmigen Masse der einstigen Mühle emporloderten, und vor diesem höllischen Hintergrund die dunklen Gestalten von Soldaten, die Fackeln oder Waffen schwenkten. Eine in guter Ordnung postierte Kette von Bogenschützen streckte mit ihren Pfeilen jeden nieder, dem es gelang, der feurigen Glut zu entkommen.

»Wie fühlt Ihr Euch?« fragte Gauthier leise.

»Als hätte man mich aufs Rad geflochten und zerbrochen. Ich glaube ... es gibt keinen Zoll an mir, der mich nicht schmerzt.«

»Sobald Messire de Roussay sein Werk beendet hat, wird man Euch zu Dame Symonne bringen und dort pflegen.«

»Roussay? ... Aber was ist geschehen? Wie ... wie komme ich hierher?«

»Dank diesem Mann«, sagte Gauthier, auf Jehan des Ecus weisend, der ihnen zulächelte, wie Nero vor dem brennenden Rom vor der Feuersbrunst der Mühle stehend. »Er wollte einige seiner Kumpane in dieser Mühle treffen, als man Euch dorthin schleppte. Und es wurde ihm sehr schnell klar, daß es nicht geschah, um Euch Blumen zu überreichen. Deshalb kehrte er in die Stadt zurück, um Messire de Roussay zu sagen, was er gesehen hatte. Er verlor ein wenig Zeit, weil er ihn zuerst im Palais suchte und erst dann bei seiner guten Freundin, deren Adresse er zum Glück kannte ... Gottes Barmherzigkeit hat es gewollt, daß der Hauptmann noch zur rechten Zeit kam, um Euch zu retten ... und uns zu befreien.«

Cathérines Blick begegnete dem mitleidigen Blick des falschen Mönchs. Sie mußte in einem traurigen Zustand sein, wenn er sie so ansah, doch sie bemühte sich, ihm zuzulächeln, da sie die Bedeutung dessen, was er für sie getan hatte, nur zu gut kannte.

»Ich verdanke Euch ... das Leben, Freund Jehan. Doch warum habt Ihr es getan? Ihr? ... Roussay zu suchen und auf Eure Freunde, Eure Gefährten zu hetzen?«

Jehan des Ecus hob die Schultern.

»Freundschaft gibt es bei den Landstreichern nur, wenn sie unter sich bleiben«, sagte er trübe. »Wenn sie das Gold des Stutzers annehmen und sich zu seinen Dienern machen, haben die Landstreicher aufgehört, meine Brüder und meine Gefährten zu sein. Und dann Ihr, Ihr ausgeliefert diesen Teufeln, diesem Dreckstück von Amandine ... nein, das konnte ich nicht ertragen!« Seine Stimme verlor plötzlich an Kraft, wurde heiser, während er zögernd, fast widerwillig schloß: »Ich ... ich glaube, daß ich Euch immer geliebt habe, seitdem Ihr dieses schöne Kind wart, das man unter Zwang dem Großschatzmeister von Burgund gab! Es gibt leuchtende Sterne, die man nicht vergißt!«

»Trotzdem. Ihr im Palais bei ...«

Sie unterbrach sich mit einem Schrei.

»Mein Gott! Das Palais! Der Turm ... der König! Habt Ihr den Stutzer erwischt?«

»Nein ... er war schon fort, als wir kamen. Ich bedaure es, denn er war's, auf den ich's abgesehen hatte, und ...«

»Schnell! Lauft! Sucht Messire de Roussay! Schnell, es muß unbedingt sein! Sie werden den König töten ...«

»Ihr habt Fieber«, erklärte Gauthier besorgt. Er hatte die Hand auf ihre heiße Schulter gelegt.

Doch Bérenger war schon mit dem Ruf »Ich gehe!« auf und davon, lief mit der ganzen Schnelligkeit seiner jungen Beine dem Brande zu. Wie eine Irre gegen Gauthier ankämpfend, versuchte Cathérine aufzustehen, um ihm zu folgen.

»Ihr könnt Euch später um mich kümmern ... Ich weiß, daß ich Fieber habe, aber ... König René ... sie haben ihm zur Flucht verholfen und führen ihn in einen Hinterhalt, wo falsche burgundische Soldaten ihn heimtückisch umbringen werden!«

»Das also ist es«, murmelte Jehan des Ecus. »Als wir die Ouche-Brücke passierten, glaubte ich eine mit Männern besetzte Barke zu sehen, die am Wall entlangglitt.«

Einen Moment später schon erschien Jacques de Roussay, von Bérenger angeschleppt. In wenigen Worten berichtete ihm Cathérine von der über seinem Haupte schwebenden Katastrophe. Ein Fluch, drei Fragen nach der inzwischen verstrichenen Zeit, der Zahl der Männer und der von ihnen eingeschlagenen Richtung – »Die Straße nach Langres«, erklärte ihm Cathérine –, und er drehte sich auf den Hacken um, rief über die Schulter zurück:

»Ich lasse Euch zwei Männer hier, um ein Boot zu suchen und Euch zum Hôtel Morel zurückzuschaffen! Wenn ich noch am Leben bin, werde ich Euch bei meiner Rückkehr besuchen!«

Cathérine hörte ihn seine Männer zusammenrufen. Von überallher tauchten sie auf, ließen die Überwachung des Brandorts im Stich, in dessen Flammenkranz sie die Landstreicher und zweifellos auch Amandine eingeschlossen hatten. Die Kette der Bogenschützen zerbrach. Die Soldaten liefen zu ihren an die Bäume des kleinen Gehölzes gebundenen Gäulen, schwangen sich in die Sättel und folgten Jacques, der mit dem Ruf »Vorwärts, Burgund!« sein Pferd anspornte. Die schwere Eskadron verließ die brennende

Mühle in einem Galopp, unter dessen Wucht die Erde bebte …

Erschöpft schloß Cathérine die Augen, während ihr Kopf auf Gauthiers Arm zurücksank. Die Schmerzen, die sie durchzuckten, schienen noch unerträglicher. Einen Moment waren um sie nur noch das Fauchen der Flammen, das Lied der Mühlen und das Sausen des Windes in den Zweigen. Die letzten Klagen der Sterbenden waren verstummt. Cathérine und ihre Freunde sahen sich allein in einem Universum des Todes …

Und dann läutete von irgendwoher die Glocke eines Klosters zur Frühmesse. Eine zweite antwortete ihr und dann eine weitere und noch eine … Ein Geräusch von Rudern, die ins Wasser tauchen, und das seidige Gleiten eines Bootes durch die Strömung näherten sich. Doch als Gauthier den gemarterten Körper Cathérines aufheben wollte, um ihn zu dem Kahn zu tragen, den zwei Soldaten Roussays brachten, war der Schmerz, den die junge Frau empfand, so stark, daß sie von neuem das Bewußtsein verlor …

Lediglich einen Moment fand sie es wieder in den weichen Polstern des angewärmten Bettes, in das Symonne und Bertille sie gelegt hatten, doch nur, um dann in eine andere Hölle zu tauchen, die des Deliriums und der Schreckbilder der Alpträume, die das nun mit aller Heftigkeit ausbrechende Fieber hervorrief.

Sie sah auch Jacques de Roussay nicht, der mit Staub und Blut bedeckt, eine klaffende Schmarre in der rechten Wange, im Morgengrauen erschien, um ihr zu sagen, daß alles in Ordnung und René d'Anjou lebend wieder in den Neuen Turm zurückgekehrt sei.

»Aus eigenem Entschluß übrigens«, vertraute er Symonne an. »Als wir über den Stutzer und seine Bande herfielen, von der ein Teil im Wald von Clanay lagerte, hätte er sich im Durcheinander des Kampfes leicht davonmachen können. Aber er hat nichts dergleichen getan. Ganz im Gegenteil, er kämpfte mit uns, und als der Sieg unser war, kam er zu mir zurück und sagte mir: ›Ich glaube, Ihr habt mir das Leben gerettet, Hauptmann. Jetzt bleibt Euch nur, mich nach Dijon zurückzubringen.‹ Und da er mich erstaunt sah, zuckte er die Schultern und fuhr fort: ›Ich wäre undankbar, wenn ich Euch aufs Schafott schickte, weil Ihr mich habt fliehen lassen. Außerdem erinnere ich Euch daran, was Ihr offenbar häufig vergessen habt: daß ich Gefangener auf Ehrenwort bin, nicht der Gefangene Eurer Riegel! Ein Ritter hat nur ein Ehrenwort. Mit um so größerem Recht ein König …‹«

»Wenn ich recht verstanden habe«, warf Gauthier ein, »habt Ihr es mit der ganzen Bande des Stutzers zu tun gehabt. Wie habt Ihr mit so wenigen Männern mit ihnen fertig werden können?«

»Ich habe auf dem Wege die Garnisonen des Guillaume-Tors, des Saint Nicolas-Tors und auch des Schlößchens von Norges mitgenommen. Das genügte vollauf. Wir haben ein hübsches Blutbad unter diesen Ruchlosen angerichtet, von denen einige die burgundischen Farben zu tragen wagten. Unglücklicherweise sind uns ein paar entwischt und konnten fliehen.«

»Und … der Stutzer?«

Ein breites Lächeln, das die Wunde in eine Grimasse verwandelte, erhellte das blutbefleckte Gesicht des Hauptmanns.

»Gefangen! Verschnürt und geschürzt wie ein Hühnchen mit einer guten Kettenlänge. Man hat ihn unauffällig nach Dijon gebracht, und morgen schicke ich ihn in geschlossenem Karren unter starker Bedeckung nach Lothringen.«

»Warum nach Lothringen? Scheinen Euch Eure eigenen Gefängnisse nicht sicher genug?«

»Das ist es nicht. Ich will ihn nicht behalten, weil ich nicht will, daß man erfährt, daß mein Gefangener auch nur für einen kurzen Moment seinen Turm hat verlassen können. Und zudem schulde ich es Monseigneur René d'Anjou: Der Stutzer von Commercy war sein Gefangener, er ist ihm ausgerückt. Jetzt kehrt er in sein Gefängnis zurück, und alles ist wieder in schönster Ordnung … Ein großer Krug Wein würde mir jetzt viel Vergnügen bereiten, Dame Symonne, und ich kenne wenige Häuser, wo es einen besseren gibt.«

Die schöne Amme lächelte und stand auf.

»Ich habe keine Entschuldigung, Jacques! Aber was Ihr da erzähltet, war so überaus interessant! Man wird Euch den Wein sofort bringen und auch Eure Wunde auswaschen. Kommt mit mir zum großen Saal.«

Als sie die Tür öffnete, kam ein Schluchzen aus dem Bett. Cathérine, die eine Weile keinen Laut von sich gegeben hatte, folgte von neuem ihrem schmerzlichen Traum. Augenblicks waren Bérenger und Gauthier bei ihr. Ihre Lippen waren trocken und heiß. Während Gauthier sie mit Hilfe eines Scharpietampons ein wenig mit Lindenblütentee befeuchtete, entrangen sich ihnen leise, flehende Worte:

»Arnaud! Arnaud, ich komme zurück ... Geh nicht fort ... Warte auf mich, mein Liebster ... warte auf mich ... Ich will zurückkommen ... nach Hause ...«

Eine Flut von Tränen quoll aus ihren halbgeschlossenen Augen, während sie ihren Kopf in der Masse ihres gelösten blonden Haars hin und her warf, als versuchte sie, etwas zu verjagen. Bérengers braune Augen suchten die seines Freundes.

»Wird sie je Montsalvy wiedersehen ... und die Kleinen?« stammelte er mit einer von Tränen heiseren Stimme. Der ehemalige Student zuckte niedergeschlagen die Schultern.

»Das ist allein Gottes Geheimnis, aber ich fürchte, daß die Genesung, falls sie eintritt, lange währt. Und der Winter steht vor der Tür ...«

Wie um ihm Recht zu geben, begann der erste Schnee auf Dijon zu fallen.

Zweiter Teil
Sturm über Flandern

Die falsche Jehanne

Der Winter kam wie ein Eroberer. In wenigen Stunden hüllten sich Stadt und Land in makellos weißes Schweigen. Der Wind blies die letzten Blätter von den Zweigen. Der wolkenverhangene Himmel drohte auf die Erde herabzusinken.

Die Türen der von grauen Rauchfahnen bekränzten Häuser schlossen sich fröstelnd. Die Fenster wurden luftdicht verrammelt, und jeder flüchtete sich an die Flammen des Kamins, um in körperlicher Trägheit, im Frieden des Herzens und in der Furcht des Herrn zu verharren, bis das erste Lied einer Lerche die Natur wieder erwachen ließe und die Zeit der nährenden Arbeit zurückbrächte. Doch in den Löchern und Hütten, in die sich die Armen verkrochen, wurde die Not noch schwärzer, und der Tod lag geduldig im Hinterhalt.

Wie so viele andere hätte Cathérine in der Behaglichkeit des Hauses Symonne Sauvegrains bleiben und in aller Ruhe abwarten können, bis der Frühling ihr erlaubte, ihren Weg ohne allzu große Gefahr wiederaufzunehmen. Sie hätte die Schmerzen ihres verwüsteten Körpers allmählich abklingen lassen, die Verletzung ihrer von Scham und Abscheu zerfressenen Seele ausheilen können. Sie hätte, in der Tat … aber sie hatte nichts dergleichen getan. Vierzehn Tage nach der entsetzlichen Szene in der abgebrannten Mühle verließ sie Dijon und schlug, nur von Gauthier de Chazay und Bérenger de Roquemorel begleitet, den Weg nach Norden ein.

Das hohe Fieber, das sich ihrer bemächtigte, nachdem sie

zurückgebracht worden war, hatte nur achtundvierzig Stunden angehalten. Zur größten Überraschung ihrer Freunde und mehr noch des diskreten Arztes, den Symonne an ihr Krankenlager gerufen hatte, schlug Cathérine drei Tage später die Augen auf und sah mit klarem Blick zum Fenster hinüber, dessen Scheiben der Frost mit einer Spitzenkante versehen hatte.

Ihr erstes Gefühl war ein gewisses Wohlbehagen. Sie fühlte sich müde und erleichtert zugleich, als erwache sie, nachdem sie lange gegen die wütenden Wellen eines Sturms angekämpft habe, in der Morgendämmerung eines friedlichen Tages auf dem Strand, auf den sie von der letzten Welle geworfen worden sei. Doch das Bewußtsein kehrte zurück und mit ihm das Gedächtnis.

Ihr Schluchzen weckte Gauthier, der auf einigen vor die Kaminglut geworfenen Kissen schlief, nachdem er die ganze Nacht bei ihr gewacht hatte.

Mit einem Sprung auf den Beinen, sah er zuerst mit einer Art Verblüffung auf sie hinab, ergriff ihr Handgelenk, suchte den Puls und behielt das wieder schnell und so wunderbar regelmäßig gewordene Schlagen einen Moment unter seinem Finger. Anfangs ungläubig, ließ er seiner Freude schließlich freien Lauf.

»Das Fieber ist fort! Ihr seid gerettet, Dame Cathérine ... gerettet! Gott hat uns erhört!«

Erst dann schien er zu bemerken, daß sie weinte. Energisch legte er seine Hand auf die gekräuselte Stirn.

»Nein«, sagte er, ohne daß ihm bewußt wurde, daß seine Stimme sich mit Zärtlichkeit füllte, »nein, Ihr dürft nicht weinen, Ihr müßt Euch freuen, denn Ihr kehrt von den Pforten des Todes zu uns zurück, die, wie wir glaubten, sich für Euch öffnen würden. Das Leben ist stärker gewesen!«

»Das Leben ist zu Ende ...«

Er ließ sich neben dem Bett auf die Knie sinken.

»Euer Leben ist ... o nein! Ihr dürft das nicht sagen! Sonst stürzt Ihr uns, Bérenger und mich, in Verzweiflung, da Ihr unsertwegen das Martyrium erduldet habt! Ich bitte Euch, versucht, nicht mehr daran zu denken, versucht zu vergessen!«

»Ich könnte niemals vergessen!«

Sie hatte sich gegen die Wand gedreht, rührte sich nicht mehr, denn jeder Blick, selbst ein liebevoller, war ihr unerträglich. Sie fühlte sich beschmutzt bis in die Seele, aussätzig, erbärmlich, als sei ihr ausgespreizter Leib noch immer den Blicken aller ausgesetzt. Mitleid stieß sie zurück, ja das Leben selbst und vor allem die bestürzende Erinnerung an ihre Kinder, ihren Gatten, dessen Verbrechen sie nun über ihrer eigenen Schande vergaß.

Als sie sogar jede Nahrung in der Hoffnung verweigerte, daß wachsende Schwäche sie allmählich zu jenem Tod führen würde, der nichts von ihr hatte wissen wollen, verließ Symonne eines Abends ohne etwas zu sagen das Haus und kehrte mit einer schon alten Frau zurück, deren Gesicht unter der gestickten Haube und schönem grauen Haar außer Selbstsicherheit innere Heiterkeit und Liebenswürdigkeit verriet.

Mit wenigen Worten scheuchte Dame Morel die im Zimmer befindlichen trostlosen Schattengestalten hinaus, dann näherte sie sich dem Bett und beugte sich darüber.

»Cathérine«, raunte sie, »ich bringe Euch eine Freundin ... eine Freundin, die imstande ist, Euch zu verstehen. Sie ist Hebamme und sie möchte Euch untersuchen, um Euch verläßlich sagen zu können, wie es um Euer Frauenleben bestellt ist. Denn das ist es doch, nicht wahr, was Euch beunruhigt?«

Das Antlitz, das sich ihr zuwandte, war bleich und so von Tränen entstellt, daß es fast unkenntlich war. Die geschwollenen Lippen bebten, aber die Lider blieben beharrlich geschlossen, als fürchte Cathérine, in den Zügen der Freundin ihre Schande zu lesen.

»Mein Frauenleben?« stammelte sie. »Oh, Symonne, wie könnt Ihr ...«

»Sagt Ihr lieber, warum ich sie verstehen kann«, unterbrach die Besucherin. »Sagt Ihr, daß ich vor zwanzig Jahren, als die Engländer in meine Stadt eindrangen, von einer ganzen Kompanie vergewaltigt wurde. Sagt ihr, daß ich fast daran gestorben wäre, daß ich aber das Glück hatte, einer geschickten und mitfühlenden Matrone zu begegnen. Sie hat mich gepflegt und mir zugleich Mut gemacht, allen denen zu helfen, die unter der Gewalttätigkeit der Männer zu leiden haben. Und Gott weiß, daß es sie in unserem Jahrhundert des Elends gibt!«

»Aber ich will nicht leben, ich will sterben!«

»Warum? Für wen? Euer Leben gehört Euch nicht. Ihr habt kein Recht, darüber zu verfügen.«

»Gott wird verzeihen ...«

»Gott hat nichts damit zu tun. Ihr habt eine Familie. Ihr gehört ihr, wie mir scheint.«

»Meine Familie?« murmelte Cathérine bitter, doch sichtlich gegen die noch immer anfließenden Tränen kämpfend.

Aus der Düsternis ihres Kummers erschienen ihr Montsalvy, seine kleine, tätige, tapfere Welt, seine Erde, ihr Haus und alle die, die ihr so teuer waren, wie ein verlorenes Paradies, dessen Pforten sich nie mehr für sie öffnen würden. Der Engel mit dem flammenden Schwert, der sie bewachte und den Zutritt versagte, trug das verschlossene Gesicht Arnauds.

Doch Symonne zu Gefallen willigte sie ein, sich von dieser Frau untersuchen zu lassen, von der man ihr sagte, daß sie Prudence heiße, und deren Hände wie ihre Stimme eine achtsame Sanftheit besaßen.

Die Untersuchung ergab ein befriedigenderes Resultat, als zu erwarten gewesen war. Mit dem Geschick einer guten Hausfrau und mit Hilfe eines Seidenfadens nähte Prudence auch noch einen Riß, und obwohl die kleine Operation peinvoll war, ertrug Cathérine sie klaglos, ja sogar glücklich über diesen Schmerz, der nach den verschobenen Begriffen ihres verwirrten Geistes ein wenig von der riesigen Schuld wiedergutmachte, die nicht die ihre war.

Was die inneren Reizungen betraf, die sich in Brennen und Jucken äußerten, brachte die Anwendung eines Balsams aus in Wein eingeweichten Pflanzen und Hammelfett nennenswerte Erleichterung.

»Es ist der gleiche, der mir damals geholfen hat«, erklärte die Hebamme ihrer Patientin. »Er hat Wunder gewirkt. Wendet ihn während mehrerer Tage an, die Ihr im Bett bleibt – das ist notwendig –, und Ihr werdet wieder Ihr selbst werden.«

»Das ist unmöglich!« erwiderte Cathérine eigensinnig.

»Nicht doch! Ihr werdet sehen, die Zeit bringt vieles in Ordnung. Weihnachten naht. Es ist das Fest der Freude, und Gott in seiner Barmherzigkeit wird Euch Euren Teil davon bringen. Eines Tages werdet Ihr Eure ... Kriegswunden vergessen oder wenigstens auf das zurückführen, was sie sind: ein Unfall, dessen Geheimnis Ihr bei Euch bewahrt.«

In der Tat genas Cathérine mit überraschender Schnelligkeit, woran ihre Jugend und ihre gute Gesundheit unleugbar ihren Anteil hatten. Doch ihre Seele weigerte sich zu heilen. Je mehr ihre Kräfte zurückkehrten, desto schwerer wurde es ihr, in Gesellschaft zu leben. Die Gegenwart von Männern vor allem belastete sie. Und sie konnte sich nicht entschließen, Jacques de Roussay zu empfangen, weil er sie ausgespreizt hatte sehen können, wie ein Tier in der Auslage eines Schlächters dem Ansturm der Landstreicher ausgeliefert. Sie schrieb ihm einen Brief voller Freundschaft und Dankbarkeit, aber erlaubte ihm nicht den Zutritt zu ihrem Zimmer. Nur Gauthier und Bérenger, die nach ihr befreit worden waren, und ihr Onkel Mathieu schienen ihr fast erträglich ...

Am Tage von Saint Eloi kam Symonne Morel nach der Rückkehr von der Messe, der sie der Tradition gemäß mit einigen ihrer Pächter beigewohnt hatte, zu ihr, um ihr ihre unmittelbar bevorstehende Abreise nach Flandern anzukündigen und sie einzuladen, sie zu begleiten und Weihnachten mit ihr am Hofe von Burgund zu verbringen.

»Es wäre zu traurig für Euch, hier allein zu bleiben, meine Freundin«, sagte sie. »Die Ortsveränderung wird heilsam für Euch sein, und wir werden in kurzen Etappen reisen. Ihr habt dort viele Freunde zurückgelassen. Und schließlich werden wir uns einer besonderen Eskorte erfreuen.«

Sie hielt in der Tat eine gute Neuigkeit in Reserve: Herzog Philippe hatte befohlen, König Renés Haft im Neuen Turm zu beenden und ihn mit allen seinem königlichen Rang gebührenden Ehren nach Lille zu geleiten, wo er ihn erwarten und über seine Freilassung mit ihm reden wollte. Jacques de Roussay würde die Eskorte kommandieren, der sich anzuschließen die Amme des Grafen de Charolais in Anbetracht der Unbilden der Jahreszeit und der Gefahren des Weges eingeladen worden war.

Cathérine lehnte ab. Sie ziehe es vor, sagte sie, in Dijon bei Onkel Mathieu und Dame Bertille zu bleiben, deren beiderseitige Gefühle sich inzwischen geklärt hatten und deren Verlöbnis schon am folgenden Tage in Notre-Dame eingesegnet werden sollte. Sie umarmte ihre Freundin, versprach, sie in Lille zu besuchen, »wenn sie sich besser fühlen würde«, und sah zwei Tage später ungerührt das imposante Ehrengeleit aufbrechen, das Symonne und René d'Anjou zugleich entführte. Eine lange Reise zwischen Jacques de Roussay und dem König, von denen sie wußte, daß beide sie begehrten, war eine Prüfung, die über sich ergehen zu lassen sie sich weigerte.

Und erst, als die Stadt wieder in ihre winterliche Stille zurückgefallen war, erteilte Cathérine Gauthier den Befehl, Vorbereitungen zu ihrem Aufbruch zu treffen.

Mathieu und Bertille entrüsteten sich mit einer Stimme.

»Wie kannst du uns das antun?« rief der Onkel, dem Weinen nahe. »Du hast gesagt, daß du bis zum Frühling bei uns zu bleiben wünschst!«

Das Lächeln, das sie ihm bot, war trauriger als die Tränen, die die Augen des braven Mannes füllten.

»Ich habe gelogen«, sagte sie einfach. »Ich bitte Euch um Verzeihung. Aber wenn ich gesagt hätte, wohin ich will, hätte mich Symonne vielleicht nicht fortgehen lassen.«

»Und du glaubst, ich würde dich gehen lassen, ohne zu wissen, wohin?«

»Ja, weil Ihr mich seit langem kennt, mich liebt, und weil ich dort, wohin ich gehe, den Frieden zu finden hoffe, nach dem mich so sehr verlangt. Ich werde vielleicht wieder ich selbst werden ... Und ich flehe Euch an, fragt mich nicht mehr!«

Wie konnte sie ihm auch den seltsamen Plan erklären, der in ihrem wunden Herzen und ihrem kranken Geist gekeimt war: nach Lothringen zu reiten, sich dort auf die Suche nach der falschen Jehanne und Arnaud zu machen, der sich der Abenteurerin hatte anschließen wollen. Doch diesmal ging es nicht mehr darum, ihn zu sich zurückzuholen. Nach dem Unglück, das ihr zugestoßen war, war es nicht mehr möglich. Nein, alles, was sie sich wünschte, war, ihn ein letztes Mal zu sehen, die Abenteurerin zu entlarven, um Montsalvy von ihr zu trennen, und danach alles zu sagen, die ganze in der Mühle erlittene Schändlichkeit zu berichten. Dann würde Arnaud sie sicherlich töten! Sie würde von seiner Hand sterben, dieser schönen braunen Hand, die sie so geliebt, deren Liebkosungen sie noch vor kurzem so leidenschaftlich gesucht hatte ... Diesmal würde die geliebte Hand ihr einen Frieden schenken, den sie in sich selbst nicht mehr zu finden vermochte. Die Pforten des Todes, von dem Mann aufgetan, den sie so geliebt hatte und den sie noch liebte, würden ihr süß, besänftigend und lichtvoll sein ...

Das war es, woran sie noch immer dachte, während der Schritt ihres Pferdes unter der schwarzen Wölbung des Saint Nicolas-Tores widerhallte und dann im frisch gefallenen Schnee Spuren hinterließ, in dem sich die Konturen der Straße nach Langres verloren.

»Wohin reiten wir?« fragte Bérenger, der sich angesichts der unendlichen, kalten Natur schon nach der behaglichen Wärme des Hauses Morel-Sauvegrain zurückzusehnen begann.

»Geradeaus«, erwiderte Cathérine lakonisch.

Wenig befriedigt durch ihre Antwort, schickte sich der Junge schon zu einer weiteren Frage an, aber ein kräftiger Rippenstoß Gauthiers brachte ihn zum Schweigen, und wortlos setzten sie ihren Ritt fort.

Seitdem sie ihm ihre Befehle zum Aufbruch gegeben hatte, beobachtete der Stallmeister aufmerksam seine Herrin, behielt jedoch die Überlegungen, die sie ihm einflößte, für sich.

In ihrer unversehrten Schönheit war Cathérine scheinbar genau dieselbe, die sie immer gewesen war, doch jedesmal, wenn Gauthier das Wort an sie richtete, flog ihn der merkwürdige Eindruck an, sich an jemand anders zu wenden. Er hatte die perfekte, makellose, glatte Hülle der Herrin von Montsalvy vor sich, aber nichts sonst, denn die Gefühle, die diese Hülle immer bewohnt hatten, schienen nun andere, ja fremde zu sein. Zudem waren die Gelegenheiten, das schöne, verschlossene Antlitz zu durchforschen, noch nie so selten gewesen.

Während der ganzen Reise nach Lothringen sah er von Cathérine kaum mehr als den Rücken oder ein oft abgewandtes Profil. Statt wie noch vor kurzem eingerahmt von den beiden jungen Burschen zu reisen, die je nach der Breite des Weges entweder vor und hinter ihr oder ihr zur Seite ritten, hielt sie nun die Spitze ihres kleinen Trupps, ohne sich je umzudrehen, den Blick auf den sich fortwährend erneuernden weißen Horizont geheftet und sich zuweilen im Sattel aufrichtend, als suche sie endlich ein nur ihr allein bekanntes Ziel zu entdecken. Je weiter sie vorankamen, wuchsen gleichermaßen die Besorgnis Gauthiers wie Bérengers Kummer, der vergeblich zu begreifen suchte, warum seine schöne Herrin weder seine Lieder noch ihn selbst mehr liebte … Oft, wenn sie ihren Weg am späten Beginn eines Tages wiederaufnahmen, hatte der Junge gerötete Augen. Doch Cathérine interessierte sich für nichts und niemand mehr …

Über Langres und das Tal der Maas gelangten sie nach

Neufchâteau, wo Cathérine endlich wieder zu reden begann, um die seltenen Passanten, denen sie begegneten, zu befragen. Hatten sie von einer Frau sprechen hören, die vorgab, Jehanne, die Jungfrau, zu sein? Wußten sie, wo sich diese Frau zur gegenwärtigen Stunde befand?

Doch sie erfuhr nichts. Die Leute schüttelten die Köpfe, starrten sie mit einer Art Furcht an, als habe sie ihre fünf Sinne nicht ganz beisammen, einige bekreuzigten sich, und alle ohne Ausnahme gingen rasch ihres Weges, manchmal zuvor die Schultern zuckend. Offenbar befürchteten die Leute in dieser von burgundischem Gebiet umgebenen kleinen lothringischen Enklave Unannehmlichkeiten, und der bloße Name Jehanne ließ sie sich in ihren Löchern verkriechen.

Noch schlimmer wurde es in Domrémy, dem kleinen Dorf, das Jehanne hatte zur Welt kommen sehen, von dem sie zu ihrem wunderbaren und tragischen Abenteuer aufgebrochen war. Der sehr kleine Ort schien völlig tot und begraben unter seinem dicken Schneemantel. Die Türen blieben beharrlich verschlossen aus Angst vor Straßenräubern und Plünderern, die ständig das Maastal heimsuchten, denn die Not rings umher war groß. Allein der Pfarrer, ein Mann um die Fünfzig, willigte ein, die Reisenden zu empfangen und ihnen das Haus der Familie d'Arc zu zeigen, das übrigens nicht weit von seiner kleinen Kirche entfernt lag.

»Aber Ihr werdet dort niemand finden. Der Vater ist tot. Die Mutter und die beiden Brüder leben jetzt in Orléans, auf einer Insel, glaube ich ... Man sagt, die Leute dort hätten sie ihnen geschenkt, und sie zahlten ihnen eine Pension.«

»Habt Ihr nichts davon gehört, daß die wundersam vom Scheiterhaufen errettete Jehanne hierher zurückgekehrt sei?«

Wie die Bewohner von Neufchâteau bekreuzigte sich der Pfarrer hastig, während in seinen sanften Blick ein bestürzter Ausdruck trat.

»Man sagt so viele Narrheiten. Ich jedenfalls weiß nichts, beim heiligen Guillaume Front! Ich habe nichts gesehen, nichts gehört ... Niemand hier weiß etwas!«

Auch er hatte Angst. Aber vor wem, vor was? Vor seinen hierarchischen Oberen, vor der Kirche, die auf normannischem Boden die Jungfrau als Hexe, Ketzerin und Rückfällige verurteilt hatte? Vor burgundischen Landsknechten, die wie Heuschrecken über das Land herfallen konnten, wenn ihr Herzog vom selbst unwahrscheinlichen, selbst unmöglichen Wiedererscheinen derjenigen erfuhr, vor der er sich so gefürchtet hatte? Oder vor der Abenteurerin selbst, dieser Gaunerin, die es so gut verstand, die allzu gläubigen Hauptleute anzustacheln, das arme Volk zu mißhandeln?

Ohne weiter zu beharren, dankte Cathérine und setzte ihren Weg fort. In Vaucouleurs zeigten sich die Leute weniger ängstlich, genierten sich aber auch nicht, mit den Schultern zu zucken, und es fehlte nicht viel, daß der Herbergswirt, bei dem sie sich einquartiert hatten, sie vor die Tür gesetzt hätte.

»Man liebte Jeanette hier«, sagte der Biedermann grob. »Man erlaubt nicht, daß man an ihr Andenken rührt! Wenn Ihr eine Abenteurerin sucht, dürft Ihr nicht hierherkommen: Man hätte sie schon lange aufgehängt!«

»Wer sagt Euch, daß ich ihr wohlwill?«

»Ob Ihr ihr wohl- oder überwollt, interessiert mich wenig! Ich weiß nur eins: Jeanette ist tot, sonst wären wir nicht so unglücklich!«

Während die drei Reisenden die magere Mahlzeit miteinander teilten, die ihnen reichlich ungnädig und nur deshalb serviert wurde, weil in diesen harten Zeiten eine Silbermünze immer gelegen kam, woher sie auch stammte, entschloß sich Gauthier, der Cathérine seit Dijon praktisch ihren bitteren Gedanken überlassen und sich darauf beschränkt hatte, einzig in Reiseangelegenheiten das Wort an sie zu richten, das Schweigen zu brechen.

»Werdet Ihr mir sagen, Dame Cathérine, warum Ihr die hier sucht, die sich als Jehanne d'Arc ausgibt?«

»Aber … weil sie herhergekommen ist, scheint mir, und das war nur natürlich: die Landschaft ihrer Kindheit …«

»Sie ist nicht hierhergekommen. Ihr solltet es wissen, denn der Wirt hat es Euch gesagt: Man hätte sie gehängt!«

»Was der Wirt sagt, spielt keine Rolle. Ich erinnere mich der Worte, die mein Gatte sagte. Ah, ja, ich erinnere mich an sie. Sie sind hier eingegraben«, fügte sie mit einer heftigen Handbewegung zu ihrer Stirn hinzu.

»Würdet Ihr mir die Gunst erweisen, sie für mich zu wiederholen?«

»Gewiß. Er hat gesagt: ›Ich habe sie wiedergesehen, als ich Robert in Neufchâteau traf. Sie war eben in der Grange aux Hornes nahe bei Saint Privey angekommen.‹«

»Woraus Ihr geschlossen habt, daß Saint Privey und Neufchâteau benachbart sind.«

»Natürlich!«

»Unglücklicherweise ist es nicht so. Saint Privey liegt nahe bei Metz, und Euer Irrtum rührt daher, daß der Hauptmann de Montsalvy, zweifellos um seiner Idee willen, es nicht für gut gehalten hat, genauere Erklärungen abzugeben. Ich muß sagen, daß die Antworten, die Ihr erhalten habt, zu kurz und zu wenig ermutigend waren, um Euch die Möglichkeit zu geben, Euren Irrtum zu korrigieren.«

Leicht verärgert, musterte Cathérine den jungen Mann mit Mißtrauen.

»Woher wißt ausgerechnet Ihr das? Ich habe nie gehört, daß Eure Familie aus Lothringen kommt.«

»Meine Familie nicht, aber meine Mutter«, sagte Gauthier friedlich. »Ich habe sogar einen Onkel, der Domherr in Saint Privey war ... leider ist er nicht mehr von dieser Welt. Ich glaube also, wenn Ihr diese Frau wiederfinden wollt, wird Euch nichts anderes übrigbleiben, als nach Metz zu reisen ... wo man sie, möchte ich wetten, weit häufiger wiedererkannt hat als in Domrémy, aus dem einfachen Grund, weil man sie dort nie gesehen hat.«

Die ruhige Logik des Burschen reizte seine Herrin zu einem jähen Zornanfall.

»Das hättet Ihr früher sagen können! Warum habt Ihr die ganze Zeit geschwiegen?«

»Weil Ihr mich nichts gefragt habt. Seitdem wir Dijon verließen, Madame, standen wir, dieses Kind und ich, unter dem peinlichen Eindruck, Euch nicht mehr angenehm zu sein. Ihr fühltet, glaube ich, vor kurzem noch Zuneigung für uns ... und mit welcher Selbstverleugnung, welcher Seelengröße habt Ihr es bewiesen, als Ihr Euch opfertet. Aber ich fürchte, daß diese Prüfung zu grausam gewesen ist, und daß Ihr uns nun ebenso verabscheut, wie Ihr uns liebtet.«

Zum ersten Mal rührte etwas an Cathérines vereistes Herz. Über den Tisch mit den Resten ihrer Mahlzeit hinweg betrachtete sie ihren Stallmeister, dann ihren Pagen. Im gelblichen Schein der Kerze, deren scharfer Geruch ihr in die Nase stieg, gewahrte sie endlich im harten Gesicht Gauthiers eine Trauer, die einem Vorwurf ähnelte, in den noch kindlichen Zügen Bérengers die Spuren eines Kummers, der nicht enden wollte.

»Woraus schließt Ihr all das?« murmelte sie, durch die

von ihm verwendete feierliche Anrede »Madame« tiefer bewegt, als sie dachte.

»Aus Eurem Verhalten. Kürzlich noch erlaubtet Ihr mir, auf Euch zu achten, Euch zu beschützen, häufig sogar, für Euch zu entscheiden. Ihr ließet mir meine Rolle als Stallmeister, und Ihr wart so gütig, ihr zuweilen sogar die Farben der Freundschaft zu leihen. Jetzt habe ich den Eindruck, für Euch nur ein Gepäckstück zu sein ... vielleicht sogar ein lästiges.«

»Ihr seid verrückt!«

Sie erhob sich, näherte sich Bérenger, schlang, sich über ihn beugend, ihre Arme um seinen Hals und legte ihre Wange an sein kurzes braunes, ein wenig in alle Richtungen strutzendes Haar.

»Verzeiht mir, mein Kind«, sagte sie leise, »und glaubt nichts von dem, was Gauthier gesagt hat. Ich bedauere gewiß nicht, Euch gerettet zu haben! Es ist sogar das einzige, das mich daran hindert, verrückt zu werden: euer bewahrtes Leben. Und ich glaube, daß ich Euch noch mehr liebe als zuvor. Nur ...«

»Nur seid Ihr nicht mehr Ihr selbst!«

Gauthier war aufgesprungen, und während der von Entzücken übermannte Bérenger in Cathérines Armen vor Freude und Aufregung zugleich schluchzte, hatte er seine Fäuste auf den Tisch gestemmt und ließ seinem Zorn freien Lauf.

»Und es ist Zeit, daß Ihr wieder Ihr selbst werdet! Wo seid Ihr, Dame Cathérine der guten und der schlimmen Tage? Wo ist Euer Lächeln, Euer Mut? Wo ist die Herrin von Montsalvy, die einer ganzen Armee, einer wütenden Menge standzuhalten wußte?«

Sie wandte den Kopf ab, geniert durch diesen grauen, gewöhnlich so gelassenen Blick.

»Wenn ich es wüßte ...«

»Nun, ich weiß es. Sie ist zwischen Leben und Tod. Dem Leben, das sie noch festhält ... zu ihrem großen Bedauern festhält, dem Tod, den sie sich so sehr wünscht! Täusche ich mich? Vorwärts, Dame Cathérine, sagt mir die Wahrheit! Wenn Ihr noch ein wenig von der einstigen Freundschaft für mich habt, sagt mir, was Euch führt und wohin und zu was? Sagt mir, zum Beispiel, warum Ihr soviel Wert darauf legt, diese Abenteurerin wiederzufinden, statt nur daran zu denken, zu Euren Kindern zurückzukehren!«

»Gauthier, Gauthier!« seufzte sie, und ihre Stimme verriet ihren Überdruß. »Ihr wißt es sehr gut. Ihr weißt, daß ich hoffe, in ihrer Umgebung meinen Gatten zu finden.«

»Weil nach dem, was Euch geschah, er es ist, den wiederzusehen Ihr Euch am meisten wünscht? Darf ich Euch sagen, was ich denke, was ich glaube?«

»Sagt es!«

»Daß Ihr Euch wünscht, ihn wiederzusehen, gewiß, aber nur ihn wiederzusehen ... zum letzten Mal, weil Ihr ihn Euer ganzes Leben lang am meisten auf der Welt geliebt habt. Danach werdet Ihr verschwinden, ohne daß jemand, nicht einmal wir, zu sagen wüßte, was aus Euch geworden ist. Eines schönen Morgens werdet Ihr nicht mehr da sein, ganz einfach ... Ist es nicht das?«

»Vielleicht ...«

Ein Moment tiefer Stille trat ein, nur belebt vom Knistern des Feuers. Dann wandte Gauthier sich um, suchte mit den Augen an den Lehmwänden etwas, das er nicht fand. Schließlich zog er den Dolch, den er an seinem Gürtel trug, stieß ihn senkrecht ins Holz des Tisches. Dann hob er in feierlicher Geste seine Hand über dieses improvisierte Kreuz.

»Ich, Gauthier-Gontran de Chazay, Sohn des Pierre-Gontran de Chazay und der Marie-Adelaide de Saint Privey, Stallmeister der sehr hohen und edlen Dame Cathérine de Montsalvy, ich schwöre bei diesem Kreuz, daß ich an dem Tage, an dem besagte Dame diese Welt aus eigenem Willen ... oder auf jede andere von ihr gesuchte Weise verläßt, selbst den Faden meines irdischen Daseins durchtrennen werde, um in der anderen Welt meinen Dienst bei ihr ehrenhaft fortsetzen zu können! Mögen der allmächtige Gott und die sehr heilige Jungfrau Maria Zeugen dieses Schwures sein!«

Mit einem jähen Stoß, der sie fast zu Boden geworfen hätte, löste sich Bérenger aus Cathérines Armen und streckte ebenfalls seine kleine braune Hand über dem Dolch aus.

»Auch ich schwöre! Auch ich!«

Mit wankenden Knien ließ sich Cathérine fassungslos auf einen Schemel sinken. Das Gesicht in den Händen bergend, begann sie zu weinen.

»Warum habt ihr das getan?« stieß sie schluchzend hervor. »Warum? Euer Leben liegt vor euch, meins liegt hinter mir. Was könnte ich anderes tun nach dem, was mir widerfahren ist?«

Mit ein und derselben Bewegung knieten sie neben ihr nieder, einer auf jeder Seite.

»Uns machen lassen! Uns wieder Euer Vertrauen schenken! An uns ist es, soweit wie möglich das Übel wiedergutzumachen, das wir angerichtet haben, ohne es zu wollen. Ihr sagtet, Ihr seid nicht mehr Ihr selbst. Ihr leidet ...«

»Mich schaudert vor mir!«

»Ihr habt keinen Grund. Ihr seid ein Opfer. Glaubt Ihr, wir litten nicht, weil Ihr dieses Martyrium, diese Schändlichkeit erdulden mußtet? Laßt uns also Euch davon befreien, indem wir uns selbst befreien. An dem Tage, an dem Ihr wieder unsere schöne Herrin sein werdet, dem Tage, an dem Ihr in Eurem wiedergefundenen Haus Euer Glück von neuem erobert und die schlimme Zeit vergessen haben werdet, an diesem Tage erst werden unsere Seelen wieder Frieden finden können. Bis dahin werden wir nur unzuverlässige Wächter sein, die bei ihrer Mission versagten.«

Am folgenden Morgen half Gauthier vor der Tür der Herberge, neben der der Wirt, die Füße im Schnee, ihrem Aufbruch erleichtert zusah, Cathérine in den Sattel und setzte sich dann, ohne daß darüber ein Wort gesprochen worden wäre, an die Spitze des kleinen Trupps, der seinen Weg nach Norden fortsetzte.

Wie er vorausgesehen hatte, fanden sie bei ihrer Ankunft in Metz eine Fülle von Informationen über die falsche Jungfrau vor, die das Ereignis des vorangegangenen Sommers gewesen war. Sie war gegen Ende Mai in der Grange aux Hornes in Begleitung zwei oder drei bewaffneter Männer eingetroffen und war dort geblieben, um die Ankunft »ihrer Brüder« abzuwarten, nach denen sie geschickt hatte, und die in der Umgebung wohnen sollten. Sie waren eilends gekommen, und es hatte eine große Erkennungsszene gegeben, an die die ganze Gegend eine berauschende Erinnerung bewahrte: Diese junge Frau sei ihre vielgeliebte Schwester Jehanne d'Arc, die sie tot glaubten, und die nun wundersamerweise wiederkehrte. Worauf sie die vornehmsten Herren von Metz und den Seigneur Nicole Louve, der zur Krönung nach Reims gereist war, sowie eine Menge anderer Leute zu ihr riefen, auf daß sie das Wunder erkennen und ihre Freude teilen sollten. Und alle hatten das junge Mädchen erkannt, das für die Reise von der mysteriösen

Zuflucht, wo sie so lange verborgen gewesen war, nach Lothringen den Namen Claude angenommen hatte, aber alle nannten sie nun Jehanne.

»Ich hätte schwören können, daß alle sie erkennen würden«, vertraute Gauthier, der es diesmal übernommen hatte, Erkundigungen einzuziehen, Cathérine an. »Und wißt Ihr, wie viele unter all diesen braven Leuten die Jungfrau vor ihrer wundersamen Ankunft schon gesehen hatten? Ein einziger: jener Messire Louve, der in Reims war und Jehanne dort sah ... aus weiter Entfernung vermutlich, was ihn nicht hindert, formell zu behaupten: Dies ist Jehanne d'Arc!«

»Ein einziger? Ihr vergeßt die Brüder! Ich füge weiter hinzu, daß es da manches Verwirrende, Beunruhigende gibt, obwohl es sich um eine von Interessen bestimmte Erkennung handeln kann, die der Familie d'Arc wieder die Wohltaten des Königs sichern soll.«

»Kann sein, aber ich würde eher glauben, daß die fraglichen Brüder vielleicht gleichfalls nicht die wirklichen Brüder sind, sondern gebührend zurechtstilisierte Komplizen, mit denen man sich zuvor ohne Mühe verständigt hat. Erinnert Euch dessen, was der Pfarrer von Domrémy sagte: Die Familie d'Arc bewohnt eine Insel bei Orléans und wird dort praktisch von den Leuten der Stadt unterhalten. Nun, die angebliche Jehanne hat hier in Metz nach ihren Brüdern geschickt, ›die in der Umgebung wohnen ...‹!

»Auf jeden Fall ist anzunehmen, daß die Ähnlichkeit dieser Kreatur mit Jehanne groß ist«, seufzte Cathérine. »Denkt daran, daß mein Gemahl, der Jehanne gut kannte, sich ihr genähert und an ihrer Seite gekämpft hat, davon überzeugt ist, daß diese die echte Jungfrau ist ... obwohl er mit eigenen Augen die wirkliche Jehanne in den Flammen des Scheiterhaufens sah!«

»Es gibt erstaunliche Ähnlichkeiten ... und es gibt noch mehr Leute, die vor Lust sterben, an Wunder zu glauben. Vielleicht werdet Ihr selbst überzeugt sein, Dame Cathérine, wenn Ihr dieser Frau begegnet.«

»Sicherlich nicht. Ich kannte Jehanne gut, viel besser als mein Gemahl ... ich bin sogar sicher, daß ich die Abenteurerin entlarven könnte. Es kommt nur darauf an, ihr zu begegnen ... was weniger leicht scheint, als ich glaubte«, schloß Cathérine mit einem Seufzer.

In der Tat war die Hoffnung, die »Jungfrau« in Metz aufzustöbern, geschwunden. Die Leute der Stadt erwiesen sich als überaus weitschweifig in ihren Berichten über das wunderbare Ereignis ihres Sommers, konnten aber nicht sagen, wo sich seine Heldin gegenwärtig befand. Man wußte nur, daß sie zur Herzogin von Luxemburg nach Arlon geleitet worden war, die sie vor allem aufsuchen wollte, daß man sie dort bestens aufgenommen, daß Metz sie zwei Monate später behelmt im Harnisch und eine dem Original aufs Haar gleichen Standarte schwenkend wiedergesehen hatte, und daß sie schließlich nach kurzem Aufenthalt mit dem lärmenden Trupp von Herren, der ihre Eskorte bildete, von neuem nach Luxemburg zurückgekehrt war.

Die Nachricht klang selbst für jemand, der wie Cathérine überzeugt war, es mit einer Betrügerin zu tun zu haben, überraschend. Die Herzogin von Luxemburg war durch Heirat die Tante Philippes des Guten, der große Chancen hatte, ihr Erbe zu werden, da sie kinderlos war. Überdies war sie die Cousine des berühmten burgundischen Generals Jean de Luxembourg, Herrn von Beaurevoir, der Jehanne d'Arc den Engländern ausgeliefert hatte, und es war schwer zu begreifen, was die bei ihr wollte, die sich als die Jungfrau ausgab.

»Es gibt nichts zu begreifen«, bemerkte Gauthier philosophisch. »Es ähnelt immer mehr einer Narrenkomödie.«

Dennoch bot ihr diese Stadt Metz, die sich als so enttäuschend für Cathérine erwiesen hatte, eine gute Neuigkeit, die erste seit langem. Im Laufe seiner Nachforschungen stieß Gauthier in einer Herberge nahe der Kirche Saint Thiébault auf eine Spur Arnaud de Montsalvys. Zwei Männer hatten sich zwei Monate zuvor drei oder vier Tage dort aufgehalten. Einer, den die befragte Magd als »halb Landsknecht, halb Diener« beschrieb, entsprach ziemlich genau dem Äußeren von Cornisse. Was seinen Herrn betraf, »einen sehr großen, sehr braunen, sehr herrischen und sehr schönen Seigneur trotz einer tiefen Narbe, die ihm die Hälfte des Gesichts verdarb«, ließ diese Beschreibung Cathérines Herz schneller schlagen. Es konnte niemand anders als ihr Gatte sein.

Übrigens hatte Montsalvy fast die gleichen Fragen gestellt wie Chazay, hatte die gleichen Antworten erhalten und war dann ohne den geringsten Hinweis auf sein Reiseziel zu geben im prasselnden Regen einer herbstlichen Morgendämmerung davongeritten, wahrscheinlich nach Luxemburg.

Es blieb nichts anderes zu tun, als den gleichen Weg einzuschlagen. Und so setzten sie sich wieder in Marsch, verließen das blaue Gewässer der Mosel, dem der Winterhimmel nur wenig von seinem Grau beimischte, und ritten den Ardennen zu, quer durch das träge Gewoge der lothringischen Niederungen, wo sich in den tiefen Wagenspuren unter der Schneekruste eine fette rote Erde zeigte, aus der eines Tages das Eisen auftauchen würde, das schon die Römer in der Umgebung von Nancy abzubauen verstanden hatten.

Bald kam der schwer zu durchdringende, dicke Wald, kamen die schwarzen Ardennen, fast unangetastete Domäne großer Rudel von Hirschen, mächtiger Wildschweine, von Hexen und Feen, die die zahllosen Legenden bevölkerten, die Ardennen mit ihren schroffen Abstürzen schieferartigen Gesteins und dem erdrückenden Höhenflug ihrer vielhundertjährigen Tannen. So abschreckend wirkten sie, daß der Irrsinn der Menschen vor ihnen stockte, und daß an der Schwelle seiner mysteriösen Tiefen selbst der Landsknecht, der Mann des Krieges zögerte, sich bekreuzigte, wie es das Kind getan hätte, das jeder von ihnen geknebelt noch im Grunde seiner schwarzen Seele bewahrte, und einen breiteren Weg, eine offenere Straße suchte, um diese gefahrvolle Bastion zu bezwingen.

Die seltenen Weiler waren armselig, isoliert, vereist vom Wind des Winters, der den Wald knirschen ließ, nachdem er mit seinem schneidenden Atem über das Hochplateau gebraust und mit unheimlichem Pfeifen in die felsigen Schründe seiner schmalen Täler gestürzt war. Das winterliche Schweigen war drückender als auf den weiten Ebenen und so tief, daß man die schnelle Flucht eines Hasen oder eines durch den gedämpften Schritt der Pferde aufgestörten Eichhörnchens hören konnte …

Am 21. Dezember, dem Tag von Saint Thomas, kamen das an einem Hügelhang stufenförmig aufsteigende Arlon und das imposante Schloß der Herzöge von Luxemburg in Sicht. Es war ein mächtiger Bau mit dicken Zwischenwällen und schwindelnd hohen Türmen. Zahlreiche Soldaten versahen den Wachdienst, und auf der Höhe des Wehrturms flatterte vor dem grauen Himmel das herzogliche Banner, auf dem der gekrönte rote Löwe Luxemburgs mit dem schwarzen Adler des Reichs nachbarlich vereint war.

Am Rande des Tales innehaltend, aus dem die Stadt sich erhob, betrachteten Cathérine und ihre Begleiter einen Moment das sich ihnen bietende Bild, das sie wie aus einer anderen, sonderbaren Welt anmutete. Es hatte etwas mit kleinen Einzelheiten zu tun, mit dem rauhen Akzent der Patrouille, der sie bei Verlassen des Waldes begegnet waren, und mit der sich zu verständigen einige Mühe gekostet hatte, mit der unterschiedlichen Sprache, dem Schnitt der Kleidung, den anderen Waffen und den Hauben der Frauen. Selbst der Geruch des Rauchs, der aus den Schornsteinen quoll, schien ihnen anders.

»Glaubt Ihr, daß es uns gelingen wird, Zutritt zu diesem Schloß zu erlangen?« fragte Bérenger. »Es ist so prächtig. Ich fürchte, daß es nicht leicht sein wird.«

»So, wie wir aussehen, bestimmt«, bemerkte Gauthier mit einem Blick auf ihre mitgenommene Kleidung und ihre schmutzbespritzten ledernen Gamaschen. »Aber ich möchte wetten, daß Dame Cathérine, sobald sie Toilette gemacht hat, keine Mühe haben wird, zur Audienz zugelassen zu werden.«

Cathérine antwortete nicht. Ihr Blick schweifte über den Schwarm der vom Rauch der Schornsteine dampfenden Dächer, die den Hügel mit dem ihn krönenden spitzen Turm einer Kirche zu erstürmen schienen, und fragte sich, auf den Rhythmus ihres eigenen Herzens lauschend, um zu erforschen, ob es heftiger klopfte, welches von ihnen Arnaud wohl Obdach gewährte. Aber auf ihre stumme Frage gab es keine mögliche Antwort, wenigstens nicht in diesem Augenblick. Mit einem leichten Schulterzucken, das nur ihr selbst galt und für die beiden Burschen keinerlei Bedeutung enthielt, murmelte sie:

»Die Nacht beginnt zu sinken. Wir müssen in die Stadt, bevor die Tore geschlossen werden, und uns nach einer guten Herberge umsehen. Heute abend haben wir nichts anderes zu tun, als uns auszuruhen.«

Und den Kopf ihres Pferdes dem schwarzen Maul eines Tors zuwendend, das die langen Zähne seines hochgezogenen Fallgatters zeigte, ritt sie dreist dem ersten Wachtposten zu.

Nach dem Schmutz des Weges schien ihnen die Stadt, die für das Fest der Geburt Christi Toilette gemacht hatte, von geradezu wundervoller Sauberkeit. Die Kälte hatte ein wenig nachgelassen, und überall trockneten die letzten Wäschestücke im Wind, denn der Brauch verbot es, zwischen Weihnachten und dem Dreikönigsfest zu waschen. In den Häusern, aus denen die Düfte von warmem Brot und Gebäck drangen, ahnte man die Hausfrauen bei ihrer Arbeit, und auf den Gesichtern, denen sie begegneten, lag ein Widerschein von Zufriedenheit, wie ihn die Reisenden lange nicht beobachtet hatten. Gut geschützt durch seine Mauern und die starke Truppenmacht seiner Herzogin, ähnelte Arlon einer in eisiger Einöde verlorenen warmen Insel.

Die Herbergen entsprachen dem Bilde der Stadt. Die, die Cathérine in der Nähe der Kirche Saint Donat wählte, schützte eine hübsche, frisch bemalte Tür unter den entblätterten Zweigen einer Gruppe von Kornelbäumen. Sie bot ihnen eine saubere, von einem guten Kamin geheizte Unterkunft, warmes Wasser zum Waschen und eine stärkende Kohlsuppe, dazu einen hübschen Moselwein. Die Betten waren weich, die weißen Laken dufteten nach getrockneten Kräutern, und die drei Reisenden verbrachten in ihnen ihre beste Nacht seit dem Hause Morel-Sauvegrain, eine Nacht, die sie nur allzu nötig hatten, und die es der ausgeruhten Cathérine erlaubte, die Dinge und Menschen in einem weniger düsteren Licht zu sehen.

Als sie sich dann kurz vor Mittag im ruhigen Schritt ihres Pferdes, das Gauthier gestriegelt und mit einem gründlich gereinigten Geschirr aufgezäumt hatte, dem Schlosse näherte, fühlte sie sich wie eine andere Frau. Ihr Kleid aus violettem Samt von der exakten Farbe ihrer Augen ergänzte ein Mantel, dessen weite Ärmel mit grauem Eichhörnchenfell gefüttert waren. Der gleiche Pelz in Gestalt einer Kappe, von der eine rauchgraue, durch eine Agraffe aus Gold und Amethysten befestigte Feder aufragte, krönte ihr herrliches blondes Haar, das sie früh am Morgen gewaschen hatte, und das wie goldene Spiralfransen glänzte. Hinter ihr füllten Gauthier und Bérenger, ebenfalls gebürstet und geputzt, durchaus angemessen ihre Rollen. So kam keinem der Bogenschützen der Wache am Vorwerk des Schlosses die Idee, der Unbekannten den Eintritt zu verwehren, in der man mühelos eine große Dame erriet, auch wenn sie nicht Rang und Namen nannte.

Die Sitten in Luxemburg waren im übrigen einfach, und Cathérine hatte keine Schwierigkeiten, die erbetene Audienz zu erlangen. Ein kurzes Warten auf dem Absatz einer steinernen Treppe, deren Mauern mit Wandteppichen behängt waren, und schon erschien ein Landsknecht von der Größe eines Schranks und bärtig wie Noah, um die Besucherin zu geleiten, nachdem er Gauthier und Bérenger angewiesen hatte, zu bleiben, wo sie waren. Er führte Cathérine in eine Art Vorgemach und übergab sie dort einer alterslosen, dicken, wie eine Nonne gekleideten Frau, nur daß ihr Gewand aus schönem hellroten Tuch gefertigt war, und daß sie mehrere goldene Ketten um den Hals trug.

Diese Frau musterte Cathérine mit einer so argwöhnischen Aufmerksamkeit, daß diese sich einen Moment fragte, ob sie sie etwa durchsuchen würde. Doch damit war's nichts. Offenbar befriedigt, verzog die Frau, die kein Wort Französisch sprach, ihre Mundwinkel auf eine Art, die als Lächeln gelten konnte, und wies Cathérine durch ein Zeichen an, ihr durch einen riesigen, mit Bannern dekorierten Saal und mehrere kleinere bis zu einer Kapelle zu folgen, in der dank gelber und rosafarbener Scheiben sanftes goldenes Licht herrschte, das, vereint mit dem eines kleinen Waldes von Kerzen, ein wenig an den Glanz der Sonne erinnerte.

Auf blausamtenen Kissen vor einer sehr schönen, dem Meißel Claus Sluters zu verdankenden Jungfrau kniend, erwartete die regierende Herzogin die Besucherin im Gebet.

Mit sechsundvierzig Jahren bewahrte Elisabeth von Görlitz, Tochter Jean de Luxembourgs, Herzogs von Görlitz, und Enkelin Kaiser Karls IV. kaum noch Spuren der Schönheit, die einst ihren Ruf ausgemacht hatte. Verfettet durch allzu reiche Nahrung, eingeschnürt in groß- und goldgeblümten Genueser Samt, passend zu der gewaltigen Spitzhaube, die sie behelmte, bot sie ein Replik des in eine Ecke der Scheiben gemalten Bildes der Stifterin mit kaum mehr Glanz.

Doch war diese Frau deshalb nicht weniger eine Persönlichkeit erster Ordnung, fast ein strategischer Punkt. Ihre erste Ehe mit Antoine de Brabant, Bruder Johanns ohne Furcht, Herzogs von Burgund, hatte sie zur Tante Philippes des Guten gemacht, ihre zweite Ehe mit dem Bruder Isabeaus von Bayern, dem einstigen Bischof von Lüttich, Johann ohne Mitleid, zur Tante König Karls VII. Was ihr Herzogtum betraf, ein zwischen Frankreich und Burgund eingezwängtes lebenszähes Stückchen Land, war ihr keineswegs unbekannt, wie sehr sich Philippe dafür interessierte – Philippe, der es so gut verstanden hatte, seine Cousine Jacqueline von Bayern, Gräfin von Holland, skrupellos um ihren Besitz zu bringen und sie fast ins Elend zu schicken, woran sie vor kurzem gestorben war. Doch Elisabeth bemühte sich, gute Beziehungen mit ihm zu unterhalten, obwohl sie ihn nicht mochte, denn nur er war mächtig genug, um die Appetitsanwandlungen des anderen Zweiges der Luxemburger zu durchkreuzen, der Grafen de Saint Pol und deren Bruder, des fürchterlichen Seigneurs de Beaurevoir, den sie von ganzem Herzen verabscheute.

Während Cathérine in ihre Reverenz versank, bekreuzigte sie sich, erhob sich und musterte einen Moment die junge Frau mit so abwesendem Gesichtsausdruck, daß man sich fragen konnte, ob sie ihre Abwesenheit wirklich bemerkte.

»Man sagt mir, Ihr seid die Gräfin von Montsalvy«, sagte sie endlich. »Wir hatten kürzlich jemand Eures Namens hier ... Seid Ihr Verwandte?«

Cathérines Herz verfehlte einen Schlag.

»Ich glaube, daß es sich um meinen Gatten handelte, Frau Herzogin. Er ist verletzt, krank ... und ich suche nach ihm. Das ist in Wahrheit der tiefere Grund für meine Kühnheit, Euch um eine Audienz zu bitten. Würde Eure Kaiserliche Hoheit bereit sein, mir zu sagen, wo ich ihn jetzt finden kann?«

Elisabeth begleitete ihre Antwort mit einer ausweichenden Geste.

»Wie kann ich das wissen? Er war vor mehreren Wochen hier und blieb kaum drei Tage. Dann brach er nach einer sehr peinlichen Szene mit unbekanntem Ziel wieder auf. Es ist wahr, daß er es gerade schaffte, der Hochzeit beizuwohnen ...«

»Der Hochzeit? ... Welcher Hochzeit?« rief Cathérine, völlig die Etikette vergessend, die ihr verbot, eine Fürstin zu unterbrechen. Doch Elisabeth schien es nicht einmal bemerkt zu haben. Diese sehr schöne junge Frau, die hinter ihrem Gatten herlief, reizte offenbar ihre Neugier aufs äußerste.

»Die meiner Nichte, der Jungfrau von Frankreich, natürlich ... Jehanne d'Arcs, die hier vor kurzem den Seigneur Robert des Armoises geheiratet hat!«

Wären die eleganten Spitzbogen der Deckenwölbung auf sie niedergestürzt, hätte es Cathérine, der es nicht gelang, das, was ihre Ohren vernahmen, zu glauben, kaum nachhaltiger verblüffen können.

»Darf ich Eure kaiserliche Hoheit bitten, das zu wiederholen, was sie mir eben sagte?« stieß sie hervor, als sie wieder zu Atem kam.

»Was denn? Daß die wundersam vom Scheiterhaufen errettete heilige Jungfrau sich mit einem tapferen Ritter vermählt hat und daß ...«

»Die Sache ist schon verblüffend genug, um sich darüber zu verwundern«, fiel die Herrin von Montsalvy neuerlich kühn der Herzogin ins Wort, »aber es ist nicht das. Ich glaubte, gehört zu haben, daß Eure Hoheit von ihrer Nichte gesprochen hat?«

Elisabeth maß die Unverschämte mit sichtlicher Unzufriedenheit, stürzte sich jedoch mit unerwarteter Nachsicht in Erklärungen:

»Ich habe es gesagt und bin bereit, es so oft zu wiederholen, wie es Euch gefällt, Madame! Dieses arme Kind, das kaum wagte, den Zufluchtsort zu verlassen, in den die Schlechtigkeit der Menschen es verbannte, hat mir das Geheimnis seiner Geburt anvertraut ... das Geheimnis, das alles erklärt: den Empfang durch den König in Chinon, die Armeen, die ihm anvertraut wurden, seine erstaunliche Autorität, seine Größe ...«

»Ah! Das erklärt alles?«

»Natürlich! Und das ist es, was sie bei ihrer ersten Begegnung dem König ins Ohr flüsterte: Sie ist seine Schwester, ein Bastard, versteht sich, aber seine wirkliche Schwester.«

»Seine Schwester? Ganz einfach?« fragte Cathérine, die ohne recht zu wissen warum plötzlich Lust zum Lachen verspürte. Vielleicht über die frömmlerische Gläubigkeit ihres Gegenübers.

»Ganz einfach! Eine verheimlichte Tochter Königin Isabeaus und eines sehr hochgestellten Seigneurs des Königreichs, in der Verborgenheit ihres Herrn aufgezogen! Ihr versteht, zu dieser Zeit hatte die Königin keinerlei Beziehungen mehr zu diesem armen Narren Karl VI. Ihr Herz war schwer, sie fühlte sich allein, und das um so mehr, als der Herzog von Orléans, den sie anbetete, ermordet worden war. Sie suchte Tröstung, fand sie ohne Mühe ... aber es war nicht mehr möglich, ihre Frucht offen anzuerkennen. Also ...«

Es war bestürzend! Cathérine konnte nicht mehr: Sie explodierte, brutal das unsinnige Gewäsch der Herzogin unterbrechend. Die Lust zum Lachen war ihr völlig vergangen.

»Jehanne Isabeaus Tochter? Dieser Hure Isabeau? Das Engelsmädchen aus dem Schlamm? Das also hat sich Eure angebliche Jungfrau ausgedacht, diese miserable Kreatur, die es wagt, sich als das edelste, heiligste, reinste Geschöpf auszugeben, das Gott jemals außer der Jungfrau Maria geschaffen hat? Und es finden sich Leute, die solche schamlosen Lügen, solchen infamen Betrug glauben?«

»Madame! Ich verbiete Euch ...«

»Ihr könnt mir nichts verbieten. Ich gehöre nicht zu Euren Untertanen, Hoheit! Wie konnte eine große Fürstin wie Ihr, Enkelin und Nichte von Kaisern, solchen Niederträchtigkeiten Glauben schenken?«

»Ich habe nur der Wahrheit Glauben geschenkt! Jehanne ist hier erschienen, von Männern eskortiert, die sie alle früher gekannt hatten, die ihre Identität beschworen und bezeugten. Warum sollte ich ihnen nicht glauben? Ich finde es recht unverschämt ... und unvorsichtig, daß Ihr, eine Unbekannte, es wagt, hierherzukommen, um mich herauszufordern und Unfrieden zu stiften.«

»Ich stifte nicht Unfrieden, Frau Herzogin. Diese Frau hat es, wie ich jetzt sehe, bewundernswert verstanden, Euch zu umgarnen und Euer Herz zu überrumpeln. Mich aber, das schwöre ich bei Gott, wird sie nicht umgarnen und nicht überrumpeln. Sagt mir nur, wo sie sich befindet, und es wird mir gelingen, ihr die Wahrheit zu entreißen!«

Entrüstung hatte das Gesicht der Herzogin gerötet, und Cathérine fragte ich, ob sie nicht dabei sei, ihren Kopf zu riskieren, doch meinte sie, was das anlange, habe sie nichts zu verlieren.

»Ihr werdet nicht weit zu gehen haben. Jehanne ist hier!« rief Elisabeth mit beträchtlich erhobener Stimme. »Ihr werdet sie sehen, und ich meinerseits schwöre, daß Ihr diesen Raum nicht verlassen werdet, ohne in aller Form bekannt zu haben, daß Ihr gelogen habt, daß Ihr nichtswürdigerweise versucht habt, meinen Schützling zu beschmutzen, ohne einzugestehen, daß Ihr nur aus niedriger Eifersucht einer verlassenen Frau gehandelt habt. Euer Gatte ...«

»Wenn es Eurer Kaiserlichen Hoheit gefällt, lassen wir den Grafen de Montsalvy aus dieser Sache heraus«, warf Cathérine kühl ein, »und halten uns dafür an diese Frau. Wenn sie hier ist, bitte ich Eure Hoheit, sie rufen zu lassen und zu befehlen, daß sie hierhergebracht wird, an diesen für das Gebet geschaffenen Ort, um hier ihre Behauptungen für mich zu wiederholen.«

»Es sei!«

Elisabeth von Görlitz klatschte in die Hände. Die dicke Frau erschien, die Cathérine hereingeführt hatte.

»Die Dame des Armoises dürfte in der Waffenschmiede sein«, sagte sie zu ihr. »Bring sie hierher, Bathilde.«

»Noch ein Wort«, fügte Cathérine rasch hinzu. »Kann ich hoffen, daß mein Name nicht genannt wird? Er könnte sie warnen.«

»Er wird nicht genannt. Ein Mädchen Gottes bedarf keiner Warnungen!« erklärte die Herzogin mit einer großartigen Mischung aus Hochmut und Verachtung.

Die Kapelle sank für einen Moment in tiefe Stille zurück. Die ungelegene Besucherin bewußt vergessend, hatte sich die Herzogin wieder auf ihre Kissen gekniet und zu beten begonnen, als sei sie allein. Aus dem Schatten eines Pfeilers betrachtete Cathérine sie enttäuscht. Sie hatte sich von dieser mit Macht belehnten Frau soviel mehr erhofft. Mehr an Edelmut, an Größe und vor allem an Weitblick. Mit welcher Leichtigkeit, welch unglaublicher Leichtgläubigkeit hatte sie die höchst unwahrscheinliche Erfindung einer Abenteurerin für bare Münze genommen, sie, die so bequem vor einem Gott niederkniete, dem sie indessen die Macht verweigerte, einen Funken seiner Göttlichkeit an ein schlichtes Bauernmädchen weiterzugeben. Weil Jehanne Fürsten kommandiert hatte, mußte sie eine Prinzessin sein! Weil die Legende zu schön war, mußte man sie auf die schäbigen Dimensionen einer Isabeau von Bayern einengen! Welch Mangel an Glauben, welche Verhöhnung!

Ein herrisch widerhallender Schritt vor der Kapelle riß sie aus ihren bitteren Gedanken. Die Tür öffnete sich, eine jugendliche Gestalt zeichnete sich in ihr ab, die die eines prächtig in weißen Satin und blauen Samt gekleideten jungen Mannes sein konnte. Doch als die Gestalt ins Licht trat, wich Cathérine zurück, als habe eine unsichtbare Hand sie geschlagen, bekreuzigte sich hastig dreimal, das Zeugnis ihrer Augen verweigernd, denn das Gesicht der eben Eingetretenen war das Gesicht Jehannes selbst.

Einen Moment rang Cathérine nach Atem. Solche Ähnlichkeit war purer Wahnwitz. Sie konnte nur von Gott kommen ... oder vom Teufel! Es war in diesem Fall keineswegs erstaunlich, daß ein schon vorbelasteter Geist, wie es der Arnauds gewesen war, sich hatte überzeugen lassen. Und ebensowenig erstaunlich, daß selbst ihre Brüder …

Indessen hatte Elisabeth von Görlitz sich erhoben und dem Ankömmling zugewandt, der vor ihr kniete. Nun beugte sie sich zu ihm hinunter, um ihn zu umarmen.

»Mein Kind«, sagte sie, plötzlich überaus liebreich, »hier ist jemand, der Euch zu sehen wünscht.«

»Wahrhaftig, Madame? Und wer ist es?«

Ohne mehr Geräusch zu verursachen als das Rascheln ihres Kleides über die Fliesen, trat Cathérine vor. Ihr ganzes Mißtrauen war zurückgekehrt, der Zauber gebrochen, denn die Stimme dieser Frau unterschied sich von der der Jungfrau. Für ein ungeübtes Ohr mochte es kaum wahrnehmbar sein, aber dem für den Charme wie für die unangenehmen Klangfarben einer Stimme außerordentlich sensiblen Cathérines entging der Unterschied nicht. Es war da ein metallischer Unterton, den sie in dem so klaren, aber so weichen Timbre der Stimme Jehannes nie gehört hatte.

Sich nähernd, bemerkte sie noch einen weiteren Unterschied: die Farbe der Augen. Die Jehannes, der wahren, waren von reinem Azurblau, während das Blau der Augen vor ihr mehr zum Grünen tendierte. Von diesem Moment an fühlte sie sich unglaublich stark und sicher, und sie gestattete der Dame des Armoises, sie kurz zu mustern.

»Nun Madame?« bemerkte die Herzogin triumphierend. »Was sagt Ihr jetzt?«

Cathérine begnügte sich mit einem Lächeln und wandte sich dann direkt an ihre Gegnerin.

»Erkennt Ihr mich?« fragte sie nur.

Die Frau begann zu lachen.

»Bin ich es denn, der Euch erkennen soll? Ich hätte das Gegenteil geglaubt! Und weshalb sollte ich es, bitte?«

»Weil Ihr mich gut kennt, wenn Ihr wirklich Jehanne, die Jungfrau, seid!«

»Ich? Ich kenne Euch n …« Der unüberlegte Ausruf brach jäh ab, doch das einen Moment verschwundene Lächeln kehrte wieder. »Mein Gott, bin ich töricht! Aber natürlich kennen wir uns! Ihr seid übrigens zu schön, als daß man Euch so leicht vergessen könnte, Madame. Nicht wahr, wir haben uns am Hofe König Karls gesehen?«

»Bravo!« applaudierte die Herzogin. »Natürlich habt Ihr Madame de Montsalvy bei Hofe kennengelernt und …«

Sie hielt jäh inne, da sie bemerkte, daß sie ihr Wort gebrochen hatte, aber es war zu spät. Auf dem Gesicht, das dem Jehannes so ähnlich war, erschien ein triumphierendes Lächeln. Schon näherte sich die Frau, bereit, sie zu umarmen.

»Oh, nicht nur bei Hof, denn wir haben uns auch unter schrecklichen Umständen gesehen, nicht wahr? In Rouen, wo Ihr alles tatet, um mich zu retten ... ohne auch nur im entferntesten zu ahnen, daß andere es übernehmen würden.«

Im stillen verfluchte Cathérine die unbeherrschte Zunge ihres Gatten. Ohne Zweifel war er es, der die falsche Jehanne so gut unterrichtet hatte. Sie würde so nur noch schwerer zu entlarven sein. Blieb zu erfahren, bis zu welchem Punkt Arnaud bei seinen vertraulichen Mitteilungen und Beschwörungen alter Erinnerungen gelangt war ...

»Allerdings«, sagte sie gelassen, »haben mein Gatte und ich versucht, Jehanne zu retten, aber sie hat uns nicht gesehen ... außer in dem Augenblick, in dem sie auf den Scheiterhaufen stieg, denn wir haben ihrem Martyrium beiwohnen müssen ... bis zum Ende. Ich habe sie gesehen, Frau Herzogin, mit eigenen Augen gesehen, als man sie an den Pfahl band, habe gesehen, wie der Henker die Flammen zerteilte, damit alle sich überzeugen konnten, daß sie es wirklich sei. Ihr Kleid war verbrannt, ihr ganzer Körper blutete. Und es war wirklich Jehanne. Ich hörte noch ihren letzten Schrei, ihr letztes Flehen zu Jesus!«

Durch die Leidenschaft, die in Cathérines Stimme bebte, verwirrt, wich die Herzogin zum Altar zurück, wie um dort Hilfe zu suchen, doch die falsche Jehanne blieb unerschüttert.

»Auch der Hauptmann de Montsalvy war auf dem Marktplatz«, sagte sie ruhig. »Dennoch hat er mich wiedererkannt!«

»Ihn verlangte so sehr danach, Euch wiederzuerkennen! So sehr, ›sie‹ zurückkehren zu sehen! Um des Wohls des Königreichs und der Schönheit des Abenteuers unter ihrem Banner willen, um der Freude willen, sich im Dienste Gottes im Mittelpunkt eines gewalttätigen Daseins zu fühlen, jenes kriegerischen Tumults, den er nur allzusehr liebt.«

»Er wird all das wiederfinden. Wir werden von neuem gemeinsam kämpfen.«

Zur Bitterkeit in Cathérines Lächeln gesellte sich Verachtung.

»Wer soll Euch glauben? Welche Art Ruhm und Hochgefühl könnte der Seigneur von Montsalvy unter einem lügnerischen Lilienbanner empfinden? Und er weiß es schon, nicht wahr? Das ist so wahr, wie Ihr hier in Männerkleidung, aber allein, paradiert, statt durchs Land zu reisen und Eure Truppen zu sammeln.«

»Man kämpft nicht während der schlechten Jahreszeit!«

»Aber man kann Soldaten für die gute werben. Die wahre Jehanne würde sie dazu nutzen ... Übrigens, wollt Ihr mir verraten, was aus Messire Arnaud geworden ist? Warum ist er nicht hier bei Euch?«

»Aber ... eben, weil er sich an meiner Stelle damit beschäftigt, Truppen zu sammeln und ...«

Es war die Herzogin, die sie mit einem verblüfften Ruf unterbrach, in dem sich Ungläubigkeit und Empörung mischten.

»Jehanne! Was Ihr da sagt, ist nicht die Wahrheit, und Ihr wißt es! Ich glaubte, Ihr hättet nie gelogen, Ihr wüßtet nicht einmal, was eine Lüge ist!«

»Die Jungfrau wußte es nicht«, warf Cathérine ein. »Aber diese Frau ist nichts als Lüge. Ich glaube, das Mittel zu besitzen, es zu beweisen, Madame! Wo also«, fuhr sie fort, sich von neuem an ihre Gegnerin wendend, »wo also habt Ihr mich zum ersten Mal gesehen?«

Sie spielte ein gefährliches Spiel, und sie wußte es. Wenn Arnaud dieser Frau alle ihre gemeinsamen Erinnerungen an Jehanne mitgeteilt hatte, würde sie im nächsten Moment beschämt und ihrer Argumente beraubt sein ... oder doch fast, denn es blieb noch eins, das sie in Reserve behielt. Aber etwas sagte ihr, daß Montsalvy nicht so weit gegangen war, sich ins Gedächtnis zurückzurufen, daß Jehanne bei ihrem Einzug in Orléans Cathérine vor dem Galgen bewahrt hatte ... dem Galgen, dem er sie absichtlich und in der Hoffnung, ein für allemal mit einer quälenden Liebe Schluß zu machen, preisgegeben hatte. Das sind Dinge, die man anderen nicht gern anvertraut ...

Die falsche Jehanne machte eine ungeduldige Geste.

»Was soll diese Albernheit? Habe ich Euch nicht schon gesagt, daß wir uns in Reims während der Krönung gesehen haben?«

»Ich war nicht dort!«

»Es ist schwierig, sich all der begegneten Gesichter zu erinnern, wenn man durchlebt hat, was ich durchlebte«, antwortete die andere verdrossen. »Dann wird es, denke ich, in Orléans gewesen sein ... ja, das ist es, in Orléans!«

»Und unter welchen Umständen, bitte?«

Sie war erregt, beruhigte sich jedoch rasch, als sie feststellte, daß die Abenteurerin mit gerunzelter Stirn nach einer Antwort suchte. Nun schloß sie die Augen, bemühte sich um eine inspirierte Miene.

»Wartet! Ich erinnere mich! Es war in Orléans ... ja, in Orléans! Ich sehe jetzt alles vor mir! Die schreiende Menge ...«

Cathérines Herzschlag stockte. Es war nicht möglich! Sie würde ihr doch nicht etwa die Szene beschreiben, die ihre Erinnerung gerade in dieser Minute so intensiv heraufbeschwor? Doch ein tiefer Seufzer ließ ihre angstvolle Gespanntheit entweichen, denn die Dame des Armoises fuhr fort:

»Wir hatten eben die Schanze der Türmchen wieder eingenommen. Ihr tratet auf mich zu, Ihr ...«

»Nein!«

Das Wort, mit einer Art triumphierender Freude hervorgestoßen, hallte förmlich brutal durch den Raum, und schon fügte Cathérine hinzu: »Versucht nicht, etwas zu erfinden! Das, was Ihr für mich tatet, könnte niemand erfinden, schon gar nicht Ihr!«

Ein plötzlicher Impuls warf sie vor Elisabeth von Görlitz auf die Knie.

»Ich bitte Eure Hoheit zu urteilen! Im Augenblick ihres Einzugs in Orléans entriß Jehanne dem Galgen eine Frau, die man zur Hinrichtung führte. Diese Frau war ich!«

Die Herzogin zuckte zusammen.

»Ihr?«

»Ich selbst! Ich hieß damals Cathérine de Brazey, aber ich war nach Orléans gekommen, um den Mann zu suchen, den ich liebte, Arnaud de Montsalvy, den, der dann mein Gatte wurde. Ich war verhaftet und verurteilt worden, weil man mich für eine Spionin im Solde Herzog Philippes von Burgund hielt ...«

»... dessen Mätresse Ihr damals gewesen seid!« ergänzte Elisabeth.

»Jetzt weiß ich, wer Ihr seid! Erhebt Euch, Madame. Ich glaube ... ich fange an, Euren Worten Glauben zu schenken ...«

»Ihr müßt mir glauben, Frau Herzogin, Ihr müßt! Vor

Gott, der uns sieht, und auf das Heil meiner Seele schwöre ich, diese Frau ist nicht Jehanne d'Arc!«

Unerwartet füllten Tränen Elisabeths Augen. Sie kehrte zum Altar zurück, aber ihr Gang hatte sich verändert, war nun schwerfällig, mühsam, als behindere sie die unerträglich schwer gewordene Schleppe ihres Kleides. Cathérine hörte sie murmeln:

»Wie schade! Nun, Wunder passen nicht mehr in die Zeit. Ich hatte so sehr gehofft! Aber der Fluch wird auf unserem Hause bleiben, aus dem der Mann hervorgegangen ist, der die Jungfrau an die Engländer verkaufte.«

»Das ist falsch!« rief die Dame des Armoises im verzweifelten Bemühen, das verlorene Terrain wiederzugewinnen. »Diese Frau lügt! Ich bin Jehanne, und das Haus Luxemburg wird über Europa herrschen!«

Doch der Zauber war dahin, und die Abenteurerin hatte ihre Macht über die leichtgläubige Prinzessin verloren. Wie ein Kind verstieß sie von einem Moment zum anderen den eben noch bewunderten Gegenstand, weil er sich als nicht vollkommen erwiesen hatte.

»Ihr wißt recht gut, daß es nicht so ist ... und daß Ihr mich getäuscht habt. Ich müßte Euch in ein so tiefes Verlies werfen lassen, daß die Ränke Eurer verlogenen Zunge niemals mehr herausdringen könnten, aber ich liebe Robert des Armoises, der ein guter und tapferer Ritter ist. Und da er sich heute in Warnebourg befindet, werden wir ihn nichts von dem wissen lassen, was hier geschehen ist. Aber Ihr werdet Arlon noch diese Stunde verlassen, werdet Euch auf Eure lothringischen Güter begeben und wenigstens versuchen, Euch dort in Vergessenheit geraten zu lassen und den Ehrenmann glücklich zu machen, den Ihr getäuscht habt!«

Im Gegensatz zu dem, was Cathérine erwartete, schien die Dame des Armoises durch ihre Verbannung weder beschämt noch niedergeschlagen. Sie zuckte nur anmaßend die Schultern, straffte sich und bot dem durch die Scheiben hereinfallenden goldenen Licht ihr dem Jehannes nur allzu ähnliches Profil.

»Getäuscht? Glaubt Ihr? Er glaubte, eine Tochter Frankreichs zu heiraten ... und er hat eine Tochter Frankreichs geheiratet ... selbst wenn ich nicht Jehanne bin! Das ist sehr viel Ehre für einen kleinen lothringischen Seigneur ohne Zukunft und Vergangenheit!«

Die Herzogin von Luxemburg wollte nichts mehr hören. Den Kopf schüttelnd, wie um die Nebelschwaden eines Alptraums zu verjagen, preßte sie, ohne noch etwas hinzuzufügen, beide Hände auf ihre Ohren und ließ Cathérine mit der allein, die sie entlarvt hatte. Die bronzebeschlagene Tür fiel hinter ihr ins Schloß und erstickte das schwächer werdende Echo ihrer Schritte.

Einen Moment sahen die beiden Frauen einander an, Cathérine von einem Anflug ungläubigen Schauders gestreift. Solche Ähnlichkeit grenzte an ein Wunder ... oder war des Teufels! Glücklicherweise endete sie vor dem Ausdruck der Augen, denn niemals hatte sie in denen Jehannes solche spöttische Arroganz und Verschlagenheit gesehen. So drängte nach dem Schweigen jetzt natürlich die Frage über ihre Lippen:

»Wer seid Ihr? Wer seid Ihr wirklich?«

»Ich habe es Euch gesagt: eine Tochter Frankreichs. Meine Mutter ist Königin.«

»Wenn Ihr die Tochter Isabeaus der Hure seid, seid Ihr keine Tochter Frankreichs. Und das erklärt nicht Eure Ähnlichkeit mit der Jungfrau. Denn leider kann ich diese Ähnlichkeit nicht leugnen. Sie ist sehr groß.«

»Ich habe Euch nicht veranlaßt, das zu sagen. Seit langem weiß ich, daß wir uns ähneln, wie sich ... Zwillinge ähneln können. Vielleicht bin ich ihre Schwester.«

»Jehanne hatte nur eine Schwester, eine jüngere, die Cathérine hieß.«

Doch die Dame des Armoises hörte ihr nicht zu. Den Kopf zu dem durchs Fenster einfallenden Licht erhoben, schien sie plötzlich sehr weit entfernt zu sein und alles vergessen zu haben, was sich ereignet hatte.

»Ich heiße Claude ... jetzt heiße ich so! Ich hätte in einem schöneren Palast als diesem wohnen, hätte Gefolge, Pagen, Geschmeide haben müssen ... und doch hatte ich nur ein elendes Haus irgendwo in den Wäldern und Feldern Lothringens. Ich lebte bei meinen Eltern, so ungeschliffenen, rohen Bauern, daß ich sie nicht ertragen konnte ... Als ich stark genug war, bin ich ihnen entflohen, nachdem ich sie mit einem Knüppel erschlagen hatte. Ein Soldat nahm mich auf, er war mein erster Geliebter, und er hat mich den Krieg gelehrt. Auch ich habe gekämpft ... wie Jehanne! Ich liebe den Krieg! Man kommt in ihm dem Tod so nahe, daß das Leben davon süßer und reicher wird. Man kann sich berauschen an ihm wie an kühlem Wein nach der Hitze der Schlacht ...«

»Aber Euer Vater?« flüsterte Cathérine. »Wer war Euer Vater? Wißt Ihr es?«

»Was spielt das für eine Rolle? ... Vielleicht war's ein Prinz, vielleicht sogar ein König ... König der vier Königreiche, vielleicht war's nur ein Knecht ... Vielleicht weiß ich's, vielleicht nicht ...«

Cathérines Gehirn arbeitete intensiv. Diese Abenteurerin gab ihr plötzlich ein unergründliches Rätsel auf, das zu lösen sie nicht versuchen würde, weil es sie überforderte, und weil sie sich nicht das Recht zuerkannte, seine Lösung zu suchen. Gewiß, offiziell hatte Isabeau von Bayern, die traurige Gemahlin des unglücklichen Karls VI., ihr letztes Kind am 10. September 1407 zur Welt gebracht, und für eine Königin war es schwierig, eine Schwangerschaft zu verbergen. Doch für Isabeau war es nicht unmöglich gewesen. Zunächst, weil sie sehr fett geworden war und ständig einen deformierten, massiven Anblick bot, und dann, weil sie praktisch seit langem nicht mehr in der Öffentlichkeit erschien und ihre Tage und Nächte in ihren Schlössern oder in ihrem Hôtel Barbette verbrachte, allein oder auch nicht allein in ihrem Bett, und sich mit Süßigkeiten und sonstigem Fraß vollstopfte. Beim Tode des Herzogs von Orléans, ihres letzten offiziellen Geliebten, war sie erst sechsunddreißig Jahre alt gewesen und hatte nicht zu den Frauen gehört, die auf Männer zu verzichten wissen ... Was ihre trotz des Fettes erhaltene Schönheit betraf, die Schönheit einer schweren, rothaarigen Löwin, konnte sie noch mehr als einen Mann verlocken. Und diese Frau vor ihr hatte von einem über vier Königreiche herrschenden König gesprochen! War es möglich, daß Louis d'Anjou, Gatte Yolandes und Vater Renés, sich im Bett der königlichen Dirne vergnügt hatte, die seine Gattin unverhohlen verachtete? Die Männer haben zuweilen solche Liebhabereien ...

Doch diesen Liebhabereien versagte sich Cathérine. Mit einer Willensanstrengung verjagte sie diese Gedanken aus ihrem Geist, ohne sich jedoch hindern zu können, Claude des Armoises mit neuen Augen zu betrachten, in deren Ausdruck sich Mitgefühl mischte. Wer würde je das Geheimnis dieses seltsamen Geschöpfes zu ergründen wissen, dessen Antlitz nach dem Bilde eines Engels geformt und dessen Seele voller gefährlicher Undurchsichtigkeiten war?

»Nun«, sagte sie endlich, »warum solltet Ihr Euch nicht mit dem würdigen Dasein an der Seite eines liebenden Gatten begnügen, das sich vor Euch auftut? Was habt Ihr noch nötig, Abenteuer zu suchen, da Ihr einen sicheren Hafen gefunden habt?«

Claude zuckte die Schultern und lächelte ihr eigenartiges, vieldeutiges Lächeln.

»Vielleicht liebe ich das Abenteuer … und vielleicht werde ich Euren Rat befolgen.«

»Wie es Euch gefällt. Doch wollt Ihr mir, bevor wir uns trennen, um uns nie wiederzusehen, wenigstens sagen, was aus meinem Gatten geworden ist?«

»Warum sollte ich es tun?«

»Vielleicht, weil Ihr jetzt verheiratet seid. Er hat Kinder, ein Lehen, Vasallen, die der Krieg oft in Gefahr bringt und die ihn brauchen. Er muß nach Montsalvy zurück.«

Ihren Worten folgte ein Schweigen, kaum gestört durch das leise Klirren der goldenen Kette, mit der die Kriegerin zu spielen begonnen hatte. Langsam begab sie sich zur Tür der Kapelle, von Cathérines angstgeweiteten Augen gefolgt. Sie schien die an sie gerichtete Bitte schon vergessen zu haben. In der Besorgnis, daß sie ohne Antwort hinausgehen würde, schickte die Herrin von Montsalvy sich an, sie zu wiederholen, doch auf der Schwelle hielt Claude des Armoises an und drehte sich um.

»Er kehrt zurück!« sagte sie endlich.

»Seid Ihr dessen sicher?«

Über das dem der Jungfrau allzu ähnliche Gesicht glitt ein melancholisches Lächeln.

»Der verwundete Wolf braucht seine Höhle, um dort seine Wunden zu lecken. Arnaud de Montsalvy glaubte an mich … vielleicht hat er mich sogar einen Augenblick geliebt. Aber als er in dieser Stadt eintraf, erfüllten die Glokken von Saint Donat den Himmel mit frohem Geläut, das das Glück Jehanne d'Arcs verkündete, und weil ich im Bett eines Mannes liegen würde, hörte Arnaud de Montsalvy auf, an mich zu glauben … Ja, an diesem Tag weigerte er sich, mich in meinem mit Perlen bestickten Kleid und meinem Diadem aus Edelsteinen zu erkennen. Er begriff, daß ich nicht die … andere war! Und mich verfluchend, ritt er davon … Kehrt nach Hause zurück! Dort werdet Ihr ihn wiederfinden.«

Dann öffnete sie mit einer entschiedenen, fast gewalttätigen Geste die Tür und verließ die Kapelle. Es war zu Ende ... Der Sieg Cathérines war vollständig. So schien sie Flügel an den Füßen zu haben, als sie dem schon einmal zurückgelegten Weg wiederum hinter der wie durch Zauberei aufgetauchten Frau im roten Gewand her in umgekehrter Richtung folgte. Ihre freudige Miene überraschte die beiden jungen Burschen, die sich, auf einer Treppenstufe sitzend, unter dem argwöhnischen Blick des Landsknechts entsetzlich langweilten. Mit kindlicher Freude küßte sie sie nacheinander, worauf sich der Argwohn des Landsknechts zur Entrüstung steigerte.

»Soll das etwa bedeuten, daß wir gewonnen haben?« fragte Gauthier, dem Cathérines Kuß zu einem ziegelroten Teint verholfen hatte.

»Ganz und gar! Restlos! Und wir kehren heim! Messire Arnaud erwartet uns dort!«

Diese Neuigkeit entfesselte Bérengers Begeisterung, der allzu lange schon den heimlichen Wunsch hegte, seine Auvergne-Berge, seine Familie ... und seine hübsche Cousine Hauvette wiederzusehen. Gauthier hingegen, der nicht die gleichen Gründe hatte wie er, unterdrückte eine kleine Grimasse. Die Vorstellung, neuerlich dem Herrn von Montsalvy zu begegnen, für den er nur eine recht begrenzte Sympathie empfand, erfreute ihn wenig, doch andererseits fühlte er sich Cathérine schon zu sehr verbunden, um eine Trennung auch nur ins Auge zu fassen und zu seinen Pariser Studien zurückzukehren. Er begnügte sich also mit einem Lächeln und behielt im übrigen seine ganz und gar nicht fröhlichen Überlegungen für sich. Messire Arnaud erwartete sie vielleicht. Blieb nur zu wissen, in welcher Stimmung. Seine letzten Beziehungen zu seiner Frau ließen nicht allzuviel Gutes für den Empfang prophezeien, den er ihnen bereiten würde ...

Heiter kehrten sie quer durch den Tumult und das Geschrei eines Marktes unter freiem Himmel, zwischen dessen Ständen sich Bauern in Holzschuhen und eingemummelte Bürgerinnen drängten, zur Herberge zurück. Trotz der Härte der Zeit waren die Schweine fett und die Hühner und Gänse prall genug, um Bérenger einen verlangenden Blick zu entlocken.

»Werden wir heute noch aufbrechen?« forschte er mit einem diskreten Seufzer. »Es scheint, als bereite man sich in dieser Stadt drauf vor, Weihnachten würdig zu feiern.«

Cathérine brach in Gelächter aus.
»Wir werden drei bis vier Tage bleiben, um Gott zu danken, daß er uns gestattet hat, unsere Absichten zu einem guten Ende zu führen, und um uns ein wenig auszuruhen, bevor wir uns von neuem auf den Weg machen. Der nach Montsalvy ist lang und beschwerlich.«
Der Plan wurde mit Enthusiasmus aufgenommen. Diese Ruhepause in der angenehmen Herberge würde den drei Reisegefährten gewiß wieder genügend Kraft und Mut verleihen, die sie zur Rückkehr in die Heimat brauchten ...
Am Abend vor Weihnachten stieg Cathérine zur Kathedrale hinauf, um sich die Sünden vergeben zu lassen, die sie nicht begangen hatte, woraus ihr eine neue Tapferkeit erwuchs. Daß sie ins anonyme Ohr eines Priesters, von dem sie nur ein vages Profil und den asthmatischen Atem wahrnahm, die Flut des Grauens und der Bitterkeit hatte ausschütten können, mit der die Nacht in der abgebrannten Mühle ihre Seele erfüllt hatte, bewirkte das gleiche wie das Erbrechen eines überladenen Magens: Es tat ihr gut. Und mit erleichtertem Herzen lauschte sie, von den beiden jungen Burschen flankiert, der schönen Mitternachtsmesse, zu der sich die ganze Stadt hinter dem Fakkelgeleit der Herzogin und ihres Hofes herbegab ... eines Hofes, dem offensichtlich die Dame des Armoises nicht mehr angehörte.
Schlicht gekleidet und in der Menge verloren, betrachtete die Gattin Arnauds ohne Neid den Prunk der herzoglichen Umgebung, die Schönheit der festlichen Roben, den Glanz des Geschmeides. Nichts von allem zog sie an. Was sie sich mit der ganzen Glut ihres trotz allem, was das Leben sie hatte erdulden lassen, einfach und klar gebliebenen Herzens wünschte, war, den Frieden ihres Hauses, das Lachen ihrer Kinder, die blauen Fernen der Chataigneraie wiederzufinden, ihre flinken Bäche und steilen Hänge voller schwarzer Tannen. Nur dort, das verstand sie jetzt, würden die allzu schweren Erinnerungen leichter werden und vielleicht im rauhen Wind der Berge verwehen.
Doch Gott hatte anscheinend entschieden, daß sie noch nicht am Ende ihrer Leiden sei, denn als sie morgens ihr Bett beim Angelusläuten verlassen wollte, um ihren Tag zu beginnen, wurde Cathérine das Opfer eines jähen Unwohlseins. Von einem Schwindelanfall ergriffen, mußte sie sich mit rasend klopfendem Herzen von neuem legen, während

die Wände ihres Zimmers um sie herum zu tanzen begannen und eine schreckliche Übelkeit ihren Magen befiel …

Als das Unwohlsein sie verließ, blieb sie eine Weile reglos, wie zerschmettert liegen. Ungläubig zuerst, brach sie plötzlich in Schluchzen aus.

Es konnte jetzt keine Rede mehr davon sein, zu ihrem Gatten zu reisen. Die vom Stutzer inszenierte widerliche Szene hatte Spuren hinterlassen. Sie war schwanger …

Ein Abgesandter des Himmels

Mit einer Art Zärtlichkeit zog Cathérine langsam den Dolch aus seiner samtenen Scheide. Der Sperber des Griffs fügte sich ganz natürlich in die Höhlung ihrer Hand. Der Dolch war ein alter Freund ... der treue Begleiter der schwarzen Tage und gefährlichen Stunden. Oft hatte Cathérine bei der Berührung seiner vertrauten Form an ihrem Gürtel gespürt, wie ihre Angst verflog, ihr Mut sich wieder einstellte, weil er die letzte Zuflucht, die letzte sichere Pforte zur Rettung war. Aber in der Stunde der schlimmsten Entehrung war die brüderliche Waffe nicht an ihrer Seite gewesen, weil sie sie in dieser Nacht vergessen hatte ... Heute war sie es, von der sie den äußersten Dienst verlangen mußte, den sie ihr erweisen konnte.

Ein Strahl der blassen Wintersonne, aufgeblüht am Morgen dieses Weihnachtstages wie eine Blume des Schnees, ließ den blauen Stahl der Klinge glänzen, deren scharfe Spitze Cathérine vorsorglich mit dem Finger prüfte.

Sie empfand keine Angst. Dem Tod war sie so oft begegnet, daß er ihr vertraut geworden war, und die Tatsache, daß sie ihr Seelenheil in Gefahr brachte, wenn sie ihrem Leben selbst ein Ende setzte, ließ sie ungerührt. Gott war unendlich gerecht, aber war er nicht auch unendlich barmherzig? Zudem schützte sie Arnaud vor einem Verbrechen, wenn sie durch eigene Hand starb, denn sie war davon überzeugt, daß der Seigneur von Montsalvy eine in solchem Maße entehrte Gattin nicht schonen würde. Die Vergewaltigung hätte er, so hatte sie heimlich gehofft, vielleicht verziehen, nie sich aber mit deren ständigem lebenden Beweis abgefunden.

Dabei hatte sie sich beim Aufbruch von Dijon verzweifelt gewünscht, im Austausch gegen das einfache Glück, ihn ein letztes Mal wiederzusehen, von seiner Hand zu sterben, aber das war im Grunde nur eine egoistische Reaktion gewesen und auch nur deshalb, weil sie noch nicht wußte, welche furchtbare Spur die vielfache Vergewaltigung in ihr hinterlassen hatte.

Der Mord würde also ein doppelter sein, und in diesem Fall war es besser, ihn selbst auszuführen.

Gewiß, es wäre gut gewesen, in Montsalvy zu sterben, wo übrigens ihre alte Sara sicherlich ein Mittel besaß, sie zu befreien. Aber wie konnte sie mit dieser Last der Schande in ihrem Körper dorthin zurückkehren? Wie konnte sie die unschuldigen Gesichter ihres Michel und ihrer kleinen Isabelle mit Lippen berühren, die so viele Lippen beschmutzt hatten? Wie konnte sie endlich nicht nur Arnaud, sondern auch all diesen braven Leuten von Montsalvy ins Gesicht sehen, die sie so liebevoll »unsere Herrin« nannten und sie fast wie einen Engel verehrten?

Das Beste war, jetzt fortzugehen, sofort, am Anfang dieses schönen Weihnachtstages, dem friedvollsten und freudigsten des Jahres. Ihre Seele flöge zu Gott ... zu Gott, der ihr Leid kannte und sie nicht zurückweisen würde, zusammen mit dem Lied der Glocken, das sich draußen in die kalte Luft erhob.

Ruhig kniete sie sich auf die viereckigen Fliesen des Bodens zu einem letzten Gebet, in das sie ihr ganzes Herz legte, um dem Allmächtigen alle die zu empfehlen, die sie mehr als sich selbst liebte. Dann erhob sie sich, überlegte einen Moment, ob sie sich ankleiden solle. Doch die Dicke der Kleidung würde den Weg des Dolches schwieriger machen. So beschränkte sie sich darauf, sorgfältig ihr herrliches Goldhaar zu bürsten, damit es sie wie ein Mantel aus Licht umgebe, und schrieb einen Brief an Gauthier, der ihm die Wahrheit mitteilte und ihn dadurch veranlassen sollte, auf seine Absicht, ihr in den Tod zu folgen, zu verzichten. Dann kehrte sie, nur in ihrem langen Hemd aus weißem Linnen bekleidet, das sie wie ein klösterliches Gewand vom Hals bis zu den Füßen umhüllte, zu ihrem Bett zurück, streckte sich aus, packte mit fester Hand den Dolch, küßte den Griff, hob den Arm und schloß die Augen ...

Hastige Schläge an ihre Tür ließen die mörderische Geste in der Schwebe, hielten instinktiv die zum Stoß bereite Hand zurück. Zugleich drang die fröhliche Stimme des jungen Chazay zu ihr:

»Dame Cathérine, Dame Cathérine, wacht auf! Wacht schnell auf! Da ist jemand, der Euch sehen will ... Öffnet mir, bitte!«

Sie antwortete nicht sofort, aber ihr Arm sank langsam neben sie herab. Das Leben rief sie durch diese junge, frohe

Stimme mit um so mehr Kraft zurück, als sie sich zum Echo einer guten Nachricht zu machen schien. Und obgleich Cathérine nicht recht sah, welche Art von glücklichem Ereignis ihr in ihrer gegenwärtigen Lage geschehen könnte, vergaß sie augenblicklich, daß sie hatte sterben wollen.

Vielleicht, weil es sie nicht wirklich danach verlangte, weil der Tod für sie nur ein Notbehelf war, und weil die heiße Liebe zum Leben, die sie immer wie ein Geheimnis in sich getragen hatte, sie bis zur letzten Sekunde eine wundersame göttliche Hilfe erhoffen ließ ... eine Hilfe, nach der sie vielleicht unbewußt gerufen hatte.

Sie wollte sprechen, fragen, wer da wäre, aber kein Ton drang aus ihrer wie zugeschnürten Kehle. Gauthiers Stimme ließ sich, nun ungeduldig, von neuem vernehmen:

»Dame Cathérine! Dame Cathérine! Hört Ihr nicht? Schlaft Ihr so fest? Ich bringe Euch einen Freund!«

Einen Freund? Woher sollte ein Freund zu ihr kommen? Doch so stark war die Lockung dieses magischen Worts, daß Cathérine vom Bett sprang, den Dolch fallen ließ, der auf den Steinboden klirrte, auf bloßen Füßen zur Tür lief und sie öffnete, von ihrem Stallmeister erleichtert begrüßt:

»Da seid Ihr endlich! Seht nur, Dame Cathérine! Ich hoffe, daß ich nicht gelogen habe. Es ist doch ein Freund, den ich Euch bringe, nicht wahr?«

Der Mann, der in der Dunkelheit des Flurs vor ihr stand und von dem sie nur die schwarze, von einer kompliziert geformten Kopfbedeckung überragte Gestalt unterscheiden konnte, trat in das durch die Tür strömende Licht. Cathérines Herz stockte einen Moment, doch nur um gleich darauf in einen freudigen Takt zu verfallen, denn der Ankömmling war Jan van Eyck ...

Vom selben Impuls getrieben, fielen sie einander in die Arme und küßten sich mit einer brüderlichen Begeisterung, die dem jungen Chazay nicht den geringsten Zweifel an der Wärme ihrer gegenseitigen Gefühle beließ. Im ersten Moment der Begrüßung hatten sie nur ein und dasselbe Wort zu sagen gewußt:

»Ihr? ... Ihr seid es?«

Berühmter Maler, Kammerdiener des Herzogs Philippe von Burgund, doch häufiger noch sein offiziöser Botschafter in delikaten Angelegenheiten, war van Eyck in der Tat einer der ältesten Freunde Cathérines. Sie hatte ihn kennengelernt, als sie die Königin von Brügge und die vielgeliebte Mätresse Philippes gewesen war ...

In dieser Zeit hatte Jan unzählige Porträts von ihr geschaffen, aber das allerletzte hatte er erst kürzlich aus dem Gedächtnis gemalt. Es war die köstliche »Verkündigung Mariä«, die das Betzimmer der Schloßherrin von Montsalvy schmückte.

Ihre letzte Begegnung, kaum weniger erstaunlich als diese, lag fast zwei Jahre zurück. Sie hatten sich in einer stürmischen Nacht im Hospiz des Passes von Ronceveaux getroffen, wo Cathérine und ihre Pilgergefährten auf dem Wege nach Compostella eingekehrt waren. Aber sie war weit weniger zufällig als diese gewesen, denn der von Ermengarde de Chateauvillain gerufene van Eyck war nur gekommen, um Cathérine wieder dem Herzog Philippe zuzuführen, der sie nicht vergessen konnte. Und um wieder einmal ungehindert den Spuren ihres kapriziösen Gatten folgen zu können, war Cathérine im Morgengrauen geflohen und dem alten Freund entwischt, der zu einer Gefahr für sie wurde.

Der Maler schien von dieser jähen Trennung jedoch keinerlei Groll zurückbehalten zu haben, denn er drückte die junge Frau mit der Zärtlichkeit eines Vaters an sich, der sein verlorenes Kind wiederfindet.

»Als ich diesem Burschen unten warme Milch für die Gräfin de Montsalvy fordern hörte, traute ich meinen Ohren nicht!« rief er lachend und weinend zugleich in einer Gefühlsverwirrung, die man diesem eher gesetzten, kühlen Mann nicht zugetraut hätte. »Das Jesuskind muß ein Wunder bewirkt haben, da Ihr wahrhaftig hier seid. Was macht Ihr nur in Luxemburg, schöne Dame? Immer noch schöner, möchte ich glauben! Laßt Euch anschauen!«

Er hielt sie auf Armeslänge von sich ab, mit den Händen ihre anmutigen, von der goldenen Flut des Haares fast verhüllten Schultern umspannend und das Antlitz seiner Freundin mit jenem alles durchdringenden Blick abtastend, der seinen klaren blauen, ein wenig vorstehenden Augen eigen war. Die Spuren kürzlicher Tränen entgingen ihm nicht. Die Stirn runzelnd, wiederholte er seine Frage und verstärkte zugleich ein wenig den Druck seiner Finger auf ihre zarten Schlüsselbeine.

»Was tut Ihr in Luxemburg, bei der Verbündeten Burgunds, Madame de Monsalvy?«

»Ich wünschte, die Herzogin Elisabeth zu treffen, um etwas von ihr zu erfahren ... und um ihr etwas anderes beizubringen!« antwortete die junge Frau, um einen leichten, fast affektierten Ton bemüht, der selbst ihr ziemlich falsch klang. Van Eycks Miene heiterte sich auch keineswegs auf.

»Ihr seid nicht zufällig wieder einmal auf der Suche nach Eurem infernalischen Gatten?«

»Was könnte Euch auf solchen Gedanken bringen?«

»Eure geröteten Augen! Ihr habt geweint ... und zwar erst kürzlich. Als ich Euch kennenlernte, habt Ihr nie geweint! Allerdings hatte Seigneur Arnaud Euch damals noch nicht die fabelhafte Ehre angetan, Euch zur Gattin zu nehmen!«

»Ich weiß, daß Ihr ihn nicht liebt«, seufzte Cathérine, »aber häuft nicht alle Sünden des Universums auf sein Haupt. Er ist nicht der einzige, der die Macht besitzt, mich zum Weinen zu bringen. Übrigens weiß ich durchaus, wo er ist: bei uns in Montsalvy, und ich bin dabei, mich auf die Rückkehr dorthin vorzubereiten, um mich wieder mit ihm zu vereinen.«

Sie sprach schnell und in einem Ton, aus dem die anderen, wie sie hoffte, tiefe Überzeugung und echte Wärme heraushören sollten. Doch Gauthier, der auf den Fersen des Malers ins Zimmer getreten war, hatte indessen den auf den Sandsteinfliesen liegengebliebenen Dolch entdeckt, hatte den deutlich sichtbar gegen den eisernen Leuchter gelehnten Brief gesehen und, da er an ihn gerichtet war, geöffnet, gelesen ... und das, was er las, ließ ihn so die Fassung verlieren, daß er alle Zurückhaltung vergaß und einen zornigen Schrei ausstieß, der die beiden andern zu ihm herumfahren ließ.

»Das wolltet Ihr tun? ... Trotz allem, was Ihr mir versprochen hattet, was ich Euch geschworen hatte, wolltet Ihr das tun? ... Messire«, rief er, zu van Eyck stürzend und ihm den Brief in die Hand drückend, »urteilt selbst! Nehmt! Lest diesen Brief, den man für mich zurückließ! Danach fragt Eure Freundin, auf welche Weise sie diese Rückkehr verwirklichen will, von der sie Euch so zuversichtlich sprach.«

»Gauthier!« grollte Cathérine. »Gebt mir diesen Brief sofort zurück! Wie konntet Ihr es wagen!«

»Und Ihr? Wie konntet Ihr es wagen?« entgegnete er, ohne sich die Mühe zu machen, die Tränen zurückzuhalten, die mit einem Schlage sein fassungsloses Gesicht überschwemmten. »War der Brief nicht an mich gerichtet? Ich habe ihn gelesen! Was wäre natürlicher? Aber warum? Warum?«

»Da Ihr ihn gelesen habt, wißt Ihr es.«

»Ich kann nicht daran glauben … Das ist Euren Tod nicht wert! Es ist idiotisch, sterben zu wollen, nur …«

Der arme Bursche ließ sich auf den Fuß des Bettes sinken und begann, das Gesicht in den Händen vergraben, hemmungslos zu schluchzen, während van Eyck, der den Brief schnell überflogen hatte, Cathérine ungläubig musterte.

»Das ist doch nicht wahr?« murmelte er endlich. »Ihr wolltet doch nicht …?«

Sie senkte den Kopf, schämte sich jetzt dieser Regung der Verzweiflung, durch die sie in den Augen des alten Freundes wie in denen ihres Stallmeisters an Achtung verloren hatte.

»Ich sah keine andere Lösung mehr«, sagte sie nach einer Weile. »Wenn Ihr nicht gekommen wärt, hätte jetzt alles ein Ende. Aber Ihr seid gekommen.«

»Ich werde nie aufhören, Gott dafür zu danken«, erklärte van Eyck ernst. Dann wandte er sich zu Gauthier, der, an Schwächeanwandlungen nicht gewöhnt, sich schon mit seinem Ärmelaufschlag die Augen wischte: »Und da der Allmächtige mich offensichtlich ausdrücklich hierhergeschickt hat, muß ich die Mittel finden, Euch zu helfen. Wie wär's, wenn Ihr mir die ganze Geschichte erzählen würdet, mein Junge? Währenddessen könnte Eure Herrin sich ankleiden, denn in diesem Zimmer brennt kein Feuer, ihre Füße sind nackt, sie hat nur ein dünnes Hemd auf dem Leib und muß vor Kälte sterben. Wir werden hinuntergehen, einen Krug Glühwein trinken und eine Mahlzeit bestellen, die man hier heraufbringen wird. Aber Ihr versprecht mir, Cathérine, nicht wieder mit Eurem törichten Versuch zu beginnen? Übrigens nehme ich diese Waffe mit.«

»Das ist unnötig, Jan. Ihr habt mein Wort. In ein paar Minuten bin ich wieder bei Euch … Aber warum seid Ihr selbst eigentlich hier? Ich kann nicht recht glauben, daß es auf ausdrücklichen Befehl Gottes ist, mir aus meinen Angelegenheiten herauszuhelfen.«

Van Eyck lächelte und griff nach dem mit Marderfell gefütterten dicken Überwurf, den er beim Eintreten auf den Tisch gelegt hatte.

»Sagen wir, seine Wege sind undurchdringlich. Ich bin

hier, um der Herzogin anzukündigen, daß sie das Geld nicht bekommen wird, das sie unaufhörlich von Herzog Philippe fordert. Und auch, um ihr in seinem Namen eine Strafpredigt zu halten. Diese Frau ist eine Erzverschwenderin, ein Faß ohne Boden. Sie steckt bis über beide Ohren in Schulden, und wenn das so weitergeht, wird ihr nur eine Möglichkeit bleiben ...«

»... ihr Herzogtum Monseigneur dem Herzog von Burgund zu verkaufen, nicht wahr? Wahrhaftig, er ist immer derselbe«, sagte Cathérine mit einem halben Lächeln. »Ihr übrigens auch Jan!«

Als die beiden Männer das Zimmer verlassen hatten, beeilte sich Cathérine, ein wenig Toilette zu machen und sich anzuziehen. Während sie kaum eine Stunde zuvor nur ans Sterben gedacht hatte, entdeckte sie jetzt verblüfft, daß sie fror, daß sie hungrig war ... daß sie noch Lust hatte zu leben. Sie wußte nicht recht, welche Hilfe der Maler ihr bringen konnte, aber sie kannte seine Weisheit, seine Umsicht und seine Intelligenz, Fähigkeiten, die abgesehen von seinem außerordentlichen Talent aus ihm einen der geschätztesten Diener Philippes des Guten machten. Und dann war es gut, sich für dies eine Mal wenigstens einem anderen anvertrauen und einen Teil ihrer schweren Last in so sichere Hände wie die seinen legen zu können.

Einige Minuten später traf Cathérine mit erfrischtem Gesicht, gebadeten Augen, sorgfältig gekleidet und frisiert wieder mit den beiden Männern und Bérenger vor dem lodernden Kaminfeuer bei der üppigen Mahlzeit zusammen, die van Eyck bestellt hatte. Der Page saß schon mit vor Vergnügen glänzenden Augen bei Tisch, im besten Zuge, den Maler zu erobern, den das braune, ausdrucksvolle Gesicht und der lebhafte Geist des Kindes amüsierten.

Das Mahl begann in Schweigen, einem Schweigen, das zu brechen Cathérine für ihr Teil keine Lust verspürte. Im allgemeinen keine Feinschmeckerin, fand sie an diesem Morgen neue Reize an den Dingen, die man ihr servierte, am Schinken aus den Ardennen, an der köstlichen Weihnachtswurst mit Kräutern, an der schaumigen Milch, an den frisch aus dem Ofen gekommenen Marzipanfondants.

Van Eyck aß wie jemand, der einen langen Weg zurückgelegt und es nötig hat, seine Kräfte zu restaurieren: Gleich nach beendeter Mahlzeit würde er sich zum Schloß hinauf begeben, um der Herzogin seine Botschaft auszurichten.

Bérenger schmauste mit dem schönsten Appetit seiner Jahre. Nur Gauthier, der zunächst ein Drittel des Schinkens ganz allein verschlungen hatte, verlangsamte seinen Rhythmus, hörte plötzlich ganz auf zu essen und versank in eine so tiefe Träumerei, daß man ihn schütteln mußte, um ihn aus diesem Zustand zu lösen.

»Bei Tisch grübeln ist keine gute Sache«, sagte van Eyck, der als echter Flame Methode in alle Dinge brachte und niemals etwas vermengte, und reichte ihm einen Becher mit Heidelbeerschnaps. »Trinkt das. Ihr werdet Euch gleich lebhafteren Geistes fühlen, zumal Ihr Euch nicht sehr anzustrengen braucht, um das Problem zu lösen, das Euch sichtlich so beschäftigt.«

»Das würde mich wundern, denn das fragliche Problem ist ... medizinischer Natur. Ich kenne die Kräuter, die imstande wären, unsere Herrin zu befreien, aber abgesehen davon, daß ich nicht weiß, wo ich sie mir hierzulande beschaffen soll, fürchte ich ihre Anwendung so kurze Zeit nach dem Ereignis, von dem Euch nichts mehr verborgen geblieben ist.«

Doch da er zu denen gehörte, die sich einem guten Rat nie verschließen, leerte er den Becher in einem Zug und stellte ihn geräuschvoll auf den Tisch zurück, wobei ihm ein schallender Rülpser entfuhr, der den Flamen zum Lachen brachte.

Sanft legte er seine Hand auf die Cathérines, die ein Stück Brot umklammerte, und lächelte ihr beruhigend zu, da er ihre wiedererwachende Angst spürte.

»Es kommt nicht in Frage, ein Leben, das uns teuer ist, einer Gefahr, und sei sie noch so klein, auszusetzen. Ich bleibe dennoch dabei, daß ich die Lösung kenne: Sie erwartet uns in Brügge, Cathérine ... nicht sehr weit von einem Haus entfernt, das Ihr gut kennt.«

Mählich stieg Röte in das blasse Gesicht der jungen Frau. Der bloße Name Brügge rief ihr so viele Dinge ins Gedächtnis zurück, so viele Erinnerungen, von denen nicht wenige voller Zauber waren, denn, immer ehrlich mit sich selbst, hatte sie sich stets eingestanden, daß in der Zeit, in der sie Arnaud für immer verloren glaubte, die Liebe Herzog Philippes ihr wohlgetan hatte. Aber sie verjagte entschlossen die verfängliche Erinnerung.

»Ihr denkt doch nicht daran, mich dorthin zu bringen, Jan? Was sollte ich in Brügge tun?«

»Eine geschickte Florentinerin aufsuchen, eine Frau, die zum Haushalt eines meiner Klienten und Freunde, des reichen Kaufmanns Arnolfini, gehört ... Diese Frau erwarb sich dadurch heimlich einen großen Ruf, daß sie eins der Hoffräulein, mit dem Monseigneur eine ... nun, sagen wir, längere Unterhaltung gepflogen hatte, sozusagen so gut wie neu herrichtete, bevor die Herzogin davon erfuhr. Sie arbeitet nur durch Beziehungen, und sie ist ziemlich teuer, aber bei ihr ist ein Risiko so gut wie ausgeschlossen. Ihr seht, liebe Freundin, daß Ihr nur Nutzen von dieser Reise habt, die übrigens nicht sehr lang ist: ungefähr achtzig Meilen auf dem kleinen Umweg über Lille, wo ich mich einen Tag werde aufhalten müssen, um Rechenschaft über meine Mission abzulegen. Zum Ausgleich werdet Ihr ein wenig Trost und Stärkung bei der Amme Monseigneurs de Charolais finden, die, wie man mir sagte, zu Euren besten Freundinnen zählt. Was sagt Ihr also zu meinem Plan?«

Cathérine antwortete nicht sofort. Gewiß, der Maler bot ihr da eine bessere Lösung als alles, was sie sonst finden konnte, doch sie empfand ein eigentümliches Gefühl von Widerwillen, vermischt mit jähem Verlangen, die wundervolle flämische Stadt, sicherlich eine der schönsten der ganzen Christenheit, wiederzusehen, in der ihr ewig umherirrendes Dasein eine Weile zur Ruhe gekommen war. Der Widerwillen rührte vor allem daher, daß die Rückkehr nach Brügge einstweilen bedeutete, ihrem Frauenleben den Rükken zu wenden, sich noch weiter von Montsalvy zu entfernen, wohin heimzukehren, um sich nie wieder von der Stelle zu rühren, es sie so verlangte.

Mit der Intelligenz des Herzens und Geistes, die ihn charakterisierte, erriet Gauthier ihre widersprüchlichen Gedanken. Er neigte sich zu ihr und suchte ihren unruhig schweifenden Blick festzuhalten, um die Nebel sterilen Grübelns aus ihm zu vertreiben.

»Ihr könnt jetzt nicht dorthin zurück, Dame Cathérine ... nicht in diesem Zustand! Ihr müßt nach Brügge. Der Weg ist länger, aber um so viel sicherer! Ein paar Wochen mehr werden nichts schaden.«

»Und außerdem sind die Straßen im Gebirge im Winter zu rauh«, schloß Bérenger, der plötzlich den lebhaften Wunsch verspürte, dieses märchenhafte Flandern zu sehen, von dem die Reisenden mit Bewunderung sprachen. »Man riskiert, vor Kälte im Schnee zu sterben. So werden wir im

Frühling nach Montsalvy zurückkommen. Der Frühling ist so schön bei uns ...«

Ohne etwas zu sagen, beugte sich Cathérine zu ihm und küßte ihn auf die mit feinem Zucker gepuderte Wange.

»Mir scheint, wir haben eben die Stimme der Weisheit vernommen«, bemerkte van Eyck gutgelaunt. »Was habt Ihr uns zu sagen, Cathérine?«

Sie umfing alle drei mit ihrem wie durch Zauberei wieder strahlend und heiter gewordenen Blick.

»Daß ich von Glück sagen kann, Freunde wie Euch zu haben! ... Wir werden also nach Brügge gehen, je eher, desto besser.«

Als sie achtundvierzig Stunden später Arlon verließen, wehrte sich Cathérine erbittert gegen die bequeme Sänfte, die Jan van Eyck ihr aufdrängen wollte. Je beschwerlicher der Weg wäre, desto mehr würde er ihr gefallen, denn die Stöße und Beschwernisse des Ritts ersparten ihr vielleicht die ganze Reise bis nach Flandern. Wohl oder übel mußten sie ihrem Wunsch nachgeben. Sie verlangte sogar, daß sie ihr Männerkleidung beschafften, damit niemand auf die Idee käme, sie als schwache Frau zu behandeln.

Wie um sie vollauf zufriedenzustellen, erwies sich die Reise durch die mehr denn je verschneiten Ardennen und über die endlosen Ebenen des Hainaut noch rauher, als sie gehofft hatte. Sobald sie die Hauptstadt Luxemburgs verlassen hatten, überfiel sie schneidende Kälte. Sie mußten gegen den Frost, gegen Glatteis, auf dem die Pferde ausrutschten, gegen die Wölfe kämpfen, die der Hunger kühn machte, so daß sie des Nachts den seltenen Häusern allzu nahe kamen und sie um ihren Schlaf brachten, weil sie verjagt werden mußten.

Wenn er allein gewesen wäre, wäre van Eyck, ein großer Feind der Unbilden des Wetters und sehr auf seine Bequemlichkeit bedacht, zweifellos für mehrere Tage in irgendein Schloß eingekehrt, um zu warten, bis das Wetter sich ein bißchen gnädiger zeigte, doch eine Art bissiger Sturheit trieb Cathérine voran. Mit zusammengepreßten Zähnen ihre Erschöpfung bekämpfend, schonungsloser noch gegen sich selbst als gegen die andern, strebte sie weiter, immer weiter, zwang ihren Körper zum Ertragen der schmerzhaften Krämpfe, die ihre Muskeln verknoteten, und lauerte auf die Anfänge einer Befreiung, die sich nicht einstellen wollte.

Bei der Abendrast verschlang sie eine warme Suppe, ein Stück Brot, trank einen Becher Wein, wenn es welchen gab, dann fiel sie wie ein erschöpftes Tier auf ihr Lager und versank in traumlosen Schlaf. Doch bei Tagesanbruch weinte sie vor Wut und Ekel, wenn jähe Übelkeit sie überfiel, kaum daß sie die Füße auf den Boden gesetzt hatte, und sie mit leerem Kopf, wild klopfendem Herzen und mit kaltem Schweiß bedeckt auf ihr Bett zurückwarf.

Doch außer diesem fast täglichen Unwohlsein ging es ihr ausgezeichnet. Van Eyck zog sich eine stattliche Erkältung zu, die Nase und Augen laufen ließ, Gauthier hatte eine steifen Hals, und Bérenger brachte es durch Ausrutschen auf einem gefrorenen Bach zu einer Verstauchung. Sogar zwei der Diener des Maler-Botschafters zitterten achtundvierzig Stunden hindurch im Fieber. Nur Cathérine hatte nichts und erreichte Lille in so gut wie tadelloser Verfassung.

Als nach einer Woche der große Glockenturm endlich am Horizont auftauchte, wie ein gigantischer Finger zum niedrigen Himmel aufragend, ins Heulen des Windes hinein, der für die Nacht Sturm ankündigte, konnte Jan van Eyck einen Seufzer der Erleichterung nicht unterdrücken. Er hustete seit dem Vorabend, und er war bereit, für ein gut geschlossenes Zimmer, ein angewärmtes Bett, und Fluten von kochendem Kräutertee, angereichert mit altem Tresterschnaps, seine Seele zu verkaufen.

»Endlich sind wir da!« krächzte er. »Ich fing schon an zu glauben, daß dieser verdammte Weg nie enden würde.«

Cathérine wandte ihm einen schrägen, schon mißtrauischen Blick zu.

»Der Weg ist noch nicht zu Ende«, sagte sie sanft. »Wir sind in Lille, wie mir scheint … nicht in Brügge!«

»Ich weiß, ich weiß … Aber ich glaube, Euch gesagt zu haben, daß ich hier anhalten müßte. Ihr werdet mir doch zwei Tage zubilligen? Ich bin wie gerädert … und ich würde nur ungern auf einer Bahre und mit einer Lungenentzündung zu Hause ankommen.«

»Sei's! Ich wäre undankbar, wenn ich es Euch verweigerte, mein armer Jan, da Ihr so gebrechlich geworden seid. Ihr wart früher solider. Sollte es schon das nahende Alter sein?«

»Ich bin nicht gebrechlich!« brauste er ärgerlich auf. »Aber ich bin nicht mehr zwanzig, und es herrscht ein Wetter, in dem man keinen Christenmenschen vor die Tür schikken sollte! Was Euch betrifft, finde ich, Ihr seid unversehens recht rauh geworden! Eure Freundschaft war früher weicher.«

Er wirkte so unglücklich, durch die Erkältung so seiner sonstigen Ausstrahlung beraubt, daß Cathérine Gewissensbisse verspürte, den Freund, der sich so für sie aufopferte, so grausam zu behandeln. Sich im Sattel vorbeugend, drückte sie einen schnellen Kuß auf seine schlecht rasierte Wange.

»Ihr dürft mir nicht böse sein, Jan! Ich weiß, ich bin unerträglich, widerwärtig, und ich lohne Euch Eure Freundschaft, die immer so innig gewesen ist, schlecht. Aber seht Ihr, dieser Aufenthalt in Lille macht mir Angst, und ich wäre am liebsten schon wieder fort.«

»Warum nur? Ich glaubte, Ihr schätztet Dame Symonne Morel, Ihr freutet Euch darauf, sie wiederzusehen.«

Mit einer Kopfbewegung wies Cathérine auf die im Winde flatternde Standarte mit dem Wappen Burgunds auf dem Glockenturm, die sich auf den Türmen des Palastes mehrfach wiederholte und die Anwesenheit des Herzogs anzeigte.

»Sie, ja ... aber ihn? Ich will nicht, daß er von meiner Gegenwart erfährt!«

»Was für eine Idee!« brummte van Eyck. »Warum sollte er davon erfahren?«

»Vielleicht, weil Ihr es ihm sagen könntet, mein Freund. Oh, ganz zufällig nur, durch eine Unbedachtheit, während Ihr ihm über die Erledigung Eures Auftrags berichtet ...«

Das Gesicht des Malers, in dem bisher nur die Nase rot gewesen war, färbte sich mit einem Schlage purpurn.

»Ihr haltet mich also solcher Machenschaften für fähig?«

Er schien so ungehalten, so tugendhaft gekränkt, daß sie sich nicht hindern konnte zu lachen.

»Natürlich halte ich Euch dessen für fähig! Der Herzog hat in Euch das Modell eines treuen Dieners. Habt Ihr vergessen, daß ich mich vor zwei Jahren in Ronceveaux heimlich davonstehlen mußte, um Euch daran zu hindern, mich mit gebundenen Händen und Füßen zu ihm zurückzubringen ... oder doch fast?«

»Das stimmt. Aber da war die Gelegenheit auch zu schön.«

»Ist sie es diesmal nicht? Ich glaube, sie ist noch schöner. Ich fürchte, meine Rückkehr zu Eurem teuren Herrn ist bei

Euch zu einer fixen Idee geworden. Und ich frage mich sogar, ob Ihr wirklich die Absicht habt, mich nach Brügge zu geleiten, oder ob in Euren Gedanken die Reise nicht schon in Lille endet, wie Ihr es vorhin in einem unbedachten Moment habt durchblicken lassen.«

»Das ist lächerlich! Warum sollte ich Euch nicht nach Brügge geleiten? Warum sollte ich nicht zu mir heimkehren?«

»Weil es sich nach allem, was ich in Dijon erfuhr, in letzter Zeit für getreue Diener Philippes in Brügge nicht sonderlich gut leben soll. Das Volk, die Zünfte sind in Aufruhr gegen ihren Fürsten, der wegen ihres schlechten Verhaltens vor Calais ihre Privilegien beschneiden will und der sich weigert, die Befestigungswerke des benachbarten Hafens von Sluys zu schleifen. Und ich kenne genügend Leute aus Brügge, mein Freund, um zu wissen, wie schwer es fällt, ihre Revolten zu beschwichtigen, zumal schon Blut geflossen ist.«

»Die Geschichte schreibt sich zweifellos verschieden, je nachdem, ob man Burgunder oder Flame ist!« rief van Eyck, der nervös wurde. »Aber wir werden bei diesem eisigen Wind jetzt nicht Politik machen. Ich sage Euch nur dies: Die Stadt ist ruhig, seitdem am letzten 13. Dezember der Herzog gekommen ist. Man ist sich über eine Art Kompromiß einig geworden. Zweitens habe ich Euch nicht belogen, was Ihr auch denken mögt. Ich habe wirklich die Absicht, Euch zu der Florentinerin zu bringen! Seid Ihr nun zufrieden?«

»Vielleicht, aber ...«

»Dann duldet, daß ich meinerseits eine schlichte Frage an Euch richte! Warum seid Ihr mir mit solchen Hintergedanken gefolgt?«

»Weil ich die Absicht hatte, Euch notfalls zu zwingen, mich zu meinem Ziel zu führen. Und dann dachte ich, daß mir Symonnes Hilfe nicht fehlen würde, falls Ihr wirklich in Lille bleiben wolltet. Aber hören wir jetzt auf, uns zu streiten. Es ist zu dumm! Versprecht mir nur, nichts zu tun, was dazu führen könnte, daß ich dem Herzog begegne.«

Van Eyck murmelte irgend etwas Unverständliches vor sich hin, beugte sich vor, um die Kinnkette seines Pferdes zu kontrollieren, wickelte den breiten Samtstreifen seiner Kopfbedeckung fester um seinen Hals und ergab sich schließlich mit einem gewaltigen Seufzer, der Cathérine weit besser aufklärte als ein geschriebenes Geständnis.

»Es ist gut! Ihr habt mein Wort ... Aber erlaubt mir, Euch zu sagen, daß auch das zu dumm ist!«

Der tiefe Schatten eines Tores nahm die kleine Karawane auf. Vor der Wachstube hielten sie nur lange genug, um van Eyck seinen ständigen Passierschein präsentieren zu lassen, dessen rotes Wachssiegel der Postenführer küßte, während Cathérine sich nach dem Logis der Morel erkundigte, das sich übrigens ganz in der Nähe des herzoglichen Palastes befand. Hinter ihnen ließ man das Fallgatter herab und zog die Brücke für die Nacht empor.

Doch jenseits der Mauer schien die Stadt nicht geneigt, sich der Dunkelheit und dem Schlaf zu ergeben. Ganz im Gegenteil, im Schutze ihrer geschlossenen Tore bereitete sie sich auf das letzte der Feste vor, die während der Weihnachtszeit stattfanden: Das Dreikönigsfest, dessen Vorabend angebrochen war.

Dem von zahlreichen Feuerpfannen erleuchteten Herzen der Stadt zureitend, hatten Cathérine und ihre Begleiter den Eindruck, sich auf einer Kirmes zu befinden. Die Glocken läuteten dröhnend, um die Bevölkerung zur großen Zeremonie des Abends in die Kathedrale zu rufen. Durch die Fenster der Häuser konnte man die mächtigen Kaminfeuer und den Putz der reichen Stadtbürgerinnen, der Frauen von Tuchhändlern oder Geldwechslern, schimmern sehen. In den schmalen Straßen, die man sorgfältig vom Schnee befreit und statt dessen mit Stroh bestreut hatte, über das in kurzem der herzogliche Zug dahinschreiten würde, galoppierten Scharen kleiner Kinder, als Könige aus dem Morgenland verkleidet, von Haus zu Haus, sangen, Einlaß fordernd, Kirchenlieder und nahmen Kuchen und Süßigkeiten in Empfang, die sie in Körben verstauten.

Unter den Arkaden des Großen Platzes hatten sich ambulante Händler und Gaukler installiert, die um ihre Stände oder ausgespannten Seile viel Volk versammelten, und der Verkehr auf dem von hohen, bemalten und wie Bilder vergoldeten Ziegelsteinhäusern umrahmten majestätischen Viereck war nicht eben leicht. Ein Stück weiter erhob sich, ebenfalls aus Ziegeln errichtet, der riesige Palast, den Philippe der Gute vor kurzem hatte vollenden lassen und der unter seinen flatternden Bannern im Schein der von Wachen auf den Wehrgängen und in den Galerien getragenen Fackeln ein ganz eigens Leben zu führen schien.

»Dort ist das Haus Eurer Freundin«, bemerkte plötzlich van Eyck, indem er auf ein der Rechnungskammer benachbartes, schönes Gebäude wies, dessen von geschnitzten Rahmen eingefaßtes Fenster sich unter einem mächtigen rot und goldenen Giebel bargen.

Doch genau in dem Augenblick, in dem sie sich anschickten, den Raum, der sie von diesem Haus trennte, zu überqueren, schmetterte eine Trompetenfanfare so nah, daß Cathérine zusammenfuhr und unwillkürlich ihr Gesicht dem Palais zuwandte, dessen sich öffnende Tore eine Flut von Licht und Lärm entließen: Der Zug der Souveräne setzte sich unter Vorantritt von langen silbernen Trompeten und in wappenverziertem Samt gekleideten Paukenschlägern über den großen Platz hin in Bewegung, dem Hospital zu, wo man an die Kranken Geschenke verteilen würde, bevor man nach Notre Dame weiterzog, um dort der Einsegnung des Wassers zu Ehren der Taufe Christi und der des Weihrauchs und der Myrrhe in Erinnerung an die heiligen drei Könige beizuwohnen.

Die vor den Trompetern zurückweichende Menge bedrängte Cathérine, die sich, unversehens von ihren Begleitern getrennt, von allen Seiten eingezwängt an der Ecke des Platzes wiederfand. Zu erschöpft, um Widerstand zu leisten, hatte ihr Pferd alles mit sich geschehen lassen.

Durch den Pferderücken über die Köpfe erhoben, verharrte sie dort am Rande eines märchenhaften Stroms von Gold, Purpur und Licht, sah über das schimmernde Fluten der Pagen, der Stallmeister, der Herren und Damen, doch ohne es in Wahrheit zu sehen, denn sofort entdeckte sie Philippe und vermochte ihren Blick nicht abzuwenden. Es war so lange her!

Er ging zu Fuß, allein mit der Herzogin Isabelle, der er die Hand gab, inmitten eines vom Respekt freigehaltenen Raums. Nach seiner Gewohnheit war er schwarz gekleidet, aber es war ein samtenes Schwarz, das Schwarz einer Schmuckkassette, von dem sich das Funkeln einer Kette aus Diamanten, Perlen und Rubinen abhob, passend zu der kostbaren Agraffe, die an seiner Kappe blitzte. Und Cathérine dachte, daß er sich seit ihrem letzten, dramatischen Zusammentreffen unter den Mauern von Compiègne kaum verändert hatte. Magerer vielleicht ... hochmütiger auch, weil er seiner selbst und seiner Macht sicherer war. Damals hatte sie nur den Herzog von Burgund vor sich gehabt. Jetzt war er wirklich der Fürst, den man an den europäischen Höfen immer häufiger den Großherzog des Okzidents nannte …

Und wie gut sie zu ihm paßte, die große, blonde, schlanke, stolz sich gebende Frau, deren Fingerspitzen er hielt! Sie war schön übrigens, von einer stillen, zurückhaltenden, aber wirklichen Schönheit, gebildet aus der Feinheit der Züge, dem klaren Schnitt des Profils, dem ruhigen Glanz der Augen. In Schwarz, Weiß und Gold gekleidet, mit einem märchenhaften Rubinschmuck, der aus ihrer Heimat Portugal stammte, trug sie einen von Spitzen umwölkten Hennin, eine kegelförmige Haube, durch deren Höhe sie selbst ihren immerhin hochgewachsenen Lebensgefährten überragte. Einen Lebensgefährten, den sie nicht ansah. Und Cathérine konnte nicht umhin zu bemerken, daß der Ausdruck ihres Gesichts melancholisch war, daß Fältchen in den Mundwinkeln die noch frischen Lippen mit einem Anflug von Traurigkeit zeichneten.

Warum nur waren die Herzoginnen von Burgund so zur Melancholie verurteilt? Einst hatte sie in Brügge die noch ganz junge Michelle de France, Philippes erste Frau, die das Grab bald rufen sollte, an sich vorbeiziehen sehen, und schon damals war Cathérine durch deren schmerzliche Traurigkeit betroffen gewesen. Das hing natürlich damit zusammen, daß keine von ihnen mit einem so von Wollust und den verzehrenden Begierden fleischlicher Liebe besessenen Mann glücklich werden konnte. Wie Michelle trug Isabelle von Portugal ihre Krone wie eine Dornenkrone.

Ein Schwall von Jubel und Beifallsrufen begrüßte das Paar. Neben Cathérine stieß ein wie ein Holzfäller gebauter Mann ein so kraftvolles »Noel!« * aus, daß die Luft davon erzitterte, alsbald gefolgt von einem »Es lebe unser guter Herzog, es lebe unsere gute Herzogin!«, an Lautstärke würdig einer Kathedralenglocke, so daß sogar der Herzog den Kopf wandte und nach dem Besitzer einer so gewaltigen Kehle Ausschau hielt.

Er sollte ihn nie entdecken, denn sein über die Dünung der Köpfe schweifender kalter Blick blieb am Pferd und sei-

* Einst ein üblicher Ruf des Volkes bei jedem glücklichen politischen Ereignis

ner Reiterin hängen ... und wich nicht mehr, während ein sichtbares Zucken seine Schultern durchlief. Unfähig, sich zu rühren, unfähig auch, ihren eigenen Blick abzuwenden, sah Cathérine fasziniert, wie sich die eisblauen Augen überrascht, doch auch zweifelnd belebten und plötzlich aufleuchteten. Sie begriff, daß sie erkannt worden war, verlor die Fassung, suchte sich aus der sie umschließenden Menge zu befreien, aber es war unmöglich, ohne einige der sie Umdrängenden zu verletzen, und so mußte sie bleiben, gleichsam wie am Pranger dem verzehrenden Blick des Fürsten ausgesetzt, der sie so geliebt hatte ...

Philippes Überraschung war so groß gewesen, daß er, ohne es recht zu merken, stehengeblieben war und die Hand seiner Gattin losgelassen hatte, die nun unwillkürlich nach dem Anlaß dieses unerwarteten Aufenthalts suchte. Cathérine, deren Antlitz sich langsam rötete, fand zwei recht unterschiedliche Blicke auf sich gerichtet, denen weitere folgten ...

Ein Murmeln rauschte über die Menge, dann erhob sich hell und klar und schon verächtlich die Stimme der Herzogin:

»Kommt Ihr, Monseigneur! Man erwartet Euch.«

Wie bedauernd und noch immer zu Cathérine hinüberblickend, nahm Philippe von neuem die Hand seiner Frau, setzte sich wieder in Bewegung und entfernte sich, den Rest des glitzernden Zuges hinter sich her ziehend, dessen vielfarbige Woge ihn Cathérines Augen bald verbarg. Dem herzoglichen Paar waren König René und der zu Verhandlungen über dessen Freilassung nach Lille gekommene Konnetabel de Richemont gefolgt, aber Cathérine hatte die beiden nicht einmal gesehen.

Erst als die Schleppe der letzten Dame, der Federbusch des letzten Höflings verschwunden war, löste sich die Zuschauermenge langsam auf und gab ihr endlich Gelegenheit, sich wieder mit ihren drei Begleitern zu vereinen, die auf der anderen Straßenseite hatten bleiben müssen. Natürlich war den scharfen Augen van Eycks nichts von der kurzen Szene entgangen, und er konnte einen ärgerlichen Seufzer nicht unterdrücken, als die noch vor Erregung zitternde junge Frau ihr Pferd dicht neben das seine trieb.

»Jan, ich kann nicht bleiben! Ich muß fort! Ich muß noch in dieser Stunde die Stadt verlassen ...«

»Er hat Euch erkannt, nicht wahr?«

»Ohne jeden Zweifel! Helft mir, Jan, ich bitte Euch! Ich will keine Minute länger hier bleiben. Ich ziehe den Wald, die Nacht, die Kälte, selbst die Wölfe einer weiteren Stunde in Lille vor!«

»Wie soll ich Euch hinausbringen, liebe Freundin? Die Tore sind geschlossen, und glaubt mir, die Befehle, die sie geschlossen halten, sind streng. Wollt Ihr brave Leute ein Risiko eingehen lassen, weil Ihr fürchtet ... was eigentlich? Daß man Euch verhaftet? Ihr habt nichts Böses getan! Daß man versucht, Euch zu begegnen? ... Dazu müßte man wissen, wo Ihr diese Nacht verbringen werdet! Glaubt mir, laßt Euch zu Eurer Freundin Symonne führen. Verbringt bei ihr eine gute Nacht, wie sie diesen Burschen und Euch selbst sehr not tut. Inzwischen ... und sobald die Zeremonie vorüber ist, werde ich mich ins Palais begeben und über meine Mission berichten. Und sobald sie morgen die Tore öffnen, werden wir Lille verlassen.«

»Ihr werdet nicht von mir sprechen? Schwört Ihr's?«

Ein schwaches, so tristes Lächeln glitt über die Züge des Malers, daß es fast einer Grimasse glich.

»Ich könnte mich verletzt fühlen, Cathérine, aber ich sehe Euch so verstört! Ich schwöre es Euch! Er wird nicht erfahren, daß ich mit Euch hier eingetroffen bin. Kommt jetzt ...«

Doch es stand geschrieben, daß Cathérine das schöne Liller Haus Symonnes Morels noch nicht betreten würde. Wie hingezaubert tauchte aus der anonymen Menge plötzlich ein schöner, in Seide gekleideter junger Mann vor ihr auf, verneigte sich respektvoll, doch es war van Eyck, an den er sich wandte.

»Wenn diese Dame, wie ich vermute, die Gräfin de Montsalvy ist, erweist mir die Ehre, Messire van Eyck, mich ihr vorzustellen.«

Die Stimme des jungen Mannes klang sanft, aber hinter seiner eleganten Erscheinung zeigten sich die erheblich weniger vornehmen Gestalten eines Trupps Wachen. Der Maler-Botschafter nickte sichtlich verärgert und vielleicht ein wenig beunruhigt.

»Wenn Ihr solchen Wert darauf legt ... Duldet also, daß ich Euch mit Messire Robert de Courcelles bekanntmache, Stallmeister Seiner Durchlaucht des Herzogs ... Wünscht Ihr noch etwas, Messire Robert?«

»Durchaus nicht, Messire van Eyck, und ich danke Euch!

Madame«, fuhr er, sich an Cathérine wendend, fort, »mein Herr, der erhabene, sehr mächtige Seigneur Philippe, durch Gottes Gnade Herzog ...«

»Kürzen wir's ab, Freund, kürzen wir's ab!« fiel ihm van Eyck ungeduldig ins Wort. »Abgesehen davon, daß wir es alle auswendig können, vereist man auf dieser Straße!«

»Wie es Euch gefällt«, sagte Courcelles verstimmt. »Mein Herr schickt mich also zu Euch, Madame, um Euch zu bitten, mich begleiten zu wollen, denn er wünscht, sich mit Euch einen Moment zu unterhalten, sobald die Zeremonie beendet sein wird.«

»Euch wohin zu begleiten?« fragte die junge Frau hochmütig.

»Zum Palast, wo man Euch alle Arten von Aufmerksamkeiten erweisen wird, wo man Euch nach dem, was man mir sagte, nicht lange zurückhalten dürfte, und wohin ...«

»Und wohin ich nicht mitkommen werde, Messire! Sagt Eurem Herrn, daß ich ihn grüße und jede seinem Rang geschuldete Ehrerbietung erweise, daß ich ihm für seine ... Einladung danke, daß ich aber müde bin, da ich eine lange Reise hinter mir habe, und daß ich mir zur Stunde nichts anderes wünsche, als mich vor einem guten Feuer abzuruhen.«

»Am Feuer wird es nicht fehlen«, fiel der plötzlich unruhig werdende Courcelles ein, »und ich habe den Befehl erhalten, nicht ohne Euch zurückzukehren!«

Cathérine straffte die Schultern und runzelte die Stirn.

»Soll das bedeuten, daß Ihr mich festnehmt?«

»In keiner Weise, aber ich glaube, es gesagt zu haben: Monseigneur wünscht, einen Moment mit Euch zu sprechen, er hat es mir ausdrücklich gesagt, und Ihr wißt vielleicht, daß er es weder schätzt, wenn man seine Befehle nicht befolgt, noch seinen Einladungen ausweicht. Kommt also, ohne Euch länger bitten zu lassen, Madame ... oder wenn Ihr es vorzieht, vor der Audienz ein wenig zu ruhen, wäre es meine Pflicht, Euch dorthin zu begleiten, wohin Ihr Euch begebt, dort Euer Belieben zu erwarten ... und Euch danach zum Palais zu geleiten.«

Van Eyck war diesem Wortduell mit immer sorgenvollerer Miene gefolgt. Als Cathérines Blick zu ihm zurückfand, wie um ihn um Rat zu bitten, nickte er und murmelte zwischen den Zähnen:

»Ich fürchte, Ihr könnt Euch nicht entziehen, Cathérine, sonst ...«

»Sonst würde ich die in Schwierigkeiten bringen, die mir hier in dieser Stadt Gastfreundschaft gewähren werden? Ich habe völlig verstanden! Nun gut, Messire«, seufzte sie, sich wieder dem herzoglichen Stallmeister zuwendend, »ich glaube, mir bleibt nichts anderes übrig, als Euch zu folgen. Aber nur unter zwei Bedingungen.«

»Welchen?«

»Ihr entfernt Eure bewaffnete Eskorte, die Eurer Mission einen reichlich unerfreulichen Anstrich verleiht. Ich halte sie in dem Moment für überflüssig, in dem ich mich entschließe, die ... Einladung anzunehmen.«

»Das ist nur zu natürlich. Und weiter?«

»Meine Leute werden mich begleiten und das Ende der Audienz abwarten, um mich dorthin zu bringen, wohin ich will.«

»Ich begleite Euch ebenfalls!« rief van Eyck.

»Es wäre mir lieber, Ihr tätet es nicht. Begebt Euch statt dessen zu Symonne und fragt sie, ob sie uns für diese Nacht aufnehmen will ... Nun, Messire, Ihr habt mir nicht geantwortet: Kann ich mich von meinem Stallmeister und meinem Pagen begleiten lassen?«

Courcelles zuckte gereizter die Schultern, als es die Höflichkeit erlaubte.

»Man hat mir nichts darüber gesagt, aber die Bräuche bei Hof berechtigen Euch dazu, und ich sehe keinen Nachteil darin.«

»In diesem Falle also vorwärts! Auf bald, Messire Jan!« fügte Cathérine mit absichtsvoller Betonung der Worte »Auf bald!« hinzu. Dann wandte sie, sich zuvor noch die Hände reibend, wie es ihre Gewohnheit war, wenn sie spürte, daß ihr ein Kampf oder auch nur ein kritischer Augenblick bevorstand, den Kopf ihres Pferdes zum Palast, und ohne auf Robert de Courcelles zu warten, dem keine andere Möglichkeit blieb, als hinter ihr herzulaufen, ritt die Herrin von Montsalvy dem Wohnsitz ihres einstigen Geliebten zu, fest entschlossen, ihn nur mit allen kriegerischen Ehren wieder zu verlassen.

Die Nacht der Könige

»Du bist es also wirklich! Ich habe mich nicht geirrt!«

In der engen, im sanften Schein ihrer hohen roten Kerzen fast intimen Galerie, in der Courcelles Cathérine mit der Empfehlung zu warten alleingelassen hatte, war Philippe von Burgund erschienen, und die Zeit war plötzlich wie aufgehoben durch den vertrauten Ton, dieses zärtliche Du, das die Jahre fortwischte.

Noch etwas anderes hob sie auf: die Tatsache, daß der Herzog sich nicht verändert hatte. Gewiß, es war erst sieben Jahre her, daß sie sich bei jener tragischen Unterredung vor Compiègne zum letztenmal begegnet waren, in der Cathérine vergeblich versucht hatte, Jehanne d'Arcs Befreiung zu erwirken, aber Philippe war noch immer ebenso schlank, ebenso blond, ebenso nobel in der Erscheinung ... Vielleicht umzogen nun einige kaum ausgeprägte Falten seinen Mund, aber ... nein, in Wirklichkeit hatte er sich nicht verändert, und er schien zu denken, daß es sich zwischen ihnen genauso verhielt. Doch Cathérine scheute die Annäherung.

Das Knie zu einem tiefen Gruß beugend, der den Abstand aufrechterhalten sollte, murmelte sie:

»Monseigneur ...«

Das Zeremoniell beiseite lassend, das sie ihm aufzwingen wollte, war er mit drei raschen Schritten bei ihr, nahm sie bei den Schultern, zog sie mit unwiderstehlicher Kraft hoch und hielt sie mit ausgestreckten Armen von sich ab, um sie besser betrachten zu können. Die plötzliche Veränderung, die in ihm vorgegangen war, überraschte Cathérine. Der kalte, feierlich-gemessene Fürst von vorhin war völlig verschwunden und hatte einem glücklichen Manne Platz gemacht.

»Es gibt also Wunder!« rief er lebhaft. »Seit so vielen Jahren, Cathérine, bitte ich den Himmel, dich zu mir zurückzuführen! Als ich dich vorhin bemerkte, als ich blitzartig begriff, daß er mich endlich erhört hatte ...«

»Er hat Euch nicht erhört, Monseigneur. Ich kehre nicht zu Euch zurück ...«

Schon im Begriff, sie an sich zu ziehen, hielt er inne, runzelte die Stirn.

»Nicht? Dann erklärt mir, was die Gräfin de Montsalvy in Flandern sucht ... noch dazu in Männerkleidung!«

»Seit langem habe ich mir zum Reisen diese Kleidung zu eigen gemacht, die auf langen Ritten unendlich bequemer ist als ein Reitkleid mit Schleppe. Ihr wußtet es einst ...«

»Sei's! Doch das besagt nicht, was Ihr in meinen Staaten wollt, Madame, da der zärtliche Einfall, deren Fürsten zu besuchen, Euch nicht einmal gekommen ist. Antwortet mir offen. Wäre ich Euch begegnet, wenn ich Euch nicht hätte holen lassen?«

»Nein, Monseigneur. Ich habe meine Reise nur für eine Nacht in Lille unterbrochen ...«

Sie spürte, daß er sich von ihr entfernte. Von neuem erschien der Herzog von Burgund in seiner unnahbaren Majestät, seinem mißtrauischen Charakter, was Cathérine ebenso wenig recht sein konnte wie sein vorhergehender Eifer, das einstige Band neu zu knüpfen. Welchen annehmbaren Grund konnte sie ihm für diese Reise nennen? Mußte sie auch ihm den wahren Grund enthüllen, noch einmal mit Worten das Grauen der abgebrannten Mühle wiederaufleben lassen, eingestehen, daß sie sich unterwegs zu einer Abtreiberin in Brügge befand, die sie von der greifbaren Last ihres Unglücks befreien würde? Plötzlich lächelte sie, der Macht dieser sehr weiblichen Waffe über Philippe bewußt. Eine Idee war ihr gekommen:

»... eben lange genug, um eine liebe Freundin zu umarmen«, fügte sie so einfach und natürlich hinzu, daß ihr Zögern dem Herzog nicht auffiel.

»Der Name dieser Freundin?«

»Dame Morel-Sauvegrain, bei der ich mich diesen Herbst in Dijon eine Zeitlang aufhielt.«

»Sieh an! Eine Freundschaft, von der ich nichts wußte, und die recht innig sein muß, sonst vermöchte sie die Gräfin de Montsalvy wohl kaum den Bergen ihrer Auvergne, dem Hof König Karls ... und einem geliebten Gatten entreißen, heißer geliebt als je ein Gatte unter der Sonne! Es sei denn, daß besagte Freundschaft nur Vorwand für eine Neugier ... vielleicht sogar eine profitable Neugier wäre ...«

Cathérines Lächeln schwand.

Ihren kleinen, stolzen Kopf zurückwerfend, senkte sie

entrüstet ihren veilchenfarbenen Blick in die kalten Augen des Fürsten.

»Gestattet, daß ich Euch unterbreche, Monseigneur! In einer Sekunde wird Eure Hoheit mich als Spionin behandeln.«

»Ich gebe zu, daß mir dies Wort in den Sinn kam«, entgegnete er mit einem unangenehmen kurzen Lachen. »Gehört Ihr nicht mit Leib und Seele zum Feind?«

»Feind? Der Herzog von Burgund scheint den berühmten, dem Herzen jedes guten Untertans König Karls so grausamen Friedensvertrag von Arras auf die leichte Schulter zu nehmen. Ich habe mir sagen lassen, daß die Feinde Eurer Herrlichkeit jetzt mehr auf der anderen Seite des Ärmelkanals zu suchen seien, und daß die Lilien von Frankreich und Burgund von nun an das Rechte besäßen, gemeinsam zu wachsen. Sollte ich mich getäuscht haben?«

»Keineswegs. Der Vertrag hat zu viele Vorteile, als daß ich ihn mißachten könnte.«

»Was für ein Glück noch!«

Es klang so steif, daß Philippe wider Willen lachen mußte.

»Mir scheint, Ihr habt Euch nicht verändert, Gräfin! Ihr verfügt noch immer im höchsten Maße über die so weibliche Kunst, die Rollen zu vertauschen und Euch als Anklägerin zu gebärden, um zu vermeiden, angeklagt zu werden. Dennoch ... Ihr werdet nicht so leicht davonkommen. Ich will wissen, warum Ihr in Dijon gewesen seid, und warum Ihr jetzt Dame Symonne hierher folgt.«

»Hat Messire de Roussay, der den König von Sizilien nach Lille eskortierte, nichts davon berichtet, was vor einigen Wochen an einem gewissen Abend im Neuen Turm geschehen ist? Hat er nichts von einem gegen die Person des Königs unternommenen Mordversuch erzählt?«

»Allerdings. Das war sogar der Hauptgrund, der mich veranlaßte, ihn hierherkommen zu lassen. Die Gefahr war allzu groß, und das Gelingen solchen Plans könnte dramatische Folgen haben. Aber wie könnt Ihr davon wissen?«

»Ganz einfach, weil ich an diesem Abend im Palais war. Die durchlauchtigste Dame Yolande, Herzogin von Anjou und Mutter König Renés, deren Hofdame ich bin, hatte mich beauftragt, da ich mich nach Burgund ans Sterbebett meiner Mutter begab, mich davon zu überzeugen, daß ihr Sohn gut behandelt werde und außer dem Freiheitsentzug nichts zu leiden habe. Der Himmel hat es gewollt, daß ich mich dort befand ... gerade zur rechten Zeit, um konstatieren zu können, daß Messire de Roussay gut und sicher Wache hielt.«

»Warum hat er mir dann nichts davon gesagt?«

»Weil ich ihn darum gebeten hatte. Ihr wißt, wir sind alte Freunde, Monseigneur, und ... und ich wollte im Gedächtnis Eurer Hoheit durch meinen Namen nicht gewisse Erinnerungen wecken ... weil ich nicht wußte, wie sie aufgenommen würden. Durch sein Schweigen erwies sich Jacques als ein guter Diener seines Herzogs ... und zugleich als treuer Freund!«

»Eure Mutter ist tot? Ich wußte es nicht.«

»Sie ruht nun in Chateauvillain bei Dame Ermengarde, die sie wie eine Freundin aufnahm.«

Das letzte Wort verklang. Stille folgte, nur gestört durch das leise Knirschen der Schnabelschuhe Philippes, der begonnen hatte, mit auf den Rücken gelegten Händen langsam in der Galerie auf und ab zu gehen. Nach einer Weile, die Cathérine endlos schien, bemerkte er:

»Das ist ein weiteres Eurer Talente: Euch bewährte Freunde zu schaffen. Wie macht Ihr das?«

»Das Rezept ist einfach, Monseigneur. Es genügt zu lieben ...«

»Das Wort ist groß.«

»Warum? Ich war immer der Meinung, daß Freundschaft ihrer Flügel beraubte Liebe sei ... alltägliche, friedliche, treue Liebe, die, vom Fleisch und seinen Maßlosigkeiten befreit, niemals lügt, niemals verletzt!«

»Ihr sprecht davon wie eine Priesterin von ihrem Gott«, sagte er, eine Spur gereizt. »Das ist ein Kult, auf Ehrenwort, und sich vorzustellen, daß dieser Kult Euch auf die unwirtlichen Straßen des Winters getrieben hat, um eine einzige Nacht bei einer Freundin zu verbringen ... ich kann's kaum glauben.«

»Es ist normal. Ich füge hinzu, daß ich das Angenehme mit dem Nützlichen verbinden wollte. Ich wünschte mich in der Tat vor meiner Rückkehr zu den Meinen zu überzeugen, daß König René vom Großherzog des Okzidents den einem Vetter geschuldeten Empfang erhalten hat, und daß ihm keinerlei Gefahr mehr droht. So kann ich meine Mission als völlig erfüllt ansehen.«

Cathérine hatte ihre ungeheuerliche Lüge mit einer Sicherheit und Ruhe zum besten gegeben, die sie selbst verblüfften. Es klang fast zu perfekt, und einen Moment fürchtete sie, es ähnele ein wenig einer sorgfältig einstudierten Lektion. Doch Philippe war allzusehr mit seinem aufwallenden Zorn beschäftigt, um es zu bemerken.

»Der Empfang, den man einem Vetter schuldet? Hält mich diese dumme Gans für einen Spießbürger? Meint Ihr, Madame de Montsalvy, ein Herzog von Burgund habe es nötig, von irgendeiner Seite Ratschläge entgegenzunehmen, wie er jemand zu empfangen habe?«

»Das ist es nicht.«

»Nein? Was dann? Ihr wolltet Euch überzeugen, ob ich Euren kostbaren Zaunkönig nicht etwa hätte kommen lassen, um ihm in einem Waldwinkel den Hals abzuschneiden oder ihm einen Becher meines wundervollen, durch einen Schuß Gift entehrten Beaune-Weins anzubieten? ... Und überhaupt, warum interessiert Ihr Euch in solchem Maße für diesen Einfaltspinsel? Liebt Ihr ihn vielleicht?«

Philippes langes, verdrossenes Gesicht hatte etwas Komisches, und Cathérine gestattete sich ein Lächeln.

»Ich mag ihn ... Er ist ein Freund.«

»Noch einer! ... Warum seid Ihr dann nicht mit ihm gekommen? Dame Morel gehörte zu seiner Eskorte.«

»Sie hatte es mir angeboten, aber ich war damals krank, unfähig zu reisen. Ich bin bis zu meiner Wiederherstellung ruhig bei ihr geblieben und ...«

»... jetzt seid Ihr hier! Für eine einzige Nacht? Und ... wohin gedenkt Ihr morgen aufzubrechen?«

»Aber ... ich hatte es Euch schon gesagt, Monseigneur. Ich kehre zu mir, zu den Meinen zurück.«

»Nach Montsalvy?«

»Nach Montsalvy.«

»Wo Euch, denke ich mir, Euer Gatte mit Ungeduld erwartet?«

In der Stimme des Herzogs klang eifersüchtige Verbitterung auf. Das war eine neue Falle, die vermieden werden mußte. Gelassen schüttelte Cathérine den Kopf.

»Mein Gatte dient dem König ... und der König muß sich noch in den Staaten des Grafen de Foix befinden.«

»Was besagen will, daß Messire Arnaud sich ebenfalls irgendwo im Süden befinden dürfte. Ihr habt es also mit Eurer Rückkehr nicht so eilig, Madame, und da Ihr so viele Risiken auf Euch genommen, soviel Zeit und Beschwerlichkeit auf den Dienst an René d'Anjou verwendet habt, werdet Ihr gewiß gern bereit sein, auch ein wenig davon für den eines ... alten Freundes aufzubringen. Oder ist für mich kein Platz mehr im Orden Eurer persönlichen Ritterschaft?«

Cathérine versank in eine tiefe Reverenz, die ihre Verwirrung verbergen sollte. Sie würde sich nicht so leicht dieser Situation entwinden, wie sie gehofft hatte.

»Der erste Platz, so viel Ihr daran zweifeln mögt ... hat immer Eurer Herrlichkeit gehört!«

»Nun, dann beweist es mir!«

»Auf welche Weise?«

»Indem Ihr in kurzem am Bankett der Könige teilnehmt. Man wird Euch zu einem Appartement führen, wo Ihr Toilette machen könnt.«

»Aber, Monseigneur ...«

»Kein aber! Ich würde es nicht annehmen. Heute abend werdet Ihr vielleicht zum letzten Mal mein Gast sein. Wenn Ihr soviel Wert darauf legt, eine Nacht bei Dame Morel zu verbringen, verbringt die nächste bei ihr. Aber diese Nacht der Könige fordere ich für ... Burgund. So könntet Ihr mit einem Schlage mit vielen Eurer alten Freunde Wiedersehen feiern!«

»Aber es ist unmöglich! Wie wollt Ihr der Herzogin, Eurer Gemahlin, an ihrer Tafel die Anwesenheit einer ...«

»... ehemaligen Mätresse annehmbar machen? Dazu müßte sie von Euch wissen. Außerdem stören sie derlei Dinge schon seit langem nicht mehr. Sie liebt auf der Welt nur ihren Sohn und Gott!«

»Vielleicht erlaubt Ihr ihr nur, ihren Sohn und Gott zu lieben?«

»Sie ist eine zu große Dame für die Glut der Liebe. Der Körper hat mir einen kräftigen Sohn gegeben, scheint aber nicht geneigt, mir weitere zu schenken. Zudem, und wenn ich Euch recht verstanden habe, seid Ihr nicht in gewisser Weise Botschafterin der Königin Yolande bei ihrem Sohn? Nichts wäre also natürlicher als Eure Anwesenheit. Im übrigen habt Ihr gesehen, daß der Konnetabel de Richmont auch zu meinen Gästen zählt. Ihr seid ebenfalls befreundet, wie ich glaube.«

»Sehr!« seufzte Cathérine, indem sie sich fragte, wie der Bretone sie wohl empfangen würde. »Aber ... ich würde ihm ebensosehr hier nicht gerne begegnen.«

In das auf Philippes Gesicht zurückgekehrte Lächeln stahl sich eine Spur Hohn.

»Warum nicht? Fürchtet Ihr, er könne dem Seigneur von Montsalvy von Eurer Anwesenheit an unserem Hof berichten? Was für eine Idee! Einem Botschafter sind solche Befürchtungen unbekannt. Und dann ist Richemont nicht sehr geschwätzig. Nehmt Ihr an?«

»Ist das ein Befehl?«

»Aber nein ... nur eine schlichte Bitte.«

Eine Bitte jedoch, die zu ignorieren wahrscheinlich gefährlich gewesen wäre. Cathérine hatte zuviel Erfahrung mit den bösen Streichen, die Philippe unter dem Deckmantel exquisiter Ritterlichkeit wie kein anderer auszuhecken verstand, um nicht zu spüren, wo ihr Vorteil lag. Sie mußte annehmen ... oder wenigstens so tun.

Sie tat es mit einer protokollarischen Reverenz und beschränkte sich lediglich auf die Bitte, man möge ihr gestatten, sich zu ihrem Gepäck bei Symonne zu begeben, um sich auf das Bankett vorbereiten zu können. Der Herzog lehnte ab.

»Es kann keine halben Maßnahmen geben, Madame. Ich wünsche, daß Ihr diese Nacht ganz und gar Gast dieses Palastes seid. Schließlich verlange ich nichts von Euch ... nur eine kleine Illusion. Ich möchte mir einen Moment vorstellen, daß durch die Magie der heiligen drei Könige die Zeit zurückgedreht worden ist. Ich werde Euch also zu Eurem Appartement führen lassen.«

Er klatschte in die Hände, und fast augenblicklich erschien ein Mann in den neuen Farben des Herzogs, Grau und Schwarz in dickem, goldbesticktem Atlas, und verneigte sich schweigend.

»Geleitet die Gräfin de Montsalvy zu dem Appartement, das vorzubereiten ich befohlen habe. Was Euch betrifft, Madame, werden wir uns wiedersehen. In kurzem werde ich Euch denjenigen schicken, der für diesen Abend Euer dienender Kavalier sein wird, damit er Euch zur Tafel führt. Keine Sorge«, fügte er mit einem Lächeln hinzu, »auch er wird ein Freund sein.«

Nach den ersten Schritten bat Cathérine den Mann, ihren Stallmeister und ihren Pagen zu verständigen, erhielt jedoch die Antwort, daß die beiden jungen Leute einige Minuten zuvor schon zu Dame Morel-Sauvegrain geführt worden seien, da ihre Dienste an diesem Abend von ihrer

Herrin nicht mehr benötigt würden … Entschieden überließ Philippe nichts irgendwelchen Zufälligkeiten.

Als ihr Führer nach einer Unendlichkeit von Fluren, Galerien, Durchgängen und Treppen schließlich eine dicke niedrige Tür öffnete und beiseite trat, um sie einzulassen, blieb Cathérine nach Überschreiten der Schwelle, die ihr in einen Sonnenaufgang zu führen schien, wie erstarrt stehen, am Zeugnis ihrer Augen zweifelnd. Das Zimmer, das sie vor sich sah, fröhlich erhellt durch das im Kamin aus weißem Stein lodernde Feuer und einen wahren Wall rosafarbener Kerzen, war das ihre! Es war genau das Zimmer, das in Brügge für sie eingerichtet worden war, das, in dem sie so viele Liebesnächte mit Philippe erlebt und das sie vor acht Jahren verlassen hatte, um nie wieder zurückzukehren.

Wie in einem Traum schritt sie über die auf die Fliesen gebreiteten dichten weißen Felle, mit Staunen den wundervollen rosigen Genueser Samt der Wandbehänge, die Möbel aus Silber, die massiven Leuchter, die hohen Lilien in den Vasen, die Spiegel und das dem Rauchfang des Kamins eingeprägte Wappen musternd, das sie selbst sich in den Zeiten ihrer Herrschaft gewählt hatte: die blaue Chimära auf silbernem Feld …

Alles glich dem Dekor jenes Zimmers, an das sie sich noch so lebhaft erinnerte, alles bis auf die mit Perlen bestickte Robe aus weißem Atlas, die auf der rosa- und silberfarbenen Steppdecke lag. Alles, was sie in Brügge verlassen hatte … hier in Lille fand sie es nun wieder.

Die Beschwörung des Einst war so genau, so lebendig, daß Cathérine sich unwillkürlich zu der halb vor den Bettvorhängen verborgenen kleinen Tür umwandte, die ins Badezimmer führte, in der Erwartung, sie sich öffnen und Sara auf der Schwelle erscheinen zu sehen. Um sich dem zu entziehen, was sie für eine Halluzination hielt, schloß sie die Augen, preßte sogar beide Hände auf ihre Ohren, um ihren Geist stärker zu isolieren, während sie versuchte, die Erregung zu dämpfen, die jäh ihren Herzschlag beschleunigte. Doch als sie die Augen öffnete, als ihre Hände wieder herabsanken, war alles noch immer genauso, war alles gleich … mit einer einzigen Ausnahme: Der venezianische Spiegel ihr gegenüber warf ihr das graue, glanzlose Bild eines jungen Mannes in beschmutzten, hohen ledernen Gamaschen, mit bleichem Gesicht unter den Falten einer abgetragenen Kopfbedeckung zurück, eines jungen Mannes, der scheußlich von diesem kostbaren Raum abstach, von dem Besitz zu ergreifen er sich nicht entschließen zu können schien.

Dann tauchten zwei schwarze Frauen auf, ohne daß Cathérine zu sagen wußte, woher sie kamen, zwei dunkelhäutige, weißgekleidete Frauen, Sklavinnen vielleicht, in Venedig oder Genua gekauft und bis zu den Küsten des Nordmeeres verbracht. Sie wußte seit langem, daß Philippe ihre aufmerksamen und praktisch stummen Dienste schätzte ... Sie grüßten tief, dann bemächtigten sie sich Cathérines unter großem Gelächter, das ihren lackglänzenden Teint illuminierte, und entledigten sie im Handumdrehen ihres Reisekostüms.

Die Gamaschen, die enganliegenden Hosen, das Wams, die Pelerine mit der den Kopf umschließenden Kapuze, das Hemd, alles flog davon, alles verschwand wie durch Zauberei, und im Spiegel sah Cathérine ein anderes Bild von einst, das ihrer sinnlichen, warmen Nacktheit, über die schwarze Hände mit bewundernd-staunenden Gesten den märchenhaften Mantel ihres gelösten goldenen Haares breiteten.

Dann folgte das mit Verbenen parfümierte Bad, dieses köstliche, seit langem vergessene Glück, das ihren letzten Widerstand überwand. Mit einem wollüstigen Seufzer gab sich Cathérine seiner duftenden Wärme hin, ließ das grüne Wasser ihre Haut sättigend durchdringen, geschmeidig machen, von Staub, Schweiß und Müdigkeit befreien ... Es war lange her, daß sie so raffinierten Luxus genossen hatte, denn selbst ihr schönes Schloß Montsalvy bot ihr nichts dergleichen.

Plötzlich fühlte sie sich so wohl, so entspannt, daß sie jeden Zeitbegriff verlor. Mit geschlossenen Augen ließ sie ihren von aller Schwere befreiten Körper im liebkosenden Wasser schweben. Es war in Wahrheit ein wundersames Bad, denn es vertrieb alle Sorgen, düsteren Gedanken, die Angst vor dem Morgen und verlieh ihr zugleich Freude an ihrer Weiblichkeit, das Verlangen, wieder glücklich zu sein ...

Im Begriff einzuschlafen, ließ sie sich aus dem Bade heben, in ein vor dem Feuer angewärmtes feines Leintuch hüllen und trocken reiben. Dann machten sich die schwarzen Hände, die ihr unversehens Granada und die in die bis ins kleinste gehenden Fürsorglichkeiten Fatimas in Erinnerung riefen, daran, ihre Haut zu salben und zu massieren, so daß sie weich und geschmeidig wurde. Man parfümierte sie – und dieses Parfüm war natürlich das gleiche, das sie damals benutzt hatte, eine kostspielige, von den dickbäuchigen Lastkähnen der Kaufleute von der Levante eingeführte Komposition –, man bürstete lange ihr Haar, das unter den geschickten Händen der Badefrauen seinen ganzen Glanz wiederfand, doch zu Cathérines Überraschung verflocht man es nicht zu fest zusammengelegten Zöpfen, die dem Gewicht wie den Nadeln eines Hennin hätten Halt bieten können. Die Dienerinnen begnügten sich statt dessen damit, es zu heben und in einem weiten, mit Perlen besetzten Haarnetz einzufangen, das es nur bis zur Mitte des Rückens herabfallen ließ.

Im übrigen wurde ihr auch kein Hemd gereicht, und die Robe aus weißem Atlas floß wie frisches Wasser an ihrem ganzen Körper herab. Es war ein sehr festliches Kleid, unmittelbar unter der Brust durch eine Perlenfranse gegürtet, mit weiten Ärmeln, die über die nackten Arme glitten und sie bei jeder Gelegenheit entblößten. Sein Dekolleté war so freizügig, daß es die Brüste der jungen Frau, deren rosige Spitzen eben noch der Rand des Ausschnitts bedeckte, mehr einrahmte als verbarg. Unterhalb des Knies durch Strumpfbänder aus Spitze gehaltene Seidenstrümpfe und weiße Atlaspantöffelchen vervollständigten diese seltsame Toilette. Doch als die beiden dunkelhäutigen Frauen sie bei den Händen nahmen und in das rosafarbene Zimmer vor einen Spiegel führten, entdeckte Cathérine beunruhigt und verfrüht das Abbild einer Märchenprinzessin ... und daß Zeit, Leid und Unglück ohne Macht über ihre Schönheit geblieben waren: sie war königlicher denn je!

Überrascht, auch ein wenig betört, fand sie trotz allem Vergnügen daran, sich einen Moment zu betrachten. Aus den Tiefen des Palastes ließ sich ferne, fröhliche Musik vernehmen. Das Fest hatte zweifellos begonnen, und man würde bald kommen, um sie zu holen.

Unversehens verschlug ihr Angst den Atem. Diese Robe, die sie mehr entblößte als bekleidete, war nicht dazu gemacht, um in ihr der Neugier der Menge zu begegnen. Gedachte Philippe, sie so halbnackt den Blicken seiner Gäste, seiner Gemahlin, König Renés, Richemonts auszusetzen? ... Um keinen Preis wäre sie dazu bereit!

Ein Seufzer ließ sie jäh herumfahren, und sie sah, daß er es war. Ohne Kopfbedeckung, mit einer langen schwarzen

Robe angetan, die ihn vom Nacken bis zu den Fersen umschloß, auf der jedoch ein märchenhaftes Goldenes Vlies prunkte, stand er einige Schritte entfernt, mit über der Brust verschränkten Armen, an den Rahmen der Tür gelehnt. Er betrachtete sie wortlos, aber der gierige Ausdruck seiner Augen war beredter als ein Gebet.

»Niemals bist du so schön gewesen«, murmelte er, und seine Stimme war so schwer von unterdrückter Leidenschaft, daß Cathérine spürte, wie sie ein Zittern überlief, es spürte mit dem verfänglichen Gefühl des Vergnügens, dessen sich keine Frau, selbst die treueste, angesichts eines Mannes erwehren kann, den sie in ihrer Macht weiß. »Niemals habe ich dich so geliebt! Du wirst nie erfahren, wie ich dich liebe!«

Er hatte sich nicht bewegt, dennoch wich sie wie vor einer Gefahr einen Schritt zurück.

»Was will das besagen?«

»Nichts. Ich liebe dich ...«

»Aber Ihr hattet mir einen Freund angekündigt ... Warum seid Ihr hier?«

»Weil ich dich liebe.«

»Aber das Bankett ... das Fest der Könige!«

»Du wirst nicht teilnehmen ... auch ich nicht! Die Könige, die Herzöge, die Prinzen werden ohne uns speisen. In dieser Nacht will ich nur eine Königin ... dich! Ich liebe dich!«

Gegen eine Kredenz gelehnt, krampfte sie ihre Finger um das glatte Silber, schloß die Augen, um dem wachsenden Schwindelgefühl zu widerstehen. Es war, als täte sich unversehens ein Abgrund vor ihr auf, ein Abgrund, in den sich zu stürzen sie plötzlich größte Lust verspürte ... Sie versuchte heroisch, sich dagegen zu wehren.

»Das ist nicht wahr«, entgegnete sie mit so schwacher Stimme, daß es sie erschreckte. »Ihr habt eine Gattin, zahllose Mätressen, Bastarde ... Was sprecht Ihr mir da von Liebe?«

»Weil ich das Recht dazu habe. Weil ich immer nur dich liebte.«

»Das ist nicht möglich!«

»Glaubst du? ... Sieh dieses Zimmer an, dein Zimmer, das, in dem du mir soviel Glück geschenkt hast, das, in dem ich dich liebte, ohne je bis zur Sättigung zu gelangen.«

»Das ist nicht mein Zimmer. Wir sind nicht in Brügge!«

»In der Tat. Dennoch existiert dieses Zimmer überall, in allen meinen Palästen habe ich es aufs genauste nachahmen lassen.«

Ihre Augen öffneten sich weit, und ihr Blick war so bestürzt, daß er zu lachen begann.

»Nein, ich bin nicht verrückt! Geh nach Brüssel, nach Dijon, nach Hesdin, von Brügge gar nicht erst zu reden, wo dein Haus im selben Zustand geblieben ist, überall wirst du es wiederfinden ... wie du dieses Bild wiederfinden wirst.«

Rasch trat er zu einem der Samtpaneele, drückte auf eine unsichtbare Feder, und die Wand öffnete sich, ein großes Porträt enthüllend, das Cathérine verblüfft betrachtete, da sie es weder je gesehen hatte, noch überhaupt von seiner Existenz wußte. Mählich überflutete Röte ihr Gesicht, ihren Hals, ihre Brust, denn das Gemälde zeigte sie mit einer Rose in der Hand völlig nackt, von einem einzigen Schmuckstück abgesehen: Eine Kette aus Rubinen hielt den Widder des Vlieses, das aus dem gekräuselten Gold ihres Schamhaares herauszuwachsen schien.

»Wer hat das gemalt?« flüsterte sie.

»Van Eyck ... nach meinen Angaben. Auch er liebt dich, und ich konnte ihm jeden Zoll deines Körpers beschreiben. Er hat fünf davon für mich gemalt ... fünf gleiche. Wirst du noch immer sagen, daß ich dich nicht liebe?«

»Das ist verrückt ... das ist Wahnsinn! Die Herzogin ...«

»Hat diese Zimmer nie gesehen und wird sie nie sehen. Ich allein habe den Schlüssel, nur diese stummen Sklavinnen kümmern sich um sie, wenn ich es ihnen befehle!«

»Aber ... warum?«

»Um dich zuweilen wiederzufinden, um deinen Duft wiederzufinden, die Atmosphäre, die du liebtest. Es ist wahr, ich habe zahllose Mätressen, weil mein Körper weibliche Körper braucht, aber keiner wurde je erlaubt, neben mir zu glänzen, wie du glänztest! Wenn ich dann all dieser Frauen müde bin, wenn ich meines leeren Herzens und meines politischen Kopfes müde bin, lasse ich Feuer in einem dieser Zimmer anzünden, Blumen hereinstellen, Kerzen, lasse die Souper servieren und trinke, trinke, bis die Erinnerung an deinen Körper unerträglich wird ... und dann knie ich vor dir, vor diesem Bild ... und ich liebe dich. Ganz allein! Ganz allein! Jetzt komm!«

Er näherte sich ihr und streckte die Hand nach ihr aus.

Sie wich zurück, um die Berührung seiner Hand zu vermeiden.

»Nein ...«

Er lachte.

»Hab keine Angst! Ich werde dich nicht auf dieses Bett werfen, so verlockend es sein mag. Ich habe dich zum Souper geladen, wie mir scheint. Komm also soupieren. Man bedient uns bereits.«

Es stand geschrieben, daß Cathérine in dieser Nacht von einem Staunen in andere fallen sollte. Der Fußboden öffnete sich langsam. Ein völlig gedeckter Tisch hob sich aus dem klaffenden Loch, das sich geräuschlos wieder schloß. Es war ein blumengeschmückter Tisch, sanft erhellt und beladen mit goldenem Geschirr, aus dem köstliche Düfte aufstiegen. Ziselierte und mit Edelsteinen besetzte Humpen enthielten schillernde Weine.

Sacht nahm Philippe Cathérines Hand, führte sie zu dem mit Kissen garnierten silbernen Sessel vor dem Kamin und ließ sie sich setzen, die Füße auf einem dichten Bärenfell. Dann füllte er mit ebensolcher Geschicklichkeit und Eleganz wie einer seiner Truchesse einen kleinen goldenen Teller mit Lachsschnitten.

Sie sah ihm mit einem Erstaunen zu, das sich in Belustigung verwandelte. Er schien die seltsamen Geständnisse, die er gemacht hatte, vergessen zu haben. Fröhlich füllte er einen Pokal und reichte ihn ihr.

»Mein bester Beaune-Wein! Auf die schönste Nacht des Jahres ... Auf die schönste Dame des Okzidents!«

Sie stießen miteinander an, tranken, und Cathérine ließ den feurigen Wein genießerisch durch ihre Kehle fließen und schlummernde Erinnerungen an ebenso gelöste Stunden wecken.

»Warum«, fragte sie jedoch, »habt Ihr mir diese Komödie vorgespielt?«

»Welche?«

»Dieses feierliche Bankett, dem ich auf Euer Verlangen beiwohnen sollte?«

»Früher war ich Philippe für dich ... und du sagtest du zu mir«, warf er ihr milde vor. Dann in verändertem Ton: »Wärst du einverstanden gewesen, wenn ich dir gesagt hätte, daß ich dich für mich allein wollte, daß ich entschlossen war, meine Gäste, meinen Hof für ein paar Stunden unserer alten Vertrautheit wegen zu verlassen!«

»Nein, ich glaube nicht«, sagte sie offen.

»Du glaubst nicht? Aber vielleicht bist du dessen nicht völlig sicher?«

»Vielleicht ...«

»Danke! Trinken wir noch ...«

Das Souper verlief heiter, freundschaftlich. Philippe war wohlgelaunt, und Cathérine entdeckte nicht ohne Vergnügen von neuem den charmanten Gefährten, der er einst so oft gewesen war, fern der Bürde und Erhabenheit der Krone. Er sprach für sie die letzten Verse seiner Poeten, sang das letzte Chanson, erzählte ihr die neuesten Klatschgeschichten, ließ sogar einige rein politische Informationen dazwischenfließen, unter anderem seinen Entschluß, König René demnächst die Freiheit zurückzugeben ... Cathérine hörte ihm mit halbgeschlossenen Augen zu, von einem Wohlgefühl erfüllt, das ihr nach so vielen Drangsalen und Beschwerlichkeiten ganz neu erschien.

Als sie beim Dessert angelangt waren, setzte er sich ihr zu Füßen auf das Bärenfell und bot ihr Drageés an, die sie zu knabbern begann. Er hatte die Konfektdose auf ihre Knie gestellt, auch eine Hand dort gelassen, doch so leicht, daß die in die Nebel des ein wenig zu reichlich genossenen Weins ein wenig verlorene Cathérine nicht dagegen protestierte. In die Samtkissen gelehnt, träumte sie, ließ ihren Geist durch die alten Erinnerungen vagabundieren, ihm gleichsam Ferien von den gewohnten Kümmernissen gebend.

Sie schien nicht zu bemerken, daß Philippe sich auf den Knien aufrichtete, seine Hände verfänglich streichelnd an ihren Schenkeln aufwärtsgleiten ließ, doch hinter ihren gesenkten Lidern folgte sie bebend ihrem langsamen Vorrükken. Auch mit Angst. War es möglich, daß ihr erst vor kurzer Zeit so entsetzlich mißhandelter Körper so schnell ... und so fordernd das große Verlangen nach Liebe wiederfinden konnte, das sie fast in die Arme des gefangenen Königs geworfen hatte? Nun, die warmen, geschickten Hände Philippes, der immer ein unvergleichlicher Liebhaber gewesen war, weckten in ihr bereits die vergessenen Gefühle von einst, jene dunklen Signale, jene glühenden Eruptionen, die ihr lange Zeit als Glück gegolten hatten.

Sie hörte seinen Atem, der nun keuchend ging. Die Hände glitten noch immer aufwärts, doch bei der Annäherung an ihren Leib hielten sie inne, und mit einem unbeschreiblichen Gefühl des Triumphs begriff sie, daß er zögerte, daß er es nicht wagte, er, der Herr über Länder, die größer waren als ein Königreich.

Irgendwo begann eine Männerstimme zur Laute zu singen, während in der Ferne eine Turmuhr Mitternacht schlug. Cathérine hob die Lider. Sie sah ihn ganz nah vor sich, mit bebenden Lippen, bittenden Augen, und plötzlich lächelte sie ihm zu.

»Warum hältst du an, Philippe? ... Warum feiern wir nicht diese Nacht der Könige auf unsere Weise?«

Eine Sonne ungläubiger Freude leuchtete in den Augen des Fürsten auf.

»Du willst wirklich, daß ...?«

Sie hob ihr Antlitz zu ihm, bis sie seine Lippen berührte.

»Ich will, daß du mich liebst, daß du mich ein letztes Mal liebst, wie du mich einst so gut zu lieben wußtest! Ich werde dir diese ganze Nacht schenken ... und ich will erfahren, ob man in der Liebe eines Mannes noch etwas anderes als Schauder empfinden kann.«

Eine halbe Stunde danach wußte sie, daß Prudence gute Arbeit geleistet hatte, und daß im Gegensatz zu ihrer Seele der delikate Mechanismus ihres Körpers keinerlei Spur der erlittenen Gewalttätigkeiten bewahrt hatte, daß die Lust der Liebe noch immer die gleiche war, und daß es unter allen Umständen weise wäre, zu vergessen oder es wenigstens zu versuchen, sobald die Geschicklichkeit der Florentinerin den letzten greifbaren Beweis des Unglücks hätte verschwinden lassen. In den Armen dessen, der sie einst die Liebe gelehrt hatte, erfuhr Cathérine ein erstaunliches Verjüngungsbad, denn für Philippe war die Lust eine nuancenreiche Kunst, der er eine bei den Männern jener rauhen Zeit seltene einfühlsame Aufmerksamkeit widmete. Die Frau, die er in das kunstvolle Netz seiner Liebkosungen verstrickte, erhielt soviel, daß sie nicht anders konnte, als selbst zu geben.

Später, ausgestreckt auf dem zerwühlten Seidenlaken des Bettes, während er ruhte, die Augen weit geöffnet, der Körper ermüdet, doch leichten Geistes, entdeckte Cathérine, daß sie, statt irgendwelche Gewissensbisse zu spüren, weil sie Arnaud so bedenkenlos betrogen hatte, eine Art schadenfroher Befriedigung empfand wie über eine geglückte, aber von jeder Bitterkeit freie Rache. Sie hatte zu sehr durch ihn gelitten, um dieser Revanche nicht einen um so köstlicheren Geschmack abzugewinnen, als sie ohne Fortsetzung bleiben würde. Morgen brachen sie zu neuen Schwierigkeiten, neuen Schmerzen auf, aber die Erinnerung an die rosenfarbene Oase dieser Nacht der Könige würde ihr hilfreich sein wie ein warmer Sonnenstrahl zwischen zwei eisigen Regengüssen.

Jetzt, nachdem Philippe zum erstenmal die Lust in ihrem Fleisch hatte explodieren lassen, hatte er gefragt:

»Warum hast du mir gesagt, daß dir vor der Liebe schauerte? Ist dein Gatte letztlich doch der herzlose Rohling, für den ich ihn hielt?«

Und sie hatte sich verlegen, beschämt gefühlt, zögernd, versucht vielleicht, ihm die Wahrheit zu sagen, aber die Wahrheit zu sagen, bedeutete, die wilde Brutalität der Vergewaltigung in dieses sanfte Asyl der Wollust eindringen zu lassen. Sie hatte es gescheut und sich durch ein Auflachen und einen Scherz aus der Affäre gezogen:

»Ein Gatte ist eben oft genug nur ein Gatte! Und dann ... die grausamen Zeiten, die wir durchleben, zeigen nur allzu oft die Liebe in ihrer schlimmsten Gestalt, der brutalen Befriedigung, und seitdem wir uns verließen, habe ich schreckliche Dinge gesehen!«

Und um ihn von solchen gefährlichen Fragen abzulenken, hatte sie seine Zärtlichkeiten erwidert und sehr schnell von neuem ein Verlangen geweckt, das sich nichts Besseres wünschte.

Als die Glocken des benachbarten Klosters zur Frühmesse läuteten, erwachte der Herzog und weckte mit einem Kuß Cathérine, die schließlich eingeschlafen war.

»Ich muß dich jetzt verlassen, mein Herz, und Gott ist mein Zeuge, daß es mir schwerfällt, aber die Nacht geht zu Ende.«

»Schon?«

Im rosigen Dämmerlicht des durch eine Nachtlampe erhellten Alkovens sah sie ihn entzückt und gerührt lächeln.

»Dank schon für das«, sagte er, ihr die Hand küssend, »aber wenn dir die Nacht so kurz erschien, Cathérine, warum sie dann nicht fortsetzen ... neu beginnen. Bleib! Bleib noch ein wenig bei mir. Heute und die nächste Nacht! Ich habe dir noch soviel Zärtlichkeit zu geben! Ich habe noch solche Lust, dich zu lieben!«

»Nein. Besser nicht. Denn morgen wirst du mich wieder

bitten zu bleiben und ich … oh, Philippe nein, ich bitte dich …«

Er erstickte ihren Protest durch einen Kuß, während seine leichten Finger bereits über ihren Leib glitten, dem schon glühenden Innersten ihres Fleisches zu, dem sie nicht erst Gewalt anzutun brauchten. Mit einem glücklichen Seufzer überließ sie sich ihm, öffnete sich ihm … und die aus Elementarem aufsteigende Sturzwelle der Lust trug sie von neuem davon, so stark und so weit, daß die erschöpfte junge Frau sanft in Schlaf sank, als er sich endlich zurückzog.

Sie bemerkte nicht, daß Philippe aus dem Bett glitt, sich in seine lange schwarze Robe hüllte und das Zimmer nach einem letzten Kuß auf ihre Schulter verließ …

Eine Hand, die sich auf eben diese Schulter legte, riß sie aus ihrem Schlummer. Im Halbdunkel des Raums gewahrte Cathérine mit noch schlaftrüben Augen die dunkle Gestalt einer Frau neben ihrem Bett. Die heruntergebrannten Kerzen gaben nur noch spärlichen Schein, und durch die Ritzen der hölzernen Läden vor den Fensterscheiben sickerte kein Licht.

»Steht auf!« sagte eine ruhige Stimme. »Es ist Zeit für Euch zu gehen.«

Etwas im Ton dieser Frau weckte Cathérine endgültig. Sie setzte sich auf, raffte instinktiv das seidene Laken über ihren Brüsten zusammen.

»Wer seid Ihr?« fragte sie.

Die Frau, deren Züge der Bettvorhang halb verdeckte, trat einen Schritt zur Seite. Es war die Herzogin, und Cathérine spürte, daß ihr das Blut aus dem Gesicht wich.

»Madame …«, begann sie, aber die seltsame Besucherin ließ ihr nicht die Muße fortzufahren.

»Ich bitte Euch, tut, was ich Euch sage. Steht auf und zieht Euch an. Ich habe Euch Kleidungsstücke gebracht, denn man hatEuch keine gelassen, zweifellos, um Euch desto sicherer zurückzuhalten. Danach werde ich Euch aus dem Palast bringen.«

Die Stimme duldete keinen Widerspruch, war jedoch ohne Zorn. Isabella von Portugal bedurfte dessen nicht, um sich Gehorsam zu verschaffen. Ihre klaren Augen strahlten Kälte aus, und Cathérine mußte sich gedemütigt entschließen, den lächerlichen Schutz des Bettes aufzugeben, ihre Nacktheit einen Moment von diesen Augen mustern zu lassen, bevor sie endlich das ihr gereichte Hemd überstreifen konnte. Sobald sie ihre Würde durch diesen zarten Wall auf weißem Linnen wiederhergestellt fand, faßte sie neuen Mut.

»Warum macht Ihr Euch solche Mühe, Frau Herzogin? Es fiele Euch so leicht, mich durch Eure Dienerinnen oder gar Eure Wachen hinauswerfen zu lassen.«

»Nein. Das ist das einzige, was ich nicht tun könnte, denn man würde es mir nicht verzeihen, gerade weil es sich um Euch handelt.«

»Verfahrt Ihr so mit all den Frauen, die Monseigneur, der Herzog, beehrt?« fragte Cathérine mit einem winzigen Akzent von Unverschämtheit.

Isabellas Schultern hoben sich in einer unübersetzbaren Geste der Verachtung.

»Weshalb also ich?«

Ein Schweigen entstand, das Cathérine nutzte, das Kleid aus schwarzem Samt zuzuschnüren, das man ihr gebracht hatte. Langsam trat die Herzogin zu dem Paneel, das das Porträt verbarg, und betätigte den Mechanismus.

»Weil es mit Euch etwas anderes ist. Weil ich seit Jahren Eure Rückkehr fürchte, und weil ich begriff, als ich Euch gestern abend erkannte, daß das, was ich so sehr gefürchtet hatte, geschehen war. Ihr seid zurückgekehrt ... Ihr, die einzige, die er je geliebt hat, die einzige, die es verstand, seine Seele wie seine Sinne gefangenzuhalten. Glaubt Ihr, ich wüßte nicht, was er im Grunde in all diesen Frauenkörpern sucht, die seine unersättliche Männlichkeit verfolgt? Die Erinnerung an Euch Euch ... das unbewußte Verlangen, Euch in einer anderen wiedererstanden zu finden. Glaubt Ihr, ich wüßte nicht«, fügte sie leiser mit unsagbarer Bitterkeit hinzu, »daß das im Augenblick der Hochzeit begründete Vlies nicht mir gewidmet war, wie es die Hofpoeten behaupten, sondern einer anderen ... leidenschaftlich geliebten, nie vergessenen?«

Betroffen durch den mit Schmerz vermischten Zorn, der in Isabellas Stimme bebte, murmelte Cathérine:

»Wie habt Ihr es erfahren? Ich glaubte, Ihr wüßtet nichts von dieser Geschichte ... von diesem Zimmer.«

»Diesen Zimmern? Sie sind gewiß gut versteckt, denn der Architekt, der sie entwarf, hat es bewundernswert verstanden, ihre Zugänge zu verheimlichen, aber der Herzog müßte wissen, daß nichts der boshaften Neugier der Diener und

Hofnarren entgeht... Ich war seit drei Monaten Mutter, und Philippe verließ bereits mein Bett, als mein Narr mir eins dieser Zimmer zeigte. Und eines Nachts konnte ich den Fürsten, den ich geheiratet hatte, den Vater meines Sohnes, vor diesem heidnischen Bild knien und ihm einen besessenen, widerlichen Kult erweisen sehen. Deshalb will ich, daß Ihr geht! Oh, gewiß, die andern würden verschwinden, alle die anderen. Aber vor lauter Glück, Euch wiedergefunden zu haben, würde er den Staat, die Krone vernachlässigen. Seine Nächte in Eurem Bett, und seine Tage zu Euren Füßen, das wäre sein Leben. Geht! Verschwindet! Das Wohl des Staates fordert es, und ich, Souveränin dieses Staates, ich befehle es! Eine Eskorte erwartet Euch unten, um Euch über die Grenze zu bringen.«

Ruhig schritt Cathérine zur Wand, schloß das Paneel, kehrte zu Isabella zurück, und plötzlich lächelte sie.

»Ich hätte es vorgezogen, wenn Ihr gesagt hättet: Ich, die Gattin, will es! Liebt Ihr denn Euren Herrn nicht?«

»Das geht Euch nichts an. Das ist zudem auch nicht die Frage. Und dann: Kann man einen Faun lieben, einen ständig brünstigen Bock?«

»Sicher, so seht Ihr ihn, aber nur, weil Ihr ihn nicht liebt. Im übrigen ist die Eskorte überflüssig. Ich bin nicht gekommen, um zu bleiben, und diese Nacht wäre anders verlaufen, wenn der Zufall mich nicht Eurem Zug in den Weg geführt hätte. Ich wollte nur diese Nacht in Lille bleiben, eine kurze Rast vor der Weiterreise. Ich brauche nur ein wenig Zeit, um meine Leute zu treffen und mein Gepäck aufzunehmen, dann werde ich diese Stadt verlassen haben, um nie mehr zurückzukehren. Ihr braucht dann nur diese Porträts, die Euch mißfallen, entfernen zu lassen und mich zu vergessen.

»Sehr gut. In diesem Fall folgt mir, wenn Ihr bereit seid.«

Isabella wandte sich zur Tür. Cathérine hüllte sich in den weiten schwarzen, mit Fuchspelz gesäumten Mantel, dann umfing sie mit dem Blick das noch vom Duft der Liebe warme Zimmer, das zerwühlte Bett, die Reste des kleinen Mahls, die noch rote Glut im Kamin und die blaue Chimära auf dem Rauchfang darüber.

»Eine einzige Frage noch, Frau Herzogin ...«

Isabella wandte sich gereizt und hochmütig auf der Schwelle um.

»Ihr mißbraucht meine Geduld! Welche?«

»Ihr liebt die Liebe nicht, nicht wahr?«

Das schmale, schöne Gesicht der blonden Portugiesin überlief ein tiefes Rot. Zorn blitzte in ihren Augen auf. »Was nennt Ihr Liebe? Die Befriedigung von Instinkten, derer man sich schämen muß? Diese erniedrigende Betätigung, bei der die menschliche Würde schwindet? Diese mit Keuschheit und göttlicher Ordnung nicht zu vereinbarenden Berührungen?«

»Nein. Die Übereinstimmung zweier Sensibilitäten im Geheimsten zwischen ihnen, die köstliche Tollheit, die in einer süßen Vernichtung endet, aus der man auftaucht, um von neuem zu beginnen. Die ...«

»Genug!« unterbrach Isabella. »Wir sprechen nicht dieselbe Sprache, und ich habe mit Euren Gefühlen nichts zu tun.«

»Vielleicht. Aber dann wundert Euch nicht, daß ein Mann woanders sucht, was seine Gattin ihm verweigert.«

»Ich bin Tochter eines Königs, Schwester eines Königs! Ich habe mich nicht um Gefälligkeiten zu bemühen, die nur mit dem Stand einer Dirne vereinbar sind.«

Cathérine zog den Mantel enger um sich zusammen, drückte sich die Kapuze in die Stirn und seufzte:

»Ihr habt recht, Frau Herzogin, wir sprechen nicht dieselbe Sprache. Aber ich hätte geglaubt, daß in Portugal, wo die Sonne soviel Kraft und der Boden soviel Duft besitzt, selbst eine Prinzessin die Liebe lieben könnte!«

Einige Minuten später verließ Cathérine den herzoglichen Palast durch eine abgelegene kleine Pforte und schlug den Weg zu Symonnes Haus ein. Der Tag war kaum angebrochen, aber in dieser winterlichen Jahreszeit wurde es spät hell, und die Stadt, in der überall schon die Holzläden der Verkaufsbuden und Geschäfte klapperten, war schon bei der Arbeit. Es hatte gegen Ende der Nacht geschneit, und eine leichte, makellos weiße Schneeschicht bedeckte alles, verbarg den Schmutz und die Abfälle der Gossen und milderte die scharfen Linien der Dächer. Cathérine schritt rasch aus, glücklich, sich plötzlich frischer und jünger zu fühlen. An diesem Morgen keine Spur der sonstigen schrecklichen Übelkeit! Es kam ihr vor, als sei ihr Zustand wieder normal geworden, ihre Schwangerschaft nur ein Alptraum gewesen, von dem Philippes Liebe sie befreit hätte. Aber zweifellos war es nicht so, und jetzt mußte sie ernstlich an die endgültige Befreiung denken, die ihr erst den Weg in die Zukunft freimachen würde.

Bei Symonne, wo nur die Dienerschaft schon auf war, wo sie aber offensichtlich erwartet wurde, bat sie, jemand zum Palast zu schicken und Messire van Eyck zu benachrichtigen, denn sie wünsche dringlich, mit ihm zu sprechen. Man antwortete ihr, daß man nicht so weit zu gehen brauche, da der Maler die Gastfreundschaft der Morel angenommen habe und sicher noch schlafe.

»Nun, dann weckt ihn!« befahl sie.

Sie brauchte nicht lange zu warten. Einige Sekunden später stürzte van Eyck mit noch wirrem Haar herein, in seinem in aller Eile übergeworfenen Reisemantel, der ihm als Hausmantel diente, und völlig wach.

»Bei allen Heiligen des Paradieses, wo, zum Teufel, wart Ihr, Cathérine? Wir haben es uns den größten Teil der Nacht gefragt!«

»Als ob Ihr es nicht wüßtet! Im Palais, natürlich!«

»Ich räumte es ein, aber wo im Palais? Wir waren halbtot vor Angst, und unsere Befürchtungen nahmen mit den Stunden zu. Wir dachten an fürchterliche Dinge.«

»Was für welche?«

»Ihr werdet's erfahren! Ihr wart gestern in einer solchen Laune, daß ich mich fragte, ob man Euch nicht ins Gefängnis geworfen hätte. Als wir von Dame Symonne erfuhren, daß Monseigneur nicht zum Bankett der Könige erschienen sei, daß er seine Gäste unter dem vagen Vorwand eines Unwohlseins verlassen habe, als es mir, seinem Kammerdiener, unmöglich war, die wichtige Audienz zu erlangen, die ich brauchte, habe ich mir alles mögliche eingebildet. Der Herzog habe Euch vielleicht nach kurzer, peinlicher Unterredung verhaften und einkerkern lassen, habe sich wütend und unglücklich eingeschlossen, das Fest verweigert, seinen Zorn und seine Enttäuschung endlos wiederkäuend, wie er das so häufig tut ... Einen Augenblick dachte ich sogar, daß er Euch vielleicht umgebracht hätte.«

»Ganz einfach so? Was für eine Phantasie! Ihr seid nicht auf die Idee gekommen, daß ich die Nacht mit ihm habe verbringen können?«

»Verbringen ... die Nacht mit dem Herzog? Die ganze Nacht?«

»Die ganze Nacht! Nein, setzt nicht diese Miene einer Katze auf, die ein Sahnetöpfchen entdeckt hat. In dieser

Nacht ist er wirklich wie früher mein Geliebter gewesen, aber es war zum letztenmal. Wir werden uns nicht mehr wiedersehen. Ein endgültiges Adieu gewissermaßen.«

Unter seiner komischen Verhüllung zuckte van Eyck die Schultern.

»Was für eine Dummheit! Er liebt Euch, Cathérine, und ...«

»Oh, ich weiß, daß er mich liebt. Ich habe dafür reichlich Beweise in jenem rosafarbenen Zimmer erhalten, der getreuen Kopie meines Zimmers in Brügge, abgesehen von dem, was man hinter den Paneelen findet. Man kann wirklich sagen, Ihr versteht nicht nur ausgezeichnet zu malen, was Ihr kennt, mein Freund, sondern auch, was Ihr nie gesehen habt! Und es scheint, Ihr habt dieses Kunststück gleich in fünf Exemplaren wiederholt. Mein Kompliment!«

Rot angelaufen wie ein Ziegel, warf er ihr einen verlegenen Blick zu.

»In sechs!«

»Sechs? Wie das? ... Der Herzog hat mir von fünf gesprochen.«

»Ich habe auch eins für mich gemalt, aber es nicht für nützlich gehalten, es ihm zu sagen«, knurrte er. »Und wenn Ihr noch mehr darüber wissen wollt! Ich habe es nicht nur keineswegs bedauert, sondern vor diesen Bildern die köstlichsten Momente meines Lebens verbracht. Ah, wie süß und berauschend war es, die Konturen dieses Körpers zu skizzieren, den Monseigneur mit den Worten eines Poeten beschrieb, dann das Fleisch, die Farbe entstehen zu lassen, streichelnd die Formen zu liebkosen! Mein Pinsel lebte durch seine Gedanken, seine Liebeserinnerungen! Und ihr hättet gewollt, daß ich von diesen einzigartigen Augenblikken, in denen wir Euch zwischen uns neu erstehen ließen, nichts für mich behielte? Ihr erstandet allmählich aus meinen Händen im ganzen Glanz Eurer Anmut, mit all den endlich auch mir enthüllten Geheimnissen Eurer Weiblichkeit ...«

Ihren Ohren nicht trauend, hörte Cathérine dem leidenschaftlichen Wortschwall des Malers zu. Sie hatte immer gewußt, daß er für sie mehr als bloße Zuneigung empfand, aber sie glaubte an die abstrakte Liebe eines Ästheten und Künstlers, an eine gleichsam entfleischte Liebe. Niemals hätte sie sich vorgestellt, daß er sie mit solcher Glut begehren könnte, einer Glut, die sie für ihre weiteren Beziehungen mit Besorgnis erfüllte. Wer konnte voraussehen, wie die Dinge sich entwickeln würden, wenn sie in Brügge einige Zeit bei ihm bleiben mußte? Ein Zornausbruch schien ihr die beste Art, seinen lyrischen Erguß abzuschneiden.

»Auf mein Wort, die Männer sind verrückt! Und verrückter als Ihr, mein Lieber, ist allenfalls Euer Herr. Wer hat jemals etwas Verrückteres gehört!«

»Vielleicht«, entgegnete van Eyck ernüchtert und mürrisch, »aber seine Verrücktheit scheint sich diese Nacht bezahlt gemacht zu haben. Könnte ich je wagen, ein Gleiches zu hoffen?«

»Gewiß nicht! Und wenn Ihr wollt, daß wir die guten Freunde bleiben, die wir bisher immer gewesen sind, Jan, sprechen wir nie mehr von dieser ein wenig ... trüben Periode Eurer Beziehung zum Herzog und diesen seltsamen Porträts.«

»Ich nehme an, Ihr seht Euch lieber als Madonna?« bemerkte van Eyck bitter.

»Ohne jeden Zweifel ... selbst wenn Euch das vermessen erscheinen sollte.«

»Als Demut kann es jedenfalls kaum gelten. Anders gesagt, Ihr zieht die Anbetung aller der eines einzigen vor.«

Cathérin stieß einen Seufzer voller Überdruß aus.

»Wenn Ihr es wünscht, Jan, werden wir über diesen Punkt später und solange Ihr wollt diskutieren. Jetzt breche ich auf. In einer Stunde muß ich die Stadt verlassen haben.«

»Spaß beiseite, das ist unmöglich! Muß ich Euch daran erinnern, daß zwar Ihr die Nacht mit dem Herzog verbracht habt, ich hingegen noch nicht den Vorzug hatte, mich ihm zu nähern. Und ich muß mit ihm sprechen! Ich bin sein Botschafter, zum Teufel!«

»Ich weiß, aber es hindert nicht, daß ich sofort aufbrechen muß. Hört: Brügge ist nicht so weit, achtzehn Meilen höchstens. Gauthier und Bérenger genügen mir für diese kurze Strecke als Eskorte. Ich werde bei Euch auf Euch warten, das ist alles! Jetzt hole ich die beiden Burschen ... Aber was habt Ihr? Ist Euch nicht wohl?«

Van Eyck war in der Tat so rot wie seine Umhüllung geworden, ein schönes, dunkles Purpurrot, und wirkte plötzlich sehr unglücklich.

»Hört, Cathérine, ich wollte es Euch schon lange sagen, aber es ist nicht möglich, daß Ihr so zu mir kommt! Nicht ohne mich!«

»Warum? Habt Ihr Euren Leuten so strenge Anweisungen gegeben?«

»Das ist es nicht. Ich ... ich bin verheiratet.«

»Was? Ihr seid ...?«

»Ja. Ich habe Marguerite kaum drei Monate nach Eurer Abreise und nach meiner Rückkehr aus Portugal geheiratet. Es war der Herzog, der diese gewiß sehr vorteilhafte Heirat arrangiert hat, um mich für meine erfolgreiche Gesandtschaft zu belohnen. Ja, eine Belohnung, wenn man so will.«

»Aber ... warum habt Ihr es nie gesagt? Das ist doch völlig unsinnig. Wir sind so alte Freunde!«

»Ich hatte nicht die rechte Gelegenheit dazu, müßt Ihr wissen. Wie oft habe ich Euch seitdem gesehen? In Ronceveaux und dann die letzten Tage in Luxemburg ... und das ist alles.«

»Eine ganze Woche sind wir zusammen. Mir scheint, Ihr hättet genug Zeit gehabt!«

»Ich weiß ... aber seht, ich bin mit dieser Ehe nicht so zufrieden, obwohl ich eine Tochter habe. Meine Frau und ich, wir verstehen uns nicht sehr gut, und meistens ziehe ich es vor, sie zu vergessen. Und dann war ich so glücklich, Euch wiedergefunden zu haben. Es schien mir, als sei die Zeit aufgehoben, als sei alles wieder wie früher ...«

»Ist Eure Frau eifersüchtig?«

»Unermeßlich!«

Er senkte die Nase wie ein bei einer Unart ertappter Junge, so komisch plötzlich, daß Cathérine in Gelächter ausbrach.

»Mein armer Freund! Aber warum habt Ihr mir dann die Gastfreundschaft Eures Hauses angeboten? Übrigens hatte ich nicht wirklich die Absicht, sie anzunehmen, um nicht den Leuten der Stadt, deren flinke Zungen ich seit langem kenne, Anlaß zum Schwatzen zu bieten.«

»Aber weil es keinerlei Grund gibt, daß Ihr nicht zu mir kommt, sobald meine Frau gebührend vorbereitet ist. Sie ist schließlich keine Megäre, und ich habe doch wohl das Recht, einer in Schwierigkeiten geratenen Freundin zu helfen. Wir werden zu mir gehen ...«

Sanft schloß sie ihm mit der Hand den Mund.

»Ich und meine Leute, wir werden uns ins Gasthaus zum Blühenden Brombeerstrauch begeben. Das wird mich an die Zeit erinnern, als ich mit meinem Onkel Mathieu zum

Markt nach Brügge kam. Wir fühlten uns dort immer sehr wohl.«

»Ihr seid närrisch! Euch zu einer Abtreibung in einer Herberge einzuquartieren! Das ist Wahnsinn! Warum kehrt Ihr da nicht gleich nach Montsalvy zurück? Habt Ihr vergessen, daß Ihr ein schönes Haus in unserer Stadt besitzt? Ihr besitzt es noch immer, wie Ihr wißt.«

»Ich weiß es, aber es aufzusuchen ist undenkbar. Für jedermann hier kehre ich nach Frankreich zurück. Der Herzog darf von meinem Aufenthalt in Brügge nichts erfahren ... und ebensowenig die Herzogin.«

»Die Herzogin? Was hat sie mit dieser Geschichte zu tun?«

In wenigen Sätzen berichtete Cathérine ihre kurze Unterredung mit der Gattin ihres Liebhabers, dabei mit heimlichem Vergnügen verfolgend, wie das Gesicht des Freundes allmählich länger wurde. Nach dem, wie die Dinge sich abgespielt hatten, und seiner sichtlichen Enttäuschung über ihre gestrige Weigerung, sich in Lille länger aufzuhalten, war sie zu der Überzeugung gelangt, daß van Eyck niemals wirklich die Absicht gehabt hatte, sie zu sich nach Hause mitzunehmen, sondern fest damit gerechnet hatte, daß Cathérine während ihres Aufenthalts in Lille Philippe sehen und danach kurzerhand ihr einstiges Haus beziehen würde ... für die Zeit der künstlich herbeigeführten Fehlgeburt oder vielleicht auch für länger?

In dieser Minute ähnelte er Zug um Zug einem Fuchs, der ein Huhn erwischt hat.

»Sie weiß es also«, seufzte er endlich, und seine Enttäuschung trat so klar zu Tage, daß Cathérine wieder in Gelächter ausbrach.

»Allerdings, mein armer Freund, sie weiß! Und da Ihr ohne Zweifel der größte Maler dieser Zeit seid, kann sie sich keinem Irrtum über den Schöpfer dieser Meisterwerke hingeben. Eure Handschrift ist unnachahmbar.«

»Ich frage mich schon, aus welchem Grund ich bei meiner Souveränin niemals Entgegenkommen und Sympathie fand ... Jetzt weiß ich's.«

»Man kann nicht aller Welt gefallen. Ihr habt die Neigung Eures Herrn, begnügt Euch damit. Ich füge hinzu, daß er und auch die Herzogin nichts davon wissen, daß ich mit Euch hier angekommen bin und nach Brügge reise. Für beide kehre ich nach Frankreich, zu meinen Bergen der Auvergne zurück. Es ist besser für alle, daß sie es auch weiterhin glauben. So, und jetzt werde ich Symonne umarmen und meine Burschen veranlassen, alles vorzubereiten ...«

»Gut«, murmelte van Eyck, trotz allem ein wenig erleichtert. »Letzten Endes habt Ihr vielleicht recht. Brecht vor mir auf, aber beeilt Euch nicht zu sehr. Vielleicht hole ich Euch unterwegs noch ein. Und bevor Ihr dieses Haus verlaßt, kommt noch einmal zu mir. Ich habe Euch einen oder zwei Ratschläge zu geben, die Euren Aufenthalt erleichtern werden. Es wäre zum Beispiel, vermutlich nicht von Vorteil, wenn man Euch dort erkennen würde ...«

Eine Stunde später verließ Cathérine die Stadt, wieder von Gauthier und Bérenger flankiert, die beide vor Neugier fast platzten, sich aber hüteten, auch nur die kleinste Frage zu stellen. Sie ritten durch das Frankreich zugewandte Tor, damit die Spione der Herzogin glauben sollten, sie seien in ihre Heimat zurückgekehrt. Sie waren dazu gezwungen, einen beachtlichen Umweg zu machen, denn die Straße nach Brügge begann auf der entgegengesetzten Seite, aber Klugheit und vor allem Vorsicht forderten es.

Sie hatte eben die Zugbrücke überquert und lenkte ihr Pferd durch das Gewirr der mit erlegtem Wild beladenen Karren der Jäger und der zweirädrigen Planwagen der Kaufleute, die in die Stadt wollten oder sie verließen, als hinter ihr der Lärm einer sich nähernden Reiterkolonne und das »Platz! Platz!« ihrer Vorreiter hörbar wurden.

In der Besorgnis, es könnte der Herzog sein, ritt sie beiseite und hielt ihr Pferd unter einem schwarzen Baum an, dessen starkes Astwerk die Weiße des Schnees nachzeichnete. Übrigens kam der gesamte Verkehr ins Stocken. Mehr oder weniger schimpfend, reihten sich die Bauern, Jäger und Kaufleute so gut es ging zu beiden Seiten des Weges auf, während eine Jagdhorn-Fanfare fast in ihre Ohren schmetterte. Hinter einem Schwarm von Treibern und Hundewärtern, deren Fäuste muskulöse Doggen zügelten, tauchte ein Reitertrupp auf. Cathérine unterdrückte ein Zittern. Wenn es der Herzog war, und wenn man sie erkannte, würde sie unfehlbar in Lille zurückgehalten werden, und sie konnte so gut wie sicher sein, daß Herzogin Isabella sie nicht mehr lebend herauskommen lassen würde ...

Aber es war nicht der Herzog, Stiefel an Stiefel auf prachtvollen normannischen Pferden reitend, der Konnetabel de Richemont und König René, die sich, mit in massives

Gold gefaßten Spießen bewaffnet, zur Hetzjagd auf Wildschweine begaben. Doch Cathérines Erleichterung hielt nur einen kurzen Augenblick stand, und sie konnte sich nicht hindern, unterdrückt zu fluchen. Der kalte Blick des bretonischen Fürsten, an die ständige Überwachung seiner Umgebung gewöhnt, blieb an ihrem Gesicht haften, zweifellos angezogen von der an diesem Ort ungewöhnlichen Eleganz der in Samt und schwarzen Fuchspelz gekleideten Frau.

Bestürzt sah Cathérine, wie sich die Kälte in Überraschung und Interesse verwandelte. Schon deutete der Konnetabel von Frankreich ein Lächeln an, und sie begriff, daß er sie erkannt hatte. Entschlossen wandte sie den Kopf und zog sich die Kapuze so tief wie möglich ins Gesicht.

»Aber warum wollt Ihr ihn nicht sehen, Dame Cathérine?« rief Gauthier verdutzt. »Es ist Messire de Richemont, Euer Freund!«

»Ich weiß, aber ich habe keine Lust, ihn zu sehen. Um Himmelswillen, Gauthier, schenkt Euch diese idiotische Mine! Der Konnetabel von Frankreich ist die letzte Person, der ich in burgundischem Land begegnen möchte, und Ihr solltet es verstehen.«

»In diesem Falle fürchte ich, er hat Euch erkannt!«

»Ich auch! Vielleicht glaubt er aber auch nur an eine Ähnlichkeit und wird dann dieser Begegnung kaum Wichtigkeit beimessen.«

In der Tat, das fehlte noch, daß Richemont annehmen konnte, sie sei zum Feinde übergelaufen!

Als sie den Kopf endlich wieder zu heben wagte, war die Kavalkade vorüber und entfernte sich schnell in östlicher Richtung, während das Durcheinander der Karren und Planwagen von neuem den Weg überschwemmte ...

Die Wallfahrerin

Der Anblick Brügges unter dem Winterhimmel entriß Bérenger einen Schrei der Bewunderung und dem kühleren Gauthier einen langen Pfiff. Aufgetaucht aus der weißen von langen schwarzgrünen Kanälen durchzogenen Ebene, schien die Stadt riesig, hatte jedoch ein Mittel gefunden, ihre Mächtigkeit nicht zur Schau zu tragen, indem sie sogar ihre Wälle mit Anmut schmückte.

Im Wasser gebaut wie ihre mittelmeerische Rivalin Venedig, reckte die Königin Flanderns zum unablässig sich wandelnden Himmel ihr Spitzenwerk aus blondem Stein, das von jener Sonne durchdrungen schien, die ihr so oft fehlte. Und von dort, wo unter dem gigantischen Spitzdach des Glockenturms die Wächter so hoch standen, daß sie sich schon auf halbem Wege zu Gott glaubten, glitt der Blick über goldglänzende Giebel im prunkenden Wogen der rosigen Dachziegel, die nach und nach das Stroh und Holz ersetzten. So wollte es der auf seine schöne Stadt stolze Herzog, der ihre Wunder vor den ständigen Bränden zu bewahren wünschte.

Selbst ihren auf tiefem Wasser angelegten Verteidigungsgürtel schmückte eine Einfassung von Weiden, Buschwerk und Efeu. Von seinen Kanälen und Seen verteidigt, brauchte Brügge kaum seine Mauern.

Das Bild war schön, rein, klar wie ein kostbares Gemälde. Und unvermittelt verschwamm alles, Wind erhob sich heulend, in seinem Gewirbel frischen Schnee mitführend, das schöne Bild vernebelnd wie in den hohlen Glaskugeln, mit denen die Kinder spielen. Und die Reisenden strebten eilends dem Courtrai-Tor zu, in dem Gestöber nach einem Dach über dem Kopf und der Wärme eines Feuers verlangend.

Das *Gasthaus zum Blühenden Brombeerstrauch* in der Wollestraat, der belebten Rue aux Laines, bot ihnen all das und dazu für Cathérine den Duft der Erinnerungen an einst. Scheinbar hatte sich nichts verändert. Da war noch immer die gleiche tadellose Sauberkeit, der gleiche Glanz der unter beträchtlichem Einsatz von Ellbogenschmalz gescheuerten Kupfer- und Zinngefäße, die gleichen lieblichen Düfte, die vom riesigen Kamin aufstiegen, und der Bauch des Meisters Cornélis, des Besitzers, war eher noch praller als damals, auch wenn unter seiner hohen weißen Mütze nun mehr graue als blonde Strähnen zum Vorschein kamen, auch wenn sich tiefe, sorgenvolle Falten auf seiner rosigen Stirn und um die Winkel seines genießerischen Mundes eingegraben hatten.

Diese Falten hatte Cathérine übrigens schon auf den meisten Gesichtern der ihnen auf ihrem Weg Begegnenden bemerkt, und sie hatte auch sofort gespürt, daß die Atmosphäre der Stadt eine andere war. Die deftige flämische Fröhlichkeit, ihr Geschrei und ihr Lärm, die einst vierundzwanzig von vierundzwanzig Stunden hindurch Brügge erfüllt hatten, war gedämpften Stimmen, Murmeln, Geflüster gewichen. Auch wenn im Saal des *Blühenden Brombeerstrauchs* die Nasen, die in den Schaum der Bierschoppen tauchten, noch immer ebenso rot wie früher schienen, waren die Augen darüber doch kalt und argwöhnisch. Man hätte meinen können, die ganze Stadt halte den Atem an, als erwarte sie etwas.

»Ihr habt mir gesagt, Dame Cathérine, diese schöne Stadt sei auch die fröhlichste der Welt«, bemerkte Bérenger vorwurfsvoll. »Ich habe schon fröhlichere gesehen.«

»Sie war es und mehr, als ich's sagen kann. Aber die Dinge sehen schlecht aus. Erinnert Euch daran, was uns Messire van Eyck erzählt hat.«

Zwischen Luxemburg und Lille hatte der Maler-Botschafter Zeit genug gehabt, ihnen ein Bild der flämischen Situation auszumalen, ein Bild in niederdrückenden Farben.

Nach dem Vertrag von Arras, durch den achtzehn Monate zuvor der Friede zwischen Frankreich und Burgund geschlossen worden war, hatten die Engländer, die sich von ihren burgundischen Verbündeten verraten glaubten, alle möglichen Schikanen vor allem gegen die Seeverbindungen und den Handel der reichen Wollhandels-Städte Flanderns durchgeführt. Ihre Truppen hatten zudem einige Ortschaften so grausam verwüstet, daß Herzog Philippe, von Gent und Brügge gedrängt, die Belagerung Calais' beschlossen hatte.

Diese Belagerung war jedoch ein Desaster gewesen.

Mehr mit Stolz als mit militärischen Tugenden begabt, hatten sich die reichen Bürger Gents und Brügges angesichts der Tatsache, daß die burgundische Flotte ausblieb, mir nichts dir nichts zum Rückzug entschlossen, und das trotz der Bitten Herzog Philippes, der eben eine Herausforderung des Herzogs von Gloucester zum Zweikampf angenommen hatte. Mit Wut im Herzen hatte Philippe das Feld geräumt, ohne seinen Gegner zu erwarten.

Als weitere Folge hatte der burgundische Admiral Jean de Hornes aus purer Feigheit die englischen Schiffe über die Küste zwischen Nieuport und Le Zwyn herfallen und stattliche Beute fortschleppen lassen. Der Admiral war ermordet worden, aber Sluis, über dessen Hafen sich der größte Teil des Brügger Handels abwickelte, hatte die Brügger Kaufleute verjagt und sich für unabhängig erklärt, obgleich es seit seiner Gründung der Souveränität Brügges unterstand.

Zu alledem kam hinzu, daß die drei großen flandrischen Städte Gent, Brügge und Ypern, die seit langem dank ihres Reichtums und ihrer Macht * in fürstlicher Unabhängigkeit gelebt hatten und eine Art Bund unter sich bildeten, jetzt auf Anordnung Herzog Philippes ein viertes Mitglied aufnehmen sollten, den »Franc«, anders gesagt, die Gesamtheit der Gemeinden und Dörfer mit vorwiegend landwirtschaftlicher und leineweberischer Beschäftigung in der Umgebung Brügges und Gents, Sluis natürlich eingeschlossen. Das lief auf eine weitere Beschränkung der alten Privilegien hinaus, und die Empörung hatte in Brügge gegrollt, wo während des Sommers die mächtigen Zünfte ihre Banner als Zeichen der Unzufriedenheit auf dem Freitagsmarktplatz aufgepflanzt und laut die Bestätigung ihrer alten Vorrechte über Sluis und den »Franc« gefordert hatten.

Es hatte zu nichts geführt, weit entfernt. Seit der unglückseligen Belagerung von Calais häuften sich die Klagegründe in Philippes Geist an (hatten seine Spione nicht sogar behauptet, daß England Brügge und Gent bezahle, um dort die Rebellion zu schüren?), und er weigerte sich erbittert, die alten Privilegien zu bestätigen. Er betrieb ein subtiles Spiel: Vieldeutig, aufschiebend, Zeitgewinn su-

* Sie war so groß, daß Kaiser Karl V. ein Jahrhundert später die Bezeichnung »Bürger von Gent« als seinen wichtigsten und schmeichelhaftesten Titel ansehen sollte.

chend … vielleicht seine Truppen zum Angriff vorbereitend.

Ein wahrhafter Dialog unter Schwerhörigen oder gar Tauben hatte stattgefunden, und auch das hatte nichts bewirkt, sondern im Gegenteil die Dinge fortwährend noch mehr vergiftet.

So weit war man, und in diese undurchsichtige, ungewisse und gefährliche Atmosphäre hielt Cathérine ihren Einzug, um die Lösung ihrer eigenen Probleme zu suchen. Eine Lösung, die ihr wichtig genug schien, um sich nicht übermäßig durch die Mißgeschicke der Stadt belastet zu lassen, die sie bedauerte und der sie aus ganzem Herzen die baldige Rückkehr der vergangenen Tage wünschte.

Brügge war völlig aus seinem einstigen Dasein herausgeraten, und in diesem Gasthaus, das ihr unbekümmertes Jungmädchenlachen gehört hatte, fühlte sie sich kaum anders als die holländischen, schottischen oder italienischen Reisenden, die sich in ihm drängten. Sie hatte es auch sorgsam vermieden, sich erkennen zu lassen oder einen Namen zu nennen, der Erinnerungen wecken konnte.

Auf van Eycks Rat war sie unter dem Namen einer gewissen Dame Berneberghe aus Armentières abgestiegen, die nach Brügge gekommen war, um zum Heiligen Blut zu pilgern und Heilung von einer Krankheit zu erlangen. Natürlich entsprach ihr äußeres Bild dem der Person, die sie zu sein vorgab: Unter einer Haube, deren komplizierte seitliche Flügel ihre Züge beschatteten, ließ das darunter getragene strenge Kopf- und Brusttuch nur einen Teil des Gesichts erkennen. Der klösterliche weiße Leinenstreifen reichte bis unter die Unterlippe und auf der Stirn bis unmittelbar über die Brauen. Nicht ein einziges ihrer goldenen Haare war zu sehen und ebensowenig die bezaubernden Formen ihres Körpers in einem Kleid nach deutschem Schnitt aus grauem Tuch, das sie bei einem Trödler in Courtrai gefunden hatte.

Zu Bérenger, den es empörte, seine elegante Herrin so herausstaffiert zu sehen, hatte Cathérine gesagt:

»Ich habe in dieser Stadt einst lange gelebt, so daß manche sich noch meiner erinnern könnten. Oh, ich bin gewiß nicht so vermessen, mich für unvergeßlich zu halten, aber ich ziehe es vor, keinerlei Risiko einzugehen. Außerdem nehme ich an, daß mich die Gattin unseres Freundes van Eyck so eher empfangen wird, wenn wir uns ihr nahen …«

»Das wird in der Tat weise sein«, seufzte Gauthier. »Nach allem, was ich verstehen konnte, muß diese Frau eine fürchterliche Xanthippe sein. Ich hoffe, wir können es vermeiden, ihr zu begegnen.«

Cathérine hoffte es auch.

Sie beschloß sogar, der Dame sorgsam aus dem Wege zu gehen, als van Eyck sie am folgenden Tage im *Blühenden Brombeerstrauch* besuchte. Sie hatte geradezu Mühe, ihn zu erkennen, denn er war nicht mehr derselbe Mensch. Der ein wenig bohemienhafte Maler von einst mit dem scharfen Blick, der leicht hochmütige herzogliche Botschafter mit der flinken Zunge, der liebenswürdige und so gern galante Reisegefährte, der leidenschaftliche Freund, alle diese verschiedenen Persönlichkeiten waren verschmolzen zu einem monolithischen, ernsten, steifen Wesen mit gedämpfter Stimme, gemessenem Ton, gezirkelter Höflichkeit, kurz einem Großbürger. Der Umstand, daß es sich um einen Bürger Brügges handelte, änderte nichts an der Sache, denn da man im allgemeinen in Brügge zu melancholischen Tönen neigte, gab sich Jan urplötzlich noch trister als alle anderen. Es war, als hätte er sich mit dem schwarzen Samt seiner Kleidung eine Maske aufgesetzt.

Die nüchtern-strenge Kleidung Cathérines schien ihm zu behagen, und das von ihm selbst vorgeschlagene Spiel mitspielend, erkundigte er sich nach der Gesundheit der Dame Berneberghe, unterrichtete sie mit lauter Stimme, daß sich der für die Kapelle des Heiligen Blutes verantwortliche Küster zur Verfügung halte, um sie am selben Abend zur Reliquie zu geleiten, und fügte hinzu, daß er selbst es sich zur Pflicht machen werde, sie kurz vor Sonnenuntergang abzuholen.

Darauf schickte er sich zum Aufbruch an, aber diese Komödie, die sich im Saal des Gasthofs abspielte, erschien Cathérine so unterhaltsam, daß sie sich nicht hindern konnte, sie ein wenig zu verlängern.

»Ihr habt große Aufmerksamkeit an den Tag gelegt, Messire van Eyck, wofür ich Euch zutiefst dankbar bin, aber war solche Eile notwendig? Ich gedachte, heute Dame Marguerite, Eurer tugendhaften Gattin, zu der Ihr mich in Lille so liebenswürdig eingeladen hattet, einen Besuch abzustatten. Werde ich also nicht das Vergnügen haben, sie zu sehen?«

»Leider ist meine Gattin leidend und kann niemand empfangen. Sie beauftragte mich, Euch ihr Bedauern auszudrücken, denn sie hoffte sehr, einer Dame von so großen Verdiensten zu begegnen, aber ich glaube, daß es diesmal kaum möglich sein wird.«

Er war rot geworden und wandte so deutlich verlegen die Augen ab, daß Cathérine fast in Gelächter ausgebrochen wäre. Seine jeweilige Rückkehr nach Hause, wo Marguerite offensichtlich als absolute Herrscherin waltete, war sicherlich nicht von übermäßiger Zärtlichkeit geprägt, und Cathérine fragte sich, was wohl geschehen wäre, wenn sie seine Einladung angenommen und sich zugleich mit ihm eingestellt hätte. Aber vermutlich hatte Jan niemals wirklich die Absicht gehabt, sie bei ihrer Ankunft in der Stadt mit zu sich zu nehmen und hätte irgendeinen Vorwand gefunden, um sie im Gasthaus einzuquartieren ... falls sie sich weiter hartnäckig weigerte, in ihrem früheren Haus am Quai du Rozaire Logis zu nehmen.

Da sie einen alten Freund, der zudem noch solche ehelichen Fährlichkeiten auf sich nahm, um ihr einen Dienst zu erweisen, nicht noch länger über dem Grill drehen wollte, ließ sie ihn gehen und riet Gauthier und Bérenger, sich die Stadt anzusehen, während sie sich auf die Expedition des Abends vorbereiten würde. Denn ihrer Meinung nach konnte das Rendezvous mit dem Küster nur eins bedeuten: Daß die Florentinerin sie noch an diesem Abend empfangen würde, damit sich ihr Aufenthalt in der Stadt auf das Notwendigste beschränkte.

Sie war übrigens ein wenig schockiert, daß van Eyck diesen Besuch zum Zweck einer Abtreibung, die in den Augen Gottes ein Verbrechen darstellte, durch ein so frommes Unternehmen wie eine Wallfahrt zum Heiligen Blut maskierte, aber sie war nicht in der Lage, etwas daran zu ändern, und mußte noch glücklich sein, diese ihr von der Vorsehung bestimmte Hilfe zu finden, ohne die ihr kein anderer Auswegs als der Tod geblieben wäre.

Als van Eyck gegen Ende des Tages erschien, um sie abzuholen, hüllte sie sich deshalb widerspruchslos in ihren schwarzen Mantel, ergriff ein großes Gebetbuch und folgte ihm, die Schleier der Haube über ihr Antlitz herabgelassen, in der einer frommen Frau geziemenden Haltung.

»Wohin gehen wir?« fragte sie, nachdem sie sich weit genug vom Gasthaus entfernt hatten.

»Aber ... ich habe es Euch doch gesagt: Zur Kapelle.«

»Wir gehen wirklich dorthin? Ich glaubte ...«

»Wir gehen zuerst dorthin. Man darf den wirklichen Grund Eurer Anwesenheit hier nicht argwöhnen. Seht, in den Zeiten, die wir hier durchleben, muß ich mit äußerster Umsicht vorgehen, denn die Diener Herzog Philippes sind nicht allzugut angesehen. Für ein Nichts gerieten wir selbst in Gefahr.«

»Warum bleibt Ihr dann? Geht nach Lille oder nach Hesdin, bis die Ruhe wiederkehrt. Habt Ihr nicht früher schon mehrere Jahre in Lille gelebt?«

»Allerdings, aber ich habe mich dazu entschlossen, hier zu leben, und ich will hier bleiben.«

»Ihr seid doch nicht hier geboren?«

»Nein. Ich bin fern von hier geboren, in einer kleinen Limburger Stadt, in Masseyck, an die ich keine Erinnerung bewahre. Aber hier ist der Himmel, sind Farben, Glanz, Schönheit, selbst Pracht, all das, was nirgends sonst zu finden ist, all das, auf das ich nicht mehr verzichten kann. Ich habe an vielen Orten gelebt, Cathérine, aber ich werde in Brügge sterben. Deshalb bestehe ich, um Euch zu helfen, auf so vielen Vorsichtsmaßnahmen ... Vorsichtsmaßnahmen, die Euch ein wenig schockieren, nicht wahr? Oder verwirren?«

»Ich dachte, es handle sich vor allem um Eure Gattin.«

Der Seufzer, der sich ihm entrang, war schon eine Art Geständnis, doch Jan fuhr fort:

»Gewiß, da ist meine Frau ... und Gott weiß, daß ich nie aufgehört habe, diese Ehe zu bedauern. Aber selbst um fern von ihr zu leben, selbst um wieder frei zu werden, könnte ich Brügge nicht aufgeben ... Jetzt denkt an Eure Andachtsübungen, wir sind gleich da. Danach, wenn die Nacht hereingebrochen sein wird, werden wir von der Kapelle zum Rathaus gehen, das wir durchqueren, um an unser Ziel zu gelangen.«

Trotz der Furcht, die sie empfand und die sich verstärkte, je mehr sie sich einer vielleicht furchtbaren Prüfung näherte, denn eine Fehlgeburt war immer von ernsten Gefahren begleitet, spielte Cathérine ihre Rolle zufriedenstellend. Um so mehr, als sie sich, vor dem in einer Sonne aus Gold und Diamanten schimmernden heiligen Gefäß kniend, nicht erst zu zwingen brauchte, um den Himmel um Vergebung für die Freveltat zu bitten, die zu begehen sie im Begriff war, und auch um göttlichen Schutz bei dem, was sie erwartete. Wenn die Frau nicht so geschickt war, wie man ihr gesagt hatte, läge sie in einer Stunde vielleicht schon im Sterben …

Und so verließ sie schweigend und mit schwerem Herzen hinter van Eyck her die Kapelle, gelangte zum benachbarten Kanal und nahm in einer Barke Platz, in der ein Mann sie erwartete.

»Bring uns dorthin, wohin dir gesagt wurde«, murmelte der Maler, und das kleine Boot begann geräuschlos durch das ruhige Wasser zu gleiten. Es war jetzt schwarze Nacht, aber die auf den kleinen Brücken und an den Ecken der Häuser angebrachten Laternen erlaubten ihnen, ihrem Wege ohne Mühe zu folgen. Die Temperatur war seit dem Vorabend erheblich milder geworden. Der Schnee war geschmolzen und unerfreulichem Schlamm gewichen, während von den Dächern noch dünne Rinnsale tropften.

Die Strecke war nicht lang und wurde schnell zurückgelegt. Nicht weit von der erst kürzlich vollendeten Kirche zum Heiligen Grabe, deren von Fenstern durchbrochenen Turm und kleine hölzerne Kuppel Cathérine erkannte, legten sie an, und während das Boot unter der nächsten Brücke Schutz suchte, bogen Jan und Cathérine in die Rue auf Poivre ein, an deren Ende sich der mächtige Bau des Heiligen Kreuz-Tors erhob.

»Wir sind da«, erklärte der Maler und blieb vor einer hübschen Pforte aus geschnitztem Holz in einer Nische zwischen der Rückwand eines Lagerhauses und einer Gartenmauer stehen. Der Platz sicherte den Leuten, die diese Pforte zu durchschreiten hatten, eine gewisse Diskretion, denn das Dunkel war in diesem Mauerwinkel noch tiefer. Ohnehin waren nur wenige Passanten auf der Straße zu sehen, deren Gewürzmagazine schon geräuschvoll ihre Holzläden schlossen.

Van Eyck klopfte dreimal diskret mit Hilfe des kleinen Türklopfers aus poliertem Kupfer, und die Pforte öffnete sich fast augenblicklich vor dem schwarzen Loch eines Korridors, in dessen Hintergrund schwaches Licht schimmerte. Es spendete gerade genug Helligkeit, um die Weiße einer Schürze und einer linnenen Haube auf dem Kopf einer Frau ausmachen zu können, deren Züge zu erkennen unmöglich war.

»Tretet ein, Messire, und auch Ihr, Madame«, sagte eine durch einen heiteren mittelmeerischen Akzent sonnig aufgehellte Stimme. »Ihr seid pünktlich. Folgt mir, bitte!«

Sie folgten ihr durch die Länge des Flurs, und je mehr sie sich dem Lichtschein näherten, der aus einer halbgeöffneten Tür fiel, desto deutlicher konnte Cathérine die Florentinerin erkennen, und sie spürte, daß sich ihre Ängste ein wenig milderten. Es war eine Frau von etwa vierzig Jahren, klein, braunhaarig, mit elfenbeinfarbener Haut, die so weich und glatt wie Seide wirkte. Ihre Figur war rundlich, und ihr volles Gesicht belebten zwei sehr schwarze, blitzende Augen. Unter ihrer weißen Schürze, deren Gefältel frisch gestärkt und gebügelt war, trug sie ein hellrotes Wollkleid, und Cathérine, die ohne recht zu wissen warum auf eine Art zahnloser Megäre nach dem Muster der Patapenade, der Hexe von Montsalvy, gefaßt gewesen war, fand dieses Gesamtbild einigermaßen beruhigend, vor allen Dingen die Sauberkeit.

Das Zimmer, in das sie geführt wurde, ähnelte ganz und gar seiner Bewohnerin und hatte nichts von einer schmuddeligen, stinkenden Höhle. Mit seinem vor Sauberkeit glänzenden schwarz-weißen Fliesenfußboden, den kleinen grünen, bleigefaßten Karos seiner Fenster, seinen so ausgiebig gewachsten Möbeln, daß sie aus dunklem Satin zu bestehen schienen, und dem schimmernd aufgereihten Kupfergeschirr auf dem Gesims des großen steinernen Kamins, in dem ein gutes Feuer brannte, war es ein Muster an flämischer Reinlichkeit. Unter diesen Umständen hatte Cathérine vielleicht wirklich eine Chance, ohne Drama davonzukommen.

»Carlotta«, begann van Eyck, »dies ist die Dame, von der ich Euch gesprochen habe. Sie bedarf sehr Eurer Hilfe.«

»Ich hoffe, sie ihr geben zu können. Streckt Euch bitte auf diesem Tisch aus, Madame«, sagte sie, auf den großen Eichentisch vor dem Kamin weisend. »Ihr, Messire, zieht Euch indessen in das Zimmer nebenan zurück«, fügte sie hinzu und öffnete eine Tür im Hintergrund des Raums.

Die Untersuchung verlief schnell und absolut schmerzlos. Die Florentinerin hatte überaus leichte Hände, die sie sich übrigens zum großen Erstaunen der noch mit der Ordnung ihrer Kleidung beschäftigten Cathérine hinterher sorgfältig wusch. Von ihrem alten Freund Abu-al-Khayr und Sara natürlich abgesehen, hatte sie niemals dergleichen beobachtet, wenn jemand einen menschlichen Körper berührt oder gar einen Kranken gepflegt hatte. Das war ein weiterer Pluspunkt für die ehemalige Dienerin des Kaufmanns Arnolfini.

»Nun?« sagte sie nach einem Moment des Schweigens, das Carlotta nicht brechen zu wollen schien. Die Florentinerin zuckte die Schultern.

»Kein Zweifel, Ihr seid seit ungefähr zwei Monaten schwanger.«

»Könnt Ihr irgend etwas tun?«

»Man kann immer irgend etwas tun, man muß nur wissen, was. Seht, Madame, eine Schwangerschaft zu unterbrechen bedeutet immer eine Gefahr, und ich liebe die Gefahr nicht, weil ich das Leben liebe. Es läßt sich auch nicht in fünf Minuten und mit irgendeinem x-beliebigen Mittel machen. Ihr müßtet also bereit sein, einige Zeit in dieser Stadt zu bleiben. Nun sagt mir aber Messire van Eyck, daß Ihr es eilig habt ...«

»Nicht in solchem Maß! Es ist immer vereinbart gewesen, daß ich mich einige Zeit hier aufhalten werde. Ich wohne im Gasthof und ...«

» und man müßte einen ruhigeren Ort für Euch finden. Das Beste wäre vielleicht, Ihr bliebet gleich hier, wenn es Euch nicht widerstrebt.«

»Nur zu gern, aber Euer Haus scheint mir nicht groß zu sein, und ich habe zwei junge Diener bei mir. Ich kann sie nicht irgendwo lassen, da man glaubt, daß ich auf einer Wallfahrt hierhergekommen bin.«

Über das Gesicht der Florentinerin huschte ein Lächeln, das sie um zwanzig Jahre verjüngte.

»Es bietet mehr Raum, als Ihr Euch vorstellt, und ab morgen kann ich Euch aufnehmen. Ich habe mich übrigens vorbereitet. Für heute abend kehrt Ihr in den *Blühenden Brombeerstrauch* zurück. Morgen vormittag werdet Ihr die Stadt verlassen, aber Ihr kehrt vor Toresschluß durch das am Ende dieser Straße gelegene zurück, als wenn Ihr etwas vergessen hättet. Niemand wird Eure Anwesenheit bei mir vermuten, wenn Eure Diener das Haus nicht verlassen. Es sei denn, Ihr zieht es vor, bei Messire van Eyck Logis zu nehmen ... wenn Ihr dazu die Möglichkeit habt, woran ich zweifle.«

»Warum zweifelt Ihr daran?«

Carlotta begann zu lachen.

»Weil ich Dame Marguerite kenne und weiß, daß Ihr trotz Eures Aufputzes als fromme Pilgerin zu schön seid, um von ihr willig aufgenommen zu werden. Ihr kommt also morgen wieder?«

»Mit Freuden, wenn Ihr mich haben wollt. Und habt Dank, daß Ihr mir so großzügig zu Hilfe kommt.«

»Großzügig? Der Seigneur Maler ist es, der sich großzügig zeigt, denn wenn ich auch meinem Nächsten gern helfe, habe ich doch einen sehr großen Fehler: Ich liebe das Gold, und ich bin sehr teuer«, fügte sie mit einer Offenheit hinzu, die ihren Worten jeden schockierenden Beigeschmack nahm. »Denn die meisten schönen Dinge kosten viel Geld.«

In dem Boot, das sie mit van Eyck die verlassenen Kanäle entlang zum Rathaus und dem Heiligen Blut zurückbrachte, ließ Cathérine, nun beruhigt, zum erstenmal ihren Gedanken freien Lauf. Unmerklich schlugen sie die Richtung zur rosigen Morgenröte der Hoffnung ein. Friede und Erlösung, ja selbst Glück wurden möglich ...

Im *Blühenden Brombeerstrauch* angelangt, dankte sie van Eyck mit der ganzen Wärme ihrer alten Beziehungen, stellte jedoch die Dinge mit ihm gleich klar: Sofort nach ihrer Rückkehr nach Frankreich werde sie ihm durch ihren Bankier Jacques Coeur eine Summe schicken, die der von ihm für sie ausgelegten entspräche. Es dürfe nicht sein, daß er in Schwierigkeiten mit einer Hausfrau gerate, die gewiß ein Auge auf die gemeinsame Börse habe.

»Auf die gemeinsame Börse, ja ... aber nicht auf gewisse geheime Fonds, die ich bei meinem Freund Arnolfini hinterlegt habe, und die die Großzügigkeit des Herzogs speist. Gewisse Porträts von Euch haben mir viel Gold eingebracht«, fuhr er mit einem Lächeln fort, »und wenn ich ein wenig davon für Euch ausgebe, meine Freundin, ist das, glaubt mir, nur gerecht. Macht Euch also deswegen keine Sorgen. Jetzt wünsche ich Euch eine gute Nacht. Wir werden uns wiedersehen ... diskret ... bei Carlotta, wo ich mich an einem dieser Abende nach Eurem Befinden erkundigen werde.«

Er bedachte sie mit einem zeremoniösen Gruß, plauderte noch einige Augenblicke mit Meister Cornélis, grüßte einige ausländische Kaufleute, die er kannte, und verließ endlich den Gasthof, während Cathérine zu ihrem Zimmer hinaufstieg, wo sie fröhlich zwischen Gauthier und Bérenger zu Abend speiste. Förmlich geblendet durch all das, was sie gesehen hatte, schwatzten die beiden Burschen wie die

Elstern, und Cathérine mußte dreimal ansetzen, um ihnen das Programm des folgenden Tages und der Tage danach zu erklären.

Danach ging sie zu Bett und schlief wie ein Kind, bis die Sonne, die sich entschlossen hatte, wieder zu erscheinen, schon hoch am Himmel stand.

Nichts drängte sie in der Tat, denn sie wünschte, am hellichten Tage vor aller Augen und auf möglichst natürliche Weise abzureisen: Die Dame aus Armentières kehrte nach Hause zurück, nachdem sie ihr Wallfahrtsgelöbnis glücklich erfüllt hatte. Und gewiß würde niemand dem Aufbruch dieser zweifellos reichen, doch zurückhaltenden Bürgerin irgendwelche Beachtung schenken.

Gegen Mitte des Vormittags befahl sie Gauthier, zu den Ställen zu gehen, um die Pferde vorbereiten zu lassen, doch der junge Mann kehrte fast sofort mit einem Jungen von etwa fünfzehn Jahren zurück, dessen bescheidene Kleidung Farbflecke aufwies, einige darunter noch ganz frisch, die deutlich genug seinen Beruf verrieten.

»Ich habe diesen jungen Mann unten getroffen«, sagte der Stallmeister. »Er kommt von Messire van Eyck und bringt einen Brief.«

»Einen eiligen Brief!« präzisierte der Jüngling. »Mein Meister hat mich beauftragt, ihn nur Dame Berneberghe selbst zu übergeben.«

»Ihr seid einer seiner Schüler?« fragte Cathérine, das offene Gesicht, das blonde Haar und die noch von der Naivität der Kindheit erfüllten blauen Augen ihres jugendlichen Besuchers mit Sympathie betrachtend.

»Ich bin sein Schüler, Madame, der einzige!« erwiderte er stolz. »Wie Ihr ohne Zweifel wißt, hat Meister van Eyck neue Verfahren der Malerei erfunden, und er hütet seine Geheimnisse eifersüchtig. Aber er liebt mich sehr ...«

»Wie heißt Ihr?«

»Petrus Christus, Euch zu dienen, Madame ... Würdet Ihr bitte jetzt den Brief lesen? Es scheint, daß er von großer Dringlichkeit ist.«

»Ich lese ihn. Bietet diesem Jungen indessen ein wenig Wein an, Gauthier.«

Noch lächelnd, entfaltete Cathérine das Billett in der Annahme, daß es sich um eine letzte Empfehlung vor ihrer vorgetäuschten Abreise handelte. Doch ihr Lächeln erstarb jäh, und sie mußte sich setzen, um die Lektüre der wenigen

Zeilen zu beenden, die unversehens vor ihren Augen verschwammen.

»Die Florentinerin ist diese Nacht gestorben. Meister Arnolfini fand sie erhängt in seinem Tuchlager, das an Carlottas Haus angrenzt. Das Gerücht dieses Todes durchläuft die Stadt, aber vielleicht habt Ihr noch nichts davon gehört, und ich wollte, daß Ihr sofort unterrichtet würdet. Ich bin untröstlich, meine Freundin, aber das Beste wäre es, wenn Ihr sofort abreist. Geht nach Lille zu Dame Symonne. Sie wird vielleicht eine Möglichkeit finden, Euch zu retten. Mein Herz blutet, indem ich Euch Adieu sage. Möge Gott Euch schützen!«

Cathérine war so bleich geworden, daß Gauthier den jungen Petrus hastig zur Tür stieß, um schnellstens den Inhalt des Briefs zu erfahren, doch Cathérine hielt den Boten zurück.

»Hat Meister van Eyck sonst nichts gesagt?« fragte sie mit tonloser Stimme. »Warum ist er nicht selbst gekommen?«

Verlegen senkte der Bursche die Nase, als sei er an dieser Abwesenheit schuld, drehte seine rote Mütze nervös zwischen den Fingern, sagte jedoch nichts.

»Nun? Was gibt's? Er ist doch hoffentlich nicht krank?«

»Nein, nein ... aber ... ach, um so schlimmer! Bei seiner Rückkehr gestern abend hat es mit Dame Marguerite eine schreckliche Szene gegeben. Sie hat ihn beschuldigt, ein Wüstling, ein Schürzenjäger zu sein. Man hat ihr erzählt, daß er eine ... eine gute Freundin in den Gasthof gebracht habe, und sie war wütend. Und heute morgen hat sie ihn in seinem Atelier eingeschlossen ... mit mir zusammen, und hat geschrien, er käme erst wieder heraus, wenn es ihr passe!«

»Aber wie bist du dann herausgekommen?« fragte Bérenger.

»Durchs Fenster natürlich, das auf den Kanal hinausgeht. Ich bin an einem Seil in die große Barke runtergeklettert, die immer unten verankert liegt ... und genauso werde ich zurückkehren. Was soll ich Meister van Eyck sagen?«

Der Dialog der beiden Jungen hatte Cathérine erlaubt, sich ein wenig von dem Schreck über die unbegreifliche Katastrophe, die sie betroffen hatte, zu erholen. Carlotta tot? Aber wie? Und warum? Also mußte sie erbitterte Feinde gehabt haben, denn Selbstmord kam natürlich nicht in Frage.

Dieses Metier war sicherlich mit großen Risiken verbunden, und vielleicht hatte ein Gatte, ein Liebhaber als Folge eines Dramas, für das man sie verantwortlich machte ... Wer konnte es wissen?

Trotz ihrer quälenden Ratlosigkeit gelang es ihr zu lächeln, während sie dem jugendlichen Boten antwortete:

»Sagt, daß Ihr ein braver Junge seid und daß ich ihm für seine guten Reisewünsche danke. In kurzem werden wir Brügge verlassen haben. Sagt ihm auch, daß ich seinen Rat befolgen werde ... und daß ich ihn von ganzem Herzen bedauere.«

Durch eine Münze belohnt, entschwand Petrus freudig zu seinem Seil und seinem Fenster, während Cathérine den Brief wortlos Gauthier reichte, der ihn überflog und mit einem Blick voller Fragen zurückgab.

»Was bedeutet das? Hat diese Frau auf Euch den Eindruck gemacht, daß sie einen Selbstmord plante?«

»Ganz gewiß nicht. Ich habe es Euch schon gesagt: Ich sah eine liebenswürdige, bei bester Gesundheit befindliche Frau in sichtlich guten Verhältnissen. Sie hat mir sogar gesagt, daß sie das Leben lieb.«

»Dann hat man sie getötet! Aber warum?«

»Ich weiß es nicht, Gauthier. Ich weiß nur, daß wir diese Stadt sofort verlassen müssen. Ich hätte nie hierher zurückkehren und vor allem das, was ich tun wollte, nie hinter dem trügerischen Vorwand einer Wallfahrt verbergen dürfen! Gott straft mich!«

Gauthier zuckte die Schultern.

»Wenn Gott alle die bestrafte, die sich seiner bedienten, um zu versuchen, aus einer üblen Lage herauszukommen, gäbe es täglich Hekatomben Toter. Es ist anzunehmen, daß diese Unglückliche irgendeinem Mächtigen mißfallen hat, vielleicht, weil sie ihre Hilfe verweigerte oder zuviel Geld forderte. Wer kann das wissen? Aber wir, was machen wir? Wollt Ihr nach dem, was geschehen ist, wirklich wieder nach Lille?«

»Reisen wir erst einmal ab. Wir werden unterwegs darüber reden. Aber ich frage mich, ob es schließlich nicht doch das Beste wäre, nach Montsalvy zurückzukehren? Bérenger wird Euch sagen, daß ich dort unten eine alte Freundin habe, Sara, die in allen Dingen der Medizin erfahren ist und vielleicht imstande sein wird, mich zu retten. Wenn nicht ... Oh, ich hätte sie sofort aufsuchen sollen, ohne zu warten, aber mir graute davor, in diesem Zustand heimzukehren! ... Geht jetzt, bereitet die Pferde vor und bezahlt auch gleich die Zeche!«

Gauthier verschwand mit einem Nicken, stieg erneut die Treppe hinunter ... und abermals kam er wenige Augenblicke später wieder herauf. Diesmal begleiteten ihn drei Männer: Einer von ihnen war Meister Cornélis, der Wirt des *Blühenden Brombeerstrauchs*. Er beschloß den kleinen Zug und schien sich hinter den beiden andern zu verstekken, die, in prächtige, mit Feh- und Fuchspelz besetzte Gewänder gekleidet, breite, kompliziert gefältete samtene Kopfbedeckungen trugen und Männer von Ansehen sein mußten.

»Man hat mir nicht erlaubt, zum Stall zu gehen«, protestierte Gauthier, sichtlich wütend, »noch unsere Zeche zu bezahlen! Diese Leute wünschen, wie es scheint, mit meiner Herrin zu sprechen.«

»Achtet auf Eure Zunge, Bursche«, knurrte der größere der beiden Unbekannten, »und nehmt zur Kenntnis, an wen Ihr Eure Worte richtet. Ich bin einer der beiden Bürgermeister dieser Stadt, Louis van de Walle, und dies ist der Schöffe Jean Metteneye!« Sich darauf zu Cahtérine wendend, verneigte er sich auf eine Weise, die der jungen Frau von unheilkündender Vorbedeutung schien, denn die Verbeugung war für eine schlichte Bürgerin zu tief, für die große Dame, die sie in Wirklichkeit war, aber nicht tief genug.

»Wir sind gekommen, um Euch zu sagen, daß keine Rede davon sein kann, daß Ihr unsere Stadt verlaßt ... Frau Gräfin!«

Cathérine erzitterte unmerklich, aber sie zwang sich zur Ruhe. Es gelang ihr sogar ein leichtes Lächeln.

»Ich fühle mich durch Euren Besuch sehr geehrt, Messieurs, und das um so mehr, als ich mich dessen unwürdig weiß. Ich glaube, Ihr begeht einen Irrtum, wenn Ihr Euch in diesen Worten an mich wendet. Ich bin keineswegs Gräfin, sondern eine schlichte Bürgerin aus ...«

»Ihr seid die Gräfin de Brazey, die vielgeliebte Mätresse Herzog Philippes, von dem ihr schwanger seid. Und Ihr seid hierhergekommen, um von der Florentinerin die Frucht Eurer ehebrecherischen Liebschaft beseitigen zu lassen.«

Der Blitz fuhr völlig unerwartet auf Cathérine herab, aber

sie war zu sehr an Kampf gewöhnt, um die in ihr aufsteigende Furcht zu zeigen.

»Unbeschadet des Respekts, den ich Euch schulde, Herr Bürgermeister, Ihr seid närrisch!« erwiderte sie mit einem Hochmut, den zu unterdrücken ihr nicht recht gelang. »Werdet Ihr mir sagen, wo Euch diese verrückten Ideen zugeflogen sind?«

»Nun, hier! Ihr seid im gleichen Augenblick erkannt worden, in dem Ihr das Courtrai-Tor durchquertet. Seht, Dame Cathérine - das ist doch Euer Name, nicht wahr? -, so plump und streng das Kostüm auch war, das Ihr zum Betreten Brügges anzulegen für gut befandet, konnte es doch eine Schönheit wie die Eure nicht völlig verbergen ... eine Schönheit, an die hier alle eine bewundernde Erinnerung bewahren.«

»Aber schließlich ...«

»Es ist sinnlos zu leugnen! Wen gedenkt Ihr mit Euren Ausflüchten zu überzeugen? Erweist uns lieber die Gunst, diese so sittsam umfängliche Haube abzunehmen und uns Euer Haar zu zeigen. Wenn es nicht von reinstem Gold ist, werden wir unseren Irrtum eingestehen und zugeben, daß Ihr nicht die Dame de Brazey seid.«

Im Bewußtsein, in die Enge getrieben zu sein, versuchte Cathérine, wenigstens zu verhandeln. Wenn diese Leute ihr ihre Freiheit zurückgeben sollten, mußte sie versuchen, sich mit ihnen zu verständigen.

»Sei's drum«, sagte sie mit einem Lächeln. »Ihr habt mich erkannt. Aber Eure Uhr geht nacht, Herr Bürgermeister, und viel ist seit der Zeit geschehen, die Ihr wachruft. So bin ich nicht mehr die Dame de Brazey und habe nichts mehr zu schaffen mit Burgund, abgesehen davon, daß ich mir dort einige Freunde bewahrte, was Euch ziemlich natürlich erscheinen dürfte. Jetzt bin ich die Gräfin de Montsalvy, Gattin eines der besten Hauptleute König Karls VII. und Hofdame der Königin beider Sizilien. Ich vermute«, fügte sie hinzu, »daß diese Art Erklärung mir noch vor zwei Jahren zweifellos einen Aufenthalt in einem Eurer Kerker eingebracht hätte. Aber Frankreich und Burgund leben von jetzt an in Frieden, nicht wahr? So, nun wißt Ihr alles, und ich glaube, es bleibt Euch nur, mir gute Reise zu wünschen und Euch zurückzuziehen.«

Doch das Lächeln hatte nichts geholfen, und das Gesicht

van de Walles unter der samtenen Behäuptung blieb steinern.

»Noch nicht, wenn Ihr erlaubt! Würdet Ihr mir zuerst verraten, wozu Ihr hierhergekommen seid, und das unter einem falschen Namen?«

»Da Ihr so gut unterrichtet seid, solltet Ihr es wissen! Ich bin gekommen, um vor dem kostbaren Blut unseres Herrn zu beten und die Widerherstellung der Gesundheit meines vor einigen Monaten schwer verletzten Gatten zu erflehen. Es schien mir ratsamer, es unter einem fremden Namen zu tun. Gestern gegen abend war ich in der Kapelle ...«

»... um die Reliquie gemeinsam mit Meister van Eyck zu verehren, ich gebe es zu. Aber danach habt Ihr unauffällig die Kapelle verlassen, das Rathaus durchquert und Euch mit einem Boot zum Haus der Florentinerin begeben. Auch was diesen Punkt anbelangt, ist Leugnen sinnlos. Wir haben geschickte Agenten, sehr befähigt, jemand zu folgen, ohne sich sehen zu lassen, vor allem nach Einbruch der Nacht!«

Die kalte, bedächtige, jede Silbe, um besser ins Ziel zu treffen, sorgfältig artikulierende Stimme wirkte wie Säure auf Cathérines Nerven und zersetzte ihre schönen Entschlüsse, sich ruhig und diplomatisch zu verhalten. Ihre eigene Stimme klang noch eisiger, als sie, die Geduld verlierend, erwiderte:

»Angenommen, all das sei wahr ... erweist mir die Gunst, mir zu erklären, was meine Angelegenheiten Euch angehen!«

»Persönlich nichts, aber sie gehen die ganze Stadt etwas an in dem Moment, in dem sie für ihren Schutz von Bedeutung werden. Nun, Ihr tragt das Kind eines Fürsten, der uns große Unannehmlichkeiten bereitet, und doch habt Ihr nicht gefürchtet hierherzukommen, um Euch seiner zu entledigen?«

»Das ist falsch! Einst, ja, hatte ich einen Sohn von Monseigneur Philippe ... aber dieses Kind ist gestorben, und Ihr wißt es sicher ebenso gut wie jeder andere, Ihr, der Ihr alles wißt! Aber seitdem, ich schwöre es bei Gott, hat er mir kein anderes gemacht! Wie hätte er es auch tun können, da ich die Auvergne bewohnte und er seine Staaten?«

Louis van de Walle hob die Hand, wie um ihren Wortschwall einzudämmen.

»Es ist nutzlos, Euch zu verteidigen, wie Ihr es tut, Madame. Alles, was Ihr äußern könntet, wird zu nichts führen.«

»Was besagen will?«

»Daß Ihr bis zur Geburt dieses Kindes hierbleiben werdet. Dann wird es vielleicht möglich sein zu sehen, wem es ähnelt.«

»Ich strenge mich an, Euch zu erklären, daß es nicht vom Herzog ist!«

»Vielleicht ... und im Grunde ist das auch nicht von allzu großer Bedeutung«, bemerkte der Bürgermeister mit einem kalten Lächeln. »Wichtig ist allein, daß Ihr hier seid, in Erwartung eines Kindes und unter guter Bewachung ... und daß der Herzog prompt davon unterrichtet wird!«

Cathérine raffte genug Selbstbeherrschung zusammen, um in Gelächter auszubrechen.

»Und was wollt Ihr ihm damit antun? Wir bedeuten einander schon seit langem nichts mehr. Was der Gattin des Sire de Montsalvy und ihrem Kind geschieht, wird ihm deshalb völlig egal sein. Ihr begeht einen schweren Fehler, Herr Bürgermeister, einen Fehler, den Ihr vielleicht sehr bereuen werdet!«

»Das würde mich wundern. Selbst wenn es nicht vom Herzog ist, ist das Kind auch nicht von Eurem Gatten, sonst würdet Ihr Euch nicht solche Mühe geben, es verschwinden zu lassen. Was die ... Gefühle Monseigneurs Euch gegenüber betrifft, bin ich nicht ganz sicher, ob Ihr zutreffend unterrichtet seid. Ihr seid zu bescheiden, Dame Cathérine, viel zu bescheiden, und ich glaube zu wissen, daß der Herzog Euch keineswegs vergessen hat. Alle Welt hier kennt die Wahrheit über das Goldene Vlies ...«

»Eine acht Jahre alte Wahrheit!«

»Die Zeit tut nichts zur Sache. Monseigneur Philippe ist ein überaus empfindsamer Fürst, und wir sind überzeugt, daß er die Sache nicht auf die leichte Schulter nehmen wird, wenn er Euch in unseren Händen ... und in Todesgefahr weiß.«

Cathérines Kehle trocknete jäh aus.

»Todesgefahr? ... Habt Ihr den Verstand verloren? Was habe ich Euch getan?«

»Ganz und gar nichts. Aber wenn der Herzog sich weigert, uns unsere Privilegien zurückzugeben ... oder wenn er es wagen sollte, uns anzugreifen, sähen wir uns zu unserem Bedauern gezwungen, Euch sofort hinzurichten!«

Das war mehr, als Gauthier ertragen konnte. Dreimal schon im Laufe der Unterredung hatte Cathérine ihn mit herrischer Geste daran hindern müssen, sich einzumischen. Diesmal hielt er sich nicht daran. Brüsk seinen Degen ziehend, setzte er dessen Spitze auf die Brust des Bürgermeisters.

»Ich glaube, Ihr überschreitet die Grenzen, Bürgermeister! Es ist nicht meine Gewohntheit, meine Herrin beleidigen oder bedrohen zu lassen, denn sie zu beschützen ist meine wichtigste Aufgabe. Macht mir also die Freude, so schnell wie möglich von hier zu verschwinden. Zuvor aber habt die Güte, uns augenblicklich einen Passierschein auszustellen, der uns erlaubt, Eure gute und so angenehm gastfreundliche Stadt zu verlassen.«

»Und wenn ich nicht gehorche?«

»Werde ich das außerordentliche Vergnügen haben, Euch den Hals zu durchschneiden.«

Van de Walle zuckte die Schultern.

»Ihr würdet Eurer sofortiges Todesurteil unterschreiben. Habt Ihr Lust, gehängt zu werden?«

»Wie Ihr diese arme Frau, die Florentinerin, gehängt habt? Denn auf Euren Befehl hat man sie doch hingerichtet, nicht wahr?«

»Gauthier! Mir scheint, auch Ihr überschreitet jetzt die Grenzen!« warf Cathérine ihm vor.

»Glaubt Ihr? Seht doch das Gesicht Eures braven Bürgermeisters! Er kommt nicht einmal auf die Idee, es zu leugnen! Man legt entschieden großen Wert darauf, daß Ihr ein Kind bekommt ...«

»Und daß sie es hier bekommt« fiel van de Walle ein.

»Wozu entscheidet Ihr Euch also? Tötet Ihr mich oder ...?«

Rasch legte Cathérine ihre Hand auf die des jungen Mannes und zwang ihn so, die Waffen zu senken, deren Spitze schon leicht in den dicken Stoff eingedrungen war.

»Laßt das, mein Freund! Wie man Euch schon gesagt hat, würde das nur den Tod für Euch bedeuten, ohne uns zu retten. Ihr könnt Euch wohl denken, daß diese Herren nicht allein gekommen sind.«

»In der Tat«, bestätigte der Schöffe Metteneye, der ohne den Mund aufzutun der heftigen Szene beigewohnt und die seinem Vorgesetzten drohende Gefahr mit größter Ruhe zur Kenntnis genommen hatte. »Vor dem Gasthof ist eine ganze Kompanie der Gemeindemiliz aufmarschiert, bereit, uns Beistand zu leisten.«

»Gegen eine Frau und zwei junge Leute?« rief Cathérine verächtlich. »Mein Kompliment, ihr Herren Bürger! Das nennt man Tapferkeit ... fast ebenso strahlend wie die von Euch vor Calais bewiesene! Nun, so bin ich also Eure Gefangene! Darf ich wissen, wo Ihr die Absicht habt, mich einzusperren? In diesem Gasthof? Das Herz würde mir bluten: Er hat seit der Zeit, in der mein Onkel einer seiner treuesten Gäste war, sehr verloren. Jetzt ist er eine Mördergrube!« fügte sie hinzu, den letzten Rest ihres verächtlichen Lächelns dem unglücklichen Cornélis widmend, der förmlich zusammenzuschrumpfen schien. »Eher im Steen ... im Gefängnis, nehme ich an.«

»Weder im einen noch im anderen«, unterbrach der Bürgermeister. »Ihr seid eine zu kostbare Geisel, um nicht das Recht auf alle Rücksichten zu haben. Es wäre sinnlos, den Zorn des Herzogs noch mehr zu schüren. Ihr werdet also gut behandelt ... sofern man uns nicht zu äußersten Lösungen zwingt.«

»In welchem Falle Ihr mir mit allem mir geschuldeten Respekt den Kopf abschneiden werdet? Nun, wohin bringt Ihr mich?«

»Aber ... zu Euch! Euer Haus gehört Euch noch immer und wurde auf Befehl Monseigneurs sorgsam in seinem Zustand erhalten, was, wie Ihr zugeben werdet, ein absoluter Beweis für Gleichgültigkeit ist. Ihr werdet dort alle Bequemlichkeiten finden, doch selbstverständlich unter strenger Bewachung bleiben. Übrigens werde ich selbst die Ehre haben, Euch dorthin zu gleiten, und da Ihr ohnehin zum Aufbruch bereit seid, dürfte es keinen Grund geben, ihn noch länger aufzuschieben. Was Euch betrifft, junger Mann«, fuhr er, sich an Gauthier wendend, fort, »will ich gern Eure ... Aufwallung von vorhin vergessen, denn alles in allem habt Ihr nur Eure Pflicht und Schuldigkeit getan, aber ich möchte sicher sein ...«

»O nein!« protestierte Cathérine. »Ihr werdet mir nicht meine Diener nehmen! Ich will gern Eure Gefangene sein, ich will gern mein Leben in Euren Händen riskieren, und ich werde versuchen, mein Mißgeschick mit Geduld zu ertragen, aber ich wünsche, die bei mir zu behalten, die mir ergeben sind. Von diesen gibt es hier nur zwei: meinen Stallmeister und meinen Pagen. Laßt sie mir!«

Van de Walle verneigte sich.

»Sei's! Erlaubt mir indessen, Eure Worte zu korrigieren, Dame Cathérine. Ihr habt hier viel mehr Freunde, als Ihr Euch vorstellt, und Ihr würdet die ganze Stadt zu Freunden haben, wenn wir dank Euch einträglichen Handel, Frieden und unsere Privilegien wieder erhielten.«

Er schien zu glauben, was er sagte. Mit einem gereizten Schulterzucken nahm Cathérine ihren über eine Truhe gelegten Mantel auf und warf ihn sich um die Schultern. Seltsamerweise empfand sie keinerlei Empörung, denn sie erkannte in dem, was ihr geschah, das unbestreitbare Zeichen des Geschicks, die Hand Gottes, den ihre trügerische Wallfahrt beleidigt hatte. Sie kannte Philippe zu gut, um sich Illusionen über ihr Los zu machen: Niemals ließe er zu, daß sich seine Gefühle in die Politik einmischten. Und ebensowenig würde er, wie stark seine Liebe zu ihr auch noch sein mochte, je revoltierenden Bürgern gegenüber klein beigeben, um ihr Leben zu retten ... selbst wenn er Brügge in einem Blutbad ertränken müßte, um es wieder in die Hand zu bekommen, was früher oder später der Fall wäre. Er würde Tränenströme über den Hingang der Frau vergießen, die er zweifellos mehr als alle anderen geliebt hatte, aber nicht den kleinen Finger heben, um sie davon zu bewahren, wenigstens nicht unter den Bedingungen, die man ihm auferlegte.

Überzeugt, daß sie mit dem Gang zu ihrem ehemaligen Haus ihren Weg zum Schafott begann, folgte Cathérine dem Bürgermeister. Draußen wartete in der Tat eine stattliche Gruppe bewaffneter Milizen, und zwischen ihren blitzenden Helmen hindurch konnte die Gefangene sehen, daß die Rue aux Laines von einer schweigenden, fast leblosen Menge angefüllt war, was bei einer flämischen Menge nichts Gutes verhieß.

Bevor sie die Schwelle überschritt, hielt sie den Bürgermeister an.

»Ein Wort noch! Aller Wahrscheinlichkeit nach werde ich hier sterben, aber das ist letzten Endes ohne besondere Bedeutung. Ich wünsche mir nur, daß nach meinem Tode meinen jungen Dienern nichts Böses geschieht, und daß man sie frei in ihre Heimat zurückkehren läßt. Könnt Ihr mir diese Versicherung geben?«

Die kalten Augen des Bürgermeisters musterten einen Moment das ihm zugewandte schöne Gesicht. Es war so friedlich, so heiter, daß angesichts soviel ruhigen Mutes eine Art Rührung seinen Blick belebte.

»Auf meine Ehre, Ihr habt mein Wort! Doch ich wage zu hoffen, daß auch Ihr bald zu Euren Ländereien und Eurem normalen Dasein zurückkehren könnt, Dame Cathérine ... ja, sogar, daß wir dieses Ereignis durch ein großes Fest werden feiern können!«

Cathérine hob die Schultern.

»Glaubt Ihr an Wunder, Messire? Ich glaube immer weniger daran.«

Die Geisel von Brügge

Als der Frühling kam, wurden der Schnee und Reif des Winters grau und kotig. Die Kälte war geschwunden, aber die vom Meerwind gejagten Wolken ergossen sich in Strömen von Regen, die die Erde aufweichten und die Kanäle schwellen ließen. Am Ostersonntag, der in diesem Jahr auf den 31. März fiel, regnete es so, daß das Wasser nicht nur die Keller der Häuser, sondern auch zahllose Erdgeschoßräume überschwemmte, und die Brügger, die sich so gezwungen sahen, den Festtag mit der Rettung ihrer Möbel zu verbringen, auf den Gedanken verfielen, Gott grolle ihnen persönlich und deshalb mit Maßen die Gottesdienste in den Kirchen mieden.

Für Cathérine war es ein Tag wie jeder andere, ebenso trübe, ebenso zähe … abgesehen nur von der befriedigenden Vorstellung, daß die Tag und Nacht in der unteren Etage ihres Hauses postierten Wachen mit den Füßen im Wasser standen. Doch der enthusiastische, phantasievoll ausgeschmückte Bericht, den der rachedürstende Bérenger ihr darüber gab, entlockte ihr nur ein schwaches Lächeln.

Und doch hatte sie, als Bürgermeister van de Walle sie in das Haus gebracht hatte, das das ihre gewesen war, die Freude empfunden, die der Reisende bei der Wiederbegegnung mit einem charmanten Ort verspürt, an dem er einst Tage voller Zauber verbracht hat. Das kleine Palais, dessen hohe, lanzettförmige Fenster sich mit den warmen Farben ihrer bunten Scheiben und der Anmut ihrer geschnitzten Giebelchen so hübsch im ruhigen Wasser eines Kanals spiegelten, war in der Tat mit großer Sorgfalt gepflegt worden. Im Inneren, wo es gut nach frischem Wachs und dem Waldduft von Holzfeuern roch, herrschte noch der gleiche Zustand, in dem sie es verlassen hatte. Sie sah den großen Saal mit seinem Kamin aus cremefarbenem Sandstein, seinen italienischen Fayencen und schönen Zinn- oder Goldgegenständen wieder, die kostbaren venezianischen Gläser auf dem Anrichtetisch, die Kredenztischchen und auch den leicht erhöhten und von einem Baldachin mit eingewirkten

Figuren überwölbten Sitz, der selbstherrlich den Platz der Hausherrin kennzeichnete. Sie sah das von ihrem fürstlichen Liebhaber so närrisch wieder und wieder kopierte rosa- und silberfarbene Zimmer, sie sah die Weiden ihres kleinen Gartens, deren langes Gezweig über das grüne Wasser hing. Aber sie sah keinen ihrer einstigen Diener wieder, und vor allem, vor allem Sara war nicht mehr da, auch sie nicht, Sara, die sich so gut darauf verstand, den ganzen Haushalt zu lenken. Und weil sie nicht mehr da war, schien das auf seinen Spiegel gesetzte kleine Palais seine Seele verloren zu haben. Es war für Cathérine nur noch ein entzükkendes leeres Gehäuse, in dem das Dasein monoton verlief, rhythmisch geordnet nur durch die Glocke des Glockenturms, die morgens und abends zum Beginn und zum Ende der Arbeit läutete.

Gewiß, man gab ihr andere Domestiken, aber sie hatten die verschlossenen Gesichter und forschenden Augen von Kerkermeistern, und sie verstanden sich allzu gut mit denen, die sich jeden Tag im unteren Saal einfanden, um die kostbare Geisel zu bewachen. Eine merkwürdige Bewachung übrigens, jeden Tag von einer anderen Zunft gestellt, als legten alle Berufsstände der aufsässigen Stadt größten Wert darauf, sich abwechselnd davon zu überzeugen, daß ihre Interessen gut gewahrt würden. Und so konnte man vor Cathérines Haustür nacheinander die Banner der Strumpfwirker, der Bleiarbeiter, Goldschmiede, Seidenzwirner, Hutmacher, Truhenschreiner, Küfer, Maler, Seifer, Lichtzieher, Barbiere und so weiter, und so weiter flattern sehen.

Diese unaufhörlich wechselnde Wache für für Gauthier und Bérenger zu einer wahren Zerstreuung geworden, der einzigen, die ihnen erlaubt war, denn ebenso wie Cathérine hatten sie nicht das Recht, das Haus zu verlassen, das im Laufe der Zeit mehr und mehr von seinem Charme verlor und zu einem Gefängnis wurde. Die hübsche bemalte und geschnitzte Tür öffnete sich nie für sie. Nur die Fenster ließen sich öffnen, aber die eindringende Luft war kalt, so daß sie sie schnell wieder schließen mußten. Langeweile stellte sich ein, trotz aller Bemühungen Cathérine und Gauthiers, der es sich, um die Zeit auszufüllen, angelegen sein ließ, die seit ihrem Aufbruch von Montsalvy betrüblich vernachlässigten Studien Bérengers nachzuholen. Glücklicherweise verweigerte man ihnen weder Bücher noch Papier und Federn, so daß viele Stunden weit weniger zähe als andere verstrichen.

Natürlich hatte die Geisel kein Recht auf Besuche. Trotz all seiner Bemühungen und einer stürmischen Szene, die er den Schöffen gemacht hatte, war es Jan van Eyck nicht gelungen, die Erlaubnis zu erhalten, seine Freundin zu sehen. Man hatte ihm sogar zu verstehen gegeben, es sei besser für ihn, so selten wie möglich seine Behausung zu verlassen, was seine Frau so offensichtlich freute, daß seine Wut sich noch verdoppelte. Er rächte sich dafür, indem er von Dame Marguerite ein so wenig geschmeicheltes Porträt malte, daß sie ihrerseits in Wut geriet. Aber auch das gab ihm seine Ellbogenfreiheit nicht zurück ...

Was Cathérine anging, mußte sie jeden Tag morgens und abends den Anführer ihrer persönlichen Wache empfangen, der sich zu überzeugen hatte, ob sie noch immer vorhanden sei. Außerdem kam sonntags ein Priester der Saint Jean-Kirche, um für sie die Messe zu lesen und ihre Beichte zu hören, falls sie es wünschte, doch sie wünschte es nie. Schließlich erschien alle vierzehn Tage Louis van de Walle oder der andere Bürgermeister, Maurice de Varssenare, zu einem hochoffiziellen Besuch, erkundigte sich nach ihrer Gesundheit und ihren Wünschen, beantwortete jedoch nie ihre Fragen, wenn sie zu erfahren versuchte, wie es um die Verhandlungen mit dem Herzog stand. Sie hatte den Eindruck, daß die Dinge weit davon entfernt waren, sich zu arrangieren, denn bei jeder ihrer Visiten entdeckte sie bei ihnen ernstere Mienen und besorgtere Blicke.

Diese Beobachtung setzte ihr übrigens nicht allzusehr zu, da sie für ihr eigenes Schicksal eine eigentümliche Gleichgültigkeit zu empfinden begonnen hatte. Allzu viele Katastrophen waren seit ihrem Aufbruch aus ihrer geliebten Auvergne über sie hereingebrochen. Sie hatten ihre moralische Widerstandskraft allmählich verbraucht, und der Tod, selbst der tragische, blutige unter dem Beil eines Metzgers, nahm nach und nach die besänftigten Farben einer Erlösung an.

Aus dem Leben scheidend, würde sie endlich die ewige Ruhe finden, wäre sie auf immer befreit von diesem Körper, der ihr Freuden gegeben hatte, gewiß, aber so viel mehr Leiden, von diesem allzu oft von der Härte, dem Egoismus und dem Starrsinn Arnauds gefolterten Herzen.

Zuweilen, des Nachts, während sie mit weit in die Dunkelheit geöffneten Augen die Stunden vergehen hörte, ohne Schlaf zu finden, suchte sie die Wahrheit dieses Herzens auszuloten. Unlängst noch genügte die bloße Beschwörung ihres Gatten, um seinen Schlag zu beschleunigen, um es vor Glück seufzen oder vor Leid sich verkrampfen zu lassen. Seit einiger Zeit jedoch blieb es seltsam still, als ob es, müde des vielen Rufens ins Leere, seine Stimme verloren habe.

Nur dem Gedanken an die Kinder, die sie zweifellos nie mehr wiedersehen würde, gelang es, Kummer und Schmerz von neuem zu wecken, aber das waren egoistische Gefühle, denn sie wußte sie sicher geborgen inmitten all der guten Leute von Montsalvy, die sie anbeteten und die sie selbst liebten, bei Sara, ihrer zweiten Mutter, bei Abbé Bernard ... und bei Arnaud, dessen väterliche Gefühle nicht bezweifelt werden konnten. Nein, ihre Mutter war ihnen wirklich nicht unentbehrlich, und sie konnte in Frieden auf dieser flandrischen Erde sterben, die sie geliebt hatte, und die sich bald über ihr schließen würde. Über ihr und über jener jeden Tag unerträglicheren Bürde, die in der mysteriösen Finsternis ihres Körpers wuchs ... Auch deswegen war der Tod willkommen, denn Cathérine wußte sehr gut, daß sie die Geburt des monströsen Kindes nicht überleben könnte, das ihr ein Dämon mit allzu vielen Gesichtern aufgezwungen hatte, um nur ein einziges zeigen zu können.

Ihre Schwangerschaft wurde im übrigen beschwerlich und verursachte ihr Übelkeiten, Ekel und Widerwillen vor allem, wie sie dergleichen nie zuvor gekannt hatte. Früher hatte das aktive Dasein in freier Luft zumeist ihr immer leichte, von Unannehmlichkeiten fast freie Zeiten der Erwartung eingebracht, nach denen sie ihre Kinder mit der natürlichen Einfachheit der Bäuerinnen zur Welt brachte.

Diesmal kündigten sich die Dinge schwieriger an. Die eingeengte Existenz bekam ihr nicht. Sie verlor den Appetit, magerte ab, und jeder anbrechende Morgen fand sie bleicher und mit tieferen Ringen unter den Augen. So bedenklich wurde ihr Zustand, daß Gauthier, als Louis van de Walle am Abend des Montags nach Quasimodo erschien, ihm schon beim Überschreiten der Schwelle des Saals förmlich ins Gesicht sprang.

»Wenn Ihr ihr den Tod geschworen habt, wäre es ehrlicher, es sofort zu sagen, Herr Bürgermeister! Jeden Tag wird sie schwächer, und ich kann Euch mit Gewißheit voraussagen, daß Eure kostbare Geisel Euch in kurzem entwischt sein wird, da Gott sich dessen annehmen dürfte. Was werdet Ihr dann Herzog Philippe sagen?«

»Kann ich sie sehen?«

»Ganz gewiß nicht! Heute abend werdet Ihr Euch mit mir begnügen. Sie liegt seit gestern zu Bett. Ich füge hinzu, daß sie seit zwei Tagen außer ein wenig Milch nichts mehr zu sich genommen hat.«

Lebhaftes Mißvergnügen malte sich auf dem kantigen Gesicht des städtischen Beamten.

»Warum hat man nichts gesagt, wenn die Gräfin leidend ist? Wir hätten sofort einen Arzt geschickt!«

»Sie braucht keinen Arzt, sie braucht Luft zum Atmen, Raum, um sich zu rühren. Nicht Krankheit tötet sie, sondern Euer Gefängnis, so vergoldet es auch sein mag! Und ich kann Euch mit Sicherheit sagen: In dem Zustand wachsender Schwäche, in dem ich sie sehe, wir die Niederkunft sie umbringen, wenn sie nicht schon vorher stirbt.«

»Was wißt Ihr davon? Seid Ihr Arzt?«

»Ich habe nicht den Titel, aber ich verstehe ebensoviel davon wie die meisten. Ich habe meine ersten Prüfungen an der Sorbonne abgelegt, und ich sage Euch, daß Dame Cathérine nicht mehr lange zu leben hat.«

Unversehens verlor der Bürgermeister seine offizielle Steife. Sein im Moment zuvor noch so starres Rückgrat beugte sich ein wenig, während er zum Kamin ging und seine mageren Hände zum Feuer ausstreckte. Der Widerschein der Flammen verdeutlichte den sorgenvollen Ausdruck seines Gesichts.

»Ich schwöre Euch auf mein Seelenheil, daß ich ihren Tod nicht will, und daß es niemals meine Absicht war, sie einer so strengen Haft zu unterwerfen. Ich gedachte sie innerhalb der Stadtmauern frei kommen und gehen zu lassen, unter Überwachung natürlich, aber ich wollte sie nicht einschließen. Und es ist mir jetzt unmöglich, ihr zu erlauben, dieses Haus zu verlassen.«

»Aber warum?«

»Weil die Leute der Zünfte es nicht tolerieren würden und sie in Wahrheit die Herren dieser Stadt sind. Ich und mein Kollege Varssenare sind kaum mehr als dem Titel nach Bürgermeister … und gezwungen, mit den Wölfen zu heulen, wenn wir und unsere Familien am Leben bleiben wollen. Hat es Euch nicht gewundert, Gerber und Töpfer hier Wache halten zu sehen, obwohl wir eine Gemeindemiliz unter dem Befehl des Stadthauptmanns Vincent de Schotelaere haben, der zu meinen Freunden zählt?«

»Worauf wartet Ihr also noch, um reinen Tisch zu machen und Respekt vor Behörden und Gesetz zu schaffen?«

Van de Walle zuckte die Schultern und strich sich mit der Hand, deren Zittern Gauthier bemerkte, über die ermüdeten Augen.

»Die Offiziere würden sich nichts Besseres wünschen. Aber die Männer der Truppe kommen fast alle aus Zunftfamilien oder aus dem niederen Volk, und mit Bier und ein wenig Gold bringt man sie dazu, in der Tonart zu grölen, die man gerade will. Die Dinge sind zu einem Punkt gediehen, an dem ich mich, selbst wenn es in meiner Macht stünde, Eure Herrin herauszulassen, wohl hüten würde, es zu tun, denn das hieße, sie zum Massaker zu verurteilen. Die Gemüter erhitzen sich mehr und mehr, junger Mann, und Ihr könnt Euch nicht vorstellen, in welchem Maße das Volk widerspenstig und unverschämt wird. In aller Ehrlichkeit, als ich Dame Cathérine hier zurückhielt, glaubte ich, etwas für das Wohl meiner Stadt, für ihren Reichtum und ihre uralten Privilegien zu tun. Jetzt fragte ich mich, ob ich recht gehabt habe. Ich ... ich weiß es nicht mehr!«

Schweigend trat Gauthier zur Anrichte, füllte zwei Becher mit Malvasier und kehrte zurück, um einen dem Bürgermeister anzubieten.

»Setzt Euch, Messire ... und trinkt dies! Ich glaube, Ihr habt es nötig.«

Mit einer Grimasse, die zur Not als Schatten eines Lächelns gelten konnte, nahm van de Walle den Wein und den Sitz an, den der junge Mann ihm zuschob. Gauthier ließ ihn trinken und sich in den weichen Polstern ein wenig entspannen. Dieser Mann, den er noch einen Moment zuvor für allmächtig, unbeugsam und mitleidlos gehalten hatte, tat ihm jetzt leid. Er ähnelte eher einem gejagten Wild als dem ersten Beamten eines souveränen Stadt.

Als er sah, daß wieder ein wenig Farbe sein bleiches Gesicht belebte, fragte Gauthier vorsichtig:

»Stehen die Dinge mit dem Herzog so schlecht?«

Er erwartete, daß sein Gegenüber sich wie eine Auster schließen und ohne ein Wort zu sagen davongehen würde, doch damit war's nichts. Van de Walle mußte am Ende seiner Nervenkraft sein, denn nach einem Seufzer ließ er sich zu einer Antwort herbei:

»Schlechter noch, als Ihr's Euch vorstellt! Als wir Ende Januar jemand zu Monseigneur schickten, um die Verhandlungen fortzusetzen und ihn von der Anwesenheit Dame Cathérines in unserer Stadt zu unterrichten, hat er die Boten nicht einmal empfangen wollen. Am 11. Februar erklärte er dann öffentlich, daß der ›Franc‹ in Zukunft mit Gent, Ypern und Brügge das vierte Mitglied des Landes sein werde, und daß seine Bewohner sich keinesfalls in die Bürgerschaft Brügges aufnehmen lassen könnten. Das ist die Freiheit für den ›Franc‹ ... und ein sehr harter Schlag für unsere Wirtschaft.«

»Und Sluis?«

»Davon ist keine Rede gewesen, aber jetzt liegt ein Teil des unabhängigen ›Franc‹ zwischen ihm und uns.«

»Ihr habt seitdem nichts unternommen?«

»Aber ja doch! Da unsere Boten nicht empfangen wurden, hat sich mein Kollege Maurice de Varssenare persönlich nach Lille begeben. Er war eben aufgebrochen, als wir erfuhren, daß der Herzog durch Urkunde die Rechte des ›Franc‹ als unabhängiger Landesteil bestätigt hatte. Seitdem sind wir ohne Nachricht. Wir wissen nicht einmal, was mit de Varssenare geschehen ist. Ich fürchte, der Herzog hat ihn ins Gefängnis werfen lassen. Was die Leute hier nicht hindert, schon Verrat zu schreien und seinen Kopf zu fordern. Wir leben in schwierigen Zeiten, junger Mann, und ich fürchte sehr, daß sie noch schlimmer werden. Deshalb beschwöre ich Euch, tut alles für Eure Herrin, was Ihr könnt, und haltet sie am Leben! Morgen wird Gertrude, meine Frau, sie aufsuchen. Seit Wochen bittet sie mich schon, es ihr zu erlauben, denn sie empfindet viel Sympathie für sie. Vielleicht gelingt es ihr, Dame Cathérine gut zuzureden, sie zum Essen, zum Kämpfen zu bringen. Und dann ..., bittet sie, mir zu verzeihen!«

»Wäre es nicht besser zu versuchen, sie fortzubringen? Was wird geschehen, wenn die Kerle, die dieses Haus bewachen, eines Tages beschließen, es in Brand zu stecken oder alle seine Bewohner zu massakrieren?«

»Ich weiß, aber ich kann nichts tun. Glaubt mir, wenn ihre Flucht möglich wäre, wäre sie schon nicht mehr hier, aber ...«

»Aber das würde Euer eigenes Todesurteil bedeuten, nicht wahr?«

Der Bürgermeister senkte den Kopf.

»... und vor allem das meiner Familie, denn diese Leute würden keinen Unterschied machen. Und ich habe Kinder ...«

Wie um seinen Befürchtungen unheilkündenden Nachdruck zu verleihen, stieg aus der Gasse vor dem Haus undeutliches Geschrei auf, über das sich ein vereinzelter drohender Ruf erhob: »Tod den Verrätern!« Van de Walle raffte sich auf.

»Was glauben sie nun, wieder entdeckt zu haben?« seufzte er. »Es ist besser, ich sehe nach. Die Überschwemmung verbessert die Lage auch nicht.«

Und er ging und überließ Gauthier den beunruhigenden Neuigkeiten, die er ihm berichtet hatte ...

In dieser Nacht fand der junge Mann kaum Schlaf. Mit Bérenger in seinem Zimmer eingeschlossen, drehten und wendeten die beiden Burschen in ihren Gedanken unablässig ein scheinbar unlösbares Problem: Wie konnten sie mit Cathérine flüchten und sie nach Frankreich zurückbringen, jenem Land, das ihnen trotz der Gewalttätigkeiten, die es verwüsteten, nun wie eine Art verlorenes Paradies vorkam?

Gauthier hatte Cathérine von der Visite des Bürgermeisters nur mitgeteilt, was ihm notwendig erschien, das heißt, sein Bedauern, für ihren Zustand verantwortlich zu sein, seine Hoffnung, sie reagieren und wieder zu Kräften kommen zu sehen, und die Ankündigung des Besuchs seiner Gattin am folgenden Tage.

»Ich glaube, daß er durch seine Umgebung gezwungen wurde, so zu handeln, wie er es tat, daß er aber mehr zur Partei des Herzogs neigt als zu der der Rebellen.«

Die junge Frau hatte erwidert, sein Bedauern scheine ihr ein wenig verspätet, Dame Gertrude werde sie gern empfangen, doch so, wie die Dinge lägen, ändere das nicht viel an ihrem Zustand anhaltender Schwäche und ihrem Abschau vor allem.

»Selbst vor dem Leben, fürchte ich«, seufzte Bérenger, als sein Freund ihm ihre Worte berichtete.

»Vor allem vor dem Leben! Ich bin überzeugt, daß sie beschlossen hat, sterben zu wollen, da es ihr jetzt nicht mehr möglich ist, sich dieses verdammten Görs zu entledigen. Heute hat sie nur Wasser getrunken. Sogar Milch hat sie abgelehnt.«

»Du glaubst, daß sie an Entkräftung sterben will? Das wäre schrecklich.«

»Aber es würde ihr ähnlich sehen. Der Tod der Florentinerin und die Dummheit der Leute hier haben sie wieder auf ihre Ängste und selbstfabrizierten Gewissensbisse, auf das Grauen vor ihrem eigenen Körper zurückgeworfen. Und trotzdem muß sie essen, sie muß es! Nimm an, es ergibt sich eine Gelegenheit zur Flucht, eine Chance zu entkommen! Wie könnten wir sie mit einer Sterbenden wahrnehmen? Schon jetzt kann sie sich kaum bewegen.«

»Da ist etwas, das ich nicht begreife«, sagte Bérenger nachdenklich. »Du sagst, daß sie sterben will. Aber als gestern wie üblich der Priester kam, um die Messe zu lesen, hat sie wieder abgelehnt zu beichten.«

»Und das verstehst du nicht? Gerade das läßt mich sagen, daß sie entschlossen ist zu sterben. Soll sie sich vielleicht beschuldigen, sie sei dabei, Selbstmord zu begehen? Kein Priester würde ihr die Absolution erteilen! Wir werden sehen, was sie morgen mit ihrem Frühstück machen wird ...«

Doch als die Magd am folgenden Tag die Milch, das Brot und den Honig in ihre Zimmer trug, aus denen gewöhnlich ihre erste Mahlzeit bestand, sahen die beiden Burschen das Tablett unangetastet wieder erscheinen. Einmal mehr hatte sie nur Wasser verlangt ...

Mit Elan stürzten dann beide gemeinsam ins Zimmer, als Meister Niklaus Barbesaen, Strumpfwirker seines Zeichens und Anführer der Rotte, der an diesem Tage die Wache oblag, vom Erdgeschoß heraufstieg, von einem hochgewachsenen Mönch in schwarzer Kutte gefolgt, dessen tief ins Gesicht gezogene Kapuze nur einen langen rötlichen Bart sehen ließ.

»Was wollt ihr?« fragte Gauthier ungeduldig. »Und wen bringt Ihr uns da noch?«

Der verärgerte Strumpfwirker musterte den jungen Mann mit offensichtlicher Abneigung.

»Einen heiligen Augustinermönch, Bruder Jean vom Wahren Kreuz, der aus Köln kommt, wo er vor den Reliquien der Drei Könige lange betete, und wieder in seinem Kloster angelangt, von der Rückkehr der Dame de Brazey in unsere gute Stadt erfuhr. Er sagt, er sei früher ihr Beichtvater gewesen, und ...«

»Dame Cathérine will niemand sehen! Sie hat gestern die Messe für den Sonntag Quasimodo gehört ...«

»Aber man hat mir gesagt, sie habe nicht gebeichtet und

seit langem nicht mehr das Abendmahl erhalten«, unterbrach ihn der Ankömmling mit einem flämischen Akzent, der die Mauern erbeben ließ. »Zu meiner Zeit war die teure Dame sehr genau in ihren religiösen Pflichten. Deshalb habe ich gedacht, daß sie vielleicht glücklich wäre, ihre einstigen Gewohnheiten wiederaufzunehmen.«

»Wenn meine Herrin es nicht für richtig gehalten hat, gestern zu beichten, sehe ich nicht, warum sie heute morgen dazu Neigung verspüren sollte«, erwiderte Gauthier.

Da die Diskussion sich in die Länge zu ziehen drohte, blies Meister Barbesaen zum Rückzug.

»Ich verlasse Euch, ich hatte unten zu tun ... aber Ihr solltet zuerst die Dame fragen, was sie darüber denkt, mein Jungen«, wetterte er. »Man schätzt hier Frauen nicht sehr, die sich weigern, mit dem Allmächtigen ins reine zu kommen ... vor allem, wenn ihnen der Tod droht!«

Das Wort fiel so brutal wie die Axt des Henkers und erzeugte Kälte und plötzliche Stille. Während der Strumpfwirker sich auf den Hacken umdrehte, sagte der Mönch:

»Ihr könnt sie immerhin fragen, ob sie einen Moment denjenigen sehen will, den sie ihren guten Bruder Jean nannte. Wenn sie sich weigert, gehe ich und werde mich damit begnügen, in unserer Kapelle für sie zu beten.«

Wie jemand, der bereit ist, sich zu gedulden, baute er sich vor einem dem meisterlichen Pinsel Jan van Eycks zu verdankenden goldenen und azurnen Engel auf, der die Wand über einer Kredenz schmückend erhellte. Irgend etwas an seiner Haltung fiel Gauthier auf, ohne daß es ihm gelang herauszubekommen, was es wohl sein könnte. Vielleicht die ungezwungene Art, das Bild zu betrachten, die Hände auf dem Rücken gefaltet und auf seinen mit Sandalen bekleideten Füßen wippend ... oder vielleicht auch die Tatsache, daß die fraglichen Hände für einen armen Mönch in abgetragener, geflickter Kutte merkwürdig gepflegt waren.

Ohne auf seiner Weigerung zu beharren, klopfte er an Cathérines Tür und trat ein. Er fand sie außerhalb des Bettes und bleicher denn je. Die schöne goldene Tönung ihrer Haut war einer alabasternen Durchsichtigkeit gewichen, die das bläuliche Netz der Adern sehen ließ. Ihre veilchenfarbenen Augen umzogen so breite dunkle Ringe, daß sie über dem oberen Teil ihres Gesichts eine Halbmaske zu tragen schien. In eine weite Robe aus jenem Flanell gehüllt, den sie schon immer gemocht hatte und dessen Falten zugleich ihre Magerkeit und ihren schon gewölbten Leib verbargen, saß sie in der Nische des Fensters und betrachtete die Zweige der Weide jenseits der Scheibe, an denen sich schon winzige zartgrüne Triebe zeigten. Nie zuvor hatte er ihr Antlitz so erschöpft gesehen.

Sie wandte nicht den Kopf, als Gauthier eintrat, und als er den Besucher ankündigte, murmelte sie nur:

»Ich will niemand sehen. Es wird mir schon schwer genug fallen, die Frau des Bürgermeisters zu empfangen.«

»Aber dieser Mönch sagt, daß er Euer Beichtvater gewesen sei ...«

»Was für eine Dummheit! Ich habe nie einen ständigen Beichtvater gehabt. Er ist nur ein Betrüger.«

»Er sagt auch, daß er ein Freund sei, und daß ...«

Sie zuckte mit einem unendlich kleinen Lächeln die Schultern.

»Ein Freund? Hier? ... Außer dem armen van Eyck sehe ich keinen ...«

»Ihr entledigt Euch Eurer Aufträge nicht sonderlich gut, mein junger Freund!« ließ sich von der Schwelle her vorwurfsvoll die flämische Stimme des Mönchs vernehmen, der eingetreten war, ohne daß man es gehört hatte. »Ich hatte Euch gebeten, Dame Cathérine zu fragen, ob sie den empfangen will, den sie in besseren Zeiten ihren guten Bruder Jean nannte.«

Im nächsten Moment fuhr er, jäh die Stimme zu einem Murmeln dämpfend, fort, während der derbe flämische Akzent wie durch Zauberei verschwand:

»Nun, Cathérine, Ihr habt mich einstmals oft so genannt. Seht mich genauer an und stellt Euch vor allem vor, ich trüge nicht diesen grotesken Bart! Stellt Euch vor, ich sei nicht mit diesen stinkenden Lumpen bekleidet, sondern in Seide und Gold, zum Beispiel mit dem gestickten Wappen unseres guten Herzogs Philippe auf der Brust ...«

Je länger er sprach, desto mehr weiteten sich verblüfft Cathérines Augen, und plötzlich sah der erstaunte Gauthier etwas wie Freude in ihnen glänzen.

»Ihr?« flüsterte sie. »Ihr hier und in dieser Ausstaffierung? Träume ich?«

»Meiner Treu, nein, ich bin's wirklich! Überraschend, nicht wahr? Ich gestehe Euch, meine Liebe, daß ich fast ebenso überrascht bin wie Ihr, mich so vermummt zu sehen.«

Und der seltsame Mönch pflanzte sich mit in die Hüfte gestemmter Faust vor dem großen silbernen Spiegel auf, um sich nach Herzenslust zu bewundern.

»Unglaublich!« seufzte er. »Absolut unglaublich! Ich frage mich, was die Damen sagen würden, wenn sie mich so sehen könnten. Ohne Frage würde ich für immer meine Reputation verlieren. Ich sehe wahrhaftig so aus!«

»Habt Ihr Euch noch nicht so gesehen?«

»Großer Gott, nein! Das Kloster von Roulers, wo man mich so hergerichtet hat, besaß nicht den kleinsten Spiegel, und ich mußte dem Pilgermönch vertrauen, den der Kaplan Monseigneurs aufgetrieben hatte. Es ist ihm nur zu sehr geglückt, wie mir scheint.« Mit einer Grimasse des Abscheus sich vom Spiegel abwendend, trat er zu Cathérine und verneigte sich zeremoniös.

»Kann ich trotzdem von Euch die Gunst erbitten, diese hübsche Hand küssen zu dürfen? Ihr seht zum Fürchten aus, meine Teure, aber selbst nur mit Haut und Knochen bleibt Ihr entzückend. Und wie reizend ist Euer Lächeln!«

Cathérine lächelt ein der Tat. Es war das staunende Lächeln eines Kindes, dem unversehens eine wohltätige Fee erscheint. Gauthier, den sie völlig vergessen hatte, sah es fast schockiert und murrte:

»Würdet Ihr mir vielleicht erklären ...? Ich möchte gern verstehen. Wer ist dieser Faselkopf?«

Der Mönch richtete einen entrüsteten Blick auf ihn.

»Mir scheint, daß ich die Frage zurückgeben könnte: Wer ist dieser Rüpel?«

»Ich werde Euch gleich miteinander bekanntmachen«, sagte Cathérine, aber sagt mir zuerst, wo sich Bérenger befindet, mein lieber Gauthier?«

Der junge Mann wies zur Decke.

»Auf dem Boden. Er hat mir gesagt, daß er die Dachrinnen untersuchen wolle ... ich weiß nicht, warum. Soll ich ihn rufen?«

»Ja. Sagt ihm, er soll herunterkommen und sich im Saal aufhalten, damit sich kein Domestike meinem Zimmer nähert. Ich wünsche, mit meinem ... Beichtvater ... allein zu bleiben, der niemand anders ist als mein alter Freund Jean Lefebvre de Saint Rémy, Kommandeur der Wappenherolde von Burgund und unbestrittener Schiedsrichter der Eleganz und des guten Geschmacks am herzoglichen Hofe, der, den die Höfe Europas unter dem Namen Goldenes Vlies kennen … Mein lieber Jean, ich hoffe, Ihr werdet die unbeherrschte Sprache meines Stallmeisters Gauthier de Chazay verzeihen. Er ist jung und mir sehr ergeben …«

Die beiden Männer grüßten einander mit einem Rest von Kälte, dann entfernte sich Gauthier, um Cathérines Befehl auszuführen, die sich wieder Saint Rémy zuwandte.

»Nehmt jetzt hier neben mir Platz, mein Freund, und sagt mir, während ich Euch betrachte, was Ihr hier vorhabt. Es fällt mir nicht schwer zu erraten, daß der Himmel Euch schickt.«

»Wenn man von meinem Habit ausgeht, kommt man in der Tat zuerst auf diesen Gedanken, in Wirklichkeit ist es aber der Herzog. Als er erfuhr, daß diese Lumpenkerle es gewagt hatten, Euch gefangenzunehmen, geriet er in um so größere Wut, als es ihm nicht möglich war, sie zu zeigen. Überdies begriff er nicht, wieso Ihr Euch in Brügge befandet, noch aus welchem Grunde Ihr so plötzlich aus dem Palais in Lille verschwunden seid. Es war da ein Mysterium.«

»Ein recht großes Wort für eine so kleine Angelegenheit …«

Und Cathérine erzählte, was sich am Morgen nach der Nacht der Könige ereignet hatte. Sie gestand auch, aus welchem Grunde sie Jan van Eyck nach Brügge gefolgt und wie ihre angebliche Wallfahrt ausgegangen war.

»Ich fürchte sehr, ich habe den Tod dieser unglücklichen Frau verschuldet, die mir helfen wollte«, seufzte sie, ihren Bericht beendend. »Überzeugt, ich sei schwanger durch Monseigneur, haben die Leute hier sie umgebracht, um sie daran zu hindern.«

Saint Rémy musterte höchst besorgt die Figur seiner Freundin.

»Wie lange seid Ihr schon schwanger?«

»Ungefähr fünf Monate.«

»Das wird unsere Aufgabe nicht gerade erleichtern. Denn wenn ich hier bin, dann natürlich nur deshalb, um Eure Flucht zu bewerkstelligen, bevor Eure Situation hier ernst wird.«

Darauf setzte er ihr auseinander, was Gauthier bereits aus dem Munde van de Walles wußte: die unbeugsame Haltung, die der Herzog den Forderungen seiner Brügger und Genter Untertanen gegenüber einnahm, eine Haltung, die zu mildern er sich sogar erbittert geweigert hatte, als er von Cathérines Gefangenschaft erfuhr.

»Er ist Euretwegen äußerst besorgt, meine Liebe, aber er beschwört Euch zu glauben, daß es ihm unmöglich ist, anders zu handeln! Die Leute hier machen sich schon allzu lange über ihn lustig, und wenn er seine Staaten nicht zerrinnen sehen will wie eine Handvoll Sand, kann er der Erpressung nicht nachgeben.«

»Hat er Euch geschickt, um mir das zu sagen?«

»Nicht nur deshalb, ich habe es Euch gesagt. Ich soll Euer Entweichen organisieren.«

»Aber warum Ihr, gerade Ihr? Der Hof wimmelt von Spionen, Geheimagenten, treu ihrem Herrn ergebenen Seigneurs ... die weit weniger bekannt sind als der Wappenkönig des Goldenen Vlieses!«

Saint Rémy streckte seine Beine vor sich aus, beäugte mit Abscheu seine staubigen Füße in ihren groben Sandalen und faltete die Hände über dem Bauch.

»Aus zwei Gründen: Erstens mußte es jemand sein, der Euch gut kennt, denn seht, der Herzog war nicht völlig überzeugt, daß Ihr wirklich die Geisel seid. Die Leute hier konnten es für sehr schlau halten, diese Liebesgeschichte wieder aufzuwärmen, die jetzt nahe daran ist, Legende zu werden.«

»Das wäre gefährlich gewesen. Wenn es sich um einen Schwindel gehandelt hätte, hätte Monseigneur es früher oder später entdeckt. Und dann ...«

Cathérines Geste eröffnete der Phantasie Ausblicke auf schlimmste Repressalien.

»Allerdings. Aber wenn man in einer falschen Position ist, kann man zu allen möglichen Mittelchen seine Zuflucht nehmen. Was den zweiten Grund angeht, ist er höchst einfach: Ich selbst habe darum gebeten.«

»Aber ... warum?«

»Auch dafür gibt's zwei Gründe: Der erste, weil der Prior des Augustinerklosters ein Vetter von mir ist, der mir nichts abschlagen kann, der zweite ... oh, weil ich ganz einfach Lust hatte, Euch wiederzusehen und festzustellen, ob Ihr immer noch so schön seid. In diesem Punkt bin ich beruhigt ... Jetzt«, fügte er rasch hinzu, um jede Anwandlung von Rührseligkeit zu unterbinden, »müssen wir an Eure Flucht denken. Zuerst nehmt dies und versteckt es. Es stört mich.«

Unter seiner weiten Kutte, deren umgürtenden Strick er flink aufknöpfte, zog er ein schwarzes Bündel hervor, eine zweite Mönchskutte, die er auf Cathérines Knie legte. Dann skizzierte er in wenigen hastigen Sätzen den vorgesehenen Plan. Es drehte sich darum, die junge Frau ihr Gefängnis über das Dach des Hauses verlassen und bei Nacht ein benachbartes Haus erreichen zu lassen, in dem es, da es nicht bewacht wurde, möglich wäre, ins Erdgeschoß hinunter und zu einem Boot zu gelangen, das die Flüchtende zum Augustinerkloster brächte, wo sie in ihrer Kutte sicher wäre, die Protektion des Priors ihr den Aufenthalt erleichtern und wo sie garantiert niemand suchen würde ...

Doch plötzlich verstummte die begeistert flüsternde Stimme. Einen Moment musterte Saint Rémy Cathérine, und sein Blick verdüsterte sich.

»Es wird uns nie gelingen«, murmelte er. »Ihr seht so schwach aus! Und zudem ist Euer Zustand vorgeschrittener, als ich dachte. Wie könntet Ihr unter diesen Umständen auf ein Dach klettern, auf einer Dachrinne balancieren, es mit einer steilen Dachschräge aufnehmen, von Schwindelanfällen gar nicht zu reden?«

Ein wenig Rot stieg in die durchscheinenden Wangen der jungen Frau.

»Gedenkt Ihr das alles noch heute abend zu tun?«

»Nein. Erst in ein paar Tagen, damit man Eure Flucht nicht mit dieser seltsamen Beichte in Verbindung bringt. Aber ich sehe nicht, wie Ihr dann schon in einem besseren Zustand sein könntet. Und es muß trotzdem ziemlich schnell gehen. Der Herzog zieht in Lille pikardische und burgundische Truppen zusammen, angeblich um sie nach Holland in die kürzlich von seiner Kusine Jacqueline von Bayern geerbten Gebiete zu führen und dort einen Aufstand niederzuschlagen. In Wirklichkeit, um Brügge und Gent zu bändigen. Wenn Ihr dann aber noch in diesem Haus seid, werden die Leute hier Euch, beim ersten Erscheinen des Banners von Burgund vor ihren Toren, den Kopf abschlagen!«

Cathérine lächelte.

»Macht Euch keine Sorgen. Ich werde dazu imstande sein, ich verspreche es Euch ... Bewilligt mir zehn Tage, wenn das nicht zuviel verlangt ist.«

»Natürlich nicht! Um Euch zu helfen, bin ich noch zu weit unerfreulicheren Dingen fähig, als in einem ... nun, alles in allem ziemlich komfortablen Kloster unter dieser scheußlichen Kutte langsam zu verfaulen. Aber ich fürchte sehr, Ihr überschätzt Eure Kräfte. Ihr scheint kaum imstande, Euch aufrechtzuhalten.«

Statt einer Antwort packte Cathérine die silbernen Armlehnen ihres Sessels mit beiden Händen und stand langsam auf. Vor Anstrengung traten die Adern ihrer Schläfen hervor.

»Es wird mir gelingen, sage ich Euch. Es genügt, daß ich mich ein bißchen besser ernähre. Und dann bringt Ihr mir Hoffnung. Ich kenne nichts Kräftigenderes auf der Welt.«

»Gut. Wenn es so ist, verlasse ich Euch. Es ist besser, diese Unterhaltung nicht zu lange auszudehen, um keinen Verdacht zu wecken. Wir haben heute den 9. April. In der Nacht des 18. werdet Ihr dieses Haus verlassen ... Kann man Eurem Stallmeister trauen?«

»Man kann. Ich stehe dafür ein. Ruft ihn und fordert von ihm alles, was ihr wollt.«

Gauthier erschien, die Wache im Saal dem von Neugier förmlich zerfressenen Bérenger überlassend. In wenigen Sätzen erklärte ihm Saint Rémy, was er von ihm erwartete: Es handle sich darum, Dame Cathérines Weg über das Dach vorzubereiten, ohne bei den Domestiken Verdacht zu erregen. Als Gauthier bei dem Wort »Dach« Cathérine einen entsetzten Blick zuwarf, nickte sie nur.

»Ich werde dazu imstande sein müssen, Gauthier. Sobald der ... hochwürdige Bruder uns verlassen hat, werdet Ihr mir mein Frühstück holen.«

Jean de Saint Rémy sollte lange darüber nachgrübeln, warum der junge Stallmeister, der ihm bei seiner Ankunft so hochfahrend begegnet war, ihm bei seinem Aufbruch mit Tränen in den Augen immer wieder die Hände schüttelte.

Kaum war der falsche Mönch gegangen, als die drei Gefangenen des kleinen Palais' am Kanal auch schon bemerkten, daß er ihre drückendsten Ängste mit fortgenommen hatte, und als Gertrude van de Walle zu dem von ihrem Gatten angekündigten Besuch bei Cathérine erschien, wurde sie mit einer Aufmerksamkeit und Liebenswürdigkeit empfangen, die sie überraschten. Auch sie war ein liebenswürdiger, freundlicher Mensch, und sehr bald stellte sich eine Art Einverständnis zwischen den beiden Frauen ein. Zu Mitleid bewegt durch das kränkliche Aussehen der Geisel Brügges, versprach sie, alles ihr mögliche zu tun, um zu erreichen, daß man sie zuweilen in ihrer Begleitung und unter ihrer Verantwortlichkeit ausgehen ließe.

»Ihr dürft bis zu Eurem Termin nicht so entschlossen bleiben«, sagte sie, »sonst könnte es für das Kind wie für Euch gefährlich werden. Weder mein Gatte noch ich selbst könnten es hinnehmen, unsere Privilegien mit unschuldigem Blut zu bezahlen ...«

»Wäre mein Blut weniger unschuldig, wenn ich es auf dem Schafott vergösse?« murmelte Cathérine. »Der Herr Bürgermeister hat mir dennoch angekündigt, daß ich sterben würde, wenn Herzog Philippe die Bedingungen der Stadt nicht annähme.«

»Der arme Mann ist der Gefangene des Pöbels wie auch die Adligen und die großen Bürger. Die Zünfte führen die Stadt mit ihren Massen von Arbeitern und Angestellten. Er konnte nichts anderes sagen, aber ich weiß, daß er Euch nie hat sterben lassen wollen. Habt Vertrauen! Ich werde darüber wachen, daß man Euch in Zukunft besser behandelt.«

Zukunft? Noch tags zuvor hatte Cathérine geglaubt, das Wort habe keinerlei Bedeutung mehr für sie. Mehr noch: Fest entschlossen, sich sterben zu lassen, sah sie nur noch eine ungewisse Folge einiger noch immer mehr und mehr verschwimmender Tage und Nächte vor sich, bis schließlich die Schatten des Todes sie endgültig umfangen würden.

Wieder einmal stieg sie aus der Tiefe des Abgrundes auf, wieder einmal gewann dank der überraschenden Ankunft des durch die Gnade der Freundschaft so wundersam in einen rettenden Engel verwandelten frivolen Saint Rémy ihr Lebenswille neue Kraft, entriß sie dem fast schon siegreichen Nichts.

In dieser Nacht, bevor sie in Schlaf sank – den ersten guten Schlaf seit Wochen –, ertappte sich Cathérine dabei, neue Pläne für die Zukunft zu machen. Sie wollte, daß die göttliche Barmherzigkeit, die sich soviel Mühe gab, sie am Leben zu erhalten, nicht völlig unnütz verschwendet wäre. Wenn sie endlich Brügge verließe, würde sie zu Onkel Mathieu und Bertille nach Dijon zurückkehren, um dort das verhaßte Kind zur Welt zu bringen. Das alte Pärchen nahm sich gewiß ihrer an und würde für seine Zukunft sorgen, denn selbst wenn es ihr vor ihm graute, selbst wenn sie sich schwor, ihm niemals ins Gesicht zu sehen, selbst wenn die Stöße, die sie schon jetzt in ihrem Leib verspürte, sie vor Abscheu erzittern ließen, konnte sie sich nicht dazu durchringen, ein aus ihrem eigenen Fleisch hervorgegangenes Wesen dem Elend und dem Tod preiszugeben ...

Die Tage, die folgten, erschienen ihr endlos und voller Sorgen. Trotz des von Cathérine aufgebrachten guten Willens, wieder soweit zu Kräften zu kommen, daß sie ihre nächtliche Flucht bewerkstelligen könnte, gelang es ihr nur unter großen Schwierigkeiten und keineswegs völlig. Sie zwang sich zum Essen, aber sie mußte immer wieder ihren Ekel überwinden, und das, was sie schließlich mit Mühe hinunterbrachte, bekam ihr nicht. Dennoch hatte sie trotz allem an Energie gewonnen, genug jedenfalls, um sich im Haus zu bewegen und die Treppe hinunterzusteigen, um ein paar Schritte im Garten zu machen. Gertrude van de Walle hatte diese bescheidene Vergünstigung für sie erwirkt.

Es war kein sehr angenehmer Spaziergang, denn die weichende Überschwemmung hatte Schlamm zurückgelassen, der offenbar nicht trocknen wollte. Zudem waren immer drei oder vier Augenpaare auf die junge Frau gerichtet, wenn sie das unter den wieder grünenden Weidenzweigen dahinfließende Wasser beobachtete.

Sie hatten von Saint Rémy keine Nachricht mehr erhalten, aber das hatte nichts zu bedeuten, denn »Bruder Jean« sollte nicht wieder in Erscheinung treten. Es war vereinbart worden, daß an dem Tage, an dem alles bereit wäre, ein Boot, in dem ein zerstreuter Fischer eine Harpune und ein Netz vergäße, auf der anderen Seite des Kanals vertäut liegen würde. Dieses Boot würde dann nachts gegen elf vor dem Haus neben dem Cathérines anlegen, dem Haus, zu dem die Flüchtlinge über das Dach gelangen mußten. Es gehörte der Mutter eines der Schöffen, einer alten, geizigen und zänkischen Frau, die nur ein Minimum an Dienstboten unterhielt und fast allein in dem großen Gebäude lebte, das zu überwachen nie jemand eingefallen war.

Ihr Haus stand in der Einmündung eines zweiten Kanals. Es würde genügen, die Ecke zur Seitenfront zu umfahren, um sich außerhalb der Sicht des kleinen Wachtpostens zu befinden, den Cathérines Kerkermeister als zusätzliche Vorsichtsmaßnahme in einem Zelt unter den Bäumen des kleinen Quais auf dem Kanalufer gegenüber installiert hatten. Die drei Flüchtlinge mußten also die glücklicherweise ziemlich breite Dachrinne benutzen, die sich auf der flachen Seite des Nachbarhauses zu einem Gesims fortsetzte, doch zweifellos würde es schwierig werden, wenn es darum ging, die schmale Lücke zwischen den Dächern zu überwinden. Wären sie erst einmal drüben und vor Blicken sicher, ließen sie eine einigermaßen starke Schnur zum Boot hinunter, an deren Ende ein weißes Taschentuch geknüpft wäre, so daß Saint Rémy sie im Dunkeln bemerkte.

An diese Schnur würde er eine Strickleiter binden, die leicht an einem der schmalen Fenster direkt unter dem Dachwinkel zu befestigen wäre, worauf Cathérine mit Unterstützung ihrer jungen Begleiter nur noch ins Boot hinabzuklettern brauchte, um ohne weitere Schwierigkeiten – wenigstens war es zu hoffen – das schützende Augustinerkloster zu erreichen, wo man sie verbergen würde.

Das Datum der Flucht war äußerstenfalls auf den 18. festgesetzt worden, denn die Atmosphäre der Stadt gefiel Saint Rémy ganz und gar nicht, und er schloß die Möglichkeit, Brügge schon früher verlassen zu müssen, nicht aus. In welchem Falle man so gut es ging mit Cathérines Zustand fertig werden müsse.

Infolgedessen quartierte sich Bérenger vom 12. an mit einem Buch, das ihm als Alibi diente, in einer der Fensternischen des großen Saales ein. Doch sein Blick verließ auf der Suche nach dem Fischerboot mit dem zerstreuten Fischer kaum das gegenüberliegende Ufer.

Trotz seiner Sorgen belustigte es Gauthier, den Pagen plötzlich so emsig studieren zu sehen.

»Was liest du denn da so aufmerksam?« fragte er ihn eines Abends.

»Das Rolandslied. Es ist eine schöne Geschichte«, erwiderte Bérenger, ohne den Blick vom Kanal zu wenden.

Gauthier beugte sich ein wenig vor, dann begann er zu lachen.

»Ich kenne es. Aber glaub mir, es ist noch viel schöner, wenn du es nicht verkehrt herum liest!«

Der Page warf einen Blick auf das Buch, errötete, zuckte die Schultern, drehte es um ... und spähte wieder hinaus.

»Es ist schon spät«, knurrte Gauthier. »Für heute abend ist nichts mehr zu erwarten.«

In der Tat verstrichen so drei weitere Tage, ohne ein neues Zeichen zu bringen. Unter den drei vom Rest des Universums völlig abgeschnittenen Gefangenen stieg die Nervosität langsam an. Niemand hatte sie aufgesucht, mit Ausnahme der Anführer der Zunftwachen natürlich, die regelmäßig jeden Abend wiederkehrten, um sich zu überzeugen, ob Cathérine noch immer da sei. Doch zuweilen konnten sie draußen Geräusche hören, Schreie und jenes

Sturmflutgrollen, das von einer wütend werdenden Menge aufsteigt. Zuweilen gewahrten sie auch auf der nahen Brücke johlende Züge, die Waffen schwenkten oder provisorische Banner, auf Lanzen gespießte Pergamente, die unlesbare Aufschriften trugen. Die Unruhe in Brügge nahm zweifellos zu.

Es wurde ihnen bestätigt, als am Abend des 15. Gertrude van de Walle erhitzt, atemlos und mit schief sitzender Haube hereinstürzte.

»Um Euch zu sehen, bin ich gekommen«, sagte sie zu Gauthier. »Wir haben schreckliche Neuigkeiten aus Gent erfahren. Ein schlimmer Aufstand ist dort ausgebrochen. Das Volk beschuldigt die Schöffen, sie hätten es verraten, hätten den Rückzug vor Calais veranlaßt, der den Zorn des Herzogs erregt habe, und danach seine Forderungen nicht zu verteidigen gewußt. Man sagt in Gent, alle Beschwerden Monseigneurs rührten daher, er würde niemals verzeihen, und die Stadt sei verurteilt.«

»Habt Ihr auch Nachrichten aus Lille?« fragte Cathérine, die zugehört hatte.

»Ja und nein. Der Herzog verweigert die Privilegien noch immer, aber er hat wissen lassen, daß er nächstens nach Holland marschieren wird, und daß seine Armee bereit sei. Die Genter zittern jetzt, und wenn sie zittern, fließt Blut. Zwei Schöffen sind heute umgebracht worden, Gilbert Pateet, ein Freund meines Mannes, und Jacques Dezaghere ...«

»Wolltet Ihr mir das sagen?« fragte Gauthier mit einem Lächeln. »Das betrifft uns in keiner Weise. Wir hatten nicht die Ehre, diese Herren zu kennen.«

»Leider betrifft es Euch mehr, als Ihr glaubt! Es sind nur elf Meilen zwischen Gent und hier. Ich möchte wetten, daß der Aufruhr morgen oder später auch Brügge in Flammen setzen wird, und wenn Brügge Feuer fängt, wird Eure Herrin ernstlich in Gefahr sein. Ihr werdet sie beschützen müssen. Habt Ihr Waffen?«

Gauthier öffnete beide Hände.

»Ich habe nur die Kraft meiner Arme, den Eifer meines Muts und die Wärme meiner Worte, teure Dame. Als Euer Gatte uns hierherbrachte, ließ er es sich sehr angelegen sein, uns Degen und Dolche abzunehmen.«

»Hier sind sie!«

Ohne sich im geringsten zu genieren, hob Gertrude,

stramme Beine enthüllend, ihr langes, weites Kleid, brachte Gauthiers Degen zum Vorschein, den sie an ihrem Hemd befestigt hatte, wühlte in einer gleichfalls ans Hemd genähten großen Leinentasche und zog drei Dolche hervor: Die beiden, die den jungen Burschen gehörten, und den Cathérines, den Dolch mit dem Sperber.

»Nehmt! Versteckt sie und bedient Euch ihrer gegebenenfalls ... Das ist alles, was ich für Euch tun kann.«

»Das ist nicht wenig«, sagte Cathérine, während sie die Hände der braven Frau ergriff und herzlich drückte. »Wie habt Ihr es angestellt, sie zu bekommen?«

»Es war ganz einfach. Mein Mann hat sie mir selbst gegeben. Ich habe es nur übernommen, sie hierherzubringen. Ihr seht, er ist kein so schlechter Mensch ... Jetzt sage ich Euch adieu. Er will, daß die Kinder und ich morgen die Stadt verlassen, sobald die Tore geöffnet werden. Nur mein ältester Sohn Josse wird auch weiterhin bei seinem Vater bleiben.«

»Wohin geht Ihr?«

»Mein Bruder Vincent de Schotelaere, der Stadthauptmann, besitzt ein Gut in der Nähe von Nieuport. Das Gut hat durch die Plünderungen der Engländer sehr gelitten, aber wir werden dort in Sicherheit sein. Meine Schwägerin und ihre Kinder begleiten uns. Ihr könnt Euch nicht vorstellen, wie untröstlich ich bin, Euch in dieser Gefahr zu verlassen. Ich ... ich hätte Euch gern mitgenommen!«

Sichtlich ehrlich bewegt, hatte sie Tränen in den Augen, und Cathérine umarmte sie spontan.

»Reist in Frieden und sorgt Euch meinetwegen nicht mehr«, sagte sie. »Ich hoffe aufrichtig, nicht hier zu sterben. Aber ich danke Euch für das Wagnis, das Ihr auf Euch genommen habt, um uns diese Waffen zu bringen. Wer hat heute unten Wache?«

»Die Truhenschreiner mit Meister Mettelgenden, den ich gut kenne«, antwortete Gertrude. »Weil ich das wußte, konnte ich kommen. Andernfalls wäre ich vielleicht durchsucht worden. Ihr seht, ich habe kein großes Verdienst. Gott schütze Euch, Dame Cathérine!«

»Gott schütze auch Euch ...«

Als sie gegangen war, spürte Cathérine einen langanhaltenden Schauer, der ihr über den Rücken lief. Das ausnahmsweise völlig stille Haus erschien ihr in der beginnenden Nacht plötzlich drohend. Sie trat zum Kamin, streckte ihre Hände zu den Flammen aus, und Gauthier sah, daß diese Hände zitterten. Als sie bemerkte, daß er sie beobachtete, zwang sich Cathérine zu einem Lächeln.

»Es ist kalt heute abend, findet Ihr nicht?«

»Ja. Auch mir ist kalt. Aber beruhigt Euch, Dame Cathérine, wir werden Euch zu verteidigen wissen. Bérenger und ich werden hier schlafen und bis zu unserem Aufbruch abwechselnd Wache halten. Wir dürfen uns nicht mehr trennen, noch uns von den Waffen entfernen«, fügte er hinzu, auf die Truhe zeigend, in der er sie unter einem Stapel Tischtücher und Laken versteckt hatte. »Ich werde da drauf schlafen … wenn ich schlafen werde.«

Cathérine bedeutete ihm durch ein Zeichen zu schweigen. Die Magd, die für die Mahlzeiten sorgte, kam mit einem Tischtuch und Tellern herein, um für das Abendbrot zu decken. Es war eine Frau von etwa dreißig Jahren, die ständig in einem schlafwandelnden Zustand umherzugehen schien, und deren schweren, fast immer gesenkten Lidern, schleppendem Gang und allzu trägen Gesten Cathérine um so mehr mißtraute, als sie in alldem etwas Gekünsteltes witterte.

Um das plötzliche Schweigen zu unterbrechen, das nach ihrem Eintritt entstanden war, wandte sie sich an Bérenger.

»Bringt mir Euer Buch, Bérenger, und lesen wir zusammen ein paar Zeilen, während Marieke das Gedeck auflegt. Ich möchte sehen, ob Ihr richtig verstanden habt, was ich Euch gestern sagte.«

Und die Stimme des Pagen füllte das Zimmer.

Die Nacht verging ohne Zwischenfälle, abgesehen von einem Brand in der Nähe der Kirche Notre Dame, der gegen Morgen das Viertel auf die Beine brachte, aber der folgende Tag war seltsam ruhig. Kein anderes Geräusch als das Geläut des Glockenturms, das morgens und abends Beginn und Ende der Arbeit anzeigte, und das Klingen der Kirchenglocken. Bérenger lauerte vergebens auf das Boot.

»Also wird es morgen sein«, seufzte er und behielt seinen eigentlichen Gedanken: »Es muß einfach morgen sein!« für sich, ohne recht zu wissen, was ihm diese Einsicht zuflüsterte. Vielleicht beunruhigte ihn gerade diese allzu ruhige Stadt. Es war wie eine jener großen Windstillen, die den Stürmen vorausgehen …

»Man möchte meinen, die Stadt hielte ihren Atem an«, übersetzte Gauthier seine eigenen gleichartigen Gedanken.

»Ich hoffe nur, sie wird uns danach kein Feuer ins Gesicht blasen!«

Sie hielt noch die ganze Nacht damit zurück, die vielleicht die ruhigste war, die die drei Gefangenen erlebt hatten, aber am Morgen des 18. erfolgte, wie von den beiden jungen Burschen vorausgeahnt, die Explosion!

Die Sonne war kaum aufgegangen, als sich vom Rathausturm rasendes Sturmgeläut über die Stadt ergoß, bei dessen Getön sich Fenster und Türen geräuschvoll öffneten: Scheinbar aus dem Nichts aufgetaucht, überfluteten Züge von tobenden Angehörigen aller Handwerke die Straßen, schwenkten Waffen oder Werkzeuge und skandierten den alten Brügger Aufruhrschrei:

»Vorwärts, vorwärts! Wir sind alle verraten!«

Eine dieser Banden passierte die Brücke auf dem Wege zum Großen Platz und schleppte inmitten ihres lärmenden Haufens einen Mann mit zerzaustem Haar im Gewand der Schöffen mit, der schreiend flehte, man möge ihn schonen. Es war ein Mann von kleiner Statur, kränklicher Miene und schon vorgerücktem Alter. Der Anblick dieser der empörenden Brutalität einer Bande Besessener ausgelieferten Schwäche preßte die Herzen Cathérines und ihrer Gefährten zusammen, die von einem der Fenster aus zusahen. Die junge Frau bekreuzigte sich wie vor einem Toten, denn zweifellos hatte der alte Schöffe nicht mehr lange zu leben.

»Sie folgen dem Beispiel von Gent«, murmelte sie. »Ich wunderte mich auch schon, daß hier nichts geschah ... Gott möge Mitleid mit diesem armen Menschen haben und dafür sorgen, daß sein Todeskampf nicht allzu lange dauert ...«

Bérengers flüsternde, doch vor Freude bebende Stimme unterbrach sie:

»Seht! Das Boot! Es kommt!«

In der Tat ruderte ein von der ihm umgebenden Unruhe total unberührter Fischer eben dem kleinen Quai gegenüber zu, in dessen flachem Boot deutlich eine Harpune und ein den Bugraum füllendes großes Netz zu erkennen war. In ungebleichtes grobes Leinen gekleidet, eine blaue Wollmütze bis zu den Brauen über den Schädel gezogen, trug der große, schlanke Mann einen blonden Kinn- und Schnurrbart ... aber es war dennoch Saint Rémy in einer neuen Gestalt.

Mit einer Geschicklichkeit und Präzision, die Cathérine bei dem eleganten Chevalier des Goldenen Vlieses nicht vermutet hätte, reihte er sein Boot zwischen zwei anderen ein, band es sorgfältig fest und setzte sich dann, als überlege er etwas oder erwarte jemand. Einige Augenblicke später verließ er, noch immer wie an seine Gedanken verloren, das Boot, betrat den Quai, und da ein neuer johlender Haufen eben vorbeizog, gesellte er sich dazu, als sei es das Natürlichste von der Welt.

»Er ist verrückt!« seufzte Cathérine. Wenn jemand ihn erkennt, könnte nichts ihn heute retten.«

»Sagen wir, er ist tapfer«, korrigierte Gauthier. »Übrigens habt Ihr selbst es neulich zugegeben, Dame Cathérine.«

»Auf jeden Fall«, schloß Bérenger, dessen braune Augen vor Freude strahlten, »verlassen wir heute Nacht unser Gefängnis ...«

»Höchstwahrscheinlich für ein anderes«, sagte Cathérine. »Zweifellos werden wir einige Zeit im Kloster bleiben müssen, bevor wir die Stadt verlassen können, es sei denn, es ergäbe sich eine außerordentliche Chance.«

Niemals war ihnen ein Tag so endlos erschienen. Die Stunden verstrichen zähe in einer mehr und mehr gespannten Atmosphäre. Die drei Domestiken, die den Haushalt versorgten, hatten sich auf zwei vermindert, da der mit den groben Arbeiten betraute Diener der Versuchung nicht widerstanden hatte, sich draußen unters Volk zu mischen. Was die beiden Mägde anging, waren sie sichtlich von Neugier geplagt und versahen ihren Dienst so nachlässig, daß Gauthier selbst in die Küche gehen und das Mittagessen holen mußte, während sie sich im Erdgeschoß endlos mit den Wachen unterhielten.

Der Lärm hielt noch immer an, als der Tag sich zu neigen begann, und als der Anführer der Wachen zu seinem üblichen Besuch erschien – an diesem Abend war es der Schuhmacher Waes –, konnte Cathérine es nicht lassen, ihn zu fragen. Sie brauchte übrigens keinerlei Mühe aufzuwenden: Ein triumphierendes Leuchten im Blick, brannte er förmlich darauf, zu sprechen.

»Das Volk hält heute Gericht. Man hat es lange genug an der Nase herumgeführt. Es ist Zeit, daß Philippe lernt, uns zu fürchten!« rief er.

»Gericht über wen?«

»Über Leute, die uns regieren, und die uns verraten! Es verlohnt sich nicht mehr, den Besuch des Bürgermeisters

Varssenare hier zu erwarten. Man hat ihn und seinen Bruder heute hingerichtet. Dieser Lump! Er wußte genau, daß man mit ihm abrechnen würde: Man hat ihn in der Groenevoorde versteckt gefunden und ihn zu den Markthallen geschleppt, wo man ihn um einen Kopf kürzer gemacht hat!«

»Aber was hatte er Euch denn getan?« rief die junge Frau, die ihr Entsetzen nicht zu unterdrücken vermochte. »Wie mir scheint, hat er bis jetzt Eure Interessen verteidigt!«

»Nicht doch! Er hat mit diesem verdammten Herzog von Burgund paktiert, der uns aushungern will! Wir haben erfahren, daß Philippe die Leute von Sluis ermächtigte, die für die Schmiede bestimmten Kohlen aus Schottland und das Holz aus Schweden und Dänemark zu entladen, während wir es doch waren, die sie entluden, wir allein und in der Waterhalle. Und Varssenare war bei ihm, als er diese schöne Entscheidung traf! Wir haben genug von diesen Leuten, die uns zulächeln und uns hintenrum verraten!«

»Habt Ihr auch Louis van de Walle hingerichtet?«

Der Mann brach in dröhnendes Gelächter aus, das Cathérine äußerst unerfreulich fand.

»Das geht wahrhaftig nicht, nein! Unsern Patron hinrichten? Er ist es doch, der uns führt und uns geholfen hat, Varssenare zu finden! Habt keine Angst, er ist noch recht lebendig. Ihr werdet es merken, wenn er Euch mit dem Henker abholen wird, um Euch zu den Hallen zu führen. Und das könnte nicht mehr lange auf sich warten lassen, wenn Euer Freundchen Philippe weiter den Einfaltspinsel mit den Herren von Brügge spielt. Wenn ich an Eurer Stelle wäre, würde ich diese Nacht ein bißchen mehr als gewöhnlich beten.«

Der Schuhmacher spuckte unverschämt fast auf die Füße der jungen Frau, dann drehte er sich auf den Hacken um und verließ, ein Trinklied singend, den Saal, in dem die drei Gefangenen angstvoll einander ansahen.

»Er ist kein so schlechter Mensch«, murmelte Gauthier entrüstet, Gertrude van de Walles Worte wiederholend. »Er liefert nur seinen Amtsbruder diesen Bestien aus!«

»Er hat Angst«, sagte Cathérine. »Er weiß, daß auch er sterben wird, wenn er nicht mit den Wölfen heult.«

»Das ist keine Entschuldigung, und Ihr wärt weniger nachsichtig mit ihm, wenn er diese Nacht erschiene, um Euch zu den Markthallen zu schleppen! Diese Leute sind nicht nur Feiglinge im Kampf, sie zerreißen sich auch untereinander, wenn die Dinge nicht nach ihren Wünschen gehen.«

»Auf jeden Fall«, fiel Bérenger ein, »geht all das uns nichts mehr an. Diese Nacht verschwinden wir.«

»Hoffen wir nur, daß wir dazu kommen. Es könnte sein, daß wir statt einer schwarzen Nacht der Stille eine Saufnacht vor uns haben, erleuchtet durch die mit Fackeln bewaffneten Banden. Wer kann wissen, ob sie nicht schon vor der Stunde des Rendezvous' kommen werden, um uns umzubringen?«

»Dann wird alles gesagt sein: Wir werden alle drei sterben!« schloß Gauthier friedlich.

Tatsächlich schien sich das blutige Fest des Tages in ein Bacchanal verwandeln zu wollen. Als die Nacht hereingebrochen war, eher rot als schwarz der vielen auf dem Großen Platz versammelten Lichter wegen, erfüllten Gesänge, Gelächter und Todesschreie nach wie vor die Luft.

Verängstigt und schweigsam aßen Cathérine und die beiden Burschen mit langen Zähnen nur ein wenig Brot und kaltes Fleisch. Die Mägde waren ebensowenig zurückgekommen wie der Diener. Unten sangen die Wachen, tranken und brachten glühende, vom Bier beflügelte Trinksprüche aus, in die sich die schrillen Stimmen der Frauen mischten. Eine von ihnen kreischte:

»Ich geh' rauf, verriegele oben alles und komme zurück! Warum sollen wir uns um unser Vergnügen bringen?«

Einen Moment später erschien die Köchin. Sie hatte schon viel getrunken, wie ihr heftig gerötetes Vollmondgesicht und ihre verrutschte Haube verrieten, unter der lange Strähnen hervorhingen. Ihre freizügig geöffnete Korsage ließ zwei mächtige, nur durch ihren Umhang vor totalem Absacken bewahrte Brüste sehen. Lachend und trällernd betrat sie den Saal und ohne sich im geringsten um dessen Insassen zu kümmern, als seien sie überhaupt nicht vorhanden, machte sie sich daran, die Fensterläden in allen Räumen mit ihren Vorhängeschlössern zu schließen. Zum Schluß grapschte sie im Vorbeigehen einen Becher mit Wein vom Tisch, trank, was noch in ihm war, bevor sie ihn leer über die Fliesen rollen ließ und schließlich noch immer munter trällernd hinausging, ohne zu vergessen, sorgfältig hinter sich die Tür zu verriegeln. Die Riegel wurden knallend vorgeschoben, der Schlüssel knirschte im Schloß, dann hörten sie sie die Treppe hinuntergehen.

Gauthier begann zu lachen.

»Es sieht ganz so aus, als hätten unsere treuen Mägde beschlossen, das Fest mit diesen Herren vom Schuhwerk gründlich zu feiern. Das ist nur gut. Wenigstens können wir sicher sein, daß sie uns nicht hören werden, wenn wir nach oben steigen.«

»Vorausgesetzt, daß sie nicht zurückkommen und bemerken, daß wir nicht mehr da sind«, murmelte Cathérine, die ihre Besorgnis wachsen fühlte. Sie hatte jetzt Angst vor dieser von einer Art Wahnwitz ergriffenen Stadt. Alte Erinnerungen, die sie längst vergessen glaubte, stiegen wieder aus den Tiefen ihres Gedächtnisses auf. Sie wußte aus Erfahrung, in welchem Maße sich eine aufrührerische Menge zu Brutalität und Grausamkeit hinreißen lassen kann. Wenn man sie bei ihrer Flucht überraschte, würden sie auf der Stelle mitleidlos umgebracht und Saint Rémy mit ihnen ...

»Bah!« ließ sich Gauthier vernehmen. »Sie werden viel zu betrunken sein, um etwas zu bemerken, was es auch sei!«

»Verlaßt Euch nicht darauf. Es gibt Betrunkene, die viel klarer sehen, als Ihr denkt«, sagte sie, sich der dicken Marion erinnernd, der Magd ihrer Eltern, die, obwohl betrunken, eines fiebrigen Abends in Paris das Unheil entfesselt hatte, das über das Haus auf dem Pont aux Change hereingebrochen war*. »Ich werde mich noch ein wenig ausruhen, während ich die Stunde erwarte. Dann werde ich mich vorbereiten.«

»Vergeßt nicht, Eure Mönchskutte anzulegen!« mahnte Gauthier. »Es fehlte nur noch, daß die Augustiner Euch hinauswerfen.«

Kurz vor elf Uhr erhob sich die völlig angezogen auf ihrem Bett liegende Cathérine, als Gauthier an ihre Tür klopfte. Über das dunkle Kleid, das sie trug und an dessen Gürtel sie ihren Beutel befestigte, der außer dem Dolch alles enthielt, was sie an Geld besaß, streifte sie die schwarze Kutte, dann öffnete sie und schloß sich den beiden jungen Burschen an. Mit einer Kerze bewaffnet, deren Flamme er mit der Hand schützte, wandte sich Gauthier der zur oberen Etage und dem Speicher führenden Treppe zu. Mit seinen geschlossenen Läden war das Haus dunkel wie ein Back-

* Siehe »Cathérine«

ofen, und die Luft war erstickend. Unten dauerte die Orgie noch immer an, doch nach dem nun schwächer klingenden Gesang und den spärlicheren Schreien zu schließen, schienen die an ihr Beteiligten nach und nach von ihrer Schläfrigkeit übermannt zu werden.

Während sie die Treppe hinaufstiegen, spürte Cathérine, wie sich der Rhythmus ihres Herzens beschleunigte. Für gewöhnlich wenig ängstlich, fürchtete sie sich jetzt vor dem, was sie erwartete. Würde sie sich auf der schmalen Dachrinne bis zum benachbarten Haus bewegen und die Ecke umgehen können, die sie außer Sicht der Wachen auf dem Quai brächte? Und lag das Dach, an dessen Rand sie sich entlangschieben mußte, genügend im Dunkeln, so daß sie beim Verlassen der Luke nicht bemerkt werden konnten?

Beim Betreten des Speichers, in dem normalerweise Mehl, Hafer für die Pferde und die Früchte des Herbstes gelagert wurden, löschte Gauthier seine Kerze, und die drei Flüchtlinge blieben einen Augenblick reglos stehen, um ihren Augen Zeit zu lassen, sich an die Dunkelheit zu gewöhnen. Der große Raum, der die ganze Länge des Hauses einnahm, wurde durch eine Holzwand geteilt, hinter der sich die Mansarden der Mägde befanden. Die Tatsache, daß sie abwesend waren, erleichterte Gauthiers Aufgabe besonders, der sie sonst hätte töten müssen. Eine einzige Luke erhellte den für die Lagerung der Vorräte bestimmten Teil und schnitt ein blasses Viereck in die nach Äpfeln und getrockneten Trauben duftende Finsternis.

Gauthier stellte die Kerze auf den Boden und öffnete die Klappe der hoch angebrachten schmalen Luke. Dann warf er einen Blick hinaus.

»Sind die Wachen da?« flüsterte Bérenger.

»Ich sehe nur zwei. Das Laub der Bäume verdeckt sie von hier. Ihr Feuer beleuchtet die Fassade des Hauses, aber nicht genug, daß sie sehen könnten, was sich an der Dachrinne abspielt. Sie ragt ausreichend über die Mauer vor.«

»Siehst du das Boot?«

»Nein ...«

Im gleichen Moment schlug die Glocke die volle Stunde: Elf Uhr. Im Dunkel ergriff Gauthier Cathérines Hand und drückte sie.

»Mut, Dame Cathérine. Es wird nicht lange dauern. Und vor allem, vor allem habt keine Angst. Wenn Ihr auf der Dachrinne seid, wendet Euch der Dachschräge zu und seht nicht nach unten. Ich werde vorausgehen, um Euch zu helfen, und Bérenger wird die Reihe beschließen. Können wir gehen?«

»Wir können. Seid unbesorgt. Ich werde versuchen, nicht zu ungeschickt zu sein ... und nicht zuviel Angst zu haben.«

Geschmeidig glitt der junge Mann hinaus, richtete sich auf der Dachrinne auf, und während er sich mit einer Hand an den die Lukenumrandung schmückenden Skulpturen festhielt, streckte er die andere Cathérine entgegen.

»Glaubt Ihr, daß ich durchkomme?« flüsterte sie besorgt. »Ich habe den Eindruck, ich bin zu dick dafür geworden.«

Doch sie kam ohne Mühe hindurch und fand sich plötzlich unter dem weiten Himmel, Schenkel, Bauch und Brust an die steile Dachschräge gepreßt. Bérenger schwang sich hinter ihr heraus und drängte sich an ihre Seite. Ihr Herz schlug wie rasend vor Angst. Der mit Rauchgerüchen geladene kalte Meerwind durchkältete sie bis ins Mark trotz des dicken Stoffs ihrer Mönchskutte. Die von unten zu ihr heraufdringenden Geräusche vermittelten ihr die absurde Vorstellung, auf einem gigantischen Pranger ausgestellt zu sein.

»Niemand kann uns sehen«, raunte Gauthier. »Alles geht bestens. Jetzt gehen wir langsam, ganz langsam weiter. Habt keine Angst, Dame Cathérine, ich halte Euch.«

Er hatte einen Arm um die stark gewölbte Taile der jungen Frau gelegt, deren Hände ans Dach geklammert blieben. Schritt für Schritt ließ er sie längs der schmalen Kante vorrücken. Über ihnen, höher als der mit Ornamenten verzierte Dachfirst, sah Cathérine Wolken über den schwarzen Himmel wirbeln, aber nach und nach wurde der Schein des Feuers der Wachen schwächer, verließ sie gänzlich.

Ein schwieriger Moment ergab sich, als sie die Ecke des Hauses erreichten, doch auf die Gefahr hin, selbst abzustürzen, tat Gauthier sein möglichstes, sie den leeren Zwischenraum nicht sehen zu lassen, das gähnende Loch, auf dessen Grund das Wasser des Kanals schimmerte. Die Dachrinne hatten sie nun hinter sich und das Gesims über der obersten vorspringenden Etage des Nebenhauses erreicht. Die Dachschräge hatte einem Stück senkrechter Fachwerkmauer Platz gemacht.

»Wir sind fast da«, flüsterte Gauthier. »Haltet Euch an dieser Mauer fest, ich lasse Euch los. Ich sehe das Boot dort unten. Hast du die Schnur, Bérenger?«

Der Page reichte ihm das Geforderte hinter Cathérines

Rücken vorbei. An einem der Fachwerkbalken geklammert, starr vor Schrecken, wagte die junge Frau nicht die kleinste Bewegung mehr. Schnell entrollte Gauthier das Knäuel der Schnur, an deren Ende das weiße Taschentuch geknüpft war, und als ihm nur noch ein kleiner Rest verblieb, spürte er, daß sie sich spannte.

»Er hat sie!« flüsterte er. »Die Leiter wird gleich kommen!«

In der Tat zeigte ihm Saint Rémy durch dreimaliges Ziehen an der Schnur an, daß er sie heraufziehen könne. Einen Moment später hielt Gauthier die Strickleiter in der Hand, die er nun zu befestigen hatte.

Es war nicht leicht. Selbst in höchst unstabilem Gleichgewicht, spürte der junge Mann bis in sein eigenes Fleisch die Panik, die sich Cathérines bemächtigte. An ihre Mauer gepreßt, sprach sie kein Wort, aber er konnte ihre Zähne klappern hören. Es machte seine Hände nervös, sie verloren ihre flinke Sicherheit.

Endlich fiel die Leiter, solide verankert, wieder zum Wasser hinab, und fast unmittelbar darauf spannte sie sich.

»Alles geht gut«, wandte sich Gauthier raunend an Cathérine. »Euer Freund hält die Leiter unten, sie wird sich nicht bewegen. Ich werde Euch beim Hinunterklettern helfen.«

Geschwind schlang er ein Seil um ihren Körper, das er zusammen mit der Leiter hochgezogen hatte und dessen anderes Ende er an seinen Gürtel band. Dann versuchte er, Cathérine von der Mauer zu lösen, aber er spürte, daß sie wie ein Blatt bebte, und es gelang ihm nicht, ihre verkrampften Hände vom Holz zu lösen.

»Ich flehe Euch an, habt keine Angst! Selbst wenn Ihr ausgleitet oder eine Sprosse verfehlt, werde ich Euch halten. Es ist nicht sehr hoch. Ein bißchen Mut! Denkt daran, daß wir sterben werden, wenn wir nicht fliehen!«

Ihre Furcht war so groß, daß sie fast jenseits allen vernünftigen Zuredens war. Sie hatte die Augen geschlossen, sah nichts, aber ihre Phantasie malte ihr genau ihre Situation aus und verstärkte ihre Schwindelgefühle. Trotzdem nahm sie sich zusammen. Mit einem krampfhaften Aufschluchzen löste sie eine Hand von dem Fachwerkbalken und umklammerte die Gauthiers, tat einen unsicheren gleitenden Schritt …

»Hierher … langsam. Ihr seid da. Beugt jetzt das Knie,

bis Ihr die erste Sprosse spürt ... Langsam, ganz langsam ... Ich halte Euch!«

Mit wild klopfenden Herzen versuchte sie zu gehorchen. Aber genau in diesem Moment zerrte ein jäher Windstoß an der Strickleiter. Wahnwitzig vor Schreck, glaubte Cathérine, alles bräche zusammen. Unter ihrem Fuß fühlte sie nichts, und bei dem Versuch, sich erneut anzuklammern, machte sie eine falsche Bewegung, ließ mit einem jammernden Schrei auch den letzten Halt fahren und stürzte, Gauthier mit sich reißend, rücklings ins Leere.

Der Aufprall auf die Oberfläche des Kanals war so schmerzhaft, daß sie das Bewußtsein verlor, als sie im Wasser versank ...

Ein Mittwoch vor Pfingsten

Zum Glück für Gauthier verlief der unerwartete Sturz einigermaßen gut: Weder empfand er den Aufprall aufs Wasser als zu hart, noch kam er in allzu nahe Berührung mit dem Boot, wodurch er sich hätte verletzen können. Mit aller Kraft schwimmend, kehrte der Stallmeister zum Boot zurück und zog den leblosen Körper Cathérines hinter sich her, den er mit Hilfe des Seils zu sich herangeholt hatte und der, durch die durchnäßte Kleidung beschwert, schon unterzugehen drohte.

Zu dritt, denn Bérenger war mit der Behendigkeit seines Alters die Leiter hinuntergeklettert, glückte es ihnen, die junge Frau aus dem Wasser zu bergen. Sie war ohnmächtig, aber sie atmete.

»Na, also«, murmelte Saint Rémy. »Ich wagte kaum zu hoffen, daß es gelingen würde. Wenn Ihr nicht die Idee gehabt hättet, sie Euch mit dem Seil zu verbinden, hätten wir sie in dieser Finsternis nie gefunden. Was ist passiert?«

»Ich weiß es nicht genau. Sie war in einer wahren Panik und jenseits allen Verstehens. Es wäre besser gewesen, wenn ich sie auf den Rücken genommen und so heruntergetragen hätte, aber für solches Manöver war da oben zu wenig Platz.«

»Hauptsache, sie ist da, und Ihr seid's auch. Verschwinden wir jetzt! Ein wahres Glück, daß heute nacht soviel Lärm in der Stadt ist. Niemand hat etwas gehört.«

Der Wappenkönig von Burgund und Gauthier griffen jeder zu einem Paar Ruder, während Bérenger sich auf den Boden des Bootes setzte und Cathérines Kopf stützte. Das Schiffchen glitt rasch durch das schwarze Wasser und wurde im gleichen Moment vom dichten Schatten unter einer Brücke aufgeschluckt, in dem ein lärmender, weinseliger Trupp sie mit Donnergepolter überquerte. Auf das Ende eines Knüppels gepflanzt, grinste ein blutender Kopf abstoßend über die Bande, die ein Lied johlte, in dem von einer jungen Braut die Rede war, die ihren Liebhaber erwartete …

Im Boot, das er klugerweise im Schatten der Brücke zum Halten gebracht hatte, zog Saint Rémy eine Grimasse.

»Ich konnte nicht erkennen, wer der Unglückliche war, aber wenn ich recht verstanden habe, wollen diese Teufel seinen Kopf seiner Frau oder seiner Braut bringen. Eine vor Angst kranke Stadt ist wahrhaftig eine schlimme Angelegenheit!«

Als es wieder einigermaßen still geworden war, nahm das Boot seine Fahrt mit um so größerer Eile von neuem auf, als Cathérine, ohne noch ihr Bewußtsein wiedererlangt zu haben, zu wimmern und sich zu bewegen begann.

»Legt ihr die Hand auf den Mund, wenn sie zu laut wird«, riet Saint Rémy. »Wir dürfen keine Aufmerksamkeit erregen. Außer dem Pater Prior darf niemand im Kloster erfahren, daß wir eine Frau bei uns haben.«

»Fürchtet Ihr etwa selbst unter den Mönchen Denunzianten?« fragte Gauthier.

»Es gibt nicht nur freiwillige Berufungen in den Klöstern. Die, die man mit Gewalt hinschleppt, haben kaum Grund, sich besonders hilfreich zu erweisen.«

Bérenger schniefte. Seit frühester Jugend zum Priesteramt bestimmt, hatte er in der Tat nichts Besseres zu tun gewußt, als Feuer an das Kloster zu legen, in das die Seinen ihn gebracht hatten. Diese Tat erlaubte ihm, gewisse Seelenzustände zu verstehen.

Doch sie erreichten endlich das Ziel. Das mächtige Bauwerk des Augustinerklosters wurde am Rande des Kanals sichtbar, in seinem Unterbau eine schwarze Wölbung, unter die Saint Rémy entschlossen das Boot lenkte. Sie bildete einen ziemlich breiten Tunnel, in dessen Mitte seitlich eine Treppe sichtbar wurde, deren letzte Stufe bis ins Wasser führte. Der Schein einer noch unsichtbaren Lichtquelle erhellte sie schwach.

Als die Bootswand am Stein entlangscheuerte, stieß der Mann, der weiter oben auf der Treppe gewartet hatte, und dessen Fackel die Stufen beleuchtete, einen Seufzer der Erleichterung aus und kam herab.

»Da seid Ihr endlich! ... Ich fürchtete schon, Ihr könntet zu lang ausbleiben und würdet erst kommen, nachdem man zur Frühmesse geläutet hat, denn ich würde unsere Gäste gern zu ihren Kammern führen, während das Kloster noch schläft. In kurzem werden alle wach sein.«

Das schöne, goldene, mit Saphiren besetzte Brustkreuz,

das auf dem bescheidenen schwarzen Stoff der Kutte schimmerte, kennzeichnete den Ankömmling als den Prior der Augustiner. Groß, mager, mit einem von harten Schatten, Folgen des Fastens und Betens, gezeichneten Gesicht, war Pater Cyprien de Rayneval sicherlich keiner jener weltlichen Abbés, die ihre Klöster nur betraten, um deren Einkünfte zu kassieren. Seine dunkelgrünen Augen glänzten in einem mystischen Feuer, und seine tiefe Stimme konnte die Menge hinreißen und Menschen bezwingen.

»Allerdings, wir sind da«, seufzte Saint Rémy, »aber wir hatten einen Unfall. Madame de Montsalvy ist vom Dach in den Kanal gestürzt. Wir haben sie auffischen können, aber sie ist bewußtlos und scheint zu leiden. Wenn du nicht willst, daß deine Mönche erfahren, daß eine Frau hier ist, müssen wir sie zu einem entfernten Ort bringen, wo es dennoch möglich ist, sie zu pflegen, denn ich fürchte sehr ...«

Er ließ den Satz unvollendet. Gauthier, der Cathérine mit beiden Armen hochgehoben hatte, um sie aus dem Boot zu tragen, hatte Blut an den Händen. Übrigens schienen die ihr aufgezwungenen Bewegungen die Schmerzen der jungen Frau zu verstärken, die sich stöhnend wand und dem Burschen fast entglitten wäre.

»Mein Gott, sie ist verletzt!« murmelte der Abbé.

»Verletzt? Nein«, erwiderte Gauthier, »aber sie ist vielleicht im Begriff eine Fehlgeburt zu haben.«

Der Abbé fuhr zusammen.

»Eine ... Seid Ihr dessen sicher?«

»So gut wie, ja ... Dieses Blut und die Schmerzen trügen nicht. Der heftige Schock bei der Berührung des Wassers muß die Ursache sein. Wohin kann ich sie bringen?«

Er begann die Stufen hinaufzusteigen, doch der Prior hielt ihn zurück.

»Es ist unmöglich, daß diese Dame hierbleibt!« sagte er leise, aber bestimmt. »Man kann eine gesunde Frau, die fähig ist, sich zu kontrollieren, verbergen, aber ich kann unmöglich eine Frau hierbehalten, die leidet und schreit. Das Kloster ist nicht groß genug, daß man sie nicht überall hören würde.«

Saint Rémy und die beiden jungen Burschen wechselten verzweifelte Blicke.

»Was sollen wir dann machen?« stöhnte der Wappenkönig. »Wir können sie weder in diesem Boot lassen noch dahin zurückbringen, woher sie kommt, Du weißt sehr gut, daß das ihr Todesurteil bedeutete!«

»Ich weiß, ich weiß ... und glaub mir, daß ich ihr nicht frohen Herzens den Eintritt in unser Haus verweigere, aber hier wäre sie ebenso in Gefahr.«

Der Zorn ließ allmählich Gauthiers Herz schwellen. Müdigkeit und wachsende Besorgnis trugen zusätzlich dazu bei, ihn um seine Fassung zu bringen.

»Was soll ich also mit ihr tun, Herr Prior? Sie wieder ins Wasser werfen, damit sie ertrinkt? Das wäre soviel einfacher: Keine Geisel für Brügge mehr und keine Unannehmlichkeiten für wen auch immer! Wohlan, ich, Gauthier de Chazay, sage Euch, daß Ihr sie aufnehmen, ihr Asyl geben werdet, wenn nötig in irgendeinem Keller, aber ich muß sie behandeln können, und das sofort! Wenn wir zu lange zögern, kann sie zuviel Blut verlieren ... und auch da wartet der Tod auf sie!«

Die Hand des Mönchs legte sich fest und besänftigend auf den Arm des jungen Mannes, der, von Bérenger unterstützt, Cathérine trug.

»Beruhigt Euch ... und legt sie ins Boot, sonst wird sie Euch noch entgleiten. Ich glaube, ich habe eine Idee.«

»Was für eine?« fragte Saint Rémy trocken, während er sich mit seinem Ärmel aus grobem Leinen über die feuchte Stirn wischte.

»Das Beghinenkloster! Es ist die einzige Gemeinschaft von Frauen, wo die arme Dame die Aufnahme und Pflege finden könnte, die sie braucht. Die Beghinendamen verstehen sich ausgezeichnet auf die Pflege der Kranken!«

»Und du glaubst, daß sie uns mitten in der Nacht ihre Tür öffnen werden, obwohl die Stadt in Aufruhr ist und wir eher wie Landstreicher als wie ehrliche Leute aussehen? Die meisten von ihnen sind doch vornehme Damen, die zu den reichen Familien gehören. Ihre großen Tore dürften angesichts dessen, was geschieht, sorglich verschlossen sein, denn schließlich sind sie vielleicht in Gefahr, wenn der Pöbel sich gegen die oberen Klassen wendet, wie es ganz den Anschein hat!«

»Der Pöbel, wie du sagst, liebt und achtet sie, da sie ihm oft hilfreich zur Seite stehen. Was jene großen Tore betrifft, werden sie sich öffnen, wenn ich Euch begleite. Aber wir müssen uns beeilen, denn ich muß zur Frühmesse wieder hier sein. Die jungen Leute kehren mit uns zurück, da die Beghinendamen sie natürlich nicht aufnehmen werden.«

»Wir wollen unsere Herrin aber nicht verlassen und fremden Händen übergeben!« protestierte Bérenger, sich wie ein wütender kleiner Hahn auf die Hinterbeine stellend.

»Sie wird nicht verlassen sein, und sie wird leben. Wenn Ihr nicht annehmt, was ich Euch vorschlage, wird sie sterben. Wählt also, aber wählt schnell!«

Statt jeder Antwort setzte sich Gauthier wieder ins Boot, nachdem er Cathérine, deren Kopf er auf seinen Knien behielt, vorsichtig auf dem Boden ausgestreckt hatte. Der Abbé schob seine Fackel in einen Eisenring und gesellte sich zu Saint Rémy und Bérenger, die ebenfalls einstiegen. Einen Augenblick später nahm das Boot seine Fahrt auf dem ruhigen Wasser der Reie in südlicher Richtung wieder auf. Der Weg war glücklicherweise nur kurz und wurde zur großen Erleichterung Gauthiers, der sich bemühte, Cathérines nun immer häufigere Schmerzenslaute zu dämpfen, rasch zurückgelegt.

Das Beghinenkloster von Weingarten, zwei Jahrhunderte zuvor von der Gräfin von Flandern, Jeanne von Konstantinopel, gegründet, war ein abgeschlossenes Gelände, dessen hohe Umfassungsmauern von zahlreichen Baumkronen überragt wurden. Es enthielt eine der heiligen Elisabeth geweihte Kirche, ein Hospital und, rings um eine große, mit Bäumen und Blumen bepflanzte Wiese aufgereiht, die weißen Häuser der Beghinen. Jede von ihnen bewohnte ein solches Häuschen für sich allein, und wenn sie sich auch der Autorität einer Superiorin unterordneten, die man die »Grande Dame« nannte, legten sie doch kein ewiges Gelübde ab. Nach zweijährigem Noviziat in einem Kloster erhielten sie ihre kleine Behausung und beugten sich ohne sonstigen Eid unter die dreifache Ordensregel der Armut, des Gebets und der Arbeit. In den Provinzen Flanderns wählten viele Witwen und Mädchen, die man nicht verheiraten konnte, mit Vorliebe die Beghinengemeinde statt eines Klosters, weil immer die Möglichkeit bestand, sie eines Tages wieder zu verlassen.

Das Boot hielt unter der Brücke an, deren Eingangsportal ihre ganze Breite einnahm. Die Kanäle der Reie erweiterten sich an dieser Stelle und bildeten eine Wasserfläche, in der sich das hängende fahle Zweiggewirr der hohen Weiden spiegelte. Allein der Augustiner-Prior stieg aus, um am Glockenstrang zu ziehen.

Er blieb nur kurze Zeit fort und kehrte dann mit zwei Frauen in schwarzen Gewändern und weißen Hauben zurück, die eine Bahre trugen.

Noch immer in ihre Mönchskutte gehüllt, stöhnend und von krampfartigen Zuckungen geschüttelt, wurde Cathérine auf sie gebettet, doch als Gauthier und Bérenger sich der Griffe der Trage bemächtigen wollten, widersetzte sich die größere der beiden Frauen.

»Es ist unsere Sache, für sie zu sorgen«, erklärte sie ruhig. »Wir werden Euch über ihr Befinden unterrichten.«

»Gott segne Eure Barmherzigkeit, Dame Béatrice«, sagte Pater Cyprien, »und gebe, daß Ihr es nicht zu bedauern habt.«

»Wir sind arm und verdienen unser Brot wie der bescheidenste Taglöhner der Stadt. Wer könnte uns also Böses wollen? Keiner der Feinde dieser armen Frau, vorausgesetzt, man wüßte sie bei uns, würde es wagen, unsere Schwelle in böswilliger Absicht zu überschreiten. Ich wünsche Euch allen eine gute Nacht!«

Der hölzerne Torflügel schloß sich. Zum erstenmal seit Monaten sahen sich Gauthier und Bérenger von Cathérine getrennt, und sie litten darunter. Einen Moment noch blieben sie dort, aufgepflanzt vor dieser Pforte, die zu durchschreiten ihnen verboten war, die Augen schwer von Tränen.

»Wenn sie sterben würde ...«, stammelte der Page. »Wenn wir sie nie mehr wiedersehen dürften?«

Saint Rémy stieß ein kurzes, falsch klingendes Gelächter aus, legte jedoch seinen Arm liebevoll um die Schulter des Jungen.

»Was ich an Euch liebe, ist Euer Optimismus! Seid ihr alle so in der Auvergne? Es stimmt allerdings, daß der vortreffliche Arnaud de Montsalvy, ebenfalls Auvergnat, nicht gerade Anspruch auf den Titel eines Königs der fidelen Burschen erheben könnte!«

»Ihr kennt Messire Arnaud?«

»Ich habe diese Ehre, da ich ihn zweimal kämpfen sah: Einmal bei Azincourt und ein anderes Mal in Arras, in einem Zweikampf. Ein rüder Lanzenbrecher, ein großer Krieger ... und der scheußlichste Charakter, den ich kenne!«

»Möge er krepieren!« knurrte Gauthier zwischen den Zähnen. »Wenn Dame Cathérine gezwungen ist, fast täglich ihr Leben zu riskieren, dann verdankt sie das nur ihm und nur ihm allein!«

Um seinen Zorn besser zu verdauen, legte er sich darauf wütend in die Riemen, zum Kloster der Augustiner zurück.

Cathérine hatte nichts gesehen, nichts von alldem gehört, was geschehen war, seitdem man sie aus dem Wasser gezogen hatte. Die kurzen Augenblicke halbwachen Bewußtseins waren schnell in dem Meer von Leiden untergegangen, die mit unglaublicher Brutalität von ihrem Körper Besitz ergriffen.

Der Sturz hatte bewirkt, daß alle ihre Muskeln schmerzten, und jede Zusammenziehung und Pressung, die der Prozeß der Fehlgeburt ihr auferlegte, ließ sie sich winden wie auf einem glühenden Rost. Ihr zerrissener Leib war nur noch eine einzige, in ihren ganzen Körper ausstrahlende Qual.

Daß man sie trug, daß man sie entkleidete, daß man das Blut abwusch, das sie befleckte, daß man sie in ein Bett legte, änderte nichts an dieser Tortur. Sie hörte nicht mehr, sie dachte nicht mehr, sie war nur noch ein Bündel Leiden, ein gevierteiltes Tier. Was sie erduldete, war so grausam, daß der Henker mit seiner Axt ihr vielleicht wie der Engel der Erlösung erschienen wäre.

Manchmal gewahrte sie durch die Tränen, die ihren Blick verwischten, eine schwarz-weiße Gestalt, die hin und her ging, zuweilen auch stehenblieb. Sie spürte irgend etwas Kühles, das auf ihrem Gesicht für einen Moment das Brennen der Tränen löschte, einen Duft wie von Kräutern über dem faden Geruch nach Blut. Von Zeit zu Zeit versank sie, wenn der Schmerz einen Moment nachließ, in den Schlaf eines erschöpften Tiers, aber die Pause war nur kurz, und nach einigen Sekunden, so schien es ihr, schwand der gute Schlaf, verjagt von den Zähnen des Raubtiers, das ihre Eingeweide zerfleischte.

Das dauerte Stunden, höllische Stunden, deren Ende die Unglückliche niemals zu sehen, zu erleben glaubte. Ihr erschöpfter Geist vermochte nur einen einzigen Gedanken zu fassen: Sie war tot, und des begangenen Sakrilegs wegen war sie zu ewigen Qualen verurteilt. Gewahrte sie nicht, wenn sie aus der Finsternis auftauchte, einen bärtigen Dämon, dessen feurige Augen sich unter schwärzlichem Gestrüpp verbargen, und der ihr die Faust entgegenstreckte?

Mit all ihren Kräften wollte sie ihn zurückstoßen, ihn daran hindern, ihre Qual noch zu vermehren, aber ihre Arme waren plötzlich wie gelähmt, während eine ernste Stimme grollend tönte:

»Wir müssen ein Ende machen. Sie muß dies trinken, sonst wird es uns niemals gelingen, sie davon zu befreien, und sie könnte in dieser Stunde verscheiden!«

Die Dämonen – es waren jetzt wenigstens drei – näherten sich. Einer hielt ihr die Arme, der andere kniff ihr die Nase zu, und der dritte wollte ihr sicherlich eine hölzerne Folterbirne tief in den Schlund schieben, um ihre verzweifelten Schreie zu ersticken. Aber da war kein Knebel, keine grausame Birne, nur eine bittersüße Flüssigkeit, die in sie hineinfloß. Und dann war nichts mehr da, nur eine gewaltige Woge, die sie davontrug, in den bodenlosen Abgrund des Nichts ...

Das Paradies verjagte die Hölle, Licht fegte die Finsternis hinweg, und Cathérine kehrte in einem Sonnenstrahl ins Leben zurück. Alles um sie her war weiß: Das Bett, in dem sie lag, das Leinen, in dem ihre Arme steckten, die vorgezogenen großen Vorhänge, zwischen denen hindurch der fröhliche Sonnenstrahl filterte, der ihre Augen getroffen hatte. Sie befand sich im Herzen einer durchscheinenden Muschel, inmitten einer Wolke, und sie fühle sich leicht, leicht ... Das schwerfällige, im Schlamm festgefahrene Schiff, das ihr Körper noch gestern gewesen war, hatte seine Verankerung zerrissen und schwamm in einem göttlichen Meer ...

Sie vernahm ein leises Rascheln, das eine Gegenwart jenseits der Vorhänge verriet. Entzückt erwartete Cathérine, einen Engel erscheinen zu sehen. Es war eine kleine Alte in schwarzem Gewand und weißer Schürze, Schultern und Kopf von der schneeweißen »Faille«, der großen Tafthaube der Beghinen, umhüllt, die mit forschenden blauen Augen im Vorhangspalt auftauchte. Als sie feststellte, daß die Kranke die Augen weit geöffnet hatte, entblößte sie lächelnd ein an Lücken reiches Gebiß, das der Gutherzigkeit des Gesichts jedoch nichts anhaben konnte.

»Die heilige Elisabeth sei gelobt!« seufzte sie. »Ihr seid erwacht! Und wie fühlt Ihr Euch?«

Cathérine hatte keinerlei Mühe, ihr Lächeln zu erwidern.

»Viel besser, danke. Aber ... was tue ich hier?«

»Ihr wißt nicht, wo Ihr seid?«

Ihr Gesicht dem kleinen Fenster zuwendend, gewahrte Cathérine eine Reihe weißer Häuschen rings um eine Wiese, die mit Bäumen und weit mehr Frühlingsblumen bepflanzt war, als man auf einem Gobelin aus Arras finden konnte. Im neuen Gras sprossen gelbe und weiße Narzissen samt Veilchen ein wenig auf gut Glück, aber mit unwiderstehlichem Charme.

»Dies ist das Beghinenkloster vom Weingarten, nicht wahr, und Ihr seid eine der Damen?«

Die kleine Alte vollführte die Andeutung einer Reverenz.

»Dame Ursule, Euch zu dienen. Ihr habt uns sehr viel Angst gemacht.«

»Aber wie bin ich hierhergekommen?«

Dame Ursule begab sich zu einem kleinen Tisch, auf dem Töpfe, ein kupferner Mörser und Flakons standen. Sie nahm etwas aus einem Topf, tat es in den Mörser und bewaffnete sich mit einem Stößel, um das Etwas zu zerdrükken.

»Unsere Grande Dame hat Euch empfangen, ihr kommt es zu, es Euch zu sagen. Ich würde es nicht wagen, es mir zu gestatten.«

Mit einigen Stößen des Stößels hatte sie den Inhalt ihres Mörsers in Pulver verwandelt, tat drei Fingerspitzen davon in einen Becher, fügte ein wenig vom Inhalt eines Flakons hinzu, schüttelte das Ganze und brachte es Cathérine.

»Ihr seid gerettet, aber nun müßt Ihr wieder zu Kräften kommen, denn Ihr habt viel Blut verloren. Trinkt dies ... danach werde ich Euch Milch und Honig holen ... Ja, unglücklicherweise hat der Unfall, der Euch zustieß, Euch Euer Kind verlieren lassen«, fügte sie mitleidig hinzu, als sie bemerkte, daß Cathérine ihre Lenden und ihren Leib betastete.

Ihre Patientin trank die Mixtur, die sie für sie vorbereitet hatte, ließ sich dann auf ihr Kopfkissen zurücksinken und brach in Schluchzen aus. Betrübt den Kopf schüttelnd, verließ die gute Dame Ursule darauf das Zimmer auf Zehenspitzen. Fest überzeugt, daß die junge Frau den Verlust des Ungeborenen betrauerte, war sie meilenweit von der Vermutung entfernt, daß diese ganz im Gegenteil vor Erleichterung weinte. Doch war es natürlich unmöglich, derartiges den heiligen Geschöpfen gegenüber durchblicken zu lassen, die Cathérine aufgenommen hatten und die, wären sie sich dessen bewußt gewesen, sicherlich keinen Moment gezögert hätten, sie schaudernd aus ihrem Hause zu jagen.

All die Mühe, die sie sich gegeben hatte, die Frucht ihrer Schande aus ihrem Leib zu reißen, war also ergebnislos geblieben, während ein einziger Sprung ins Wasser, allerdings von der Höhe eines Daches, genügt hatte, sie von ihr zu befreien. Das Leben vollführte zuweilen wirklich sehr seltsame Pirouetten, indem es mit einem Fingerschnipsen die Beschlüsse des Schicksals verkehrte. Aber wie sollte man darin nicht den Finger Gottes sehen, daß die Fehlgeburt sich im Beghinenkloster, im heiligsten Ort der ganzen Stadt, vollzogen hatte?

Und mit einem tiefen Gefühl der Dankbarkeit sah sie um die Stunde des None-Gebets, gegen drei Uhr nachmittags, die lange schwarz-weiße Reihe der Beghinen das rosige Portal ihrer Kirche durchschreiten, um die Vesper zu hören. Die Gestalten schienen ohne jedes Geräusch über das von Blumen gesprenkelte Gras zu gleiten. Außer dem zarten Anschlagen der Glocke, die sie rief, war alles Stille, Frieden und Harmonie in dieser Gemeinschaft, selbst der weiße Flug der über dem kleinen Glockenturm aus bläulichem Schiefer kreisenden Möwe … und Cathérine segnete ihr Martyrium, das ihr nun erlaubte, diese wundervolle und so friedliche Rückkehr ins Leben voll zu genießen. Es war sehr lange her, daß sie sich in ihrem fast entmaterialisierten Körper so wohl gefühlt hatte, auch in Frieden mit sich selbst. Und langsam schlief sie wieder ein.

Als Dame Béatrice sie besuchte, wie Dame Ursule angekündigt hatte, zeigte sie sich äußerst befriedigt, den Gast sitzend im Bett zu finden, damit beschäftigt, eine große Schale Bouillon zu trinken, und ließ sie mit ihrem Dank kaum zu Worte kommen.

»Wir haben nur unsere Pflicht getan, indem wir Euch aufnahmen, als Ihr in so großer Gefahr wart, das Leben zu verlieren. Leider war es nicht möglich, auch Eure Diener aufzunehmen, da unsere Ordensregel es nicht erlaubt, aber seid gewiß, daß wir ihnen so oft wie möglich Nachricht über Euch gaben.«

»Wo sind sie jetzt?«

»Im Kloster der Augustiner, natürlich.«

Und in wenigen kurzen Sätzen berichtete die Grande Dame, was sie von jener schrecklichen Nacht des 18. wußte.

»Wir hätten Euch im Hospital untergebracht, doch Pater Cyprien gab uns zu verstehen, daß das für Euch wie für die Gemeinschaft gefährlich werden könnte, falls eine der anderen Kranken Euch erkannte, und da zwei unserer Häuschen gegenwärtig leer stehen, haben wir Euch in eines von ihnen gelegt. Ich hoffe, Ihr werdet Euch in ihm wohl fühlen, solange Ihr während Eurer Rekonvaleszenz noch hierbleiben müßt, und danach ...«

Cathérine überlief ein Beben.

»Danach? Sobald ich wieder auf den Beinen sein werde, habe ich keinen Grund mehr, Euch länger zur Last zu fallen. Es ist meine Absicht, nach Hause zurückzukehren.«

»Unter den gegenwärtigen Umständen ist das völlig unmöglich, Madame. Unser Klostergebiet befindet sich glücklicherweise außerhalb der Tumulte der Stadt, und die Dankbarkeit für die Wohltaten, die zu erweisen wir uns bemühen, schützt uns vor ihren Exzessen. Es ist ein wahrhafter Hafen der Gnade ... aber das hindert nicht, daß er von den Mauern Brügges umgeben ist, und daß sich Brügge in einer Art Belagerungszustand befindet. Jedenfalls fehlt nicht viel daran.«

In der Tat hatten die Ermordung des Bürgermeisters Varssenare, seines Bruders und zweier anderer Schöffen sowie die Ausschreitungen der fatalen Nacht allgemeine Panik entfesselt. Die Verwirrung nutzend, hatten die anderen Schöffen und die Hauptleute der Viertel mit ihren Familien die Stadt verlassen, um sich zu Herzog Philippe zu flüchten. Nur Louis van de Walle und sein Sohn waren geblieben und versuchten, wenigstens einen Anschein von Ordnung wiederherzustellen. Aber es war nicht einfach. Bestürzt durch die Aussicht auf Arbeitslosigkeit und den Zusammenbruch des Brügger Handels, waren die Zünfte und unter ihnen vor allem die der Tuchmacher, die mächtigste und durch das Einstellen der englischen Wollimporte am härtesten betroffene, zu den schlimmsten Maßlosigkeiten bereit, ohne anscheinend die Unruhe zu bemerken, die diese Maßlosigkeiten bei den italienischen, spanischen, schottischen und skandinavischen Kaufleuten hervorriefen, die in der Stadt Kontore unterhielten.

Um ihren Auszug zu verhindern, hatte man die Tore der Stadt schließen und streng bewachen lassen müssen: Es war verboten, sie ohne einen vom Bürgermeister und zwei der Zunftvorsteher unterschriebenen Durchlaßschein zu passieren. Doch Louis van de Walle hatte ein Gesuch der ausländischen Kaufleute angenommen, eine aus einigen von ihnen und mehreren der reichsten Brügger Kaufleute bestehende Gesandtschaft nach Arras reisen zu lassen, um bei Herzog Philippe feierlich ihre glühende Hoffnung zu beteuern, den Frieden bald wieder hergestellt zu sehen.

»Was hat er geantwortet?« fragte Cathérine.

»Man weiß es noch nicht. Sie sind erst vor fünf Tagen fort, am Tage nach der Nacht, in der Ihr zu uns gekommen seid. Natürlich besteht Hoffnung. Man sagt, Monseigneur habe den Gentern bereits die dortigen Gemetzel verziehen, aber Gent hat keine Privilegien über Sluis zu fordern, das von Brügge abhängt. Unter diesen Umständen kann niemand wissen, was Monseigneur der Herzog antworten wird ...

Ihr seht also, daß es völlig unmöglich ist, die Stadt zu verlassen, und viel besser für Euch, hierzubleiben. Eure Flucht hat ein großes Aufsehen gemacht. Man hat die ganze Stadt durchsucht, ausgenommen hier natürlich, um Euch zu finden. Eure früheren Wächter wüten, weil sie glauben, Ihr seid zum Herzog zurückgekehrt. Sie fürchten, daß Ihr bei ihm das Feuer der Rache anfachen könntet, und sie hassen Euch darum. Zu versuchen hinauszukommen, wäre Selbstmord. Dasselbe gilt für Eure Diener, die Pater Cyprien bei den Augustinern verbirgt. Glaubt mir, bleibt noch einige Zeit bei uns, auch wenn Ihr wiederhergestellt seid.«

»Seid Ihr aller Eurer Schwestern so sicher?«

Die Grande Dame überlegte einen Moment. Ihr Gesicht, Krönung einer hohen Gestalt, zeigte nicht leicht ihre Gefühle, doch Cathérine konnte etwas wie Unschlüssigkeit in ihm lesen, eine Art von innerem Kampf. Schließlich trug die Wahrheit den Sieg davon.

»Nein. Wer könnte sich rühmen, wirklich das Herz der Mitglieder einer Gemeinschaft zu kennen? Die Mehrzahl meiner Schwestern, die ältesten, die Witwen oder solche ohne Familie haben wirklich ihre Bindungen an die Außenwelt zerschnitten, aber ich könnte nicht aller sicher sein. Für Dame Ursule und Dame Berthe, die sich um Euch gekümmert haben, stehe ich natürlich völlig ein. Die anderen wissen nur, daß dieses Haus eine Schwerkranke beherbergt. Es würde genügen, wenn Ihr es nicht verlaßt, sobald Ihr geheilt seid ... es sei denn bei Nacht, um frische Luft zu schöpfen

Der größeren Sicherheit wegen würde ich Euch ein Gewand und eine Haube geben.«

»Was werde ich mit meinen Tagen anfangen?«

Dame Béatrice wies auf die vor Sauberkeit blinkende kleine Kammer, sodann auf den Betstuhl vor dem Kruzifix und ein leeres Spinnrad.

»Was wir alle machen: beten und arbeiten. Neben diesem Zimmer habt Ihr einen kleinen Raum. Jede von uns säubert ihr Haus, bereitet sich ihre Mahlzeiten – Dame Ursule oder Dame Berthe werden Euch das Nötige bringen –, und um unseren Lebensunterhalt zu sichern, spinnen wir Wolle. Könnt Ihr spinnen?«

»Ich bin sehr einfach erzogen worden, Dame Béatrice, und keine weibliche Arbeit ist mir fremd. Es ist lange her, daß ich gesponnen habe, aber ich denke, daß man es nicht vergißt.«

»In der Tat. Leider haben wir zur Zeit sehr wenig Wolle, und wenn England seine Handelsbeziehungen mit den flandrischen Städten nicht rasch wieder aufnimmt, werden wir bald keine mehr haben. So schaffen wir uns jetzt eine neue Spezialität: die geklöppelte Spitze.«

»Spitze? Das ist sehr selten. Die, die ich besessen habe, kam alle aus Italien oder aus Le Puy-en-Velay.«

»Allerdings, aber eine unserer Schwestern ist Witwe eines reichen venezianischen Kaufmanns und hat sich entschlossen, bei uns zu bleiben. Sie lehrt es uns. Dame Berthe ist eine ihrer besten Schülerinnen. Wenn Ihr wollt, wird sie es Euch beibringen. Doch zunächst müßt Ihr erst einmal daran denken, Euch ganz und gar zu erholen. Ich werde Euch über alles auf dem laufenden halten, was in der Stadt geschieht, und Ihr werdet gewiß Botschaften aus dem Augustinerkloster bekommen.«

Nach diesen Worten ging die Grande Dame und überließ Cathérine ihren Gedanken über das, was die kommenden Tage bringen würden. Diesmal nahm die junge Frau sie ohne Protest, ja ohne Widerwillen hin. Befreit von der Last der Schande und Angst, die sie seit so vielen Monaten mit sich herumschleppte, sah sie sich nicht mehr so sehr gedrängt, und sofern die Erschließung Brügges nicht Jahre dauerte, fand sie diese Atempause im Herzen des Beghinenklosters vom Weingarten erfrischend. Während der härtesten Perioden ihres Lebens hatte sie oft davon geträumt, eine Weile unter den noblen Bogenwölbungen eines

Kreuzgangs innezuhalten, um in einer nur vom Gesang der Vögel und gemurmelten Gebeten belebten Stille zu versuchen, besser auf ihre inneren Stimmen zu hören und ihre reine Seele von einst wiederzufinden, als die Liebe der Männer, die Gefahren des Lebens und die Tumulte des Krieges für sie noch ferne Gerüchte gewesen waren. Und zuweilen hatte sie sich bei dem Gedanken überrascht, daß ihre Schwester Loyse vielleicht nicht die schlechteste Wahl getroffen hatte, als sie sich für Gott entschied.

Doch Cathérine wußte auch, daß für sie nur eine beschränkte Zeit der Zurückgezogenheit möglich, ja vorstellbar war. Wenn sie sie nun mit ruhig-heiterer Seele hinnahm, dann nur, weil ihr erschöpfter Körper, ihr mitgenommenes Herz zwingend danach verlangten. Sie mußte ihre Kräfte wiederherstellen, um in den Kampf zurückkehren zu können, den Kampf gegen Arnaud!

Seitdem sie in Flandern war, hatte sie sich bemüht, nicht mehr daran zu denken, ja, soweit es ihr möglich war, hatte sie sogar die Erinnerung an Michel und Isabelle von sich ferngehalten, um ihre Seele nicht der unbarmherzigen Flut der Verzweiflung auszuliefern. Sie hatte ein schreckliches Problem zu lösen gehabt, und sie mußte sich ihm völlig widmen. Nun hatte das Problem seine Lösung gefunden, und Cathérine konnte in die heitere Stille ihres kleinen Beghinenhauses das fröhliche, blonde Bild ihres kleinen Jungen und den gebieterischen Glanz der schwarzen Augen des Babys Isabelle einlassen, eines Babys, das sie seit einem endlosen Jahr nicht in den Armen gehalten hatte, das jetzt ein richtiges kleines Mädchen war, und das sie nicht erkennen würde. Aber es würde süß sein, im sinkenden Abend die Schreie ihres kindlichen Zorns zu beschwören und das friedliche Plappern des seine Lektion aufsagenden Michel. Mein Gott! Was für ein wunderbarer Tag würde es sein, an dem sie sie endlich an ihr Herz drücken könnte!

»Niemals wieder«, schwor sie sich, »niemals wieder werde ich Montsalvy verlassen. Was auch mir oder meinem Mann geschehen wird, niemals mehr lasse ich mein Heim und meine Kinder im Stich!«

Drei Tage später war sie auf den Beinen und begann wie selbstverständlich im Rhythmus der Beghinengemeinde zu leben. Dame Ursule hatte ihr ein wenig Wolle zum Spinnen gebracht, und Dame Berthe war mit einem kleinen blauen Kissen, Zwirn, Nadeln und winzigen Spindeln erschienen, um ihr die ersten Anfänge der Kunst der Spitzenklöpplerinnen beizubringen. In ein Gewand gekleidet, das Dame Béatrice ihr gegeben hatte, einen Rosenkranz aus Bernstein in der Tasche, verbrachte Cathérine ihre Vormittage damit, ihren Haushalt zu machen und ihre Mahlzeit zu kochen; nachmittags arbeitete sie an ihrem Spinnrad oder an ihrem Kissen, betete von Zeit zu Zeit und träumte viel, vor allem abends, wenn die schrägen Strahlen der Sonne auf den weißen Mauern erloschen waren, oder wenn die Regenvorhänge die Bäume verhüllten, bis sie unwirklich wurden.

Durch die Billets, die Saint Rémy oder Gauthier ihr zukommen ließen, war sie über die äußeren Ereignisse orientiert. Den Abgesandten Brügges hatte Philippe der Gute mit merkwürdiger Uninteressiertheit geantwortet, daß er wirklich nicht die Zeit habe, sich mit ihren Problemen zu beschäftigen, und daß vor allen anderen Sorgen gebieterische Pflichten seine Anwesenheit in Holland erforderten, um dort die restlichen Spuren der Verstimmungen zu beseitigen, die die in Den Haag verstorbene letzte Gräfin, Jacqueline von Bayern, die überspannteste, närrischste aller Fürstinnen, ihren Gegnern wie ihren Freunden hinterlassen habe.

Folglich hoffe er, daß die Herren von Brügge ihm freundlicherweise die Erlaubnis erteilten, ihre kostbare Stadt lediglich um Zeit zu gewinnen mit einer kleinen Abteilung zu durchqueren, währen das Gros der Armee weit entfernt vorbeizöge, um sich im Schloß von Male zu verproviantieren, wo für sie beträchtliche Vorräte gestapelt würden.

»Diese guten Leute«, schrieb Saint Rémy, »haben natürlich zu erfahren versucht, ob Ihr zum Herzog zurückgekehrt seid, aber als sie schüchtern Euren Namen aussprachen, wandte Monseigneur ihnen den Rücken, nachdem er sie mit einem niederschmetternden Blick bedacht hatte, vor dem sie sich am liebsten in der Erde verkrochen hätten. Und sie kehrten reichlich kleinlaut zurück, um van de Walle um die berühmte ›Erlaubnis‹ zu bitten. Er hat sich dazu verpflichtet gesehen, ohne völlig davon überzeugt zu sein, daß es eine gute Idee ist, aber er hat keine Wahl, wenn er nicht Bombarden und andere Kriegsmaschinen vor seinen Mauern haben und seinen Handel total ruiniert sehen will. Sicherlich wurde der Entschluß nicht fröhlichen Herzens gefaßt: Die Abgesandten haben berichtet, besagte Armee für Holland bestehe aus mehr als viertausend Pikarden, die man hier verabscheut, wie Ihr wißt, dazu einem starken Kontingent von Rittern und burgundischen Truppen ... eine Herkunft, die hier ebensowenig geschätzt wird, und diese Vorstellung lächelte unseren Tölpeln hier nicht gerade zu.

Wie dem auch sei, der Herzog wird bald, sehr bald, in der Stadt sein. Haltet Euch bereit, zu uns zu stoßen, in einer Mönchskutte, die wir Euch in der Nacht vor seinem Einzug zukommen lassen werden. Sobald wir bei ihm sind, haben wir nichts mehr zu befürchten, und Ihr werdet frei sein. Ihr könnt Euch nicht vorstellen, wie ich mich darauf freue, meinen goldbestickten, seidenen Wappenmantel und das Brustschild des Goldenen Vlieses wieder tragen zu können, das mir soviel Haltung verleiht.

Die schmucklose Eleganz der Mönche ist wahrlich nicht mein Fall, die gewöhnliche noch weniger. Pater de Rayneval ist die Heiligkeit selbst, aber mir wäre irgendeiner der weniger heiligen Brüder lieber, der sich dafür besser in burgundischen Kreszenzen auskennen würde. Selbst sein Meßwein ist abscheulich! Ich habe probiert, aber ich mach's nicht noch einmal. Gott hat mich gestraft ...

Euer Stallmeister und Euer Page langweilen sich weidlich. Man hat sie als ausländische reisende Brüder im Kloster eingeführt. Der eine gilt als Normanne, der andere als Provenzale, und ich bin noch immer der große Pilger, den Ihr kennt. Das verschafft uns allen dreien endlose Aufenthalte in der Kapelle. Der Pater Prior sagt, wir hätten so eine ausgezeichnete Gelegenheit, am Heil unserer Seelen zu arbeiten, aber ich fürchte, daß wir in Wirklichkeit nur abscheuliche Ungläubige sind. Monseigneur sollte sich wirklich beeilen!

Auf bald! Verzeiht dieses lange Geschwätz, aber es ist ein charmanter Zeitvertreib, ein Weilchen mit einer hübschen Frau zu plaudern, und ich kröne den Freudenrausch, indem ich einen zärtlichen Kuß auf Eure hübschen Finger drücke ...«

Dieser in den ersten Maitagen eingetroffene Brief tröstete Cathérine endgültig, da er die Aussicht auf nahe Freiheit enthielt. Es war ohne weiteres klar, daß Philippes Anwesenheit in Brügge für sie die beste Gelegenheit zur Flucht darstellte, und als sie an diesem Abend in ihrem Bett mit den weißen Vorhängen lag, ließ sie sich von der schillernden Flut einer süßen Hoffnung in Schlaf wiegen: der Hoffnung auf ihre baldige Rückkehr nach Montsalvy. Das, was sich noch gestern erst am Ende einer langen Perspektive zeigte, hatte sich nun beträchtlich genähert. Zweifellos würde sie Herzog Philippe noch einige Erklärungen zu geben haben, wenn sie sich begegneten, aber nach allem, was ihr widerfahren war, hatte eine Unterredung, selbst eine stürmische, mit einem mürrischen Fürsten nicht die geringste Chance, sie zu beeindrucken.

Am Abend des 21. Mai, des Dienstags vor Pfingsten, betrat Dame Béatrice mit einem Paket unter dem Arm Cathérines Haus.

»Diese Nacht verlaßt Ihr uns, mein Kind. Dies hier ist eben vom Kloster der Augustiner gekommen.«

»Trifft der Herzog ein?«

»Er befindet sich heute abend kaum fünf Meilen von hier in Roeselare. Morgen wird er mit den Herren seiner unmittelbaren Umgebung und einer kleinen Eskorte einziehen, während seine Armee die Stadt umgeht. Die Notabeln bereiten schon seinen Empfang vor.«

»Durch welches Tor wird er einziehen?«

»Durch das Ochsenstall-Tor, ganz nah von hier und kaum weiter entfernt von den Augustinern. Gegen Ende der Nacht werde ich selbst Euch abholen und Euch dorthin führen, wo ich Euch in Empfang genommen habe: unter die Brücke des großen Portals, wo Eure Freunde Euch mit einem Boot erwarten, um Euch zu den Augustinern zu bringen. Dort werdet Ihr warten, bis die Menge in den Straßen dicht genug sein wird, so daß Ihr Euch gefahrlos unter sie mischen und zu Monseigneur gelangen könnt. Es ist unmöglich, daß Ihr direkt von hier ans Tageslicht tretet.«

»Glaubt mir, daß ich es verstehe ... und daß ich Euch unendlich dankbar bin für alles, was Ihr für mich getan habt. Wie könnte ich Euch diese Dankbarkeit beweisen?«

Die Grande Dame näherte sich dem Winkel, in dem Cathérine zu arbeiten pflegte, streifte mit einem Finger über die dicken Wollknäuel, dann wandte sie sich dem auf einem Schemel liegenden Klöppelkissen zu und beugte sich darüber, um das begonnene Muster zu bewundern.

»Ihr habt gut gearbeitet, Dame Cathérine, und wir werden Euch vermissen, denn Ihr habt wirklich Talent für diese delikate Kunst.«

»Nicht sehr weit von mir, in Le Puy-en-Velay, gibt es auch Spitzenklöpplerinnen. Ich könnte dort meine Lehrzeit fortsetzen«, meinte Cathérine lächelnd. »Aber die Früchte meiner Arbeit wären ein recht bescheidener Dank. Ich möchte mehr tun.«

»Dann ...«, und plötzlich wurde Dame Béatrice Stimme sehr ernst, »dann versucht morgen, wenn Ihr Monseigneur Philippe begegnen werdet, das Leid zu vergessen, das man Euch hier zugefügt hat, und erbittet von ihm Gnade und Erbarmen für diese turbulente Stadt, die jedoch noch immer die seine ist, wenn er ihr nur ein wenig Sanftmut zu zeigen weiß. Seht, die Menschen hier sind wie Kinder: schuldig an ihren Eltern geworden, verrennen sie sich noch mehr in Aufruhr und Maßlosigkeit, jeder bemüht, mehr als sein Nachbar zu tun, um nicht den Eindruck bei ihm zu wecken, als gäbe er nach. Strenge Bestrafung verwandelt die Rebellion zuweilen in Haß, während ein Wort der Vergebung den Schuldigen in Tränen der Reue ausbrechen lassen kann.«

»Ich weiß das alles, Dame Béatrice, und seid gewiß, daß ich nie etwas anderes im Sinne hatte, als für Brügge ein gutes Wort einzulegen. Einstmals habe ich es so geliebt! Ich habe nicht vor, es ausgerechnet jetzt zu verdammen, da es sich zwischen dem Meer, das seine Häfen rasch versandet, und dem Zorn seines Herrn verfangen hat. Habt Vertrauen, ich werde alles tun, was ich kann!«

Wortlos umarmte die Grande Dame Cathérine und ging rasch zur Tür, vielleicht um ihre Erregung zu verbergen. Erst auf der Schwelle kündigte sie an, daß sie eine Stunde vor Sonnenaufgang zurückkommen werde, und riet ihr, sich zur Ruhe zu legen.

Doch in dieser Nacht wollte es Cathérine nicht gelingen, Schlaf zu finden. Es war da etwas, das sie beunruhigte, ohne daß sie recht wußte, was und warum. Vielleicht dieser Entschluß Philippes, nur mit kleinem Gefolge die Stadt zu betreten, und vor allem jene ›Erlaubnis‹, um die er dafür ersucht hatte. Das sah ihm ganz und gar nicht ähnlich! Wer war töricht genug, den Stolz des Großherzogs des Okzidents seinen zugleich listigen und rachsüchtigen Charakter nicht zu kennen? Würde er seine viertausend Pikarden und seine burgundischen Ritter wirklich an Brügge vorbeiziehen lassen, während er selbst mit einer Handvoll Männer die noch vom Blut ihrer Schöffen dampfende Stadt durchquerte? Es hätte ein Mutbeweis sein können, und an Mut hatte es Philippe nie gefehlt, falls es nicht jenes Zeichen der Sanftmut war, von dem Dame Béatrice sprach. Schließlich war der burgundische Fürst einer der geschicktesten und intelligentesten Diplomaten und Staatsmänner … aber die Gelegenheiten waren bisher selten gewesen, bei denen er der Diplomatie den Vorzug vor seiner Rachsucht gegeben hatte: Der König von Frankreich hatte es während langer, grausamer Jahre zu seinem Nachteil erfahren.

Als die Grande Dame zurückkehrte, fand sie Cathérine, bereit und schon mit der klösterlichen Kutte aus dem Paket bekleidet, neben der Tür, die sie um einen Spalt geöffnet hatte, um ihr das Klopfen zu ersparen. Es war sehr dunkel, nirgends war ein Lichtschein sichtbar. Schweigend ergriff Dame Béatrice Cathérines Hand, und so machten sie sich im Schutz der Bäume auf den Weg. Nach Mitternacht hatte sich ein frischer Wind erhoben, der in die belaubten Baumkronen fuhr, in deren Rauschen das Geräusch ihrer Schritte unterging. Desgleichen auch das leise Knarren der Pforte, die sich unter der Hand ihrer Führerin öffnete.

»Geht mit Gott, meine Tochter«, sagte ihr Dame Béatrice, sie umarmend. Dann glitt sie wieder in den offen gebliebenen Spalt des Portals zurück, ohne der, die sie entließ, Zeit zu einem Wort des Abschieds gelassen zu haben. Doch schon stiegen schattenhafte Gestalten aus dem Untergrund der festen Brücke herauf, und Cathérine fand sich plötzlich in drei Paaren männlicher Arme wieder, deren Wärme und Begeisterung genug über die Freude aussagte, die man über das Wiedersehen empfand.

»Ohne Übertreibung«, seufzte Gauthier, »dieser Monat, den wir ohne Euch verbrachten, Dame Cathérine, ist der längste meines ganzen Lebens gewesen!«

Dieser Mittwoch vor Pfingsten begann windig wie ein Novembertag. Graue Wolkenfetzen jagten über die Türme der Kirchen und den riesigen Glockenturm. Von den Flügeln des Windes herangetragen, ging von Zeit zu Zeit ein Regenguß hernieder, und die Töne der zu den Stundengeben des Tages läutenden Glocken waren wie von tiefer Melancholie erfüllt. So war es nicht verwunderlich, daß Cathérine sich sagte, als sie mit ihren drei Begleitern das Kloster verließ, daß dies kaum ein Tag für Belustigungen sei, und daß das, was sich vorbereitete, nur sehr wenig mit der bei einem fürstlichen Einzug üblichen Prachtentfaltung zu tun habe.

Gewiß, es handelte sich nur um die Durchquerung Brügges, aber es war vereinbart, den Fürsten im Rathaus zu empfangen und ihm Geschenke und Erfrischungen anzubieten.

Niemand in Brügge schien sich jedoch einzubilden, ein Lächeln auf dem hochmütigen Antlitz Philippes aufblühen zu sehen. Man fragte sich vielmehr, was er sagen würde …

Eine riesige Menschenmenge drängte sich in den Gassen, und die vier falschen Mönche hatten keinerlei Mühe, sich unter sie zu mischen. Doch wie am Tage ihrer Ankunft war Cathérine durch das Schweigen dieser Menge betroffen. Man vernahm nur geflüsterte Worte, sah nur besorgte oder unverschämte Gesichter wie die eines Trupps von Schlächtern, die, ihre Hackmesser im Gürtel, mit herausfordernden Mienen hinter ihrem Banner her ihrem so heiß bekämpften Herrn entgegenmarschierten. Als sie an Cathérine vorüberzogen, erschauerte sie unter dem schon durchnäßten groben Wollstoff ihrer Kutte. Seit dem Tage des Zorns, der Michel de Montsalvy und Gaucher Legoix, ihren eigenen Vater, hatte sterben sehen*, fürchtete und verabscheute Cathérine die Schlächter. Sie fand sie grausam aussehend, und der sie immer umschwebende Geruch nach frischem Blut stieß sie ab.

Gegen drei Uhr hieß es, der Herzog sei im Dorf Saint Michel eingetroffen. Das war das Signal für die Notabeln, sich in Marsch zu setzen, und hinter ihrem Zuge her drängte man sich zum Ochsenstall-Tor. Cathérine sah Louis van de Walle bleich und mit steinerner Miene unter seiner festlichen Kopfbedeckung vorüberziehen. Sein Sohn, die überlebenden Schöffen und einige Zunftvorsteher folgten ihm mit ihren Ehrenzeichen und Bannern. Vor ihm marschierten sein Schwager, der Stadthauptmann Vincent de Schotelaere, und eine Anzahl Soldaten, alle bewaffnet.

Auch die falschen Mönche folgten dem Zug, blieben jedoch hinter dem Schlagbaum des Ochsenstall-Tors, während die Notabeln das Tor durchschritten, die über die breiten Wassergräben gelegte Brücke überquerten und auf der Straße weitergingen, die Rücken unter den Stößen des Windes gebeugt, die die schweren Gewänder auffliegen, die Banner gegen die Stangen klatschen ließen und sie zwangen, die Kopfbedeckungen krampfhaft festzuhalten. Am Ende der Straße konnte man unter dem Banner Burgunds schon einen wie Quecksilber schimmernden Block erkennen: die ersten Soldaten der Persönlichen Garde des Her-

* Siehe »Cathérine«

zogs, und über ihnen die bewegte, farbig-prächtige Gruppe der ihren Fürsten umringenden Ritter.

Einer der Reiter, größer und majestätischer als die andern, nahm nun die Spitze. Cathérine erkannte sofort Philippe. Gewappnet vom Scheitel bis zur Sohle mit Ausnahme des von einer schwarzsamtenen Kappe bedeckten Kopfs, während sein goldgekrönter Helm in den Händen eines Stallmeisters ruhte, das Goldene Vlies blitzend auf dem matten Stahl des Harnischs, hielt er sein gleichfalls durch Stahl geschütztes Pferd an, sobald er die Reihen seiner Garde hinter sich hatte, um, die Faust auf der Hüfte, den Zug der Notabeln zu erwarten. Neben ihm nur sein Stallmeister Huguenin du Blé.

Van de Walle und seine Begleiter hatten ihn fast erreicht, als von der Menge, die den Vorgang von der Höhe der Mauer aus beobachtete, ein Schrei aufstieg:

»Die Pikarden! Wir sind verraten!«

Van de Walle hörte ihn, wandte sich um, seine Mitbürger durch eine Geste beschwichtigend, doch zu beiden Seiten des Weges hatten in der Tat bewaffnete Trupps das herzogliche Gefolge überholt, passierten jetzt in entgegengesetzter Richtung den Zug der Schöffen und marschierten zielstrebig dem Ochsenstall-Tor zu. Zugleich trieb auch der Herzog sein Pferd voran.

»Das wunderte mich auch, daß Monseigneur sich so von den Bürgern zum besten haben läßt«, murmelte Saint Rémy, der vorgestreckten Halses begeistert verfolgte, was außerhalb des Tores vorging. »Seht doch, an der Spitze derer, die uns angreifen werden, der Bastard von Dampierre und der Sire de Rochefort! Das sind entschlossene Männer!«

»Man wird uns erdrücken!« flüsterte Cathérine. »An diesem Schlagbaum können wir nicht bleiben.«

Statt jeder Antwort packte Gauthier sie beim Arm und zog sie einige der zum Wehrgang führenden Stufen hinauf.

»Wir dürfen uns nicht zu weit entfernen, wenn wir den Herzog bei seinem Einmarsch erreichen wollen«, sagte er.

Ein Schrei der Wut und Angst zugleich schnitt ihm das Wort ab. Sie hatten eben noch Zeit, sich auf die Treppe zu kauern, denn die Menge, die sich am Tor gedrängt hatte, flutete ins Innere der Stadt zurück. Draußen, schon ganz nah jetzt, rückten die pikardischen Bogenschützen im

Sturmschritt vor, so dicht nebeneinander, daß sie einem Wall aus Eisen glichen.

Jemand schrie:

»Schließt die Tore! Hindert sie, hereinzukommen!«

»Man kann die Notabeln nicht im Stich lassen!« schrie ein anderer.

»Sollen sie doch verrecken! Sie werden immer miteinander zurechtkommen, während sie uns massakrieren werden!«

Schon hingen sich Männer an die Speichen der Winde, die das Fallgatter betätigte, andere versuchten, die mächtige Zugbrücke aufzuziehen, aber es war zu spät. Die Pikarden waren angelangt und eröffneten den Kampf, um sich einen Weg zu bahnen. Als sie unter dem Tor erschienen, flohen die, die dort waren, um ihren schrecklichen Pfeilen zu entgehen, aber einige fielen. Cathérine sah entsetzt, wie eine Frau unter die Hufe des Pferdes des Sire Dampierre rollte, der gelassen über ihren Körper hinwegritt.

Umringt von den Notabeln, die ihn anflehten, seine Soldaten zurückzurufen, sich seiner Versprechungen zu erinnern, ritt der Herzog nun voran, ohne noch einmal anzuhalten. Man hörte seine herrische Stimme:

»Ich werde mich nicht von meinen Soldaten trennen! Eure Stadt ist treulos und falsch, und ich vertraue ihr nicht mehr!«

Und als der Hufschlag seines Pferdes auf den Planken der Zugbrücke widerhallte, sah Cathérine ihn sein Schwert ziehen und hinauf zu den Wällen weisen, wo die Banner der Zünfte herausfordernd im Winde flatterten.

»Das ist das Holland, das ich unterwerfen will!«

Beifallsrufe der Ritter und der pikardischen Bogenschützen antworteten ihm. Er tauchte im gleichen Moment unter die Wölbung des Tors, in dem eine von der Saint Sauveur-Kathedrale gekommene Prozession der Geistlichkeit vor ihm auftauchte. Eine doppelte Reihe von Diakonen in weißen Chorhemden umrahmte einen Baldachin, unter dem der Bischof in goldenem Chormantel eine Sonne aus Edelsteinen trug: das Heilige Sakrament. Der Bischof grüßte den Fürsten und hob die Sonne, und Philippe mußte vom Pferde steigen und dann das Knie vor seinem Gott beugen.

»Greift diese gute Stadt nicht an, Monseigneur«, sagte der Bischof. »Sie ist unglücklich und leidet darunter, Euren

Zorn auf sich geladen zu haben. Ihr habt ihr versprochen ...«

»Ich habe nichts versprochen!« rief Philippe zornig. »Ich habe verlangt, diese verwünschte rebellische Stadt zu durchqueren, und wenn einige meiner Soldaten vor mir marschieren, habe ich doch, soviel ich weiß, nicht meine ganze Armee auf sie gehetzt!«

»Ruft Eure Pikarden zurück, Herr Herzog! Sie laufen schon unter dem Vorwand, Euren Durchzug zu sichern, dem Markte zu.«

In der Tat hatte der Herzog einen der Herren seiner Umgebung, den Sire de Lichtervelde, beauftragt, den Pikarden zu folgen, um sich zu überzeugen, ob sich auf dem Markt keine Volksansammlung befände. Ärgerlich zuckte der Herzog die Schultern.

»Bin ich ein Lumpenkerl, daß ich allein und jedem Dolch ausgeliefert durch verdächtige Straßen marschieren muß? Ich habe gesagt, daß man mich hier kennenlernen wird. Wohlan, Herr Bischof, kehrt in Eure Kathedrale zurück und überlaßt mich meinem Metier als Fürst.«

Er wartete stehend inmitten der Straße, bis die Prozession in umgekehrter Richtung abgezogen war, von einigen der Herren umgeben, unter denen sich die von Uutkerke, Comines und Isle-Adam befanden. Plötzlich packte Saint Rémy Cathérines Hand.

»Das ist der Moment! Vorwärts!«

Die junge Frau, der die beiden Burschen folgten, hinter sich herziehend, stürzte er vor, gelangte zum Herzog, und sich zugleich den falschen Bart wie die schwarze Kapuze herunterreißend, verneigte er sich vor ihm:

»Ich komme, um Rechenschaft über meine Mission abzulegen, Monseigneur, und das mit um so größerer Freude, als sie hiermit glücklich beendet ist.«

Gleichzeitig warf er Cathérines Kapuze zurück, und die junge Frau versank in eine Reverenz.

»Seht her, Monseigneur!«

Philippes düsteres Gesicht hellte sich auf.

»Da seid Ihr endlich, Saint Rémy. Ich begann wahrhaftig schon zu fürchten, meinen Wappenkönig verloren zu haben. Und Ihr auch, Madame? ... Welche Freude, Euch so lebendig wiederzusehen!«

Er bückte sich, um Cathérine aufzuheben, und sein Blick tauchte dabei tief in die Augen der jungen Frau.

»Ihr werdet mir vieles zu erklären haben, meine Liebe, wenn wir mit denen hier fertig sein werden.«

Sich ihres Versprechens an Dame Béatrice erinnernd, faltete sie die Hände und bat:

»Habt Mitleid, Monseigneur, zeigt Euch milde! Es brauchte so wenig, daß Brügge wieder die treueste Eurer Städte würde …«

Mit einer kategorischen Geste hinderte er sie, weiterzusprechen.

»Kein Wort mehr darüber! Wenn ich hier bin, dann zum Teil, um Euch zu retten, und ich hätte es mir ersparen können, wenn Ihr nicht auf die Idee gekommen wärt, Euch in dieses Wespennest zu stürzen! Jetzt bleibt hier und erwartet mich mit Saint Rémy und Euren Leuten. Ich werde Euch benachrichtigen lassen, sobald ich mich der Stadt bemächtigt habe.«

Wortlos zog der Wappenkönig seine Freundin zur Wachstube des Tors, um sie dort eintreten zu lassen, doch sie sträubte sich, weil sie um jeden Preis sehen wollte, was geschehen würde. Indessen ging der Herzog mit seinen Herren und den Notabeln weiter, deren flehende Stimmen sich noch immer erhoben. Doch er antwortete ihnen nicht und marschierte, ein kaltes Lächeln um die Lippen, unablässig voran.

»Das gefällt mir nicht«, murmelte Saint Rémy. »Er ist seiner zu sicher und hat zu wenig Leute mitgenommen. Vierzehn- oder fünfzehnhundert Pikarden dürften nicht genügen, um ihm Brügge auszuliefern. Ich hoffe, der Rest der Armee kommt hinterher.«

Tatsächlich ließ sich nun auf der Straße, von bunten Bannern und Panieren überflattert, eine neue eiserne Welle erkennen, die schnell vorrückte. Doch plötzlich sahen die falschen Mönche nichts mehr. Eine Flut von Menschen drängte, Racheschreie ausstoßend, vom Wall herunter, und bevor die ankommenden Bogenschützen noch begriffen hatten, was sich da abspielte, hatten sich zwanzig Arme der Winde des Fallgatters bemächtigt, das mit einem apokalyptischen Knirschen und Krachen herabfiel.

»Großer Gott«, hauchte Cathérine. »Der Herzog ist jetzt vom Rest der Armee abgeschnitten!«

»Er muß benachrichtigt werden!« sagte Gauthier, zu Saint Rémy gewandt. »Eilt Euch, Messire, auf Euch wird er hören. Bérenger und ich werden genügen, um über Dame Cathérine zu wachen.«

Im selben Moment, in dem er dies sagte, tauchte besagter Bérenger, der dem Herzog gefolgt war, im Laufschritt auf und entdeckte das gesenkte Fallgatter.

»Wer hat dieses Tor geschlossen?«

Gauthier wies auf die mit Knüppeln und allerlei Werkzeug bewaffneten Männer und Frauen, die mit entschlossenen Mienen am Tor Posten bezogen hatten.

»Es muß geöffnet werden!« jammerte der Page. »Sofort! Der Herzog kommt zurück! Oh, mein Gott, es ist entsetzlich! Sie werden uns alle niedermetzeln!«

Er berichtete sodann, was er gesehen hatte. Der Sire de Lichtervelde, der vom Herzog zur Erkundung bis zum Markt vorausgeschickt worden war, hatte ihn völlig leer gefunden und, mit seinen Männern von dort zurückkehrend, um seinen Herrn zu unterrichten, diesem zugerufen: »Wir haben die Stadt eingenommen! Monseigneur hat ihr seinen Willen aufgezwungen!« Doch im gleichen Moment hatte sich von irgendwoher eine weithin hallende Stimme erhoben:

»Schrei nicht zu schnell Sieg! Weißt du, wie viele Männer allein die Mauern der Hallen umschließen können?«

Und plötzlich waren von überallher Männer, Frauen, Greise, ja selbst Kinder aufgetaucht, die Knüppel, Messer, Beile, manche sogar Bogen und Pfeile in Händen hielten. Aus allen Gassen waren sie gekommen, aus allen Häusern deren Fenster sich mit feindseligen Gesichtern füllten. Überzeugt, kämpfen zu müssen, hatte Philippe seinen Bogenschützen befohlen zu schießen, und ein Hagel von Pfeilen war mehr oder weniger auf gut Glück auf die Menschenmenge niedergeprasselt. Das Unglück hatte es gewollt, daß auch Frauen und Greise getroffen wurden. Ein Kind war von einem Dach gestürzt, ein junges Mädchen aus einem Fenster. Der Herzog selbst hatte sein Schwert gezogen und einen Bürger gefällt, der seinem Pferd an den Hals gesprungen war …

»Er zieht sich zurück!« stöhnte Bérenger zum Schluß. »Er kommt hierher! Die ganze Stadt wird über uns herfallen. Hört nur!«

Die Stöße des Windes trugen jetzt das rasende Geläut der Alarmglocke herüber.

»Wir müssen diese Gatter öffnen!« rief Saint Rémy. »Sie

werden Monseigneur massakrieren. Und wir haben nicht einmal Waffen.«

»Ihr habt eine«, widersprach Gauthier. »Eure Mönchskutte. Redet zu ihnen!«

Das hölzerne Kruzifix, das er um den Hals trug, über seinen Kopf erhebend, stürzte Saint Rémy zu denen, die das Tor bewachten.

»Meine Brüder, meine Brüder! Seid bedacht, Gott nicht zu beleidigen, indem Ihr Euren natürlichen Herrn hier zurückhaltet! Meine Brüder ...«

Geschrei und Hohngelächter antworteten ihm, doch er fuhr unerschrocken fort, ermutigt durch das Wissen, daß niemand es wagen würde, sich an einem Mönch zu vergreifen.

Aber es war fast schon zu spät. Die Gruppe der Herren und der Soldaten, die Philippe begleiteten, flutete schon, unablässig kämpfend, zum Tor zurück. Trotz der Harnische und der Pferde, die eher hinderlich als von Vorteil waren, denn in diesem Gedränge ließen sie sich nur schwer lenken, war die Ungleichheit der Kräfte tragisch. Außerdem war nicht zu sehen, was aus der ersten Pikarden-Abteilung geworden war, und in wenigen Augenblikken würde der Herzog, dessen schwarze Kappe und blitzend wirbelndes Schwert man sah, vor dem Fallgatter angelangt sein.

Da sprang Saint Rémy auf einen von denen zu, denen er eben noch gepredigt hatte, entriß ihm sein Beil und schlug auf ihn ein. Gauthier folgte seinem Beispiel, bemächtigte sich eines Hammers und unterstützte ihn nach Kräften. Gegen die Mauer der Wölbung gepreßt, sah Cathérine entsetzt Blut fließen, Tote fallen, selbst durch Bérenger geschützt, der sie mutig mit seinem Körper deckte, entschlossen, für seine Herrin notfalls zu sterben, wie es einem Pagen von guter Rasse zukam.

Das Handgemenge vor ihr war erbittert. Plötzlich warf sich ein Mann mit ausgebreiteten Armen zwischen den Fürsten und die rasende Menge.

»Ich bitte euch, ich flehe euch an! Überlegt, was ihr tun wollt! Dies ist euer Herr, und ihr habt nicht das Recht, ihn anzutasten! Gott wird euch strafen, und die Rache Burgunds wird für immer unsere Stadt zerstören!«

Es war Luis van de Walle. Blutig und mit zerrissener Kleidung versuchte er verzweifelt, das Schlimmste, die Ermordung Philippes, abzuwenden. Doch niemand wollte auf ihn hören.

Saint Rémy und Gauthier war es indessen geglückt, zum Fallgatter vorzudringen, und während der Chevalier die in Respekt hielt, die sich zu widersetzen versuchten, bemühte sich Gauthier, das mächtige eiserne Gatter zu heben, aber es war unmöglich.

»Sie haben es mit einer Kette gesichert«, schrie er, »und die Winde rührt sich nicht! Das Schloß, das die Kette hält, muß zerbrochen werden!«

Mit seinem Hammer schlug er mit aller Kraft auf das Schloß, erzeugte jedoch nur Funken, ohne daß das Metall nachgegeben hätte.

»Ihr werdet es nur verbiegen!« ließ Cathérine sich vernehmen, die mit Bérenger zu ihm gestoßen war. »Wir brauchen eine Kneifzange!«

»Beeil dich!« rief Saint Rémy, der sich noch immer mit seinem Beil abmühte. »Sie werden uns alle umbringen!«

Mit dem Herzog und einer Handvoll Überlebender gegen das Gatter zurückgedrängt, machten sie Front gegen das tobende menschliche Meer, während von draußen die Soldaten Burgunds auf diejenigen ihre Pfeile abschossen, die den Wehrgang besetzt hielten und sie daran zu hindern suchten, sich dem Tor zu nähern.

»Es wird uns nie gelingen!« ächzte Gauthier.

Doch plötzlich drängte sich jemand an seine Seite: der Bürgermeister, der einen mit einer starken Kneifzange bewaffneten Arbeiter hinter sich her zerrte.

»Zerbrich dieses Schloß!« befahl er ihm.

Der Mann zögerte erschrocken.

»Wenn ich gehorche, bringen sie mich um!«

»Du wirst sofort erledigt sein, wenn du nicht gehorchst!« knurrte Saint Rémy und setzte ihm einen Dolch an die Kehle, den er der Leiche eines Soldaten abgenommen hatte.

Der Mann machte sich eilends an die Arbeit, und von Gauthier und Bérenger unterstützt, gelang es ihm, das Schloß aufzubrechen. Einen Moment später wurde das Fallgatter unter dem Triumphgeschrei der außerhalb der Stadt verbliebenen Pikarden aufgezogen. Diese stürmten das Tor, umringten den Herzog und die Handvoll der ihm verbliebenen Getreuen, doch als sie sich anschickten, darauf die Menge anzugreifen, erhob sich die überraschend kühle Stimme des Fürsten:

»Wir ziehen uns zurück! Gegen hunderttausend Wahnwitzige können wir nicht kämpfen!«

Ohne hinzusehen, als habe er immer gewußt, wo sie sich befand, ergriff er Cathérines Arm, zog sie empor, und unversehens fand sie sich hinter ihm auf der Kruppe. Die Reihen der Soldaten öffneten sich für ihn, und die Sporen gebend, überquerte er die Zugbrücke, deren Planken unter den Hufen des Pferdes erdröhnten.

Doch auf der anderen Seite der breiten Gräben angelangt und einige Klafter entfernt, zügelte er sein Pferd, wandte sich um und ließ seinem Zorn freien Lauf.

»Du zwingst mich, noch einmal zu fliehen, verdammte Stadt«, schrie er, »wie du mich vor Calais gezwungen hast! Diesmal verzeihe ich es dir nicht! Wenn ich zurückkehre ... und das wird kaum lange dauern, wisse, daß du von mir weder Mitleid noch Gnade zu erwarten hast!« *

Und schäumend vor Wut ritt er in schnellem Galopp in Richtung auf Roeselare davon, hinter sich die nervös schluchzende Cathérine, die sich an seinen Rücken lehnte und ihre Arme um seine Taille schlang, und gefolgt vom Triumphgeschrei der Brügger, von ihren Hohnrufen und Schwüren, daß der Hafen von Sluis bald wieder ihnen gehören würde ...

Im Schloß von Roeselare, wohin er zurückgekehrt war, ließ Philippes Zorn nicht nach. Während des ganzen Ritts hatte er den Mund nicht aufgetan, und bei seiner Ankunft in schon dunkler Nacht war er von seinem Pferd gesprungen, hatte sich mit der erschöpften Cathérine in seinem Zimmer eingeschlossen und sich jede Störung verbeten, so wichtig die Angelegenheit auch sein möge, die man ihm mitzuteilen habe.

Dann war er mit auf dem Rücken verknoteten Händen wie ein Tier im Käfig auf und ab gegangen, seine Wut und seine Schande wiederkäuend. Cathérine, die sich, halb erfroren, dem flammenden Feuer im Kamin genähert hatte, konnte ihn zwischen den Zähnen scheinbar zusammenhanglose Worte murmeln hören. Sie hatte ihn nie

* Im folgenden März bemühte sich das durch den Abfall Gents völlig isolierte Brügge um die Vergebung des Herzogs, die er widerwillig gewährte. Am 11. März 1438 nahm sein Abgesandter Jean de Clèves Besitz von der Stadt und ließ die Rädelsführer der Revolte hinrichten. Nur die Intervention Herzogin Isabelles rettete im letzten Moment Louis und Gertrude van de Walle, deren Sohn am Tage zuvor enthauptet worden war.

in solchem Zustand gesehen, und einen Moment befiel sie die Angst, daß er im Begriff sei, den Verstand zu verlieren.

Doch als er endlich zum Feuer trat, sich auf einen Schemel sinken ließ und sein Gesicht in seinen Händen vergrub, wagte sie schüchtern, ihn anzusprechen:

»Monseigneur! Ihr habt einen schrecklichen Tag hinter Euch ... Euer Herz und Euer Stolz bluten, aber Ihr dürft Euch nicht so der Verzweiflung überlassen. Ihr seid ein großer Fürst ...«

Er zuckte zusammen, als attackiere ihn ein Bienenschwarm.

»Ein großer Fürst, den eine Handvoll Spießbürger und Hurenjäger von seinem Besitz jagen kann! Ein großer Fürst, der seine Leute in der Gewalt der Rebellen läßt! Weißt du, was mich dieser Tag kostet? Wenigstens zweihundert Gefangene, Tote, die ich noch nicht zählen kann, unter ihnen einer meiner besten Hauptleute. Weißt du, daß Jean de Villiers de l'Isle-Adam nahe der Saint-Julien-Kapelle, vom Hammer eines Schmieds getroffen, gefallen ist? L'Isle-Adam, dessen Ahnherr in der Schlacht von Roosebeke das Lilienbanner trug? L'Isle-Adam, Ritter des Goldenen Vlieses, ermordet von Lumpenkerlen? Und du sagst, ich sei ein großer Fürst? Wenn ich es wäre, könnte ich eine gewaltige Armee zusammenziehen und morgen zum Angriff auf diese Hure von einer Stadt zurückkehren, sie erobern, in Strömen von Blut ertränken und ihre Mauern schleifen! Aber ich werde Monate brauchen, um eine Armee zu versammeln, die gerade ausreicht, sie zu belagern. Und sie weiß es, die Dirne! Und trotzt mir, mir, mir, den man den Großherzog des Okzidents nennt!«

Er verstummte jäh, brach in fast krampfhaftes Schluchzen aus, begann zu weinen, wie Cathérine nie zuvor einen Mann hatte weinen sehen, selbst ihn nicht, dem leicht die Tränen kamen. Es war etwas vom Krokodil in diesem Fürsten, der auf Verlangen weinen konnte, und der im übrigen die Tränen zum Rang einer diplomatischen Waffe erhoben hatte. Doch an diesem Abend war nichts Berechnendes an ihnen, und sie ergossen sich, von wütendem Schluchzen unterbrochen, mit der Gewalt einer Flut, die ihre Deiche durchbrochen hat.

Durch die Heftigkeit des Anfalls erschreckt, zog sich Cathérine in die tiefe Nische eines der Fenster zurück und bemühte sich, nach draußen zu blicken. Nichts war im dichten Dunkel der Nacht zu sehen, nur die im Lichtschein aufglitzernden hauchdünnen Schnüre eines unaufhörlichen Regens unmittelbar vor den Scheiben. Die junge Frau dachte, es sei besser, Philippe sich ausweinen zu lassen, denn die Tränen tragen oft die Bitterkeit der Seele mit sich fort. Hätte sie es gekonnt, wäre sie hinausgegangen, nicht um sich zu entfernen, sondern um den so tief verletzten Stolz dieses Fürsten zu schonen, der ihr später vielleicht zürnen würde, weil sie Zeugin seiner Verzweiflung gewesen war.

Nach und nach beruhigte sich übrigens das Schluchzen. Nur das Knistern des Feuers belebte die Stille. Dann, plötzlich, erklang die heisere Stimme Philippes:

»Wo bist du? Komm zu mir!«

Sie verließ ihren Zufluchtsort fast mit Bedauern.

»Ich glaubte, du hättest mich verlassen. Komm näher ... komm!«

Er hatte sich erhoben, lief zu ihr, umfing sie mit seinen Armen, barg sein tränennasses Gesicht an ihrem Hals.

»Ich muß vergessen! Du mußt mir helfen, Cathérine!«

Er bedeckte ihren Hals, ihre Wangen, ihr Antlitz mit wilden Küssen, ohne anscheinend zu bemerken, daß sie sie nicht erwiderte und in seinen Armen kalt und gefühllos wie eine Puppe blieb.

»Was kann ich tun?«

Die mit sanfter, aber zu gelassener Stimme gestellte Frage wirkte auf seine Leidenschaft wie eisiges Wasser. Er ließ sie los und betrachtete sie verblüfft.

»Was du tun kannst? Mir helfen zu vergessen, und du weißt sehr gut, wie. Gib mir deinen Körper, lieben wir uns bis zur Erschöpfung. Zieh diesen entsetzlichen Plunder aus, löse dein Haar! Ich brauche das Lichte deines Fleisches, seine Süße, seine Wärme ...«

Mit fiebrigen Händen löste er den Strick der schwarzen Kutte, der ihre Taille umspannte, fühlte sich genarrt, als er darunter noch ein anderes schwarzes Gewand entdeckte.

»Hilf mir doch, ich bitte dich!«

»Nein! Wenn Ihr mich nehmen wollt, nehmt mich, aber zählt nicht darauf, daß ich Euch dabei helfe!«

Er prallte zurück, als hätte sie ihn geohrfeigt, und sie sah, wie die Adern seiner Schläfen in einem neuen Zornanfall schwollen.

»Du willst nicht die meine sein? Du weigerst dich, du, meine Mätresse?«

»Ich bin nicht mehr Eure Mätresse! Erinnert Euch, Philipp: In Lille sagte ich Euch, daß es sich um ein Adieu handelte … einen endgültigen Abschied. Ich habe nicht die Gewohnheit, Abschiede zu wiederholen.«

»Dann hättest du nicht in meinen Staaten bleiben dürfen. Du hättest nach Hause zurückkehren müssen, wie du gesagt hattest. Ich glaubte dich schon fern, und statt dessen erfuhr ich, daß du in Brügge und schwanger bist – von mir, was wirklich der Gipfel ist! –, daß man dich als Geisel gefangen halte, als Tauschobjekt gegen ihre verdammten Privilegien, die ich ihnen nie zurückgeben werde! Von wem warst du schwanger?«

Das war ganz er, sich aus dieser dramatischen Periode ausgerechnet nach diesem männlichen Detail zu erkundigen.

»Glaubt Ihr, daß das wichtig ist?«

»Für mich ja! Als du dich mir in der Nacht der Könige gabst, hofftest du zweifellos, mich eine Vaterschaft übernehmen zu lassen, die du nicht bekennen wolltest.«

Respektlos zuckte sie die Schultern.

»Als intelligentester Fürst der Christenheit sagt Ihr erstaunliche Plattheiten. Und ich glaube, Ihr kennt mich besser. Wenn Ihr alles wissen wollt: Ich bin … ich weiß nicht von wie vielen betrunkenen Soldaten in Eurer guten Stadt Dijon vergewaltigt worden, und ich wollte diese Scheußlichkeit aus meinem Körper reißen lassen. Man hatte mir von einer gewissen Florentinerin erzählt, und sie war es, die ich in Brügge aufsuchen wollte. Und als ich auf dem Weg dorthin Lille durchquerte, habe ich Euch wiedergesehen … und mich verlangte danach zu wissen, ob der alte Zauber von einst zugleich meinen Körper und mein Herz heilen könnte. Ihr seid mein erster Geliebter gewesen, Philippe … und nie hat eine Frau einen wundervolleren Geliebten gehabt als Euch. In dieser Nacht habt Ihr mich, ohne es zu ahnen, mir selbst und dem Leben wiedergegeben, das ich nicht mehr wollte. Werft es mir nicht vor, das wäre billig.«

Er trat wieder zu ihr, suchte sie von neuem an sich zu ziehen.

»Warum weigerst du dich dann jetzt? Sieh dieses mit Pelzwerk bedeckte Bett, sieh dieses warme Zimmer, den schönen Schein des Feuers. Erinnere dich daran, wie glücklich wir in Lille gewesen sind, erinnere dich an unsere

Freude, unsere Zärtlichkeiten. Ich habe dir noch soviel an Zärtlichkeit zu geben, und du wirst mir im Austausch Frieden, Ruhe, Vergessen schenken.«

»Frieden? Vergessen? Was vergessen? Das, was Ihr heute getan habt?«

»Was ich getan habe? Ich habe dich gerettet, wir mir scheint!«

»Ja, Ihr habt mich gerettet ... ganz nebenbei! Die, die mich wirklich retteten, das wart nicht Ihr, das war Saint Rémy, das war der Prior der Augustiner, war Dame Béatrice, die Grande Dame der Beghinengemeinde, die mich gepflegt hat. Was Ihr getan habt, will ich Euch sagen: Unter Mißachtung des gegebenen Wortes habt Ihr Eure Soldaten zum Sturm gegen eine Stadt geführt, die sich vor Euch geöffnet hatte. Ihr habt auf die Menge schießen lassen. Frauen und Kinder sind unter den Pfeilen Eurer Bogenschützen gefallen. Damit habt ihr Verzweiflung entfesselt, die zur schlimmsten Wut wird, und Ihr habt fast Euer Blut mit dem Eurer Opfer vermischt. In der Tat, nicht Ihr wart es, der mich gerettet hat, es waren meine Gefährten, die für Euch das Fallgatter öffneten und Euch erlaubten, mich mit Euch zu nehmen!«

»Mir gibst du also Unrecht? Mir, dem Fürsten, den sie seit Monaten verhöhnt und lächerlich gemacht haben?«

»Ja ... und das trotz ihrer großen und zahlreichen Fehler! Ihr seht, daß ich gerecht bin. Ich gebe Euch Unrecht, weil Ihr der Großherzog des Okzidents seid, weil Ihr stark seid und von überlegener Intelligenz. Weil Euer Geist Euch den Weg hätte zeigen müssen, Brügge ohne Blutvergießen und vor allem ohne diese tödliche Betrügerei zu unterwerfen. Wenn Kinder schlecht erzogen sind, hält man sich im allgemeinen nicht an sie, sondern an die Eltern, weil sie Vernunft und Erfahrung besitzen. Gewiß, man muß zu strafen wissen – aber Erbarmen, Monseigneur, ist ein so schönes Wort! Es ist wahr, daß es nur Gott zu gehören scheint.«

Die Stille, die sich ausbreitete, als sie schwieg, erschien ihr riesig, erdrückend. Der Herzog hatte sich halb von ihr abgewandt und starrte, vor dem Kamin stehend, in die Flammen ... mit Augen, in denen Cathérine wieder Tränen sah. Es war nicht mehr die Sintflut von vorhin. Es war ein langsames, lautloses Rinnen über die fahlen, von Müdigkeit gefurchten Wangen, und diesem Kummer, der sich nicht zeigte, gelang es, ihr Mitleid zu wecken.

»Verzeiht mir«, sagte sie leise. »Aber jemand mußte Euch das sagen. Ihr wißt es, ich habe nie gut zu lügen oder auch nur meine Gefühle zu verbergen verstanden.«

Er bewegte seine Schultern, wie um sich von einer Bürde zu befreien, dann noch immer ohne sie anzusehen:

»Du liebst mich nicht mehr«, sagte er schmerzlich.

»Auch Ihr liebt mich nicht mehr, Monseigneur, trotz allem, was Ihr denken mögt, trotz jener Zimmer, die Ihr nach dem Bilde des meinen eingerichtet habt, trotz jener sinnlosen Porträts! Eure Liebe bestand aus Stolz, aus Sinnlichkeit ... Sie kam nicht wirklich vom Herzen, denn seht Ihr, wenn man wahrhaft liebt, kann man alles dem geliebten Wesen opfern, alles ohne Bedauern, ohne Vorbehalt geben. Einst habt Ihr mich vielleicht so geliebt ... jetzt nicht mehr, und das ist sehr gut so, denn im Grunde kann man nur seine Kinder mit dieser ausschließlichen Liebe lieben ... Nun bitte ich Euch um Erlaubnis, mich zurückziehen zu dürfen. Ich möchte meinen Stallmeister und meinen Pagen suchen, in Erfahrung bringen, ob sie, wie ich hoffe, mit Saint Rémy hier angelangt sind, und dann ... mir ein wenig Ruhe gönnen, bevor ich meinen Weg wieder aufnehme.«

»Ihr wollt schon fort?«

»Ja, es ist besser so. Es ist überflüssig, daß man mich bei Euch weiß ... und der Weg, der zu meinen Bergen führt, ist lang.«

Er ließ einen Seufzer hören, der aus den tiefsten Tiefen seiner Brust zu kommen schien.

»Nun gut, verlaßt mich, da nichts Euch zu halten vermag! Ich werde Befehle geben, die Euch eine so ruhige Reise wie nur möglich sichern sollen.«

Er hatte sich ihr wieder ganz zugewandt und sah ihr entgegen. Sie näherte sich ihm, beugte sich, kniete nieder.

»Adieu, Monseigneur ...«

Er protestierte durch eine Geste.

»Warum adieu? Frankreich und Burgund leben miteinander in Frieden ... Warum sollte ich dazu verurteilt sein, Euch nicht mehr zu sehen? Was Ihr auch denken mögt ... ich werde immer unendlich glücklich sein ...«

»Nun dann ... wie es Gott gefällt!«

Sie küßte die Hand des Fürsten, dann erhob sie sich und verließ das Zimmer, ohne sich umzudrehen, ja selbst sich weigernd, den Seufzer zu hören, der ihr folgte. Dieses Blatt ihres Lebens mußte endgültig umgewendet werden.

Dritter Teil
Der Herr von Montsalvy

Geschlossene Tore

Bérenger sang. Die Stimme des Jünglings hatte die zarte Frische der Kindheit verloren, fand aber schon, wenn auch noch ein wenig rauh durch den zu Ende gehenden Stimmbruch, warme, volle Töne, die angenehm tremolierten, wenn er fröhlich war wie in diesem Moment.

»Quan vey la lanzeta mover
De joy sas alas contra'l rai,
Que s'oblida e's laissa cazer
Per la doussor qu'al cor li vay,
Aï! tan grans enveya m'en ve
De cui qu'eu veya jauzion
Meravilhas ay, quar desse
La cor de dezirier no'm fon.« *

Die Langue d'oc, klangvoll und musikalisch, und vor allem Bérengers Gesang verliehen dem berühmten Lied Bernard de Ventadours eine Fröhlichkeit, mit der der eher melancholische Text nicht so recht in Einklang stand, aber der Page liebte dieses Lied, und er gab es kraftvoll den Echos seiner heimatlichen Berge preis.

* Wenn ich sehe, wie die Lerche
vor Freude ihre Flügel regt im Gegenlicht,
drauf sich vergißt, sich fallen läßt
vor Süße, die ins Herz ihr dringt,
dann, ach, ich fühle wachsen Neid
auf alle, die ich glücklich seh'.
Es ist ein Wunder, daß im Augenblick
mir vor Verlangen nicht das Herze schmilzt.

Die lange Reise neigte sich ihrem Ende zu. Sie hatten mehr als einen Monat gebraucht, um aus den Ebenen Flanderns zurückzukehren und dabei das Gebiet nördlich von Paris zu vermeiden, wo es den Truppen des Konnetabel de Richmont noch immer nicht ganz gelungen war, das Vexin sowie die Grenzbereiche der Pikardie und der Champagne von den letzten englischen Garnisonen und den Soldaten Jean de Luxembourgs zu säubern, des störrischen burgundischen Generals, des einzigen seiner Partei, den der Vertrag von Arras nicht befriedigt hatte. Und es war bei Sonnenuntergang eines Juliabends voller Wärme, Bienensummen und dem Duft von Blaubeeren, daß Cathérine, Gauthier und Bérenger ihre letzte Etappe beendeten. Aber wie lange brauchte man doch für diese letzte Meile der letzten Etappe!

Seit dem Kreuz von Thérondels zog sich die schmale und holprige, von Aurillac nach Rodez führende alte römische Straße höchst launisch dahin, schlängelte sich an Bergrükken entlang, dicht bewachsen mit Kastanien, deren bizarre Blüten wie Sterne für Heilige Könige auf der Suche nach göttlicher Wahrheit geformt waren. Sie war verlassen, doch zuweilen überquerte sie die wollige Flut einer Herde Schafe auf dem Wege zu den hochgelegenen Weiden. Der Hirt grüßte die Reisenden mit einer Handbewegung, pfiff dann seinen Hunden und nahm den Anstieg durch die Geröllrinnen mit seinem langsmen, regelmäßigen Schritt wieder auf.

Bei dem Gedanken an das, was sie in Montsalvy erwartete, schlug Cathérines Herz vor Hoffnung wie vor Angst schneller. Hoffnung auf das endlich wiedergefundene Heim, auf das Lachen ihrer Kinder, Saras warme Umarmung, den Empfang durch die kleinen Leute, die sie liebten. Angst vor dem ersten Wort, der ersten Geste Arnauds. Würde er sie fortjagen, wie er geschworen hatte, sie zurückstoßen ins Ungewisse, in Abenteuer ohne Ende, oder hatte ihm der sanfte, verläßliche Einfluß Abbé Bernards schließlich doch die Augen geöffnet, ihm begreiflich gemacht, daß seine Gattin nicht das Schlimme verdiente, das er ihr antat? Aber vielleicht befand er sich auch gar nicht im Schloß? Die letzten Tage ihrer Reise hatten in der Tat der jungen Frau so manches Unerwartete über die Ereignisse in Frankreich beigebracht.

So hatten die Reisenden, als sie vor zwei Tagen in Aurillac eingetroffen waren, um dort im Gästehaus der Abtei

Saint Géraud Rast zu halten, die Stadt zu ihrer Überraschung mitten in einem Fest angetroffen. Die Ratsherren hatten öffentliche Gebete, nicht weniger öffentliche Schlemmereien und Freudenfeuer angeordnet, um die endgültige Niederlage des gefährlichsten, hartnäckigsten Feindes der Stadt während der letzten zwanzig Jahre zu feiern, des Aasgeiers, der so lange in ihrem Himmel seine drohenden Kreise gezogen hatte: des Plünderers Rodrigue de Villandrado.

Nach der Rückkehr von seiner langen Rundreise durch Frankreich, die ihn und den Dauphin Louis bis ins Languedoc geführt hatte, war Karl VII. nämlich berichtet worden, daß der Kastilier, von seiner Abwesenheit profitierend, es gewagt hatte, ins Berry einzudringen und die Touraine zu bedrohen, die Touraine, in der Königin Marie und die Dauphine Marguerite von Schottland residierten. Man hatte sein verfluchtes Banner in Châtillon-sur-Indre, nur acht Meilen von Loches entfernt, gesehen.

Die Verheerungen und Brände, die seinen Weg begleiteten, hatten die königlichen Residenzen alarmiert, und die beiden Fürstinnen hatten dem Kastilier zweimal geschrieben und ihn ersucht, sich zu entfernen. Was er natürlich nicht getan hatte. Die Partie stand auch zu gut für ihn: Der Konnetabel de Richemont war noch damit beschäftigt, rings um Paris Ordnung zu schaffen, wo die Garnisonen von Saint Denis, Vincennes und Lagny meuterten und sich anschickten, ebenso und gründlicher zu plündern als die Engländer selbst.

Vielleicht zum erstenmal in seinem Leben (es solte jedoch nicht das letzte Mal bleiben!) geriet der König darauf in gewaltigen Zorn und hatte Truppen in Eilmärschen zur Loire befohlen. Als seine Quartiermacher im Schloß von Hérisson auf bourbonischem Gebiet und nicht weit von der Stadt Montluçon eintrafen, um die Unterkunft ihres Herrn vorzubereiten, wurden sie von Villandrados Leuten überrascht, ausgeplündert und kampfunfähig gemacht. Das war höchst unklug, denn der König führte aus dem Süden eine stattliche Armee heran, zum großen Teil aus Provenzalen und Leuten aus dem Armagnac bestehend. Er stürmte auf die Plünderer los und zwang sie, jenseits der Saône auf einem Gebiet Zuflucht zu suchen, das seinem Schwager, dem Herzog von Bourbon gehörte. Danach wurde Rodrigue feierlich aus dem Königreich verbannt. Bei Zuwiderhandlung drohte ihm der Tod durch das Beil. Es blieb ihm nichts anderes übrig, als in seine spanische Grafschaft Ribadeo zurückzukehren und sich dort vergessen zu lassen. Das war es, was die Leute von Aurillac feierten, glücklich, für immer von dieser Drohung befreit zu sein, doch Cathérine hatte aus der Geschichte eine ganz persönliche Folgerung gezogen.

Da der König sich nun als Führer im Krieg erwiesen hatte, denn er hatte sich endlich dazu aufgeschwungen, selbst Hand anzulegen und die Befreiung seines Königreiches in Person durchzuführen, und da er nun, wie es hieß, Montereau-faut-Yonne belagern würde, wo der englische Hauptmann Thomas Guérard eine starke Garnison befehligte, hatte Arnaud dem Ruf des Krieges, seiner unersättlichen Geliebten, gewiß nicht widerstehen können und war sicher von neuem aufgebrochen, um seinen Frieden mit seinem König zu machen und seinen Platz unter den Hauptleuten wieder einzunehmen.

Um die Wahrheit zu sagen: Die Aussicht, Montsalvy ohne seinen Herrn und der intelligenten Leitung seines Mit-Herrn, des Abbé Bernard, überlassen wiederzufinden, käme ihr ganz gelegen. Es ließe ihr Zeit, sich mit dem Abbé auszusprechen, zu hören, was die Leute Montsalvys ihr über Arnauds Verhalten zu sagen hätten und ihre eigene Position für den Tag seiner Rückkehr vorzubereiten. Und es wäre, alles in allem recht angenehm, nach so langer Reise die Ruhe ihres Hauses wiederzufinden, ohne erst eins der stürmischen Rededuelle erdulden zu müssen, in die Arnaud sie so gut zu verstricken wußte. Eine Nacht ruhigen Schlafes wäre jetzt unschätzbar.

Bérenger sang noch immer an der Spitze des kleinen Zuges, die Zügel locker auf dem Hals seines Pferdes, das brav dem Wege folgte. Doch plötzlich hielt er an, richtete sich in den Steigbügeln auf und wies auf einen hochgelegenen Punkt vor ihm.

»Seht, Dame Cathérine, dort ist die große Eiche des Puy de l'Arbre! Wir sind fast da!«

Das Herz der jungen Frau klopfte stürmisch. Der Page hatte recht: noch ein paar Schritte durch das Kastanienwäldchen vor ihnen, und nach einer weiten Biegung würde man die nicht sehr eleganten, aber soliden Türme Montsalvys und seine Mauern aus Lavastein sehen, starrend von spitz zugeschnittenen Faßdauben. Hatte man den Puy de l'Arbre hinter sich, fiel die Straße sanft zu dem kleinen Vorort Saint Antoine ab, an dessen Ende sich das Aurillac-Tor öffnete, wo das Wegegeld erhoben wurde.* Dann würde der Glockenturm der Abtei auftauchen, und dahinter ragten die stolzen Türme des Schlosses, die Cathérine selbst hatte errichten lassen, mit ihren strengen, reinen Linien und ihren Wehrgängen ... und dem Gewucher von Kletterpflanzen, die Sara beharrlich an die Mauern gepflanzt hatte, als handle es sich um das Haus eines Chorherrn ...

»Ihr werdet sehen, Gauthier«, sagte Cathérine zu ihrem Stallmeister, der diese für ihn so neue Landschaft mit leidenschaftlichen Augen betrachtete, »Ihr werdet unsere Auvergne lieben und ihre Bewohner noch mehr. Es gibt hier einen Adel, der aus der Erde selbst sprießt. Er besteht aus Mut, Glaube, gesundem Verstand und echter Großherzigkeit. Hier weiß man, Treue zu wahren, ohne sich als Sklave zu fühlen, zu dienen, ohne sich für etwas Minderes zu halten ... ganz davon zu schweigen, daß manche unserer Mädchen sehr hübsch sind!«

Sie hatten die Waldecke hinter sich gelassen, als Töne einer dünnen, näselnd-melancholischen Musik bis zu ihnen drangen und Bérenger vor Freude erbeben ließen.

»Hört Ihr, Dame Cathérine? Man spielt uns eine kleine Cabrette-Melodie** zu unserer Heimkehr!«

Und unfähig, seine Ungeduld zu zügeln, gab er seinem Pferd die Sporen und galoppierte davon. Cathérine folgte ihm mit Gauthier, und am Ausgang der Wegbiegung fand sie ihren Pagen bei einem kleinen, zurückgeblieben wirkenden, buckligen Mann in braunem Bauernkittel, den er freudig umarmte.

»Seht, Dame Cathérine«, rief er, als er seine Herrin gewahrte, »das ist unser Trottel, Etienne la Cabrette ... er hat unsere Willkommens-Serenade geblasen. Und da ist auch Jaquot ... aber was hast du denn?«

Den Buckligen loslassend, hatte er sich einem ebenfalls wie ein Bauer gekleideten jungen Mann zugewandt. Cathérine kannte diesen Burschen gut, er war der älteste Sohn Antoine Malvezins, des Wachsziehers von Montsalvy, und dennoch kam er nicht mit einem Willkommenslächeln auf

* Pforte zu der erst 1589 mit der Krone vereinten Rouergue, war Montsalvy eine Art Zollstation zwischen Aurillac und Rodez.
** Cabrette = Dialektform für chevrette: auvergnatischer Dudelsack.

sie zu, sondern starrte sie mit einer Art von Panik an und … ja wahrhaftig, auch Tränen in den Augen!

»Dame Cathérine«, stammelte er, »Dame Cathérine! Es ist nicht wahr! Das konnte auch nur mir passieren!«

Bérenger schüttelte ihn bereits, als wolle er ihn aus einem Alptraum wecken.

»Ist irgendwas, Jacquot? Natürlich, es ist Dame Cathérine … und das bin ich, Bérenger de Roquemaurel! Wir waren Freunde, bevor ich fortging.«

»Oh, ich erkenne Euch genau«, stöhnte Jacquot. »Aber daß gerade ich es bin, der sagen muß …«

Jacquots Benehmen war so ungewöhnlich, daß Cathérine von ihrem Pferd sprang und sich ihm nähern wollte, aber bei jedem Schritt, den sie tat, wich der junge Mann zurück, und seine Tränen flossen reichlicher.

»Jacques!« rief sie ungeduldig. »Was bedeutet diese Komödie? Ihr starrt mich an, als sei ich der Teufel!«

»Nein … o nein, Dame Cathérine! Glaubt das nicht! Aber … oh, mein Gott! Ich muß fort … zurück!«

»Aber wohin?«

Noch immer Schritt für Schritt rückwärts gehend, ohne den Blick von Cathérine zu wenden, noch immer weinend, begann der junge Malvezin plötzlich der jetzt sichtbar gewordenen Stadt zuzulaufen. Doch Gauthier spornte sein Pferd an, erwischte den Burschen beim Kragen seines Kittels und brachte den Zappelnden, dessen Füße kaum die Erde berührten, zu der jungen Frau zurück.

»Bei mir, mein Junge, antwortet man, wenn die Herrin eine Frage stellt! Erklär dich also liebenswürdigerweise, wenn du nicht mit der Schneide meines Degens Bekanntschaft machen willst! Was hat das alles zu bedeuten?«

Jacquot sah Cathérine mit einem Gemisch aus Angst und Verzweiflung an, das sie erschütterte, begann von neuem zu weinen und gab sich schließlich nach.

»Ich muß … sofort die Wache benachrichtigen, daß Ihr kommt!«

»Das scheint mir normal«, bemerkte Gauthier. »Was könnte dich dabei in solchen Zustand versetzen?«

»O doch! Ich … muß sie benachrichtigen, damit sie die Stadttore vor Dame Cathérine schließt!«

Das Schweigen, das folgte, war so tief, daß nicht einmal die Atemzüge zu hören waren. Bérenger hielt den Atem an, und Cathérine war völlig sprachlos.

»Was?« stieß sie endlich hervor. »Sie sollen die Tore vor mir schließen?«

»Messire Arnaud will es so«, fuhr der Unglückliche sichtlich wie auf der Folter fort. »Oh, Dame Cathérine, ich flehe Euch an, grollt mir nicht, ich kann nichts anderes tun. Jeden Tag schickt Messire Arnaud jemand vor die Stadt zur Beobachtung der Straße, und man soll ihm sofort Eure Rückkehr melden. Derjenige, der Euch näherkommen ließe, würde noch zur selben Stunde getötet ... er und seine ganze Familie!«

Cathérine stieß einen Schreckensschrei aus.

»Getötet? Mit seiner ganzen Familie? ... Aber das ist unmöglich! Er ist verrückt!«

»Ich ... ich glaube, ja, aber das ist nicht meine Schuld. Ich muß zurück! Man kann mich von dort drüben sehen!«

»Einverstanden!« rief Gauthier. »Ich werde dich selbst nach Montsalvy bringen, und du wirst alle üblen Aufträge ausrichten können, die du nur willst. Aber ich werde mit dir hineingehen und deinem Messire Arnaud sagen, was ich davon halte.«

»Nein, Gauthier, ich verbiete es Euch! ... Laßt diesen Jungen los! Das ist ein Befehl!« fügte sie so barsch hinzu, daß der Stallmeister gehorchen mußte. Dann sanfter: »Ich will nicht die Ursache sein, daß auch nur ein Tropfen Blut vergossen wird ... Ich liebe diese Leute hier, ich habe es Euch schon gesagt.«

»Wenn das ihr berühmter Mut ist? Man befiehlt ihnen, Euch zu verjagen, und sie führen es ohne Widerspruch aus! Ich fange an zu glauben, daß die Persönlichkeit des Hauptmanns La Foudre Eurem Gatten sehr am Herzen liegt. Was werden wir tun? Hierbleiben? Die Nacht vor diesen Mauern, diesen Toren verbringen, die man vor Euch schließen wird, als hättet Ihr die Pest? ... Seht dort Euren Jacquot! Er läuft wie ein Kaninchen.«

Der junge Malvezin hatte in der Tat schon die Häuschen vor den Mauern erreicht und galoppierte der Zugbrücke zu. Mit einer mutlosen Geste nahm Cathérine ihr Pferd am Zügel und zog es in die Deckung der Bäume. Dieser brutale Schlag setzte ihr schwer zu, vernichtete ihre Freude, nahm ihr allen Mut ... Mußte Arnaud sie nicht hassen, wenn er so grausame, mitleidlose Befehle gab? Eine ganze Familie töten, wenn man zuließ, daß sie sich näherte? Menschen aus Montsalvy töten, die er liebte, die ihn hatten zur Welt kommen sehen, und die er immer erbittert verteidigt hatte? Was war da geschehen? Und wo waren ihre eigenen Freunde: Josse und Marie Rallard, die die Gefährten ihrer Abenteuer gewesen waren, bevor sie in Montsalvy Wurzeln geschlagen hatten? Und Abbé Bernard? Und Satumin Garrouste, der alte Amtmann, und Gauberte Cairou, die kräftigste Gevatterin der Stadt und auch sie ihre ergebene Freundin? Und Sara ... Ob Arnaud auch die verfolgte, die seine Frau liebten, wußte Gott allein ...

Die Angst, die ihr Herz quälte, wurde so bedrängend, daß sie sich halb ohnmächtig am Fuße einer Kastanie zu Boden gleiten ließ, nicht weit von dem Trottel Etienne entfernt, der, als sei nichts geschehen, wieder auf seinem Instrument zu spielen begonnen hatte. Gereizt schickte Gauthier sich an, es ihm zu entreißen, als der Bucklige, ohne sein Spiel zu unterbrechen, plötzlich etwas Weißes aus seiner Tasche zog und mit einer geschickten Bewegung auf Cathérines Knie warf. Ein Stück Papier.

»Er fort!« flüsterte er. »Niemand kann sehen. Lesen, Dame Cathérine, lesen ... Etienne geht.«

Er rappelte sich wirklich hoch, und unbekümmert um die andern, als sei er völlig allein, nahm er seinen Weg wieder auf, unverdrossen seine kleine, näselnde Melodie weiterspielend, die irgendwie nach Regen und Holzfeuer schmeckte.

Auf dem Papier standen einige Worte in fürchterlicher Schrift und noch schlimmerer Orthographie:

»Geet zu maine Scheuhn am Teisch. Schnälll. Ich kohme.«

Unterschrieben war es: Gobairrete.

Diese unwahrscheinliche Botschaft, die Gauthier verständnislos betrachtete, machte wundersamerweise der jungen Frau wieder Mut. Daß Gauberte schreiben konnte, war schon ein Ereignis und eine Neuigkeit für sich, aber darüber hinaus lieferten ihre Zeilen einiges Tröstliche.

»Die Scheune am Teich«, übersetzte sie für ihren Begleiter. »Sie ist nicht weit. Gehen wir hin! Gauberte schreibt, das sie kommen wird. Vorwärts, Bérenger, rührt Euch! Kommt ... Sie schreibt, daß wir schnell machen sollen.«

Der junge Bursche schien sich in der Tat in eine Statue verwandelt zu haben. Inmitten des Weges stehend, betrachtete er die Stadt mit Augen voller Schrecken und Empörung. Er zitterte wie ein Blatt unter der Sonne, die die Tränen auf seinen Wangen blinken ließ.

»Es ist nicht möglich!« wiederholte er. »Es ist einfach nicht möglich!«

»Kommt, Bérenger«, beharrte Cathérine, und da er sich noch immer nicht rührte, wollte sie seine Hand ergreifen, doch Gauthier kam ihr zuvor, packte den Pagen unter den Armen und warf ihn ohne weitere Umstände quer über seinen Sattel.

»Jetzt ist nicht der rechte Augenblick zu schlafen. Vorwärts also! Zeigt uns den Weg, Dame Cathérine.«

Der Pfad tat sich ganz nahe im Dschungel der Bäume auf und senkte sich bald in eine Bodenfalte. Die drei Reisenden folgten ihm schweigend, in ihre Gedanken verloren, die einander mitzuteilen sie kein Bedürfnis verspürten. Aber so oft die Mauern Montsalvys für Momente auf der Höhe des Plateaus auch sichtbar wurden, stets weigerte sich Cathérine, den Kopf nach dieser Seite zu wenden. Ihr Herz war so voller Schmerz und Bitternis, daß schon der Anblick eines Turms ihres Schlosses es hätte zerbrechen können ...

Die Scheune der Cairous war nicht groß und barg sich in einer Baumgruppe nicht weit vom Ufer eines Teiches entfernt. Der Leineweber und seine Frau lagerten dort das Futter für ihr Vieh und ihre Vorräte an Hanf und Flachs. Cathérine kannte sie gut, da sie sie manchmal mit Michel aufgesucht hatte. Das Kind liebte den Teich und konnte stundenlang an der Uferböschung sitzen, die Spiegelung der Wolken beobachten und versuchen, auf den Schilfflöten zu spielen, die Josse, der längst zu einem ordentlichen Leben bekehrte einstige Vagabund, für ihn fabrizierte. Auch Gauberte kam zuweilen, wenn sie ein wenig Zeit übrig hatte oder etwas holen mußte, was sie gerade brauchte, und meistens brachte sie dann einen Teil ihrer zahlreichen Nachkommenschaft mit, was dann zu endlosen Spielen führte, aus denen der kleine Seigneur gerötet, zersaust und mit sternengleich strahlenden Augen wieder auftauchte. Gauthier hatte Cathérine übrigens gezeigt, wo sie den Schlüssel zu verstecken pflegte, damit sie sich unterstellen konnte, wenn es regnete, und dank dieses vorsorglichen Hinweises hatte die junge Frau keinerlei Mühe, ihn bei ihrer Ankunft zu finden.

Im Innern herrschte eine wahre Backofenhitze, aber es roch gut nach dem Heu, das einen beträchtlichen Teil des kleinen Gebäudes füllte, und Bérenger warf sich gleich mit Schwung hinein und rollte sich in ihm herum, als suche er seinen Körper restlos mit der duftenden Masse zu verschmelzen. Cathérine und Gauthier setzten sich erheblich ruhiger zu ihm, nachdem sie die Pferde im Schutz der Bäume angebunden und ihnen die Satteltaschen abgenommen hatten.

»Die Sonne geht unter«, sagte der Stallmeister. »Es würde mich wundern, wenn wir heute abend noch weiter kämen ...«

»Weiter? Warum sollten wir?« fragte Cathérine rauh. »Dies hier ist mein Land, mein Zuhause. Hier leben meine Kinder. Ich will mich nicht entfernen!«

Mit einem Seufzer voller Überdruß ließ Gauthier die letzten Taschen fallen, die ihre persönliche Habe enthielten.

»Vielleicht wird es sein müssen, und wäre es nur, um Eure Rückkehr besser vorzubereiten. Ihr könnt hier nicht kampieren ...«

»Nein, aber vielleicht vor dem Tor von Montsalvy und dort schreien und Gerechtigkeit fordern, bis man mich endlich hört, bis man mir diese verfluchten Tore öffnet ...«

»Oder bis man Euch tötet! Euer Gatte pflegt wie viele Männer seine Rachsucht nur um so hartnäckiger, als er im Unrecht ist und vor Unehrlichkeit strotzt. Ich gestehe, Dame Cathérine, daß ich mehr und mehr bedauere, ihn gepflegt zu haben, als er vor Châteauvillain verwundet wurde. Ich hätte ihn krepieren lassen sollen!«

»Nein!«

Ihr Protestschrei war instinktiv erfolgt. Er war dem Gefühl entsprungen, das sie sich gegen alle und jeden einschließlich ihrer selbst für diesen Mann bewahrte. Aber sie fuhr leiser fort:

»Nein ... ich hätte es nicht ertragen. Ich glaube, ich wäre daran gestorben.«

»Nicht doch! Ihr hättet gelitten, ja, aber Ihr hättet es in Gedanken an Eure Kinder überlebt. Und jetzt, zu dieser Stunde, wärt Ihr bei ihnen ... und das seit langem, vielleicht in Trauerschleier gehüllt bis zu den Fersen, und das vielleicht gar bis ans Ende Eurer Tage, aber Euer Herz wäre in Frieden, und Ihr würdet in aller Ruhe die Zukunft Eures Sohnes vorbereiten und zugleich für die Seele Eures teuren Entschlafenen beten. Ihr könntet ihn dann ganz nach Belieben mit Eigenschaften schmücken, die er nie gehabt hat, denn so ein Toter wird ja wundersamerweise immer engelhafter!«

Sie antwortete nicht. Gauthiers Zorn enthielt eine Wahrheit, die zu akzeptieren sie sich noch weigerte. Merkwürdigerweise beschwor er die ferne Erinnerung an Gauthier, den Normannen, wieder herauf, den menschenscheuen Holzhacker, der barbarische Götter verehrte, und der sie so leidenschaftlich geliebt hatte. Er ruhte im Grund ihres Herzens, ohne sich dort mehr bemerkbar zu machen als einst, denn er gehörte zu den Stillen, doch Cathérine wußte, daß sein Zorn gewalttätiger und weit schrecklicher gewesen war als der seines jungen Namensvetters. Mit seiner herkulischen, durch Ausbrüche heiligen Zorns, die sich zuweilen seiner bemächtigten, noch verzehnfachten Kraft wäre er vielleicht imstande gewesen, ganz allein jene Tore einzurennen, die man ihr verweigerte, und danach Arnaud aus seinem Schloß herauszuholen, mit ihm zurückzukehren und ihn halb, wenn nicht gar ganz tot in den Staub vor Cathérines Füße zu werfen ... Aber Gauthier, der Wikinger, war nicht mehr da. Sein Körper hatte sich über dem blauen Wasser des Mittelmeers in Rauch aufgelöst, und seine kindliche Seele war den großen Wanderwegen der Schwäne und Wildgänse gefolgt ...

»Jammern führt zu nichts, Gauthier«, murmelte sie endlich, »ebensowenig wie Zorn. Wohin sollte ich gehen, wenn ich nicht hierbliebe?«

Der mit ausgebreiteten Armen im Heu liegende Bérenger gab sein Schweigen auf.

»Zu uns!« sagte er. »Zu uns nach Roquemaurel! Meine Mutter und die Brüder würden nur zu glücklich sein, Euch aufzunehmen, Dame Cathérine. Ihr hättet gleich daran denken sollen.«

Sie fand ein Lächeln für ihn. Es traf zu, sie hatte nicht einmal daran gedacht! Aber hätte sie sich vor einer Stunde denken können, daß ganz Montsalvy sich vor ihr verschließen würde?

»Glaubt ihr? Mein Kind, Ihr habt eben erlebt, wie sich die Dinge ändern können, die Dinge und die Menschen.«

Förmlich dampfend vor Entrüstung fuhr er hoch, zahllose Heufäden im Haar.

»Gebt Euch nicht den Anschein zu zweifeln, Dame Cathérine! Ihr wißt es genau. Und wenn Ihr einverstanden seid, kehren wir morgen früh nach Hause zurück.«

»Ist Roquemaurel weit?« fragte Gauthier.

»Vier oder fünf Meilen ... Wir werden schnell dort sein. Aber haben wir nichts zu essen? Ich habe Hunger.«

Ohne solches Geständnis zu wagen, bedauerte der Page die letzten Ereignisse auch deshalb, weil sie das gute Abendessen von seinem Horizont hatten verschwinden lassen, das er in Montsalvy gefunden hätte, wo Sara sich so gut darauf verstand, Küchenjungen und Mägde in der riesigen Küche herumzuscheuchen.

Glücklicherweise hatte der Bruder Wirt von Saint Géraud Gauthier einiges an Wegzehrung übergeben: ein Stück mageren Schinkens, Roggenbrot und für Cathérine ein kleines Körbchen mit Kirschen, die die drei übrigens mit Wonne unterwegs schon verspeist hatten. Blieben der Schinken und das Brot, an die sich die beiden jungen Burschen mit Heißhunger machten, und wovon Cathérine auch ihren Anteil nehmen mußte, wenn sie ihre Gefährten nicht fasten sehen wollte.

»Vor allem, wenn man Kummer hat, muß man essen«, sagte ihr Gauthier. »Ein leerer Magen bedeutet auch einen leeren Kopf.«

Dann richteten sie sich im Heu ein, um zu schlafen oder zu warten.

Mitternacht war nicht mehr fern, als sich draußen vorsichtige Schritte hören ließen. Die Tür öffnete sich knarrend, einer stämmigen schwarzen Gestalt Durchlaß gewährend, dann fiel ein dünner Strahl gelben Lichts aus einer Blendlaterne und begann, über den Heuhaufen zu wandern.

»Seid Ihr da, Dame Cathérine?«

In nächsten Moment lagen sich die Herrin von Montsalvy und die Frau Noel Cairous, des Leinewebermeisters, wie zwei Schwestern in den Armen und weinten wie die Springbrunnen.

»Unsere arme Dame!« hörte Gauberte nicht auf zu wiederholen, während sie ihre Herrin an ihren mächtigen Busen drückte. »Unsere arme Dame! Es ist eine wahre Schande, sowas zu sehen!«

»Aber was hat das alles denn zu bedeuten?« rief Cathérine, als die erste Gemütsbewegung sich ein wenig gelegt hatte. »Was ist hier passiert?«

»Hier? Nicht viel. Im Kopf Messire Arnauds, da ist was passiert! Man erkennt ihn im Ort nicht mehr! Schlimmer als ein Wolf ist er geworden!«

Mit einem Seufzer, dem nicht viel fehlte, um die hölzernen Wände zum Einsturz zu bringen, ließ sie sich ins Heu fallen und weckte auf diese Weise Bérenger, der schläfrig den Kopf hob.

»Sieh an, der Page! Der ist euch treu geblieben? Das ist immerhin schon etwas!«

Mittels einer schnellen Geste erstickte Cathérine den entrüsteten Protest des Jungen im Keim, der womöglich zu einer endlosen Polemik geführt hätte.

»Erzählt, Gauberte! Vor allem, verschweigt mir nichts!«

»Seid unbesorgt. So schnell vergeß' ich all das nicht! Als Messire Arnaud am Tag vor Lichtmeß zurückgekehrt ist, fing man an, ihn nicht zu erkennen ... man hat ihn nur von einer Seite erkannt, weil er auf der anderen eine große Narbe hat, die sie ihm mittendurch zerteilt. Aber man hat nicht nur Mühe gehabt, sein Gesicht zu erkennen. Er ist nicht mehr derselbe, Dame Cathérine, ganz und gar nicht mehr derselbe! Ich glaube, ich werde ihn immer so sehen, wie ich ihn an dem Tag durchs Aurillac-Tor hab' kommen sehen, wie der die Grand'rue entlanggeritten ist, ohne jemand anzusehen.

Die ganze Nacht war Schnee gefallen, er lag ordentlich dick, und so waren alle draußen, um ihn wegzuschaffen und zu fegen. Und plötzlich sah man ihn kommen, ganz in Schwarz nach seiner Gewohnheit, den weiten Mantel über die Kruppe des Pferds gebreitet, aber mit bloßem Kopf. Wir ließen die Besen fallen und stürzten ihm entgegen, aber er hat uns beiseite gewinkt und bloß ›Guten Tag!‹ gesagt. Kein Lächeln, kein Blick! Und die Männer, die er bei sich hatte, haben uns sofort zurückgestoßen. Er war so düster, so eisig, daß wir an ein Unglück glaubten. Man hat geglaubt ... Euch sei was passiert, und jemand hat geschrien: ›Und Dame Cathérine? Wo ist unsere Dame Cathérine?‹ Darauf hat er angehalten, hat sein Schwert gezogen und hat gebrüllt ... Verzeiht mir, unsere Dame! Ich muß ja alles sagen! Er hat gebrüllt: ›Dem ersten, der es wagt, den Namen dieser Hure vor mir auszusprechen, werde ich die Eingeweide aus dem Leibe reißen!‹ Und dann ist er weitergeritten mit den Fremden hinterher. Und dann haben wir die Frau gesehen.«

Cathérines Herzschlag stockte.

»Die Frau? ... Was für eine Frau?«

»Zuerst hat man's nicht gewußt. Sie saß auf einem Pferd,

aber eingepackt, verschleiert und dazu noch mit einer Kapuze, die ihr bis zum Knie fiel. Sie folgte, ohne etwas zu sagen, und sie sind alle im Schloß verschwunden, und das Tor fiel hinter ihnen zu wie die Klappe einer Falle. Aber eine Stunde darauf wurden unsere Männer im großen Saal zusammengerufen – wie früher, erinnert Ihr Euch? Sie sind hingegangen, geführt von unserem Amtmann, Saturnin Garrouste, der Euch, nebenbei gesagt, recht schön grüßen läßt. Aber als sie wieder herauskamen, weinten fast alle, ausgenommen Antoine Couderc, der Hufschmied, der wütende Augen rollte und auf den Boden spuckte, als hätte er Gift trinken müssen. Messire Arnaud hatte ihnen vor der Bande von übel aussehenden, verkommenen Kerlen, die er mitgebracht hatte, seine Befehle gegeben: Jeder, ob Mann, Frau oder Kind, der Euch erlaube, Montsalvy zu betreten, werde auf der Stelle erhängt. Jeden Tag sei bei Öffnung der Tore ein Junge zur Beobachtung der Straße hinauszuschikken, um Eure Ankunft anzuzeigen, damit man die Tore schließen und Euch einen Empfang nach den Vorstellungen Eures allerliebsten Gatten vorbereiten könne. Derjenige, der die Anzeige unterließe …«

»Ich weiß«, unterbrach Cathérine. »Jacquot Malvezin hat es mir gesagt.«

»Darauf hab' ich gemeint, daß man Euch nicht so in den Rachen des Wolfs laufen lassen könne, und ich hab' Tiennou, dem Trottel, der gar nicht so trottelig ist, wie man denkt, und der Euch fast ebenso verehrt wie die heilige Jungfrau, seitdem Ihr um ein Haar für ihn gestorben wärt*, ein Wörtchen Geschriebenes gegeben. Er ist die ganze Zeit draußen, und so wunderte sich niemand, daß er im Wald kampierte. Dort oder woanders! Und ich hatte recht … und Ihr, Ihr habt gut daran getan, meinem Rat zu folgen und sofort hierherzukommen, weil Messire Arnaud, kaum daß er's erfahren hatte, mit seinen Männern auf die Pferde ist … und die Frau und sie sind losgeritten, um Euch zu jagen.«

»Wer ist diese Frau?« fragte Cathérine mit tonloser Stimme. »Wißt Ihr es?«

»Und ob man es weiß! Niemand anders als diese Hure Azalïs, die Spitzenklöpplerin, erinnert Ihr Euch? Dieses gottlose Weibsstück, das er unter dem Unrat Béraud d'Ap-

* Siehe »Unbezwingliche Cathérine«

chiers aufgelesen haben muß ... Dame Cathérine, guter Gott! Euch wird doch nicht schlecht werden?«

Sie war in der Tat bleich geworden und ließ sich mit eingekniffenen Nasenflügeln nach hinten sinken. Gauthier fing sie in seinen Armen auf.

»Findet Ihr etwa, daß Eure Geschichte angenehm zu hören ist?« knurrte er wütend. »Sucht in ihrer Tasche, sie muß ein herzstärkendes Mittel und Essig haben ... Wer ist übrigens diese Azalaïs?«

»Nichts Besonderes! Eine große Dirne mit Feuer unterm Rock, die mit dem Mann ihrer Mutter schlief und mit Béraud d'Apchier, dem Wolf des Gévaudan, durchgebrannt ist, als er uns belagerte! Ein Dreckstück, das sich jetzt mit ihm zusammentat, um Messire Arnaud zu töten, und das dieser Esel jetzt zurückbringt ... zweifellos, weil er gedacht hat, daß er mit ihr seiner armen Frau das Schlimmste antut! ... Ah, seht, mein Junge, es sieht so aus, als käme sie wieder zu sich!«

Nachdem Gauthier ihr zuerst ein paar kräftige Klapse verabreicht und darauf ein wenig von dem herzstärkenden Mittel zwischen ihre blassen Lippen geträufelt hatte, öffnete Cathérine wirklich die Augen, während ein wenig Farbe in ihre Wangen zurückkehrte. Sie warf einen verstörten Blick um sich, der schließlich bei Gauberte hängenblieb, deren breites Gesicht durch die kleine Flamme der Laterne voll beleuchtet wurde.

»Verzeiht mir!« stammelte sie. »Ich war so wenig auf so etwas gefaßt ... Mein Gott, Azalaïs! Warum Azalaïs?«

»Ich hab' es gerade dem Burschen hier gesagt: Wahrscheinlich, um Euch so Schlimmes wie nur möglich anzutun. Wenn ich's Euch doch sage: Er ist verrückt!«

»Aber Abbé Bernard? Hat er ihn dieses Mädchen nach Montsalvy bringen lassen, nach alldem, was sie getan hat? Hat er zugelassen, daß sie in meinen Räumen wohnt?«

»Es wär' zweifellos nicht passiert, wenn er dagewesen wäre, und deshalb ist sie auch vermummt wie die Todsünde angekommen. Aber als Messire Arnaud zurückkehrte, war unser Abt drei Tage zuvor nach Chirac zu seiner Mutter aufgebrochen, die am Sterben war, und Bruder Anthime, der Säckelmeister, der ihn vertritt, wenn er abwesend ist, hat erfahren, daß er auf dem Rückweg von Straßenräubern überfallen und, für tot gehalten, liegengelassen wurde. Nein, beruhigt euch«, fügte sie eilig hinzu, »er ist es nicht! Leute fanden ihn und brachten ihn ins Schloß von Saint-Laurent d'Olf, wo er gepflegt wird. Glücklicherweise hat ihn der gute Gott uns nicht genommen, denn er ist unsere beste Hoffnung … jedenfalls wenn es ihm gelingt, trotz der Hunde, die Messire Arnaud bewachen, nach Hause zurückzukehren.«

Ihre Hände krampfhaft ineinander pressend, stöhnte Cathérine verzweifelt:

»Er ist verrückt! Er ist völlig verrückt! Und meine Kinder … und Sara? Was hat er ihnen getan? Zu wagen, eine solche Kreatur in ihr Haus zu bringen, sie zu zwingen, mit ihr zu leben …«

Im höchsten Maße unerwartet in Anbetracht der Tragik der Situation brach Gauberte in schallendes Gelächter aus.

»Dazu hat er gar keine Zeit gehabt! Noch in der Nacht seiner Ankunft sind Messire Michel, die Demoiselle Isabelle, Sara, Josse und Marie aus dem Schloß verschwunden. Seht, er hat keinen Schimmer gehabt, daß Sara und Josse sein Schloß besser kannten als er, vor allem Sara, die gesehen hat, wie es gebaut wurde. Es gibt nichts, was sie von den unterirdischen Gängen nicht weiß, noch übrigens von denen, die Abbé Bernard für Euch unter der Abtei wieder hatte öffnen lassen. Während er ohnehin dabei war, hat der Abt gleich noch für einen Verbindungsgang zum Schloß gesorgt. Als unser Sire dann morgens den Käfig leer fand, geriet er in eine schöne Wut und hat seine Leute auf ihre Spur gehetzt, nur fand er sie nicht, weil er den falschen Weg gewählt hatte. Er glaubte, Sara sei wieder nach Carlat, wo sie damals nach Eurer Flucht Unterschlupf fand *, und er ritt dorthin, um von Madame de Pardiac die Auslieferung seiner Leutchen zu fordern. Natürlich rückte sie mit niemand heraus, weil sie niemand gesehen hatte.«

»Aber … wo sind sie?«

Gaubertes Heiterkeit schien womöglich noch voller zu erblühen.

»Man weiß überhaupt nichts, und man findet es besser so! Aber man vertraut darauf, daß Josse und Sara ihr Bestes getan haben. Man weiß nur, daß Messire Arnaud überallhin geschickt hat: nach Cassandouze, nach Sémézergues, nach Roquemaurel, nach Labesserette, nach Ladinhac, Leucamp, Vieillevie, Villemur und Montarnal … und daß

* Siehe »Cathérine im Sturm«

scheinbar niemand sie gesehen hat. Der vor allem nicht, der sie versteckt, stell' ich mir vor. So, Dame Cathérine«, fügte sie mit einem Seufzer hinzu, »Ich glaube, jetzt wißt Ihr alles oder fast alles.«

Endlich eine gute Nachricht!

Cathérine fühlte sich leichter ums Herz und von einem unerträglichen Druck befreit, denn alle die ihr Liebsten waren den Klauen Arnaud de Montsalvys entronnen, der sich diabolisch in einen Feind seiner eigenen Familie verwandelt hatte.

»Eine Frage noch, meine gute Gauberte. Ihr habt gesagt, daß mein ... nun, Messire Arnaud vorhin die Stadt verlassen habe, um die Rache an mir auszukosten, auf die er ein Anrecht zu haben glaubt. Sucht er mich nicht?«

»Man hat Euch gesucht, aber nicht lange. Der Trottel hat gesagt, er hätte Euch mit verhängten Zügeln in Richtung auf Carlat reiten sehen. Ihr wärt sehr zornig gewesen und hättet laut geschrien, daß Ihr Asyl und Unterstützung von Gräfin Eléonore fordern würdet. Da Ihr Vorsprung hattet, zog er es vor, Euch nicht weiter zu verfolgen. Zumal er keine allzu große Lust auf eine Auseinandersetzung mit der Gräfin haben dürfte. Er hat sich letztens in der Gegend nicht gerade Freunde gemacht. Ich würde sogar sagen, daß er sich mit der ganzen Region verkracht hat, als er diese Hure mit nach Hause brachte. Sobald man weiß, daß Ihr zurück seid, könnte er großen Ärger kriegen.«

»Ich bin nicht gekommen, um eine Revolution anzuzetteln, Gauberte. Ich bin gekommen, um meinen Platz wieder einzunehmen, und ich werde ihn wieder einnehmen, glaubt es mir!«

»Habt keine Sorge, man wird Euch helfen. Überall wird jetzt, da Ihr hier seid, neuer Mut erwachen. Aber wo werdet Ihr solange bleiben? Saturnin Garrouste denkte daran, Euch seinen Hof am Puy de l'Arbre zu überlassen, doch das ist zu nah und hieße, Euch in den Rachen des Wolfs zu werfen. Was diese Scheune betrifft ...«

»Wir gehen zu uns nach Roquemaurel!« fiel Bérenger entschlossen ein. »ich habe meinen Brüdern zwei Worte darüber zu sagen, wie sie zulassen konnten, daß Sire Arnaud sich so verhalten hat!«

Gauberte Cairou befreite sich nicht ohne Mühe von einigen hundertachtzig Pfund duftenden Heus, schüttelte ihre

Unterröcke und löste von ihrem Gürtel einen Beutel, den sie dort befestigt hatte.

»Ich hab' mir gedacht, daß Ihr vielleicht Hunger habt, und Cabecous* und Brot mitgebracht ... Jetzt gehe ich nach Hause, und glaubt mir, Dame Cathérine, ich werde frohen Herzens schlafen, wie's mir seit der Rückkehr Messire Arnauds nicht mehr gelingen wollte.«

Wie bei ihrer Ankunft küßte Cathérine die brave Frau auf beide prallen Wangen.

»Ich wußte schon, daß ich auf Euch zählen konnte, Gauberte, aber diesmal könnte Ihr sicher sein, daß ich nie vergessen werde, was Ihr für mich tut. Sagt allen drüben, daß ich sie nicht vergessen habe, weder sie noch meine Pflichten, wie Messire Arnaud behauptet. Sagt ihnen, daß ich mich nicht gegen sie vergangen habe, und daß ich sie bitte, mir ihr Vertrauen und ihre Freundschaft zu bewahren.«

»Das wissen sie alles seit langem, armes Ding. Und wenn Euer Gatte nicht so vorsichtig gewesen wäre, sich eine Bande von abscheulichen Kerlen mitzubringen, hätte er in Montsalvy nicht lange das Gesetz in Händen gehabt und allerlei Wahrheiten zu hören bekommen. Was seine Schlampe betrifft, hätte man ihr den Hintern mit einer guten Handvoll Brennesseln eingerieben, um sie leben zu lehren. Aber das wird schon noch kommen, dessen bin ich sicher. Gute Nacht, unsre Dame ... und auf bald!«

»Auf bald, Gauberte! Übrigens ... wie seid Ihr aus der Stadt gekommen, und wie kommt ihr zurück? Schließt man die Tore nicht mehr bei Nacht?«

»Gewiß doch, aber der Bursche, der mich hindern wollte, die Stadt zu verlassen und nach meinem Belieben zurückzukehren, wenn ich's mit Euch zu tun habe, könnte es bitterlich bedauern, zur Welt gekommen zu sein.«

Kaum war das letzte Wort gesprochen, als sie auch schon mit einer Geschwindigkeit und Leichtigkeit verschwand, deren man sie nicht für fähig gehalten hätte. Hinter ihr schloß Gauthier sorgfältig die Türe der Scheune.

Im Heu zu einer Kugel zusammengerollt, schickte sich Cathérine an, ihren Körper endlich dem Schlaf zu überlassen. Die so schmerzlichen Erregungen ihres Herzens vor der Ankunft Gaubertes hatten sich ein wenig beruhigt. Da ihre Kinder sich außerhalb der Reichweite des Mannes befan-

* Kleine Ziegenkäse. Man findet sie in Montsalvy noch heute.

den, der sie so gemein in aller Öffentlichkeit verhöhnte, empfand sie die Verletzung als weniger grausam. Der Zorn rettete sie vor dem Kummer, und sie wußte, daß sie morgen, wenn sie weniger müde wäre, gegen Mordgelüste, gegen den wahnwitzigen Impuls, die Seigneurs der Umgebung zu sammeln und zum Sturm auf ihr eigenes Schloß zu veranlassen, würde ankämpfen müssen. Wäre es nicht endlich an der Zeit, die Rolle der allzu zärtlichen Gattin aufzugeben und ihren teuren Gatten ein für allemal für alles zahlen zu lassen, was sie durch ihn in sechs Ehejahren hatte erdulden müssen?

Mit diesem tröstlichen Gedanken schlief sie ein.

Als die Frühe eines schönen Sommertages die Horizonte der Châtaigneraie malvenfarben aus der Nacht steigen ließ und der erste Strahl der Morgensonne die schwarzen Mauern Montsalvys streifte, hatten Cathérine und ihre Begleiter schon ihre duftende Unterkunft verlassen und ritten nach kurzer Reinigung im kühlen Wasser des Teichs quer durch die Felder, um auf den Weg zu gelangen, der ins Tal des Lot hinabführte, einen tiefen Geländeeinschnitt, über dem die alten Türme Roquemaurels aufragten.

Während sie langsam dahinritten, denn der schmale, schwierige Hohlweg erlaubte kaum schnelleres Vorwärtskommen, taten sie Gaubertes Ziegenkäse und Brot alle Ehre an, und als die Sonne wie ein Feuerball über die Kammlinie der Berge sprang, hatten sie schon ein gutes Stück Wegs zurückgelegt.

Niemals zuvor war die Landschaft Cathérine so schön, so freundschaftlich erschienen. Der Sommer milderte die rauhen, von schillernder Vegetation bedeckten Hänge. Die von Heidekraut rosa gefärbten runden Kuppen erstrahlten im goldenen Glanz ihrer Ginsterbüsche, während wucherndes Grün aus allen Felsspalten brach und die schmalen, geheimnisvollen Täler polsterte, die hinunter zum Lot verliefen. Nur wenig Land war hier kultiviert. Die leicht und nur dünn über ihr felsiges Knochengerüst gebreitete Erde brachte allenfalls Roggen und Hafer hervor, doch in den zahlreichen, von Fels zu Fels plätschernden kleinen Bächen glitzerten Forellen, und in der guten Jahreszeit dufteten die Wälder nach Champignons …

Der Blick der jungen Frau durchforschte den Horizont und verharrte auf Rauchwölkchen, die über einem Dach, über der scharfen Spitze eines Rundturms schwebten, seltenen Behausungen aus Schiefer und Sandstein, die hier und da die weite Landschaft punktierten, und Cathérine versuchte zu erraten, welches Dach Josse Rallard als Unterschlupf für ihre Kinder wohl gewählt haben mochte? Die Versuchung war groß, überall ein wenig anzuhalten, zu fragen, doch Bérenger hatte sie davon abgebracht.

»Ich wäre sehr erstaunt, wenn meine Mutter nichts wüßte. Und wenn es doch der Fall wäre, würden wir meine Brüder auf die Suche schicken. Und vielleicht ... sind sie auch bei uns.«

In der Tat, warum nicht? Die drei Roquemaurels, die Mutter, Mathilde, und die beiden Söhne, Renaud und Amaury, waren vielleicht die einzigen in der Region, deren Charaktere noch schwieriger waren als der Montsalvys. Weder seine Macht noch seine Tüchtigkeit als Mann des Krieges beeindruckte sie. Seine Kinder gegen seinen Willen bei sich aufzunehmen, konnte sie reizen.

Ohne sich aufzuhalten, ritten sie also nahe der Ortschaft Junhac vorbei, über den am Rande eines Strudels von Grün errichteten vier Türmen von Sénézergues – von weitem war die mächtige Steinmauer der Zitadelle von Calvinet zu sehen –, dann ging es durch Cassaniouze einen schmalen Geröllpfad hinab, der sich in den Tiefen der Schluchten des Lot zu verlieren schien, jedoch nicht weiter als bis nach Roquemaurel führte. Jenseits des Schlosses wurde der Berg zur felsigen Küste, und ein Abgrund beendete den Weg.

Das alte Kastell, dessen rötliche Mauern noch den Aufbruch der ersten Kreuzritter nach dem Heiligen Land gesehen hatten, tauchte im warmen Licht des Südens vor ihnen auf mit seinen trotzigen Türmen und dem stämmigen Wehrturm, den die Zeit vielleicht schon ein wenig mitgenommen hatte, der aber auf seinem Felsvorsprung am Rande des Abgrundes und unter den Querstreifen und den drei kreuzweise gestellten goldenen Felsen des azurnen Banners seiner Herren noch immer stolze Figur machte. Der Himmel war übrigens so blau, daß Streifen und Felsen wie unmittelbar ihm selbst aufgeprägt erschienen ... und in all seiner Pracht ähnelte Roquemaurel jenen schönen, alten Männern, die mit halbgeschlossenen Augen, ein vages Lächeln um die Lippen, in der Sonne träumten, friedlich und geruhsam anzusehen, sich jedoch von imposanter Statur und beachtlicher Muskelkraft erweisen, sobald sie sich erheben.

Sein Lächeln an diesem Tage war seine gesenkte Zugbrücke, waren die beiden Soldaten, die unbedeckten Kopfes und mit geöffneten Lederwämsen im kühlen Schatten der Torwölbung würfelten, und auf der tiefer gelegenen Wiese ein kleiner Trupp Wäscherinnen, damit beschäftigt, das grüne Gras mit den Früchten einer eben bewältigten großen Wäsche zu durchwirken. Einen leeren Korb auf dem Kopf, die Faust auf der Hüfte, stand eine große braune Frau in weißem Mieder und blauem Leinenrock am Rand des Pfades und flößte ihnen Arbeitslust ein, indem sie sie barsch scheuchte:

»Drei Stunden, um zwei Laken und ein Dutzend Putztücher auszulegen! Wenn das nicht jämmerlich ist! Seht nur diese blöden Trinen an! Vorwärts, Nicole, ein bißchen mehr Schwung! Man wartet auf uns!«

Als sie Steine unter den Hufen der Pferde wegrollen hörte, wandte sie sich dorthin, woher das Geräusch kam, und legte schützend eine Hand über ihre Augen unter der kleinen, weißleinenen Bäuerinnenhaube.

»Wer kommt denn da?«

Doch schon wußte sie's. Ein Schrei stieg aus ihrer Kehle als Antwort auf das »Sara!«, das Cathérine, trunken vor Freude, gerufen hatte. Die junge Frau sprang schon von ihrem Pferd, und in ihrer Eile in den ausgefahrenen Wagenspuren strauchelnd, warf sie sich in die Arme derer, die sie immer als ihre zweite Mutter betrachtet hatte.

Reglos neben ihren Pferden stehend, beobachteten Gauthier und Bérenger eine Weile die beiden Frauen, die einander umarmten und küßten, durch eine tiefe Zärtlichkeit verbunden, und sich nie wieder trennen zu wollen schienen.

Sich schließlich seiner Pflichten als Gastgeber erinnernd, umfing der Page das alte Kastell und die gewaltige Landschaft mit einem Blick voller Stolz.

»Wie findest du Roquemaurel? Nicht so übel, nicht wahr?«

Die Hand des Herrn

»Mama ist wieder da! Mama ist wieder da!«

In dem Bett sitzend, das er mit seiner kleinen Schwester teilte, schaukelte und sang Michel halblaut für sich ganz allein, während er entzückt Sara betrachtete, die, mit Bürste und Kamm bewaffnet, damit beschäftigt war, Cathérines Haar vom Staub des Weges zu befreien. Er hatte immer seine Mutter bewundert, die für ihn etwas Märchenhaftes war, ein halb göttliches Geschöpf, irgendwo auf halbem Wege zwischen den Feen, die die Geschichten der alten Donatienne bevölkerten, und den Engeln, von denen man ihm im Kloster erzählte. Seitdem sie aus seinem kindlichen Universum verschwunden war, fühlte sich der kleine Junge trotz der Zärtlichkeit, die ihm alle Frauen seiner Umbebung entgegenbrachten, seltsam verlassen. Es war eine Leere in seinem »Innern«, wie er Sara zu erklären versucht hatte, die die Rückkehr seines Vaters nicht gefüllt hatte.

Als er Arnaud wiedersah, war es ihm übrigens nicht wirklich zum Bewußtsein gekommen, daß er sein Vater war. Konnte dieser düstere Mann, der ihn mit ungestümer Gier an seine Brust gedrückt hatte, dieser Mann, von dem er nur ein Profil kannte, der fröhliche Spielgefährte des vergangenen Jahres sein, derselbe, der sich mit ihm in den Wiesen voller Gänseblümchen herumgewälzt hatte, wenn niemand sie sah? Doch als vorhin Cathérine an Saras Arm im Schloßhof erschienen war, wo er auf einem Sandhaufen spielte, hatte sein Herz in seiner Brust einen Sprung getan, weil seine Mutter im großen Gefunkel des sie umgebenden Sonnenlichts genau die war, die er immer erwartet hatte. Und er hatte überhaupt nicht begriffen, warum sie, als sie ihn in die Arme schloß, zu weinen begonnen hatte. Man weinte nur, wenn man Kummer empfand oder wenn man sich weh getan hatte, und selbst dann schuldete es sich ein richtiger Junge, seine Tränen zurückzuhalten.

Auf jeden Fall war eines sicher: Michel war an diesem Abend wundervoll glücklich, und das um so mehr, als

Mama ihm feierlich versprochen hatte, daß sie nie mehr fortgehen würde.

Für Isabelle hingegen wurde diese Rückkehr zu einer Art Problem. Sie war beim Aufbruch ihrer Mutter kaum zehn Monate alt und noch ein Baby gewesen. Jetzt war sie zwei Jahre alt und nahm die Welt auf eine recht persönliche Weise wahr. Oft hatte Sara, die nicht recht wußte, wie sie die ihr notwendig erscheinenden Bindungen zwischen dem Kind und seiner abwesenden Mutter schaffen sollte, Isabelle in den kleinen Andachtsraum vor die von Jan van Eyck gemalte »Verkündigung« geführt, auf die kleine blonde Madonna gezeigt und unermüdlich wiederholt:

»Das ist Mama ... Mama!«

Das Mädchen war intelligent und mehr als aufgeweckt. Als Cathérine sich über sie geneigt hatte, um sie in die Arme zu nehmen, war ihr die Ähnlichkeit daher sofort aufgefallen. Offensichtlich war auch ihr nicht ganz klar gewesen, wie das Bild aus Holz sich plötzlich belebt haben konnte, aber sie hatte gezwitschert:

»Mam ... Mama ...«

Worüber Cathérine in Tränen ausgebrochen war, was das Kind auf merkwürdige Mutmaßungen zurückwarf, da sie nun ihr Bild nicht mehr erkannte.

Im Moment saß Isabelle auf den Knien ihrer Mutter und verfolgte mit leidenschaftlichem Interesse das Hin und Her der Frisierutensilien in den geschickten Händen Saras, die sich mit gerunzelter Stirn energisch bemühte, den Haaren, die sie mit einem Kräuterextrakt gewaschen hatte, ihren strahlenden Goldglanz wiederzugeben.

»Es war Zeit, daß du zurückkamst«, murmelte sie. »Deine Haare sind in einem unmöglichen Zustand.«

»Sie sind nicht gerade meine größte Sorge gewesen, weißt du?« lächelte Cathérine, während sie hingerissen ihre Tochter betrachtete, die sie eben erst so recht wiedererkannte. Sie hatte ein Baby verlassen, nun fand sie ein kleines Mädchen, ein ganz kleines, gewiß, das sich aber schon als Persönlichkeit erwies und ihr als die hübscheste Sache der Welt erschien.

Notdürftig mit einem kurzen Hemdchen angetan, das nicht viel von ihrem kleinen, prallen Körper verbarg, spielte Isabelle jetzt mit einer Strähne des Haars ihrer Mutter. Sie hatte schon feingegliederte Finger und winzige Füße. Ihre sehr schwarzen Augen veränderten sich je nach ihrer

Laune; bald leuchteten sie von einem inneren Licht, bald waren sie undurchlässiges Schwarz. Doch in diesem Moment strahlen sie in ihrem kleinen, runden, wie übergoldeten Gesicht, das sich aus dem Gefältel ihres Hemdes wie eine Blüte aus ihrem Kelch erhob.

»Alle beide sind sie anbetungswürdig«, murmelte Cathérine und drückte das Kind an sich, um es zum tausendsten oder zweitausendsten Mal zu küssen.

»Das ist etwas, das man besser nicht vor ihnen sagt. Sie verstehen schon zu viele Dinge«, mahnte Sara streng. »Vorwärts, mein Fräulein, es ist Zeit, ins Bett zu gehen! Wenn Ihr weiter das Haar Eurer Mutter durcheinanderbringt, werde ich nie fertig.«

»Oh, schon?« protestierte Cathérine enttäuscht, während Sara ihr das kleine Mädchen entführte und zu ihrem Bruder brachte. »Ich habe sie ja kaum gesehen!«

»Ich hoffe, du hast jetzt das ganze Leben dafür. Und ich muß mit deiner Toilette zu Ende kommen. Bis zum Hornsignal wird's nicht mehr lange dauern. Du wirst ihnen später einen Gute-Nacht-Kuß geben.«

Und um sicher zu sein, daß die Kinder auch wirklich einschlafen würden, verschwand sie mit Cathérine und ihren Frisierutensilien in das benachbarte kleine Zimmer, in dem für sie ein Bett hergerichtet worden war.

»So«, sagte sie und ließ Cathérine sich auf einen Schemel setzen, »fahren wir also fort. Übrigens werden wir hier auch ruhiger über das reden können, was du nun zu tun gedenkst.«

Aus ihrem kindlichen Paradies herabgestiegen und der bitteren Wirklichkeit wiedergegeben, zuckte Cathérine die Schultern.

»Ehrlich gesagt, ich weiß es nicht. All das ist so brutal gewesen, ist so plötzlich und so unerwartet gekommen. Ich glaube, ich werde überlegen, werde versuchen müssen, klarer zu sehen, aber ich gestehe dir, daß ich mich im Moment dazu nicht imstande fühle. Ich verstehe einfach nicht, wie Arnaud dieses Mädchen, diese Azalaïs, nach Montsalvy, zu uns, hat mitbringen können.«

»Man möchte meinen, daß dich das am meisten quält ... mehr als die Tatsache, daß er dir das Betreten deines Hauses verweigert.«

»Natürlich! Quält es dich nicht? Ich möchte wissen, was du gedacht hast, als du ihn mit ihr ankommen sahst.«

»Daß er vollkommen verrückt geworden ist ... oder daß er, Gott weiß, wo! – einen neuen Grund entdeckt hatte, wütend auf dich zu sein, ebenso lahm wie die vorhergehenden übrigens. Ich hab' dir's niemals sagen wollen, aber mir ist oft der Gedanke gekommen, daß dein schöner Ritter vielleicht nicht ganz so intelligent ist, wie du dir eingebildet hast. Er ist hochmütig und hat mehr Vorurteile als Vernunft.«

»Vielleicht«, sagte Cathérine bekümmert, »aber bis jetzt glaubte ich, daß er mich ebenso liebte wie ich ihn.«

»Deshalb meine ich eben, daß er nicht so intelligent ist. Ich bin überzeugt, daß er dich liebt und sogar, daß er außer sich selbst immer nur dich geliebt hat ... und seine Kinder natürlich. Aber er würde sich lieber Arme und Beine abschneiden lassen, als es zuzugeben.«

»Eine hübsche Art, es zu beweisen: Eine Hure in sein Haus zu bringen. Ich würde gern erfahren, wie er sie wiedergefunden hat.«

»Das ist eine gute Frage!« warf eine fröhliche, frische Stimme von der Schwelle her ein. »Eine Frage, die ich beantworten kann, glaube ich.«

Und Marie Rallard, Josses junge Frau, trat ein, auf ausgebreiteten Armen ein eben gebügeltes Kleid aus leichter grau-weiß gestreifter Seide, das frisch wie Gartensalat schien. Blond, rosig, voller Anmut und Temperament, war die einstige Marie Vermeil noch hübscher als zu der Zeit, als sie eine der köstlichen Zierden im Harem des Sultans von Granada gewesen war, aber hochschwanger und nur noch wenige Wochen von ihrer Entbindung entfernt, hatte sich ihr Umfang verdoppelt. Seit Cathérines Rückkehr hatte sie wie selbstverständlich ihre Rolle als mit der Garderobe der Schloßherrin betraute Ehrendame wieder übernommen, einer Garderobe, von der einige Kleider und vor allem den Schmuck zu retten sie bei ihrer Flucht übrigens Mittel und Wege gefunden hatte.

»Du hättest bestimmt nicht gewollt, daß ich eine Dirne mit ihren Fingern an deine Sachen kommen lasse«, hatte sie Cathérine erklärt.

Jetzt trug sie eins der geretteten Kleider, das sie eilends gebügelt hatte, und breitete es über das Bett.

»Woher weiß du's denn?« fragte Cathérine.

»Von Josse natürlich. Als Messire Arnaud mit diesen üblen Burschen ankam, erkannte mein lieber Gatte einen von ihnen, der zur Truppe Béraud D'Apchiers gehört hatte, als dieser Teufel Montsalvy belagerte. Statt sich aufs hohe Roß zu setzen und es deinem Gatten zu berichten, wozu er größte Lust verspürte, zog Josse es vor, sich abseits zu halten und schließlich mit dem Mann ein Gespräch anzuknüpfen. Natürlich hat er ihn trinken lassen, und da es reichlich rohe Kerle sind, die Messire Arnaud da rekrutiert hat, hatte er keinerlei Mühe, ihn mehr als vernünftig trinken zu lassen. Danach hat er ihn ausgefragt und ungefähr das verstanden: Vor der Rückkehr nach Montsalvy hatte Messire Arnaud noch vor, mit Béraud D'Apchier abzurechnen. Er wollte ihn wegen der Belagerung seiner Stadt zur Rechenschaft ziehen und sich das Vergnügen machen, ihm beizubringen, daß sein Bastard Gonnet durch seine Hand diese Welt verlassen habe.

»Als er aber bei Béraus im Turm von Saint-Chély ankam, lag der Wolf des Gévaudan verletzt und halbtot in seinem Bett. Ein Kampf mit ihm war also unmöglich.

Dafür fand Azalaïs, die die Konkubine von Bérauds ältestem Sohn, Jean, und dann die seines Vaters geworden war, als Jean aufbrach, um, ich weiß nicht wo, Krieg zu führen. Sie flehte Messire Arnaud an, sie mitzunehmen, und um ihn leichter herumzukriegen, hat sie die Mittelchen angewandt, die du dir vorstellen kannst. Und da sie nicht häßlich ist ...«

»Sie hat sich nicht allzusehr zwingen müssen«, bemerkte Cathérine trocken. »Seit Jahren schon ist sie hinter ihm her.«

»Wie auch immer, er willigte ein, sie mitzunehmen, und das um so lieber, als sie für ihn die besten Haudegen Bérauds abgeworben hat, Leute, die sich wie niemand sonst aufs Morden und Plündern verstehen und die sich seit der Verletzung ihres Herrn in jämmerlicher Untätigkeit langweilten. Alle diese Prachtjungs sind eines Abends bei uns in Montsalvy erschienen, unter den Umständen, die du kennst.«

»Und er hat sie bei mir einquartiert, in dem Haus, das ich gebaut habe«, stöhnte Cathérine, wieder den Tränen nahe. »In meinem Zimmer zweifellos ...«

»Nein, nein!« protestierte Sara. »Nicht in deinen Zimmern! Als ich sah, was er uns da brachte, hab' ich mich vor deinem Gatten aufgepflanzt und ihm den Schlüssel zu deinen Räumen gezeigt, die ich vorher abgeschossen hatte. Ich trug ihn an einer Kette um meinen Hals.

›Es sieht so als, als hättet Ihr Gäste, Messire‹, hab' ich ihm gesagt. ›Aber Ihr müßt schon ein anderes Logis für sie finden als die Zimmer unserer Dame. Sie stehen nicht zur Verfügung.‹

Drauf hat er mir gesagt, ich solle ihm den Schlüssel geben, doch ich hab' ihn in meine Korsage gesteckt und geantwortet, bevor er ihn da heraushole, müsse er mir den Kopf abschlagen... Ich glaube, er hatte einen Moment größte Lust dazu, aber ich habe ihm geradewegs in die Augen gesehen und ihn daran erinnert, daß die Zigeuner sich auf Verwünschungen verstehen, und daß eine alte Zigeunerin wie ich eher noch giftiger ist als eine junge. Drauf hat er sich wortlos auf den Hacken umgedreht, und den Schlüssel hab' ich hierher mitgebracht.«

Der dumpfe Ton eines Jagdhorns drang aus den Tiefen des Schlosses herauf und unterbrach sie.

»Man bläst zum Mahl«, sagte Marie. »Ihr müßt Euch beeilen, Dame Sara.«

»Ich weiß, ich weiß! Da aber die Herrin von Roquemaurel und ihre Söhne für diesen Abend große Gala angeordnet haben, werden sie mir schon ein Augenblickchen Verspätung erlauben ...«

Sie machte sich mit unglaublicher Schnelligkeit daran, das Haar der jungen Frau zu flechten, indem sie die seidige Fülle zu einer großen Krone verband, auf der sie mit Nadeln eine luftige Haube befestigte. Unterdessen half Marie Cathérine, in ihr Kleid zu schlüpfen.

»Wo hast du eigentlich diesen neuen Gauthier gefunden?« murmelte Sara, den Mund voller Nadeln.

»In Paris, ich werde es dir erzählen. Oh, ich hab' dir soviel zu erzählen, genug für acht Tage.«

»Er hat die Haarfarbe des ersten, des armen Burschen, den ich nicht sehr mochte, obwohl er dir so ergeben war. Aber abgesehen davon sieht er ihm kaum ähnlich.«

Cathérine lächelte in den Spiegel, den Marie ihr vorhielt, doch mehr ihren Erinnerungen zu als dem, was sie in ihm sah, denn er war zu klein, um etwas anderes als Nase und Augen zu zeigen.

»Er ähnelt ihm viel mehr, als du es dir vorstellst! Auf jeden Fall mußt du wissen, daß Gauthier mir ganz ergeben ist, und ich weiß, daß ich alles von ihm fordern kann, was ich von dem guten Freund von einst hätte fordern können. Aber du müßtest dich mit ihm verstehen: Als ich ihn in Paris aus dem Gefängnis holte, studierte er Medizin. Das interessiert dich doch!«

Wenn sie gehofft hatte, Sara zu beeindrucken, kam sie auf unerwartete Weise auf ihre Kosten. Die aus den unstet schweifenden Stämmen hervorgegangene Frau hielt nichts von der offiziellen Medizin. Sie gab es kund, indem sie mit angeekelter Miene auf den Boden spuckte, als habe sie eine bittere Arznei geschluckt.

»Die Ärzte ... pah! Ich weiß mehr als sie!«

»Schön, dann könnt ihr Eure Talente vergleichen.«

Mit diesen Worten raffte Cathérine die Schleppe ihres Kleides über ihren Arm und begann, die Treppe hinabzusteigen, um sich zum Souper zu begeben.

Der große Saal von Roquemaurel konnte sich an Pracht nicht mit denen der königlichen oder herzoglichen Schlösser, ja nicht einmal mit dem Montsalvys vergleichen, denn man sah in ihm keine Spur eines Wandteppichs aus Arras und nicht den kleinsten mit Edelsteinen eingefaßten goldenen Humpen. Dabei war die Familie früher einmal sehr reich und folglich auch mächtig gewesen.

Von Ithier, Grafen der Auvergne durch Karls des Großen Willen, abstammend, hatten sie bei den Kreuzzügen gekämpft und sich im Lande Moab fast ein Lehen erworben. Wenn es ihnen schließlich doch nicht geglückt war, hatten sie immerhin genügend Gold heimgebracht, um ihren stolzen Wehrturm über die rauschenden Wasser des Lot zu setzen. Zum letzten Glanz ihres Glücks hatte Großvater Jean, Haushofmeister des Herzogs von Rodez, beigetragen. Doch seitdem war der Reichtum geschmolzen. Die Unergiebigkeit der Ländereien und unaufhörliche Verwüstungen teils durch die Engländer, teils durch die Plünderer jeglicher Art waren die Ursache dafür. Vielleicht auch die große Leidenschaft für Saufereien und Prügeleien, die den verstorbenen Grafen Ausbert, den Gatten der jetzigen Schloßherrin, beherrscht hatte. Eine Leidenschaft, die Dame Mathilde übrigens durchaus verstand, und die sie beide mit allen ihren unkontrollierbaren Ausbrüchen intakt auf ihre beiden ältesten Söhne Renaud und Amaury übertragen hatten.

Doch wenn Dame Mathilde auch nicht mehr über fürstliche Mittel verfügte, blieb sie deswegen nicht weniger eine ausgezeichnete Hausherrin, und wenn ihr Festsaal nicht mit Gold und kostbaren Geweben prunkte, bot er mit seinen strahlenden weißen Tafeltüchern, seinem so gut geputzen

Zinngeschirr, daß es wie Silber wirkte, seinen Wandbehängen in lebhaften Farben, die ein halbes Dutzend auf die Heimkehr der Kreuzritter wartende Schloßherrinnen mit der Hand gestickt hatten, und dem Gold des Ginsters, der überall aus Kübeln und steinernen Mörsern sprühte, einen freundlichen Empfang.

Dame Mathilde selbst, eingezwängt in ein schönes Kleid aus pflaumenblauem Samt, in dem sie bei dieser Wärme ersticken mußte, erwartete ihren Gast in einem hohen Sitz aus geschnitztem Kastanienholz, an dessen steilen Rücken sich zu lehnen ihr das doppelte Horn ihrer Frisur verbot. Ihre beiden ältesten Söhne rahmten sie so massiv ein, daß der junge Bérenger gänzlich hinter ihnen verschwand.

Er ähnelte ihnen übrigens in keiner Weise. Wenn man ihn sah, braun wie eine Kastanie und lebhaft wie ein Eichhörnchen neben diesen beiden strohblonden Riesen, fragten sich boshafte Gemüter gelegentlich, durch welches Walten des heiligen Geistes ihre Mutter eine so wenig zusammenpassende Brut hervorgebracht haben mochte, zumal Bérenger weder seiner Mutter noch dem dahingeschiedenen Ausbert ähnelte.

Aber zu Ehren des Gastes hatten Renaud und Amaury sichtlich Toilette gemacht. Ihre mit Hilfe eines Topfes geschnittenen Haare bildeten eine seltsame Aureole um ihre gebräunten, von allen Winden, allen Sonnen der Berge gebeizten Gesichter, während frische Schnitte auf ihren Wangen davon zeugten, daß man ihnen auch sorgsam den Bart abgekratzt hatte. Sie sahen einander so ähnlich, daß sie zwecks besserer Unterscheidung zu einem haarigen System ihre Zuflucht nahmen: Während Renaud total bartlos war, bekannte sich Amaury zu einem flockigen Schnurrbart, würdig eines Vercingetorix.

Feierlich trat Renaud zu Cathérine und nahm ihre Hand, als sie auf der Schwelle des Saals erschien, um sie zu ihrem Platz an der Tafel zu führen. Er war jetzt der Herr des Kastells, und besagter Platz befand sich zur Rechten seines Herrensitzes. Dame Mathilde setzte sich zu seiner Linken, und die anderen Tischgäste, Josse Rallard, Gauthier, der Schloßkaplan, Bérenger, Marie Rallard, und die wichtigsten Glieder des Haushalts, setzten sich, wie es gerade kam. Und nachdem der Kaplan den Segen des Herrn angerufen hatte, machte man sich ans Souper wie Leute, die ihren Tag nicht damit verbracht haben, unter einem Baum zu sitzen und zu träumen.

Erst nachdem man ein paar Hühnchen, die Hälfte eines Wildschweins und etwa einen Eimer Kastaniensuppe vertilgt hatte, entschloß sich Renaud de Roquemaurel, den Mund zu etwas anderem als zum Verschlingen von Nahrung zu benutzen, und unterrichtete Cathérine über die Anordnungen, zu denen er durch ihre Ankunft beflügelt worden war.

»Ich habe zu allen Schlössern der Umgebung geschickt, um Eure Ankunft anzuzeigen, Dame Cathérine, und zu sagen, daß wir nächsten Sonntag hier einen Rat aller derjenigen halten werden, denen die gute physische und moralische Gesundheit Montsalvys ebenso wichtig ist wie die eigene. Was dort oben geschieht, beweist überreichlich, daß Seigneur Arnaud sich gegenwärtig in der Gewalt des Teufels befindet. Es ist ratsam, ihn baldmöglichst daraus zu befreien, denn wenn die Dinge bei Euch schlecht stehen, können sie bei den anderen nicht ganz gut stehen. Unser treuer Freund Gontran de Fabrefort wird ab morgen mit seinen Leuten aus Labesserette hier sein. Aber wir haben auch Archambaud de la Roque in Sénézergues geladen und ihn gebeten, seinen Vater Jean de la Roque, Amtmann der Berge der Auvergne, zu unterrichten, damit er wenigstens seine Bürgschaft gibt. Ich habe auch nach Leucamp zu Guillaume de Sermur geschickt, nach Cours zu Jean de Méallet, nach Ladinhac zu Messire Hughes. Sogar nach La Salle habe ich Boten entsandt, aber ich zweifle, daß dieses alte Weibsstück von Cibelle sich für Eure Unannehmlichkeiten interessiert. Sie ist eine Vieillevie, und obwohl man sagt, daß sie mit ihrer Verwandtschaft gebrochen habe, weiß hier jeder, was dieses Haus wert ist«, fügte er mit einem Blick über die Versammlung hinzu, der jeden Anwesenden zum Zeugen nahm. Keinem war in der Tat unbekannt, daß seit unvordenklichen Zeiten zwischen den Roquemaurel und ihren Vettern aus Vieillevie ein solider Haß bestand, und die Angelegenheit mußte schon sehr ernst sein, wenn Renaud sich bereit gefunden hatte, ein geschriebenes Wort an eine mit einem so verabscheuten Namen geschlagene Frau zu richten.

In der Meinung, genug geredet zu haben, ließ Renaud seinen Becher von seinem Stallmeister bis zum Rande füllen und leerte ihn in einem Zug, während Cathérine, die seinem

Vortrag nicht ohne Überraschung gefolgt war, aufhörte, mit den Brotkügelchen zwischen ihren Fingern zu spielen und ihren nachdenklichen Blick zu ihrem Gastgeber hob.

»Habt Ihr vor, eine Armee auszuheben, Freund Renaud?«

»Eine Armee, nein, das könnten wir nicht. Aber ein paar gute Truppen immerhin und einige kriegserfahrene Gefährten, die Euch helfen sollen, Eurem Gatten Vernunft beizubringen!«

»So denkt Ihr, Ihr, der Ihr mein Freund seid, aber glaubt Ihr, daß die aus der Umgebung ebenso urteilen? Mein Gatte ist uneingeschränkter Herr über sein Lehen, das größte der ganzen Region. Er kann dort tun, was er will. Meint Ihr, daß unserer Nachbarn sich sonderlich aufregen werden, weil der Seigneur von Montsalvy sich weigert, seine legitime Frau zu empfangen, und es vorzieht, mit einem zweifelhaften Frauenzimmer zu leben? Es würde mich jedenfalls sehr wundern.«

»Ihr seid nicht im Bilde, Cathérine«, unterbrach Dame Mathilde.

»Diese Versammlung hätten wir schon lange einberufen, wenn Abbé Bernard zur Hand gewesen wäre. Aber in wessen Namen hätte diese Schilderhebung stattfinden können, wenn der andere Mit-Herr Meilen entfernt regungslos auf seinem Bett liegt und Ihr noch viel weiter fort seid? Im Namen Eures Sohnes, natürlich! Aber seine Anwesenheit hier preiszugeben, hätte ein zu großes Risiko bedeutet.«

Cathérine schüttelte den Kopf.

»Abbé Bernard an der Spitze einer Koalition gegen Montsalvy? Ich glaube nicht daran. Nehmt an, wir belagerten mit all Euren Freunden die Stadt – und das ist, wie Ihr zugeben werdet, die einzige Möglichkeit, Arnaud und die Bande, die er mitgebracht hat, zu treffen –, was glaubt Ihr, was sich ereignen wird? Mein Mann wird die Stadt in Verteidigungszustand versetzen, wird die gesunden Männer, ja selbst die Frauen auf die Mauern treiben, und sie werden ihm gehorchen müssen, selbst widerwillig, wenn sie nicht seinen Zorn erregen wollen. So wird es unschuldige Opfer im Volke geben, und das will ich um keinen Preis. Besser wär's, für immer meinen Namen und Rang zu verlieren, als sie mit dem Blut eines einzigen der Einwohner von Montsalvy bezahlen zu müssen.«

»Das macht Euch alle Ehre, Dame Cathérine«, warf

Josse ein, der bisher noch nicht gesprochen hatte, »und es wundert mich nicht von Euch, aber die Belagerung, wenn es dazu käme, würde kaum lange dauern. Sehr schnell würde sich jemand finden, der eins der Tore öffnet. Saturnin Garrouste, zum Beispiel, oder Gauberte. Eure Leute lieben Euch von ganzem Herzen, weil Ihr ihnen immer nahe gewesen seid, weil Ihr mit ihnen gelebt, gelitten und für sie große Gefahren auf Euch genommen habt. Von Messire Arnaud können sie das ganz sicher nicht sagen. Gewiß, sie bewundern seine große Tapferkeit, seine tollkühnen Taten ... aber Ihr werdet mir einräumen, daß man nicht allzuviel von ihm gesehen hat, seitdem er der Seigneur von Montsalvy ist.«

Gauthier, der neben ihm saß, betrachte diesen im Herzen der Auvergne gefundenen Landsmann, der eine Sprache ganz nach seinem Herzen führte, mit uneingeschränkter Sympathie.

»Man möchte meinen, Ihr tragt Seigneur Arnaud nicht gerade in Eurem Herzen«, murmelte er, indem er Josses Glas bis zum Rand mit einem hellen Rotwein füllte. »Ich gestehe, daß mir das Vergnügen bereiten würde.«

»Warum? Ihr liebt ihn nicht?«

»Ich bin ihm kaum begegnet, aber wenn ich ihn sah, waren die Begleitumstände nicht von der Art, die Sympathie erzwingen. Und was ich bei der Ankunft hier sah, verleitet mich dazu, ihn nicht für einen Rohling, sondern für einen Erzdummkopf zu halten.«

Josse musterte den Stallmeister Cathérines mit jenem kuriosen Lächeln mit geschlossenen, halbmondförmig gebogenen Lippen, das seinem braunen, trotz seines jugendlichen Alters schon von kurzen Fältchen gezeichneten Gesicht eine Art ironischen Charme verlieh.

»Ich glaube, ich kann Euch verstehen, zieht man in Betracht, was Ihr davon wißt. Aber ich muß Euch vor einem allzu hastigen Urteil warnen. Das Teuflische ist, daß man, kennt man Dame Cathérine, sich augenblicklich geneigt fühlt, ihren Gatten und Herrn mit Abneigung zu betrachten. Einer Abneigung, die vielleicht weniger abgeneigt wäre, wenn sie über weniger Charme und Schönheit verfügte. Nichtsdestoweniger kann ich Euch zwei Dinge verraten: Arnaud de Montsalvy ist einer der tapfersten Männer, die ich kenne, und die Liebe, die er für seine Frau empfindet, habe ich nie bezweifelt.«

»Was Ihr nicht sagt!«

»Doch, doch! Ich würde sogar sagen, daß er sie zu sehr liebt, und daß diese Liebe sein Leben vergiftet, weil sie ihn zwingt, nicht nur an sich alleine zu denken, an sein Leben als Mann des Krieges, an große, heroische Taten, an diese ganze zerschmetternde Existenz des Seigneurs unseres mitleidlosen Jahrhunderts. Seine Cathérine trägt er in sich, im Tiefsten seines Fleisches wie einen Armbrustbolzen mit zu großen Widerhaken. Niemals wird er ihn herausreißen können, und er weiß es. Darum ist ihm jeder Vorwand recht, sie dafür bezahlen zu lassen.«

»Das ist erschreckend! Er wäre in diesem Fall fähig, sie zu töten!«

»Vielleicht, aber ich glaube nicht daran. Er weiß sehr wohl, daß er danach keinen Moment mehr Ruhe finden würde. Einmal hat er's schon versucht, wie Sara mir erzählt hat. Er ist beinah verrückt geworden. Ich glaube, es wäre nötig, sie einander gegenüberzustellen. Das ist es, warum ich denke, daß selbst die Belagerung Montsalvys nicht zuviel wäre, wenn sie ihn nur zwänge, tief in ihre schönen Augen zu sehen!«

Während die beiden Männer untereinander plauderten, war die Diskussion allgemein geworden. Jeder gab seine Meinung kund, indem er sich bemühte, seine Nachbarn zu übertönen. Nur Cathérine blieb schweigsam und schien sich für die Debatte nicht mehr zu interessieren.

All das kam ihr sinnlos und unnütz vor, obwohl der kriegerische Eifer derer, die sie umgaben, ein echter Beweis ihrer Zuneigung war, da offenbar keiner der anwesenden Männer nicht bereit gewesen wäre, Lanzen zu brechen, um ihr wieder zu ihrem Glück zu verhelfen. Aber würde die Herausforderung Arnauds zum offenen Kampf wirklich das rechte Mittel sein, ihre Gemeinschaft wiederherzustellen? Je mehr Zeit verstrich und sie zu ruhigem Nachdenken kam, desto mehr zweifelte sie daran.

Und zudem hatte sie zu ihrem Nachteil erfahren, daß im Zorn getroffene Entscheidungen niemals gut waren.

Sie sagte es Sara, als sie mit ihr für die Nacht hinaufstieg.

»Wenn alle diese Leute Sonntag hierherkommen, wie Renaud hofft, habe ich die Absicht, sie zu bitten, nichts zu tun. Es hätte kein anderes Ergebnis, als die Dinge noch mehr zu vergiften.«

»Könnten sie es noch mehr sein? Dein bezaubernder

Gatte hat geschworen, dich mit Peitschenhieben zu verjagen, wenn du nur vor ihm zu erscheinen wagtest.«

»Er weiß nicht, was er sagt, wenn er außer sich ist!«

»Vielleicht, aber schon aus Stolz wäre er durchaus imstande, es zu tun. Darf ich's wagen, dir ins Gedächtnis zu rufen, daß er dich beinah hat hängen lassen?«

Cathérine ließ sich auf den Rand ihres Bettes fallen und nahm mit müder Hand die doch so leichte Musselinhaube ab, deren Gewicht ihr aber zu dieser Stunde drückend schien.

»Also auch du ... auch du rätst mir, mich an die Spitze einer bewaffneten Truppe zu stellen, einer Bande, von der ein Teil sicher von besten Absichten erfüllt sein wird, ein anderer jedoch in diesem Abenteuer nur eine ausgezeichnete Gelegenheit sehen könnte, ein wenig Montsalvy zu plündern, dessen Reichtum Neid erweckt, ohne von dem zu sprechen, was unser Schloß enthält.«

Mit wenigen flinken Taschenspielergesten löste Sara Cathérines Flechten und machte sich daran, ihr zuerst sanft, dann immer stärker den Kopf zu massieren.

»Ich rate dir zu schlafen, dich auszuruhen und nachzudenken. Seit gestern abend hast du kaum Zeit dazu gehabt. Sicherlich hab' ich keine Lust, diese liebe, kleine Stadt schwer zu kontrollierenden Gelüsten auszusetzen. Ich will nur, daß du versuchst, den Dingen ins Gesicht zu sehen, und vor allem, vor allem, daß du aufhörst zu glauben, dein Leben sei nur durch deinen Gatten möglich. Auch du kannst lernen, egoistisch zu sein. Es würde aller Welt zugute kommen, denn du bist es in dieser gemeinen Welt, die für jemand zu sorgen hat! Viel mehr als er!«

»Du hast recht«, seufzte Cathérine. »Ich gehe schlafen. Danach werde ich vielleicht klarer sehen. Die Nacht hat mir oft Rat gebracht ...«

Sie blieb ihn ihr auch diesmal nicht schuldig, und als sie am Morgen durch einen zärtlichen Sonnenstrahl erwachte, der ihre Nasenspitze wärmte, hatte Cathérine zu der Gewißheit gefunden, daß sie sich auf keinen Fall durch das Bündnis der Barone der Nachbarschaft heimführen lassen dürfe, weil sie dadurch riskieren würde, Freundschaft und Vertrauen der Leute Montsalvys zu verlieren. Die einzigen Männer, mit denen hocherhobenen Hauptes zurückzukehren ihr erlaubt sein würde, waren Abbé Bernard, Mit-Herr über die Stadt, oder auch der Lehnsherr Arnauds, Bernard d'Armagnac, Graf von Pardiac und Carlat, bei seinem Freunden unter dem Spitznamen Cadet Bernard bekannt, weil beide über legitime Autorität verfügten.

Und als der Sonntag kam und die erschienen, die Renaud de Roquemaurel geladen hatte – denn sie kamen alle mit Ausnahme des Amtmanns der Berge, der natürlich der wichtigste war, und der Dame de La Salle –, hatte die Dame de Montsalvy, nachdem sie lange mit Sara, Gauthier, Josse und Dame Mathilde zu Rate gegangen war, eine Entscheidung getroffen, an die sie sich zu halten gedachte. Sie brachte sie deutlich zu Gehör, als sich nach der Messe alle im großen Saal von Roquemaurel um warme Weißbrotfladen und Kräuterwein versammelt hatten, die man ihnen in Erwartung der Mahlzeit servierte.

»Es wird mir nie möglich sein, Messeigneurs, die Dankbarkeit und Bewegung auszudrücken, die ich empfinde, wenn ich Euch alle hier vereint sehe. Ich will darin den Beweis einer Freundschaft sehen, die mir unter allen kostbar ist. Deshalb möchte ich Euch sagen, bevor ich meine Meinung über die Angelegenheit äußere, die uns beschäftigt, daß weder ich noch meine Kinder diese großzügige Geste je vergessen werden, und daß Ihr, solange uns ein Hauch Leben bleibt, auch auf unsere treue Freundschaft zählen könnt!«

Sie schwieg einen Moment, um ihren Blick über jedes dieser so verschiedenen Gesichter, der jungen wie der alten, der schönen wie der häßlichen, gleiten zu lassen, so daß jeder von ihnen annehmen konnte, daß sie sich an ihn persönlich wende. Da die Unbefangenheit der Jugend sie seit geraumer Zeit verlassen hatte, kannte sie jetzt die Macht ihrer veilchenfarbenen Augen und die veilleicht noch größere ihres Lächelns. Doch als ihr Blick bei Archambaudde la Roque verhielt, nutzte dieser ihn zu einem Einwurf:

»Diese Einleitung klingt nicht sehr ermutigend, Dame Cathérine, obwohl sie recht angenehm zu hören war. Müssen wir ihr entnehmen, daß Ihr nicht entschlossen seid, durch die Kraft unserer Waffen nach Hause zurückzukehren? Das wäre schade. Wir sind alle bereit, für Euch zu sterben«, fügte er galant hinzu.

Er war ein schöner Bursche von ungefähr fünfunddreißig Jahren, ebenso braun, wie es Arnaud hätte sein können, dem er dank einer weitläufigen Vetternschaft übrigens ein wenig ähnelte, aber seine haselnußfarbenen Augen verrieten die Sanftmut und einen Humor, die dem Herrn von Montsalvy immer fremd gewesen waren. Überdies und trotz seiner kriegerischen Vorschläge war er ein Gebildeter, ein Künstler, und sein Äußeres war von einer Eleganz, die stark von seiner weit rauheren Umgebung abstach. Cathérine lächelte ihm zu.

»Ich habe Euch von meiner Bewegung gesprochen, Messire Archambaud. Aber es ist wahr, daß ich die liebevolle Eile meiner Freunde Roquemaurel bedaure, Euch zu den Waffen zu rufen. Schwert, Lanze und Streitaxt sind blutige, nicht wiedergutzumachende Mittel, und ich glaube, bevor wir unsere Zuflucht zu ihnen nehmen, sollten wir zuerst alle anderen, für jedermann gefahrlosen Mittel erschöpfen. Ich verstehe darunter den Appell an die Vernunft, Diplomatie, Geduld, Gebet ...«

»An dem Tag, an dem sich Montsalvy für diese Art Argument zugänglich zeigt, will ich gern meinen Kopf verlieren!«, rief Gontran de Fabrefort, der unzertrennliche Kumpan der Roquemaurel bei Saufereien, Handstreichen und anderen höchst erbaulichen Belustigungen. »Der wird Recht behalten, der imstande sein wird, ihm seinen Gesichtspunkt mit einem Streitkolben in seinen harten Schädel zu prügeln.«

»Er wird vielleicht Recht behalten, aber mein Gatte wird tot sein, und das wünsche ich nicht!« erwiderte Cathérine trocken. »Versteht doch: Wenn ich zur Vernunft mahne, dann vor allem, weil ich Unfrieden in der ganzen Region vermeiden möchte. Ihr seid seine Kampfgefährten, seine Freunde seit je, und ich bin schließlich nur eine Fremde, auch wenn ich seine Frau bin.«

»Angenommen, das sei so, so ist doch Euer Sohn kein Fremder«, ließ sich Hughes de Ladinhac vernehmen, ein alter Herr mit weißem Haar und dem Profil eines Raubvogels. »Nun, sein Vater läßt es an Loyalität fehlen, indem er in unser Land, das sie erst kürzlich verwüsteten, die Mordbrenner Beraud d'Apchiers mitbringt. Verzeiht mir meine Worte, Dame Cathérine, aber die Frau, die er bei sich hat, interessiert uns nicht. Jedem von uns steht es frei, eine oder mehrere Konkubinen zu haben, und es gibt wenige Herrschaftsfamilien ohne Bastarde. Aber wenn Montsalvy persönlich ehemalige Feinde in seine Stadt einläßt, bricht er damit den Lehnsvertrag, und seine Vasallen haben das Recht, ihn zu verwerfen. Da diese braven Leute dazu nicht fähig sind, fällt es uns, seinen Ebenbürtigen, zu, ihn an seine Pflichten zu erinnern.«

»Dann sucht ihn alle auf, alle, wie Ihr hier seid, und laßt ihn hören, was Ihr mir eben gesagt habt!«

»Einige von uns, die vor Paris Seite an Seite mit ihm kämpften, sind auch schon bei ihm gewesen: Amaury de Roquemaurel, Fabrefort, la Roque ... Es hat zu nichts geführt.«

Montsalvy hat uns unmißverständlich zu verstehen gegeben, er wünsche, daß wir uns nur in Dinge mischten, die uns etwas angingen«, seufzte der letztere, »dann würden wir auch weiterhin beste Beziehungen unterhalten. Es ist ganz sicher, daß wir allein, ohne jemand, der dazu berechtigt wäre, machtlos sind, und Abbé Bernard ist zur Zeit noch nicht in der Lage, uns zu helfen. Aber Ihr seid jetzt da, und Ihr besitzt alle legitimen Rechte Eures Sohns!«

»Vielleicht ... Aber ich will nicht den Sohn gegen den Vater stellen. Wenigstens jetzt noch nicht. Können wir nicht noch ein wenig warten?«

»Worauf?« erkundigte sich Jean de Méallet, der bisher schweigend zugehört hatte, scharf. »Daß Arnaud von Eurer Anwesenheit hier erfährt, was nicht lange dauern wird, glaubt mir. Daß er mit seiner Bande Roquemaurel angreift, es bezwingt, Euch mitnimmt und tötet?«

»Selbst wenn es dazu käme, würde er seinen Sohn nicht töten.«

»Wenn Ihr erlaubt«, grollte Dame Mathilde, »ich bezweifle, daß er Roquemaurel so leicht bezwingen würde. Das Schloß ist alt, gewiß, aber es hat schon andere gesehen und ist gottlob noch solide und durchaus imstande, einer Bande von Plünderern die Zähne auszubrechen. Natürlich wird Montsalvy bald wissen, wo sich seine Frau befindet, wenn er es nicht schon weiß. Aber ich rate ihm nicht, herzukommen und sie von uns zu fordern!«

»Gut!« hob Méallet wieder an. »Wenn es so steht, was tun wir?«

»Ich schlage Euch vor zu warten«, sagte Cathérine. »Ich wünsche, wie ich Euch schon sagte, alle Möglichkeiten der Versöhnung auszuschöpfen. Warum, zum Beispiel, nicht an den Grafen von Pardiac appellieren? Wenn jemand imstande ist, meinem Gatten Vernunft beizubringen, dann er!«

»Wir haben auch daran schon gedacht«, seufzte Renaud, »aber um Cadet Bernard zu finden, muß man jetzt hinter dem Pferd des Königs hergaloppieren.«

»Der König kämpft. Es ist normal, daß er bei ihm ist, aber er wird nicht verfehlen, im Herbst zurückzukehren, um die schlechte Jahreszeit in Carlat bei Gräfin Eléonore und den Kindern zu verbringen.«

»Nein, er wird nicht zum Überwintern in die Auvergne zurückkehren. Cadet Bernard ist zum Hofmeister des Dauphin ernannt worden. Er wird seinen Schüler erst verlassen, wenn Monseigneur Louis seine Volljährigkeit erreicht. Wollt Ihr jahrelang warten, Dame Cathérine?«

Cathérines Herz preßte sich zusammen. Würde sie sich wieder auf die lange Reise machen, zur Loire zurückkehren zu müssen, um die Hilfe des mächtigen alten Freundes zu erbitten? Wiederum bitten und noch einmal bitten! Und was könnte Bernard d'Armagnac tun? Er würde nicht nach Montsalvy kommen und den Erben des Throns hinter sich her ziehen!

»Nun, dann bleibt uns noch eine Karte auszuspielen. Ich werde mich zu Abbé Bernard begeben. Ich muß ihn sehen, muß mit ihm sprechen, und Saint-Laurent d'Olt ist nicht so weit. Ist Nachricht von ihm gekommen?«

»Er erholt sich langsam, sehr langsam leider«, sagte Fabrefort. »Mein Vetter d'Estaing, den ich letzte Woche in Curières bei der Hochzeit der Tochter Raymond de Mommatons traf, hatte ihn drei oder vier Tage zuvor gesehen. Er steht noch nicht auf, und er ist weit davon entfernt, sich auf den Rückweg zu machen. Wenn der Lot noch schiffbar wäre …«

»Daß er im Bett liegt, wird ihn nicht daran hindern, mich anzuhören. Er ist für mich immer der beste Freund gewesen, der verläßlichste Ratgeber«, sagte Cathérine. »Und das ist es, was ich will: seinen Rat! Was er mir sagen wird, danach werde ich handeln. Wenn er mir rät anzugreifen, werde ich angreifen, aber nur, wenn er mir rät! Ich breche morgen auf!«

»Das Pech dabei ist nur«, erklärte Renaud und lehnte sich in seinen Sitz zurück, »daß Ihr nicht durchkommen werdet. Der Weg nach Saint-Laurent führt durch das Tal, wenn man nicht einen gewaltigen Umweg über Aubrac machen will. Nun, Montsalvy hat trotz allem Verbündete in der Region gefunden: Diese Erzgauner von Vieillevie sperren den Fluß mit ihren Türmen, und der Teufel weiß, daß er an dieser Stelle leicht zu verteidigen ist. Ihr könnt Euch denken, daß sie von Eurer Anwesenheit in der Gegend unterrichtet sind, und daß sie Euch nicht passieren lassen würden. Sie kennen Euch ...«

»Aber mich kennen sie nicht«, unterbrach ihn Gauthier. »Dame Cathérine braucht sich nicht weiter zu bemühen und es von neuem mit langen Wegen und vielerlei Gefahren aufzunehmen. Wenn sie mir einen Brief für den Abbé mitgibt, werde ich ihr eine Antwort zurückbringen. Das ist die Aufgabe eines guten Stallmeisters.«

»Ihr kennt die Gegend nicht«, warnte Renaud.

»Mir wirst du nicht sagen, daß ich sie nicht kenne«, mischte sich Bérenger ein. »Ich werde ihm als Führer dienen, und glaubt mir, Gauthier, ich weiß, wie man die Enge von Vieillevie passiert.«

Trotz ihrer Besorgnis unterdrückte Cathérine ein Lächeln. Der Page hatte eine Liebe im Tal des Lot gehabt. Wie oft war er im vergangenen Jahr aus Montsalvy verschwunden, um bis zum Grund der Schlucht hinabzusteigen, den Fluß schwimmend zu überqueren und seiner hübschen Cousine Hauvette de Montarnal den Hof zu machen! Es hatte sich um eine schwierige, von tausend Gefahren begleitete erste heiße Liebe gehandelt, denn sie war auch noch verboten gewesen: Montarnal und Vieillevie, das war so gut wie ein und dieselbe Familie, und die beiden ältesten Brüder hätten ihrem Jüngsten zweifellos einen schmerzhaften Denkzettel verpaßt, hätten sie nur geahnt, wessen Bild er in seinem Herzen verbarg ... Gewiß, Bérenger kannte den Fluß, seine Furten und Übergänge genau, und er würde für Gauthier der beste aller Führer sein. Aber würde er jetzt, da er sacht auf dem Wege war, ein Mann zu werden, dem Verlangen widerstehen, Hauvette zu sehen? Cathérine fühlte nicht den Mut in sich, es ihm zu untersagen, nahm sich jedoch vor, ihm äußerste Vorsicht zu empfehlen: Der Brief mußte unbedingt Abbé Bernard erreichem.

Dem auf die Diskussion folgenden Bankett fehlte es an Enthusiasmus. Die Mehrzahl der Teilnehmer war sichtlich enttäuscht, denn die fröhliche kriegerische Lustbarkeit, die sie sich versprachen, schien nun auf den Sankt Nimmerleinstag verschoben zu sein. Die beiden Roquemaurel-Brüder zeigten sich offen mürrisch.

»Sie meinen, daß sie notfalls mehr Mühe haben werden, alle diese Leute wieder zusammenzubringen«, kommentierte Mathilde. »Sie fürchten, daß die schöne Gelegenheit verloren ist.«

»Und Ihr; Dame Mathilde, denkt Ihr auch so?«

Die dicke Schloßherrin lächelte ihr von der Höhe ihrer imposanten Körperlichkeit zu.

»Keineswegs. Wer wäre wohl närrisch genug, sein Haus vor der Heimkehr in Brand zu stecken? Ein Mann vielleicht, eine Frau nie! Ihr habt weise gesprochen, meine Freundin. Aber war es nicht verlockend?«

Cathérine zuckte die Schultern und näherte sich einem Fenster, um einen abwesenden Blick über die wunderschöne, so blaue, ruhige Landschaft dieses ausklingenden Tages zu werfen.

»Verlockend? Ja, gewiß ... Als ich bei Euch eintraf, hätte ich Arnaud gern mit meinen eigenen Händen erwürgt und mein durch die Anwesenheit eines liederlichen Weibes entweihtes Haus in Brand gesteckt! Niemand wird je erfahren, mit welcher Glut ich mir das wünschte! Aber ... angenommen, ich hätte all das tun, diesen nie wiedergutzumachenden Irrsinn ausführen, mich vom Wein der Rache hinreißen lassen können – was wäre mir danach außer Asche, außer Reue und noch bittereren Tränen geblieben? Seht, Dame Mathilde, was ich jetzt am meisten brauche, ist Frieden. Aber wie diesen Frieden finden, wenn ich ihn nicht zuerst durch mich selbst erlange?«

Liebevoll schob Mathilde ihren Arm unter den Cathérines, küßte sie und zog sie dann mit sich.

»Gehen wir jetzt zu Euren Kleinen«, sagte sie mit einer Sanftheit, die man ihr nicht zutraute. »Sie werden Euch sagen, daß Ihr das Richtige gewählt habt ...«

In dieser Nacht, zwei Stunden vor Sonnenaufgang, verließen Gauthier und Bérenger Roquemaurel zu Fuß, wie Pilger des heiligen Jakob gekleidet, die auf ihrem Wege das ganze Land durchzogen, und kletterten auf schmalen, schwierigen, dem Pagen nur zu gut bekannten Ziegenpfaden in die schwindelnden Tiefen der Schlucht hinab.

Im letzten Moment noch, bevor die beiden zum erstenmal allein, ohne sie, zu einem vielleicht gefährlichen Abenteuer aufbrachen, hatte Cathérine versucht, sie zurückzuhalten.

»Es ist Wahnwitz!« hatte sie ihnen gesagt. »Und dann ist es zweifellos unnütz. Ich weiß von vornherein, wie der Rat des Abbés lauten wird. Niemals wird er Gewalt und den Gebrauch der Waffen empfehlen. Wenn irgendwo ein wirklicher Heiliger existiert, dann ist er's.«

Gauthier begann zu lachen.

»Heiligkeit bedeutet nicht Schwäche, Dame Cathérine. Erinnert Euch, daß Christus selbst sich einer Peitsche bedient hat, um die Händler aus dem Tempel zu treiben. Die friedlichsten Menschen unserer mitleidlosen Zeit wissen recht gut, daß es zuweilen notwendig ist, Gewalt zu gebrauchen. So bleibt in Ruhe und achtet auf Euch, denn ich werde nicht da sein, um es für Euch zu tun.«

Sie küßte ihn auf die Stirn und ließ ihn gehen ... Er hatte recht: Wer konnte sich rühmen, die Wege des Herrn zu kennen?

Die folgenden Tage dehnten sich endlos in der immer drückenderen Hitze des Sommers, der wie ein bleiernes Tuch über die Châtaigneraie niedersank. Die Felder bräunten sich unter einem weißglühenden Himmel. Die kleinen Bäche, die sich träge durch die Wiesen schlängelten oder so munter von Fels zu Fels plätscherten, flossen spärlicher oder versiegten ganz, und es wurde eine wahre Sisyphusarbeit, das Vieh zu tränken. Glücklicherweise enthielten die in früheren Zeiten von Generationen von Sklaven in Schlössern und Ortschaften bis in den Felsgrund gegrabenen tiefen Zisternen reiche Reserven, aber auch sie waren nicht unerschöpflich. Wenn die Trockenheit lange anhielt, wie es vor fünfzig Jahren geschehen war, konnte die Situation sich verschlimmern und tragisch werden.

Doch noch bewahrten die von zwei Meter dicken Mauern geschützten großen, düsteren Räume Roquemaurels ihre Kühle. Die Frauen verließen sie nur in den frühen, kühleren Morgenstunden, um die Kinder rund ums Schloß nach Herzenslust laufen und spielen zu lassen. Für den Rest des Tages wies man ihnen den Hof und den Schatten der Wälle zu, wo sie wenigstens nichts von den Vipern zu fürchten hatten, deren Aggressivität die Hitze noch steigerte. Zwei Tage nach dem Abmarsch der beiden jungen Burschen war eine der Mägde beim Auslegen der Wäsche gebissen worden, und trotz schneller Behandlung durch Sara, die das Bein geöffnet und Blut gesaugt hatte, schwebte das arme Ding noch zwischen Tod und Leben.

Gleichzeitig mit der Hitze hatte sich Schweigen über das alte Kastell gebreitet, das keine Nachricht von irgendwoher unterbrach. Im Gegensatz zu dem, was manche dachten, hatte sich weder ein Bewaffneter aus Montsalvy noch Arnaud selbst gezeigt, obwohl zu erwarten gewesen war, daß er planmäßig die Gegend durchstreifte, um sich der angeblich schuldig gewordenen Gattin zu bemächtigen. Doch anscheinend rührte sich in der kleinen Stadt auf dem Plateau nichts, und das Leben ging dort genauso weiter, als ob nichts wäre, als ob Cathérine sich nicht eines Abends den Wällen genähert hätte …

Im Grunde ihres Herzens empfand sie bittere Enttäuschung darüber. Zwischen Arnaud und ihr waren die Dinge niemals einfach gewesen, aber Cathérine hatte nie den Kampf gegen den Mann, den sie liebte, gefürchtet. Im Gegenteil, sie schöpfte neue Kräfte aus ihm in dem Wissen, daß selbst die schlimmsten Wutausbrüche noch eine Spur Liebe enthielten. Doch wenn Arnaud sich nicht einmal mehr darum kümmerte, was aus ihr wurde, dann, ja, wurde die Sache verzweifelt, denn was sich so ankündigte, war das eisige Gespenst der Gleichgültigkeit. Und an dem Tage, an dem er kommen würde, um ihren Sohn zu fordern, gäbe es für sie keine andere Rettung mehr als das Kloster.

Abends, wenn die mörderische Sonne endlich nachzulassen und errötend hinter den Hügelketten der Dordogne zu sinken geruhte, stieg Cathérine langsam die Wendeltreppe aus schwarzem Stein zur Höhe des Wehrturms hinauf. Dort, gleichsam verloren im Himmel, an ein Mauerstück gelehnt, suchte sie nach Nordosten zu eine auf das dichte schwarze Haar des Waldes gesetzte, nun aufglühende Krone: die Türme Montsalvys, von denen wenn schon nicht ihre Augen, so doch ihr Herz jede Einzelheit erspähen konnte.

Bis in die schwarze Nacht hinein blieb sie dort, bis alles verschwand, dann kehrte sie, beschwert von der Last ihrer Sehnsüchte, in ihr einsames Zimmer zurück, ohne Sara zu bemerken, die sie, stumm im Schatten der Treppe verborgen, vorbeigehen sah und ihre Hände zu Fäusten ballte, wenn sie Tränen auf den blassen Wangen der jungen Frau gewahrte. Und wenn das Geräusch des zufallenden Riegels ihrer Tür verklungen war, stieg die Zigeunerin zu den Küchenräumen hinab, holte sich dort eine Kerze und betrat den Winkel des Kellers, wo sie ihre Kräuter, ihre Phiolen zum Einweichen, ihre Salben und ihre Pulver aufbewahrte.

Es war ein düsterer und beunruhigender Ort, den man leicht für die Höhle einer Hexe hätte halten können, aber wenn Sara von der Kunst der Hexerei auch nichts unbekannt geblieben war, hatte sie sich doch stets geweigert, sie auszuüben. Was sie praktizierte, war die weiße Magie, die Magie der Wohlgerüche, der Bitten und Anrufungen, und nicht der Satan war es, an den sie sie richtete, sondern wohltätige Geister, denen sie alle Mittel ihrer Kunst im Austausch für die Linderung des Leides derjenigen widmete, die sie noch immer als ihr geliebtes Kind ansah.

Und doch versorgte sich Sara eines gewissen Abends Ende August, bevor sie ihren unterirdischen Schlupfwinkel aufsuchte, mit einem Stück Bienenwachs und einem Nadelkissen.

Dieser Tag war besonders trübe und besorgniserregend gewesen. Tiere begannen auf den Weiden zu krepieren, von durstigen Wölfen gerissen, die ihr Blut trinken wollten. Der Wasserspiegel in der Zisterne des Schlosses senkte sich gefährlich, und wenn der Himmel keinen Regen schickte, würde man bald beim Schlamm ankommen. Schließlich war es auf den Tag genau sechs lange Wochen her, daß Gauthier und Bérenger nach Saint-Laurent aufgebrochen waren, und keine Nachricht hatte sie bisher erreicht. Sie hatten sich sozusagen im dichten Unterholz, in Wäldern und Heide aufgelöst, und niemand wußte zu sagen, was aus ihnen geworden war.

Gegen Ende des Tages stieß die vom Hühnerhof heraufkommende Sara auf den zurückkehrenden Renaud. Wenn man ihn so reiten sah, mit rundem Rücken in seinem über den Muskeln der zottigen Brust bis zur Taille geöffneten Leinenkittel, den bösen Blick starr zwischen die Ohren seines Gauls gerichtet und grimmig am Stiel seiner Reitgerte kauend, war leicht zu erraten, daß Zorn in ihm schwelte.

Da seine Zornausbrüche gefürchtet waren, setzte Sara, die keine Lust verspürte, mit einem von ihnen Bekanntschaft zu machen, ihren Weg fort, aber er rief sie an:

»Kommt her, Sara! Ich muß mit Euch reden!«

Er sprang vom Pferd, warf den Zügel einem herzuspringenden Knecht zu, und nachdem er sich überzeugt hatte, daß niemand sonst in Sicht war, nahm er Sara beim Arm und zog sie in die um diese Stunde verlassene Waffenschmiede.

»Ich habe Arnaud de Montsalvy gesehen!« platzte er heraus, auf den fragenden Blick der Zigeunerin antwortend, deren Gesicht unbewegt wie Marmor blieb.

»Ah! ... Und habt Ihr mit ihm gesprochen?«

»Ja ... Ich war bis nach Sénézergues geritten, um zu sehen, wie la Roque mit dieser verdammten Dürre fertig wird, und ob die Wölfe auch bei ihm aufgetaucht wären, als ich mich beim Verlassen des Hohlwegs, der zur Kirche führt, plötzlich Montsalvy gegenüber fand. Der Weg ist an dieser Stelle nicht breit, und zwei können nicht aneinander vorbei. Einer von uns mußte also zurück. Ich hatte keine Lust dazu und er anscheinend auch nicht, denn einen Moment starrten wir uns wortlos an, ungefähr so freundlich wie zwei Wachhunde vor einem Stück Fleisch. Ich dachte einen Moment, er würde sich auf mich stürzen. Da er ebenso leicht gekleidet war wie ich, konnte ich seine Schultermuskeln schwellen sehen, während seine Hand nach dem Griff des am Sattel hängenden Schwertes tastete. Ich war schon dabei, dasselbe zu tun, als er sich besann. Er richtete sich auf, tätschelte den Hals seines Pferdes, um es zu beruhigen, und dann warf er mir einen bösen Blick zu.

›Es scheint, daß Cathérine bei dir Zuflucht gefunden hat.‹

›Woher weißt du?‹

Er zuckte die Schultern.

›Die Neuigkeiten kommen bei uns schnell herum. Ich weiß es seit einem Monat. Sogar die ganze Familie ist, scheint's, bei dir, denn diese Hexe von Sara hat sich erlaubt, die Kinder zu dir zu bringen, die sie mir entführt hat.‹

›Offenbar fehlen sie dir nicht, denn du hast es ja nicht für nötig gehalten zu kommen, um sie zu fordern.‹

›Keine Sorge, ich werde kommen, aber später, wenn ich mit dem Weibsstück, das ich geheiratet habe, Schluß gemacht habe.‹

Da hab' ich angefangen, Scherzchen zu machen.

›Wenn du Schluß gemacht hast? Dazu wirst du erst mal anfangen müssen, mein Dicker. Wenn du meinst, daß du sie vor unserer Nase und unserem Bart bei uns rausziehen kannst, riskierst du, Überraschungen zu erleben. Roquemaurel wiegt Montsalvy vielleicht nicht auf, aber es ist noch solide, und weder ich noch meine Brüder noch meine Leute sind faule Burschen!‹

›Sorg dich nicht, Renaud. Du wirst nicht mal dein Schwert zu ziehen brauchen und ich ebensowenig. Du wirst sie samt ihrer Hexe mit der schwarzen Haut, für die man einen Scheiterhaufen herrichten dürfte, artig gehen lassen, wenn der Offizial aus Rodez erscheint, um sie als ehebrecherische Gattin von dir zu fordern.‹

›Ehebrecherisch? Die Behauptung ist stark! Man möchte meinen, du vertauschst die Rollen, Freund. Es ist doch wohl nicht Cathérine, die öffentlich mit einer Hure lebt! Du bist es, wie mir scheint, ohne von deiner Bande von Halsabschneidern zu reden, die die Gegend in Schrecken versetzen und überall plündernd herumziehen!‹

›Ich weiß, was ich sage: Ich habe Beweise, Zeugen ...‹

›Zeugen? Ich kann mir denken, was das für Zeugen sind, und woher du sie hast. Sie taugen nicht viel!‹

›Sie werden auf jeden Fall soviel taugen, daß der Bischof und der Offizial ihnen glauben. Und es ist die Geistlichkeit, die Cathérine auf mein Ersuchen bei dir rausholen wird, um sie fürs Leben in ein Kloster einzuschließen, wenn ich sie verstoßen haben werde. Man wird ihr ihr schönes goldenes Haar abschneiden, ihre beste Falle ...‹

Da ist mir das Blut zu Kopf gestiegen, Dame Sara. Ich hab' alles vergessen von früherer Freundschaft und selbst mein Mitleid wegen der großen roten Narbe, die eine Seite von ihm verunziert, und ich hab' so laut gebrüllt, daß ich die Krähen in die Flucht gejagt habe:

›Du hast ein kurzes Gedächtnis, Montsalvy, und du machst mir Lust, zu kotzen! Wenn man bedenkt, daß man dich einst als Blüte der Ritterschaft angesehen hat! Du warst hart und kalt wie die Klinge deines Schwerts, aber du warst auch so gerade und echt wie sie. Ihre beste Falle, wie? Du hast das Totengeläut der Glocken von Carlat vergessen und den Mann, den man zum Aussätzigenspital führte mit einem Gespinst lebendiger Sonne in den Händen ... die beste Falle ›dieses Weibsstücks‹, das dich genug anbetete, um sich für dich umzubringen, und das deinetwegen hundertmal fast gestorben ist!‹«

»Was hat er gesagt?« unterbrach Sara, blaß geworden bei der Erinnerung, die Roquemaurel heraufbeschworen hatte, so, wie man sie noch in den Dörfern zwischen Aurillac und Rodez erzählte.

»Nichts. Er wurde ganz bleich, und ich sah ihn einen Moment die Augen schließen. Das hab' ich genutzt, um ihn vollends zu erledigen.

›Hör mir gut zu‹, hab' ich ihm gesagt, ›die Dame von Montsalvy – weil alle Welt sie hier so nennt und sie auch weiterhin so nennen wird! – bleibt so lange bei uns, wie es Gott gefällt, und du kannst deinem Offizial bestellen, wenn er es wagt, mit seiner Rechtsverdrehung auf mein Land vorzudringen, wird er's mit mir zu tun kriegen. Es wär' besser für ihn, mit was anderem als Kreuzen und Bannern zu kommen, weil das zu wenig vor Wurfsteinen, geschmolzenem Pech und kochendem Öl schützt, von den Pfeilen gar nicht zu reden, mit denen man ihn nicht verschonen wird.‹

›Man wird dich exkommunizieren!‹

›Das ist mir gleich! Bei dem streitbaren Dasein das Amaury und ich seit zehn Jahren mit den Stiftsherrn von Saint-Projet führen, war's ohnehin längst Zeit, daß mir das passiert. Aber das wird mich nicht hindern, an dem Tage, an dem der Herr finden wird, daß ich genügend Lärm auf der Welt gemacht habe, geradenwegs zu ihm zu gehen, weil er intelligent sein muß!‹

Darauf riß Montsalvy plötzlich sein Pferd herum, und dann ritt er dahin zurück, woher er gekommen war. Er wird auf einem Umweg nach Montsalvy geritten sein. Aber bevor er seinen Gaul spornte, hab' ich noch deutlich gehört, was er schrie:

›Das wird man sehen! Du kannst ihr schon sagen, was sie erwartet, und danach hole ich meine Kinder!‹

Das wär's, Dame Sara. Ich habe Euch alles gesagt. Ich wollte erst mit Euch sprechen, bevor ich es dieser armen Kleinen erzähle ...«

»Das dürft Ihr auf keinen Fall! Sie leidet schon so genug. Aber sagt mir: Glaubt Ihr, daß er seine Drohung ausführen kann, daß man in Rodez dumm genug ist ...«

»Um jede von irgendeinem pompösen und wohlgeborenen Dummkopf mit Überzeugung geäußerte Faselei zu schlucken? Ich würde meine Hand dafür ins Feuer legen!«

»An wen denkt Ihr?«

»An Leute, die ich gut kenne ... die Hurenjäger von Vieillevie, zum Beispiel, oder diesen Knauser Montarnal. Stellt Euch vor, Arnaud ließe durchblicken, er würde, sobald er erst von seiner armen, bewunderungswürdigen Frau befreit wäre, gern eine der Töchter aus der Gegend heiraten, die Marguerite de Vieillevie oder Hauvette de Montarnal. Diese Habenichtse wären bereit, bei der Messe zu schwören, sie hätten mit eigenen Augen die arme Cathérine mit der halben Châtaigneraie schlafen sehen!«

»Ich verstehe«, sagte Sara. »Nun, ich bleibe dei dem, worum ich Euch gebeten habe: kein Wort über das, was geschieht, zu Cathérine. Es würde ihr zuviel Schmerz bereiten, denn ich fürchte, daß sie diesen abscheulichen Menschen noch liebt. Und dann sind wir ja auch noch nicht soweit, daß wir kochendes Öl auf den Bischof von Rodez schütten müßten.«

In dieser Nacht war es, daß Sara in die Eingeweide von Roquemaurel hinabstieg. Im Schein der Fackeln knetete sie mit ihren geschickten Händen zwei Wachsfigürchen, eine wie eine Frau gekleidet, die andere wie ein Mann, zwei Wachsfigürchen, durch die sie mit harten Augen lange, zuvor über der Flamme rot durchglühte Nadeln bohrte, während ihre Lippen seltsame Worte einer Sprache verlorener Geheimnisse murmelten. Scharf riechende Essenzen brannten, schwarzen Rauch erzeugend, auf der Glut eines Herdes, und Saras Schatten dehnte sich über die mit Salpeter überzogene Mauer wie das Gespenst des Hasses selbst.

Als sie ihr schreckliches Werk beendet hatte, legte sie die Figürchen in einen Kasten, den sie in einem Winkel des Kellers vergrub, löschte die Fackeln, griff wieder nach ihrer Kerze und stieg langsam zum Turm hinauf, wo sich ihr Quartier befand. Ihre immer so sicheren Hände zitterten, und ihr Gesicht, ebenso grau und hart wie die alten Mauern neben ihr, glänzte von Tränen, die sie nicht zurückhalten konnte, denn um die zu retten, die sie mehr als ihr Leben liebte, hatte Sara die Schwarze die Gefahr der Verdammnis ihrer unsterblichen Seele auf sich genommen.

Drei Tage verstrichen noch, bis eines Morgens die Tore Montsalvys eine wilde, zügellose Flut von Männern, Frauen und Kindern ausstießen. Sie trieben Vieh vor sich her, zogen Karren, auf denen sie in aller Hast aufgestapelt hatten, was ihnen am kostbarsten war. Die Sonne strahlte vom heiteren, mitleidlos heiteren Himmel herab. Dennoch waren die Gesichter dieser Menge von Entsetzen geprägt.

Vom Turm der Abteikirche dröhnte durch die unbewegte Luft ein unheilkündendes Totengeläut, das weit über das Land hallte, bis zu den Mauern der kleinen Nester, bis zu den Türmen der Schlösser, Vorbote des herzzerreißenden Schreis, der der flüchtenden Menge voranflog:

»Die Pest! ... Die Pest ist in Montsalvy!«

Das Maß der Liebe

Am Rande des Weges in Cathérines Armen zusammengebrochen, mit im Staub schleifenden Röcken, schluchzte Gauberte, ohne aufhören zu können. Das Grauen dieses Tages und die Schwierigkeiten des Wegs mit einer solchen Last waren selbst für ihre Ausdauer zuviel gewesen, und sie schluckte schluchzend mit langgezogenen Heultönen dazwischen, die unter anderen Umständen vielleicht ein Lächeln hervorgerufen hätten, während die Tränen schwärzliche Rinnen über ihr schweißig glänzendes Gesicht zogen. Aus den beiden Karren hinter ihr starrten ihre in wildem Durcheinander mit neuen Leinwandrollen, Küchengeschirr und Webereiwerkzeug zusammengepferchten zehn Kinder auf ihre weinende Mutter, ohne einen Finger zu rühren, und im verdorrten Gras auf der anderen Seite des Weges lag lang hingetreckt, keuchend mit ausgebreiteten Armen, wie zerschmettert durch die hinter ihm liegende Anstrengung ihr Mann, der Weber Noel Cairou. Ein Stück weiter auf dem Pfad sah man andere Karren, den Martin Cairous, des Bruders und Kompagnons Noels, den Joseph Delmas', des Kupferschmieds, und seiner Frau Toinette, den Antoine Coudercs, des Hufschmieds, und noch mehr. Die Leute von Montsalvy ergossen sich nach Roquemaurel auf der Suche nach der, die sie immer als ihre Schutzpatronin angesehen hatten: Cathérine!

Als sie in der malvenfarbenen Dämmerung vom Wehrgang aus gesehen hatte, einen mühselig sich dem Schloß nähernden, erschöpften, verstörten, armseligen Zug, war sie die Treppe hinuntergeeilt und hatte ihnen entgegenlaufen wollen, um sie mit offenen Armen und offenem Herzen zu empfangen, aber sie war an der aufgezogenen Brücke Roquemaurels und an der stämmigen Gestalt Renauds gescheitert, der nicht daran dachte, ihr den Weg freizugeben.

»Was macht Ihr?« hatte sie geschrien. »Warum verschließt Ihr Eure Tore? Seht Ihr nicht, daß sie Hilfe brauchen? ... Ich muß zu ihnen!«

Doch er hatte sich nicht gerührt.

»Bei jeder anderen Gelegenheit würde ich die ganze Umgebung mit Freuden aufnehmen, aber diesmal nicht. Die Pest ist in Montsalvy, und vielleicht bringen sie sie mit. Ich werde sie nicht zu uns hereinlassen.«

»Sie sind hierhergekommen, weil sie Euch vertrauen!«

»Nicht mir! Euch, Cathérine, Euch, die Ihr nichts tun könnt. Denkt an Eure Kinder. Wollt Ihr sehen, wie sie anschwellen, schwarz werden und unter entsetzlichen Qualen sterben?«

Das Bild, das er beschwor, war so furchtbar, daß Cathérine es vor sich zu sehen glaubte. Sie preßte beide Hände auf ihre Augen, um ihm zu entgehen. Aber draußen erhoben sich Schreie, Rufe:

»Unsere Herrin ... unsere Herrin! Dame Cathérine!«

»Mein Gott!« stöhnte sie. »Sie rufen nach mir ...«

»Sie riefen weit weniger nach Euch an jenem Abend, als sie duldeten, daß ihre Tore sich vor Euch schlossen! Haben sie Euch die Demütigung durch ihren Herrn erspart? Nein. In der Gefahr jeder für sich und Gott für alle. Bleibt ruhig, Cathérine.«

»Er hat recht«, fiel Sara ein. »Sie haben nichts getan, als dein Gatte mit dieser Schlampe und ihren Vagabunden zurückkam. Hör nicht auf sie! Sie haben nicht das Recht, dein Leben zu fordern.«

»Aber sie fordern es nicht von mir! Sie bitten mich nur, ihnen zu helfen, sie zu trösten. Und an der Spitze marschiert Gauberte, die mir geholfen hat!«

»Mit geringsten Kosten!« rief Sara unerbittlich. »Sag uns nicht, daß es in all der Zeit, in der die Bande Messire Arnauds in Montsalvy haust, nicht möglich gewesen wäre, sie verschwinden zu lassen! Glaub mir, hätte ich nicht die Kinder gehabt, ich selber hätte es auf mich genommen, und die Kerle wären einer nach dem andern dank der guten Nahrung gestorben, die ich ihnen serviert hätte. Schläge, die von nirgendwoher kommen, das gibt's, weißt du? Hast du die Bretter auf dem Wehrgang vergessen, die Azalaïs' Schwiegervater vor dir fortnahm, um dich in den Graben stürzen zu lassen? Glaub mir, wenn deine braven Untertanen wirklich gewollt hätten, hätten sie dir zur Rückkehr verhelfen können!«

»Angst ist menschlich, und Arnaud scheint mir ein wildes Tier geworden zu sein. Vielleicht haben sie mir das Schlimmste erspart, indem sie ihn nicht zwangen, mich wiederzusehen. Es bleibt, daß sie mich brauchen, und daß ich nicht das Recht habe, sie zu enttäuschen. Wenn Ihr sie nicht aufnehmen wollt, Renaud, was ich verstehe, sagt mir wenigstens, wohin ich sie führen kann, damit sie ein Obdach finden. Als ich sie vom Wehrgang aus kommen sah, bemerkte ich im Westen sich bildende Wolken. Vielleicht wird endlich der Regen kommen, auf den wir schon so lange warten.«

»Warum gehen sie nicht zu den guten Stiftsherren und -damen von Saint-Projet, meine Schöne? Die religiösen Gemeinschaften sind dafür da, und christliche Barmherzigkeit ist ihre Arbeit!«

Ein Schweigen entstand, in dem die Schreie und flehenden Rufe von draußen um so lauter zu hören waren. Cathérine straffte sich, preßte die Hände ineinander.

»Öffnet mir die Pforte, Renaud! Ich will zu ihnen.«

»Nein!«

»Ich bitte Euch darum! Was tut's, wenn ich mein Leben riskiere? Ich habe ein Recht, damit zu tun, was ich will ... und ich bin nicht sicher, ob es mir noch etwas zu geben hat. Öffnet!«

Renauds wütender Blick senkte sich in die Augen der jungen Frau.

»Wenn ich sie öffne, Cathérine, werde ich sie wieder schließen, und Ihr könnt nicht mehr zurück. Ihr müßt bei ihnen bleiben.«

Die Schultern straffend, hielt sie seinem Blick stand, bemüht, die in ihr hochkriechende Angst zu verbergen, denn es gab nichts Furchtbareres als die Pest.

»Ich weiß, aber ich bitte Euch zum letztenmal, mit dieses Tor zu öffnen. Ich bin die Herrin von Montsalvy, ihre Herrin, und es ist meine Pflicht, zu ihnen zu gehen, um ihnen beizustehen.«

Ein Durcheinander von Protesten und Bitten erhob sich um sie, doch sie weigerte sich, auf sie zu hören, während sie mit festem Schritt dem Ausfalltor zuging.

»Wartet auf mich! Ich gehe mit Euch!« rief jemand. Und Josse kletterte eilig vom Wehrgang herunter und lief zu ihr, mit sanfter, aber fester Geste die Arme Maries zurückweisend, die ihn zu halten versuchte. Dann ließ in der plötzlich eintretenden tiefen Stille Renaud selbst die kleine Brücke herab und öffnete das niedrige Tor, durch das alle die lange Reihe der Flüchtlinge sehen konnten.

»Sorgt für meine Kinder, Sara!« rief Cathérine. Und von Josse gefolgt, lief sie denen entgegen, die Feudalrecht und Freundschaft zu den Ihren machten. Nun auch sie bemerkend, stürzte Gauberte auf sie zu und sank schluchzend in ihre Arme …

Mit Hilfe eines Taschentuchs und einer Kleinigkeit Wasser aus einem der beiden Schläuche, die Josse auf dem Rükken mitgeschleppt hatte, um den Ankömmlingen zu trinken zu geben, säuberte Cathérine Gaubertes schmutziges Gesicht, und nach und nach beruhigte sich die Webersfrau soweit, daß sie berichten konnte, was geschehen war.

Die ganze Nacht hindurch hatte der Lärm aus dem Schloß die Stadt wach gehalten. Seit zwei Tagen feierte man dort die Ankunft dreier Männer, die mit einem Fuhrwerk und drei Frauen aus dem Süden gekommen waren, Frauen, deren dunkle Haut deutlich davon kündete, daß sie das Licht der Welt irgendwo südlich des Mittelmeers erblickt haben mußten. Bei der Einfahrt in die Stadt durch das Tor von Entraygues hatte der Mann, der der Anführer zu sein schien, erklärt, daß diese Frauen Sklavinnen seien, die er von seinem Herrn, Alfons dem Großzügigen, König von Aragon, dem Herzog von Bourbon zu überbringen habe, und daß er aus Marseille komme. Er bat um Unterkunft für die Nacht und bekam eine bessere, als er erhoffte, denn die Tore des Schlosses hatten sich schleunigst hinter den Frauen geschlossen: Die neuen Kumpane Arnaud de Montsalvys gehörten nicht zu den Leuten, die einen unverhofften Glücksfall vorübergehen lassen, ohne weidlich davon zu profitieren, zumal weder der Absender des Geschenks noch der Empfänger in ihren Augen im Vergleich zum eigenen Vergnügen etwas zu bedeuten hatten.

Die Orgie hatte also während dreier Nächte getobt, aber als die Sonne an diesem Morgen aufgegangen war, hatten die zum Markt kommenden Bauern ein entsetzliches Schauspiel mitansehen müssen: Ein Mann war schreiend aus dem Schloß getaumelt, ein völlig nackter Mann, dessen ganzer Körper mit großen schwarzen Flecken bedeckt war. Nach einigen Schritten war er der Länge nach in den Staub gestürzt und hatte eine schwarze Scheußlichkeit erbrochen, die die Anwesenden sofort aufgeklärt hatte.

»Die Pest!«

Der alarmierende Schrei hatte in einem Nichts an Zeit die Runde durch die ganze Stadt gemacht, überall jähe Panik verursacht, und alle hatten nur noch einen einzigen Gedanken gehabt: zu fliehen, ihr Leben so weit wie möglich aus dem Bannkreis des Schlosses hinauszuretten, auf dem der Fluch des Himmels lag. Sie hatten sich sogar dem ermutigenden Zuspruch der Mönche der Abtei verschlossen, die ihnen rieten, sich in ihren Häusern einzuriegeln. Angesichts ihrer Ohnmacht, den Exodus einzudämmen, hatten sich die Mönche dann in ihren eigenen Mauern verbarrikadiert, von wo bald dichter Rauch aufstieg und angezeigt hatte, daß sie Kräuterbündel verbrannten, um die Luft zu reinigen.

»Bruder Anthime«, schloß Gauberte schniefend, »ist eben nicht Abbé Bernard. Er, der arme, heilige Mann, wäre in dieses verdammte Schloß gegangen, um nachzusehen, was dort vor sich ging, aber der Säckelmeister denkt anders: Er hat sich damit begnügt, das Tor zunageln, einen Berg Bohlen davor aufstapeln und den unterirdischen Gang verstopfen zu lassen, der ins Tal führt, so daß niemand und vor allem nicht die verfluchte Krankheit heraus kann ...«

Jäh sprang Cathérine auf. Sie war so weiß geworden wie ihr leinenes Kleid.

»Das Tor zugenagelt? Aber ... und mein Mann? Und Messire Arnaud?«

Gauberte deutete durch eine Geste ihre Machtlosigkeit an und wandte die Augen ab.

»Er ist drin«, murmelte sie endlich. »Aber er ist zu dieser Stunde vielleicht schon tot. Das geht schnell bei der Pest, Dame Cathérine, schrecklich schnell ... Bruder Anthime sagt, daß man das Schloß erst in vierzig Tagen öffnen werde ... um es in Brand zu stecken. Was kann man schon machen, Dame Cathérine?«

Sie begann von neuem zu weinen, hängte sich an das Kleid der jungen Frau, die sie nicht zu hören schien. Abwesenden Blickes stellte Cathérine sich das Grauen dieses vom Schraubstock der Angst umklammerten Schlosses vor, der Leute, die zu dieser Stunde unter erbärmlichen Qualen starben. Als hätte sie ihn vor sich, sah sie ihren röchelnd auf dem Boden liegenden Mann, lebendig verfaulend, ohne den Beistand Gottes sterbend. Und vor diesem schrecklichen Bild vergaß Cathérine all das Böse, das er ihr angetan hatte, das er ihr vielleicht noch antun würde ...

Plötzlich wandelte sich das Grauen in ihr in Zorn. Der langen Reihe der Flüchtlinge zugewandt, rief sie:

»Was Ihr tun werdet? Ich weiß es nicht! ... Warum mußtet Ihr Eure Häuser verlassen, obwohl Bruder Anthime so gut für Montsalvy gesorgt hat, indem er unseren Herrn zum Tode verurteilte? Geht, wohin Ihr wollt ... nach Saint-Projet, zum Beispiel! Da sind Mönche und Nonnen, die Euch vielleicht helfen werden. Ich ... ich kehre zurück!«

Und zum Schloß sich umdrehend, rief sie zu Renaud hinauf, dessen Gestalt zwischen zwei Zinnen sichtbar war:

»Schickt mir ein Pferd heraus und sagt Sara, sie soll mir alles, was sie an Arzneien besitzt, herunterwerfen. Ich gehe nach Montsalvy!«

»Ihr seid verrückt, Cathérine! Ihr werdet nicht lebend herauskommen!«

»Das werden wir sehen. Tut, was ich von Euch verlange. Ich werde den Vater meiner Kinder nicht sterben lassen, ohne das Unmögliche versucht zu haben, um ihn zu retten!«

»Aber er muß schon tot sein. Die Pest wirkt ...«

»Sehr schnell, ich weiß. Doch ich werde an seinen Tod erst glauben, wenn ich ihn gesehen habe.«

»Verrückt seid Ihr! Euch für diesen Mann zu opfern! Wißt Ihr, daß er Euch verstoßen, Euch durch den Offizial von Rodez hier herausholen und als Ehebrecherin lebenslänglich ins klösterliche Gefängnis werfen lassen will? Man wird Euch den Prozeß machen und Euch bis zum Ende Eurer Tage einsperren, während er eine andere Frau heiraten wird!«

Wütend hatte Roquemaurel all das wie einen Korb voller Steine von der Höhe seines Turms geschleudert und gehofft, daß seine Wurfgeschosse genügend Gewicht besäßen, um Cathérine am Boden festzunageln. Aber sie zuckte nicht mit der Wimper. Aufrecht wie eine Degenklinge, hob sie ihren Kopf womöglich noch höher und erklärte ruhig:

»Das ist eine Angelegenheit zwischen Gott und ihm, aber solange ich seine Frau bin, werde ich meine Pflicht gegen ihn erfüllen. Vorwärts, Renaud, genug geredet! Gebt mir, was ich will ... und sorgt für meine Kinder, wenn ich nicht zurückkehren sollte!«

»Es ist gut«, sagte Renaud, »Ihr werdet bekommen, was Ihr wollt.«

Und er verschwand von den Zinnen.

Einige Minuten später öffnete sich das Ausfalltor von neuem, doch nicht um ein Pferd herauszulassen, sondern drei Maultiere, an deren Flanken mit Leinenzeug bedeckte Körbe hingen. Auf einem der Maultiere saß Sara, ebenso ruhig und gelassen, als ritte sie zum Markt, um Kohlköpfe zu verkaufen.

Als Cathérine sie sah, drängte sie sich durch den Kreis der Umringenden, die sie beschworen, sich nicht unnütz aufzuopfern, lief ihr entgegen und fuhr sie an:

»Was tust du hier? Geh zurück! Ich will dich nicht! Deine Pflicht ist es, dich um die Kinder zu kümmern.«

»Meine Pflicht ist immer gewesen, dir zu folgen, wohin du auch gingst. Das letztemal bist du ohne mich fort, und das ist dir nicht sehr geglückt, wie mir scheint. Diesmal komme ich mit. Du wirst mich brauchen.«

»Ich weiß es, aber die Kinder ...«

»Marie wird sich ebensogut wie ich um sie kümmern, vor allem mit Hilfe Dame Mathildes. Sie hat es mir versprochen, und sie betet sie an. Und dann ... wozu dient es, Ausflüchte zu suchen? Wir sind noch nicht tot, und wenn du's wissen willst, habe ich weder die Absicht zu sterben, noch dich sterben zu lassen, ohne bis zum Tode zu kämpfen. Aber nun vorwärts! Wird Josse uns begleiten?«

»Was für eine Frage!« knurrte er, die Schultern zuckend, und schickte einen Kuß zum Wehrgang hinauf.

»Ausgezeichnet! Euch andern«, fügte die Zigeunerin hinzu, zur Menge gewandt, die sich im trockenen Gras zu beiden Seiten des Weges wie erschöpfte Hammel, die das Messer des Schlächters erwarten, niedergelassen hatte, »läßt die Dame Roquemaurel durch mich sagen, ihr sollt bis zu den alten Pachthöfen, die ihr dort oben seht, zurückgehen. Sie sind ein wenig verfallen, aber sie werden euch genügend Schutz bieten, wenn es regnen sollte, was ich uns allen wünsche. Außerdem ist dort eine Zisterne, die noch Wasser enthält.«

Josse half Cathérine auf ihr Maultier, bestieg sodann das dritte und nahm die Spitze des kleinen Zuges, vor dem Karren und Vieh beiseite gezerrt wurden.

»Dame Cathérine!« schrie Gauberte, die Hände als Sprachrohr benutzend.

Die junge Frau wandte sich um.

»Ja, Gauberte?«

»Wenn's nur ich wäre, ginge ich mit Euch, ich schwör's! Aber ich hab' zehn Gören ... und ich hab' Angst ... wir haben alle Angst! Ihr wißt nicht, was Pest ist ... wißt Ihr nicht!«

»Doch, ich weiß es«, erwiderte Cathérine, die sich nur

allzugut ihres kurzen Aufenthalts in den Mauern Chartres' während einer Epidemie erinnerte und kurioserweise eine Art Trost daraus schöpfte. »Deswegen eben will ich zurück. Aber quält Euch nicht: Vierzig Tage sind schnell vorüber! Vielleicht sehen wir uns wieder!«

Und ohne sich noch einmal umzudrehen, schloß sie wieder zu Sara und Josse auf, bemüht, nicht mehr nach diesem Schloß zurückzublicken, in dem sie den zärtlichsten Teil von sich selbst, ihre Kleinen, zurückließ, die nie wiederzusehen sie sich vielleicht verurteilt hatte. Und sie bemühte sich auch, gegen die Angst anzukämpfen, die ihr der schwarze Tod einflößte, wie auch vor dem, was sie entdecken würde, wenn sie Bruder Anthime veranlaßt hätte, ihr das Tor ihres voreilig in ein Grab verwandeltes Haus zu öffnen.

Neben ihr reitend, beobachtete Sara sie aus den Augenwinkeln, angerührt durch die kleine, entschlossene Falte, die ihre Lippen zeichnete, Lippen, denen es dennoch nicht gelang, ihr Beben zu unterdrücken. Nach einer Weile vermochte sie nicht mehr zu schweigen und murmelte, damit Josse sie nicht hörte:

»Wie du ihn noch liebst trotz allem, was er dir zufügt!«

»Rede keine Dummheiten! Ich erfülle eine Pflicht, nichts als eine Pflicht!« entgegnete Cathérine, ohne den Kopf zu wenden, um nicht dem allzu klarsichtigen schwarzen Blick zu begegnen, dessen Macht über ihren Geist sie kannte: Niemals war es ihr gelungen, Sara zu belügen.

»Niemand, nicht einmal Gott, kann von einer Frau fordern, daß sie ihr eigenes Leben opfert, um dem Mann zu Hilfe zu kommen, der sie verwirft.«

»An dem Tage, an dem ich ihn heiratete, habe ich geschworen, ihm zu dienen, ihm zu helfen, ihm beizustehen ...«

»Du hast vor allem geschworen, ihn zu lieben, und ich stelle fest, daß du deinem Schwur unglaublich treu bist. Versuche, der Wahrheit ins Gesicht zu sehen, Cathérine. Du bist dabei, das Maß deiner Liebe zu nehmen, ganz einfach.«

»Was für ein Unsinn!«

»Unsinn? Glaubst du? Aber es war kein Dummkopf, der gesagt hat: ›Es ist das Maß der Liebe, ohne Maß zu lieben.‹ Abbé Bernard, der mir dieses Wort eines Tages übrigens in bezug auf dich zitierte, hat gesagt, es stamme vom heiligen Augustinus ...«

Es war noch dunkle Nacht, als sie gegen drei Uhr morgens in Montsalvy eintrafen, und die Stadt ähnelte, schwarz gegen den düsteren Himmel, einem Schattenbild. Nur eine graue Rauchsäule mit rötlichen Reflexen stieg am Glockenturm der Kirche auf und erhellte sie ein wenig: das Feuer, das die Mönche angezündet hatten. Der Wind trug übrigens seinen balsamischen Geruch herüber. Die Stille war tief, die Wehrgänge verlassen, ihrer Wachfeuer und des Widerhalls der eisernen Schritte der Posten beraubt. Aber es war der Anblick ihres Hauses, der Cathérines Herz am meisten bedrängte, denn kein Licht leuchtete dort, kein Geräusch drang heraus. Auch die Fenster der Wohnräume, die man über der Mauer sehen konnte, die die Stadtmauer überragte, waren stockdunkel.

»Ob dort noch jemand lebt?« murmelte Cathérine, sich bekreuzigend. »Es ist schwer zu glauben.«

»Wir müssen hinein und nachsehen«, bemerkte Josse, »und zu diesem Zweck zuerst das Stadttor öffnen lassen. Die Mönche haben es für überflüssig gehalten, eine Wache einzurichten, aus gutem Grunde übrigens, denn die Angst ist sicher der beste Schutz, aber immerhin haben sie dafür gesorgt, die Tore zu schließen.«

Er löste von seinem Gürtel ein von einem Silberring umschlossenes Jagdhorn, setzte es an den Mund und ließ drei langgezogene, dumpfe Töne hören, die Cathérine erschauern ließen. Dann wartete er einen Moment und begann von neuem.

»Man muß ihnen Zeit lassen zu kommen«, murmelte Cathérine. »Hoffentlich werden sie es wagen, ihre Abtei zu verlassen, um uns zu öffnen.«

Das Warten schien ihr endlos. Josse desgleichen, denn nach wenigen Minuten wollte er sein Hornsignal schon wiederholen, als auf dem Wehrgang die Flamme einer Fackel erschien, eine schnell sich nähernde schwarze Gestalt beleuchtend, die über dem Tor stehenblieb. Im Schein der Flamme erkannte Cathérine Bruder Anthime in Person.

»Wer ist da?« rief er mit unsicherer Stimme.

Die Josses antwortete ihm wie Donnergedröhn:

»Die hochwohlgeborene und edle Dame Cathérine, Gräfin von Montsalvy, fordert Euch auf, Bruder Anthime, ihr die Tore ihrer Stadt zu öffnen!«

Die Antwort des Mönchs versackte in einem verstörten, kaum verständlichen Gestammel.

»Da … Dame Ca … Cathérine? Aber … aber das … das ist völlig un … völlig unmöglich. Die … die Pest bedrängt uns und …«

»Ich weiß das alles!« rief sie hinauf. »Das hindert nicht, daß ich hinein will, Bruder! Öffnet dieses Tor, das ist ein Befehl! In Abwesenheit Eures Abtes habe ich das Recht, ihn an Euch zu richten!«

Er zögerte nur einen Moment, ohne jede Möglichkeit der Widerrede bezwungen durch den gebieterischen Ton der Schloßherrin.

»Es ist gut! … Ich komme, aber Ihr tragt selbst die Verantwortung, wenn Euch ein Unglück geschieht!«

Einen Moment später öffnete sich das kleine Ausfalltor vor den drei Reitern, und der Säckelmeister des Klosters wurde sichtbar, wie er die Fackel hob, um das Torgewölbe zu beleuchten und sich zugleich zu vergewissern, ob es sich wirklich um Dame Cathérine handelte. Von der Höhe ihres Maultiers musterte sie ihn streng.

»Ihr hättet sie nicht fortziehen lassen dürfen. Die ganze Stadt ist auf den Straßen bei dieser drückenden Hitze.«

»Ich hätte Euch in dieser Lage sehen wollen, Dame! Gott selbst hätte sie nicht hindern können. Sie waren toll, als sie den Mann sterben sahen.«

»Was habt Ihr mit der Leiche gemacht?«

»Wir haben sie natürlich verbrannt und damit schon mehr als genug Risiko auf uns genommen. Ich habe dreißig Mönche in der Abtei, und für jeden einzelnen bin ich Gott Rechenschaft schuldig.«

Während des Gesprächs hatte Cathérine das Torgewölbe hinter sich gelassen und gewahrte nun das von einem Zinnenkranz überragte Portal, das den Eingang zum Schloß beherrschte. Bis zur vollen Höhe aufgetürmte Bohlen versperrten den Zutritt.

»Und die, die dort drinnen waren … schuldet Ihr für die nicht auch Rechenschaft? Und der Seigneur dieser Stadt, der zu dieser Stunde vielleicht ohne Hilfe, ohne Beichte, ohne Gott gestorben ist … wie steht es mit der Rechenschaft für ihn? Abbé Bernard hätte nicht diesen Berg des Schrekkens errichtet!«

»Was wißt ihr davon?« trotzte der Mönch. »Auch Abbé Bernards Wunsch wäre es gewesen, so viele menschliche Leben wir nur möglich zu retten, Leben, die es verdienten, wenigstens ... Aber in Eurem Hause, Frau Gräfin, war eine Satansbande!«

»Abbé Bernard hätte keine Unterschiede gemacht, und Euch kommt es nicht zu, darüber zu urteilen. Geht und holt Eure kostbaren Mönche und räumt mir all das fort. Ich will, daß dieses Tor geöffnet wird. Ich will sehen, ob es noch möglich ist, Messire Arnaud zu retten!«

Doch statt zu gehorchen, pflanzte sich Bruder Anthime auf gespreizten Beinen und mit vor der Brust gekreuzten Armen vor dem Bohlenhaufen auf.

»Niemals! Dieses Tor ist verrammelt und wird vierzig Tage lang so bleiben, wie das Gesetz es im Falle der Pest will. Im übrigen kann kein lebendes Wesen mehr im Innern sein. Dieses Tor – Ihr wißt es so gut wie ich – führt auf den Hof. Wir haben ihn nicht mehr betreten, und niemand ist seither in ihm erschienen, niemand hat gerufen!«

»Hättet Ihr in diesem Fall geöffnet? Ich möchte es bezweifeln. Jetzt fordere ich Euch auf zu öffnen!«

»Nein! Hundertmal, tausendmal nein!«

Gereizt drängte Josse Cathérine beiseite und packte den Mönch am Kragen, als Sara sich einmischte.

»Das ist sinnlos! Wir brauchen Stunden, um all das fortzuschaffen, und wenn drinnen noch jemand lebt, müssen wir uns beeilen!«

»Wie könnten wir's, wenn man nicht hinein kann?«

»Hier nicht. Aber Josse vergißt den unterirdischen Gang der Abtei, den Abbé Bernard nach deinem Aufbruch bis zum Schloß hat verlängern lassen. Du kennst ihn nicht.«

»Gauberte hat mir von ihm erzählt. Nun gut, begnügen wir uns also mit dem unterirdischen Gang, Bruder Anthime, und Ihr werdet uns schnellstens zu ihm führen.«

Wortlos zog Josse seinen Dolch, drückte die Spitze leicht gegen die Kehle des Säckelmeisters, dann säuselte er mit seinem süßesten Lächeln:

»Schnellsteins ...«

Zwischen dem sofortigen Tod und einer aufgeschobenen Gefahr zögerte der Mönch nur einen Moment.

»Folgt mir ...«

Auf dem Hof der Abtei, wo noch die duftenden Feuer brannten, ließen sie die von ihren Körben befreiten Maultiere zurück. Cathérine sah den Kreuzgang und den kleinen Garten wieder, in dem Abbé Bernard so liebevoll Salbei, Kamille, Wermut, Fenchel, Liebstöckl, Mohn und noch andere gute Pflanzen kultivierte, und endlich die Pforte des unterirdischen Ganges, durch den der Abt sie in einer angstvollen Nacht aus Montsalvy hatte fliehen lassen. Der Kreis war geschlossen. Durch diesen gleichen, verlängerten unterirdischen Gang würde sie nun in ihr Haus zurückkehren.

Hinter Bruder Anthime, der ihnen mit seiner Fackel den Weg wies, tauchten Josse, Cathérine und Sara mit der Last ihrer Körbe in die Eingeweide dieser Erde. Am Ende eines ziemlich kurzen Ganges wurde ihnen eine dicke, eisenbeschlagene, zusätzlich durch ein Gitter ergänzte Tür geöffnet, und ein unbestimmt abstoßender Geruch schlug ihnen entgegen, der sie jedoch nicht allzusehr belästigte, denn bevor sie die Treppe hinabgestiegen waren, hatte Sara mit Essig getränkte Leinenbinden über die untere Hälfte ihrer Gesichter gelegt und sie im übrigen veranlaßt, Handschuhe anzuziehen. Der Mönch hatte einen Leinenbausch für sein Gesicht erhalten.

An dieser Tür angelangt, entzündete er eine der auf dem Boden bereitliegenden Fackeln und wies auf eine am Ende des Ganges sichtbare Treppe.

»Ihr werdet oben eine Falltür finden ... Jetzt wird es gut sein, daß ich die Tür wieder schließe. Aber bevor Ihr weitergeht, möchte ich Euch warnen«, fügte er in schroffem Ton hinzu, »daß ich diese Tür erst in vierzig Tagen wieder öffnen werde! Überlegt also noch!«

»Es ist überlegt«, erwiderte Josse. »Auf jeden Fall werde ich Abbé Bernard nicht zum Mut und zur christlichen Barmherzigkeit seines Säckelmeisters beglückwünschen.«

Über Bruder Anthimes Gesicht glitt ein dünnes Lächeln, das Cathérine in der ungewissen Beleuchtung der Fackel unheilvoll erschien.

»Wir wissen nicht, was unserem Vater Abt geschehen ist ... Vielleicht hat Gott ihn schon zu sich gerufen.«

Es wurde in eindrucksvoller Ergriffenheit gesagt, doch Cathérine konnte nicht umhin, sich zu fragen, ob dieser Bruder Anthime nicht ein ganz anderer Mensch war, als sie es sich bisher hatte vorstellen können, und ob sich unter dem demütigen Schweigen, das er im allgemeinen bewahrte, nicht ein um so hemmungsloser Ehrgeiz verbarg, als er sich allzu lange hatte verstecken müssen. Abbé Bernard vielleicht für immer fort, Arnaud de Montsalvy tot, das bedeutete lange Jahre absoluter Macht bis zu Michels Mündigkeit ...

Als sich Tor und Gitter des unterirdischen Ganges hinter den freiwillig Eingemauerten geschlossen hatten, übersetzte Sara Cathérines unerfreulichen Eindruck auf ihre direkte Art:

»Man könnte vermuten, daß die Pest den braven Bruder Anthime zu einer unerhofften Gelegenheit verholfen hat. Wie man sich doch in Leuten täuschen kann!«

»Versuchen wir, es zu vergessen«, sagte Josse. »Ich schwöre Euch, daß er mich nicht hindern wird, hier herauszukommen, wenn ich Lust dazu habe, und wenn ich mich mit einem Seil von der Mauer herunterlassen müßte.«

Er war auf den obersten Stufen der Treppe angelangt und stemmte sich kräftig gegen die Falltür. Als sie sich öffnete, drang eine Wolke von Gestank herab.

»Süßer Jesus!« flüsterte Josse, als er den Kopf durch die Öffnung gesteckt und sich umgesehen hatte.

Die Falltür öffnete sich in den Wachraum des Schlosses, und dieser Raum bot im fahlen Licht des anhebenden Tages ein grauenhaftes Bild. Etwa zehn schwärzliche Leichen lagen in ihren Exkrementen inmitten von Resten einer Mahlzeit, über die sich der Inhalt eines Weinfasses ergossen hatte, aus dessen offenem Spundloch noch immer ein dünnes Geriesel tröpfelte. Fast nackte Männer waren es und dazwischen völlig nackte Frauen. Sichtlich hatte der Tod mitten in einer Orgie mit der Brutalität eines Blitzes zugeschlagen, und der Geruch wäre unerträglich gewesen, wenn die auf den Hof führende Tür nicht durch die Leiche eines Mannes offengehalten worden wäre, der auf der Schwelle zusammengebrochen war.

Angstvoll warf Josse einen Blick auf die beiden Frauen, die am Fuß der Treppe darauf warteten, daß er sie heraufriefe. Sein Entschluß war schnell gefaßt. Seine Leinenmaske enger vor seinem Gesicht befestigend, um ihrer Wirkung sicher zu sein, sagte er zu Sara:

»Gebt mir Eure Essigflasche und wartet dort einen Moment. Ich will die Fenster öffnen und einen Durchgang zum Hof für Euch freimachen.«

Sara gab ihm, was er verlangte, und fügte eine Handvoll Wacholderbeeren hinzu, die er kauen sollte. Dann verschwand Josse. Der größeren Sicherheit wegen schloß er die Falltür hinter sich, trotz der Proteste Cathérines, die Sara handgreiflich zurückhalten mußte.

»Wenn er dir sagt, du sollst noch hierbleiben, mußt du gehorchen! Wenn du mitten in dem Grauen, das ich ahne, in Ohnmacht fällst, hilfst du niemand.«

Sie warteten ziemlich lange, zu lange nach Cathérines Geschmack, die sich trotz Sara schon anschickte hinaufzusteigen, als die Falltür sich endlich hob.

»Gebt mir die Hand«, sagte Josse, »und vor allem, vor allem geht unmittelbar hinter mir bis zur Tür und versucht, nicht allzu genau hinzusehen.«

Er hatte inzwischen gute Arbeit geleistet. Mit Hilfe von Eisenhaken hatte er die Leichen der Pesttoten nach draußen gezogen, in einem hölzernen Schuppen aufgestapelt und Reisigbündel über sie geworfen, die er später anstecken wollte. Der Raum war auch jetzt scheußlich anzusehen und roch noch schlimmer, aber überschwemmt mit Essig und vollgestopft mit Wacholderbeeren, konnten die beiden Frauen ihn durchqueren, ohne ohnmächtig zu werden. Hinter Josse her liefen sie bis in die freie Luft, sogen sie mit tiefen, gierigen Zügen ein, doch schon warf Cathérine einen angstvollen Blick zu der schrecklichen Anhäufung von Leichen, die die Reisigbündel nicht völlig verdeckten.

»Arnaud?« flüsterte sie. »Habt Ihr ihn gesehen?«

Josse schüttelte den Kopf, öffnete den Mund, um etwas zu sagen, doch Cathérine schoß wie ein Pfeil zur Treppe, die zum großen Saal und zu den Zimmern der Schloßherrschaft führte. Sara folgte ihr, während Josse, seine grausige Reinigungsarbeit fortsetzend, sich anschickte, seine Scheiterhaufen in Brand zu stecken und dann in den Vorratskellern des Schlosses nach ungelöschtem Kalk zu suchen, den er im ganzen Wachlokal verteilen wollte.

Unglücklicherweise beschränkte sich das Drama nicht auf diesen Raum. Im großen Saal, wo die wichtigeren Männer gefeiert hatten, lagen weitere Tote. Von Entsetzen überwältigt, mußte Cathérine sich gegen die Wand stützen und erbrach alles, was sie im Magen hatte. Als die Übelkeit halbwegs vorüber war, zwang sie sich, auf alle diese scheußlichen Leichen nacheinander einen Blick zu werfen. Es waren drei braunhäutige, zweifellos die Leute aus Aragon, dann zwei Frauen, die nach dem Wenigen, was man von ihnen sehen konnte, sehr jung gewesen sein mußten ... Plötzlich drang Saras Stimme durch diesen Alptraum:

»Cathérine! Sieh! Eine von ihnen lebt noch!«

In einem Winkel des großen Kamins kauerte in der Tat zusammengekrümmt ein sehr braunes Mädchen, das nicht älter als dreizehn oder vierzehn Jahre sein konnte. Ihre Augen waren weit geöffnet. Nur mit ihrem Haar bekleidet, zitterte sie wie Espenlaub und ließ sich widerstandslos von Sara aus ihrem Versteck ziehen. Offensichtlich war es eine Maurin, aber sie war zu tief verschreckt, um selbst auf die einfachen Fragen antworten zu können, die Cathérine in ihrer eigenen Sprache an sie richtete. Sie hob nur eine Hand und wies den Weg zu einem der Türme, eben jenem, in dem sich das Logis des Herrn von Montsalvy befand. Doch als Cathérine dem Hinweis folgen wollte, hinderte Sara sie daran.

»Bleib bei ihr ... Du hast genug dergleichen gesehen! Ich komme wieder!«

Ohne recht zu wissen, warum sie gehorchte – vielleicht weil auch sie angesichts des vor ihren Augen in seiner abscheulichsten Form ausgebreiteten Todes wie von einer Betäubung befallen war –, nahm Cathérine den Arm der Kleinen, um sie sich setzen zu lassen, gewahrte auf einem Schemel ein liegengebliebenes, nicht besudeltes Kleid und hüllte sie darin ein. Im selben Augenblick erschien Sara wieder.

»Komm!« sagte sie. »Es hat ihn erwischt, aber er lebt noch.«

Von der Maurin gefolgt, die nur zu glücklich war, wieder lebende Menschen um sich zu sehen, hastete sie die Treppe hinauf, auf deren Stufen ein Mann im Todeskampf lag. Scheußlich schwarze Flecken bedeckten seinen ganzen Körper, und unter seiner Achsel blähte sich eine schwärzliche, schreckliche Geschwulst.

»Bei ihm dauert's nicht mehr lange«, sagte Sara. »Da ist nichts mehr zu machen ...

»Aber Arnaud?«

»Du wirst sehen! Übrigens ... die Spitzenklöpplerin ist auch da, aber tot.«

In der Tat war Azalaïs' Körper das erste, was Cathérine sah, als sie das Zimmer ihres Gatten betrat. Vollkommen nackt, mit einer schwellenden Beule in der Leistengegend und zu einem qualvollen Grinsen verzerrten Lippen, lag sie in der schwarzen Fülle ihres gelösten Haars quer über den zum Bett führenden zwei Stufen, dem Bett, auf dem Arnaud bewußtlos ruhte.

Rasch lief Cathérine zu ihm, beugte sich über ihn, während sie ihr Herz schwer schlagen fühlte und ihre Augen sich mit Tränen füllten ... Zuerst erkannte sie ihn nicht, denn sein seitwärts gewandtes Gesicht ließ nur die verletzte Wange sehen. Eine tiefe Narbe durchfurchte sie vom Augenwinkel, den sie ein wenig herabzog, bis zum Mundwinkel. Sie hob sich weißlich von der stark geröteten Gesichtshaut ab. Doch Arnaud bewegte den Kopf, und die Narbe verschwand aus Cathérines Blickfeld.

Nur mit enganliegenden schwarzen Hosen und einem weit geöffneten Hemd bekleidet, das ein unangenehmer Schweiß an seiner Haut kleben ließ, lag Arnaud ausgestreckt mit kreuzweise ausgebreiteten Armen auf dem von Erbrochenem beschmutzten Bett. Sein Atem ging keuchend und von Zeit zu Zeit hustete er leicht, dann fiel er wieder in das ihn quälende, heftige Fieber zurück.

Die Augen hebend, begegnete Cathérine dem Blick Saras, die das Handgelenk des Kranken gepackt hatte und ihm mit dem Ernst eines erfahrenen Arztes den Puls fühlte.

»Nun?«

Die Zigeunerin zuckte die Schultern.

»Ich kann nichts sagen. Der Puls geht schnell, und er hat Fieber wie ein Pferd. Übrigens deliriert er.«

Wirklich stieß er zusammenhanglose Worte in einer breiigen Sprechweise aus, die sie völlig unverständlich machte.

»Was ist zu tun?«

»Zuerst ihn aus diesem Zimmer schaffen. Man kann es nicht reinigen. Alles ist beschmutzt, verpestet. Man wird alles verbrennen müssen.«

»Tragen wir ihn zu mir! Wenn dort niemand gewesen ist, muß es dort sauber sein. Du hast den Schlüssel.«

Doch Sara schüttelte den Kopf.

»Es ist zu nah von hier. Am besten wär's, ihn in der Küche unterzubringen, wo wir alles bei der Hand haben. Bei dir holen wir Matratzen, Decken, Laken ... Er muß so sauber wie nur möglich gehalten werden, und die Baderäume sind dicht bei der Küche. Rufen wir Josse.«

Er kam sofort, und während Sara in die Küchenräume hinabstieg, um die Unterbringung vorzubereiten, ging er mit Cathérine zu ihr, um alles zusammenzuraffen, was nützlich sein konnte. Die Räume der jungen Frau waren in der Tat respektiert worden, und ihre Sachen waren aufgeräumt und in bester Ordnung.

Indessen betätigte sich Sara in der Küche. In den beiden langen, niedrigen Räumen, in denen die Mahlzeiten der

Schloßbewohner vorbereitet wurden, herrschte wildes Durcheinander, aber keine Spur der Krankheit verunreinigte sie. Die Dienstboten, von denen die meisten in der Stadt wohnten, mußten noch rechtzeitig geflüchtet sein.

Zunächst griff Sara nach einem Besen und begann, Jagd auf die auf den Fliesen verstreuten Abfälle zu machen, um den Boden soweit zu säubern, daß man die Matratzen hinlegen konnte. Dann holte sie Holz aus dem nahen Holzstall, zündete ein Feuer an und setzte einen großen Kessel mit Wasser auf, um alles waschen zu können, was sich überhaupt nur waschen ließ. In einem kleineren Topf erhitzte sie Wasser, um einen Arzneitrank zu bereiten, den sie dem Kranken einflößen wollte.

Niemals hatte sie in solcher Eile gearbeitet, und als Cathérine und Josse samt der kleinen Maurin, die ihnen wie ein Automat folgte, unter der Last der Laken, Decken und Handtücher gebeugt erschienen, war es schon möglich, mit der Einrichtung zu beginnen.

In der Küche war es jetzt warm wie in einem Backofen, und um atmen zu können, mußte Cathérine ihre Maske herunterreißen. Die Wacholderbeeren, die ihr den Gaumen verbrannten, spuckte sie aus. Dann machte sie sich mit wildem Eifer daran, das Bett herzurichten und mit der Säuberung des Raums fortzufahren, während Sara und Josse zurückgingen, um Arnaud zu holen. Ihre Tätigkeit nahm sie völlig in Anspruch, und sie bemühte sich auch, ihre Gedanken allein auf ihre Arbeit zu konzentrieren, denn sie durfte sich nicht von Verzweiflung überwältigen lassen. Sie mußte sich anfeuern, ähnlich wie Krieger vor einem Kampf es taten.

Als Josse und Sara Arnaud in eine Decke eingerollt brachten, legten sie ihn zunächst auf den Boden, um ihn aus seiner Kleidung schälen und waschen zu können. Sein Hemd hatte eine merkwürdig gelbliche Färbung angenommen und strömte einen starken, unangenehmen Schweißgeruch aus. Sie entkleideten ihn völlig, und als Sara ihm die engen Hosen auszog, wies sie auf eine kleine rötliche Geschwulst unter der Haut am Ansatz des linken Oberschenkels.

»Die Beule! Sie beginnt zu schwellen!«

Während er gewaschen wurde, öffnete Montsalvy die Augen, und Cathérine konnte sehen, daß die Iris auffallend glänzend und alles von roten Äderchen durchzogen war. Ihr Herz zog sich zusammen. Die Krankheit schien rasche Fortschritte zu machen, und ihr war nicht unbekannt, mit welch blitzartiger Schnelligkeit sie zuschlagen konnte. Es war schon ein Wunder, daß Arnaud noch lebte, während fast alle anderen schon tot waren. Zweifellos hatte seine außerordentlich kräftige körperliche Verfassung und seine Vitalität dafür gesorgt, doch Sara brachte sie in diesem Punkt um ihre Illusionen:

»Er muß total betrunken gewesen sein. Vielleicht hat das den Prozeß der Krankheit verzögert.«

Gewaschen und mit einem sauberen Hemd angetan, wurde Arnaud in das von seiner Frau vorbereitete Bett gelegt und erbrach sich alsbald mehrere Male mit großer Heftigkeit. In Schweiß gebadet und völlig erschöpft ging er aus dieser Krise hervor und mußte von neuem gesäubert werden.

Als das beendet war, begann er zu röcheln und sich delirierend hin und her zu werfen, aber diesmal glaubte Cathérine zu verstehen, daß er Durst hatte.

»Gib ihm von diesem Arzneitrank«, sagte Sara und brachte ihr einen mit einer grünbraunen, dampfenden Flüssigkeit gefüllten Napf. »Ich glaube, er ist nicht mehr zu heiß.«

Den glühenden Kopf ihres Mannes an ihre Schulter lehnend, ließ Cathérine ihn trinken und wehrte sich zugleich gegen die Gefühle, die diese Nähe, dieses an früher erinnernde Beieinander, ihn ihr auslösten. Doch es war nur eine des Bewußtseins beraubte körperliche Hülle, die sie an sich drückte, einen Körper, dessen Herz ihr nicht mehr gehörte, und bei diesem Gedanken rannen Tränen aus ihren Augen und tropften auf die Wange des folgsam trinkenden Kranken.

Als sie ihn sanft zurücklegte, öffnete er die Augen, und sein verschwollener Mund schien nach Luft zu ringen. Dann war ein Wort, ein einziges verständliches Wort zu hören:

»Cathérine ...!«

Es war alles, was sie verstehen konnte. Andere undeutliche Worte folgten, aber ein wenig Mut war in das bedrückte Herz der jungen Frau zurückgekehrt. Hatte er sie wirklich erkannt, oder gehörte sie nur zu den Gespenstern, die sein Delirium bevölkerten? Sie saß noch eine ganze Weile bei ihm auf dem Rand der Matratze, ohne den Blick von ihm zu wenden, der gegen den Tod ankämpfte.

Inzwischen bereitete Sara eine Mahlzeit vor. Glücklicherweise war das Schloß gut mit Vorräten versorgt, und Arnauds Landsknechte hatten nicht alles verzehren können. Da gab es Roggen und Weizen, Speck und Schinken. Ein Sprung zum Hühnerstall belehrte die Zigeunerin, daß die Katastrophe die Hennen keineswegs gehindert hatte, Eier zu legen. Sie dankte ihnen dafür, indem sie schleunigst Futter streute. Josse seinerseits fuhr fort, die Toten zu verbrennen, zu welchem Zweck er im Hof ein höllisches Feuer unterhielt, dessen dichte, stinkende schwarze Rauchschwaden den Himmel verdunkelten. Cathérine fiel die Pflege ihres Kranken zu, und während endloser Stunden mußte sie ihn immer wieder waschen, sein Hemd wechseln, ihm zu trinken geben. Die Krankheit schien sich unablässig zu verschlimmern.

Als die Nacht kam, waren die drei Gefährten erschöpft, und Arnaud ging es schlechter. Seine geschwollene Zunge füllte ganz seinen Mund, seine Augen waren gelb, und seine ausgedörrte Haut brannte. Trotzdem mußte er so warm wie möglich gehalten werden, und Cathérine legte immer wieder Decken um ihn, salbte seine aufgesprungenen Lippen und versuchte, ihn mit Bouillon, in die nach Saras Anweisung Eier geschlagen waren, zu ernähren. Doch die Beule an der Leiste schwoll immer noch an und hatte nun den Umfang einer kleinen Kugel erreicht. Sara zeigte Cathérine, wie man mit Senf, Mehl, Honig und Essig ein Pflaster herstellt, das über die Geschwulst gelegt werden mußte.

»Seine einzige Überlebenschance ist, daß die Beule schnell reift und platzt. Dann wird man ihn vielleicht retten können.«

Doch Cathérine hielt es nicht mehr für möglich.

»Er wird sterben«, stammelte sie unter Tränen, die sie nicht mehr zurückhalten konnte. »Ich weiß, daß er sterben wird.«

»Falls er dir noch mehr Leid antut, wäre das sicher besser!« grollte Sara. »Er verdient die Mühe nicht, die du dir machst, die Gefahr, die du läufst, die wir alle laufen ... Fürs erste aber wirst du dich auf eine Matratze ausstrecken und schlafen.«

»Nein. Ich will bei ihm wachen. Man muß sich dauernd um ihn kümmern.«

»Ich werde wachen, wenigstens in den ersten Stunden. Danach Josse, dann du. Ich verspreche dir, dich zu wecken, wenn ... wenn irgend etwas geschieht.«

In Wirklichkeit schlief niemand so recht in dieser Nacht, es sei denn für kurze Zeit. Die Qualen machten den Kranken fast toll, und unaufhörlich mußte man ihn ins Bett zurücklegen, ihm zu trinken geben, ihn säubern. Zudem war die durch den Scheiterhaufen im Hof und das Feuer, das man im Kamin unterhalten mußte, noch verstärkte nächtliche Hitze unerträglich. Um ein wenig Kühle zu haben, zog Cathérine ihre Matratze nach draußen und so weit wie möglich fort von der Glut, und dort gelang es ihr, zwei Stunden zu schlafen. Josse döste nahe einem seiner Feuer, denn um schneller zu Rande zu kommen, hatte er ein zweites in dem riesigen Kamin im Wachraum angezündet. Auch dort brannten Leichen. Zum Glück fehlte es nicht an Holz und sehr trockenem Reisig, so daß nach und nach die vergiftenden Toten zu unschädlicher Asche zerfielen.

Als der Tag anbrach, raffte sich Cathérine von ihrer Matratze auf, um taumelnd vor Müdigkeit Sara bei der Pflege Arnauds zu helfen. Der Kranke war jetzt ruhig, aber diese Ruhe war noch besorgniserregender als die Ruhelosigkeit der Nacht. Seine Augen, deren Weiß gelb geworden war, lagen tief in ihren Höhlen, und sein Körper schien leblos, als sei er schon tot. Nichtsdestoweniger wurde er noch mehrmals von heftigen Brechanfällen geschüttelt, und diesmal sah Cathérine entsetzt Blut aus Mund und Nase fließen. Die Geschwulst, deren Pflaster man ständig erneuert hatte, wuchs noch immer, dehnte fast monströs die Haut, die zusehends schwärzer zu werden schien.

»Wir werden es nicht schaffen!« schluchzte Cathérine. »Manchmal atmet er schon nicht mehr! Wir müssen unbedingt etwas tun!«

Eine Nervenkrise erfaßt sie, die Sara sofort mit ein paar Ohrfeigen und einem Eimer kalten Wassers bekämpfte.

»Du wirst dich ausruhen!« befahl sie, als die junge Frau sich wieder gefangen hatte. »Sonst wirst du auch krank, und ich schwöre dir, daß ich mit deinem Mann sofort Schluß machen werde, wenn das passiert!«

In diesem Moment kehrte Josse zurück. Sobald es Tag geworden war, war er auf die zinnenbewehrte Mauerkrone über dem Portal geklettert und hatte mit Hilfe seines Jagdhorns einen Mönch aus dem Kloster gelockt.

»Sagt Bruder Anthime, daß wir noch am Leben sind, daß auch Messire Arnaud noch lebt, und daß ich Milch will, versteht Ihr? Milch! Ich werde einen Eimer am Seil herunterlassen!«

Einen Augenblick später erhielt er, was er verlangt hatte, und nun kam er mit seiner Beute zurück, glücklich über diesen kleinen Sieg trotz seines von Müdigkeit verwüsteten Gesichts und seiner überall ein wenig versengten Kleidung. Sara gab Cathérine und der kleinen Maurin zu trinken. Man hatte sie während der furchtbaren Nacht vergessen, die sie in einem Winkel zwischen der Mehltruhe und einem großen Krug Öl gekauert verbracht hatte, aber als sie am Morgen Sara nach dem Besen hatte greifen sehen, um die Küche auszufegen, war sie aus ihrem Versteck gekommen und hatte ihn ihr mit einem schüchternen Lächeln aus den Händen genommen.

Sara betrachtete sie einen Moment verdutzt, dann schob sie mit dem Handrücken eine Strähne schweißnassen schwarzen Haars beiseite, die aus ihrer Haube gerutscht war, und lächelte ihr gleichfalls zu.

»Wie heißt du? … Ich, ich heiße Sara«, setzte sie hinzu, indem sie mit dem Finger auf sich selbst wies. »Sara …«

»Ich … Fatima!« Dann mit sichtlicher Anstrengung: »Sprechen … klein wenig!«

»Wunderbar!« rief Sara. »Komm, ich gebe dir zu essen und zu trinken, mein Mädchen. Danach kannst du arbeiten, aber zuerst hilf mir, diese Matratze in den Baderaum zu ziehen, damit Dame Cathérine dort schlafen kann.«

Cathérine blieb nichts anderes übrig, als zu tun, was Sara wollte. Übrigens drohte man ihr, sie einzuschließen. Sie trank also ihre Milch und zog sich dann auf die Matratze zurück, wo sie sofort in den Schlaf eines erschöpften Tiers versank.

Sie wurde durch ein Getöse geweckt, das das Ende der Welt anzukündigen schien, sie zitternd von ihrem Lager hochtrieb und sich durch das fast völlige Dunkel um sie her tasten ließ. Anfangs glaubte sie, es sei Nacht, und suchte nach der in den Hof führenden Tür, die sie im selben Moment öffnete, als ein neuer Donnerschlag erdröhnte. Nun sah sie, daß es noch Tag war, daß aber dicke schwarze Wolken den Himmel bedeckten, aus denen Blitze herniederzuckten. Das Feuer brannte noch immer, und sie gewahrte Josse, der zur Küche stürzte, als ein Blitz eben in einen kleinen Schuppen einschlug, der gleich darauf in Flammen aufging. Josse kam mit einem Eimer voll Wasser wieder heraus, doch da schien der Himmel förmlich zu bersten, und wahre Regenfluten ergossen sich mit solcher Wucht, daß die Flammen im Nu erloschen und der Scheiterhafen nur noch eine dicke schwarze Wolke ausspuckte.

Von einem jähen Impuls gepackt, lief Cathérine zu Josse.

»Regen! Regen! Endlich Regen!... Wir werden also nicht vor Hitze umkommen!«

In einem Nichts an Zeit waren sie bis auf die Knochen durchweicht, aber der prasselnde Guß erschien ihnen so gut, daß sie wie trunken die Armen ausbreiteten und vor Freude jauchzten, bis auch Sara und Fatima sich zu ihnen gesellten.

»Wir sind also nicht völlig verflucht!« rief Sara, Cathérine in ihre Arme ziehend. »Und wenn wir die Pest aufhalten ... und deinen Mann retten können, auch wenn er's nicht verdient ...«

Ein unmenschliches Gebrüll schnitt ihr das Wort ab und ließ sie alle verstört und triefend in die Küche stürzen, wo sie ein schrecklicher Anblick erwartete: Arnaud war es gelungen, aufzustehen. In einem Übermaß an Qual hatte er sich sein Hemd und das Pflaster heruntergerissen. Nun stand er schwankend und wie ein Sterbender röchelnd von dem Kamin.

»Er wird ins Feuer fallen!« schrie Cathérine und wollte zu ihm, doch Sara packte sie, als sie an ihr vorbeilief, und zerrte sie zurück.

»Sieh! Die Beule! Sie ist geplatzt! Das macht ihn toll vor Schmerz. Lauf, hol mir Scharpie, viel Scharpie, und bring Handschuhe mit!«

Indessen näherten Josse und sie sich Arnaud, packten ihn von hinten und zwangen ihn, sich wieder zu legen. Tatsächlich quoll aus der offenen Leiste eine schwarze, dicke Flüssigkeit und rann zäh am Schenkel herab, während zugleich ein entsetzlicher Geruch den Raum erfüllte. Der Kranke leistete keinen Widerstand. Der Schmerz, der ihn zu der übermenschlichen Anstrengung des Aufstehens getrieben hatte, und das Platzen der Geschwulst, das die Folge gewesen war, schienen ihn völlig erschöpft zu haben. Es kam hinzu, daß dem Eiterfluß nun Blut folgte.

Cathérine kehrte mit Handschuhen und einem Arm voll

Scharpie zurück, die sie Sara reichte. Ihre Augen waren eine einzige Bitte.

»Hat er ... hat er jetzt eine Chance?«

»Jetzt hat ... ich glaube ... wenn er nicht zuviel Blut verliert! Aber noch einmal: Er ist solide ... Unkraut vergeht nicht!«

Die folgende Stunde verstrich ganz und gar mit dem Reinigen und Desinfizieren der Wunde, während Fatima Kohl, Karotten und Erbsen putzte, um eine Suppe zu bereiten. Und als die Nacht hereinbrach und Arnaud, sorgsam verbunden, in seinem sauberen Bett ruhte, hatten sich seine freiwilligen Krankenpfleger trockene Kleidung angezogen und konnten sich endlich um den großen Tisch aus grobem Holz setzen, um eine richtige Mahlzeit, die erste, einzunehmen und dabei mit Entzücken auf die Wasserfälle zu lauschen, die vom Himmel auf die Dachziegel niederprasselten.

Cathérine, die während des größten Teils des Tages geschlafen hatte, verlangte, die erste Wache zu übernehmen, und niemand machte sie ihr streitig. Alle errieten, daß sie glücklich über ein paar Stunden der Einsamkeit mit dem Manne wäre, den sie noch immer beharrlich liebte, und während sie sich für die Nacht zurückzogen, in einen Winkel der Küche oder in die Baderäume, setzte sie sich auf eine Ecke der Matratze Arnauds, zog aus ihrer Tasche den kleinen Rosenkranz aus Bernstein, den Dame Béatrice ihr in Brügge geschenkt hatte und den sie immer bei sich trug, und begann zum ersten mal seit langem ruhig, fast in Frieden mit sich, zu beten.

Sie betete, daß die Pest, wenn sie den Körper ihres Mannes verließe, auch das Böse mitnähme, das seinen Geist und sein Herz zerfräße. Gott hatte sein gerechtes Urteil gesprochen, aber würde der stolze Gebieter über Montsalvy dieses Urteil verstehen und sich ihm unterwerfen?

»Er soll mich wenigstens anhören«, flehte die junge Frau. »Er soll mich zu ihm sprechen, mich alles erklären lassen!«

Aber was wollte sie ihm erklären? Alles, was sie erduldet hatte, seitdem Béraud d'Apchier gekommen war, um Montsalvy zu belagern und seine Reichtümer zu plündern? Sie hatte schon versucht, in jener Scheune in der Nähe Châteauvillians, wo sie sich wieder begegnet waren, und er hatte sie nicht anhören wollen. Würde er jetzt endlich anerkennen, daß die Liebe seiner Frau ihn dem schrecklichsten aller Tode entrissen hatte?

Vorsichtig nahm sie die leblose Hand, die auf der Decke ruhte, und behielt sie in der ihren. Sie war warm, aber ihre Berührung brannte nicht mehr, und Cathérine hob sie noch vorsichtiger an ihre Lippen ... Nein, sie würde nichts erklären, würde nichts zu ihrer Verteidigung vorbringen, denn sie mußte noch immer lügen, ihm verheimlichen, was in der Nacht der Könige im Palast von Lille geschehen war. Letztlich hatte er doch recht: Sie war eine Ehebrecherin, selbst wenn er weniger als jeder andere das Recht hatte, es ihr vorzuwerfen!

»Wenn er wieder zu Bewußtsein kommt«, dachte Cathérine, »wenn er mich erkennen wird, werde ich sehen, was sein erster Blick enthält. Wenn es das ist, was ich fürchte, gehe ich fort, ohne etwas zu sagen, gehe ich für immer. Ich will kein Band zwischen uns, das nur aus Dankbarkeit und Mitleid besteht, nach soviel Liebe und Leidenschaft!«

Es regnete die ganze Nacht und den ganzen folgenden Tag hindurch, während das Leben der freiwillig Eingeschlossenen allmählich regelmäßige Formen annahm. Seitdem der wäßrige Eiter seinen Körper verlassen hatte, lag Arnaud leblos, erschöpft, unfähig, auch nur die kleinste Bewegung zu machen. Delirium und Schmerzanfälle waren geschwunden. Was blieb, war ein eigentümlicher Zustand totaler Entkräftung, der kein Koma mehr war, aber auch kein Bewußtsein, wenigstens soweit man es beurteilen konnte. Der Kranke schluckte folgsam alles, was ihm eingeflößt wurde, öffnete jedoch nie die Augen, so daß es unmöglich war, die Perioden wirklichen Schlafs von denen bloßen Dahindämmerns zu unterscheiden.

Jeden Morgen besorgte Cathérine seine Toilette, wechselte seine Wäsche, die Fatima dann im Hof wusch. Sie rasierte ihn sogar, sorgsam darauf bedacht, seine Narbe, die sich durch die Krankheit wieder entzündet hatte, mit einer Salbe zu behandeln. Sie fand in diesen Dingen ein schmerzliches Vergnügen, das Sara hinter ihrem Rücken wütend die Schultern zucken ließ, ihr zuweilen aber auch Tränen entlockte, die sie voller Zorn mit ihrem Schürzenzipfel fortwischte.

Aus der Außenwelt hörte man nichts. Allmorgendlich kletterte Josse auf den Wehrgang über dem Tor, um von den Mönchen zu fordern, was sie an frischer Nahrung brauchten und was ihm dann auch mit einem beachtlichen Aufwand an Vorsichtsmaßnahmen gebracht wurde. Offensichtlich hatten die Mönche, deren Existenz sie dank des Geläutes der Glocken in allen Phasen folgen konnten, keine Lust, auch nur das kleinste Risiko einzugehen, obwohl das Schloß nach einer Woche intensiver Arbeit fast frei von der Gefahr weiterer Ansteckung war. Die Leichen der Halunken, die zu Arnauds trauriger Garnison gehört hatten, und die der unglücklichen Mädchen, die von ihnen gezwungen worden waren, an ihren Ausschweifungen teilzunehmen, waren verbrannt worden, und was die Flammen des Regens wegen nicht verzehrt hatten, hatte man vergraben. Der mit Kalk bestreute Wachraum war mit viel Wasser gescheuert worden, nachdem vier oder fünf Tage unaufhörlichen Regens wieder zu einigem Überfluß in diesem Punkt geholfen hatten. Aber da es schließlich an Kalk fehlte, hatte Josse sich damit begnügen müssen, die verunreinigten Zimmer und Treppen, so gut es ging, zu schließen. Später würde man weitersehen …

Für Cathérine wurden die Tage ruhiger und auch eintöniger. Mit Sara und Fatima versorgte sie die Tiere, die Hühner, Kaninchen und Pferde, die in den Nebengebäuden des Stallhofs untergebracht waren, beschäftigte sie sich mit dem Waschen und Bügeln der Wäsche, putzte Gemüse, und vor allem pflegte sie Arnaud. Wenn nichts zu tun war, setzte sie sich zu Sara auf eine Bank, und die beiden plauderten mit gedämpften Stimmen. Sara wurde nicht müde, sie nach all dem zu fragen, was sie während der vielen Monate ihrer Abwesenheit von Montsalvy erlebt hatte, und Cathérine bemühte sich, diese plötzliche und so erstaunliche Neugier zu befriedigen, ohne jedoch alles zu enthüllen. Arnaud mochte noch so bewußtlos sein, dennoch war es Cathérine nicht möglich, vor ihm von ihrer Liebesnacht mit Philippe von Burgund zu sprechen, jener Nacht, die so köstlich gewesen war, und die sie sich jetzt wie ein Verbrechen vorwarf. Sie mußte ein Geheimnis zwischen Gott und ihr bleiben. Selbst Sara durfte nichts davon wissen. Dagegen befreite sie ihr Herz von der entsetzlichen Erinnerung an die verbrannte Mühle vor Dijons Toren und empfand es als großen Trost.

Sara schien übrigens kaum davon berührt und wunderte sich über die Gewissensbisse, die die junge Frau so lange gepeinigt hatten.

»Du hast dich für verkommen gehalten, für erniedrigt

und restlos um deinen guten Ruf gebracht, weil du von einer Bande von Landsknechten vergewaltigt worden bist? Mein armes Kind, wenn du wüßtest, wie viele Frauen überall in der Welt dergleichen über sich ergehen lassen mußten, wärst du überrascht. Ich kenne selbst ein paar, ebenso große Damen wie du ... Manche haben übrigens nicht einmal eine so schlechte Erinnerung daran zurückbehalten.«

»Wie es ihnen beliebt. Für mich wird es der furchtbarste Moment meines ganzen Lebens bleiben. Ich weiß nicht, ob ich ihn eines Tages werde vergessen können ...«

Als der neunte Tag des Eingeschlossenseins unter einem klaren, noch blaßblauen Himmel angebrochen war und Josse sich in der Morgenkühle wie gewöhnlich anschickte, auf den Wehrgang über dem Tor zu klettern und zur Abtei hinüberzurufen, hörte er bei der Überquerung des Hofes zu seiner Überraschung ein Getöse auf der Straße. Es waren dröhnende Stöße ähnlich denen, die ein Sturmbock beim Anrennen gegen ein Stadttor erzeugt. Auch Rufe waren zu hören. Stimmengewirr, das Knarren von Achsen. Es war, als dränge sich draußen eine große Menge.

Von einer jähen Hoffnung beflügelt jagte er, immer drei der steinernen Stufen auf einmal nehmend, die Treppe hinauf, erreichte seinen üblichen Auslug, eine für Bogenschützen gedachte Maueröffnung zwischen zwei Zinnen, und beugte sich hinaus ... Es war das Erhoffte! Es war es! Die Straße war voller Menschen, voller Leute, die ihm vertraut waren, voller Männer, Frauen und Kinder – ganz Montsalvy war zurückgekehrt. Und dort, ausgestreckt auf einem Karren, ein Mönch in weißer Kutte, der dem Trupp Männer Befehle zu geben schien, die die schweren Bohlen vor dem Tor eine nach der anderen herunterstießen und dann beiseite trugen ... Josse erkannte ihn, diesen Mönch, mit überwältigender Freude.

»Der Abbé! Abbé Bernard! Gott sei gelobt, der uns Euer Ehrwürden zurückbringt. Halleluja! ... Welches Glück! Welch wundervolles Glück!«

»Wir haben ihn hergebracht!« tönte die durchdringende Stimme Gauthiers, der im ersten Strahl der über die Hügelkämme der Hochebenen des Aubrac sich erhebenden Sonne hinter dem Karren auftauchte. »Es ging nicht ohne Mühe, denn er ist noch recht schwach, aber er wollte sofort mit uns kommen! Wie geht es drinnen?«

»Dame Cathérine, Sara und ich sind gesund und munter,

ebenso eine der kleinen Sklavinnen. Was Messire Arnaud betrifft, lebt er noch, hat aber das Bewußtsein noch nicht wiedererlangt ... Beeilt Euch! Ich werde es Dame Cathérine und Sara sagen. Sie werden sehr glücklich sein!«

»Wir auch!« schrie Gauberte, die, schon in Schweiß gebadet, den Männern half, das Tor freizulegen. »Wir haben uns geschämt, daß wir sie in diese Hölle gehen ließen, während wir uns in Roquemaurel verkrochen. Darum sind wir zurückgekommen! Um so schlimmer, wenn wir uns hier was holen können!«

Einer der Panik von ehedem gleich starke Begeisterung trieb alle diese braven Leute an, die sich jetzt weigerten, mit der noch immer möglichen Gefahr zu rechnen. Sie wußten nur eins: Ihre Schloßherrin war ohne Furcht ins Herz des Bösen getaucht, sie hatte der schrecklichen Geißel getrotzt, und seit neun Tagen lebte sie an dem Ort, wo die Pest ausgebrochen war. Und dann hatte sich kein anderer Fall mehr gezeigt, weder in der Abtei, noch in der Umgebung Montsalvys. Alle brannten sie jetzt darauf, sich vor sich selbst und vor den Augen ihrer Schloßherrin zu bewähren.

Einen Augenblick später kamen Cathérine und Sara gelaufen, um zu sehen, wie sich das von den Mönchen geschlossene Tor durch den Willen eines treuen und warmherzigen Volkes wieder öffnen würde. Aneinandergedrängt, horchten sie auf das polternde Stürzen der Bohlen und das Ächzen und die rauhen Rufe der Männer, die sie die Straße entlang zurück zum Kloster zogen. Dieses hatte, vielleicht im Bestreben, Verzeihung zu erlangen, alle seine Glocken in Bewegung gesetzt, und ihr fröhliches Geläut erfüllte die blaue Luft.

Im Hof vereint, warteten die drei freiwilligen Gefangenen mit Tränen in den Augen und Freude im Herzen auf den Moment, in dem die letzte Bohle fortgeräumt wäre und das Tor sich öffnen würde. Und dann war es soweit: Endlich fielen auch die letzten mit Nägeln befestigten Bretter. Die Flügel gaben dem Druck der Menge nach, und die erste Welle wogte, von Gauberte und Antoine Couderc geführt, schon herein, dahinter der Karren, auf dem der Abt ruhte, als plötzlich aus dem Hintergrund des Hofs eine gebieterische Stimme ertönte und sie alle an ihrem Platz festwurzeln ließ.

»Tretet nicht ein! Ich verbiete Euch, diese Schwelle zu überschreiten!«

Auf die verblüfften Rufe Cathérines, Saras und Josses antwortete das Echo der Menge, doch dann verstummten sie wie vor einem Wunder, und in ihren Augen war es auch eins: Auf einer Seite auf die niedrige Küchentür gestützt, auf der anderen auf die Schulter Fatimas, die seinem noch immer beträchtlichen Gewicht nur mit Mühe standhielt, war Arnaud de Montsalvy erschienen. Seine hohe, knochige, in ein langes weißes Hemd gehüllte Gestalt, sein von der Krankheit gezeichnetes Gesicht und seine tief in bläuliche Höhlen eingesunkenen Augen verliehen im das Aussehen eines Gespenstes. Alle glaubten, den aus seinem Grabe tretenden Lazarus zu sehen, und vom gleichen Impuls ergriffen, warfen sich die Leute Montsalvys rund um den Karren auf die Knie, an dessen leiterartige Seitenwand Abbé Bernard, fast ebenso bleich wie das Gespenst, sich klammerte, um sich aufrichten zu können.

Auch Cathérine sank auf die Knie, von ihren Gefühlen überwältigt.

»Arnaud«, flüsterte sie. »Er lebt! Er lebt!«

Aber er hatte keinen Blick für sie. Von der Kleinen und jetzt auf der anderen Seite von Josse geführt, der zu ihm gestürzt war, bewegte er sich, die nackten Füße durch den Staub des von der Sonne überfluteten Hofes schleppend, von der Kraft seines Willens getrieben, mühsam vorwärts, seinen Vasallen zu, die nicht recht wußten, ob sie den Allmächtigen loben oder um Hilfe rufend fliehen sollten.

»Geht!« befahl er. »Schließt dieses Tor wieder und kehrt nach Hause zurück! Ich habe das Glück, am Leben geblieben zu sein, aber die Gefahr ist noch nicht vorüber. Dieses Haus enthält die Keime der Pest, und es wäre jammerschade, wenn einer von euch jetzt noch von ihr ergriffen würde. Geht ... meine Kinder!« fügte er mit unerwarteter Sanftheit hinzu. »Wenn die Zeit gekommen sein wird, wird dieses Tor sich wieder öffnen, und wir werden uns wiederfinden.«

»Wir können dieses Tor nicht wieder schließen, mein Freund!« rief der Abbé. »Ich bin zurückgekommen, um den Skandal zu beenden, für den meine Brüder das Beispiel gaben. Statt daran zu denken, ihr Leben zu schützen, das allein Gott gehört, hätten sie alles tun müssen, um die zu retten, die ihrer Hilfe so bedurften. Ihr seid gerettet und seid jetzt außer Gefahr, aber könnt Ihr beurteilen, ob die, deren Hingabe Euch in Eurer großen Not und unter schlimmster

Gefährdung gegolten hat, ihre Aufopferung nicht mit ihrem Leben bezahlen werden, wenn Ihr sie hier ohne anderen Schutz als ihren Mut zurückhaltet? Ihr werdet das Schloß verlassen, werdet Eure Genesung in der Abtei vollenden, wo Dame Cathérine, Sara und Josse isoliert und gepflegt werden könnten, wenn es sich als nötig erweisen sollte!«

»Nein, tausendmal nein! Ich kann es nicht annehmen! Niemand wird dieses Haus verlassen!«

Eine zornige Flamme funkelte in den blauen Augen des Mönchs, und sein geschwächter Körper schien sich noch mehr zu straffen.

»Es geht nicht um Euch, Arnaud de Montsalvy, und ich habe es schon gesagt! Es geht um zwei Frauen ... um eine vor allem, der Ihr wahrlich keinerlei Grund gegeben habt, sich für Euch zu opfern. Kommt hierher, Dame Cathérine! Kommt zu mir, mein Kind ... mein armes Kind!«

Er streckte ihr eine blasse Hand entgegen, lächelte ihr mit soviel Güte zu, daß die junge Frau, die noch immer inmitten des Hofes kniete, sich instinktiv erhob, angezogen von seiner warmherzigen Freundschaft. Bernard de Calmont d'Olt kannte sie seit langem und hatte sie immer zu verstehen gewußt. Jetzt bot er ihr seine Unterstützung, das Refugium seiner Zuneigung, während Arnaud nicht einmal einen Blick für sie gehabt hatte. Diese Verachtung, diese Gleichgültigkeit sagten deutlich genug, daß sie wirklich für ihn nicht mehr vorhanden sein konnte. Trotz ihrer Selbstverleugnung, des Opfers, das sie ihm mit ihrem Leben hatte bringen wollen, fuhr er fort, sie zu ignorieren. Gewiß, er würde es aus Furcht vor all diesen Leuten, die ihn mit einer Mischung aus abergläubischer Angst und Grauen anstarrten, nicht mehr wagen, sie das ganze Gewicht seines Zornes spüren zu lassen, aber in seinen Augen mußte sie aufgehört haben zu existieren. Statt dieses Zorns würde sie die milde Gabe seiner Gleichgültigkeit erhalten, die sie seinen anderen Untertanen anglich.

Ihr Herz krampfte sich zusammen, und sie spürte die drängende Flut der Tränen, die in ihrer Brust schwoll. Einen Moment schloß sie die Augen, um in sich selbst ein wenig Mut zu suchen, preßte ihre Hände ineinander und hob dann ihre Lider, die ihre Tränen entließen. Arnaud den Rücken wendend, machte sie einen Schritt, einen zweiten ... dem Abbé entgegen, der schon mühsam aus seinem

Karren stieg, um die Arme nach ihr auszustrecken, als brutal hervorgestoßene Worte sie am Boden festnagelten:

»Nein! Sie wird hierbleiben!«

Aus der Menge erhob sich ein Grollen, während der Abbé entrüstet rief:

»Ihr habt kein Recht! Gott sieht Euch!«

»Ich habe alle Rechte! Sie hat sie mir alle gegeben! Was Gott betrifft ... nun, möge er mich sehen! Vorwärts, ihr beiden! Laßt mich weitergehen! Führt mich zu ihr!« befahl er denen, die ihn stützten. Doch Josse gehorchte nicht.

»Was wollt Ihr tun, Messire? Wenn sie noch mehr durch Euch leiden soll, geht allein!«

Er spürte, daß der große Körper neben ihm bebte, wollte sich von ihm lösen, aber Montsalvy krallte sich unwiderstehlich in seine Schulter, während er knurrte:

»Ich habe gesagt, führt mich zu ihr!«

»Gehorcht!« rief der Abbé. »Wir werden sehen!«

Langsam, einen Schritt nach dem andern, bewegten sie sich voran. Im offenen Portal zusammengedrängt, hielt die Menge den Atem an. Wie versteinert, wagte Cathérine keinen Schritt zu tun, aber ihr Herz schlug zum Zerspringen. Was würde er ihr noch antun? Was für eine Beleidigung würde es sein, die er ihr öffentlich zufügen wollte? Sie sah ihm mit einer Furcht entgegen, in die sich noch immer Mitleid mischte, als sie ihn sich so mühsam dahinschleppen sah.

Nur noch zwei Schritte von ihr entfernt, gab Montsalvy einen neuen Befehl.

»Laßt mich knien!« sagte er ernst.

Josse starrte ihn verdutzt an.

»Ihr wollt ...?«

»Ich habe gesagt: auf die Knie! Hier ... im Staub, zu ihren Füßen! Ich will es!«

Im lastenden Schweigen gehorchten sie, und die bestürzte Cathérine sah plötzlich einen Büßer vor sich, mit nackten Füßen, im Hemd, dem nur der Strick um den Hals fehlte. Doch diesen Strick legte sich Arnaud de Montsalvy nun moralisch um. Wie zuvor an Josse und Fatima geklammert, um nicht vornüber aufs Gesicht zu fallen, sammelte er, was er an Kraft besaß und rief:

»Ich will, daß ihr alle, die ihr mich hört, Zeugen meiner Schande und meiner Reue seid! Ich will, daß ihr alle hört, wie ich eure Herrin, die beste und größte, die je auf Erden lebte, um Vergebung bitte! Cathérine, ich habe dich verhöhnt, ich habe dich auf jede Weise verraten, ich habe dich beleidigt, beschimpft, ich habe dich schlimmer leiden lassen, als ein Mensch ertragen kann. Von den Dämonen getrieben, wollte ich dich aus deinem Hause, von deinen Kindern, aus dem Leben selbst reißen, und dennoch hast du, als die Hand des Herrn sich in voller Gerechtigkeit schwer auf mich legte, dein Leben angeboten, um das meine zu retten. Du bist zu mir gekommen trotz der Gefahr, den schrecklichsten aller Tode zu leiden, hast alles verlassen und bist gekommen! Ich weiß, was du gelitten hast, denn, siehst du … seit drei Tagen, seitdem ich wieder bei Bewußtsein bin, habe ich dich beobachtet, habe ich dich gehört, oh, ich habe dich von dem grausamen Weg sprechen hören, der dich hierher zurückbrachte! Und ich habe mich verabscheut, verflucht …«

»Nein! … Sag nicht das!«

»Laß mich vollenden … ich habe nicht viel Kraft! Ich wußte nicht mehr, was ich mit mir anfangen sollte. Vielleicht … wenn sie nicht gekommen wären, hätte ich geschwiegen, weiter den Bewußtlosen gespielt, bis ich, wieder ein wenig zu Kräften gelangt, heimlich hätte davongehen können, feige fliehen, irgendwohin, fern von dir. Und das ist es, was ich jetzt tun werde. Ich habe dir zuviel Böses angetan und zwischen uns einen Abgrund geschaffen, der sich nicht mehr schließen kann. Deshalb werde ich dir deine Freiheit zurückgeben … Ich werde fortgehen, während du hierbleiben wirst, mit deinen Kindern, deinen Vasallen, allen denen, die dich so lieben. Montsalvy wird ohne Herrn bleiben, bis Michel alt genug sein wird, meinen Platz einzunehmen, aber es wird eine edle, lautere und gute Herrin haben, die es zu führen wissen wird. Ich selbst bedarf nur eines Klosters, um dort meiner Buße zu leben, solange es Gott gefallen wird, mich auf dieser Erde zu lassen. Aber du, Cathérine, du süße Herrin von Montsalvy, sag mir, bevor wir uns für immer trennen, daß du mir vergibst! Sag mir …«

Das war zuviel!« Unfähig, noch länger der müden, demütigenden, traurigen Stimme zuzuhören, brach Cathérine in Schluchzen aus und warf sich gleichfalls auf die Knie.

»Aber so schweig doch! Schweig doch! Warum sagst du mir das alles? Warum sollte ich verzeihen … regieren … allein sein? Da ist nur eins, ein einziges, das ich von dir hören will: Ich will wissen, was ich für dich bin. Ich will wissen, ob du mich noch liebst!«

Vor dem erschöpften Mann kniend, aus dessen Augen heiße, auf der verletzten Wange rot schimmernde Tränen rollten, schluchzte Cathérine mit gefalteten Händen:

»Ich bitte dich, antworte mir! Im Namen des lebendigen Gottes, sag mir die Wahrheit, deine Wahrheit! Liebst du mich noch? Ist noch etwas von der Liebe von einst geblieben?«

Da streckte er seine großen, abgemagerten, zitternden Hände nach ihr aus und umfing ihr Gesicht mit ihnen.

»Meine Süße ... meine Unvergleichliche! Dich lieben? Aber ich habe dich mein ganzes Leben lang angebetet, und ich werde nie aufhören, dich zu lieben! Niemals!« Solange mir ein Gedanke, ein Atemhauch bleiben wird, werde ich dich lieben!«

Über den beiden Liebenden schwang sich eine Lerche singend in die Lüfte der Sonne zu, während Cathérines Arme sich sanft um den Mann schlossen, den für immer erobert zu haben sie nun sicher sein konnte. Zusammen würden sie den Weg wieder aufnehmen, den sie für unmöglich gehalten hatte, den Weg, der sie zu Weisheit, zu Vertrauen, auch zu weißem Haar und vielleicht – warum nicht? – zum schlichten, alltäglichen Glück führen würde, vorausgesetzt, daß die Montsalvys wirklich für das schlichte, alltägliche Glück geschaffen waren!

Acht Tage später beobachteten Arnaud und Cathérine, eng aneinander lehnend, wie das Herrenhaus des Schlosses brannte. Durch die eleganten, lanzettförmigen Fenster konnte man die lodernden Flammen im wütend fauchenden Ansturm gegen die Wände und Decken sehen, um jede Spur nicht nur der Pest, sondern vor allem des teuflischen Geistes zu beseitigen, der so viele Monate in diesen Mauern geherrscht hatte.

So hatte es der Gebieter von Montsalvy gewollt.

»Nichts soll von meinem Irrsinn bleiben. Keine Täfelung, kein Wandteppich, kein durch unwürdige Hände beschmutztes Möbel. Wenn nur noch die Mauern da sein werden, werden wir neu beginnen. Für das Leben, das ich von nun an führen will, für meine Frau und meine Kinder, will ich alles neu schaffen, von Grund auf. Dann werden wir unser Leben neu beginnen.«

Jetzt beobachtete er mit einem Gefühl der Erlösung, einer

neuen Freude, die ihn verwunderte, wie sich das Autodafé vollzog.

An seiner Schulter lehnend, wandte auch Cathérine keinen Blick von dem Schauspiel, doch trotz des sie erfüllenden Glücks empfand sie ein wenig Bedauern. Gewiß, aus ihren Zimmern war alles herausgeschafft worden, was sie enthielten, was niemand hatte berühren können, aber dieses Haus und seine Einrichtung waren ihr Werk, ihre Wahl gewesen, und sie sah nicht ohne leise Beklemmung, wie es sich in Rauch auflöste.

Um ihre ganze Zuversicht wiederzufinden, schmiegte sich ihren blonden Kopf an den Hals Arnauds, der sie, vielleicht ihr Bedauern spürend, fester an sich zog und einen Kuß auf ihre Stirn drückte.

»Es mußte getan werden, meine Süße! Es gibt Übel, die zu bekämpfen man nie aufhört, Gespenster, die den Frieden des Herzens verjagen, wenn man auf ihr Geflüster lauscht. Ich werde dir alles wiedergeben, was ich dir heute nehme. Aber vor allem werde ich dir soviel Liebe wiedergeben, daß du eines Tages, wenn wir beide alt sein werden, glauben wirst, unsere lange Geschichte, unsere grausame Geschichte sei vielleicht nur ... eine Geschichte gewesen, die anderen passiert ist, eine der Phantasie eines Ahnherrn entsprungene Legende!«

Unversehens hob sich die Dame de Montsalvy auf die Zehenspitzen, um einen Kuß auf die verletzte Wange ihres Mannes zu drücken.

»Warum sagst du: unsere grausame Geschichte? Ich fand sie schön. Und warum sprichst du in der Vergangenheit von ihr? Sind wir schon so alt? Bist du so sicher, daß sie zu Ende ist?«

Arnaud lachte.

»Ich hoffe es! Sie muß es sein, selbst wenn dich manchmal noch die Sehnsucht nach der Ferne und der großen Straße packt. Sie muß es sein, weil glückliche Menschen keine Geschichte haben, und ich will jetzt mit dir und unseren Kindern glücklich sein. Ich will nur noch glücklich sein!«

Er zog sie mit sich, wandte dem Brand, dessen Heftigkeit ohnedies nachzulassen begann, entschlossen den Rücken. Hinter ihnen hatten sich die Leute Montsalvys, die ganze Stadt, wie ein mächtiger Blumenstrauß zusammengedrängt und empfingen sie mit langanhaltenden freudigen Rufen, während der erste Herbstwind über das Hochplateau fegte und die ersten Blätter mit sich fort trug, die bald alle Farben zwischen Gold und Purpur annehmen würden, bevor sie unter dem Schnee des Winters verschwanden. Dieses Winters, den der Seigneur von Montsalvy mit den Seinen im Gästehaus des Klosters verbringen wollte, während man die Pläne für das neue Herrenhaus vorbereitete.

Im Frühling, wenn die Erde ihre Gaben hervorbringen würde und mit der Natur die Liebe wieder erwachte, würde alles von neuem erblühen …